Die Lust zu lieben

Die Lust zu lieben

Erotische Dichtung und Prosa aus vier Jahrtausenden

Verlag Neues Leben Berlin

Herausgegeben und mit einem Nachwort versehen von
Wolfgang Tenzler

ISBN 3-355-00676-9

3. Auflage, 1988
Lizenz Nr. 303 (305/264/88)
LSV 7900
Gesamtgestaltung: Achim Kollwitz
Schrift: 11 p Garamond
Lichtsatzherstellung: Karl-Marx-Werk Pößneck V 15/30
Offsetrotationsdruck: (52) Nationales Druckhaus Berlin, Betrieb der VOB National
Buchbinderische Weiterverarbeitung:
INTERDRUCK Graphischer Großbetrieb Leipzig-III/18/97
Bestell-Nr. 643 687 0
02450

I

„Es sah ihn das heilige Weib, den Menschen voll Kraft, den wilden Gesellen, den Mann vom Gebirge. Er schreitet über das Feld, spähet umher, kommt näher."

Gilgamesch

„Er küsse mich mit dem Kusse seines Mundes; denn deine Liebe ist lieblicher denn Wein . . .
Siehe, meine Freundin, du bist schön; schön bist du . . ."

Das Hohelied Salomos

Gilgamesch

Die erste Tafel

Alles sah er, der Herr des Landes. Jeden lernte er kennen und eines jeden Können und Werk, alles verstand er. Er durchschaute der Leute Leben und Treiben.

Er brachte geheime, verborgene Dinge ans Licht. Der Weisheit Abgrundtiefe ward ihm offenbar. Aus der Zeit vor der großen Sturmflut brachte er Kunde. Einen weiten Weg in die Ferne ging er. Leidensvoll war die lange Wandrung und beschwerlich die Fahrt.

In Keilen ließ schreiben der Dulder die ganze Mühsal. In harten Stein wurden Taten und Leiden alle gemeißelt.

Gilgamesch, der siegreiche Held, baute die Mauer um Uruk. Hoch wie ein Berg erhebt sich der heilige Tempel in der umfriedigten Stadt. Fest wie Erz liegt der aufgeschüttete Grund. Unter dem Schutz des erhabenen Hauses, in dem der Himmelsgott wohnt, dehnt sich weit der Kornspeicher der Stadt, das prächtige Vorratshaus. Leuchtend weiß erstrahlt des Königs Palast im Licht. Späher stehen den ganzen Tag auf der Mauer, auch des Nachts wachen die Mannen.

Ein Drittel ist Mensch in Gilgamesch, zwei Drittel sind Gott. Voll Staunen und Furcht schauen die Bürger das Bild seines Leibes, nie seinesgleichen sah man an Schönheit und Fülle der Kraft. Den Löwen scheucht er aus seinem Versteck, packt ihn am Bart und ersticht ihn. Den Wildstier erjagt er mit seines Bogens Schnelle und Wucht. In der Stadt sind sein Wort und Spruch das Gesetz. Mehr als des Vaters Wunsch gilt für den Sohn der Wille des Königs. Kaum ist der Sohn ein Mann, so steht er im Dienste des großen Hirten, als Krieger und Jäger, Hüter der Herden, Bauaufseher und Schreiber, oder als Diener des heiligen Tempels.

Gilgamesch ist nicht müde, der Weh-Froh-Mensch. Arbeiten müssen für ihn, den Starken, Herrlichen, Weisheitskundigen, jung und alt, die Gewaltigen und die Geringen. Uruks Pracht soll strahlen vor allen Städten der Länder.

Gilgamesch läßt nicht die Buhle zu ihrem Geliebten, nicht die Tochter eines Gewaltigen zu ihrem Helden. Ihr Wehklagen stieg empor zu den großen Göttern, den Göttern des Himmels, den Herrn des heiligen Uruk:

„Ihr habt geschaffen den mächtigen Wildstier und den bärtigen Löwen; Gilgamesch, unser Fürst, ist stärker als sie. Seinesgleichen findet ihr nicht, allzu stark ist er über uns. Nicht läßt er die Buhle zu ihrem Geliebten, nicht die Tochter des Helden zu ihrem Manne."

Ihr Klagen hörte der Himmelsgott Anu. Er rief Aruru, die große, des Formens kundige Göttin:

„Du, Aruru, hast Menschen und Tiere geschaffen, gemeinsam mit Marduk, dem Helden. Schaff nun ein Bild, das dem Gilgamesch gleich sei, ein Wesen, das stark sei wie er, doch nicht nur ein Tier der Wüste. Zu seiner Zeit soll dieser Gewaltige kommen nach Uruk. Wetteifern soll er mit Gilgamesch; Ruhe habe dann Uruk!"

Als Aruru dies hörte, schuf sie in Gedanken ein Wesen, wie der Himmelsgott Anu es wünschte. Sie wusch sich die Hände, kniff Lehm ab und feuchtete ihn mit muttergöttlichem Speichel. Sie formte Enkudi, schuf einen Helden, belebt vom Hauch und Blut des streitbaren Kriegsgottes Ninib.

Nun steht er da, am ganzen Körper behaart, allein in der Steppe. Wie beim Weibe wallt sein Haupthaar herab. Wie Weizen streckt sich sein Haar. Nichts weiß er von Land und Leuten. Mit Fellen ist er bekleidet wie Sumukan, der Gott der Fluren und Herden. Mit den Gazellen zusammen ißt er die Kräuter des Feldes. Mit dem Vieh trinkt er an der gemeinsamen Tränke. Mit dem Gewimmel des Wassers tummelt er sich in der Flut.

Fangnetze hatte ein Jäger gelegt an selbiger Tränke. Enkidu stellt sich entgegen dem Mann. (Er kommt, zu tränken sein Vieh.) Einen Tag, einen zweiten und dritten Tag steht drohend Enkidu da, vor der Tränke. Es sieht ihn der Jäger; lange starrt sein Gesicht. Er zieht ab mit dem Vieh zurück ins Gehöft. Zornig wird er, verstört und finstern Blickes schreit er vor Wut. Weh erfaßte sein Herz, denn er fürchtet sich: jener sah aus wie ein Unhold der Berge!

Der Jäger erhebt seine Stimme und sagt seinem Vater:

„Vater, ein Mann ist fernher vom Gebirge gekommen, wie Anus Sproß sieht er aus. Gewaltig ist seine Kraft, er treibt sich herum auf der Steppe beständig. Mit den Tieren zusammen steht er an unserer Tränke. Furchtbar ist seine Gestalt, ich mag ihm nicht nahen. Verschüttet hat er die Fanggrube, die ich gegraben, zerstört die Fallen, die ich gelegt. So ließ er entkommen all das Getier des Feldes, aus meinen Händen."

Der Vater sagt zum Sohne, dem Jäger:

„Geh nach Uruk hinein zu Gilgamesch. Sprich von der unbezähmbaren Kraft des wilden Gesellen. Erbitte dir ein blühendes Weib, das sich Ischtar, der Liebesgöttin, geweiht, und führe sie mit dir hinaus. Zieht das Vieh zur Tränke, so werfe sie ab ihr Gewand, damit ihre Fülle er nehme. Wird er sie sehen, so wird er ihr nahen. Also wird er entfremdet werden dem Vieh, das mit ihm wuchs auf dem Felde."

Der Jäger hörte das Wort des Vaters und ging davon. Er machte sich auf den Weg nach Uruk, trat zum Tore hinein, kam zur Pforte des Königs und fiel vor ihm nieder. Dann erhob er die Hand und sprach zu Gilgamesch:

„Ein Mann ist fern vom Gebirge gekommen, seine Kräfte sind stark wie die Heerschar des himmlischen Gottes. Seine Macht ist groß in der ganzen Steppe, er treibt sich umher auf dem Felde beständig. Seine Füße sind stets mit dem Vieh vor der Tränke. Furchtbar ist er zu schauen, ich mag ihm nicht nahen. Er hindert mich, Gruben zu graben, Netze zu legen, Fallen zu stellen. Gefüllt hat er meine Grube, zerrissen die Netze, zerstört meine Fallen. Meinen Händen läßt er entkommen das Tier meines Feldes."

Gilgamesch sagte zu ihm, dem Jäger:

„Geh nur, mein Jäger, nimm mit dir ein blühendes Weib aus Ischtars heiligem Tempel. Führe sie hin zu ihm. Wenn er kommt mit den Tieren zur Tränke, werfe sie ab ihr Gewand, damit ihre Fülle er nehme. Wird er sie sehen, so wird er ihr nahen. Also wird er entfremdet werden dem Vieh, das mit ihm wuchs auf dem Felde."

Sein Wort vernahm der Jäger und ging. Er holte ein blühendes Weib aus dem Tempel der Ischtar. Sie machten sich auf den Weg und trieben das Maultier die kürzeste Strecke. Am dritten Tage kamen sie an und fanden sich ein auf dem Feld der Bestimmung. Jäger und Weib lassen sich nieder nicht fern von der Tränke. Einen Tag, einen zweiten Tag lagerten sie an selbiger Stelle. Es kommt das Vieh und trinkt an der Tränke. Die Wassertiere tummeln sich in der Flut. Da ist auch er, Enkidu, des himmlischen Gottes gewaltiger Sproß. Mit den Gazellen ißt er die Kräuter, mit dem Vieh schlürft er gemeinsam das Wasser. Munter tummelt er sich mit dem Gewimmel der Flut.

Es sah ihn das heilige Weib, den Menschen voll Kraft, den wilden Gesellen, den Mann vom Gebirge. Er schreitet über das Feld, spähet umher, kommt näher.

„Da ist er, Weib! Löse das Tuch deines Busens, enthülle den Hügel der Freude, damit deine Fülle er nehme! Warte nicht länger, nimm wahr seine Lust! Wird er dich sehen, so wird er dir nahen. Begierde errege in ihm, lock ihn ins Fangwerk des Weibes! Fremd wird ihm werden sein Vieh, das mit ihm wuchs auf dem Felde. Seine Brust wird fest auf dir ruhen."

Da löste das Weib das Tuch ihres Busens, enthüllte den Hügel der Freude, damit ihre Fülle er nehme. Sie zögerte nicht, nahm wahr seine Lust. Hin sank das Gewand, er sah sie und warf sie zu Boden. Begierde erregte sie ihm, das Fangwerk des Weibes. Fest ruht seine Brust auf der heiligen Dienerin Gottes.

Sie waren allein. Sechs Tage und sieben Nächte erkannte Enkidu das Weib, vereinte sich ihr in der Liebe.

Von ihrer Schönheit Fülle gesättigt, erhob Enkidu sein Antlitz und blickte umher auf der Steppe. Er späht nach den Tieren. Kaum sehen sie ihn, da jagen im Sprung die Gazellen davon. Die Tiere des Feldes scheuen vor ihm zurück.

Staunen ergriff Enkidu. Still stand er wie angebunden. Er wendete sich um zum Weibe und setzte sich zu ihren Füßen. Er blickt ihr ins Auge, und wie sie nun spricht, da horchen auf seine Ohren:

„Enkidu, schön bist du, wie ein Gott bist du! Warum willst du mit wildem Getier hinjagen über die Felder? Komm mit mir nach Uruk, in die umfriedigte Stadt. Komm zum heiligen Tempel, der Wohnung Anus und Ischtars! Komm zu dem strahlenden Hause, wo Gilgamesch wohnt, der vollkommene Held. Wie ein Wildstier an Kraft waltet er mächtig; nicht seinesgleichen findest du unter dem Volk."

Also sagt sie, und er freut sich, solches zu hören. Enkidu spricht zu ihr, der Dienerin Ischtars:

„Auf, mein Weib! Führe mich hin zur heiligen Wohnung Anus und Ischtars, dahin, wo Gilgamesch weilt, der vollkommene Held, wo er waltet, ein Wildstier, gewaltig unter den Männern! Zum Kampfe will ich ihn fordern, mit lauter Stimme will ich den Starken rufen, ich werde verkünden mitten in Uruk: ‚Ich selbst bin ein Starker!' So tret ich hinein und ändre das Schicksal; ich bin auf der Steppe geboren, Kraft ist in meinen Gliedern! Mit eignen Augen sollst du schaun, was ich tue; wie alles kommen wird, weiß ich."

Das Weib und Enkidu gehen zur Stadt und schreiten durchs Tor. Bunte Teppiche sind auf den Straßen gebreitet. In weißen Kleidern, die Binde ums Haupt, gehen die Menschen einher. Harfen klingen von ferne, es tönen die Flöten. Ein Fest wird gefeiert bei Tag und bei Nacht. Schön gestaltete Mädchen tanzen vorbei, Fülle des Lebens in allen Gliedern. Jauchzend stören sie auf die Helden aus ihrem Gemach.

Das heilige Weib schreitet voran in den Tempel der Ischtar. Aus der Kammer des Heiligtums nimmt sie ein Festgewand. Sie schmückt mit dem prächtigen Kleid Enkidu, stärkt ihn mit Brot und Wein vom Altare der Göttin. Eine Geweihte naht, eine Seherin, und spricht zu ihm also:

„Enkidu, die großen Götter mögen dir langes Leben verleihen! Den Weh-Froh-Menschen Gilgamesch will ich dir zeigen: du sollst ihn erblicken und schaun sein Gesicht: wie die Sonne erstrahlt sein Auge. Von Muskeln hart wie Erz strotzt seine hohe Gestalt. Sein Leib hält gebändigt die überschüssige Kraft. Nicht ist er müde bei Tag und bei Nacht. Furcht erregt er wie Adad, der Gott des Gewitters, Schamasch, der Sonnengott, ist dem Gilgamesch gnädig, Ea, der Gott der Tiefe, machte ihn klug. Die göttliche Dreiheit erkor ihn zum Herrscher und machte hell seinen Sinn. Ehe du kamst vom Gebirge herab und hervor aus der Steppe, ahnte dich Gilgamesch schon. Ein Traumbild ward ihm in Uruk. Er erhob sich vom Schlaf, erzählte den Traum und sprach zu der Mutter:

‚Mutter, in dieser Nacht schaute ich seltsamen Traum. Die Sterne standen am Himmel. Da fielen Sterne wie blinkende Krieger auf mich herab. Die Heerschar war wie ein Mann; ich suchte ihn hochzuheben, doch er war mir zu schwer. Ich suchte ihn loszureißen, doch konnt ich ihn nicht bewegen. Die Völker von Uruk standen davor und sahen das Schauspiel. Die Leute beugten sich hin zu ihm und küßten ihm seine Füße. Da preßte ich ihn wie ein Weib, bracht ihn herum, daß ich über ihm lag, und warf ihn zu deinen Füßen. Du nahmst ihn zum Sohn und stelltest ihn mir als Bruder zur Seite.‘

Rischat, die Herrin und Mutter, weiß Träume zu deuten und kündete also dem Sohne, dem Fürsten:

‚Wenn du sahst die Sterne am Himmel, wenn eine Heerschar Anus auf dich herabfiel wie ein Mann, du ihn zu heben versuchtest – zu schwer war er dir, du ihn abzuschütteln suchtest – du konntest es nicht, dann dich auf ihn preßtest wie auf ein Weib und ihn zu Füßen mir warfst, ich zum Sohn ihn erklärte, so bedeutet dies: Es wird kommen ein Starker; wie eine Kriegerschar gewaltig sind seine Kräfte. Zum Kampfe wird er dich fordern, ringen mit dir. Deine Hand wird über ihm sein, liegen wird er zu meinen Füßen. Ich nehme ihn an zum Sohne, er wird dein Bruder. Dein Genosse im Streit, dein Freund wird er sein.‘

Enkidu, siehe, das ist der Traum und die Deutung der Herrin und Mutter.“

Also sprach die Geweihte, die Seherin, und Enkidu verläßt das erhabene Haus der Ischtar.

Das Hohelied Salomos

Innige Liebe des Freundes und der Freundin

Er küsse mich mit dem Kusse seines Mundes; denn deine Liebe ist lieblicher denn Wein. Es riechen deine Salben köstlich; dein Name ist eine ausgeschüttete Salbe, darum lieben dich die Jungfrauen. Zieh mich dir nach, so laufen wir. Der König führte mich in seine Kammern. Wir freuen uns und sind fröhlich über dir; wir gedenken an deine Liebe mehr denn an den Wein. Die Frommen lieben dich.

Ich bin schwarz, aber gar lieblich, ihr Töchter Jerusalems, wie die Hütten Kedars, wie die Teppiche Salomos. Sehet mich nicht an, daß ich so schwarz bin; denn die Sonne hat mich so verbrannt. Meiner Mutter Kinder zürnten mit mir. Sie haben mich zur Hüterin der Weinberge gesetzt; aber meinen eigenen Weinberg habe ich nicht behütet.

Sage mir an, du, den meine Seele liebt, wo du weidest, wo du ruhest im Mittage, daß ich nicht hin und her gehen müsse bei den Herden deiner Gesellen. Weißt du es nicht, du Schönste unter den Weibern, so gehe hinaus auf die Fußtapfen der Schafe, und weide deine Zicklein bei den Hirtenhäusern. Ich vergleiche dich, meine Freundin, meinem Gespann an den Wagen Pharaos. Deine Backen stehen lieblich in den Kettchen und dein Hals in den Schnüren. Wir wollen dir goldene Kettchen machen mit silbernen Pünktlein.

Da der König sich herwandte, gab meine Narde ihren Geruch. Mein Freund ist mir ein Büschel Myrrhen, das zwischem meinen Brüsten hanget. Mein Freund ist mir eine Traube von Zyperblumen in den Weingärten zu Engedi. Siehe, meine Freundin, du bist schön; schön bist du, deine Augen sind wie Taubenaugen. Siehe, mein Freund, du bist schön und lieblich. Unser Bett grünt, unsrer Häuser Balken sind Zedern, unser Getäfel Zypressen.

Vorzüge der Freundin

Siehe, meine Freundin, du bist schön! Siehe, schön bist du! Deine Augen sind wie Taubenaugen zwischen deinen Zöpfen. Dein Haar ist wie eine Herde Ziegen, die gelagert sind am Berge Gilead herab. Deine Zähne sind wie eine Herde Schafe mit beschnittener Wolle, die aus der Schwemme kommen, die allzumal Zwillinge haben, und es fehlt keiner unter ihnen. Deine Lippen sind wie eine scharlachfarbene Schnur und deine Rede lieblich. Deine Wangen sind wie der Ritz am Granatapfel zwischen deinen Zöpfen. Dein Hals ist wie der Turm Davids, mit Brustwehr gebaut, daran tausend Schilde hangen und allerlei Waffen der Starken. Deine zwei Brüste sind wie zwei junge Rehzwillinge, die unter den Rosen weiden. Bis der Tag kühl wird und die Schatten weichen, will ich zum Myrrhenberge und zum Weihrauchhügel. Du bist allerdings schön, meine Freundin, und ist kein Flecken an dir. Komm mit mir, meine Braut, vom Libanon, komm mit mir vom Libanon, tritt her von der Höhe Amana, von der Höhe Senir und Hermon, von den Wohnungen der Löwen, von den Bergen der Leoparden! Du hast mir das Herz genommen, meine Schwester, liebe Braut, mit deiner Augen einem und mit deiner Halsketten einer. Wie schön ist deine Liebe, meine Schwester, liebe Braut! Deine Liebe ist lieblicher denn Wein, und der Geruch deiner Salben übertrifft alle Würze. Deine Lippen, meine Braut, sind wie triefender Honigseim; Honig und Milch ist unter deiner Zunge, und deiner Kleider Geruch ist wie der Geruch des Libanon. Meine Schwester, liebe Braut, du bist ein verschlossener Garten, eine verschlossene Quelle, ein versiegelter Born. Deine Gewächse sind wie ein Lustgarten von Granatäpfeln mit edlen Früchten, Zyperblumen mit Narden. Narde und Safran, Kalmus und Zimt, mit allerlei Bäumen des Weihrauchs, Myrrhen und Aloe mit allen besten Würzen. Ein Gartenbrunnen bist du, ein Born lebendiger Wasser, die vom Libanon fließen. Stehe auf, Nordwind, und komm, Südwind, und wehe durch meinen Garten, daß seine Würzen triefen! Mein Freund komme in seinen Garten und esse von seinen edlen Früchten.

Ich bin gekommen, meine Schwester, liebe Braut, in meinen Garten. Ich habe meine Myrrhe samt meinen Würzen abgebrochen; ich habe meinen Seim samt meinem Honig gegessen; ich habe meinen Wein samt meiner Milch getrunken. Esset, meine Lieben, und trinket, meine Freunde, und werdet trunken!

Wechselgespräch des Freundes und der Freundin

Wie schön ist dein Gang in den Schuhen, du Fürstentochter! Deine Lenden stehen gleich aneinander wie zwei Spangen, die des Meisters Hand gemacht hat. Dein Schoß ist wie ein runder Becher, dem nimmer Getränk mangelt. Dein Leib ist wie ein Weizenhaufen, umsteckt mit Rosen. Deine zwei Brüste sind wie zwei junge Rehzwillinge. Dein Hals ist wie ein elfenbeinerner Turm. Deine Augen sind wie die Teiche zu Hesbon am Tor Bathrabbims. Deine Nase ist wie der Turm auf dem Libanon, der gen Damaskus sieht. Dein Haupt steht auf dir wie der Karmel. Das Haar auf deinem

Haupt ist wie der Purpur des Königs, in Falten gebunden. Wie schön und wie lieblich bist du, du Liebe voller Wonne! Dein Wuchs ist hoch wie ein Palmbaum und deine Brüste gleich den Weintrauben. Ich sprach: Ich muß auf den Palmbaum steigen und seine Zweige ergreifen. Laß deine Brüste sein wie Trauben am Weinstock und deiner Nase Duft wie Äpfel und deinen Gaumen wie guter Wein, der meinem Freunde glatt eingeht und der Schläfer Lippen reden macht.

Mein Freund ist mein, und nach mir steht sein Verlangen. Komm, mein Freund, laß uns aufs Feld hinausgehen und auf den Dörfern bleiben, daß wir früh aufstehen zu den Weinbergen und daß wir sehen, ob der Weinstock sprosse und seine Blüten aufgehen, ob die Granatbäume blühen; da will ich dir meine Liebe geben. Die Lilien geben den Geruch, und über unsrer Tür sind allerlei edle Früchte. Mein Freund, ich habe dir beide, heurige und vorjährige, behalten.

II

„Was Vergnügen bereitet, sollen Mann und Frau gleichermaßen gewinnen . . .
aber die gütige Dione sagt: Vor allem ist mein das Werk, vor dem du dich schämst."

Ovid

„Geh also und mach dich bereit; denn ich will die ganze Nacht tüchtig und nach Herzenslust mit dir kämpfen."

Apuleius

„Nichts hilft als sich küssen, sich umarmen und nackt beieinanderliegen."

Longus

„Sogar bei dem Aufhören erzeugt eine mit höflicher Aufwartung verschönte Liebe durch vertraute Erzählungen und Ausführungen die höchste Wollust."

Kāmasūtra

Ovid

Die Liebeskunst

[. . .] Zunächst mußt du eine Anstrengung machen, zu finden, was du lieben willst, wenn du jetzt als Soldat unter neue Waffen trittst. Der zweite mühevolle Schritt ist, das Mädchen, an dem du Gefallen gefunden hast, durch Bitten zu gewinnen; der dritte: sieh zu, daß die Liebe lange Zeit andauere. Dies ist das Verfahren, auf dieser Fläche wird unser Wagen seine Spuren eindrücken, dies wird der Wendepunkt sein, den das Rad bei gestrafftem Zügel eng umfahren muß.

Solange du frei bist und mit lockeren Riemen überall einherfahren kannst, suche dir die aus, zu der du sagen magst: „Du allein gefällst mir." Sie wird nicht durch das dünne Reich der Lüfte zu dir heruntergleiten, suchen müssen deine Augen das richtige Mädchen. Genau weiß der Jäger, wo er für die Hirsche die Netze ausspannen muß, genau weiß er, in welchem Tale der schnaubende Eber sich aufhält; den Vogelstellern sind die Büsche bekannt; wer den Angelhaken hält, weiß, welche Gewässer von vielen Fischen durchschwommen werden. Auch du, der du einen Gegenstand für lange Liebe suchst, lerne zuvor, an welchen Stätten die Mädchen in Schwärmen zu finden sind. Nicht werde ich dem Suchenden die Weisung geben, die Segel dem Winde zu lassen, und du brauchst dich mit keinem langen Wege zu plagen, um zu finden. [. . .]

[. . .] Lerne, ich mahne, die edlen Künste, römische Jugend, nicht nur, um ängstliche Angeklagte zu schützen. Wie das Volk und der würdevolle Richter und der erlesene Senat, so wird, durch beredte Worte überwunden, das Mädchen nachgeben. Aber laß die Kräfte versteckt sein, sei nicht offen beredt, meide in dem, was du sagst, lästiges Gerede. Wer kommt einer zarten Freundin mit hochtönendem Gerede, wenn er nicht den Verstand verloren hat? Oft ist Geschriebenes schon ein starker Anlaß zur Abneigung geworden. Deine Ausdrucksweise soll glaubwürdig sein, deine Worte die üblichen, doch zärtlich, damit es so aussieht, als sprächest du persönlich. Nimmt sie das Schreiben nicht an und schickt sie es ungelesen zurück, so hoffe, daß sie es ein andermal lesen wird, und halte an deinem Vorhaben fest.[. . .]

Was sie wünscht, davor hat sie Angst; worum sie nicht bittet, das wünscht sie: deine Beharrlichkeit; sei konsequent, und am Ende erfüllt sich dein Wunsch.[. . .]

Durch saubere Erscheinung stimmt man sie günstig; die Leiber mögen durch Sport auf dem Marsfelde gebräunt werden, gut passend und fleckenlos soll die Toga sein. Die Schuhlaschen sollen nicht aufgerauht sein, die Zacken frei von Rost, und der Fuß schlappe nicht locker hin und her in zu weiter Tierhaut. Schlechter Schnitt soll die Haare nicht struppig entstellen, Haar und Bart sollen von behutsamer Hand gestutzt sein. Die Nägel sollen nicht zu weit hervorstehen und dürfen nicht schmutzig sein, und in den Nasenlöchern darf kein Haar stehen. Dem schlecht riechenden Mund soll kein widriger Atem entströmen und die Nase kein Geruch treffen, der an den Gatten und Vater der Herde erinnert. Was darüber hinausgeht, überlaß den leichtfertigen Mädchen und einem Manne, der häßlich die Neigung eines Mannes sucht.[. . .]

Wenn also des Bacchus Gabe vor dir aufgetischt steht und die Frau das Polster mit dem Manne teilt, so bete zu Vater Nyktelios und den nächtlichen Weihen, daß sie den Wein deinem Kopfe nicht schaden lassen. Hier kannst du ihr vieles unter Andeutungen versteckt sagen, so daß sie merkt, es werde für sie gesagt, und kannst leichte Zärtlichkeiten mit verdünntem Wein niederschreiben, damit sie auf dem Tische lese, daß sie deine Herrin ist, und ihr in die Augen sehen mit Augen, die deine Leidenschaft verraten; oft hat ein schweigendes Gesicht die Kraft gesprochener Worte. Du mußt der erste sein, der den von des Mädchens Lippen berührten Becher ergreift, und wo das Mädchen trinken wird, da sollst auch du trinken. Das Essen, von dem sie sich mit ihren Fingern genommen hat, sollst auch du dir nehmen, und während du es nimmst, ihre Hand berühren.[. . .]

Man scheut sich zwar, so ist es nun einmal, mit so etwas den Anfang zu machen, aber wenn ein anderer damit anfängt, duldet man's gern. Zu groß ist leider bei dem jungen Mann das Vertrauen auf die eigene Schönheit, wenn er darauf wartet, daß sie den ersten Schritt tut. Der Mann muß zuerst sich annähern, der Mann muß bittende Worte sprechen; sie soll die schmeichelnden Bitten geneigt entgegennehmen. Um sie wirklich zu haben, bitte, sie wartet ja nur, gebeten zu werden; gib ihr den Anlaß und die erste Möglichkeit, deinen Wunsch zu erfüllen. Jupiter ging stets zu den Heroinen der Vorzeit mit Bitten; kein Mädchen verführte den großen Jupiter. Merkst du aber, daß von deinen Bitten aufgeblähte Hoffart sich abwendet, dann steh von deinem Beginnen ab und zieh dich zurück. Was zurückweicht, begehren viele, sie mögen nicht, was drängt; dränge schwächer, und du beseitigst den Widerwillen gegen dich. Nicht immer darf der Werbende seine Hoffnung auf Liebesgenuß zu offen zeigen; unter dem Deckmantel der Freundschaft verschaffe sich die Liebe Zutritt. Ich habe es mit angesehen, wie durch diese Annäherung ein unfreundliches Mädchen getäuscht wurde: so wurde der Verehrer zum Liebhaber.[...]

Liegt dir daran, das Mädchen zu behalten, so mach sie glauben, du seiest von ihrer Schönheit überwältigt. Ist sie in tyrischem Gewand, so preise tyrische Gewandung; erscheint sie in koischem, so meine, koisches mache sie schön. Sie ist in Goldstoff gehüllt: sie sei dir kostbarer als Gold selbst; wählt sie zottigen Stoff, heiße die Wahl zottigen Stoffes gut. Stellt sie sich nur in einer Tunika vor dich hin, so rufe laut: „Du entfachst Feuer!“, aber bitte sie mit besorgter Stimme, sie möge sich vor Kälte in acht nehmen. Ist ihr Haar gescheitelt, so rühme den Scheitel; hat sie das Haar mit dem Brenneisen gekräuselt, so sollst du gefallen, gekräuseltes Haar. Bewundere ihre Arme, wenn sie tanzt, ihre Stimme, wenn sie singt, und äußere Bedauern, wenn sie aufgehört hat. Sogar das Beilager, sogar was Lust bringt, magst du mit Begeisterung rühmen, und gib bestimmte Freuden durch Laute zu erkennen. Mag sie gewalttätiger als die finstere Medusa gewesen sein, sie wird gegen ihren Liebhaber sanft und gelassen werden. Nur sieh zu, daß du nicht bei solchen Worten als offener Heuchler erscheinst, und tu dem, was du sagst, durch den Ausdruck deines Gesichtes keinen Abbruch. Ist Künstelei verborgen, so ist sie nützlich; entdeckt, setzt sie in Verlegenheit und nimmt mit Recht für alle Zeiten das Vertrauen.[...]

Aber du kannst dich nicht der Winde, mit denen du vom Gestade gesegelt, bedienen, wenn du die Mitte des Meeres erreichst. Solange die Liebe, noch neu, nicht stetig ist, soll sie Kräfte gewinnen durch Erfahrung; hast du sie gut gehegt, wird die Zeit ihr Festigkeit verleihen. Den Stier, den du fürchtest, pflegtest du als Kalb zu hätscheln; der Baum, unter dem du jetzt liegst, war ein Reis. Ein Fluß entspringt klein, aber in Strömen gewinnt er Macht, und wo er kommt, nimmt er Fülle des Wassers in sich auf. Gewöhnen soll sie sich an dich, nichts ist stärker als die Gewohnheit; bis du sie fest hast, scheue vor keinen Verdrießlichkeiten. Dich soll sie immer sehen, deine Worte hören, dein Gesicht soll ihr bei Nacht und bei Tage gegenwärtig sein. Wenn du erst größeres Vertrauen hast, man könne nach dir fragen, wenn sie fern von dir ist und sich Gedanken um dich macht, dann gib Ruhe; ein Feld, das man in Ruhe läßt, gibt reichlich wieder, was ihm anvertraut ist, und die Erde saugt, wenn sie trocken ist, das Himmelswasser ein.[...]

Es gibt Mädchen, bei denen besorgte Nachsicht nicht gut angebracht ist und deren Neigung lau wird, wenn keine Rivalin zur Hand ist. Zu üppig wird häufig das Herz durch glückliche Umstände, und es ist nicht leicht,

Vorteile gleichmäßig zu nehmen. Wie ein leichtes Feuer, dem die Stärke entzogen, allmählich unsichtbar wird und sich auf ihm graue Asche bildet, aber durch angenäherten Schwefel doch in wiederauflodernden Flammen ausschlägt und der frühere Schein wiederkehrt, so muß, wenn das Herz träge wird und in Sorglosigkeit starr ist, durch scharfen Stachel die Liebe wieder herausgelockt werden. Laß sie um dich besorgt sein und mach ihr laues Gefühl wieder warm; blaß soll sie werden, wenn sie von deinem Seitensprung erfährt. Viermal und ich kann nicht zählen, wie oft glücklich ist der, um den ein gekränktes Mädchen sich härmt. Wenn die Kunde von deinem Vergehen zu ihren widerwilligen Ohren dringt, verliert sie die Fassung, der Armen fehlen die Worte, und die Farbe weicht aus ihrem Gesicht. Möge ich es sein, dessen Haar sie rasend zerrauft, ich, auf dessen zarte Wangen sie mit den Nägeln losgeht, den sie unter Tränen ansieht, auf den sie finstere Blicke wirft, ohne den sie nicht leben kann, doch wünscht, es zu können. Du fragst nach der Zeitdauer: kurz soll sie sein für ihre Klage über die Kränkung, damit der Zorn nicht durch langes Dauern an Stärke gewinne. Leg sofort die Arme um ihren schimmernden Hals und nimm die Weinende an deine Brust, küsse sie, wenn sie weint, der Venus Freuden gib der Weinenden, dann wird Friede sein; auf diese eine Weise schwindet der

Zorn. Wenn sie richtig in Wut ist und sich offen als deine Feindin zeigt, dann suche die Vereinigung auf dem Lager, und sie wird sanft sein. Dort werden die Waffen abgelegt, dort wohnt die Eintracht, dort ist, glaube mir, die Geburtsstätte der Harmonie. Die Tauben, die soeben noch gestritten, schnäbeln sich, ihr Gurren bedeutet zärtliche Worte.[. . .]

Laßt es vor allem bleiben, den Mädchen Mängel vorzuhalten; für viele erwies es sich als nützlich, sie zu verheimlichen.[. . .] Es entfernt die Zeit selbst von einem Körper alle Fehler, und was ein Mangel war, hört durch die Länge auf, es zu sein. Eine nicht daran gewöhnte Nase widersetzt sich, den Geruch von Stierhäuten zu ertragen; durch ständige Einwirkung der Zeit gewöhnt sie sich daran und merkt ihn nicht mehr. Durch Benennung läßt sich Mangelhaftes mildern: dunkel heiße eine, deren Blut schwärzer ist als illyrisches Pech. Ist sie schiefäugig, sei sie der Venus ähnlich; ist sie graugelb, Minerva. Schlank sei eine, die vor Auszehrung kaum leben kann. Nenne geschmeidig die kurze, die aufgeschwollene füllig, und der Mangel sei verdeckt durch den angrenzenden Vorzug. Frage nicht, in welchem Jahre sie jetzt ist, und nicht, unter welchem Konsul sie geboren wurde; das sind Pflichten des gestrengen Zensors; besonders nicht, wenn sie über die Blüte hinaus ist und die bessere Zeit hinter ihr liegt und sie schon weiße Haare ausliest. Brauchbar ist, junge Männer, dieses oder noch höheres Alter; dieses Feld wird Saaten tragen, dieses muß besät werden. Solange Kräfte und Jahre es zulassen, ertragt Anstrengungen, das gekrümmte Alter wird schon mit leisem Fuße kommen. Spaltet das Wasser des Meeres mit Rudern oder mit der Pflugschar den Boden oder greift mit kriegerischen Händen zu grausamen Waffen oder verwendet eurer Lenden Kräfte und euer Tun an Mädchen; auch dies ist Kriegsdienst, auch dies erfordert Arbeit. Ferner sind jene bei dem, was zu tun, um vieles bedachter, und nur sie haben die Erfahrung, die allein den Meister macht. Sie wiegen durch peinliche Pflege des Körpers den Nachteil der Jahre wieder auf und erreichen durch fürsorgliche Maßnahmen, daß sie nicht aussehen wie alte Hexen. Wie du es wünschen magst, vollziehen sie die Vereinigung in unzähligen Stellungen; mehr Weisen hat sich kein Maler für seine Bilder ausgedacht. Sie fühlen Lust, auch ohne gereizt zu werden; was Vergnügen bereitet, sollen Mann und Frau gleichermaßen gewinnen. Zuwider sind mir Beilager, die nicht beide auflockern. (Das ist auch der Grund, warum ich von Knabenliebe weniger wissen will.) Zuwider ist mir eine, die gibt, weil es notwendig ist zu geben, und die dabei nüchtern an ihre Wolle denkt. Lust, die aus Pflicht gegeben wird, ist mir nicht willkommen; eine Pflichtleistung will ich von keinem Mädchen haben. Mir gefällt es, Laute zu hören, die echte Freuden gestehen; sie soll bitten, mich nicht zu beeilen und mir Zeit zu lassen. Sehen will ich besiegt die Augen der Herrin, wenn sie von Sinnen; schlaff soll sie sein und sich für lange Zeit einer Berührung widersetzen. Diese Vorzüge gewährt die Natur nicht der ersten Jugend, sie kommen gewöhnlich sehr bald nach siebenmal fünf Jahren. Die es eilig haben, mögen neuen Most trinken, mir gieße der Krug von den Ahnen ererbten Wein ein, der unter den Konsuln der Vorzeit im Keller geborgen wurde.[. . .]

Und nun ist es soweit: das Bett, Zeuge des Tuns, hat zwei Liebende aufgenommen; an der geschlossenen Tür des Schlafgemaches stehe still, Muse. Von selbst, ohne dich, werden sie sprechen, was man so sagt, und die linke Hand wird nicht untätig auf dem Bett liegen. Die Finger werden finden, was sie da zu tun haben, wo Amor heimlich seine Geschosse netzt. Dies tat dereinst bei Andromache der große Kriegsheld Hektor und erwies sich nicht nur für Kriege als tauglich.[. . .] Glaube mir, man darf die Wollust nicht zu schnell erregen, sondern Schritt für Schritt mit gemächlicher Verzögerung soll sie hervorgelockt werden. Hast du die Stellen gefunden, an denen die Frau sich lustvoll berühren läßt, so soll dir Scheu, sie zu berühren, nicht hindernd im Wege stehen. Sehen wirst du, wie ihre Augen von zitterndem Glanze schimmern, so wie die Sonne vom klaren Wasser oft widerstrahlt. Hinzukommen werden klagende Töne, hinzu auch liebliches Flüstern, süßes Seufzen und Worte, die zu dem Spiele passen. Aber spanne nicht zu große Segel aus, mit denen du die Herrin hinter dir läßt und dann am Ende bist, und auch sie soll deiner Fahrt nicht vorauseilen. Zum Höhepunkt eilt beide zugleich; dann ist die Lust vollkommen, wenn Mann und Frau gleichermaßen überwältigt daliegen. Diesem Verlauf sollst du folgen, wenn die Zeit unbeschränkt ist und Angst nicht zu heimlichem Tun drängt. Wenn Verweilen nicht sicher ist, dann ist es nützlich, sich ganz in die Riemen zu legen und das galoppierende Pferd zu spornen.[. . .]

Sieh, da bitten die zarten Mädchen, ich solle ihnen Weisungen geben: Ihr werdet der nächste Gegenstand meines sorgenden Dichtens sein.[. . .]

Ich beginne mit der Pflege; aus gepflegten Trauben kommt der Wein gut hervor, und auf gepflegtem Boden steht die Saat hoch. Schönheit ist ein Gottesgeschenk, wie wenige prangen in Schönheit; vielen von euch ist dieses Geschenk nicht eigen. Sorgfalt wird das Gesicht heben, ein vernachlässigtes Gesicht verliert jeden Reiz, mag sie auch der idalischen Göttin ähnlich sein. Wenn in der Vorzeit die Mädchen ihre Körper nicht so pflegten, so hatten sie in der Vorzeit auch keine Männer, die so gepflegt waren, wie sie es jetzt sind.[. . .]

Was soll ich von der Kleidung reden? Ich will jetzt weder aufgesetzte Zierstücke noch dich, Wolle, die du von tyrischem Schneckensafte rot schimmerst. Da zu geringerem Preis so viele Farben verfügbar sind, was für eine Tollheit, sein Vermögen auf dem Körper herumzutragen![...]

Ich war nahe daran, vor dem widrigen Bocksgeruch in den Achselhöhlen zu warnen, und daß von struppigen Zotten die Schenkel nicht rauh sein sollen, aber ich belehre ja nicht Mädchen, die von den Felsen des Kaukasus stammen und die dein Wasser trinken, mysischer Kaikos. Muß ich noch mahnen, daß mangelnde Sorgfalt die Zähne nicht braun mache und daß der Mund am Morgen mit Wasser gespült werde? Ihr versteht auch, durch aufgelegte Schminke weißschimmernde Farbe hervorzurufen; und eine, der ihr Blut nicht die natürliche Röte gibt, die ist künstlich rot. Durch Kunst füllt ihr den leeren Raum zwischen den Augenbrauen, und ein kleines Alaunpflaster macht durch Verhüllung die Wangen fehlerlos. Ihr scheut euch nicht, die Augen mit feiner Asche zu markieren oder mit Krokus, der in deiner Nähe zu Hause ist, schimmernder Kydnos. Es gibt von mir ein Büchlein, in dem ich die Mittel für eure Schönheit besprochen habe, nur klein ist es, aber ich habe große Sorgfalt auf das Werk verwendet. Auch bei ihm sollt ihr Schutz gegen Schäden suchen, ihr Mädchen; meine Kunst ist nicht untätig, wenn es zu eurem Vorteil ist. Auf keinen Fall aber soll der Liebhaber überraschend die auf dem Tische verstreuten Büchsen sehen; verheimlichte Kunst hilft dem Gesicht. Wen würde es nicht abstoßen, wenn die Hefe über das ganze Gesicht gestrichen ist und, weil sie zu schwer ist, tropfend in den warmen Busen fließt? Wie schlecht riecht die Essenz, obgleich von Athen der Saft geschickt wird, der dem schmutzigen Schaffell entnommen ist. Ich kann es nicht gutheißen, daß eine vor einem anderen gemischtes Mark einer Hirschkuh nimmt oder sich vor ihm die Zähne putzt. Dies wird Schönheit bewirken, aber unschön ist, es mit anzusehen, und vieles ist häßlich, während es geschieht; ist es geschehen, gefällt es.[...]

Will man es glauben? Auch Lachen lernen die Mädchen, auch hierin suchen sie reizvoll zu wirken. Maßvoll sei der Mund geöffnet mit Grübchen auf beiden Seiten, und das Ende der Zähne bedecke der Rand der Lippen. Sie sollen auch nicht durch ständiges Lachen ihre Seiten spannen, sondern leise soll es klingen und etwas Weibliches an sich haben. Manch eine verzieht das Gesicht mit häßlich entstellendem Gelächter, eine andere krümmt sich vor Lachen: man könnte denken, sie weine. Bei einer klingt es fast heiser und nicht lieblich, sie lacht, wie eine erbärmliche Eselin vom rauhen Mühlstein her brüllt. Wohin dringt die Kunst nicht? Sie lernen, reizvoll zu weinen, zu jeder beliebigen Zeit vergießen sie Tränen und auf jede Weise. Es kommt sogar vor, daß sie den Buchstaben um seinen richtigen Klang betrügen und daß die Zunge lispelt unter dem Zwange eines ihr aufgenötigten Tones. In einem Fehler liegt Reiz: einige Worte schlecht auszusprechen, lernen sie: die Kunst, unvollkommener zu sprechen, als sie können. Auf dieses alles, denn es nützt, verwendet Sorgfalt; lernt, euren Körper im Gehen weiblich zu halten. Auch im Schreiten liegt ein unverächtlicher Reiz; es lockt fremde Männer oder stößt sie ab. Diese bewegt kunstvoll die Seite und läßt den Wind ihr fließendes Gewand heben und setzt stolz ihre gestreckten Füße. Eine andere geht einher wie die sonnengerötete Frau eines umbrischen Mannes und macht weitausladende Schritte. Aber auch hier wie in vielem muß ein Maß sein: bäurisch ist die eine Bewegung, weicher als zulässig die andere. Der unterste Teil deiner Schulter und der oberste Teil des Armes mag entblößt sein, von der linken Seite muß man ihn sehen können. Dieses steht euch besonders gut, ihr schneeweißen Mädchen; sobald ich dies sehe, fühle ich Lust, die Schulter zu küssen, soweit es nur geht.[...]

Wer kann zweifeln, daß ich sachkundiges Tanzen von einem Mädchen verlange, damit sie bei dem Weine die Arme richtig bewege? Die Meister in der Bewegung der Hüften, eine Augenweide auf der Bühne, sind beliebt; so groß ist die Anmut, die ihre Geschmeidigkeit hat.[...]

Aber weder wird ein Fahrer ein Pferd, das gerade die Sielen zu spüren bekommen hat, mit gleichem Zügel lenken wie eines, das es in der Meisterschaft schon weit gebracht hat, noch darfst du, um einen reiferen Mann mit gesetztem Wesen und grünende Jugend zu fangen, denselben Weg einschlagen. Dieser ist noch ein Jüngling und macht mit Amors Lager jetzt zum ersten Male Bekanntschaft, der die Schwelle deines Schlafzimmers als neue Beute überschreitet. Nur dich soll er kennenlernen, nur dir soll er immer anhängen, mit hohen Hecken mußt du diese Saat einfassen. Geh einer Rivalin aus dem Wege; Siegerin bist du, solange du allein ihn hast; nicht von Bestand sind herrschende Macht und Venus, wenn du sie teilst. Der Veteran wird nur langsam und mit Überlegung lieben und vieles dulden, was für einen Rekruten unerträglich ist. Weder wird er die Türpfosten aufbrechen noch wütende Brände an sie legen noch mit seinen Nägeln auf die zarten Wangen der Herrin losgehen, noch wird er seine oder des Mädchens Tunika in Stücken reißen, noch wirst du über zerrauftes Haar weinen müssen. Dieses ist Sache der Jungen, die noch von frischer Leidenschaft glühen, der andere wird grausame Verwundungen mit gefaßtem Sinne ertragen. Nur mit langsamem Feuer, so ist es nun einmal, wird er brennen wie feuchtes Heu, wie Holz, das gerade im Walde auf Bergjochen geschnitten ist. Mehr Verlaß ist auf diese Liebe, beschwerlich und reicher ist jene; Früchte, die sich nicht halten, müßt ihr mit schneller Hand pflükken.[...]

Ich schäme mich, mit meinen Belehrungen weiter zu gehen, aber die gütige Dione sagte: „Vor allem ist mein das Werk, vor dem du dich schämst." Jede kenne sich selbst, nach ihrem Körper wähle sie bestimmte Weisen, nicht dieselbe Stellung paßt für jede. Die ein besonders vorzügliches Gesicht hat, liege auf dem Rücken; vom Rücken her sollen gesehen werden, die auf ihren Rücken stolz sind. Milanion pflegte Atalantes Schenkel mit seinen Schultern zu tragen; sind sie gut geformt, mußt du sie in dieser Stellung nehmen lassen. Eine Kleine reite; weil sie ungewöhnlich lang war, setzte sich die thebaische Frau niemals auf Hektor als Pferd. Das Lager drücke mit den Knien, den Nacken ein wenig zurückgebogen, eine Frau, deren lange Seite die Augen auf sich zieht. Die einen jugendlichen Schenkel und fehlerlose Brüste hat, liege im Bett schräg hingegossen, während der Mann steht. Denke nicht, es sei häßlich für dich, dein Haar wie die phylleische Mutter zu lösen und es über den rückwärts gebogenen Nacken fließen zu lassen. Auch du, deren Leib Lucina mit Runzeln gezeichnet hat, mach es wie der schnelle Parther, der sein Pferd abwendet. Tausend Spiele der Venus gibt es; einfach und die geringste Anstrengung erfordernd ist es, wenn sie daliegt, nach der rechten Seite halb zurückgebogen. Aber weder der Dreifuß des Phoibos noch der gehörnte Ammon werden euch Wahreres künden als meine Muse. Wenn es ein Vertrauen gibt, so glaubt an die Kunst, die ich durch lange Erfahrung erworben: Mein Gedicht wird das Vertrauen rechtfertigen. Aus dem tiefsten Mark fühle die Frau gelöst den Liebesgenuß, und gleich groß sei die Lust für beide. Laß das Licht nicht durch die ganzen Fenster in das Schlafzimmer strömen; es ist passender, daß an eurem Körper vieles verborgen bleibe. Weder sollen zärtliche Laute noch lustvolles Flüstern verstummen, noch sollen mitten im Spiel leichtfertige Worte aufhören. Auch du, der die Natur den Sinn für Venus versagt hat, täusche süße Freuden mit unwahren Lauten vor. Zu bedauern ist das Mädchen, bei dem die Stelle unempfindlich und stumpf ist, von der Mann und Frau gleichermaßen Genuß haben müssen. Hüte dich nur, wenn du vortäuschst, daß du es zu offen tust, mach es durch Bewegungen und deine Augen glaublich. Was Lust bringt, sollen Laute und Keuchen des Mundes bezeugen; nein, ich scheue mich, weiter zu gehen, dieser Teil hat geheime Mittel, sich kenntlich zu machen. Eine, die nach den Freuden der Venus von dem Liebhaber Geschenke fordert, würde damit ihren Bitten das Gewicht nehmen wollen.[...]

Petronius

Die Witwe von Ephesos

In Ephesos war eine Matrone wegen ihrer Keuschheit so berühmt, daß alle Frauen aus den benachbarten Gegenden, der Seltenheit wegen, hinreisten, um sie zu sehen. Da nun ihr Ehegemahl starb und bestattet wurde, war es ihr viel zuwenig, nach der gewöhnlichen Art die Leiche mit aufgelösten Haaren zu begleiten und die entblößte Brust vor allem Volke zu schlagen, sondern sie folgte ihm sogar bis in sein Grabmal nach.

Der Verstorbene wurde nach griechischer Sitte in eine Gruft gebracht, und hier fing sie nun an, seinen Leichnam zu bewachen und Tag und Nacht zu weinen. Ihre Betrübnis war so gewaltig, daß sie sich zu Tode hungern wollte, und weder Anverwandte noch Freunde konnten sie davon abwendig machen.

Zuletzt wurde noch der ganze Magistrat an sie abgeschickt, aber auch er mußte mit einer abschlägigen Antwort wieder ziehen. Schon hatte sie den fünften Tag ohne Nahrung zugebracht, und alle Welt wurde von der Tugend dieser außerordentlichen Frau gerührt, weinte mit ihr und war ihretwegen äußerst bekümmert.

Diese untröstliche Frau begleitete ein ihr ungewöhnlich zugetanes Mädchen und trauerte und weinte die bittersten Tränen mit ihr, als wenn der letzte Mann auf dem Erdboden gestorben wäre. Und wenn die Lampe im Grabmal ausgehen wollte, so goß es wieder frisches Öl hinein. In der ganzen Stadt wurde von weiter nichts gesprochen. Groß und klein und jung

und alt bekannten einmütig, daß bei ihnen das einzige wahrhaftige Beispiel der reinsten Keuschheit und Liebe erschienen sei.

Unterdessen hatte der Statthalter der Provinz nicht weit von ebendem Grabgewölbe, wo die Frau ihren verstorbenen Mann beweinte, einige Räuber ans Kreuz hängen lassen. In der folgenden Nacht bemerkte ein Soldat, der bei den Kreuzen die Wache hatte, damit man keinen Räuber stehlen und begraben möchte, ein helleuchtendes Licht zwischen den Grabmälern und hörte von ebendaher ein klägliches Wimmern. Nach einem Fehler des ganzen menschlichen Geschlechts hüpfte ihm das Herz im Leibe zu wissen, was das wäre und was dort geschehe.

Er schlich sich dahin und stieg in das Grabgewölbe, und wie er ein reizendes Weib erblickte, stutzte er und glaubte, es sei ein Gespenst und ein Blendwerk böser Geister. Bald darauf aber, wie er der daneben liegenden Leiche gewahr wurde und die Tränen sah und das schöne Gesicht von Nägeln zerkratzt, so traf er eben mit einem Gedanken die Wahrheit und hielt sie für eine Witwe, die über den Verlust ihres Mannes trostlos sei.

Er holte eine kleine Mahlzeit aus seinem Schnappsack, reichte sie freundlich der Witwe dar und trug alle Trostgründe, die er wußte, der Betrübten auf das beweglichste vor, damit sie nicht in ihrem vergeblichen Schmerz beharre und ihre schöne Brust mit unnützen Seufzern abzehre. „Wir alle müssen sterben, das ist nun leider nicht zu ändern", sagte er, „wir alle müssen einmal in dergleichen Häuslein ziehen" und fügte noch alles übrige hinzu, wovon sonst sich diese Wunden in dem Herzen heilen lassen. Aber ihr Schmerz wuchs nur noch mehr bei diesen Trostgründen, sie erzürnte sich darüber, schlug sich wütend den Busen, riß ihre Haare von dem Haupte und streute sie auf den geliebten Gemahl.

Der Soldat aber war kein Mann, der sich so leicht abschrecken ließ, er fuhr fort mit seinen Trostgründen und gab sich alle Mühe, sie zu bereden, daß sie etwas Speise zu sich nähme. Ihre Begleiterin wurde zuerst überwunden, der nektarische Geruch vom Weine hatte ihre Begierde erregt. Schüchtern reichte sie ihre Hand dem freundlichen Mann entgegen, erquickte sich mit Speise und Trank und fing selbst an, die Hartnäckigkeit ihrer Herrin zu bestürmen.

„Was wird dir's helfen", sagte sie, „wenn dich nun der Hunger wird aufgezehrt haben, wenn du dich lebendig begräbst? Wenn du deinen reinen Geist aufgibst, eh ihn noch das Schicksal abruft? Weiß nichts von deinem Harm, ihn rührt nicht deine Qual! Willst du wider den unveränderlichen Willen des Schicksals ihn wieder lebendig machen? Oder willst du nicht lieber die weiblichen Vorurteile ablegen und noch so lange die Freuden des Lebens genießen, als es erlaubt ist? Siehe, selbst diese Leiche sollte dich lehren, wie flüchtig das Leben ist!"

Kein Sterblicher wird dadurch beleidigt, wenn man ihn zwingt, Speise zu sich zu nehmen und zu leben. Also ließ sich denn auch endlich diese Frau, von dem Fasten einiger Tage ausgehungert, von ihrem hartnäckigen Entschlusse abbringen und sättigte sich nicht weniger gierig an der Speise, durch deren Anblick sich das Mädchen vorher hatte überwinden lassen.

Übrigens wißt ihr, was der Mensch verlangt, wenn er sich satt gegessen und getrunken hat. Mit den gleichen Schmeicheleien, wodurch der Soldat die Frau bewegt hatte, nicht mehr sterben zu wollen, griff er nun auch ihre Keuschheit an. Dieser Jüngling schien ihr gar nicht so häßlich und ungewandt zu sein, und das Mädchen stand dem Soldaten getreulich bei, weil ihm das auferweckte Leben durch ihn sehr wohl behagte, und rief ihrer tugendhaften Herrin zu:

„Bekämpfe nicht erlaubte Liebe,
vergiß nicht, daß dir sonst nichts bliebe.“

Was soll ich euch länger hinhalten? Ihr wißt vielleicht, wie schnell der Übergang von Traurigkeit zu Liebe ist! Die Frau fastete auch hier nicht länger, und der unüberwindliche Soldat überredete sie, auch dieses Fasten aufzugeben.

Sie lagen nicht nur diese Nacht zusammen, in welcher sie Hochzeit machten, sondern auch den folgenden und den dritten Tag. Freilich schlossen sie die Pforten des Grabmals, damit jedermann, wer von Bekannten oder Unbekannter an das Grabmal kommen würde, glauben möchte, die keuscheste Frau unter dem Monde habe über dem Leibe ihres Mannes ihren Geist aufgegeben. Übrigens ergötzte den Soldaten sowohl die Schön-

heit der Frau als auch das Geheimnis, und er kaufte, soviel ihm seine Mittel erlaubten, das Beste, was er erhalten konnte, und trug es, sobald die Nacht hereinbrach, in das Gewölbe.

Wie die Verwandten eines der ans Kreuz Gehängten bemerkten, daß keine Wache zugegen sei, zogen sie ihn bei Nacht herab und erwiesen ihm noch die letzten Ehren, und der Soldat wurde, während er am Busen seiner Geliebten lag, hintergangen. Bei anbrechender Morgendämmerung bemerkte er, daß ein Dieb an dem einen Kreuz fehlte. Er fürchtete sich vor der ihm drohenden Todesstrafe und lief zu seiner Geliebten und erzählte ihr, was sich zugetragen hatte und daß er das Urteil nicht abwarten wolle, sondern seine Nachlässigkeit gleich selbst mit seinem Schwerte zu bestrafen beschlossen habe.

Er bitte sie nur noch um diese einzige Gefälligkeit, daß sie ihn zur Ruhe betten und in dem unseligen Grabe ihres Mannes auch zugleich ihren Freund bestatten möge.

Die Witwe war nicht weniger barmherzig, als sie keusch war, und rief: „Ach, das mögen die Götter nicht zulassen, daß ich zu gleicher Zeit die beiden Sterblichen, die ich am zärtlichsten liebte, in einem Grabe sehen sollte! Nein, besser ist es, daß ich den Toten aufhänge als den Lebenden umbringe.“ Nach dieser Rede hieß sie ihn den Leichnam ihres Mannes aus dem Sarg nehmen und an das Kreuz hängen, von dem der Dieb gestohlen worden war. Der Soldat bediente sich der List der klugen Frau. Und am Tage darauf verwunderte sich alles Volk und konnte nicht begreifen, wie es der Verstorbene müsse gemacht haben, daß er sich ans Kreuz geschlagen hatte.

Apuleius

Photis

Und während ich wie ein Toller meine Schritte beschleunige, sage ich: „Achtung, Lucius, sei hübsch wach und paß auf! Da hast du die ersehnte Gelegenheit; wie du's lange gewünscht, kannst du dein Herz an Wundergeschichten sättigen. Du läßt jetzt alle kindische Angst beiseite! Aus nächster Nähe geh der Sache energisch zu Leibe; zwar von einem Liebesbund mit deiner Hauswirtin halte dich fern und achte brav des trefflichen Milo Ehebett; aber die Dienerin Photis magst du dir angelegentlichst vornehmen; sie hat ein nettes Aussehen und ist lustigen Wesens und ganz gerissen. Auch gestern abend, als du schlafen gingst, hat sie dich so freundlich in dein Zimmer geführt und zärtlich zu Bett gebracht und liebevoll zugedeckt, dich aufs Haupt geküßt und durch ihre Miene verraten, wie ungern sie fortging, schließlich sah sie sich in einem fort um und blieb stehen. Also Glück und Heil, wenn auch der Segen fehlt! Versuch es mit der Photis!"

Unter diesen Erwägungen komme ich zum Hause des Milo und stimme, wie man sagt, im Hammelsprung meinem Antrag bei. Im Hause jedoch treffe ich nicht Milo an oder seine Frau, sondern nur meine liebe Photis; sie bereitete gerade für die Ihren zum Füllsel kleingeschnittenes Gekröse und in Stücke gehacktes Fleisch . . ., kurz, was ich schon von weitem mit der Nase witterte, ein äußerst schmackhaftes Ragout. Sie selber, sauber mit einem Leinengewand gekleidet und mit rötlichem, leuchtendem Band ziemlich hoch, gerade unter den Brüsten, gegürtet, schwang den Essentopf mit ihren rosigen Händen im Kreis, und während sie ihn beim Schwenken wiederholt schüttelte und dabei ihre Glieder mit leise wiegenden Hüften in sanfte Schwingungen versetzte, wogte ihr Leib nett in anmutiger Weise hin und her, wenn sie ihr geschmeidiges Rückgrat bewegte. Von diesem Anblick gefesselt, erstarrte ich, und staunend stand ich da, es stand auch das Glied, das vordem ruhte. Endlich rief ich ihr zu: „Wie schön und wie niedlich, liebste Photis, du den Topf da schwingst und deinen Popo dazu! Was ist das für ein süßes Gericht, das du zubereitest! Glücklich, wahrhaftig selig, wem du erlaubst, nur den Finger dort einzutauchen!" Da sagte das auch sonst drollige und schlagfertige Mädel: „Geh weg, du Ärmster! Geh möglichst weit weg von meinem Herde! Denn wenn dich mein Feuer auch nur ein bißchen mit seinem Hauche berührt, wirst du dich bis ins Mark verbrennen, und niemand kann dann deine Glut löschen als ich selber; ich verstehe mich darauf, Topf wie Bett angenehm in Schwingung zu setzen und süß zu würzen."

Bei diesen Worten sah sie sich nach mir um und lachte. Doch verließ ich sie nicht eher, als bis ich eingehend ihr ganzes Äußeres gemustert hatte. Beispielsweise – was rede ich noch von dem übrigen – Kopf und Haar zunächst eifrig und in aller Öffentlichkeit zu betrachten und mich dann daheim daran zu erfreuen ist ja immer meine einzige Sorge gewesen. Und dies Urteil hat für mich eine ganz unumstößliche Begründung, schon weil dieser vornehmste Teil des Körpers offen und sichtbar zuerst unsern Blikken begegnet und was bei andern Gliedern die heitere Farbe eines bunten Kleides, beim Kopf der natürliche Schmuck bewirkt. Schließlich ziehen doch die meisten Frauen, wollen sie ihre Vorzüge und Reize weisen, ihre

Kleider aus, tun alle Hüllen ab und mühen sich, ihre Schönheit nackt zu zeigen, weil sie mehr durch ihre rosige Haut als durch ihr goldfarbenes Gewand gefallen wollen. Allein – es ist schon ein Frevel, es nur zu sagen, und nirgends möge es dafür ein so grauenhaftes Beispiel geben! – wollte man einer hervorragend hübschen Frau das Haupthaar nehmen und damit ihr Gesicht der natürlichen Schönheit berauben, mag sie vom Himmel kommen, aus dem Meere stammen, in den Fluten groß geworden sein, kurz, meine ich, mag es Venus selber gewesen sein, mag sie vom ganzen Reigen der Grazien umdrängt und vom ganzen Volk der Amoretten begleitet, mit ihrem Zaubergürtel geschmückt, duftend von Zimtessenz und triefend von Balsam, so als Kahlkopf erscheinen, so wird sie selbst ihrem Vulkan nicht gefallen können.

Und wie erst, wenn reizvolle Farbe und heiterer Glanz leuchtend auf dem Haare ruht und dem hellen Sonnenlicht gegenüber lebhaft blitzt oder sanft strahlt oder in wechselndem Reize schillert und bald als schimmerndes Gold zur milden Farbe des Honigs abschattiert wird, bald durch seine Rabenschwärze mit den dunkelblauen Federchen vom Halse der Tauben wetteifert, oder wenn es, mit Tropfen arabischen Parfüms gesalbt und vom zarten Zahn eines feinen Kammes gestrählt und nach hinten zusammengebunden, in den Augen des Liebhabers wie in einem Spiegel das Bild schöner erscheinen läßt! Wie, wenn es in dichtem Wuchs den Nacken bedeckt oder, in reichlichen Ringeln herabfallend, über den Rücken fließt! Kurz, so bedeutsam ist die Pracht des Haares, daß eine Frau, mag sie mit Gold, Kleidung, Edelsteinen und anderem Schmucke geziert einherstolzieren, trotzdem nicht als richtig geputzt gelten kann, wenn sie ihr Haar nicht geordnet hat. Aber an meiner Photis war es nicht ein mühsam hergestellter, sondern ein natürlicher Schmuck, der ihr Reiz verlieh; denn ihr üppiges Haar, das sanft herabfiel und über den Nacken herunterhing, dann sich über den Hals ausbreitete, ein Weilchen auf der leicht geschweiften Borte des Kleides ruhte und am Ende sich zu Locken zusammenrollte, war nur oben auf dem Scheitel durch einen Knoten fest zusammengezogen.

Unmöglich konnte ich die große Qual dieses übermäßigen wollüstigen Genusses länger aushalten, sondern ich beugte mich über sie, und an der höchsten Stelle ihres Haares drückte ich ihr den süßesten Kuß auf. Da wandte sie den Nacken, und mir zugekehrt, sagte sie, indem sie mich mit Augenzwinkern von der Seite ansah: „Hallo, du fahrender Gesell, eine bittersüße Näscherei holst du dir da. Nimm dich nur in acht, daß dir nicht infolge der gar zu großen Honigsüße gallebitter zumute wird!" – „Wie das, mein Herzchen?" sagte ich; „ich bin ja bereit, auf diesem Feuer da mich lang und breit schmoren zu lassen, wenn du mich inzwischen nur erst mit einem einzigen Küßchen beglückt hast", und bei diesen Worten drückte

ich sie fester an mich und begann sie abzuküssen. Und wie sie schon, wetteifernd mit mir vor Verlangen, sich zum gleichen Grad der Verliebtheit verstieg wie ich, wie schon der duftende Hauch ihres geöffneten Mundes und die nektarsüße Berührung ihrer vorgestreckten Zunge ihr leidenschaftliches Begehren verriet, da sagte ich: „Ich vergehe, nein, ich bin schon längst vergangen, wenn du mir nicht gut bist." Da küßte sie mich wieder und sagte: „Sei guten Mutes! Ich erwidere ja deinen Wunsch und bin ganz dein eigen; und unser Freudenfest soll nicht länger aufgeschoben werden, sondern sobald die Fackel angesteckt ist, komme ich auf dein Zimmer. Geh also und mache dich bereit; denn ich will die ganze Nacht tüchtig und nach Herzenslust mit dir kämpfen."

Nach diesem und ähnlichem Geplauder trennten wir uns. Eben war es

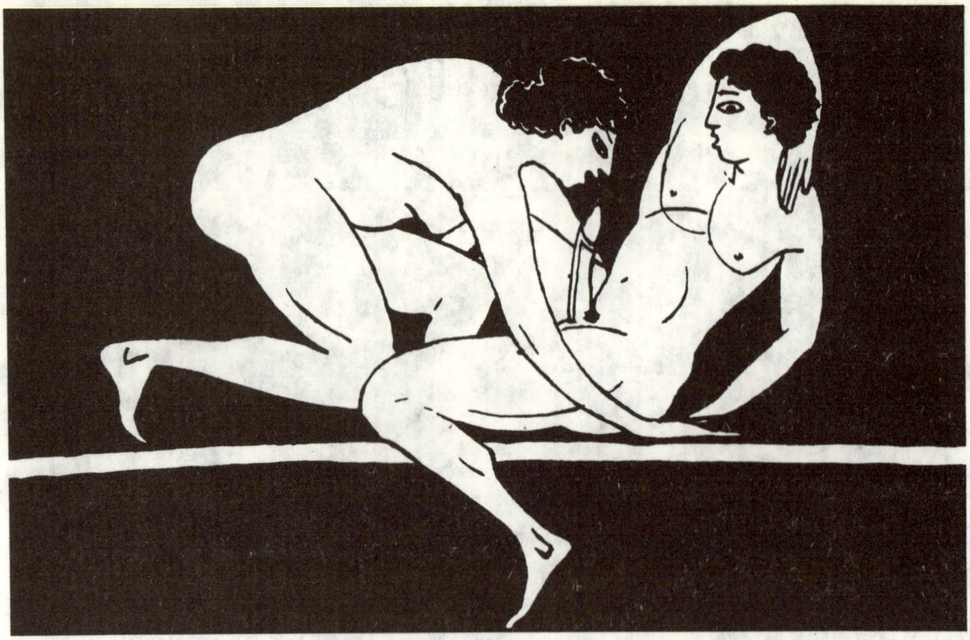

Mittag geworden, da schickt mir Byrrhena als Gastgeschenk ein fettes Schwein und fünf Hühnchen und einen Krug kostbaren alten Weines. Da rief ich Photis und sagte: „Siehst du, da ist schon der Venus Trainer und Knappe, Bacchus, von selber eingetroffen. Den ganzen Wein da wollen wir heute schlürfen; er soll uns schamhafte Schüchternheit tilgen und die feurige Kraft der Leidenschaft einflößen. Denn das ist der einzige Proviant, den das Fahrzeug der Venus braucht: bei durchwachter Nacht muß die Lampe stets voll Öl und der Becher voll Wein sein."[. . .]

Eben hatte ich mich hingelegt, da naht auch, nachdem sie ihre Herrin schon zu Bett gebracht hatte, vergnügt meine Photis, während Rosen, zum Kranz geflochten, und lose Rosen im Bausch ihres Gewandes zitterten. Sie küßte mich inbrünstig und umwand mich mit Kränzen und bestreute mich mit Blumen; dann faßt sie den Becher, und nachdem sie warmes Wasser darauf gegossen hatte, reicht sie ihn mir zum Trinken, und kurz bevor ich ihn ganz geleert, greift sie sanft zu und schlürft den Rest lieblich, wie ein Hühnchen ihn schluckweise mit den Lippen aufnehmend und mich dabei anblickend. Ein zweiter und dritter Becher wechselt so zwischen uns und noch andere mehr; da hebe ich, weinselig, nicht nur seelisch, sondern auch körperlich voller Unruhe, meine Lust zu befriedigen – war ich doch auch sonst draufgängerisch –, und schon eine Weile sehr erregt, mein Gewand bis zu der Leistengegend, und indem ich meiner Photis die Ungeduld meines Verlangens vorwies, sagte ich: „Habe Mitleid und hilf mir rasch! Denn wie du siehst, wenn der Kampf, den du mir ohne Mitwirkung eines Herolds angekündigt hast, nunmehr naht, bin ich ganz und gar bereit; sobald ich den ersten Pfeil des grimmen Cupido tief in mein Inneres gleiten fühlte, habe ich meinen Bogen ebenfalls kräftig gespannt, und ich bin sehr in Sorge, der Strang möchte vor allzu großer Straffheit reißen. Aber um mir noch einen größeren Gefallen zu tun; mache dein Haar auf und erhöhe den Liebreiz deiner Umarmung durch die wogend herabwallenden Lokken."

Unverzüglich entfernte sie darauf voller Eile all das Eßgeschirr, legte ihre sämtlichen Gewänder ab, und nackt, die Haare aufgelöst zu heiterem Liebesspiel, reizend umgewandelt zu einer Art Venus, die in die Meeresfluten taucht, sagte sie, während sie ein Weilchen noch ihren glatten Schoß mit rosiger Hand absichtlich mehr beschattete als züchtig verdeckte: „Auf denn in den Kampf! und tapfer gekämpft! Denn ich werde dir nicht nachgeben und nicht den Rücken wenden. Ziele gerade auf mich los, wenn du ein Mann bist, und greif tüchtig an und bring mich um, selbst zu sterben bereit. Denn der heutige Kampf kennt keinen Pardon." Während sie dies sagte, stieg sie auf mein Lager, und sich gemütlich auf mich setzend und immer auf und nieder hüpfend und mit geschmeidiger Bewegung ihr biegsames Kreuz schwingend, stillte sie mein Verlangen durch den Genuß dieses schaukelnden Liebesspiels, bis wir mit matten Sinnen und schlaffen Gliedern beide zugleich erschöpft zusammensanken, in gegenseitiger Umarmung die Seele aushauchend. In derartigem und ähnlichem Ringen verbrachten wir, beständig wachend, die Zeit bis zur Morgendämmerung, indem wir bisweilen mit Bechern die erschlafften Glieder wieder auffrischten, die Leidenschaft anstachelten und so die Wollust erneuerten. Und nach dem Muster dieser Nacht richteten wir uns dann eine Reihe anderer ähnlicher ein.

Longos

Daphnis und Chloe

Nun entzündete ihre Herzen auch die Jahreszeit. Der Frühling ging bereits zu Ende, und der Sommer brach an; alles stand in der Reife: die Bäume in Frucht, die Äcker in Ähren. Süß zirpten die Zikaden, süß duftete das Obst, reizend klang das Blöken der Schafe. Man hätte meinen können, auch die Flüsse sängen leise, wenn sie still dahinflossen, und die Winde bliesen ein Lied, wenn sie durch die Pinien wehten, und die Äpfel fielen liebestrunken zur Erde nieder und die Sonne entkleidete alle, weil sie das Schöne liebt. So stieg Daphnis, entflammt von alledem, in die Flüsse, bald um zu baden, bald um die sich tummelnden Fische zu jagen, und oft trank er auch, um den inneren Brand zu löschen. Wenn Chloe die Schafe und einen großen Teil der Ziegen gemolken hatte, hatte sie geraume Zeit allerlei auszustehen, wenn sie die Milch gerinnen lassen wollte. Denn die Fliegen verstanden es nur zu gut, ihr zuzusetzen und zu stechen, wenn sie sie verscheuchen wollte. Hatte sie sich dann das Gesicht gewaschen, setzte sie sich einen Kranz von Pinienzweigen auf, gürtete sich mit dem Fell der Bacchantin, füllte die Trinkschale mit Wein und Milch und trank gemeinsam mit Daphnis daraus.

Wenn die Mittagszeit herankam, wurden ihre Augen erst recht in Liebe gebannt. Denn Chloe sah da ihren Daphnis nackt und erlag seiner vollendeten Schönheit; sie verzehrte sich in Liebe, da sie an keinem Teil seines Körpers etwas auszusetzen fand. Daphnis dagegen meinte, eine der Nymphen aus der Grotte zu erblicken, wenn er sie, mit Fell und Pinienkranz geschmückt, ihm die Schale reichen sah. Er raubte ihr den Pinienkranz vom Kopfe und bekränzte sich selbst damit, nachdem er ihn zuvor geküßt, und Chloe schlüpfte in sein Gewand, als er sich entkleidet hatte und badete, nicht ohne vorher auch einen Kuß darauf zu drücken. Zuweilen bewarfen sie einander mit Äpfeln und schmückten einer des andern Haupt, indem sie das Haar sorgsam scheitelten. Chloe verglich sein Haar, dunkel, wie es war, mit der Myrte, Daphnis ihr Antlitz, weiß und rot überhaucht, mit einem Apfel. Er lehrte sie auch, die Syrinx zu blasen, und wenn sie hineinzuhauchen begann, nahm er ihr die Syrinx weg und fuhr selbst mit den Lippen über die Rohre. Und unter dem Schein, Chloe zu verbessern, da sie es falsch mache, küßte er sie unter schicklichem Vorwand mit Hilfe der Syrinx.

Als er einmal um die Mittagszeit blies und die Herden im Schlafe lagen, schlief Chloe unversehens ein. Sobald es Daphnis entdeckte, legte er die

Syrinx beiseite und betrachtete Chloe von Kopf bis Fuß, ohne sich an dem Anblick sättigen zu können (brauchte er sich doch in keiner Weise zu scheuen), und zugleich sprach er leise bei sich: „Wie friedlich schlummern die Augen, wie süß ist der Hauch ihres Mundes! So duften nicht die Äpfel, nicht die Birnen! Trotzdem fürchte ich mich, ihn zu küssen; denn der Kuß gibt mir einen Stich ins Herz und macht mich rasend wie der junge Honig; ich habe auch Angst, daß ich sie mit meinem Kuß aus dem Schlafe wecke. Schrecklich, diese geschwätzigen Grillen! Sie werden Chloe mit ihrem lauten Zirpen nicht schlafen lassen. Aber auch die Böcke klappern, wenn sie mit ihren Hörnern kämpfen. Ach, Wölfe sind doch feiger als Füchse, daß sie diese Böcke nicht geraubt haben!"

Während er so vor sich hinsprach, fiel eine Grille auf der Flucht vor einer Schwalbe, die sie fangen wollte, in Chloes Busen. Die Schwalbe folgte ihr. Sie konnte die Grille zwar nicht fangen, kam aber bei der Verfolgung mit ihren Schwingen Chloe ganz nahe und streifte ihre Wange. Chloe wußte nicht, wie ihr geschah, und erwachte mit einem lauten Schrei. Als sie die Schwalbe noch ganz in ihrer Nähe fliegen und Daphnis über ihre Angst la-

chen sah, fürchtete sie sich nicht mehr und rieb sich die Augen, die noch schlafen wollten. Die Grille ließ in ihrem Busen ihr Zirpen erschallen, wie ein schutzbedürftiges Wesen, das sich für seine Rettung bedankt. Wieder schrie Chloe laut auf, während Daphnis in Lachen ausbrach. Die Gelegenheit wahrnehmend, ließ er seine Hände zu ihrer Brust hinabgleiten und holte die brave Grille heraus, die nicht einmal in seiner Rechten schwieg. Chloe freute sich, als sie das Tierchen sah, nahm die Grille in ihre Hand und küßte sie – und steckte die weiter Zirpende wieder in ihren Busen.

Während Sie sich daran ergötzten, trat ein alter Mann zu ihnen, in ein Ziegelfell gehüllt, grobe Schuhe von rohem Leder an den Füßen und mit einer reichlich abgenutzten Hirtentasche über der Schulter. Er setzte sich ganz in ihre Nähe und sprach so: „Ich bin der alte Philetas, liebe Kinder, der den Nymphen hier manches Lied darbrachte, oft zu Ehren des Pan dort die Syrinx blies und allein durch die Macht der Töne eine große Herde von Rindern leitete. Ich bin gekommen, um euch mitzuteilen, was ich sah, und zu verkünden, was ich vernahm. Ich besitze einen Garten, den ich mit eigener Hand und im Schweiße meines Angesichts angelegt habe, seit ich mich meines Alters wegen als Hirt zur Ruhe setzte. Was die Horen bringen, das trägt er alles je nach der Jahreszeit. Da gibt es im Frühling Rosen und Lilien, Hyazinthen und Veilchen beiderlei Art, das heißt Levkoien und gelben Lack, im Sommer Mohnblumen, wilde Birken und Äpfel aller Sorten, und jetzt im Herbst Wein, Feigen, Granatäpfel und Beeren grüner Myrten. In diesem Garten versammeln sich frühmorgens ganze Scharen von Vögeln, teils um Futter zu holen, teils nur um zu singen. Denn der Garten ist dicht mit Bäumen bestanden und schattig und hat drei Quellen, die ihn bewässern. Wenn man die Umfriedung wegnimmt, könnte man glauben, einen richtigen Hain vor sich zu haben.

Als ich ihn heute um die Mittagszeit betrat, sah ich unter den Zweigen der Granatapfelbäume und Myrten einen Jungen, mit Myrtenbeeren und Granatäpfeln in den Händen; er war weiß wie Milch, das Haar golden wie Feuer, der Leib glänzend, wie eben gebadet. Er war nackt, und niemand war weiter zu sehen; er tummelte sich, als gehöre ihm der Garten, den er strafte. Ich ging auf ihn zu, um ihn zu fangen, in Sorge, daß er in seinem Mutwillen die Zweige der Myrten und Granatapfelbäume abbrechen könnte. Er aber entwischte mir behende und leicht. Bald kroch er unter die Rosenbüsche, bald verbarg er sich wie ein junges Rebhuhn unter dem Mohn. Ich habe gewiß oft viel Mühe damit gehabt, noch saugende Böckchen einzufangen, oft meine Not damit, eben geborene Kälbchen einzuholen; aber das hier war ein überaus listiges Wesen und überhaupt nicht zu fangen. Ermattet (ich bin ja schon alt) und auf meinen Stock gestützt und dabei doch sorgsam darauf bedacht, daß er mir nicht entwische, fragte ich ihn, zu wem in der Nachbarschaft er gehöre und wie er dazu komme, einen fremden Garten zu plündern. Der Junge erwiderte nichts; er kam in meine Nähe, lachte ganz vergnüglich und bewarf mich mit den Myrtenbeeren, und irgendwie bezauberte er mich, so daß ich ihm nicht böse sein konnte. Ich bat ihn, in meine Arme zu kommen und keine Angst weiter zu haben; ich schwor bei den Myrten, ihn wieder freizulassen und ihm noch obendrein Obst und Granatäpfel zu schenken, ja, ihm das Abernten der Bäume und Abpflücken der Blumen jederzeit zu gestatten, wenn ich von ihm auch nur einen einzigen Kuß bekäme.

Da lachte er ganz hell auf und ließe seine Stimme erklingen, so schön, wie sie keine Schwalbe, keine Nachtigall, kein Schwan hat, wenn er ein so hohes Alter hat wie ich. ‚Liebe Philetas', sagte er, ‚küssen will ich dich gern; denn ich sehne mich mehr nach Liebe und Kuß als du dich danach, wieder jung zu werden. Aber sieh zu, ob das Geschenk meines Kusses deinem Alter angemessen ist! Daß du alt bist, wird dich nämlich nicht davor bewahren, mich nach dem einen Kusse wie ein junger Liebhaber zu verfolgen. Mich fangen kaum Habicht und Adler, und wenn es sonst noch einen Vogel geben sollte, der schneller ist als sie. Ich bin in Wahrheit kein Kind, wenn ich auch so aussehe; nein, ich bin älter als Kronos, ja selbst als das Weltall. Ich weiß, daß du in deiner Jugend Blüte auf der Höhe dort die weit auseinandergezogene Rinderherde hütetest, und ich war bei dir, als du, in Amaryllis verliebt, dort unter den Eichen die Syrinx bliesest. Aber du hast mich nicht gesehen, obwohl ich ganz nahe bei dem Mädchen stand. Ich war es, der sie dir gab, und nun hast du schon Kinder, treffliche Rinderhirten und Landleute. Zur Zeit betreue ich Daphnis und Chloe, und wenn ich sie frühmorgens zusammengeführt habe, gehe ich in deinen Garten, freue mich an den Blumen und Bäumen und bade in diesen deinen Quellen. Darum sind die Blumen so schön und die Bäume so prächtig, weil sie von dem Wasser getränkt werden, in dem ich gebadet. Und nun sieh nach, ob dir ein Zweig abgebrochen, eine Frucht geraubt, eine Blume in der Wurzel zertreten, eine Quelle getrübt ist, und lebe wohl; du bist der einzige Mensch, der in hochbetagtem Alter mich so als Kind gesehen hat.'

Nach diesen Worten schwang er sich wie eine junge Nachtigall hinauf auf die Myrtensträuche und kletterte von Zweig zu Zweig im Geäst hinauf bis zur Spitze. Ich sah noch, daß er an den Schultern Flügel hatte und Bogen und Pfeile zwischen den Flügeln trug, und alsbald sah ich nichts mehr, weder diese Zeichen noch ihn selbst. Wenn ich mir nicht umsonst diese grauen Haare habe wachsen lassen und im Alter nicht törichter in meinem Sinn geworden bin, dann kann ich euch nur sagen: Ihr seid dem Eros geweiht, liebe Kinder, und Eros nimmt euch in seine Obhut."

Die beiden freuten sich sehr über seine Erzählung, die sie eher als ein

Märchen aufnahmen, und fragten, was denn nun der Eros eigentlich sei, ob ein Knabe oder ein Vogel, und worin seine Macht bestehe. Da begann Philetas abermals zu sprechen: „Ein Gott ist Eros, liebe Kinder, jung und schön und beflügelt; darum freut er sich an der Jugend, stellt dem Schönen nach und leiht den Seelen Flügel. Seine Macht ist größer als selbst die des Zeus. Er ist der Herr der Elemente, Herr der Gestirne, Herr über die Götter, obwohl sie ihm doch an Rang gleichstehen; ihr habt nicht soviel Macht über die Ziegen und die Schafe. Die Blumen alle sind Eros' Werk, die Bäume alle seine Schöpfung; dank ihm strömen Flüsse, wehen die Winde. Ich sah einmal einen von der Liebe ergriffenen Stier; er brüllte, als wäre er von einer Bremse gestochen. Ich sah einen Bock in Liebe zu einer Ziege entbrannt; er lief ihr überallhin nach. Auch ich war ja einmal jung und in Amaryllis verliebt. Ich dachte weder daran, etwas zu essen, noch nahm ich einen Trunk zu mir, noch fand ich Schlaf. Meine Seele war krank, mein Herz klopfte, mein Leib erschauerte. Ich schrie, als wäre ich geschlagen; ich schwieg, als wäre ich tot; ich ging in die Flüsse, als brennte ich. Ich rief den Pan zu Hilfe (war er ja doch auch in Pitys verliebt); ich pries Echo, daß sie mir Amaryllis' Namen nachsprach; ich zerbrach die Syringen, weil sie zwar meine Rinder bezauberten, aber mir Amaryllis nicht gewannen. Es gibt eben kein Mittel gegen Eros, weder ein Tränklein, noch was man sonst einnehmen könnte; es hilft auch nichts, wenn man Zaubersprüche hersagt – nur eines frommt: Kuß und Umarmung und sich nackten Leibes beieinander niederzulegen."

Nachdem er die beiden so unterwiesen hatte, verabschiedete sich Philetas; aber zuvor hatte er von ihnen noch einige Käse und ein Böckchen geschenkt bekommen, das schon Hörner trug. Nun waren sie allein. Sie hatten jetzt zum ersten Male den Namen des Eros gehört, und es kamen Trauer und Verzagtheit über sie. Als sie dann spät am Abend in ihre Gehöfte zurückgekehrt waren, verglichen sie ihr eigenes Erleben mit dem, was sie gehört. „Gram ist das Los der Liebenden, und Gram haben auch wir. Sie denken nicht daran, zu essen; wir haben uns genausowenig darum gekümmert. Sie finden keinen Schlaf; auch uns geht es jetzt leider so. Sie meinen zu brennen; auch in uns brennt das Feuer. Es verlangt sie, einander zu sehen; darum möchten wir ja, daß es rascher Tag werde. Das wird ja wohl Liebe sein, was uns ergriffen hat, und wir lieben einander, ohne es zu wissen. Denn wenn das nicht Liebe wäre und wir uns nicht liebten, warum grämen wir uns dann so, warum suchen wir einander? Es ist alles wahr, was Philetas gesagt hat. Das Kind im Garten ist auch unseren Vätern im Traum erschienen und hat angeordnet, daß wir die Herden hüten sollten. Wie soll man es fangen? Es ist klein und wird uns entwischen. Wie soll man ihm entrinnen? Es hat Flügel und wird uns fangen. Wir müssen zu den Nymphen unsere Zuflucht nehmen; vielleicht helfen sie uns. Aber Pan hat dem Philetas ja auch nicht geholfen, als er Amaryllis liebte. Also müssen wir uns schon um alle die Mittel bemühen, die er nannte: Kuß und Umarmung und nackt auf der Erde liegen. Es ist zwar schon schaurig kalt; aber wenn es Philetas geschafft hat, werden wir es auch aushalten."

Soweit kamen sie in der Nacht mit ihrer Lektion. Als sie am folgenden Tag ihre Herden zur Weide führten, küßten sie sich gleich, als sie sich sahen, und umfaßten einander mit verschlungenen Armen, was sie vorher noch nicht getan hatten. Das dritte Mittel anzuwenden, zögerten sie noch; es erschien nicht nur dem Mädchen allzu verwegen, sondern auch dem jungen Hirten. Als sie nun in der Nacht wieder nicht schlafen konnten, das Geschehene überdachten und die Unterlassung beklagten, meinten sie: „Da haben wir uns nun geküßt, und es hat nichts geholfen, wir haben uns umarmt und sind damit keinen Schritt weitergekommen – also ist das einzige Mittel gegen die Liebe, daß wir uns zusammen niederlegen. Man muß es auch damit versuchen; sicher wohnt dem eine größere Kraft inne als dem Kuß."

Bei diesen Betrachtungen war es kein Wunder, daß sie nachts auch erotische Träume hatten, Küsse und Umarmungen erlebten, und was sie tagsüber nicht gewagt hatten, das vollzogen sie im Traum: sie lagen nackt beieinander. So erhoben sie sich am folgenden Tage noch liebestrunkener von ihrem Lager und trieben die Herden in aller Eile aus, da es sie nach den Küssen verlangte, und als sie einander erblickten, liefen sie lächelnd aufeinander zu. Sie küßten sich wohl, und dann folgte die Umarmung, aber das dritte Liebesmittel ließ noch auf sich warten, da weder Daphnis davon zu sprechen wagte noch Chloe den Anfang machen wollte – bis es der Zufall fügte, daß sie auch dazu kamen.

Sie saßen ganz nahe beieinander am Stamm einer Eiche, kosteten die Wonnen des Kusses aus und schwelgten in unstillbarer Lust und drückten bei ihren Umarmungen Mund fest auf Mund. Als Daphnis bei einer solchen Umarmung Chloe etwas heftiger an sich zog, fiel sie ein wenig zur Seite, und auch er sank, dem Kusse folgend, mit ihr nieder. Sie erkannten das Bild ihrer Träume wieder und lagen lange so da, als wären sie zusammengeschmiedet. Da sie von den weiteren Möglichkeiten nichts wußten, sondern meinten, dies sei die Krönung des Liebesgenusses, vergeudeten sie den größten Teil des Tages sinnlos, schieden voneinander und trieben ihre Herden ein, voller Groll auf die Nacht. Vielleicht hätten sie auch die Liebe wirklich einmal vollzogen, wenn nicht eine ganz schreckliche Aufregung über die ganze Flur gekommen wäre.(. . .)

Philostratos

Liebesbriefe

An eine Hetäre

Alles, was du hast, bezaubert mich. Dein leinenes Gewand ist für mich das Gewand der Isis, deine Wohnung die Wohnung der Aphrodite, dein Trinkbecher hat die Schönheit der Augen Heras und der Wein darin den Reiz einer Blume. Faßt du dann den Becher so zierlich mit deinen drei Fingern an, daß er in der Hand nur zu schweben scheint, so muß ich an den offenen Kelch einer Blume denken. Wie oft schon befürchtete ich, er möchte dir aus der Hand fallen, aber er steht fest und ist mit den Fingern wie zusammengewachsen. Trinkst du gar daraus, so wird das, was du mir übrigläßt, durch deinen Atem so warm, daß ich Feuer zu trinken glaube, und schmeckt lieblicher als Nektar. Dann strömt es hinab, aber nicht Wein trinke ich, sondern lauter Küsse.

An dieselbe

Dein Becher ist zwar nur aus Glas, aber in deiner Hand verwandelt er sich in Silber und Gold, und wenn du ihn berührst, erhält er etwas Schmachtendes. Doch die Durchsichtigkeit dieses gläsernen Bechers ist unbeseelt und unbeweglich wie die Durchsichtigkeit des stehenden Wassers. Aber die beiden kleinen Becher in deinem Gesicht, die Augen, entzücken durch ihr schmachtendes Aussehen und durch den Kuß, den man darauf drückt. Stell sie beiseite, jene Becher, sie sind aus Glas und könnten leicht zerbrochen werden. Trink mir aus jenen Augen zu, aus denen auch Zeus trank und wozu er sich jenen schönen Mundschenk bestellte. Willst du, so brauchst du keinen Wein, füll den Becher nur mit Wasser, setz ihn alsdann an die Lippen, füll ihn mit Küssen an und gib ihn dem, der ihn verlangt. Denn wer von den Reben der Aphrodite gekostet hat, der wird nicht nach den Reben des Dionysos verlangen.

An dieselbe

Deine Augen sind durchsichtiger als die Becher. Durch sie kann man in deine Seele blicken. Die Röte deiner Wangen ist lieblicher als roter Wein. Auf sie wirft dein weißes Gewand den schönsten Widerschein. Deine Lippen scheinen in Rosenblut getaucht. Aus deinen Augen fließt Wasser wie aus einer Quelle, und daher bist du eine der Nymphen. Wie viele, die vorbeieilten, hast du durch deine Blicke gefesselt! Wie viele, die vorüberlaufen wollten, hast du in ihrem Lauf aufgehalten! Wie viele rufst du zu dir, ohne ein Wort zu reden! Doch niemand dürstet mehr als ich, wenn ich dich sehe, und wider meinen Willen bleibe ich stehen und halte den Becher in der Hand, ohne zu trinken, denn ich trinke nur dich.

An ein Mädchen

Ich weiß nicht, was ich an dir am meisten loben soll. Dein Haupt? Aber da sind auch deine Augen. Also die Augen? Aber die Wangen wollen auch gelobt sein. Also die Wangen? Aber mich reizen auch deine Lippen und entflammen mich zur Liebe, wenn sie, geschlossen, dir einen neuen Reiz geben oder, geöffnet, süße Wohlgerüche hauchen. Stehst du vollends da wie Aphrodite auf dem Ida, dann strahlen mir tausend bisher verborgene Schönheiten in die Augen. O Phydias, Lysippos und Polykletos, warum seid ihr jetzt nicht mehr! Ihr würdet keine andere Schönheit nachbilden als diese. Schön ist deine Hand und herrlich deine Brust. Das übrige zu beschreiben, fehlt es mir an Worten. Auch den Sohn des Priamos hättest du zum Richter annehmen können. Wär nur ich es! Aber dann wüßte ich nicht, welchem Teil von dir ich den Preis zuerkennen sollte. Soll ich diesen loben? Aber jener ist auch schön. Soll ich jenen loben? Aber dann zieht mich dieser wieder an. Laß dich umarmen, dann will ich das Urteil fällen!

An Euippe

Als Paris über die Schönheit der Göttinnen das Urteil sprach, war Helena nicht zugegen. Wäre sie dagewesen, hätte er die, welche er liebte, für die schönste erklärt. Was er bei seinem Urteil gefehlt hat, will ich verbessern. Seid ruhig, ihr Göttinnen, und streitet nicht, wer von euch die Schönste ist. Hier habe ich den goldenen Apfel. Nimm du ihn, meine Schönste! Du übertriffst die Göttinnen. Lies nur, was auf dem Apfel geschrieben steht. Doch gebe ich dir hier noch einen anderen Apfel, diesen Brief. Jener kam von der Eris, diesen schickt dir Eros. Jener war stumm, dieser aber wird zu dir reden. Wirf ihn nicht weg und iß ihn nicht, hört man doch selbst im Kriege Abgesandte an. Und welches ist sein Inhalt? Er sagt es dir selbst: „Euippe, ich liebe dich!“ Unterschreib ihn, sobald du ihn gelesen hast. Wie wird der Apfel sich über deine Unterschrift freuen!

Das Kāmasūtra des Vātsyāyana

Die Mannigfaltigkeit der Küsse

Auf die Stirn, das Haar, die Wangen, die Augen, die Brust, den Busen, die Lippen und den Innenmund drückt man Küsse; bei den Bewohnern von Lāta auch auf die Verbindungsstelle der Schenkel, die Armhöhle und die Gegend unter dem Nabel. In der Leidenschaft und nach Landessitte gelten diese und jene Stellen, aber nicht von allen Leuten sind sie zu benutzen. – So lehrt Vātsyāyana.

Es gibt drei Mädchenküsse: den gemessenen, den zuckenden und den stoßenden.

Wenn sie, mit Gewalt aufgefordert, auf den Mund den Mund legt, ohne aber damit Bewegungen zu machen, so ist das der gemessene Kuß.

Wenn sie, nur wenig dreist, die in den Mund gedrängte Lippe zu fassen verlangt und ihre (Unter-) Lippe zucken läßt, von der oberen aber das nicht duldet, dann ist das der zuckende Kuß.

Wenn sie, die Augen geschlossen und mit der Hand dessen Augen bedeckend, ein wenig zufaßt und mit der Zungenspitze stößt, so ist das der stoßende Kuß.

Die anderen sind vierfach: gleich, schräg, irrend und gepreßt.

Mit einer Fingerkrümmung die Lippen zusammendrückend, soll man sie ohne Zähne mit der Lippenrundung abpressen: das ist noch eine fünfte Ausführung: der abpressende Kuß.

Hierbei soll man auch ein Spiel anfangen.

Es besteht darin, daß der Sieg dem gehört, der zuerst die Unterlippe erfaßt.

Hierbei besiegt soll sie unter halbem Weinen die Hand schütteln, drohen, beißen, sich hin und her bewegen, mit Gewalt festgehalten, streiten und rufen: „Noch einmal das Spiel!" Wird sie auch dann besiegt, dann soll sie sich noch einmal so sehr haben.

Wenn sie die Unterlippe des Vertrauensseligen oder Unaufmerksamen erfaßt hat und die zwischen den Zähnen befindliche festhält, daß sie nicht herauskann, dann soll sie lachen, schreien, drohen, hüpfen, rufen, tanzen und mit einem Gesichte, in welchem die Brauen zucken und die Augen rollen, ihn verspottend dies und jenes sagen. Das ist der Streit bei dem Küssespiel.

Damit sind die Streitereien bei dem Spiele mit den Nägel- und Zahnmalen und Schlägen angedeutet.

Diese aber werden von feurigen Liebenden ausgeführt, da sie ihnen entsprechen.

Wenn sie ihn küßt, soll er ihre Oberlippe ergreifen: das ist der obere Kuß.

Man küsse, indem man mit der Lippenklammer alle beide Lippen erfaßt: das ist der runde Kuß bei der Frau oder bei dem Manne, wenn er die Zeichen der Pubertät noch nicht trägt.

Wenn hierbei der eine mit seiner Zunge ihre Zähne, Gaumen und Zunge berührt, so ist das der Zungenkampf.

Damit ist das gewaltsame Ergreifen und Reichen des Mundes und der Zähne angedeutet.

An den übrigen Körperteilen sei der Kuß, je nach der Stelle, auf die er gedrückt wird, mäßig, gepreßt, gebogen (?) oder sanft. – Das sind die verschiedenen Küsse.

Wenn sie, des Schlafenden Gesicht betrachtend, ihn zur eignen Befriedigung küßt, so ist das „das Anzünden der Leidenschaft".

Wenn er unaufmerksam ist oder streitet oder durch etwas anderes abgelenkt ist oder schlafen will, so nennt man den Kuß, der den Schlaf vertreiben soll, den antreibenden.

Wenn der spät in der Nacht Kommende die auf dem Lager Schlafende zur eignen Befriedigung küßt, so ist das der erweckende Kuß.

Sie selbst stellt sich wohl auch schlafend, wenn sie die Zeit der Ankunft des Liebhabers erfahren hat, indem sie Verlangen trägt, seine Neigung zu ergründen.

Wenn man das Bild einer geliebten Person im Spiegel, an der Wand oder im Wasser küßt, so ist das eine Tat, die das Wesen offenbaren soll.

Wenn man ein Kind, ein Bild oder eine Statue küßt, so ist das der übertragene Kuß und die übertragene Umarmung.

Ebenso in der Nacht, im Theater oder im Gedränge der Angehörigen das Fingerküssen der Geliebten seitens des in der Nähe Befindlichen oder, falls er sitzt, das Zehenküssen.

Wenn aber eine Frottiererin, die den Liebhaber ihren Zustand merken läßt, vom Schlafe übermannt, ihren Mund auf seine Schenkel legt, gleichsam als hätte sie keinen Wunsch, und die Schenkel sowie die große Zehe küßt, so sind das herausfordernde Küsse.

Hier gibt es einen Vers:

„Eine Tat vergelte man mit einer Tat, einen Schlag mit einem Schlage, und aus ebendiesem Grunde einen Kuß mit einem Kusse."

Anfang und Ende des Liebesgenusses

Der Elegante, umgeben von seinen Freunden und Dienern, bediene in dem mit Blumenspenden versehenen, von Wohlgerüchen durchzogenen Wohnorte der Wollust, dem zurechtgemachten Schlafgemache, die gebadete und geschmückte Frau, die in der rechten Weise getrunken hat, mit freundlichen Worten und dann mit einem Trunke. An ihrer rechten Seite setze er sich nieder; befühle ihren Haarschopf, den Saum des Gewandes, den Gürtel; wegen der zu genießenden Wollust umarme er sie mit dem linken Arme, aber nicht ungestüm. Dann folgt: im Anschluß an die vorhergehenden Gegenstände ein Bedienen mit Worten des Scherzes und der Zuneigung; allgemeine Unterhaltung über geheimnisvolle und zweideutige Dinge; Gesang und Instrumentalmusik mit oder ohne Tanz; Unterhaltungen in den Künsten; dann nochmals ein Anregen vermittels eines Trunkes. Wenn sie in Aufregung geraten ist, Entlassung der übrigen Leute unter Beschenkung mit Blumen, Salben und Betel. In der Einsamkeit soll er sie dann durch Umarmung usw., wie beschrieben, freudig erregen. Darauf schreite er zur Lösung des Untergewandes usw., wie es oben geschildert worden ist. –

So ist der Anfang des Liebesgenusses.

Das Ende des Liebesgenusses: Wenn sie die Leidenschaft gestillt haben, gehen beide verschämt, gleichsam als kennten sie sich nicht, ohne einander anzusehen, einzeln nach dem Toilettezimmer. Von dort zurückgekehrt, nehmen sie, nicht mehr so verschämt und am gehörigen Platz sitzend, Betel; er selbst soll klaren Sandel oder eine andere Salbe auf ihre Glieder streichen. Mit dem linken Arme sie umschlingend und in der Hand die beiden Becher haltend, lasse er sie unter freundlichem Zureden trinken. Oder beide nehmen einen Trunk Wasser, Naschwerk oder sonst etwas ihrer Gewohnheit und Natur Entsprechendes; klare Säfte, Brühen, saure Reismehlbrühe, Getränke mit geröstetem Fleische als Zukost, Mangofrüchte, gedörrtes Fleisch und Zitronensaft mit Zucker, je nach der Gewohnheit des Landes. Hierbei biete er dies und jenes an, nachdem er jedesmal gekostet hat, ob es süß, mild oder klar ist. Oder wenn sie beide auf dem Dache weilen, setzen sie sich, um den Mondschein zu genießen. Hierbei unterhalte er sie mit geeigneten Erzählungen. Wenn sie auf seinem Schoße liegt und den Mond ansieht, erläutere er die Reihe der Sternbilder und zeige ihr die *arundhati*, den Polarstern und den Kranz der sieben Sterne des Großen Bären. – Das ist das Ende des Liebesgenusses.

Hierbei findet folgendes statt:

Sogar bei dem Aufhören erzeugt eine mit höflicher Aufwartung verschönte Liebe durch vertraute Erzählungen und Ausführungen die höchste Wollust.

Durch gegenseitige Liebe bewirkendes Willfahren gegen das Wesen des eignen Selbstes, bald durch Abwenden in Zorn, bald durch Anblicken in Liebe;

Durch Spiele wie den *hallésa*-Tanz, Gesang und Scherze von Lāta, durch das Betrachten der Mondscheibe mit vor Leidenschaft unruhigen und feuchten Augen;

Durch Erzählen aller jener Dinge: welche Wünsche erwachten, als das erste Zusammentreffen stattfand, und dann wieder welches Unglück bei der Trennung;

Und am Ende des Erzählens durch leidenschaftliches Umarmen unter Küssen – durch solche und andere Zustände unterstützt, wächst die Leidenschaft des Jünglings.

Das Gewinnen des Vertrauens des Mädchens

Wenn sie beide vereint sind, findet drei Nächte lang das Lagern auf dem Erdboden statt, Enthaltsamkeit und Essen ohne Melasse und Salz; ebenso sieben Tage lang Baden unter Musik und Gesang, Toilettemachen, gemeinsames Essen, Ansehen von Aufführungen und Verehrung der Angehörigen. – Das betrifft alle Kasten.

Hierbei nähere man sich ihr in der Nacht und in der Einsamkeit mit zarten Werbungen.

Wenn das Mädchen nämlich drei Nächte lang den Liebhaber ohne ein Wort zu äußern und wie eine Säule dastehen sieht, dürfte es seiner überdrüssig werden und ihn als dritte Menschenform verachten. – So sagen die Anhänger des Bābhravya.

Man nähere sich und gewinne ihr Vertrauen, aber übertrete das Gelübde der Enthaltsamkeit nicht. – So lehrt Vātsyāyana.

Der sich Nähernde gehe zu Werke, ohne etwas zu überhasten.

Blumenartig sind ja die Frauen und müssen sehr zart umworben werden. Wenn sie von Leuten, die ihr Vertrauen noch nicht besitzen, ungestüm umworben werden, lernen sie die geschlechtliche Vereinigung hassen. Darum nähere man sich in zarter Weise.

Wo er jedoch selbst mit List ungehemmtes Auftreten erreichen kann, da dringe er vor.

Vermittelst der Ausführung der Umarmung, wie es ihr recht ist, da sie nicht zu lange dauert.

Er beginne mit dem Oberkörper, da dieser etwas aushält.

Bei einer, die das Jungfrauenalter erreicht und von früher her schon vertraut ist, bei dem Scheine der Lampe, bei einem Mädchen und bei einer, mit der man noch nicht vertraut ist, in der Dunkelheit.

Wenn sie die Umarmung geduldet hat, gibt er ihr mit dem Munde Betel. Wenn sie darauf nicht eingeht, lasse er sie es nehmen durch freundliche Reden, Verwünschungen, Gegenforderungen und Fußfälle. Selbst ein verschämtes und heftig erzürnendes Weib kann einem Fußfalle nicht widerstehen: das ist allgemein gültig.

Bei Gelegenheit des Darreichens desselben gebe er ihr einen zarten, lautern und nicht übermäßigen Kuß. Wenn sie damit gewonnen ist, bringe er sie zum Sprechen. Um das zu hören, frage er, gleichsam als wisse er es nicht, nach irgend etwas, was sich mit wenigen Lauten beantworten läßt. Wenn sie hierbei nicht dreist wird, frage er wiederholt, voller Freundlichkeit und ohne sie zu verwirren. Wenn sie auch dann nicht redet, fahre er beharrlich fort.

Alle Mädchen nämlich lassen sich die von dem Manne angewendeten Worte gefallen; aber sie sagen nicht einmal ein geringfügiges Wort dagegen. So sagt Ghotakamukha.

Wenn sie aber beharrlich gefragt wird, soll sie durch Bewegen des Kopfes Antworten geben; bei einem Zanke aber soll sie den Kopf nicht bewegen.

„Verlangst du nach mir oder verlangst du nicht nach mir? Gefalle ich dir oder gefalle ich dir nicht?“ So befragt, bleibe sie lange stehen und, wenn beharrlich gedrängt, bewege sie den Kopf dementsprechend; wird sie aber noch weiter gedrängt, so widerstrebe sie.

Wenn sie vertraut ist, läßt man eine geneigte und für beide Teile vertrauenswürdige Freundin dazwischentreten und eine Geschichte erzählen. Dabei lächele sie mit gesenktem Antlitz. Wenn jene zuviel sagt, schelte und streite sie. Sie aber sage im Scherze selbst Dinge, die jene nicht gesagt hat, mit den Worten: „Das hat sie gesagt.“ Hierbei stoße sie sie weg, und um Antwort gebeten, bleibe sie still sitzen. Wenn sie aber beharrlich gefragt wird, sage sie mit undeutlichen Lauten und unsicherem Sinne: „So etwas sage ich nicht!“ – Den Liebhaber blicke sie bisweilen lächelnd von der Seite an. – Das ist die Einleitung der Unterhaltung.

Wenn sie so vertraut geworden ist, lege sie, ohne ein Wort zu sagen, in seine Nähe den erbetenen Betel, Salben und Kranz oder befestige es an seinem Obergewande. Bei dieser Gelegenheit berühre er sie mit dem tönenden Nägelmale oben an den Brustknospen. Wird ihm gewehrt, dann sage er: „Umarme auch du mich, dann will ich es nicht wieder tun!“ Unter dieser Bedingung bringe er sie dazu, ihn zu umarmen. Er selbst führe seine

Hand bis zur Nabelgegend und wieder zurück. Allmählich setze er sie auf seinen Schoß und gehe weiter und weiter. Wenn sie nicht darauf eingeht, setze er sie in Furcht.

„Ich werde auf deiner Unterlippe Zahnwunden hervorbringen und Nägelmale auf der Wölbung der Brüste; und nachdem ich dasselbe bei mir selbst getan habe, werde ich bei der Schar deiner Freundinnen erzählen, du hättest es getan. Was wirst du dann dazu sagen?" – Mit solchen Einschüchterungen für Kinder, die aber zugleich eine Beruhigung für sie sind, verwirre er sie nach und nach. In der zweiten und dritten Nacht, wo sie etwas mehr vertraut ist, arbeite er mit der Hand.

Er schreite zu dem Küssen an allen Gliedern.

Wenn er die Hand auf die Schenkel gelegt hat und die Handlung des Streichelns vollbracht ist, streichle er der Reihe nach auch die Vereinigungsstelle der Schenkel. Wird das Streicheln verboten, dann verwirre er sie durch die Frage: „Was ist da weiter dabei?" – und fahre ruhig damit fort. Ist das vollendet, so folgt das Befühlen der Schamgegend, das Losbinden des Gürtels, das Lösen des Untergewandes, das Ablegen der Kleider und das Streicheln der Vereinigungsstelle der Schenkel. Das alles geschieht von ihm unter anderen Vorwänden. Hat er den Penis eingeführt, so ergötze er sie; nicht zur Unzeit aber breche er das Gelübde. Er unterrichte sie, zeige die eigne Zuneigung und beschreibe die früheren Wünsche; für die Zukunft lasse er erkennen, daß sein Benehmen in Willfährigkeit gegen sie bestehen werde; die Furcht vor Nebenbuhlerinnen beseitige er; und wenn sie mit der Zeit allmählich den Mädchenstand verlassen hat, nähere er sich ihr, ohne sie zu erschrecken. –

Das ist das Gewinnen des Vertrauens des Mädchens.

III

„Du Schäferin fein,
Holdliebes Mägdelein,
Komm, gib dein Kränzlein mir."
„Gern, süßer Freund, schenk ich's dir."

altfranzösisch

„Denn als wir, wie das lang ersehnte Lächeln
von s o l c h e m Liebenden geküßt ward, lasen,
da küßte, dem vereint ich ewig bleibe,
am ganzen Leibe zitternd, mir den Mund."

Dante

„Da pries das Mädchen sich glücklich, daß es solchen Teufel nicht habe. Rustiko aber sagte: Sie habe dafür die Hölle . . ."

Boccaccio

. . . daß mein Liebster bei mir liegt

Wo drunten der Wiesengrund liegt,
Marion und Robecon
Treiben Scherz dort und Spiel,
Vom süßen Frühling gewiegt.
In seinen Arm sie sich schmiegt.
„Komm, Freund, nach dir steht mein Sinn,
Robin, Robin, Robin,
Komm und schau, wie schön ich heut bin!"

*

„Trotz meines Mannes Zorns bekenn ich frei:
Heut nacht ist's, daß mein Liebster bei mir liegt.

Ich sprach zu ihm: wenn ich die Seine sei
Und er wär grob und schlüge mich dabei,
Betrög ich ihn. Wer wägt, was schwerer wiegt?
    Trotz meines Mannes Zorns bekenn ich frei:
    Heut nacht mein Freund, mein Liebster, bei mir liegt."

*

Was prügelt denn mein Mann
Mich armes Weib!

Nichts Böses hab ich ihm getan,
Auf üble Nachred nie ich sann,
Zu herzen ich den Freund begann
Mit meinem Leib.
    Was prügelt denn mein Mann
    Mich armes Weib!

*

Wenn fürder er die Zügel schirrt,
Nicht leben läßt mich unbeirrt,
Sorg ich, daß er zum Hahnrei wird
Und daß er's bleib!
    Was prügelt denn mein Mann
    Mich armes Weib!

Was werde ich zur Rache tun?
Den Liebsten werd ich rufen nun,
Und liebend will ich bei ihm ruhn
Mit nacktem Leib.
    Was prügelt denn mein Mann
    Mich armes Weib!

*

„Du Schäferin fein,
Holdliebes Mägdelein,
Komm, gib dein Kränzlein mir.“
„Gern, süßer Freund, schenk ich's dir!“

*

Aufblühte rings im Mai die Welt,
Die Rosenknospe sprang.
Da ritt ich durch ein Weizenfeld
Den schmalen Pfad entlang.
So hell, so unbeschwert erklang
Der Hirtin Lied, das zu mir drang,
Ich sah sie, wie sie vor mir sang:

„Oh, Marguéron, der sei verlacht,
Wen matt die Lieb, das Lieben macht."

*

Marguéron hörte, was sie sang;
Und was in ihrem Lied erklang,
War ganz nach ihrem Sinn.
Dem Tanz gab sie sich jubelnd hin.
Ein andres Mädchen sie dort fand,
Das einen Kranz von Blumen wand,
Und rief und rief ihr zu:
„Oh, Marguéron, der sei verlacht,
Wen matt die Lieb, das Lieben macht."

*

Renaut mit der Liebsten
Durchreitet die Auen:
Sie reiten und reiten
Bis zum Morgen zu zwein.
„Ach, das Glück, dich zu lieben.
Größer kann es nicht sein."

*

„Mein Lieb, mein Liebster lag bei mir
Im Wald bei Nacht, Béthune so nah.
Wohl miteinander spielten wir
Im Mond, der durch die Zweige sah,
Bis, viel zu früh, ach, zu uns drang
Der Morgen und die Lerche sang.
Ich sprach: ‚Mein Lieb, wohl ist es Zeit.'
Da flüstert er voll Zärtlichkeit:
‚Noch fern ist der Tag,
Herzlieb, sei nicht bang,
Nicht glauben ich mag,
Was die Lerche uns sang.'

*

Und legte enger sich zu mir
Und küßte dreimal mein Gesicht.
Wohl miteinander spielten wir,
Und ich verwehrte es ihm nicht

Und küßte ihn, der mich umschlang
Und wünscht, gar hundert Nächte lang
Währe die Nacht voll Herrlichkeit
Und keiner spräche vor der Zeit:
    Noch fern ist der Tag,
    Herzlieb, sei nicht bang,
    Nicht glauben ich mag,
    Was die Lerche uns sang."

Aucassin und Nicolette

[. . .] Nicolette mit den hellen
Augen, sie verläßt die Hirten
und strebt in des Waldes Schatten,
zaghaft, zitternd und in Angst,
einen alten Pfad entlang,
bis an einen Platz sie kam,
von dem sieben Wege gehn
und ins weite Land hin führen;
mußt an ihren Freund hier denken,
ob er wohl so lieb sie hätt,
wie es seine Worte sagten.
Brach die schlanken Lilienblüten,
die rings wuchsen, und nahm Gräser
und das zarte, junge Laub
und erbaute eine Laube,
schöner konnt es keine geben!
Dann schwur sie bei Gott, dem Höchsten,
Käme Aucassin vorüber
und verweilte ihr zulieb
nicht ein wenig hier in Träumen,
sollt er nicht ihr Freund mehr heißen
noch sie seine Freundin! [. . .]

Aucassin vernimmt die Worte
seiner Freundin mit den hellen
Augen, die sein Herz bewegen.
Von den Hirten geht es rasch
in des Waldes grünes Dunkel,
und es trägt sein edler Zelter
ihn in schnellem Lauf dahin.
Und nun spricht er solche Worte:
„Nicolette, süße Freundin,
bin um dich hierhergekommen,
nicht um edlen Weidwerks willen;
deinen Spuren will ich folgen,
sehen deines hellen Auges
schönes Leuchten; deiner Worte

Süße hat mein Herz entzündet;
möge es doch Gott gefallen,
daß mein Auge wiederfindet
dich, meine Welt!“ [...]

Als Nicolette Aucassin hörte, kam sie zu ihm, denn sie war nicht fern. Sie trat in die Hütte und fiel ihm um den Hals und herzte und küßte ihn.

„Lieber, süßer Freund, froh bin ich, daß ich dich finde!“

„Und froh bin ich, liebe, süße Freundin, daß ich dich finde!“

Und sie herzten sich und küßten sich, und ihre Freude war groß.

„Ach, liebe, süße Freundin“, sagte Aucassin, „ich bin verwundet an meiner Schulter und fühle doch nicht Weh, nicht Schmerz, nun ich dich habe!“

Und sie sah nach und fand, daß seine Schulter verrenkt war. Sie strich mit ihren weißen Händen darüber, und es gelang ihr, mit Gottes Hilfe, welcher der Liebenden sich annimmt, die Schulter wieder einzurenken; dann nahm sie Blumen und Kräuter und band sie mit seinem zerrissenen Hemd auf seine Schulter; und er ward ganz geheilt.

„Aucassin“, hebt sie an, „mein lieber, süßer Freund, denke daran, was zu tun ist, wenn dein Vater morgen in diesem Walde nachforschen läßt und man mich findet! Was auch mit dir geschehen mag, mich wird man töten!“

„Wahrlich, herzliebe Freundin, ich würde darob über die Maßen betrübt sein; aber wenn ich es vermag, so sollen sie dich nicht haben!“

Und er stieg auf sein Pferd und nahm seine Freundin vor sich; und sie ritten unter Herzen und Küssen ins offene Land. [...]

Aucassin, der schöne, blonde,
höfische, voll süßer Liebe,
ritt aus tiefem Waldesgrund,
in den Armen Nicolette
vor sich auf dem Sattelbogen,
küßt die Augen ihr, die Stirn
und den Mund, das schöne Kinn,
doch sie spricht verständge Worte:
„Aucassin, mein süßer Freund,
wohin wollen wir nun reiten?“
„Nicolette, süße Freundin,
ach, was schiert's mich, wo wir weilen,
ob in Wäldern, wilden Klüften,
wenn in meinem Arm du ruhst!“

Ziehn durch Täler, über Berge
und an Stadt und Burg vorbei
bis zum steilen Meeresrande;
und sie steigen eilends nieder
zum Ufersande.

Walther von der Vogelweide

Unter der Linde

Under der linden
an der heide,
dâ unser zweier bette was,
dâ mugt ir vinden
schône beide
gebrochen bluomen unde gras.
vor dem walde in einem tal,
tandaradei,
schône sanc diu nahtegal

Ich kam gegangen
zuo der ouwe:
dô was mîn friedel komen ê.
dâ wart ich enpfangen,
hêre frouwe,
daz ich bin saelic iemer mê.
kuster mich? wol tûsentstunt:
tandaradei,
seht wie rôt mir ist der munt.

Dô het er gemachet
alsô rîche
von bluomen eine bettestat.
des wirt noch gelachet
inneclîche,
kumt iemen an daz selbe pfat.
bî den rôsen er wol mac,
tandaradei,
merken wâ mirz houbet lac.

daz er bî mir læge,
wessez iemen
(nu enwelle got!), sô schamt ich mich.
wes er mit mir pflæge,

niemer niemen
bevinde daz, wan er unt ich,
und ein kleinez vogellîn:
tandaradei,
daz mac wol getriuwe sîn.

Dante Alighieri
Die göttliche Komödie

Fünfter Gesang

So stieg ich nieder von dem ersten Kreise
zum zweiten, der geringren Raum umfaßt,
doch um so größere Qual, die Klagen auspreßt.
Graunvoll steht Minos hier und fletscht die Zähne,
er prüft die Sünder einzeln, wie sie kommen,
verurteilt sie und bannt sie durch Umwinden.
Ich sage: wenn die schlimmgeborne Seele
ihm gegenübersteht, bekennt sie alles;
er aber, als ein Kenner jeder Sünde,
erwäget, welcher Höllenplatz ihr zukommt:
Umwindet mit dem Schwanz so viele Mal sich
als Stufen sind, die sie soll niedersteigen.
Gar viele stehn vor ihm zu jeder Zeit,
und nacheinander gehn sie ins Gerichte,
bekennen, hören, wenden sich zur Tiefe.
„Du, der da kommt zum schmerzensvollen Hause",
sprach Minos, als er mich erblickt, zu mir,
des Richteramtes Übung unterbrechend,
„sieh, was du tust, und wem du dich vertrauest;
laß dich nicht täuschen durch des Eintritts Weite."
Mein Meister sagte drauf: „Was soll dein Schelten?
Verhindre nicht die vorbestimmte Reise.
So will man's droben, wo jedwedes Wollen
zugleich ein Können ist; nicht frage weiter."
Doch nun beginnen herben Schmerzes Laute
vernehmlich mir zu werden; nun gelang ich
dahin, wo vieles Wehgeschrei mein Ohr trifft.
Verstummt war alles Licht in diesem Raume,
der gleich dem sturmbewegten Meere brüllet,
wenn es die Winde im Widerstreit bekämpfen.
Der höllische Orkan, der nimmer nachläßt,
erfaßt mit seiner Windsbraut diese Geister,
wirft qualvoll sie umher, stößt sie zusammen.
Wenn vor die Windsbraut sie zuerst gelangen,

so schrein sie laut, wehklagend unter Tränen,
und lästern Gott zugleich und seine Allmacht.
Und ich erfuhr: Es sei'n zu solchen Qualen
verurteilt, die in Fleischeslust gesündigt,
weil die Vernunft dem Trieb sie unterworfen.
Und wie zur kalten Zeit ihr Flügelpaar
die Stare hinführt in gedrängter Menge,
so führt der Windshauch hier die argen Geister.
Er jagt sie hin und her, hinauf, hinab,
und keine Hoffnung bietet ihnen Trost
geringrer Pein, geschweige denn der Ruhe.
Gleich wie die Kraniche wehklagend ziehn
und lange Streifen in der Luft beschreiben,
so sah, getragen von der Macht des Windes,
ich eine Schar mir nahn mit lautem Weinen.
Zu meinem Meister sagt ich drum: „Wer sind
die Schatten, die die schwarze Luft so geißelt?"
„Die vorderste der Schar, von welcher Kunde
du wünschst", entgegnete darauf mir jener,
„beherrschte Völker von gar vielen Sprachen.
Der Wollust Laster war sie so ergeben,
daß durch Gesetz sie jede Lust erlaubte,
die Schmach zu tilgen, welcher sie verfallen.
Sie ist Semiramis, von der wir lesen,
daß sie, des Ninus Gattin, ihn beerbte;
das Land beherrschte sie, das jetzt des Sultans.
Die nun folgt, ist's, die sich aus Lieb ermordet
und Treu gebrochen des Sichäus Asche.
Dann kommt Kleopatra, die glutentbrannte."
Helena sah ich, die so langes Unheil
verursacht, und Achilles auch, den großen,
der noch zuletzt mit Liebe kämpfen mußte.
Paris und Tristan und wohl tausend zeigte
Virgil, sie mir benennend, mit dem Finger,
die unsrer Welt die Lieb entrissen hat.
Als mir die Fraun der Vorzeit und die Ritter
namhaft gemacht von meinem Meister waren,
ergriff mich Mitleid, daß ich kaum bewußt blieb.
Drauf sagt ich zu dem Führer: „Gerne spräch ich
mit jenen zwein, die sich zusammenhalten,
und die so leicht bewegt vom Wind erscheinen."

Und er darauf: „Beschwörst du, wenn erst näher
sie uns gekommen sind, sie bei d e r Liebe,
die sie vereint, so zweifle nicht, sie kommen."
Sobald der Wind sie zu uns hergewendet,
erhob die Stimm ich: „Schmerzbeladne Seelen,
ist's nicht verwehrt, so kommt, mit uns zu reden."
Wie Tauben, die, gerufen vom Verlangen
zum süßen Nest, mit ausgespannten Schwingen
die Luft durchschneiden, so sah ich die beiden,
kraft ihres Willens, durch die schlimme Luft
sich aus der Schar, wo Dido weilt, uns nahen;
so wirksam war mein anteilvolles Rufen.
„O wohlgesinntes, liebereiches Wesen,
das du, die Nacht der Unterwelt durchwandelnd,
uns heimsuchst, die mit Blut die Erde färbten,
wär unser Freund des Weltgebäudes König,
so wollten wir ihn flehn um deinen Frieden,
weil du mit unsrem Elend Mitleid fühlest.
Anhören und euch sagen wolln wir alles,
was du zu reden und zu hören wünschest,
solang der Wind noch, wie er itzt tut, schweiget.
Gelegen ist der Ort, wo ich geboren,
am Meeresstrand, zu dem der Po hinabsteigt,
um mit den Nebenflüssen Ruh zu finden.
Die Liebe, leicht entflammend edle Herzen,
entflammte diesen für den schönen Körper,
der mir geraubt ward, und das W i e quält noch mich.
Die Liebe, die zur Gegenliebe nötigt,
ließ mich an ihm solch Wohlgefallen finden,
daß, wie du siehst, sie noch nicht von mir abläßt.
Die Liebe führt' uns zu vereintem Tode;
Caina wartet des, der uns gemordet."
So lautete, was sie zu uns gesprochen.
Als die unsel'gen Geister ich vernommen,
senkt ich das Haupt und hielt es so geneigt,
bis mir der Meister sagte: „Nun, was sinnst du?"
Darauf erwidernd hub ich an: „O Himmel,
wie mancher stille Liebeswunsch, wie manches
Verlangen führte sie zum Schritt voll Schmerzes!"
Dann wendet ich mich ihnen zu und sagte:
„Francesca, deiner Qualen Anblick macht

vor Trauer mich und vor Mitleiden weinen.
Doch sage mir, zur Zeit der süßen Seufzer,
an was und wie gestattete dir Amor,
das schüchterne Verlangen zu erkennen?"
Drauf sagte sie zu mir: „Kein Schmerz ist größer,
als sich der Zeit des Glückes zu erinnern,
wenn man in Elend ist; das weiß dein Lehrer.
Hegst du jedoch, die Wurzel unsrer Liebe
zu kennen, solch entschiedenes Verlangen,
so werd ich tun, wie wer im Reden weinet:
Wir lasen eines Tages zum Vergnügen
von Lanzelot, wie Liebe ihn umstrickte,
allein und unbeargwohnt waren wir.
Oft hieß des Buches Inhalt uns einander
scheu ansehn und verfärbte unsre Wangen;
doch nur e i n Punkt war's, welcher uns bewältigt.
Denn als wir, wie das langersehnte Lächeln
von s o l c h e m Liebenden geküßt ward, lasen,
da küßte, dem vereint ich ewig bleibe,
am ganzen Leibe zitternd, mir den Mund.
Zum Kuppler ward das Buch und der's geschrieben.
An jenem Tage lasen wir nicht weiter."
Und während so der eine Schatten sprach,
vergoß der andre solchen Strom von Tränen,
daß ich ohnmächtig ward, wie wenn ich stürbe,
und nieder fiel ich wie ein toter Körper.

Tuti – nameh

„Das Papageienbuch"

Erster Abend

Kaum war es Abend geworden, als Mâhi-Scheker ihre Juwelen anlegte und sich putzte und schmückte. Endlich kam der Augenblick, wo sie sich losmachen konnte, und nun wollte sie sich eben zu dem Jüngling hinbegeben, als ihr Sâïds Abschiedsworte einfielen, daß sie nämlich, wenn sie je mit einem andern Manne in Verbindung träte, wenigstens vorher mit dem weisen Papagei zu Rate gehen sollte. Wie sie sich hieran erinnerte, sprach sie zu sich selbst: „Rede ich mit dem weisen Vogel von diesem Verhältnis, so wird er mich von meinem Geliebten zurückhalten. Ein Mann nimmt ja immer für den andern Partei; der später gekaufte Papagei dagegen, das Weibchen, welches den Namen Muscharik führt, ist doch wenigstens von meinem Geschlecht und mir deshalb mehr zugetan. Es ist vernünftiger, daß ich diesem meine Herzensgeheimnisse mitteile und von ihm die Erlaubnis zu gehen nehme."

Mit diesen Worten trat sie unter den Käfig des Vogels Muscharik, trug ihr Herzeleid vor und erzählte alles, was geschehen war. Kaum hatte das törichte Tier Mâhi-Schekers Rede gehört, als ihm die Adern des Feuereifers anschwollen und es zu rückhaltlosen, wenngleich durch reinen Sinn eingegebenen Worten den Mund öffnete. „Aber Mâhi-Scheker", rief es aus, „was hat den Sâïd, dein dich so treuliebender Gatte, an Herzlichkeit gegen dich fehlen lassen, oder welches Vergehen gegen die Treue ist dir von ihm bekannt geworden, daß du so schnell einem andern dein Herz geschenkt hast? Gott sei Lob und Preis, Sâïd ist gesund und munter und wird bald heimkommen. O Mâhi-Scheker, so wolle nicht zulassen – daß sich freuen – die dich hassen – und daß sich betrüben – die dich lieben – indem du Schimpf und Schande – auf deinen Gatten bringst vor dem ganzen Lande. – Du selbst wirst den Blick nachher nicht von dem Erdboden erheben können! Fürchtest du denn Gott nicht? Und schämst du dich nicht vor den Menschen, daß du dich auf eine solche Scheußlichkeit einlassen willst?"

Mit tausend Vorstellungen dieser Art suchte Muscharik die Mâhi-Scheker zurechtzuweisen. Diese war aber einmal in der Liebe zu dem schönen Jünglinge befangen und empfand daher die Vermahnung, so gerecht sie war, sehr unangenehm. ‚Die Wahrheit ist bitter', sagt das Sprichwort. Hastig öffnete sie den Käfig, ergriff zornig die arme Muscharik, schlug sie heftig auf den Boden und

Aufflog ihre Seele, das Vögelein
Vom Neste des Leibes zu besserem Sein.

Mâhi-Scheker war aber so erzürnt, daß ihr die Lust, den schönen Jüngling zu besuchen, vergangen war. Sie ging also in ihr Zimmer und blieb. In dieser Weise verstrich ihr die Nacht, und ungeduldig erwartete sie den folgenden Abend.

Zweiter Abend

Als die Sonne untergegangen war, machte Mâhi-Scheker sich wiederum auf, um den Jüngling zu besuchen; jedoch fiel ihr da Sâïds Rat ein, und sie sprach bei sich selbst: „Mein Mann hatte mir empfohlen, mit dem weisen Papagei Rats zu pflegen; von der Muscharik war gar nicht die Rede. Aus Dummheit habe ich ein ebenso unverständiges Wesen, als ich selber bin, um Rat gefragt und bin dadurch ins Unglück gekommen. Jetzt will ich aber zu dem weisen Vogel gehen und ihn befragen; denn wenn er etwa auch meinen Beschlüssen widersprechen sollte, so kann ich ihn ja denselben Weg, den die Muscharik bereits gegangen ist, nachsenden."

Mit wogenden Gedanken trat sie nach diesen Worten unter den Käfig des Papageien und erzählte ihm genau alles, was ihr begegnet war. Ihre Rede versenkte den Papagei in ein Meer von Besorgnissen, in welchem er hin und her getrieben wurde. „O Gott," sprach er bei sich selbst, „du kennst meine Lage! Rede ich die Wahrheit, so verliere ich durch die Hand dieser Grausamen das Leben; rede ich aber ihren Lüsten gemäß, so bin ich gleichsam ein Helfershelfer bei ihrer Treulosigkeit, betrüge meinen Wohltäter und zeige mich mit der Sünde einverstanden. Damit verdiene ich mir dann ewige Strafe am großen Tage der Vergeltung." – Nach längerm tiefen Nachdenken wandte er sich darauf zu Mâhi-Scheker und sprach: „Du an der Anmut Firmament leuchtender Mond – die in der Lieblichkeit Gartenau als Königin thront! – möge Gott deine Schönheit täglich mehren – und dem frischen Blumenbeet deiner Vollkommenheit liebliche Früchte bescheren! – deine Schönheit kann nicht gestatten – daß unter der Einsamkeit Schatten – du suchest Rast – und werdest ein Gast – im Winkel der Zurückgezogenheit – du, die Perle der Zeit – das schönste der Weiber weit und breit! – Schon längst drängte es mich, dir dies zu sagen, doch fürchtete ich, du möchtest es übelnehmen; ich schwieg daher und sage es erst jetzt, wo sich eine Gelegenheit darbietet. Aber, o schöne Gebieterin, weshalb mußtest du solche Geheimnisse einem unverständigen Wesen, wie die Muscharik war, mitteilen und ihre Zustimmung fordern? Die Muscharik hatte keine Ahnung vom Wesen der Liebe, und die Wonne inniger Freundschaft war außerhalb ihrer Begriffe. Es ist ihr ganz recht geschehen, daß sie durch dich ihren Lohn gefunden hat. Sie war zugleich ein Lästermaul und sehr dumm, so daß ich schon längst vermied, mit ihr zu reden. Nun ist ihr verdienter Lohn ihr zuteil geworden! Was aber unsere Angelegenheit anbetrifft, so wäre es doch ein großer Fehler, jetzt gleich ohne Überlegung zur Tat zu schreiten. ‚Der unbedachten Rede Ausgang ist Unglück', sagt das Sprichwort. Erlaube daher deinem Knechte, diese Nacht gründlich über die Sache nachzudenken, damit ich dir morgen abend über die Pfade der Liebe genügende Belehrung erteilen und meine Dankbarkeit gegen dich, meine Gebieterin, beweisen kann." – Mit diesen Worten beruhigte er die Mâhi-Scheker, so daß sie von ihm abließ. Dann wandte er die Nacht bis zum Morgen an, Listen auszusinnen.

Dritter Abend

Am Abend des folgenden Tages putzte sich Mâhi-Scheker mit mannigfachen Schmucksachen und erschien so anmutig und liebreizend, daß man sie für ein geistiges Wesen in Körpergestalt hätte halten mögen. Mit hundert Tändeleien trat sie, um die Pfade der Liebe zu erlernen, unter den Käfig und sprach: „Mein Papagei, du hochgelehrter – du in der Redekunst einzig bewährter! – sage mir jetzt den Rat, den du mir gestern verheißen. Was du dir ausgedacht – und durch dein Sinnen zuwege gebracht, – leg mir's dar – und mach mir's klar!" – Worauf der Papagei – der Meister der Wohlrednerei – auftat seines Mundes Pforte – und sprach die Worte: „O Mâhi-Scheker, bevor ich deinen Wunsch erfülle, habe ich dir zunächst drei Dinge vorzutragen. Darauf sollst du wohl achthaben; sonst hoffe nicht auf den Liebesunterricht – und auch auf den Besuch bei deinem Geliebten nicht. – Erstens: da du in Liebe zu deinem Gatten befangen – und nach ihm voll Verlangen – von ihm wurdest verlassen – und deinem Schmerz bliebst überlassen – ohne Gramverscheucher – ohne Zuspruch edler Freunde, liebreicher – und dasaßest in Elend und Jammer – in der Einsamkeit Kammer – nun aber du einen Liebhaber gewonnen, einen liebreizenden, anmutspreizenden – so sollst du dies achten als ein Glück – und nicht des Genusses Augenblick – bis morgen ungenutzt lassen – sondern die Gelegenheit wohl erfassen. – Zweitens: da, wie jedes Geheimnis mir klar ist – auch deines Gatten Treiben mir offenbar ist – so ist mir kund – wie er allerorten und zu jeder Stund – mit lieblichen Gesichtchen scherzt – und jasminduftige Mägdlein herzt – wie in frohem Genießen – auch seine Tage verfließen. – Zwar liebt er dich, sosehr es nur möglich ist zu lieben – doch sollst du nicht die Lust von heut auf morgen verschieben – und wohl benutzen schon heut – die Gelegenheit – die dir zum Genuß sich beut. – Es wäre doch ewig zu beklagen – wenn du wolltest der Erdenlust dich entsagen – in frischen Jugendtagen! Drittens: wohl hat Sâïd mich gekauft und gezahlt meinen Wert – doch seine Hand hat mich nie genährt – nur du gabst mir Wasser und Speise – und bemühtest dich um mich in vielfacher Weise – du bist's, die mich gehegt – und mit Wohltaten mich gepflegt – drum deinem Dienst zu leben – und tausendfach für dich mein Blut zu geben – ist mein einziges Streben.

Daraus magst du verstehen, daß ich mich mit allen Kräften bemühen werde, deine Geheimnisse verborgen zu halten; und wenn du jetzt noch nicht die Wahrheit meiner Worte glaubst, so wird dich die Folge davon überzeugen. Deine Wohltaten und meine Verpflichtungen zu vergessen, ist mir völlig unmöglich; im Gegenteil werde ich, soweit ich vermag, bemüht sein, dir meine Dankbarkeit zu beweisen. Wahre Dankbarkeit ist aber nicht bloß mit der Zunge, sondern mit allen Gliedern zu leisten, und ich bin der Ansicht, daß, wenn man auch einmal von seinem Wohltäter eine Beleidigung erfährt, man darum doch seine alten Verpflichtungen nicht vergessen darf. Sollte mich daher auch meine Herrin einmal übel behandeln, so werde ich doch ihre Huld und Gnade mir nie aus dem Sinne schlagen. Es ergeht mir vielleicht mit meiner Treue wie dem armen Papagei, der in der Geschichte von dem indischen Kaufmann und seiner Frau eine Rolle gespielt und dessen Aufrichtigkeit zuletzt offenbar wurde." – Als Mâhi-Scheker dies hörte, fragte sie: „Was ist das für eine Geschichte?" – Der Papagei antwortete: „Das ist eine sehr anmutige Geschichte, die ich dir wohl erzählen möchte, wenn nicht das letzte Drittel der Nacht schon angebrochen wäre. Nun ist es schon zu spät, um zu dem schönen Jüngling zu gehen; ich bedaure, dir so lange den Schlaf entzogen zu haben. Geh jetzt, leg dich zur Ruhe! So Gott will, erzähle ich dir morgen abend meine Geschichte, und nachher gehst du dann zu deinem Geliebten, dem Ziel deiner Wünsche. In der vorigen Nacht ist nämlich – so ununterbrochen dachte ich über deine Angelegenheit nach – bis zum Morgen kein Schlaf auf meine Augen gekommen, und jetzt habe ich so lange gesprochen, daß ich bis zum Umfallen matt bin."

Mâhi-Scheker zog sich darauf zu Schlaf und Ruhe in ihr Gemach zurück und legte sich, so aufgeregt sie auch war, nieder.

Giovanni Boccaccio

Das Dekameron

Der dritte Tag des Dekameron

Die zehnte Geschichte

Alibeck war die schöne Tochter eines sehr reichen Mannes in Capsa in der Berberei. Da sie keine Christin war, überall aber den Glauben der Christen rühmen hörte, fragte sie einmal einen davon, auf welche Art man Gott am leichtesten wohlgefällig dienen könnte. Der sagte: wenn man allem Weltlichen entfliehe, wie jene, die sich in der Wüste Thebais aufhielten. Das Mädchen, welches etwa vierzehn Jahre zählte, folgte mehr einem dunklen Gelüste als einem rechten Wunsche, als es sich, ohne etwas zu sagen, aufmachte und unter Hunger und Mühen in die Wüste Thebais kam, wo sie bald eine Hütte traf, vor der ein frommer Einsiedler stand. Dieser fragte erstaunt, was sie hier suche, worauf sie antwortete: Gott habe ihren Dienst gefordert, nun wolle sie lernen, wie man ihm diene. Der gute Mann fürchtete den Teufel, wenn er das hübsche Mädchen bei sich behielte, darum gab er ihr zu essen und zu trinken und schickte sie zu einem andern, der in der Nähe hauste, der sie besser lehren könne als er, brachte sie auch auf den Weg dahin. Als sie zu diesem kam, bekam sie dieselben Worte zu hören und wurde wieder weitergeschickt; und so kam sie, nachdem sie noch mehrmals von einem zum andern abgeschoben war, stets aus denselben Gründen, zu einem jungen, andächtigen Einsiedler, welcher Rustiko hieß. Der stellte wohl dieselbe Frage, behielt sie aber in seiner Zelle, um einen Beweis seiner Standhaftigkeit zu geben, machte ihr ein Lager zurecht, worauf sie ruhen konnte. Es dauerte nicht lange, so gerieten die Versuchungen mit seinen Kräften in Kampf, wobei er, dem Laufe der Dinge gemäß, sich bald überwunden erklärte, fromme Gedanken, Gebete und Geißel fahren ließ, sich ihre schöne Gestalt vorstellte und auf Mittel und Wege sann, wie er, ohne ihr als Wollüstling zu erscheinen, zum Ziel bei ihr gelangen könnte. Er begann mit Fragen, die ihm die Gewißheit gaben, daß sie noch unberührt und wirklich so harmlos, wie sie schien. Daher beschloß er, die Ehre Gottes seinen Lüsten vorzuspannen, was ja stets am sichersten verfängt. Mit dem Teufel begann er, malte ihn abgründig schwarz als Feind Gottes und erklärte, es gebe kein größeres Verdienst, als den Teufel wieder in die Hölle zu jagen. Das Mädchen sah solches ein und fragte, wie das zu machen sei; Rustiko aber sagte, sie werde das schon sehen: sie solle nur tun, was er mache; worauf er seine wenigen Kleider ablegte und wie zum Gebete nackt niederkniete, dem Mädchen aber, welches ihm alles nachgemacht hatte, befahl, sich vor ihn hinzustellen. Bei ihrem Anblick entflammte seine Gier wie noch niemals, und es kam die Auferstehung des Fleisches. Erstaunt fragte Alibeck: „Was ist das, was ich bei dir emporfahren sehe und ich nicht habe?" – „Oh, meine Tochter, das eben ist der Teufel, und gerade jetzt plagt er mich über die Maßen." Da pries das Mädchen sich glücklich, daß es solchen Teufel nicht habe. Rustiko aber sagte: sie habe dafür die Hölle, und gewiß habe Gott sie zu ihm geschickt, auf daß er seinen Teufel in ihre Hölle fahren lassen könne, und damit malte er ihr Verdienst, das sie sich erwerbe, wenn sie solches zuließ, recht prächtig aus, so daß das Mädchen ausrief: „Oh, mein Vater, wenn dem so ist, so mag's nach deinem Gefallen geschehen." Dafür segnete sie Rustiko, legte sie auf das Bett, zeigte ihr, wie sie sich anstellen müsse, um den Verruchten hineinzujagen. Da Alibeck einige Schmerzen verspürte, meinte sie, das sei wirklich ein recht boshafter Teufel, doch gab ihr der Teufelsträger den Trost: dem sei nicht immer so. Um dem Teufel aber recht den Hochmut aus dem Kopfe zu treiben, schickten sie ihn wohl sechsmal nacheinander in die Hölle, bis ihm alle Lust verging und er Frieden gab. Solches geschah nun

täglich, und Alibeck fand ihren Gefallen daran, so daß sie eines Tages erklärte: die Männer von Capsa hätten recht gehabt, nichts Süßeres gäbe es, als Gott zu dienen; das Schönste im Leben aber dünke ihr, den Teufel in die Hölle zu jagen. Wer an etwas anderes denke, als Gott zu dienen, sei ein Hornochse. Und es geschah oft, daß sie zu Rustiko trat: „Vater, ich kam, um Gott zu dienen, ich will nicht müßig liegen: wir wollen den Teufel in die Hölle schicken." Und dann wieder wunderte sie sich, daß der Teufel immer wieder aus der Hölle fliehe; wenn er so gern in der Hölle wäre, wie sie ihn aufnähme, käme er überhaupt nicht mehr heraus. Bei diesem häufigen Gottesdienst ließ Rustiko mächtig Wolle, so daß ihn oftmals fror, wo er heiß sein sollte. Darum sagte er: „Man darf den Teufel nur dann in die Hölle stecken, wenn er allzu stolz den Kopf hebt, wir haben ihm aber so zugesetzt, daß er Gott bittet, in Ruhe bleiben zu dürfen." Da schwieg das Mädchen einige Tage. Dann sagte sie: „Rustiko, dein Teufel ist nun geduckt, aber meine Hölle, da ist nun der Teufel wahrhaftig los, sie läßt mir keine Ruhe, bei Tag und bei Nacht nicht. Hilf mir also, die Wut meiner Hölle zu bändigen, wie ich dir geholfen habe, deinen Teufel zu ducken." Rustiko lebte von Kräutern, Heuschrecken und wildem Honig und war darum seinem Posten nicht mehr recht gewachsen, er meinte deshalb: die Hölle zu bändigen, dazu gehörten mehr als ein Teufel· in Gottes Namen aber wolle er helfen, soviel er könne. Wenn das aber einmal geschah, so war's, als werde einem hungrigen Löwen eine Erbse in den Rachen geworfen, weshalb das Mädchen murrte, da sie glaubte, solch ein Gottesdienst genüge nicht. So war der Zwist zwischen Hölle und Teufel ausgebrochen. Da geschah es, daß bei einer Feuersbrunst in Capsa Alibecks Eltern samt Kindern den Tod fanden, wodurch sie Erbin eines großen Vermögens wurde. Ein junger Mann, Nerbale, der ein ganzes Vermögen verschwendet hatte, machte sich auf, sie zu suchen, und als er sie gefunden, nahm er sie zu Rustikos größtem Vergnügen mit nach Capsa, wo er sich mit ihr verheiratete. Noch ehe Nerbale bei ihr geschlafen, wurde sie von Frauen gefragt, womit sie denn Gott in der Wüste gedient, worauf ihre Antwort war: sie habe den Teufel in die Hölle gesteckt; Nerbale habe sich versündigt, daß er sie diesem Gottesdienst entzogen. Als die Frauen nun fragten, wie das geschehen sei, Alibeck es ihnen aber erklärte, lachten sie laut auf und sagten: das könne sie hier auch haben, Nerbale werde ihr schon bei diesem Gottesdienst behilflich sein. Ihre Antwort aber sprach sich herum, bis sie zum Sprichwort wurde: Der angenehmste Gottesdienst sei, den Teufel in die Hölle zu stecken, und das Sprichwort hat auch heute noch nicht seine Kraft verloren. Darum, junge Mädchen, lernt den Teufel auf diese Weise züchtigen, es ist Gott angenehm und macht euch den größten Spaß.[...]

Die zweite Geschichte

Peronella war das junge, hübsche Weibchen eines armen Maurers in Neapel. In sie verliebte sich ein junger Stutzer, Giannello, und da er auch ihre Liebe gewann, verabredeten sie, daß Giannello immer aufpasse, wenn ihr Mann morgens aus dem Hause zur Arbeit gehe, dann sollte er zu ihr kommen, was ohne aufzufallen geschehen konnte, da die Straße sehr einsam. Das ging mehrere Male gut. Eines Tages aber kam der Mann nach kurzer Zeit wieder zurück, während sich Giannello gerade bei Peronella befand. Er klopfte an die Tür, welche er verschlossen fand, was ihn zu dem Trostspruch veranlaßte: „Gott sei Lob, er gab mir in der Armut wenigstens ein ehrbar Weib: sie verschließt gleich die Tür von innen." Drinnen aber sagte Peronella: „O weh! Da ist mein Mann! Möchte ihn doch der Henker holen. Hat er dich vielleicht gesehen? Krieche gleich in das Faß dort hinein, dann wollen wir sehen, warum er so früh nach Hause kommt." Giannello kroch in das Faß, sie aber empfing ihren Mann: „Nanu, mit dem Hand-

werkszeug wieder? Du willst wohl heute nichts arbeiten? Wo meinst du denn, daß wir Brot herholen sollen? Glaube nicht, daß ich mir meine Kleidchen und meinen anderen Kram versetzen lasse. Ich spinne bis in die späte Nacht hinein, daß mir das Blut unter den Nägeln hervorkommt. Die Nachbarinnen spotten über mich, daß ich so schufte, und du kommst heim, wenn du arbeiten sollst. Mann! Mann!" Und dann jammerte sie weiter: „Was hätte ich für einen jungen, hübschen Mann kriegen können, und nahm nun den, der gar nicht weiß, wen er im Hause hat. Andere Frauen haben Spaß mit ihren Liebhabern, deren sie drei, vier haben; ich dachte nie an solche Geschichten, und mir geht es schlecht. Aber warum soll ich nicht? Sieh dich vor, Mann, wenn du schlecht tust, ich finde genug, die mich lieben und die mir schon Geld genug angeboten haben und Kleider und Edelsteine. Noch denkt mein Herz nicht daran. Und du läufst von der Arbeit weg!" Der Mann aber fiel ihr jetzt ins Wort; er wisse schon, welch braves Weib er habe. Daß er nach Hause gekommen, daran sei der Festtag des heiligen Galeo schuld, an den er sowenig wie sie gedacht. „Aber sieh, ich dachte doch ans Brotverdienen; das Faß, welches uns immer im Wege, habe ich an diesen Mann hier bei mir verkauft, er gibt mir fünf Gulden dafür, davon können wir länger als einen Monat leben." – „Was", sagte die Frau, „fünf Gulden? Schau, ich komme kaum vor die Tür, aber ich weiß besser als du, was ein solches Faß wert ist. Ich habe es an jenen Mann verkauft für sieben Gulden. Er ist eben hineingekrochen, um zu sehen, ob es fest." Darüber freute sich der Maurer, und so sagte er zu dem Manne: „Geh mit Gott! Du hörst, daß meine Frau das Faß für sieben Gulden verkauft hat", worauf der andere „in Gottes Namen" wünschte und ging. Peronella aber sagte zu ihrem Manne: „Weil du einmal hier bist, so besieh das Faß selbst." Giannello hatte lange Ohren gemacht; als er dies hörte, sprang er aus dem Faß und sagte, als wenn er von dem Manne nichts gehört hätte: „Wo ist es, liebe Frau?", worauf der Mann ihn ansprach, und als Giannello sagte: er wolle mit der Hausfrau einen Handel abschließen, ihm versicherte: er sei der Mann, mit ihm könne er den Handel auch zu Ende führen. Da meinte Giannello, das Faß sei zwar fest, aber es wäre wohl Schmiere drin gewesen, drum könne er es nicht nehmen, bevor es ganz rein. „Oh", sagte Peronella, „mein Mann soll's putzen", worauf dieser „gut!" sagte, sich bis auf die Hosen auszog, ein Licht und ein Kratzeisen nahm, ins Faß kroch und drinnen abzukratzen begann. Peronella aber steckte den Kopf in die Öffnung, so weit, daß auch ein Arm und eine Schulter hineinkam, und verdeckte so die ganze Öffnung. Während sie nun ihrem Mann immer wieder zurief: „Kratze hier und hier und dort, daß ja kein bißchen haften bleibt", war Giannello hinter sie getreten, und da er durch den Mann vorher am vollen Genusse seines Wunsches gehindert war, versuchte er jetzt auf die Art, wie die zügellosen Rosse der Steppe sich auf die parthischen Stuten stürzen, und er war in demselben Augenblick zum Ziele gelangt, als auch der Mann im Fasse fertig geworden war. Peronella zog den Kopf aus dem Fasse, der Mann kroch heraus: „So, lieber Herr, nimm das Licht und sieh, ob alles sauber." Giannello sah hinein, fand alles gut, bezahlte die sieben Gulden, worauf ihm der Mann das Faß noch nach Hause trug.[. . .]

Geoffrey Chaucer

Canterbury-Erzählungen

Süß war ihr Mund wie Met und Würzgebräu,
Wie Äpfel, eingelegt in Heid' und Heu,
Scheu wie ein muntres Füllen war sie, lang
Gleich einem Mast und Bolzengrad im Gang.
Und eine Brosche pflegte sie am Kragen
Wie eines Schildes Buckel groß zu tragen.
Die Schuhe waren hochgeschnürt am Bein,
Sie war ein Primelchen, ein Mäuselein,
Wert, Bettgenossin eines Lords zu sein
Oder den besten Dienstmann einst zu frein.
  Und nun, ihr werten Herrn, also geschah's,
Daß eines Tages der art'ge Nikolas
Mit diesem Weibchen, da in Oseney
Ihr Mann war, Unfug trieb und Schäkerei,
Und wie denn ein Student ein schlauer Gast,
Hat er sie heimlich bei der Scham gefaßt
Und ihr gesagt: „Laß meine Lust mich büßen,
Sonst sterb ich, Schatz, vor Liebe dir zu Füßen."
Und hielt sie um die Hüften fest umfangen
Und sprach: „O Liebchen, stille mein Verlangen –
So wahr Gott lebt, sonst wird der Tod mich holen!"
  Sie sprang, wie an der Fessel tut ein Fohlen,
Und drehte zornig von ihm das Gesicht
Und rief: „Bei meiner Treu, ich küss' dich nicht.
Laß sein, ach Nikolas", sprach sie, „laß sein,
Sonst muß ich Mordio und Zeter schrein!
Ich bitte, nimm die Hände höflichst fort!"
Und Niklas bat um Gnade nun sofort
Und schmeichelte und ließ so gar nicht nach,
Daß sie zuletzt ihm ihre Gunst versprach
Und schwor zugleich bei Sankt Thomas von Kent,
Wenn sie erspäht den richtigen Moment,
So wolle sie erfüllen sein Verlangen.
„Mein Mann ist so von Eifersucht befangen,

Du ſolt mit vnkeüſch ſein

Hältst du nicht ruhig dich und wartest fein,
So werd ich sicherlich des Todes sein.
Drum halt du diese Sache ganz verborgen!"
  Und Niklas sprach: „Drum sei außer Sorgen!
Unnütz hätt' ein Student die Zeit vertan,
Könnt' er nicht trügen einen Zimmermann."
Und sie versprachen sich's mit manchem Eid,
Noch, wie gesagt, zu warten ein'ge Zeit.
So machte Nikolas denn alles richtig.
Er klopft' ihr dann noch auf die Lenden tüchtig,
Küßte sie süß, nahm die Psaltrie darauf
Und spielt' ihr munter noch manche Stückchen auf.

François Villon

Die Schäferin

Es war ein Schäfermädchen
Und schnurr, und schnurr, kleiner Schnurrdiburr
Die war bekannt im Städtchen:
Mehr als das liebe Vieh
Liebte die Jungen sie.

Einst als sie lag am Flüßchen
Und schnurr, und schnurr, kleiner Schnurrdiburr
Sprang sie aus Rock und Blüschen
Als sie Pierre sah
Und der war ziemlich nah.

Pierre fing an zu wippen
Und schnurr, und schnurr, kleiner Schnurrdiburr
Er leckte sich die Lippen:
Er wollte fühlen sehr
Wie weich ihr Kätzchen wär.

Die Schäferin, nicht bieder
Und schnurr, und schnurr, kleiner Schnurrdiburr
Die öffnete ihr Mieder:
„Nimm meine Brüste dir
Küß sie erst hier, dann hier.“

Und daß der Junge fände
Und schnurr, und schnurr, kleiner Schnurrdiburr
Auch Platz für seine Hände
Macht sie die Beinchen auf
Und sagt ihm das darauf:

„Laß deine Finger spielen
Und schnurr, und schnurr, kleiner Schnurrdiburr
Ich lieb so, sie zu fühlen
Streichle es mir sofort
Sonst kriegst den Stock du dort!“

Doch Pierre nahm nicht die Pfote
Und schnurr, und schnurr, kleiner Schnurrdiburr
Er legt nicht seine Pfote
Das Schwein, er legt sein Kinn
Er legt sein Kinn dorthin.

Und zu des Flusses Rauschen
Und schnurr, und schnurr, kleiner Schnurrdiburr
Kannst dem Gebet du lauschen:
„Hör noch nicht auf, ah ja
Wirt uns noch mal, ah ja, ah ja, ah ja . . .“

IV

„Gott gebe Euch Eure Gesundheit wieder!" sagte der fromme Mann; sie aber heftete ihre Augen auf seinen Hosenlatz ...

Pietro Aretino

„Wenn das Öl versiegt, erlischt die Lampe, und kein Mark im Rückgrat bedeutet den Tod."

Wang Schi Tschong

Die Gespräche des Göttlichen Pietro Aretino

Wie Nanna in Rom unter einem Feigenbaum der Antonia von dem Leben der Nonnen erzählte

[...] Nanna: Durch die Spalten in meiner Wand konnte ich drei Zellen überblicken.

Antonia: Da bestanden wohl die Mauern aus lauter Löchern. Ein Sieb ist ja gar nichts dagegen!

Nanna: Ich denke mir, sie haben sich mit dem Zustopfen der Löcher keine große Mühe gemacht, weil sie auf diese Weise gegenseitig ihr Vergnügen aneinander hatten. Genug – ich höre ein Stöhnen und Seufzen, ein Pusten und Schnaufen, wie wenn da zehn Personen wären, die im Traum der Alp drückte; ich spitze die Ohren und höre – es war an der Wand, die der anderen, hinter der das Lanzenbrechen stattfand, gegenüberlag – und höre in ganz gedämpftem Tone sprechen. Schnell hab ich das Auge an der Ritze, und da sehe ich dir, die Beine hoch in der Luft, zwei Nönnchen, fett und frisch, mit vier Schenkeln weiß und rund und hübsch quabbelig wie Schlickermilch. Jede hielt in der Hand ihre Glasrübe, und die eine hub an und sprach zur anderen: „Was für ein Blödsinn, sich einzubilden, für unseren Appetit genügten solche Schmutzdinger, die nicht küssen können, die keine Zunge haben und keine Finger, um unsere Klaviatur damit zu bearbeiten! Und selbst, wenn sie das alles hätten – ich bitte dich, da die Nachbildungen uns schon solche Wonnen bereiten, wieviel würden wir erst von den lebendigen haben! Ja, wir können wohl mit Recht von uns sagen, Arme Dinger!, wenn wir unsere ganze Jugend hindurch auf diese gläsernen Notbehelfe angewiesen sind!" – „Weißt du was, Schwesterchen?" antwortete die andere, „ich will dir einen Rat geben: komm mit mir!" – „Und wohin gehst du?" fragte jene. „Ich? Sobald es Nacht ist, brenn ich durch und geh mit einem jungen Mann nach Neapel; sein bester Freund reist auch mit, und der wäre gerade dein Fall! Ja, heraus aus dieser Spelunke, aus diesem Grab, und genießen wir unsere Jugend, wie es allen Frauen zukommt!" – Sie hätte gar nicht soviel Worte zu machen brauchen, denn die andere war von leichtem Kaliber und erklärte sich sofort bereit. Sowie sie sich darüber einig waren, warfen sie beide gleichzeitig ihre Glasstengel gegen die Wand; um aber den Lärm zu verdecken, den das machte, schrien sie aus Leibeskräften: Katz! Katz! Katz!, als ob die Katzen ihre Nachttöpfe und was sonst noch an Geschirr da war, zerbrochen hätten. Dann sprangen sie aus dem Bett, packten ihre besten Sachen zusammen und verließen die Kammer. Ich war nun wieder allein, da hörte ich plötzlich ein Klatschen, wie wenn einer mit den flachen Händen auf ein paar nackte Schenkel schlüge, und ein „Ach!“, und „O weh, ich Arme!“, und ein Geräusch, wie wenn jemand sich mit den Nägeln das Gesicht zerkratzte, sich

die Haare raufte und die Kleider zerrisse. Und so wahr ich hoffte, selig zu werden, ich glaubte, unser Glockenturm stände in Flammen! Schnell lege ich das Auge an eine Mauerritze, und da sehe ich, daß es unsere Ehrwürdige Mutter, die Frau Äbtissin, ist, die die Wehklagen des Apostels Jeremias anstimmt.

Antonia: Wie? Die Äbtissin?

Nanna: Die fromme Nonnenmutter, die Beschützerin unseres Klosters.

Antonia: Was fehlte ihr denn?

Nanna: Soweit ich das beurteilen kann, war sie von ihrem Beichtvater ermordet worden.

Antonia: Wieso denn?

Nanna: Mitten in der allerschönsten Arbeit hatte er den Stöpsel aus der Flasche gezogen und wollte ihn ins Moschustöpfchen stecken. Und da war nun die Ärmste ganz außer sich vor Erregung, ganz saft- und schweißüberströmt![. . .]

Antonia: Der verflixte Kerl!

Nanna: Und mit einer wahren Henkerslust, für die er tausendmal den Galgen verdient hätte, schob er ihn rein und zog ihn raus und lachte dabei in kindlicher Freude über das Geräusch, das der Zapfen bei diesem Schieben machte. Er hörte sich nämlich an wie jenes Quitsch-quatsch, das die Pilger mit ihren Füßen machen, wenn sie auf einen so kotigen Weg geraten sind, daß manchmal sogar ihre Schuhe drin steckenbleiben.

Antonia: Er verdiente, dafür gevierteilt zu werden!

Nanna: Die untröstliche Äbtissin aber, mit dem Kopf auf dem Ofen, glich der Seele eines Sodomiters im Höllenrachen. Endlich erlaubte ihr der Pater, von ihrem Flehen gerührt, den Kopf wieder zu erheben, und ohne herauszuziehen, trug der Kerl von einem Mönch auf seinem Pflock die Äbtissin zu einem Schemel hin. Auf diesen stützte sich die Märtyrerin und begann nun mit solchem Eifer sich hin und her zu werfen, daß im Vergleich mit ihr der begeistertste Orgelspieler in der Kirche unbeholfen und langsam erscheint. Wie wenn sie gar keine Knochen im Leibe gehabt hätte, drehte sie sich vollkommen um sich selbst. Als wollte sie des Beichtigers Lippen trinken und seine Zunge essen, streckte sie ihre eigene Zunge ganz weit hinaus, und ich kann dir versichern, sie war von der Zunge einer Kuh nicht zu unterscheiden. Schließlich klemmte sie seine Hand zwischen die Ränder ihres Koffers, und der Mönch mußte sich drehen und winden, wie wenn ihn eine Zange festhielte.

Antonia: O wie köstlich, wie erfrischend! Wie hüpft mir das Herz vor Freuden!

Nanna: Endlich zog der heilige Mann die Schleusen auf, damit die Mühle wieder Wasser aufs Werk bekäme, und vollendete damit seine Arbeit. Dann trocknete er seinen Schlauch mit einem parfümierten Tüchlein ab, die gute Dame aber wischte ihre Flöte aus, und nach einem kurzen Weilchen umarmten sie sich, und der Pater sagte: „O mein Fasänchen, meine Pfauhenne, meine Taube, Seele aller Seelen, Herz aller Herzen, Leben aller Leben, erscheint es dir nicht angemessen, daß dein Narziß, dein Ganymed, dein Engel auch einmal deine Hinterwohnung beziehe?" Sie aber antwortete: „O du mein Gänserich, mein Schwan, mein Falk, Trost aller Tröstungen, Freude aller Freuden, Hoffnung aller Hoffnungen, dünkt es dich nicht recht, daß deine Nymphe, deine Magd, deine Komödie einmal deine Natur in der ihrigen unterbringe?" Damit warf sie sich auf ihn und biß ihn in die Lippen, daß die schwarzen Male ihrer Zähne zurückblieben; er aber stieß einen fürchterlichen Schrei aus.

Antonia: Hu! Welche Wonne!

Nanna: Hierauf nahm die verständige Äbtissin die Reliquie in die Hand, führte sie an ihre Lippen und küßte sie zärtlich und kaute und biß mit andächtiger Inbrunst daran herum – wie ein Hündchen, aus reiner Lust am Beißen, einem die Hand oder das Bein beknabbert, so daß man lachen muß, obgleich es weh tut. So schrie auch der rüdige Mönch, als er die scharfen Zähne Seiner Lieben Frau fühlte, ganz verrückt: „Au! Au!"

Antonia: Hätte sie ihm doch ein Stück abgebissen, die Schleckerin!

Nanna: Während in dieser Weise die gute barmherzige Seele von Äbtissin mit ihrem Idol scherzte, klopfte es ganz leise an die Tür. Sie horchten beide auf und spitzten die Ohren und hörten ein leises „Pst, pst!". Daran erkannten sie, daß es des Beichtvaters Knabe für alles war, der dann auch gleich darauf hereinkam, denn ihm wurde sofort aufgetan. Und weil er ohnehin längst wußte, wieviel ihre Wolle wog, so genierten sie sich vor ihm nicht im geringsten, sondern die Schelmäbtissin ließ des Paters Pumpenschwengel fahren, ergriff das Spätzchen des Kleinen bei den Flügeln und zitterte vor Lust, mit des Bürschchens Fiedelbogen ihre Geige zu streichen.[. . .]

Wie Nanna ihr Töchterlein Pippa im Hurenberuf unterrichtet

[. . .] Pippa: Wenn ich nun alle Eure Lehren und noch mehr beobachtete, wie wird's dann weiter kommen?

Nanna: Da wirst du den Ruf erlangen, die tüchtigste und anmutigste Kurtisane von der Welt zu sein, und ein jeder wird sagen, wenn er über dich mit einem anderen spricht: „Verlaßt Euch drauf, der Schatten von Signora Pippas alten Schuhen ist mehr wert als dieunddie und jeneundjene in Schuhen und Kleidern!" Und alle, die dich kennen, werden deine Sklaven bleiben und werden überall von deinen Vorzügen predigen; und du wirst ebenso begehrt sein, wie man die andern flieht, die sich wie Spitzbübinnen und Landstreicherinnen benehmen. Und denke, wie stolz ich dann auf dich sein werde!

Pippa: Was muß ich denn machen, wenn wir mit dem Essen fertig sind?

Nanna: Unterhalte dich ein kleines Weilchen mit deinem Nachbarn; verlaß aber ja nicht den Platz neben deinem Anbeter. Wenn's Bettzeit ist, läßt du mich nach Hause gehen, du selber aber sagst respektvoll: „Gute Nacht, meine Herrschaften!" Und hüte dich mehr als vorm Feuer, daß man dich nicht pissen sieht oder hört, auch geh nicht auf den Abtritt und benutze nicht dein Taschentuch, um dich abzuwischen; denn alle diese Sachen würden den Hühnern übel machen, die doch an jedem Scheißdreck herumpicken. Wenn du aber mit ihm hinter verschlossener Tür in der Kammer bist, sieh dich fleißig um, ob du nicht irgendein Handtuch oder ein Häubchen entdeckst, das dir passen könnte; bitte nicht darum, aber lobe die Handtücher und die Häubchen.

Pippa: Zu welchem Zweck?

Nanna: Damit der Hund, der auf die Hündin will, dir das eine oder andere zum Geschenk anbiete.

Pippa: Und wenn er sie mir anbietet?

Nanna: Drück ihm 'nen Kuß auf, mit 'nem kleinen Zungenschlag, und nimm an.

Pippa: Das werde ich machen.

Nanna: Während er sich dann mit Kuriergeschwindigkeit zu Bette begibt, ziehst du dich ganz sachte aus und murmelst dabei einige Worte zu dir selber, die du noch ab und zu mit einem Seufzer untermischst; auf diese Weise kann er nicht umhin, dich zu fragen, sobald du dich ihm zur Seite legst: „Worüber seufzet Ihr denn, liebe Seele?" Dann presse noch einen Seufzer hervor und sage: „Euer Gnaden haben mich behext!" Und mit diesen Worten umschlinge ihn ganz fest und küsse ihn und küsse ihn immerzu, so stark du nur kannst, dann schlag ein Kreuz, wie wenn du's beim Eintreten ins Zimmer vergessen hättest, und wenn du kein Gebet oder sonst was Ähnliches sagen willst, so bewege ein bißchen die Lippen, damit es so aussieht, als ob du betest wie eine, die das in allen Lebenslagen zu tun gewöhnt ist. Nun wird der Kerl, der in seinem Bett schon auf dich wartet wie einer, der mit einem Wolfshunger sich zu Tische gesetzt hat, ehe noch Brot und Wein aufgetragen sind – nun wird der Kerl, sage ich, dir mit den Händen die Brüste streichen und wird sein Gesicht in sie vergraben, wie wenn er daraus trinken wollte, und dann wird er den Bauch tätscheln und

so allmählich sich zu deinem Mäuschen herunterarbeiten; und nachdem er sie ein bißchen befingert hat, wird er anfangen, dir die Lenden zu betätscheln, und dann kommen die Hinterbäckchen dran, die eigentlich unser Unglück sind, denn sie ziehen unwiderstehlich die Hand an, sag ich dir; und nachdem er sie ein bißchen beklopft hat, wird er dir sein Knie zwischen die Beine schieben, um zu versuchen, ob du dich nicht umdrehst; indessen wird er es dieses erstemal nicht wagen, dich geradezu darum zu bitten. Da bleibe mir aber fest, und sollte er etwa anfangen zu winseln und das Püppchen zu spielen und sonderbare Manieren zu zeigen, so dreh dich auf keinen Fall um.

Pippa: Und wenn er mir nun Gewalt antut?

Nanna: Man tut keiner Gewalt an, Närrin!

Pippa: Aber was ist denn weiter dabei, ob er mir's ein bißchen weiter vorn oder hinten macht?

Nanna: Äffchen! Du sprichst wirklich wie 'ne Närrin, die du bist. Sag mir schnell, was ist mehr wert: ein Julius oder ein Dukaten?

Pippa: Jetzt versteh ich: Das Silber ist nicht soviel wert wie das Gold.

Nanna: Richtig! Und jetzt fällt mir ein famoser Streich ein.

Pippa: Sagt ihn mir doch!

Nanna: Ein wirklich famoser, ein ganz ausgezeichnet famoser!

Pippa: Bitte, bitte Mamachen!

Nanna: Wenn er dir also das linke Bein zwischen die Schenkel schiebt, um dich zu seiner Bequemlichkeit umzudrehen, so befühle ihn, ob er nicht irgendwelche Kettchen am Arm oder Ringe am Finger hat; und während der Brummer um dich herumschnurrt wegen der Versuchung, in die ihn der Duft des Bratens bringt, sieh zu, ob er sich seine Sachen wegnehmen läßt. Wenn ja, so laß ihn machen; sobald du ihm sein Geschmeide abgenommen hast, wirst du ihn ganz leicht nach allen Regeln der Kunst anführen; läßt er sich aber nichts wegnehmen, so sage ihm geradeheraus: „Wie? Euer Gnaden befassen sich mit solchen häßlichen Sachen von hinten?" Wenn du das sagst, wird er's auf vernünftige Art mit dir machen, und wenn er auf dich hinaufgeklettert ist, dann tue deine Schuldigkeit, meine Tochter, tu deine Schuldigkeit, Pippa; denn die Liebkosungen, mit denen wir den Ringelstechern helfen, daß sie fertig werden, die sind ihr Ruin; die Süßigkeit, die wir ihnen verabfolgen, bringt sie um. Und dann: eine Hure, die amit gut umzugehen weiß, die ist wie ein Posamentierer, der seine Waren uer verkauft; man kann wirklich nur einem Posamentenladen die cherze, Spiele und Belustigungen vergleichen, die eine ausgelernte Hure rabfolgt.

Pippa: Was Ihr für Vergleiche macht!

Nanna: Nun, nimm nur den Posamentierer; Er hat Schnürsenkel, Spiegel, Handschuhe, Kränze, Bänder, Fingerhüte, Steck- und Nähnadeln, Gürtel, Häubchen, Tressen, Seifen, wohlriechende Öle, zyprischen Puder, falsche Haare und hunderttausend Sachen sonst noch. So hat auch eine Hure auf ihrem Lager Worte, Gelächter, Küsse, Blicke. Aber das ist noch gar nichts: In ihren Händen und in ihrer Dose hat sie alle Rubinen, Perlen, Diamanten, Smaragden und alle Melodie der ganzen Welt.

Pippa: Wieso denn?

Nanna: Wieso! Ha! Es gibt keinen Mann, der sich nicht im siebenten Himmel dünkt, wenn seine geliebte Freundin im Augenblick, wo er ihr das Züngelchen zwischen die Lippen schiebt, ihm nach dem Ding greift, es zwei- oder dreimal zusammenpreßt, bis es sich aufbäumt, und, sobald es sich bäumt, es ein bißchen schüttelt. Dann läßt sie das tatenlustige Ding fahren, wartet einen Augenblick und nimmt seine Oliven in ihre flache Hand und streichelt sie sachte. Hierauf tätschelt sie ihm den Popo, krabbelt ihm an den Haaren herum und fängt wieder an, ihn auf den Hintern zu klatschen, bis der Pint, ganz saftgeschwollen, aussieht wie einer, der sich übergeben möchte, aber nicht kann. Der Liebhaber aber, dem solche Liebkosungen widerfahren, steht da voll Stolz wie ein Abt und würde sein Vergnügen nicht mit dem einer gekitzelten Sau vertauschen; und wenn er gar sieht, daß sie, die er zu reiten gedachte, sich als Reiterin auf ihn schwingt, da haucht er vor süßer Wollust die Seele aus.

Pippa: Was höre ich!

Nanna: Höre nur zu und lerne deine Ware verkaufen! Auf mein Wort, Pippa, wenn eine, die ihren Liebsten besteigt, auch nur ein Teilchen macht von dem, was ich dir sagen werde, so kann sie ihm das Geld viel besser aus den Hosen holen, als alle Würfel und Karten die Spieler auszubeuteln vermögen.

Pippa: Das will ich gern glauben.

Nanna: Verlaß dich drauf.

Pippa: Wünscht Ihr, daß ich es mit dem, der mich bei sich im Bett hat, so mache, wie Ihr's eben beschrieben habt?

Nanna: Jawohl, mach es so!

Pippa: Was kann ich denn aber anfangen, wenn er einmal auf mir obendrauf ist?

Nanna: Als ob es an Mitteln fehlte, ihn wieder aus dem Sattel zu werfen!

Pippa: Beschreibt mir doch eins!

Nanna: Gern, hör nur zu: Während er dich walkt, weine, werde nachdenklich, bewege dich nicht, schweig ganz still. Und wenn er dich fragt, was du denn habest, so stöhne nur. Wenn du das tust, so kann er nicht anders, er muß innehalten und zu dir sagen: „Liebes Herz! Tu ich Euch weh? Habt Ihr Unlust an der Lust, deren ich genieße?“ Und dann sagst du zu ihm: „Liebes Alterchen, ich möchte wohl . . ." – „Was denn?" Da miaust du aber nur, und schließlich gibst du ihm halb mit Worten und halb durch Zeichen zu verstehen, du möchtest gern nach Art der Gianetta eine Lanze brechen.

Pippa: Ah! Verlaßt Euch drauf: jetzt weiß ich schon, worauf Ihr hinauswollt.

Nanna: Wenn dir deine Phantasie eingibt, was du zu machen hast – aber so, wie ich gern möchte, daß du's machst –, so mach es dir in aller Gemächlichkeit bequem. Und wenn du bequem sitzest, so schlinge ihm die Arme um den Hals und gib ihm zehn Küsse hintereinander. Dann nimm seinen Stengel in die Hand und drück ihn so lange, bis er zuletzt ganz wild wird. Und wenn er ganz Feuer und Flamme ist, so schieb ihn in die Radnabe hinein, und presse dich, all, was du kannst, gegen ihn an, und dann bleib still. Nach einer Weile seufze, wie wenn du fertig werden solltest, und sage: „Wenn's mir kommt, laßt Ihr's auch kommen?" Der Hengst wird mit halberstickter Stimme antworten: „Ja, meine Hoffnung!" Dann tust du, wie wenn sein Pflock 'ne Handspeiche wäre und dein Loch ein Rad, an der Stelle, wo es sich dreht, und beginnst dich herumzudrehen. Und wenn du ihn anmerkst, daß es ihm kommt, so halt ihn zurück und sage: „Noch nicht, mein Leben!" und stoß ihm deine Zunge in den Mund, nimm dich aber dabei in acht, daß der Schlüssel nicht aus dem Schlüsselloch herausschlüpft; dann stoße zu, zieh dich zurück, stoß wieder, jetzt leise, jetzt stark, greif ihn an mit Hieb und Stoß und bearbeite ihn wie eine rechte Paladine. Um es kurz zu machen: Ich möchte, daß du bei dieser Arbeit all jene kleinen Körperverdrehungen machst, die man an einem Ballschläger beobachtet: mit dem Ball in der Hand bewegt er kunstvoll den Oberkörper hin und her, tut, als ob er bald hierhin, bald dorthin laufen wolle, und benimmt sich die ganze Zeit über so listig, daß die Gegenspieler ihn nicht hindern können, schließlich den Ball nach seinem Belieben zu schlagen.

Pippa: Ihr ermahnt mich zuerst zu anständigem Benehmen, und nachher bringt Ihr mir die maßlosesten Rüdigkeiten bei!

Nanna: Dabei bleibe ich vollkommen bei meiner Aufgabe, denn ich wünsche, daß du im Bette eine ebenso vollkommene Hure seist wie anderswo eine feinerzogene Dame. Gib dir Mühe, daß sich keine Liebkosung erdenken läßt, die du nicht deinem Bettgenossen machen würdest; sei immer aufmerksam und bei der Hand und kratze ihn, wo's ihn juckt. Hahaha![. . .]

Nicolas de Troyes

Von einer jungen Braut, der ein Drescher die Lektion immer wiederholte, damit sie am Hochzeitstage ihre Sache gut verstünde

In der Nähe von Troyes, in einem Ort namens Breene, in der Champagne, lebte ein ehrbarer Mann, der hatte ein Gasthaus und eine Herberge und hatte ein junges, schönes Zimmermädchen, die war flink und geschickt und wußte wohl, was sie wollte. Sie regierte das Haus und hieß Nicole. Und kein Brot wurde verkauft, kein Wein wurde verschenkt, noch sonst etwas, das nicht erst durch ihre Hände ging. Und nun müßt ihr wissen, daß es in dem Hause viele Diener gab, die nur dann Wein tranken, wenn sie ihn stahlen, denn nach der Sitte des Landes trinken Diener und Knechte kaum. Nun war unter diesen Knechten ein Drescher, ein guter Gesell, der hieß Jacquinot und trank seinen Wein, nicht mehr als die anderen, und war ein wenig verliebt in das schöne Kammermädchen, das das ganze Haus regierte, wie ich euch schon gesagt habe. Aber noch mehrere Burschen in Breene liebten sie, denn sie war schön, und ihre Eltern, Vater und Mutter, und Freunde versprachen sie einem jungen Manne, der sie auch sehr liebte, und alles ging gut, und die beiden wurden einander verlobt. Da war Jacquinot, der Drescher, sehr betrübt, als er hörte, daß sie verlobt war, aber er konnte nichts dagegen tun.

Einige Zeit nach der Verlobung saßen Jacquinot, der Drescher, und die schöne Nicole zusammen und redeten über allerlei Dinge. Da sagte Jacquinot zu Nicole: „Wie dumm bist du gewesen, dich zu verloben, ich bin ganz traurig darüber. Weißt du denn auch, was dir alles bevorsteht mit deinem Manne? Mühe und Kummer wirst du nur mit ihm haben. Glaubst du denn, er würde dich lieben, wenn er erkennt, welch törichtes Weib du bist? Du weißt ja gar nicht, wie du dich mit ihm verhalten sollst, denn nie warst du mit einem Manne zusammen; du weißt gar nicht, wie man mit einem Manne umgehen muß, und du willst dich verheiraten? Alle Tage wird er dich schlagen, und du wirst die Schläge nicht ertragen können und wirst vor der Zeit sterben. Ich weiß nicht, wer dir dazu geraten hat, es war sicher ein törichter Mensch, und das tut mir leid, denn ich habe dich gerne und kenne dich nun schon lange und möchte nicht, daß du mehr Kummer hättest als ich, denn hätte ich dich nie gekannt, würde ich jetzt nicht so betrübt sein."

Als Nicole all dies gehört hatte, sagte sie: „Ich bitte dich, Jacquinot, wenn du etwas weißt, das ich mit meinem Gatten gut machen muß, um Frieden mit ihm zu halten, sage es mir. Denn ich merke wohl, daß du mein Bestes willst und meine Ehre liebst; und deshalb bitte ich dich sehr, lieber Freund, rate mir."

Da sagte Jacquinot: „Nun, Nicole, meine liebe Freundin, wenn du die erste Nacht bei ihm liegst, was wirst du dann tun? Was mußt du tun, damit er dich liebt?"

„Bei Gott", sagte sie, „das weiß ich nicht!"

„Ah!" sagte er, „das ist der Punkt, um den Streit zwischen euch ausbrechen wird, um den er dich schlagen wird."

„Und was muß ich denn tun, um seine Liebe zu gewinnen?"

„Beim heiligen Johann, ich muß dir zeigen, was du tun und wie du dich anstellen mußt, und ich muß dir die Lektion auch oft wiederholen."

„Und ich bitte dich", sagte Nicole, „daß du mir das zeigst und mir die Lektion wiederholst, und bei Gott", sagte sie, „alle Tage sollst du Wein von mir bekommen."

„Zum Teufel," sagte Jacquinot, „das zeigt man nicht ohne Geld, denn es zu zeigen, ist gar mühevoll und es zu wiederholen noch mehr, und ich sage dir, daß ich es auch nicht umsonst gelernt habe. Aber wenn du mir noch etwas Geld dazu gibst, will ich es dir wohl zeigen, und du sollst es gut lernen."

„Meiner Treu, lieber Freund", sagte da Nicole, „ich habe nicht viel Geld, aber das wenige, was ich habe, sollst du bekommen, das verspreche ich dir, damit du mir hierfür die Lektion wiederholst und ich Frieden mit meinem Manne habe."

„Nun", sagte Jacquinot, „wieviel Geld hast du denn?"

„Ich habe", sagte sie, „hundert Soldi, mehr kann ich dir nicht geben, aber ich verspreche dir, daß du zu jeder Mahlzeit, zum Frühstück, Mittagessen, Vesperbrot und Abendessen einen Becher voll guten Weines bekommen sollst, wenn du mir diesen Dienst erweisen willst."

Da merkte Jacquinot, daß sie wohl auf alles einging, und er fing an zu handeln und machte alles mit ihr aus; und er nahm die hundert Soldi und sagte zu ihr: „Weißt du, Nicole, um dir die Lektion ordentlich zu wiederholen, darf kein anderer zugegen sein, denn bei so etwas kann man keine Zeugen gebrauchen; wir wollen auf den Heuboden gehen, und da will ich dir alles zeigen."

Und die beiden gingen auf den Heuboden; dann fing Jacquinot an und zeigte ihr alles und machte es so schön und fein, daß sie vermeinte, nie im Leben Angenehmeres gefühlt zu haben, und zeigte ihr alles, damit sie es genau lerne, und sagte zu ihr: „Meine liebe Nicole, merke dir dies: Stoße ich einmal zu, dann stoße du zweimal und arbeite tüchtig, sei nicht lässig und

bewege dich, heb das Kreuz, daß ein gezäumter und gesattelter Hase drunter durchlaufen kann, so wirst du es gut lernen."

Und Nicole merkte gut auf, und Jacquinot war sehr zufrieden; dann trennten sie sich nach dieser ersten Zusammenkunft, und ihr sollt auch wissen, daß Nicole ihr Versprechen hielt, denn sie gab Jacquinot zu allen Mahlzeiten Wein; er aber wiederholte ihr auch um so besser die Lektion. Und um die Sache ordentlich zu verstehen, wollte das Mädchen die Sache so oft wiederholt haben, daß der arme Jacquinot nur mit Mühe und unter großen Anstrengungen ihr zu Willen sein konnte. Denn sobald sie merkte, daß sie allein mit ihm im Hause war, ging sie, ihn zu holen, damit er ihr die Lektion noch einmal wiederhole. Und so lange wurde wiederholt, bis der Hochzeitstag herankam.

Morgen sollte die Hochzeit sein. Es mochten aber wohl schon sieben Monate seit der ersten Lektion verstrichen sein, und ich sage euch, daß sie ihre Sache sehr gut verstand, denn sie hatte sie oft wiederholt. Nun kam der Abend vor der Hochzeit, und Nicole sagte zu Jacquinot, er solle es ihr noch einmal zeigen, damit sie es am folgenden Tage genau wüßte und ihr Gatte mit ihr auch ganz zufrieden sei. – „Wie", sagte Jacquinot, „soll ich es denn ewig tun? Nicole, ich sage dir, ich bin es satt."

„Bei allen Heiligen", sagte Nicole, „du mußt es mir noch einmal zeigen, denn all mein Geld habe ich dir gegeben, und jeden Tag hast du guten Wein bekommen, doch nur, damit du es mir immer wieder zeigst."

„Ah, zum Teufel, das wiederholt man nicht so oft, wie man will. Das beste Pferd wird dabei widerspenstig."

Aber er zeigte es ihr noch einmal; dann, am folgenden Tage, am Tage der Hochzeit, ein wenig nur vor dem Abendessen, ging Nicole beiseite und suchte Jacquinot.

„Ach", sagte sie, „Jacquinot, bald ist die Stunde da, wo wir aufbrechen, ich bitte dich, sosehr ich nur kann, zeige es mir jetzt noch einmal, damit ich meine Sache gut verstehe, wenn ich bei meinem Manne liege, und dann soll es auch das letzte Mal sein mit dir."

Und Jacquinot zeigte es ihr noch einmal so gut, daß Nicole ganz zufrieden war. Dann gingen beide zum Hochzeitsmahl. Nachdem man gegessen und ein wenig getanzt hatte, wollte man die junge Frau zu Bett bringen; man tat es, und es geschah nicht ohne Lachen und allerlei Witze, und man sagte ihr auch, wie sie nun alles machen müßte. Aber sie wußte das zufällig besser als irgendeine aus der Gesellschaft. Dann kam der Gatte, um bei seiner Frau zu schlafen, und sofort machte er sich an die Arbeit. Er arbeitete sicher und fest, und seine junge Frau machte es wohl noch besser als er. Und wer da erstaunt war? Das war der Mann, und das wohl mit Recht, denn seine Frau war zu geschickt. Da sagte der Mann zu seiner Frau: „Ha, meine Liebe, du kennst die Sache aber sehr genau, wer hat dich denn all dies gelehrt?"

„Ah, zum Teufel", sagte sie, „umsonst habe ich das nicht gelernt. Das zu lernen hat mich hundert Soldi gekostet."

Dann erzählte sie ihm alles, Punkt für Punkt, und sagte ihm, daß sie es gelernt, um ihm dienlich zu sein, damit er sie mehr liebe und nicht schlüge. Und sie erzählte ihm alles, was Jacquinot mit ihr die ganze Zeit hindurch gemacht hatte, wenigstens einen Teil davon. Und wer nun wieder erstaunt war? Das war der Mann. Er legte sich an das andere Ende des Bettes, ohne seine Frau zu berühren, und schlief bis zum Morgen. Und als der Morgen kam, da stand er auf, war ganz bekümmert und traurig und erzählte die Sache dem Vater und der Mutter der jungen Frau, die beide auch sehr betrübt und traurig waren, als sie erfuhren, was ihre Tochter getan hatte. Jacquinot wurde geholt; der kam auch, denn er dachte an nichts Böses; dann sagten sie ihm, was er mit ihrer Tochter gemacht und schlugen ihn; er aber konnte entschlüpfen und eilte davon. Aber nie wieder kehrte er in das Haus zurück. Und die Sache wurde im ganzen Dorfe bekannt und kam auch dem Grafen von Breene zu Ohren. Der aber lachte sehr und ließ Jacquinot zu sich kommen und sprach mit ihm, um die Wahrheit zu erfahren. Und dieser erzählte ihm alles und noch mehr.

„Bei Gott, gnädiger Herr“, sagte er, „ich wußte am Ende nicht mehr, wie ich es anstellen sollte. Immer wieder holte sie mich, um es ihr noch einmal zu zeigen; einmal mußte ich es ihr achtmal an einem Tage zeigen, und da kann man sich nicht wundern, daß sie die Sache gut verstand, und ich meine, daß ihr Mann gar nicht so sehr erzürnt zu sein braucht, denn er fand den Weg schon gut offen.“

Da lachte der Graf und schickte Jacquinot fort und sagte ihm, er wäre ein braver Bursch. Und der junge Mann blieb bei seiner Frau, die die Sache so gut verstand. Gott sei Dank, und er war auch gar nicht böse auf sie, denn das arme Mädchen hatte es doch nur getan, um ihm einen Dienst zu erweisen, damit er zufrieden mit ihr wäre. Aber ganz zufrieden war er doch nicht damit; doch was sollte er machen? Ich versichere euch, daß diese Geschichte sich zu Breene im Jahre 1535, im Monat Mai, zutrug.

Margarete von Navarra

Wie Bornet, der glaubte, mit dem Kammermädchen zu schlafen, sich selbst zum Hahnrei machte

In der Grafschaft Alley lebte einst ein Mann, der hieß Bornet und war der Gatte einer anständigen und ehrbaren Frau, worüber er so froh war wie wohl alle Männer, deren Frauen ehrbar und anständig sind. Sosehr er selbst auch wünschte, daß seine Frau ihm die Treue nicht brach, so hielt er selbst ihr die versprochene Treue doch nicht, denn er verliebte sich in ihr Kammermädchen und glaubte in diesem Wechsel das Vergnügen zu haben, das man empfindet, wenn man anderes Fleisch ißt, nachdem man lange Zeit hindurch immer dasselbe gegessen hat. Er hatte nun einen Nachbarn, der hieß Sandres, der war ein Mann von derselben Gesinnung wie er selbst und war ein Schneider. Die beiden waren gute Freunde, und außer ihren Frauen hatten sie alles gemeinsam. Deshalb erzählte Bornet seinem Freunde auch, was er mit dem Kammermädchen vorhatte, und der billigte nicht nur seinen Plan, sondern half ihm, soviel er konnte, daß er sein Ziel erreichte, denn er hoffte, seinen Teil von der Beute zu bekommen. Aber das Kammermädchen wollte nicht einwilligen, und da sie sich von den beiden so bedrängt sah, ging sie zu ihrer Herrin und bat sie, sie zu entlassen, damit sie zu ihren Eltern zurückkehren könne, denn sie könne die Quälerei der beiden nicht länger ertragen.

Die Frau, die ihren Mann sehr liebte, hatte schon oft einen Verdacht gegen ihn gehabt und war nun sehr froh, dies von dem Kammermädchen zu hören, und wollte dem Gatten zeigen, daß ihre Zweifel an seiner ehelichen Treue nur zu berechtigt gewesen waren. Und sie sagte zu dem Mädchen: „Bleibt hier, seid freundlich mit meinem Manne und saget ihm, daß Ihr mit ihm in der Kleiderkammer schlafen wollt. Saget mir aber die Nacht, in der er zu Euch kommen will, und saget sonst niemandem etwas von dem, was wir miteinander gesprochen."

Das Mädchen tat, wie seine Herrin gesagt hatte, und der Herr war hierüber sehr froh. Er ging zu seinem Freunde, und der bat ihn, ihn an der Freude teilnehmen zu lassen, da er ihm doch zu derselben verholfen hätte.

Als nun die abgemachte Stunde gekommen war, ging der Mann und wollte, wie er glaubte, bei dem Mädchen schlafen. Aber seine Frau hatte darauf verzichtet, die Herrin im Hause zu sein und für diese Nacht die Stelle der Dienerin übernommen. Als der Mann nun kam, empfing sie ihn nicht wie eine Frau, die den Geliebten empfängt, sondern zeigte große

Scheu, wie ein junges Mädchen es tut, das den Liebsten zum erstenmal bei sich hat. Und sie tat dieses so gut, daß ihr Mann nichts merkte.

Ich kann euch nicht sagen, wer von beiden vergnügter war, er, weil er glaubte, seine Frau zu betrügen, oder sie, weil sie ihren Mann hinterging. Und als er bei ihr gelegen hatte, soviel er nur konnte – er hätte gerne noch länger bei ihr gelegen, aber er war schon lange verheiratet –, ging er aus dem Hause zu seinem Freunde. Der war viel jünger und kräftiger als er. Dem erzählte er, daß er bei einem herrlichen Weib gelegen. Und der Freund sagte zu ihm: „Ihr wißt, was Ihr mir versprochen habt."

„Eilet zu ihr, bevor sie aufsteht oder meine Frau ihrer bedarf."

Da ging der Freund in das Haus des treulosen Gatten und fand dort das „Kammermädchen", das jener nicht erkannt hatte; und da diese glaubte, ihr Gatte sei zu ihr zurückgekehrt, gab sie ihm alles, was er nur wollte. Und viel länger blieb der Freund bei der Frau als der Gatte, und hierüber war die Frau sehr erstaunt, denn an solche Nächte mit ihrem Gatten war sie gar nicht gewöhnt. Aber geduldig hielt sie aus und freute sich schon, wenn sie an das dachte, was sie am folgenden Tage zu ihrem Manne sagen und mit welchem Spott sie ihn empfangen wollte.

Als der Tag graute, erhob sich der Freund, und während er noch mit der Frau Kurzweil trieb, zog er ihr den Ring vom Finger, mit dem ihr Mann sie geheiratet hatte. Hierin sind die Frauen des Landes sehr abergläubisch; sie ehren eine Frau, die bis zum Tode diesen Ring am Finger behält. Wenn eine ihn aber verliert, verliert sie auch die Achtung aller, und man sagt, daß sie ihrem Manne die Treue gebrochen. Sie war aber sehr zufrieden, daß er ihr den Ring vom Finger zog, denn sie dachte, daß sie so ihrem Mann beweisen könne, wie er sie habe betrügen wollen.

Als der Freund zu dem Manne der Frau zurückkam, fragte dieser: „Nun, schon fertig?“ Der antwortete, hätte er nicht den anbrechenden Tag gefürchtet, er wäre noch bei der Frau geblieben.

Dann gingen beide und legten sich zur Ruhe.

Und am Morgen, als sie sich ankleideten, bemerkte der Mann am Finger seines Freundes den Ring, der dem sehr ähnlich war, den er selbst seiner Frau gegeben hatte, als er sie geheiratet, und er fragte den Freund, wer ihm den Ring gegeben hätte. Als der nun sagte, er hätte ihn dem Kammermädchen vom Finger gezogen, war der Mann über die Maßen erstaunt und schlug sich vor den Kopf und sagte: „Ach, lieber Gott, sollte ich mich selbst zum Hahnrei gemacht haben, ohne daß meine Frau davon wußte?“

Um ihn zu trösten, sagte der Freund: „Vielleicht gibt Eure Frau des Abends den Ring dem Kammermädchen, damit sie ihn verwahrt.“

Aber ohne ein Wort zu sagen, eilte der Mann nach Hause, wo er seine Frau lustiger und fröhlicher fand, als sie sonst war, denn sie freute sich, ihr Kammermädchen gerettet und ihren Mann und seine Kraft bis zum Ende genossen zu haben, und hatte dabei weiter nichts verloren als den Schlaf einer Nacht. Als der Mann sie nun so fröhlich sah, dachte er bei sich: „Wüßte sie, wo und wie ich die Nacht verbracht, sie würde mich wohl anders empfangen.“ Und er fing an, mit ihr zu sprechen, nahm ihre Hand und sah, daß sie den Ring nicht trug, den sie noch nie vom Finger gezogen hatte; da ergriff ihn ein großer Zorn, und mit zitternder Stimme sagte er: „Was habt Ihr mit Eurem Ringe gemacht?“

Aber sie war sehr froh, daß er gerade von dem sprach, was sie ihm selbst sagen wollte und sagte: „Oh! Schlechtester aller Männer! Wem glaubt Ihr denn, den Ring vom Finger gezogen zu haben? Ihr glaubt, Ihr hättet ihn meinem Kammermädchen abgenommen, für das Ihr nun wohl schon zwei Drittel Eurer Kraft verschleudert habt, was Ihr für mich nie tatet. Als Ihr das erstemal kamet, da meinte ich, Ihr wäret so verliebt wie ein Mann nur sein kann. Als Ihr aber das kleine Gemach verließet und dann wiederkamet, da habe ich Euch für einen Teufel gehalten, der kein Maß mehr kennt. Oh! Unglücklicher, denkt nur, wie verblendet Ihr gewesen seid, als Ihr gestern nacht meinen Leib lobtet, den Ihr doch nun schon so lange genießet,

ohne ihn weiter groß geachtet zu haben. Die Schönheit und der Leib des Kammermädchens waren es nicht, die Euch diese Nacht das große Vergnügen verschafften; aber Eure Sinne waren geschwächt in wilder Geilheit. Hätte man Euch eine Ziege gebracht, Ihr hättet sie wohl für ein junges

Mädchen gehalten. Nun aber, lieber Mann, ist es an der Zeit, daß Ihr Euch bessert. Seid zufrieden mit mir, Eurer Frau, erfreuet Euch mit mir, wie Ihr vergangene Nacht tatet, als Ihr glaubtet, bei dem Kammermädchen zu liegen. Was ich getan habe, habe ich nur getan, um Euch vor Unglück zu bewahren und damit wir beide ein ruhiges und freudiges Alter verleben können. Wollt Ihr aber Euer jetziges Leben fortsetzen, dann will ich mich lieber von Euch trennen, als mit anzusehen, wie Eure Seele, Euer Leib, Euer Hab und Gut zerrüttet werden. Wollt Ihr aber Eure Sünde erkennen und von nun ab nach dem Gebote Gottes leben, will ich alles vergessen, wie der liebe Gott meine Undankbarkeit gegen sich selbst vergessen und verzeihen möge, weil ich ihn nicht so liebe wie ich wohl müßte."

Als der Mann sah, wie schön, edel und keusch seine Frau war, da faßte ihn große Verzweiflung, daß er sie mit einer anderen hatte betrügen wollen, die er gar nicht liebte. Aber noch unglücklicher wurde er, wenn er daran dachte, daß er sie entehrt hatte, ohne daß sie selbst davon wußte, daß ein anderer an dem Vergnügen teilgenommen hatte, das nur für ihn ganz allein war, daß er sich selbst die Hörner aufgesetzt hatte und daß das für ihn ewig Schande sein wird. Doch als er sah, daß seine Frau böse war wegen seiner kleinen Neigung zum Kammermädchen, hütete er sich wohl, ihr den schlimmen Streich zu erzählen, den er ihr gespielt hatte. Er bat sie um Verzeihung, versprach, ein besseres Leben zu führen und gab ihr den Ring wieder, den er seinem Freunde abgenommen hatte. Dieser aber mußte versprechen, keinem Menschen von dem zu erzählen, was sich in der Nacht ereignet hatte. Aber wie das nun einmal ist: Sagt man heute jemandem etwas ins Ohr, morgen pfeifen es die Spatzen auf dem Dache. Die Sache wurde bekannt, und man lachte reichlich über den Mann, der sich selbst zum Hahnrei gemacht hatte.

Pietro Fortini

Ein Lämmchen, von einem Maler seiner Frau auf den Leib gemalt, wird von dieser in einen Schafbock verwandelt

Vor noch nicht langer Zeit kam in unsere Stadt Siena ein Florentiner, der das Malerhandwerk ausübte. Seine schöne, anmutige Frau, die er sehr liebte und eifersüchtig überwachte, begleitete ihn. Und weil sie zum Anbeißen hübsch war, ließ er sie nicht von seiner Seite.

Der Florentiner tat sich in der Malergilde um, ob er nicht eine Arbeit fände, und da, wie ihr wißt, im hiesigen Handwerk der Brotneid herrscht, fand er bald einen Meister, der lieber ihn, den Fremden, als einen Einheimischen beschäftigen wollte. Der Florentiner mietete ein schmuckes kleines Haus und richtete es wohnlich ein. Und da es Arbeit genug für ihn gab, beschloß er, sich mehrere Jahre in Siena aufzuhalten.

Wenn der Maler in der Werkstatt seines Meisters arbeitete, mußte er seine Frau den ganzen Tag allein zu Hause lassen. Das ging nicht ohne Mißtrauen ab. Doch beruhigte sich der Tor damit, daß die Frau hier fremd wäre und noch keine Bekanntschaften hätte. Er dachte nicht daran, daß die hiesigen jungen Männer in jeder Fremden eine Göttin sehen und daß sie sogar einem als Frau verkleideten Affen nachlaufen würden.

Nachdem unser Maler schon sechs oder acht Monate erfolgreich in Siena gearbeitet und mit vielen Edelleuten Freundschaft geschlossen hatte, hielt er sich für den ersten Künstler der Toskana. Er trennte sich von seinem Meister und eröffnete, um noch bessere Geschäfte zu machen, eine kleine Werkstatt auf eigene Rechnung. Bald darauf winkte ihm ein gewinnversprechender Auftrag, eine Arbeit außerhalb von Siena. Da er glaubte, daß er seine Frau an den Ort der Ausführung mitnehmen könnte, griff er unbedenklich zu. Als der Vertrag aufgesetzt wurde, ließ er hineinschreiben, daß er ein Zimmer für sich und seine Frau erhalten werde. Weiter stand in dem Vertrag, daß er die Arbeit bis zu einem bestimmten Termin beendigt haben müsse, widrigenfalls er 50 Scudi Strafe zu zahlen habe.

Erst nachdem der Maler diese Verpflichtung eingegangen war, besichtigte er den Ort, wo er zu malen hatte. Er entdeckte, daß die Gefahr größer wäre, wenn er seine Frau dorthin mitnähme, als wenn er sie in Siena zurückließe. Das Dorf wimmelte von jungen Städtern, die sich dort teils zum Vergnügen, teils in Geschäften aufhielten, teils weil sie infolge ihrer Feindschaften nicht ungefährdet in Siena bleiben konnten. Das mißfiel dem Maler sehr, und er hätte am liebsten auf die schöne Arbeit verzichtet.

Überdies befand sich neben dem Haus, in welchem er wohnen sollte, ein Kloster der Mönche des heiligen Augustin, so daß er gar keine Möglichkeit sah, seine Frau vor Anfechtungen zu bewahren; denn die Mönche, die schlimmer sind als die Soldatenknechte, flößten dem Eifersüchtigen größeren Schrecken ein als all die anderen jungen Männer.

Aber der Maler sah ein, daß er die Arbeit nicht aufgeben und den Vertrag nicht brechen konnte, und so entschloß er sich schweren Herzens, seine Frau in Siena zu lassen. Und da die Zeit des Arbeitsbeginnes herankam, versah er das Haus und die Frau aufs beste, gab ihr noch obendrein 50 Scudi, damit sie es nicht nötig haben sollte, sich für Geld hinzugeben, und warb eine arme Nachbarin für alle häuslichen Dienste an. Dann befahl er seiner Frau, bis zu seiner Rückkehr niemals das Haus zu verlassen.

„Sei überzeugt", so sagte er ihr, „daß ich in drei Monaten die Arbeit vollendet haben und einen Beutel voll Geld mitbringen werde. Und wenn ich irgend kann, besuche ich dich mindestens einmal im Monat."

Die Frau fand es einerseits hart, daß der Mann sie auf so lange Zeit verließ, andererseits – und dieses Gefühl gewann die Oberhand – freute sie sich, einmal ohne den Eifersüchtigen zu sein, der immer in alle Winkel spähte und sie beobachtete, als ob sie eine Dirne wäre. Doch da sie klug war, tat sie, als wäre ihr die Trennung schmerzlich, und preßte sich einige Krokodilstränen ab. Sie beschwor den Gatten, bald zurückzukehren und auf seine Gesundheit zu achten.

„Laßt Euch", so mahnte sie, „nicht mit irgendeinem schlechten Frauenzimmer ein, damit Ihr Euch nicht die Franzosenkrankheit holt!"

Und so führte sie tausend Komödien auf.

Schließlich, nach vielem Reden, sagte der Maler, der doch noch nicht von seiner Eifersucht ablassen wollte:

„Liebe Frau, ich möchte, daß du mir, bevor ich fortgehe, einen Gefallen tätest. Ich bin überzeugt, daß es bei dir nicht not tut; es geschieht nur, um mich von meinem Argwohn zu befreien."

Die Frau meinte, er wolle zum Abschied noch einmal bei ihr liegen, und um ihn recht schnell loszuwerden, erwiderte sie:

„Macht, was Ihr wollt: Ich bin's zufrieden."

Aber der Eifersüchtige hatte etwas anderes im Sinn, und nachdem er lange herumgedruckst hatte, rückte er endlich mit seinem Einfall heraus.

„Wisse, liebe Frau", so sagte er, „daß dein schöner Venusberg, auf dem kein einziges Härchen wächst, was eine große Seltenheit ist, meine Unruhe und Eifersucht verursacht, abgesehen von deinen übrigen Reizen. Daher möchte ich auf diesen Hügeln ein Lämmchen malen, weil das ein sanftes und friedfertiges Tier ist. Und ich will, daß es bis zu meiner Rückkehr an dieser Stelle bleibe. Denn gesetzt, du würdest von dieser Gegend noch einen anderen Gebrauch machen als den deiner Notdurft, so würde das Lämmchen ein sicherer Zeuge deiner Verirrungen sein. Käme der Wolf und sähe es, so würde er es fressen; käme er aber nicht, so würde ich es sanft, wie ich es verlassen, wiederfinden."

Die Frau, die bisher noch nie die eheliche Treuepflicht verletzt hatte und der Verdächtigungen überdrüssig war, willigte, wenn auch widerstrebend, ein und sagte:

„Tut, was Euch beliebt. Genügt es Euch nicht, einen Hammel hinzumalen, so malt einen Stier. Aber macht ihn so, daß der Schweiß oder die Kleider ihn nicht verderben und Ihr dann nicht annehmt, ich sei eine Dirne."

Da antwortete der Eifersüchtige:

„Ich werde es schon so machen, daß es nicht weggeht, wenn man es nicht wegschickt."

Und er malte nach vielem Hin und Her ein Lämmchen auf den kleinen Hügel, der sich aus einem tiefen Tal erhob.

Ungeachtet dieser Vorsichtsmaßnahme machte sich der Maler nicht ohne Argwohn auf den Weg. Und als er an seinem Arbeitsort weilte, fühlte er sich infolge seines Mißtrauens sehr unbehaglich. Er hatte mit seinen Befürchtungen nicht unrecht, denn gerade durch seine Verschrobenheit war in der Frau der Wunsch erwacht, ihm ein Schnippchen zu schlagen und ihn gehörig zu betrügen.

Er war noch keine zwei Wochen fort, als ein Jüngling, der sich schon kurz nach der Ankunft des Ehepaares in Siena in die Frau verliebt hatte und um sie herumgestrichen war, die Gelegenheit nutzte, ihr mit noch größerem Eifer als bisher den Hof zu machen. Als sich die junge Frau von dem stattlichen Jüngling so heiß geliebt sah, mußte sie oft an ihn denken; sie rechnete nach, wie lange ihr Gatte nicht mehr bei ihr gelegen hatte, vergegenwärtigte sich die sonderbare Behandlung, die ihr von ihm zuteil geworden war, und begann sich gleichfalls der Liebe zu öffnen. Und da sie in der jugendlichen Brust das Stechen des scharfen Pfeiles und im Herzen die schwere Wunde fühlte, die ihr die Eifersucht ihres Gatten geschlagen hatte, schaute sie dem Jüngling nach und fing an, ihn durch liebreiche Blicke zu entzücken.

Das Schicksal wollte, daß der junge Mann eines Abends in der Dämmerung am Haus der Angebeteten vorüberging und sie im Hausflur bei irgendeiner Verrichtung sah. Er näherte sich ihr aufs höflichste, und sie zog sich nicht zurück. Nachdem er sie mit ein paar wohlgesetzten Worten und tiefen Seufzern begrüßt hatte, fragte er:

„Wann wird die Stunde kommen, da ich Euch endlich meine Liebe entdecken darf?"

Die Frau, die schon im gleichen Schritt mit ihm im Joch ging, sagte, da es ihr genug des Wartens schien:

„Ich stehe zu Euren Diensten und Eurem Befehl.“

Als der Jüngling diesen gütigen Empfang vernahm, erwiderte er:

„Wisset, Madonna, daß Eure Reize mich zwingen, Euch zu lieben. Daher werdet Ihr mir verzeihen, daß ich weitergegangen bin, als Euch schicklich erscheinen mag.“

Die Frau sah ihn mit funkelnden Augen an, wagte aber nicht zu sprechen. Der Jüngling trat keck ins Haus. Das Weibchen schlug keinen Lärm, sondern schloß rasch die Tür von innen zu.

Als sie nun mit dem jungen Mann allein war, bekannte ihr dieser mit vielen artigen Reden seine Liebe und konnte kein Ende finden, seine Dame zu preisen. Wie ihr euch vorstellen könnt, zitterte sie vor Freude, und nachdem manches Wort gewechselt worden war, faßte sich der Jüngling, der wohl wußte, wie man sich den Frauen gegenüber verhalten muß, ein Herz und begann, ohne zu fragen, das ausdrucksvolle Spiel der Hände, wie jeder gute Liebhaber es tun muß. Ihrerseits dem Brauch folgend, stellte sich die Frau, als wollte sie ihm nicht willfährig sein.

„Haltet ein!“ rief sie. „Alles will ich Euch zu Gefallen tun, nur dieses eine nicht, nein, nein!“

Der Jüngling, der wußte, daß sie sich nur mit der Zunge verteidigte, umarmte sie mit großer Wonne, küßte sie auf den zarten Mund und auf die blendenden festen Brüste, die wie zwei wohlgeformte Äpfel aussahen. Ihr Antlitz war von der Natur mit solcher Meisterschaft gemacht, daß es das härteste Herz zur Liebe gezwungen hätte, ihre Gestalt war geschmeidig, ihr Blick hell, ihre Sprache süß, und ihr Herz brannte lichterloh vor Liebe zu dem Jüngling. Und so waren sie beide glücklich und sprachen, während die junge Frau nicht mit Küssen kargte, eine gute Weile miteinander.

Dann führte die Frau, damit das Liebesspiel bequemer vonstatten gehen könne, den Jüngling in die Kammer, wo sie und ihr Mann zu schlafen pflegten. Dort legte der Jüngling das Weibchen nach vielen Liebesworten auf das Bett und begann das süße Spiel von neuem. Und nachdem sie zu ihrer höchsten Wonne die dritte Lanze gebrochen hatten, belustigten sie sich aufs beste miteinander. Doch die ersten Attacken vermochten die Liebesglut des jungen Mannes nicht zu kühlen. In seiner Seligkeit kam es ihm vor, als umarmte er ein zwölfjähriges Mädchen; denn genau wie ein solches fühlte sie sich an, da sie kein einziges Härchen an ihrem Körper hatte. Sie war in der Blüte ihrer Schönheit und hatte noch nie ein Kind gehabt.

Sie brachten die ganze Nacht in Scherz und Wonne hin, und bevor es Tag wurde, verabredeten sie weitere Zusammenkünfte. Dann verließ der Jüngling seine Dame, um nicht von den Nachbarn gesehen zu werden. Auf

b x 8

diese Weise ergötzten sie sich allnächtlich, während der eifersüchtige Gatte fern von der Stadt weilte.

Dieser verschob seinen Besuch immer von heute auf morgen und arbeitete Tag und Nacht, um nur ja recht schnell fertig zu werden. Und als nun mehr als zwei Monate vergangen waren, erinnerte sich die Frau der Schrulle ihres Mannes, und es erschien ihr plötzlich, als stünde der Tag seiner Rückkehr schon bevor. Sie verwünschte ihre Vergeßlichkeit und sah verzagt nach dem gemalten Lämmchen, und da sie es nicht mehr fand, sondern nur noch geringe Spuren der Malerei entdecken konnte, glaubte sie, sie sei des Todes.

Am Abend fand der Jüngling seine Dame nicht so guter Dinge wie sonst. Doch sie, die ihn mehr liebte als sich selber, verheimlichte ihm nichts. Unter Klagen und Tränen erzählte sie ihm die ganze maßlose Torheit des eifersüchtigen Narren und zeigte ihm die Stelle, wo das Lämmchen geweidet hatte.

„Weh' mir Unglücklicher!" rief sie. „Der tolle Eifersüchtige kann vielleicht morgen oder übermorgen zurückkehren, und wenn er dann das Bildchen verdorben findet, wird er mich umbringen, denn bei ihm verfängt keine Ausrede."

Der Jüngling tröstete sie und sagte:

„Grämt Euch nicht! Glücklicherweise werde ich den Widder ebensogut malen können wie Euer Gatte."

Er beruhigte die Verzagte vollkommen, und die beiden überließen sich dem gewohnten Liebesgenuß.

Als der Morgen nicht mehr fern war, fragte der Jüngling, wo der Gatte seine Farben und sein Malgerät aufbewahre. Das Glück wollte, daß die Frau das kleine Gefäß mit der Farbe fand, die der Eifersüchtige zu dem besagten Zweck benutzt hatte und in der sogar noch der Pinsel steckte. Die Farbe war mit Nuß- und Leinensamenöl, vermischt mit ein wenig Erdöl, angemacht. Der Jüngling war einer der gebildeten, feinen Köpfe von Siena: er war in den Wissenschaften erfahren und ein guter Musiker, dazu ein vortrefflicher Bildhauer und untadeliger Zeichner. Er nahm das kleine Gefäß mit der Farbe zur Hand, entfernte von der Oberfläche eine gewisse trockene Schicht, die ein sehr feines Häutchen gebildet hatte, wusch den Pinsel mit dem Öl der Handlampe und legte dann das Weibchen so zurecht, daß er ihm das verschwundene Bildchen wieder hinmalen konnte. In kurzer Zeit schuf der wackere Jüngling an derselben Stelle das schönste Schafböcklein, das je gemalt worden war, und das aussah, als wäre es lebendig. Es war ihm viel schöner geraten als das Lämmchen, das der Maler gemacht hatte, und wer es mit seinen kleinen Hörnern gesehen hätte, wäre sehr erstaunt gewesen; denn jeder hätte es für das Werk eines erfahrenen

Meisters gehalten, und der Gatte hätte es so gut nicht machen können.

Der Jüngling verabschiedete sich noch vor Tagesanbruch und ließ die junge Frau hochbefriedigt zurück. Ihr schien es, als sei es dasselbe Bildchen, das ihr Mann zurückgelassen hatte, und so erwartete sie ihn in aller Ruhe. Der Maler kehrte jedoch an diesem Tag noch nicht heim, und so erschien denn am Abend der Jüngling zum gewohnten Spiel. Und da der Widder frisch gemalt, konnten sie sich nicht auf dieselbe Weise wie sonst vergnügen; der Jüngling fand aber einen anderen Weg, auf dem er ohne Unbequemlichkeit zum Ziel gelangte. Sie genossen einander mit Wonne und Entzücken die ganze Nacht, und bevor der Jüngling wegging, verabredeten sie für den Fall, daß der Gatte zurückkehren sollte, ein geheimes Stelldichein.

Der Tag war noch nicht halb vorbei, als der Eifersüchtige eintraf. Die Frau empfing ihn mit geheuchelter Freude und umarmte und küßte ihn, als hätte sie ihn tausend Jahre nicht gesehen, und er tat desgleichen. Nachdem er sich ein wenig von der Reise erholt hatte, rief er seine Frau zu sich in die Kammer. Sie glaubte, er wolle ihr ein gutes Willkommen bieten und lief erwartungsvoll zu ihm. Er aber warf sie aufs Bett, hob ihr die Kleider hoch und schaute nach, ob das Lämmchen abgeschabt sei oder wie es sonst damit stehe. Als er sah, daß ein Widder daraus geworden war, verfiel er in Grübelei und sagte ganz verwirrt:

„Ich sah nach dem Lamm, das ich gemalt hatte, und finde einen Schafbock. Mich deucht, ich hatte es ohne Hörner gemalt, aber ich finde es mit Hörnern wieder. Ich weiß nicht, was das zu bedeuten hat."

Da antwortete die Frau, ohne im geringsten die Farbe zu wechseln:

„Darüber braucht Ihr Euch nicht zu grämen. Zeigt mir das Lamm, das nach drei Monaten noch keine Hörner hat! Ihr habt mich so lange warten lassen, daß ich mich wundere, daß sie nicht größer sind. Sind mir doch die drei Monate wie dreitausend Jahre vorgekommen."

Auf diese Weise verdrehte sie ihrem Gatten mit scherzhaften Worten vollends den Kopf. Der Tölpel fand aus dem Erstaunen nicht heraus: denn abgesehen von den Hörnern schien alles sein Werk, und er entsann sich nicht genau, ob er die Hörner gemalt hatte oder nicht. Und da ja die Malerei nicht beschädigt war, sondern in makelloser Frische glänzte, gab er sich schließlich zufrieden und glaubte selber daran, daß er der Schöpfer des Widders sei.

Der Erfolg machte die junge Frau kühn, und sie bemühte sich, die Hörner des öfteren zu vergrößern. Ungestört empfing sie ihren Liebhaber zum Liebeskampf und Zeitvertreib. Lange Zeit fanden sich die beiden Liebenden zusammen, und nie bemerkte der Gatte, daß er betrogen wurde.

Michael Lindener

Eine gute, bewährte Arznei, einer Magd zu Oberhausen von einem Barbier eingegeben

Eine Magd in dem Dorf Oberhausen hatte ein böses Gefräß, sie litt große Pein und Qual daran. Nachdem sie aber viel Rats gepflegt und Arznei gebraucht, wollte ihr endlich nichts helfen, wollte sich deshalb die Zähne ausbrechen lassen, schickte nach einem Barbiergesellen; der war ein rechter Kauz, doch keine Eule, sondern Stoßvogel und in aller Schalkheit abgerichtet wie ein Schermesser.

Als nun der gute Gesell sah, daß das Maidlein jung und schön war, gedachte er, es wäre schade, daß man ihm die Zähne ausbrechen sollte, sagte, er wolle ihr sonst wohl helfen, daß man ihr die Zähne nicht ausbrechen brauche, und er wüßte ein feines Pülverlein zuzurichten, das müßte er ihr einstreichen frühmorgens, dieweil es noch bei guter Weile und Zeit wäre und sie nichts gegessen hätte.

Als nun der Barbier früh gegangen kam und niemand auffand denn allein die Magd, welche böse Zähne hatte und vor großen Schmerzen nicht schlafen konnte, sagte der Barbier: „Dieweil Euch nichts helfen will, das Ihr bisher oben versucht, so muß ich es unten versuchen.“ Und befahl der Dirne, daß sie sich niederlege, denn er müsse ihr das Pülverlein mit dem Finger auf den Nabel streichen. Die Magd, die folgte. Nahm er den elften Finger, sonst hat ein rechter Barbier nur allein zehn. Darum war er seiner Kunst ein Meister und streute ihr das Pülverlein eine Spanne von dem Nabel ein.

Die Magd empfand das Pulver, schrie: „Mein geduldiger Gesell, laß nicht nach! Laß nicht nach! Hätte ich das Pülverlein längst gehabt, so wäre mir die Krankheit längst auch vergangen, es wird auch schon besser.“

Also wäre oft einer zu helfen, wenn es einer wüßte. Stehwurzel ist aber zu allen Dingen gut und nutz.

Martinus Montanus

Frau Agnes schickt nach einem, von dem sie meint, er habe zwei Bundschuhe

Ein junger, schlechtgekleideter Gesell kam einmal in ein Wirtshaus, darin eine edle Witfrau zur Herberge lag; wegen welchen Handels ist mir nicht bekannt. Die Frau hatte sich eine Weile auf das Bettlein, das in der Stube war, gelegt, davon saß der gute Gesell nicht weit. Nun weiß ich nicht, was ihm in den Sinn kam oder was er gedacht, denn das Herz im Latz flitzte ihm auf und fuhr ihm neben dem Latz gestreckt hinaus. Das hatte die Frau eher als der Jüngling wahrgenommen; doch sobald er das seltsame Tier draußen bemerkte, tat er dasselbe wieder mit Scham hinein. Nun hatte aber der Latz an den Hosen nicht mehr als ein Band; und wie er ihn an der einen Seite hineintat, fuhr ihm der Gottesdieb und Bösewicht zu der anderen Seite wieder hinaus. Das sah die Frau wieder alsbald, gedachte bei sich selbst, ihren Willen mit ihm zu pflegen, dem Gesellen bald reichlich zu essen zu geben.

Und als der Tag vergangen, die Nacht herbeigekommen und jedermann schlafen gewiesen ward, ließ die Frau dem guten jungen Gesellen durch eine ihrer Mägde wissen, daß er zu ihr kommen solle; sie hätte etwas mit ihm zu bereden. Der gute Gesell war der Botschaft froh, gedachte wohl, daß der Metzen Sonntag wäre, dieweil die schönen Fräulein nach ihm schickten, säumte sich nicht, sprang auf seine Füße und ging mit der Maid in die Kammer der Frau. Und als sie den Jüngling bei sich sah, schaffte sie jedermann aus der Kammer und erzeigte sich freundlich gegen den Gesellen, setzte sich mitsamt ihm auf das Bett. Der Junge wohl sah, was ihm zu tun bliebe und warum nach ihm geschickt worden war, mit der Frau zu scherzen anfing und binnen kurzem ihrem Willen ein Genügen tat.

Nun fragte ihn die Frau unter anderem, sie hätte wohl gesehen, daß er zwei hätte und ob sonst mehr Leute wären, die so wohl ausstaffiert wären. „Nein“, sagte der Jüngling, „ich bin durch besondere Gnade von Gott so begabt worden; denn ich weiß sonst von niemand solches als von mir.“ Die Frau glaubte dem Jüngling gänzlich und begehrte, den anderen auch zu versuchen. Und der Jüngling, der nun etliche Meilen auf dem einen Roß geritten war, saß auf und ritt noch manche Meile vor Tag. Ich weiß nicht, wie der Jüngling mit der Frau handelte, aber es gefiel ihr so wohl, daß sie ihn nicht von sich lassen wollte. Sie behielt ihn einige Wochen bei sich, kleidete ihn neu und hätte ihn gar gern, wenn es des Jünglings Wille gewesen wäre und ihr deshalb nicht Schande zugestanden hätte, bei sich behalten.

Aber dem Jüngling solches lange Zeit so streng zu treiben nicht möglich sein wollte, und nachdem etliche Tage vergangen waren, nahm er Urlaub, verabschiedete sich von der Frau und schied unter großem Unmut der Frau von dannen.

Gott gebe allen guten Gesellen solche gute Herberge! Amen.

Wang Schi Tschong

Kin Ping Meh, oder die abenteuerliche Geschichte von Hsi Men und seinen sechs Frauen

In der Malachitveranda verrät Frau Ping ein zartes Geheimnis. In der Weinlaube feiert Goldlotos mit Hsi Men Orgien.

[...] Hsi Men hatte der Hitze wegen seit einigen Tagen keinen Schritt mehr aus dem Hause getan. An diesem Vormittag saß er ungekämmt und bequem gekleidet, mit weit ausgeschlagenem Kragen auf der luftigen Höhe des Aussichtspavillons in der Malachitveranda und schaute zu, wie die Gärtnerburschen mit der Gießkanne in der Hand die Blumenbeete besprengten.

Eben hatte er sie auf ein Beet von Rosen aufmerksam gemacht, deren Köpfe gänzlich matt und verdurstet herunterhingen, da kamen Goldlotos und Frau Ping langsam die Anhöhe heraufgestiegen. Sie trugen über dem einfachen Weiß des dünnen Batistuntergewandes einen sich eng um den Körper schmiegenden Jupon von Goldlamé. Goldlotos war ohne Haube und hatte statt dessen den Kopf zum Schutz gegen die sengenden Sonnenstrahlen mit einem jener blauen Wolkenschleier umhüllt, wie man sie in Hang tschou webt. Heiter plaudernd und sich Hand in Hand führend, kamen die beiden Schönen anmutig wie zwei vom Zephir bewegte Blütenzweige angeschwebt.

„Du siehst ja wenig empfangsfähig aus!" begrüßten sie ihn scherzend.

„Wahrhaftig, ich bin noch nicht einmal gekämmt. Ich war so mit den Blumen beschäftigt. Schickt mir doch jemand mit Kamm und Waschwasser her! Ich will gleich hier Toilette machen."

Goldlotos hieß den Diener Lai An die Gießkanne hinsetzen und springen. Dann trat sie an das Rosenbeet, das eben begossen worden war, und wollte sich eine Rose pflücken.

„Nicht doch!" wehrte ihr Hsi Men. „Ich möchte selber jeder von euch eine verehren."

Er hatte bereits einige erst halberblühte Rosen abgepflückt und in einer Porzellanvase bereitgestellt. Die ehrgeizige Goldlotos aber, die es nicht gern hatte, von ihm die gleiche Gunst zu erfahren wie die anderen Frauen, kam ihm zuvor und langte sich selbst die schönste Knospe aus der Vase, um sie sich ins Haar zu stecken. So reichte er also nur Frau Ping eine.

Nach einer Weile erschienen Lenzpflaume und Herbstaster mit Kamm, Bürste, Spiegel und Waschwasser. Er zog drei weitere Rosen aus der Vase.

„Hier, für meine Erste, Zweite und Dritte", sagte er zu Lenzpflaume. „Und ich lasse die Dritte herbitten. Sie möchte die viersaitige Mondlaute mitbringen."

„Weißt du, ich werde selbst gehen und Schwester Drei holen", schlug Goldlotos auf einmal vor und entfernte sich mit Lenzpflaume. Ihr Weggang war aber nur ein Manöver gewesen. An der Gartenpforte trennte sie sich plötzlich von Lenzpflaume.

„Ich habe mir's anders überlegt. Ich kehre jetzt um", sagte sie. „Vergiß nicht, Schwester Drei mit der Laute herzuschicken!"

Und sie wandte sich auf einem andern Pfad wieder zum Aussichtshügel.

Inzwischen hatte Hsi Men auch Herbstaster weggeschickt. Sie sollte die vergessene Jasminseife holen. So war er also mit Frau Ping allein in der Malachitveranda zurückgeblieben. In der lauernden Stille dieser gewitterschwülen Stunde wirkte die Nähe ihres leichtbekleideten Körpers auf seine empfindlichen Nerven doppelt prickelnd und beunruhigend. Es genügte, daß er bei einigen zufälligen Wendungen, die sie in der Richtung gegen das schräg hereinfallende Sonnenlicht tat, unter dem hauchdünnen Gewebe ihres rosa Batisthöschens deutlich die schwellenden Konturen ihrer oberen Schenkelpartie, das jadene Blaß, das eisige Matt ihres Fleisches hindurchschimmern sah, um in ihm augenblicklich ein unwiderstehliches Brunstverlangen zu entzünden. Kamm und Waschbecken waren vergessen. Er zog sie wortlos an sich und hob sie auf den Diwan, schlug ihren Rocksaum hoch und streifte ihre unterste Hülle herunter . . .

Während sich die beiden gerade den fliegenden Wonnen ihrer brünstigen Vereinigung überließen, hatte sich Goldlotos leise dem Pavillon genähert und stand nun unbemerkt hinter dem Wandschirm am Eingang der Malachitveranda, um mit verhaltenem Atem zu lauschen. Jetzt unterschied sie seine bebende Stimme, seine leidenschaftlichen Koseworte.

Und nach einer Weile sie, abwehrend:

„Nicht so heftig! Ich will's dir gestehen: seit einem Monat fühle ich mich schwanger. Darum geh etwas zart mit mir um!"

„Ist es möglich! Liebes!" rief er entzückt aus. „Aber warum hast du das nicht gleich gesagt? Dann hätte ich es doch nicht so arg getrieben!"

Drinnen war gerade sein Keuchen und Stöhnen verstummt, war ihr letzter Papageienschrei verhallt, als die draußen Lauschende hinter sich Schritte näher kommen hörte. Es war Mong Yü Loh.

„Schwester Fünf, was gibt's denn da Besonderes zu sehen?" rief sie ihr arglos von weitem zu.

Goldlotos gebot ihr mit einer Handbewegung Schweigen und ging mit ihr gleichzeitig hinein. Bei ihrem überraschenden Erscheinen fuhr er erschreckt zusammen und wußte vor Verlegenheit nicht, wo er seine Gliedmaßen zusammenlesen sollte.

„Aber du bist ja immer noch nicht gewaschen und frisiert! Ich war doch schon eine ganze Weile fort!" platzte Goldlotos heraus, das Paar mit kühl kritischem Blick musternd.

„Ja, ich warte noch, bis die Kleine die Jasminseife bringt", stotterte er und machte sich geschäftig ans Waschen und Frisieren.

„Nun, was hast du hinten getrieben? Und hast du die Laute mitgebracht?" fragte er Mong Yü Loh, als er seine Toilette beendigt hatte.

„Die Laute wird Lenzpflaume bringen. Ich hatte bis jetzt Perlen für ein Schmuckstück gefädelt, das Mondfrau morgen bei einem Geburtstagsbesuch tragen will."

Gleich darauf trat auch Lenzpflaume mit der Laute ein und meldete, daß sie die drei Rosen, wie gewünscht, abgeliefert habe. Sie mußte nun einen Teetisch decken und auch für einige Erfrischungen, wie in Eiswasser gekühlte Pflaumen und Melonenscheiben, sorgen. Dann gruppierte man sich um den Tisch. Goldlotos hatte ihren Sessel weggeschoben und sich statt dessen auf einen runden Porzellanhocker niedergelassen.

„Du wirst dich schön erkälten auf dem kalten Ding", meinte Mong Yü Loh.

„Wenn schon. Was macht es aus? Ich brauche ja doch auf kein kleines Lebewesen in meinem Schoße Rücksicht zu nehmen", entgegnete Goldlotos anzüglich.

Hsi Men stutzte und blickte verstohlen nach Frau Ping.

Als dann das Musizieren beginnen sollte und Hsi Men vorschlug, Mong Yü Loh und Goldlotos sollten zusammen das Lied „Der rote Flammenfürst setzt die große Leere in Brand" vortragen, und zwar sollte Mong Yü Loh die Mondlaute, Goldlotos die Pi pa spielen, da wollte Goldlotos nicht mittun.

„Nein, ich mag nicht!" sagte sie trotzig. „Wir zwei sollen uns anstrengen, und ihr beiden habt das Vergnügen, nein! Oder aber Schwester Sechs muß auch ein Instrument spielen."

„Sie kann doch keins spielen."

„Dann mag sie wenigstens mit dem Schlagzeug den Takt angeben."

„Meinetwegen. Du regst dich aber wirklich über einen Fliegenbiß auf." Lenzpflaume mußte also laufen und ein Paar rote Elfenbeinkastagnetten holen. Dann spreizten sich zarte Jadefinger über die gestrafften Haifischdarmsaiten, und das Trio hub die Verse von den „Wildenten über der Düne" an. Zofe Hsiu Tschun stand dabei und fächelte mit einem Wedel Kühlung.

Als das Lied zu Ende war, kredenzte Hsi Men jeder der drei Holden einen Becher Wein, und man setzte sich wieder an den Tisch.

Mittlerweile hatte sich der Himmel von Südost her mit schwärzlichem Gewölk umzogen. Nach Nordwest hin rollte dumpfer Donner. Und nun prasselte ein kurzer heftiger Gewitterregen nieder. Aber bald kam die Sonne wieder zum Durchbruch und zauberte an den Himmel einen Regenbogen, unter dem die letzten Tropfen wie ein glitzernder Vorhang von bunten Juwelen herunterrieselten. Gleichzeitig kam ein leiser Luftzug auf, der die ersehnte Kühlung brachte.

Jetzt erschien Zofe Juwelchen und bat Mong Yü Loh zu Mondfrau, sie müsse ihr unbedingt noch die Perlen fertig zusammenfädeln.

Die ganze Gesellschaft beschloß, sie zu begleiten, und während man der Parkpforte zuschritt, sang man gemeinsam einen langen schönen Kantus zum Lob des Sommergewitters. Hsi Men beteiligte sich, indem er durch Zusammenschlagen der Hände den Takt angab.

An der Parkpforte hielt er Goldlotos, die eigentlich mit den anderen Frauen weitergehen wollte, zurück.

„Sieh dich vor! Die Steinplatten sind vom Regen schlüpfrig. Halte dich an mir fest, damit du nicht ausrutschst wie neulich beim Schaukeln", sagte er liebevoll.

„Aber Schwester Drei und Sechs können doch auch allein gehen."

„Wir wollen den schönen Tag am See genießen und uns ein wenig mit Flaschenspiel vergnügen", setzte er hinzu. Die andern beiden Frauen waren bereits außer Hörweite. Sie ließ sich von Lenzpflaume die Mondlaute reichen und schlenderte mit ihm, unterwegs auf der Laute klimpernd, dem See zu. Am felsigen Seeufer hinwandelnd, kamen sie bei einem Granatapfelbaum vorüber, dessen Blüten sich unter dem wohltätigen Einfluß des Gewitterregens soeben zu voller Pracht erschlossen hatten. Sie brach sich eine Blüte ab und steckte sie seitlich im Schläfenhaar fest.

„Ach, mir wird so schwach, vor meinen Augen tanzen Blumen, als ob ich drei Tage nichts gegessen hätte", sagte sie auf einmal, listig eine leichte Ohnmacht heuchelnd. Besorgt umfaßte er sie und schickte sich an, sie auf die Achsel zu heben.

„Liebes Kind, du wirst mir doch nicht etwa wegsterben! Du hast ja kaum erst einen Blick in die Welt getan!" scherzte er.

„Ganz so schlimm ist es nicht. Ich möchte nur die Laute absetzen und ein wenig verschnaufen."

Sie legte die Laute an den Rand eines Blumenbeetes. Dann begann sie unvermittelt:

„Ich nehme dir's ja gar nicht übel, daß du dich heute mit Schwester Sechs vergnügt hast. Nein, nein, ich möchte dich durchaus nicht in deinem Ver-

gnügen stören! Aber hoffentlich siehst du mich deswegen nun nicht geringer an!“

„Aber wo denkst du hin! Überhaupt, wieso soll ich mich heute mit der Sechsten vergnügt haben?“

„Mein Junge, mir machst du nichts vor! Bin ich etwa ein Lehmkloß? Du solltest mich doch kennen! Meinst du, ich wäre heute vormittag wirklich zu Schwester Drei gelaufen, um ihr deine Rose zu bringen? Haha! Gelauscht habe ich! Und alles mit angehört, was ihr euch in der Malachitveranda zu sagen hattet.“

„Du bist doch eine!“ rief er lachend, bettete sie sanft auf die Blumen und preßte seinen Mund auf ihre Lippen. „Nenne mich schnell deinen lieben Ta ta! Eher lasse ich dich nicht aufstehen!“

„Mein lieber Ta ta! – Aber du liebst ja doch eine andere!“, und lachend ließ sie sich von ihm emporziehen. Die Laute unter die linke Schulter geklemmt und die letzte Strophe aus dem Sommergewitterkantus von vorhin singend, zog sie an seiner Seite den schmalen Pfad weiter, der sich am Smaragdweiher entlangschlängelte, an der Kaschmirdistellaube vorüber bis zur Weinlaube. Und hier beschlossen sie zu bleiben.

Über der Balustrade von Stein
Vier luftige Lattenwände,
Von dichtem Blattwerk
Rings umsponnen.
Draus schimmert's bald rötlich
Wie von den Purpurkugeln
Des Thymianstrauchs,
Der herbstliche Würze haucht.
Bald sind's grünliche Perlen,
Zu Wolken gehäuft.
Wie bunte Kristallzier
Über Rossebrüsten,
Über Backsteinen
Feucht glänzende Glasur.
Eine goldbetupfte Laube:
Geheimnisvoller Quell,
In dem süße Säfte,
Wunderdüfte wohnen.
Geschenk aus fernen
Westlichen Zonen.

In der Laube standen einstweilen nur vier Porzellanhocker herum, auch stand eine dreihalsige Karaffe mit den dazugehörenden Wurfpfeilen zum

Flaschenspiel bereit. Aber bald brachte Tschun Meh einen Krug Wein angeschleppt, und hinter ihr erschien Herbstaster, mit beiden Händen eine große Eßschachtel tragend, auf der eine Kompottschüssel schwappte.

„Du hast dir schon heute vormittag die Lunge aus dem Leib gelaufen, kleines Fleischklößchen“, sagte Goldlotos zu Lenzpflaume. „Warum kommst du nun schon wieder angehetzt?“

„Daß man Euch ausgerechnet hier aufstöbern muß!“ maulte die Kleine. „Wo jagt Ihr einen nur noch überall hin!“

Sie blieb zur Bedienung da, während Herbstaster sich wieder entfernte. Hsi Men öffnete die große Schachtel. Sie enthielt in acht kleinen Schüsseln acht verschiedene, ausgesuchte Gerichte, jede Schüssel fein säuberlich in einem besonderen Fach untergebracht, ferner eine kleine silberne Karaffe Traubenwein, zwei kleine goldene Trinkbecher in Lilienkelchform und zwei Paar elfenbeinerne Eßstäbchen.

Hsi Men baute alles das, so gut es ging, auf zwei zusammengerückten Hockern auf, während er mit Goldlotos auf den beiden anderen Platz nahm. Nun wurde fleißig gegessen und getrunken und zwischendurch zum Zeitvertreib mit den Wurfpfeilen nach der dreihalsigen Spielkaraffe geschleudert.

Bald stellte sich bei ihr infolge des reichlich und hastig genossenen Weines ein leichter Rausch ein, ihre Wangen färbten sich mit dem zarten Rot der Pfirsichblüten, ihr schräger Blick bekam den feuchten Schimmer einer herbstlichen Welle. Als Hsi Men jetzt Tschun Meh nach neuem Wein ausschickte, trug sie der Kleinen auf, ein paar Matten und Kissen mitzubringen, da sie Müdigkeit spürte und sich etwas ausstrecken wollte. Nach einer Weile erschien zuerst Herbstaster wieder, schwer mit Kissen und Matten beladen. Goldlotos ließ sich ein bequemes Lager am Boden herrichten, dann durfte die Kleine gehen.

„Schließ die Parkpforte hinter dir ab!“ befahl ihr Goldlotos. „Du brauchst jetzt nicht wiederzukommen, außer wenn ich dich rufen lasse.“ Nun machten sich's die beiden bequem. Erst streifte Hsi Men seinen Rock herunter und hängte ihn über die Brüstung; und als er von einem kleinen Gang abseits in die Büsche am Rand des Päonienbeetes wiederkehrte, fand er Goldlotos bereits völlig nackt auf den Matten liegen. Die roten Atlasschuhe waren ihre einzige Bekleidung. In der Hand hielt sie ihren Fächer und wedelte sich Kühlung zu.

Ihr Anblick brachte sein Blut in Wallung. Hastig legte er gleichfalls seine übrige Kleidung ab und ließ sich auf einen Porzellanhocker nieder. Von da aus machte er sich das Vergnügen, erst eine Weile mit seinen Zehen an ihre kleine Kröte zu tippen. Dann zog er ihr auch noch die Satinpantöffelchen ab und kam auf den absonderlichen Einfall, ihre gespreizten Füße mit den

Fußbinden schräg nach oben an den Pfosten des hinteren Laubeneinganges festzuschnallen. Wie ein rückwärts gebäumter Lindwurm mit hochgestreckten Vorderpranken lag sie da und mußte seinen Liebesangriff dulden.

Mitten in seinem Bemühen wurde er durch das Erscheinen von Lenzpflaume aufgescheucht. In Anbetracht der eigenartigen Lage, in der sie die beiden vorfand, stellte sie ihren Weinkrug leise am vorderen Laubeneingang nieder und verzog sich, der Weisung seiner rückwärts abwinkenden Hand folgend, diskret zum nahen Pavillon der Wolkenrast, wo sie sich niederließ und sich über eine Solo-Schachpartie machte.

Aber er, durch ihre Nähe bereits wieder von neuem Begehren nach neuen Genüssen gekitzelt, löste sich hurtig von Goldlotos und sprang, nackt wie er war, in langen Sätzen auf steinigem Pfad an Felsschroffen vorbei, dem Pavillon der Wolkenrast zu. Als Lenzpflaume ihn von weitem kommen sah, schlüpfte sie eilig ins Freie und flüchtete sich auf schmalem Seitenpfad an der Grotte des verborgenen Lenzes vorüber in dichtes Gebüsch, wo sie sich vor seinen Blicken verborgen glaubte. Doch schon hatte er sie in ihrem Versteck aufgestöbert und stand nun, die Zweige auseinanderbiegend, vom Laufen erhitzt und keuchend, vor ihr.

„Hab ich dich endlich!“ rief er lachend. Dann hob er sie wie ein leichtes Bündel auf seine Arme und trug sie in die Weinlaube. Dort mußte sie sich ihm auf den Schenkel setzen und einen Becher gemeinsam mit ihm austrinken. Verwundert ließ die Kleine ihre Äuglein über Goldlotos schweifen, die noch immer in der gleichen Lage wie vorhin, die Füße an den Pfosten des hinteren Laubeneingangs festgebunden, auf den Matten ruhte.

„Ihr treibt's ja hier am hellen Tag ziemlich toll!“ erlaubte sie sich zu bemerken. „Wenn nun zufällig jemand vorüberkäme!“

„Ach, Unsinn! Wir haben ja die Pforte ausdrücklich von Herbstaster zuriegeln lassen. Hoffentlich hast du sie nicht aufgemacht! Nun aber paß mal auf, kleines Ölmaul, jetzt zeige ich dir eine neue Art Flaschenspiel. Man nennt das Goldkugeln auf Silberschwäne schießen.“

Er langte aus der eisgekühlten Kompottschüssel drei feste, gelbe Eierpflaumen und begann sie, sorgfältig zielend, nach dem Blumenkelch der am Boden Liegenden zu werfen. Dreimal schoß er, und dreimal traf er.

„Au, du schießt mich ja tot!“ kreischte die Trunkene, die sich vor Lachen wand, während er drei große Becher Fünfdüftefreudenwein hinunterstürzte, die er sich selber als Preis für seine Treffer bewilligt hatte.

„Gib ihr auch was zu trinken und fächle ihr kühle Luft zu!“ befahl er der Zofe mit schwerer Zunge. „Ich möchte jetzt schlafen.“

Er ließ sich schwerfällig auf die Matten niederfallen und war im Nu eingeschlummert. Lenzpflaume aber, von der Szene angewidert, benutzte die

Gelegenheit, um auf leisen Sohlen an dem Schläfer vorbeizutappen und wie ein Rauch zu verschwinden.

Nach einer Stunde war er wieder munter, und gleichzeitig erwachte in ihm neues Lustbegehren.

Nachdem seine Lust von neuem befriedigt war, ließ er von Goldlotos ab. Sie lag völlig erschöpft mit schlaffen Gliedmaßen auf der Matte und konnte kaum noch atmen, ihre Zungenspitze fühlte sich eiskalt an. Nun löste er ihr endlich die Füße aus ihrer hängenden Stellung und half ihr in eine bequeme, halb sitzende Lage. Allmählich kehrte das Leben in sie zurück.

Er half ihr in die Kleider. Dann geleitete er sie, während Lenzpflaume und Herbstaster Decken und Geschirr wegräumten, in ihren Pavillon.

„Heute habe ich sie besiegt“, dachte er bei sich.

Goldlotos reizt Hsi Men zu einem mittägigen Geplänkel im Orchideenzuber.

[. . .] Die zarten Purpurfäden, mit denen sie Hsi Men an ihre Person gefesselt hielt, erwiesen sich zäh und fest wie Metalldraht, und er wiederum war unerschöpflich in der Erfindung immer neuer Abwandlungen des Liebesspiels.

Eines Mittags saß er, einen Bananenblattwedel schwenkend, im Aussichtspavillon in der offenen „Halle des gesammelten Rundblicks“ und überließ sich der Stimmung der in mittäglichem Sonnenglast brütenden, von Wohlgerüchen erfüllten stillen Parklandschaft, deren Zauber der Dichter andeutet, wenn er sagt:

Über grünen Schatten
Glasten Mittagsgluten.
Turm und Steinterrasse
Tauchen still aus Fluten.
Zephir rührt den Vorhang,
Leise klirrt's kristallen.
Schwere Rosendüfte
Streichen durch die Hallen.

Eben hatte ihm Zofe Tschun Meh eine Schüssel eisgekühlter Pflaumenkaltschale hingesetzt.

„Was treibt deine Herrin?“ fragt er.

„Sie läßt sich von Herbstaster ein Bad rüsten. Inzwischen hat sie sich etwas hingelegt.“

„Oh, dann werde ich sie überrumpeln. Das gibt einen herrlichen Spuk.“

Er schlürfte seine Kaltschalte aus, dann erhob er sich, gab den Schultern der Zofe einen Dreh nach der Seitenpforte hin, die zum Pavillon von Goldlotos führte, und schritt mit ihr davon.

Leise betrat er das Schlafzimmer. Er fand sie eingeschlummert auf ihrem schönen neuen Bett mit der vergoldeten Metallschneckenverzierung daliegen. Seit nämlich Goldlotos bei der Sechsten ein solches Schneckenmusterbett gesehen, hatte sie ihm nicht eher Ruhe gelassen, als bis er ihr eins von der gleichen Art anschaffte. Sechzig schwere Unzen hatte er für das Prachtstück ausgegeben. Es war rings von einer kunstvoll geschnitzten Holzbrüstung eingefaßt, rechts und links standen zwei neue Wandschirme, deren Stickerei außer den üblichen Blumenranken und Pfauenfedern gleichfalls das Schneckenmotiv aufwies. Die purpurroten Behänge waren mit massiv silbernen Nägeln am oberen Bettrahmen befestigt. Hsi Men hatte nicht gespart.

Goldlotos lag, nur mit einem dünnen, rosafarbenen Batistbusenhalter bekleidet, auf kühler Matte unter einer leichten roten Seidendecke, den Kopf auf ein Kissen mit eingesticktem Mandarinenentenmuster gebettet. Sie schlief fest. Ihr Anblick entfachte augenblicklich sein Verlangen. Er schob Zofe Tschun Meh leise zur Tür hinaus, streifte seine Kleidung hastig herunter, hob die Decke ab und kletterte behutsam über die schöne Schläferin, ihre Schenkel sacht auseinanderschiebend. Und ehe sie Zeit hatte, ihre Sternenäuglein zu einem erschreckten Blinzeln aufzutun, hatte er schon seine Lust an ihr.

„Strolch! Wie kommst du denn herein? Du erschreckst einen ja zu Tode! Ich schlummerte gerade so süß.“

„Ich bin's doch bloß! Du tust ja gerade, als ob ich ein fremder junger Gent wäre.“

„Ach geh! Welcher mit sieben Stirnen und acht Gallen bewehrte Frechling dürfte sich wohl unterstehen, in mein Schlafzimmer einzudringen, zu dem nur du Zutritt hast!“

Nachdem Goldlotos kürzlich vor der Malachitveranda Ohrenzeugin gewesen war, wie Hsi Men die Sechste ob ihres blanken Gesäßes bewunderte, hatte sie sich heimlich ein zartes Jasminblütenöl beschafft und damit ihren Körper während der letzten Tage ausgiebig eingesalbt. Als sie nun jetzt in ihrer rosigen Nacktheit vor ihm lag, wollte es ihm scheinen, als ob sich ihre Haut weicher und geschmeidiger denn sonst anfühle und einen besonders köstlichen Duft ausströme. Auch fesselten die neuen tiefroten Bettschuhe, die sie anhatte, seine Aufmerksamkeit.

„Mir wurde gesagt, du wolltest ein Bad nehmen“, sagte er nach einer Weile.

„Stimmt. Und du darfst mit baden.“

Sie ließ den großen Badezuber von den Zofen hereinbringen und mit heißem orchideenduftendem Wasser füllen. Dann stiegen sie beide hinein und begannen wie zwei muntere Fischlein zu plantschen. Nachdem sie sich so eine Weile an fröhlichem Plantschen vergnügt hatten, preßte er sie mit dem Rücken an die schräge Wandung und wiederholte das alte Spiel. Während sie sich mit der einen Hand am Zuberrand festklammerte und mit der anderen Hand ihre Frisur hielt, die sich aufzulösen drohte, ließ er mit Ausdauer seinen Leib wohl an die zweihundertmal an ihren Leib klatschen und verursachte durch seine Bewegung ein glucksendes, schwappendes Geräusch, das sich anhörte, als wenn sich zwei verliebte Krebse in seichtem Strandwasser tummeln.

Endlich hatte er genug. Sie trockneten sich gegenseitig ab, streiften ein kurzes dünnes Hemd über und streckten ihre angenehm erschlafften Glieder aufs Lager. Bevor sie sich dem Schlafe überließen, stärkten sie sich noch mit einigen frischen Früchten und süßem Gebäck. Auch verlangte es sie nach einem Schluck weißen Weins. Als nun Herbstaster ihrer Herrin den gefüllten silbernen Pokal hinhielt, da fühlte er sich eisig kalt an. Wütend packte Goldlotos den Pokal und schüttete seinen Inhalt der unglücklichen Zofe mitten ins Gesicht.

„Du täppisches Ding, wie kannst du wagen, deinem Herrn so eiskaltes Zeug vorzusetzen! Du bist doch zu nichts zu gebrauchen", schrie sie die Erschrockene an. „Tschun Meh, führe sie in den Hof und lasse sie strafknien!"

„Der Herr hat doch täglich eisgekühlten Wein verlangt", verteidigte sich ängstlich schluckend die Gescholtene. „Wer denkt denn, daß er gerade heute die Weise gewechselt hat?"

„Verfluchte Dirne! Mußt du immer widersprechen?" fuhr ihr Goldlotos über den Mund. „Tschun Meh, hau ihr rechts und links zehn runter!"

„Herrin, ich möchte meine Hand nicht gern an ihrer schmutzigen Haut besudeln", wich Tschun Meh aus. „Ich werde ihr aber draußen im Hof einen gehörigen Stein auf den Kopf legen."

Und so mußte die arme Herbstaster wiederum in der prallen Nachmittagssonne auf den harten Fliesen im Hofe hinknien und sich den Kopf von der Last eines dicken Steines beschweren lassen. Ein Glück für sie, daß Li Kiao'rl gerade eine neue junge Zofe zu vergeben hatte. Auf Zureden der Sechsten entschloß sich Goldlotos, die fünfzehnjährige „Sommerblume" der Zweiten für sieben Unzen abzukaufen und an Stelle von Herbstaster in ihren Dienst zu nehmen. Herbstaster aber wurde als Küchenmagd in die große Küche geschickt und so von einer launischen Herrin befreit.

Seit Hsi Men seinen Vorrat an Kraftpillen mehr und mehr dahinschwinden sah, hatte sich seiner eine seltsame Unrast bemächtigt. Seine Gier nach immer neuen Liebesgenüssen hatte sich ins Ungemessene gesteigert, seine Wünsche überstürzten sich, an der Seite der einen lechzte er nach der Umarmung der anderen; um sein unersättliches Verlangen zu befriedigen, hätte er sich am liebsten verdoppelt. Von seinen fünf Frauen ganz zu schweigen – die Pflichtbesuche, die er ihnen in mehr oder weniger regelmäßigem Wechsel abzustatten pflegte, bedeuteten für ihn keine aufregende Angelegenheit, – aber auch sonst war keine imstande, ihn dauernd und restlos zu fesseln, wie das eine Zeitlang seine verstorbene Sechste fertiggebracht hatte.

Die Amme Ju I'rl hatte in seinem Herzen längst der um zehn Jahre jüngeren schmucken Frau seines neuen Dieners Lai Küe Platz machen müssen; die Reize der sechsten Wang dünkten ihn schal, nachdem er die Vorzüge der Frau seines Geschäftsführers Pen Se entdeckt hatte. Als ihm Geschäftsführer Tsui Pen bei der Rückkehr von der Salzkammer in Yang tschou von der knospigen Frische der sechzehnjährigen Kleinen schwärmte, die sein Schützling Miao Tsing als Dankgeschenk für ihn ausgesucht hatte und ihm bei nächster Gelegenheit ins Haus schicken wollte, da wünschte er sich Flügel, um augenblicks nach Yang tschou zu fliegen und den neuen Leckerbissen auf der Stelle zu verspeisen. Dann wiederum schämte er sich vor sich selbst, daß er die Frage Mondchens, seiner Favoritin unter den Blumenmädchen, ob er nun endlich die holde Gattin des jungen Wang besessen habe, kläglich verneinen mußte. Seine Eroberung im Hause Wang Tschao Hsüan war ja bisher leider nicht über das Schlafzimmer der Dame Lin hinausgediehen. Und als nun gar die ruhige, kühle Mondfrau, von ihrem ersten Besuch im Hause des Hilfsrichters Hou heimkommend, über der Beschreibung der unvergleichlichen Schönheit der achtzehnjährigen Kollegengattin, einer Nichte des Obereunuchen Lan, förmlich in Ekstase geriet, da stand es bei ihm fest, daß er unbedingt die geborene Lan gewinnen müsse.

Nun fieberte er dem Zwölften des ersten Monats entgegen. An diesem Tage sollte zur Vorfeier des Laternenfestes ein Doppelbankett in seinem Hause stattfinden. Im Aussichtspavillon wollte er mit einigen wenigen nahestehenden Bekannten ungezwungen pokulieren. Zu gleicher Zeit würden seine Frauen in der hinteren Empfangshalle mit einer größeren Zahl von edlen und hochgeborenen Mandarinengattinnen an gemeinsamer Festtafel vereint sein. Und bei dieser Gelegenheit wollte er die Genugtuung erleben, zum ersten Male nicht nur der jungen Wang, sondern auch der geborenen Lan ansichtig zu werden. Denn als er neulich der Dame Lin zwischen zärtlichen Umarmungen den Wunsch ins Ohr geflüstert hatte, sie nebst Sohn und Schwiegertochter am Zwölften bei sich zu sehen, war ihm keine Ablehnung widerfahren, und Mondfrau, die anfänglich Bedenken äußerte, zwei ihr völlig fremde Damen einzuladen, hatte sich, wenn auch widerstrebend, ihm zuliebe gefügt. Aus dem Hause Hou aber war eine förmliche Zusage eingegangen.

Hsi Men ging an diesem Tage gar nicht erst aufs Amt. Er war von früh an auf den Beinen und leitete persönlich die Vorbereitungen zum Festbankett in der hinteren Empfangshalle. Seine schönen Besucherinnen sollten einen denkbar günstigen und würdigen Eindruck von seinem Haushalt empfangen. Schon am Vormittag stellte sich die prinzliche Schauspielertruppe, die er sich für diesen Tag engagiert hatte, mit ihren in zahlreichen Kisten verstauten Theaterrequisiten ein. Ihr fiel außerdem die Aufgabe zu, am Innentor Aufstellung zu nehmen und jeden ankommenden weiblichen Gast mit festlichem Gong- und Trommellärm zu begrüßen. Dann erschienen die zum Musikmachen und Gästebedienen herbestellten vier Blumenmädchen und drei Sängerknaben.

Gegen Mittag hatte sich die Damengesellschaft nach und nach eingefunden, nur die Hauptpersonen, die Dame Lin nebst Schwiegertochter sowie die geborene Lan fehlten noch. Hsi Men wurde bereits nervös. Er hetzte zwei-, dreimal seine Diener nach den beiden Häusern Wang und Hou und ließ die Geladenen nochmals bitten. Endlich zur Mittagsstunde erschien die Dame Lin. Zu seinem großen Leidwesen mußte Hsi Men von ihr hören, daß der junge Wang noch zum Neujahrsbesuch seines Schwiegeronkels, des Obereunuchen Huang, in der östlichen Hauptstadt weile und seine sittsame Gattin aus diesem Grunde zu Hause geblieben sei. Nun, er sollte wenigstens gleich darauf durch die Ankunft der mit Spannung erwarteten geborenen Lan entschädigt werden.

Von einem Seitengemach im Westflügel aus, hinter herabgelassenen Vorhängen spähend, beobachtete Hsi Men, vor Aufregung zitternd, wie die schöne Besucherin den Fuß aus ihrer großen, von vier Trägern getragenen Polstersänfte setzte und von seinen Frauen in die Empfangshalle geleitet wurde. Sie mochte knapp achtzehn Jahre zählen. Ein Gewand von tiefroter schwerer Damastseide, in fünffarbiger Stickerei mit Darstellungen der vier Geistertiere: des Einhorns, des Drachen, der Schildkröte und des Phönix, gemustert, umschloß ihre hohe, ebenmäßige, volle, doch schlanke Gestalt, um die Taille von einem goldeingefaßten grünen Jadegürtel zusammengerafft. Darüber trug sie eine kurze, blauseidene geschlitzte Tunika, deren zwei Schöße beim Gehen mit leisem Klapp seitlich an ihre Knie wippten, als ob sie ihren Schritt hemmen wollten. Eine Wolke von Moschus- und Orchideenduft umschwebte sie und traf mit angenehmem Kitzel die Nasen der Nächststehenden. Eine Zofe, die in einer Sänfte mitgekommen war, ging, sie unterm Ellbogen stützend, ihr zur Seite. Mehrere Gefolgsleute, einen Kleiderkoffer schleppend, der ihren Pelzmantel barg, schritten hinterdrein.

Welcher Charme und Schalk lag über ihr blumenholdes Antlitz gebreitet! Wie graziös und keck der Aufwärtsschwung ihrer Schläfenwinker! Sie waren so gekrümmt, daß ihre Linie, verlängert gedacht, genau in den Bogen ihrer Schmetterlingsfühlhörner überging. Wie lebendig und eindringlich die Sprache ihres vom feuchten Glanz der Herbstwelle schimmernden Phönixauges! Wie geschmeidig diese Taille, einer vom Zephir umspielten, biegsamen jungen Weidengerte gleich! Und gar diese Stimme! Das klang wie das süße Flöten einer an sonnigem Lenzmorgen jubilierenden Goldamsel. Wie leicht und anmutig der Schritt ihrer Lilienfüße! Einer Fee glich sie, die in Mondscheinnächten leise über tauperlenglitzernde Blumenhalden schwebt. Sie war mehr als eine Blume, denn Blumen sind stumm. Sie war mehr als ein Edelstein, denn Edelsteine duften nicht.

Ihr Anblick, der Klang ihrer Stimme machten Hsi Men bis ins Mark erschaudern. Seine Seele spaltete sich in ihre beiden Hälften. Die geistige Seele entschwebte bis in den Körper der schönen Fremden. Es kostete ihn Mühe, einigermaßen Fassung zu zeigen, als ihn kurz darauf Mondfrau hereinbat und der geborenen Lan vorstellte. Während er sich, so tief er nur konnte, zu ehrerbietiger Verneigung krümmte, schlug ihm das Herz an die Rippen, und vor seinen Augen flimmerte es. Höflicher Anstand gebot es leider, daß er sich alsbald nach der Vorstellung wieder zurückziehen mußte.

Mit seiner Ruhe war es endgültig vorbei. Zerstreut und teilnahmslos saß er bei seinen Freunden im Aussichtspavillon und beteiligte sich kaum an der Unterhaltung. Öfters aber wußte er sich von der Tafelrunde wegzustehlen. Dann eilte er nach der Empfangshalle und lugte mit hungrigen Augen durch das durchbrochene Gitterwerk eines Schreins nach der geborenen Lan.

„Was ist denn mit dir los, Bruder?“ fragte ihn einmal Schnorrer Ying. „Du bist ja heute ohne jeden Mumm!“

„Ich habe die letzten Nächte schlecht geschlafen und fühle mich etwas abgespannt“, suchte er sich gähnend herauszureden.

Geschätzte Leser, ein Vollmond bleibt nicht ewig voll, eine schöne Wolkenfärbung hält nicht lange an. Wenn das Glück seinen Gipfel erreicht, nimmt in der Regel das Unheil seinen Anfang und umgekehrt. Hsi Men gedachte Namen und Stellung frivol zu nutzen, um seinen Lüsten besser frönen zu können. Er dachte nicht daran, daß der Teufel seinen Schuldnern die Rechnung gerade dann zu präsentieren pflegt, wenn es ihnen am wohlsten ist.

Als sich gegen Abend die weiblichen Gäste zum Aufbruch erhoben, war Hsi Men, von Tai A'rl rechtzeitig unterrichtet, wieder von der Tafel verschwunden. Er hatte sein früheres Versteck im westlichen Seitenflügel aufgesucht und beobachtete verstohlen, wie nach dem Abbrennen des üblichen Feuerwerks im Innenhof eine nach der anderen ihre Sänfte bestieg und sich zum Tor hinaustragen ließ. Die in dem herrlichen weißen Hermelinmantel, das war die Dame Lin, und jene andere in dem rot ausgeschlagenen Goldzobelpelz, das war seine neue Angebetete, die geborene Lan. Mit heißen Blicken starrte er ihnen nach, bis der letzte Zoll ihrer Sänften vom Dunkel des Torwegs verschluckt war.

Ungesehen von seinen eigenen Frauen, schlich er dann seufzend und in tiefes Nachsinnen versunken zu der im Stich gelassenen Tafelrunde im Aussichtspavillon zurück. Der Zufall wollte es, daß er unterwegs im Dunkel mit Hui Yüan, der jungen Frau des Dieners Lai Küe, zusammenprallte, und zwar gerade vor dem Eingang zu ihrer Kammer. Sie kam von der Empfangshalle her, wo sie bis dahin beim Bedienen mitgeholfen hatte. Für seine hochgradig gereizten Sinne bedeutete ihre Person in diesem Augenblick eine vom Himmel gesandte willkommene Ablenkung und Erlösung. Kein Mensch in der Runde war zu sehen, und ihr Mann weilte gerade dieser Tage geschäftlich außer dem Hause. Da wollte er nicht blöde sein. Wortlos zog er sie mit sich in ihre Kammer und hielt sich in ihren Armen für den Verzicht auf andre, einstweilen unerreichbare Genüsse schadlos.

Ob blanken Mondes grünes Licht,
Ob trüber Funzel roter Schein –
Licht bleibt für die nephritne Schale Licht,
Ob grün, ob rot, sie leuchtet rein.

Wohltätig erfrischt und zugleich erschlafft, erschien er eine Weile später wieder bei der Tafelrunde im Aussichtspavillon. Seine Freunde merkten gar bald, daß heute doch nichts mehr mit ihm anzufangen sei; und da überdies für die nächsten Tage weitere Neujahrsgelage bevorstanden, ging man diesmal bereits zu früher Stunde, lange vor Mitternacht, auseinander. Hsi Men, dem sowieso die Vorfrühlingsluft in den Gliedern lag, spürte ein überwältigendes Schlafbedürfnis, und so mied er in dieser Nacht die aufreizende Gesellschaft von Goldlotos und zog es vor, sich in der friedlichen, nervenberuhigenden Atmosphäre der Kammer seiner Ersten einmal auszuschlafen.

Am nächsten Morgen erzählte ihm Mondfrau von einem Traum, den sie in dieser Nacht gehabt hatte.

„Die Lin trug doch gestern bei unserer Gesellschaft ein Kleid aus dunkelrotem Samt. Ich träumte nun, Schwester Sechs lebte noch und hätte in ihrer Truhe genau ein solches Kleid aus dunkelrotem Samt. Sie holte es hervor und wollte es mir schenken. Schwester Fünf, die dabeistand, riß es ihr aus der Hand und zog es selber an. Ich ärgerte mich darüber und sagte zu ihr: ‚Erst stiehlst du ihr den Zobelpelz, und jetzt schnappst du mir das rote Samtkleid weg.‘ Sie wurde böse und riß in ihrer Wut ein großes Loch in das Kleid. Wir gerieten in einen heftigen Wortwechsel, und darüber erwachte ich.“

„Träume verraten unsere geheimen Gedanken und Wünsche“, sagte er verstehend. „Sei unbesorgt, ich lasse dir genau ein solches Samtkleid machen, wie die Dame Lin es trug.“

Trotz ergiebigen Schlafes fühlte er sich immer noch matt und abgespannt und spürte keinen Appetit. So beschloß er, auch heute nicht zum Yamen zu gehen und sich zu pflegen.

Er kleidete sich an und suchte dann die Bibliothek auf. Aber er war unfähig zu irgendwelcher geistigen Arbeit, legte sich lang auf einen Diwan und ließ sich von seinem Burschen Wang Tsing die Beine massieren. Während der Diener gerade beim Massieren war, trat Zofe Nephritflöte ein und brachte ihm im Auftrag der Amme Ju I'rl eine halbgefüllte Flasche mit Milch von ihrer eigenen Brust. In die Milch war eine stärkende Medizin gemischt. Er sollte daran erkennen, mit welch zärtlicher Sorge Ju I'rl auf sein Wohl bedacht war. Er schickte Wang Tsing weg und trank gleichgültig die halbe Flasche Krankenmilch leer. Dann übergab er Nephritflöte zwei goldene Haarspangen und vier silberne Fingerringe. Diese Spende sollte aber nicht etwa der Dank für die rührende Aufmerksamkeit der Amme sein, vielmehr war sie für sein neues Liebchen, die Dienerfrau Hui Yüan, bestimmt. Natürlich dachte sich Nephritflöte ihr Teil dabei. Da gab's wieder eine aufregende Neuigkeit an Goldlotos zu berichten.

Wang Tsing, ein jüngerer Bruder der sechsten Wang, steckte seinem Herrn, als er nach dem Weggang der Zofe wieder allein mit ihm im Zimmer war, geschwind ein kleines Päckchen zu.

„Das schickt Euch meine Schwester, und sie hofft auf Euren baldigen Besuch“, sagte er leise.

Hsi Men öffnete das Paketchen und entnahm der papierenen Hülle erstens ein Weidenblatt von langem, ölig glänzendem, blauschwarzem Frauenhaar, das von fünffarbigen Wollfäden umwickelt und mit zwei bunten Atlasbändern zu einem kunstvollen Traghalter verflochten war, und zweitens einen purpurseidenen, mit Melonenkernen gefüllten Gürtelbeutel, dessen doppelte Öffnung die Form eines Mandarinenentenpärchens zeigte. Hsi Men war ob dieser sinnigen Angebinde ganz gerührt. Er verschloß den Beutel rasch in der Schublade eines Bücherschranks und hatte gerade noch Zeit, den Traghalter in seine Ärmeltasche gleiten zu lassen, als der Vorhang beiseite geschoben wurde und Mondfrau unvermutet eintrat.

„Wo bleibst du denn?“ fragte sie. „Ich habe eine schöne kräftige Suppe für dich bereit. Fühlst du dich immer noch elend?“

„Ich spüre ein so schmerzhaftes Ziehen in den Beinen.“

„Wahrscheinlich liegt dir die Frühlingsluft in den Gliedern. Komm nur mit, meine Suppe wird dir guttun.“

Er erhob sich, folgte ihr in ihr Wohngemach und machte sich über seine Krankensuppe her.

„Offenbar hast du dich bei den vielen Neujahrsgastereien mit deinen Kräften übernommen“, meinte sie. „Du solltest dich mehr schonen und dich nicht beständig von deinen Freunden zum Trinken verleiten lassen.“

So wußte sich also Hsi Men vor lauter Liebe und Fürsorglichkeit von allen Seiten kaum zu retten, und es sollte sich der vorhin zitierte Satz bewahrheiten, daß der Teufel seinen Schuldnern gerade dann die Rechnung zu präsentieren pflegt, wenn es ihnen am wohlsten ist.

„Du hast recht“, sagte er zu Mondfrau. „Ich werde mir diese Zechbrüder etwas mehr vom Leibe halten. Aber um die Pflichtessen kommt man nicht gut herum. Heute mittag ist nun wieder eine Geburtstagsvisite bei Schwager Hua fällig. Gegen Abend werde ich einen Bummel über den Laternenmarkt unternehmen und bei dieser Gelegenheit einen Sprung in den Laden in der Löwenstraße tun und mit meinen beiden Geschäftsführern noch ein schlichtes Abendbrot essen.“

Natürlich hatte er noch ein anderes Haus in der Löwenstraße im Sinne.

Nachdem er seinen Pflichtbesuch bei Schwager Hua erledigt und sich das festliche Treiben auf dem Laternenmarkt genügend angesehen hatte, suchte er zum Schein sein Seidengeschäft in der Löwenstraße auf. Er ließ sich von Pen Se und dem jüngeren Schwager Wu, den er zum Vertreter des wieder auf einer Geschäftsreise befindlichen Han Tao Kwo bestellt hatte, über den Geschäftsgang berichten; denn setzte er sich mit ihnen zu einem gemeinsamen Abendessen nieder. Mondfrau hatte vorsorglich einen Eßkorb und einen Krug Wein hergeschickt. Wie üblich gingen sie nachher hinauf und genossen eine Weile das Schauspiel des in tausend Lichtern leuchtenden Laternenmarktes. Dann empfahl er sich, aber nicht, um nach Hause zurückzukehren, sondern um einige Häuser weiter die sechste Wang aufzusuchen. Sie war von seinem Kommen bereits verständigt und hatte sich entsprechend vorbereitet. Für einen guten Tropfen hatte er wie immer selber Sorge getragen.

„Warum hast du dich bei uns so lange nicht blicken lassen? Meine Erste hatte dich doch zweimal aufgefordert“, begrüßte er sie.

„Ich fühlte mich die letzten Tage etwas angegriffen und war zu nichts aufgelegt."

„Gewiß die Sehnsucht nach deinem Mann?"

„Ach der! – Nein –, aber deine Besuche sind in letzter Zeit so selten geworden; es kam mir so vor, als ob du meiner überdrüssig geworden wärest. Sollte nicht inzwischen eine andere . . .?"

„Ach, Unsinn! Der Neujahrstrubel hat mich so in Anspruch genommen."

„Gestern war großes Bankett bei euch, nicht wahr?"

„Na ja. Meine Erste mußte sich für verschiedene Einladungen revanchieren. Hat gar nichts auf sich, war nur Formsache."

Sie ließ sich von ihm nähere Einzelheiten des Banketts schildern. Wer dagewesen sei, was die Damen angehabt hätten, was es zu essen gegeben hätte, welches Theaterstück aufgeführt worden sei, alles wollte sie genau wissen.

„Zu einem so feinen Festessen werden natürlich nur vornehme Leute in dein Haus eingeladen. Da kommt unsereins freilich nicht in Frage", meinte sie dann etwas resigniert.

„Keine Sorge, am Sechzehnten kommen die Frauen meiner Geschäftsführer an die Reihe. Da wirst du auch dabeisein", tröstete er sie schnell.

„Nun, wenn mich deine Erste wirklich einer Einladungskarte würdigen sollte, ich würde keine Absage erteilen", erwiderte sie befriedigt. „Ich glaubte schon, sie hätte mir den unangenehmen Vorfall von neulich verargt, als deine Tschun Meh mit der blinden Sängerin zusammengeraten war. Schließlich war ich ja die Veranlassung, daß sie zu euch ins Haus gekommen ist. Die Ärmste kam ganz aufgelöst zurück und hat mir hier gehörig ihr Leid geklagt. Sie war einfach untröstlich. Erst als du anderntags meinen Bruder Wang Tsing mit dem Eßkorb und der Silberunze zu ihr schicktest, war sie wieder beruhigt."

„Ja, meine kleine Tschun Meh ist etwas hitzig veranlagt", versetzte Hsi Men lachend. „Sie hat so ihre Mucken. Am liebsten hätte sie mir damals meine eigenen Augen ausgekratzt. Aber warum hat die Blinde sie unnötig gereizt? Sie konnte ihr doch den Gefallen tun und ein Lied zum besten geben. Na, die Sache ist erledigt."

Man setzte sich zu Tisch. Die alte Fong versah wie immer anfangs das Amt des Servierens, um bald das Pärchen sich selbst zu überlassen. Der reichlich genossene schwere Traubenwein sorgte für rasche Erwärmung der anfänglich kühlen Stimmung.

„Hast du mein Paketchen erhalten?" erkundigte sich die sechste Wang, ihn schräg mit feuchtem Blick zwischen halb geschlossenen Lidern anblinzelnd. „Wie findest du mein Angebinde? Eine dicke Haarflechte habe ich dir zuliebe preisgegeben. Ist das nicht aufopfernd?"

„Wirklich, sehr sinnig ausgedacht, deine Aufmerksamkeiten. Vielen Dank! Übrigens, den Traghalter habe ich gleich mitgebracht, komm, wir wollen ihn ausprobieren!“

Er machte sich's auf ihrem Kang bequem, befestigte das weiche, geschmeidige Geflecht des seidigen Traghalters unter seiner Schildkröte und an seinen Lenden, schluckte eine von Pater Fans Wunderpillen mit Wein hinunter und gab sich mit ihr dem gewohnten Liebesspiel hin. Aber obwohl die Wunderpille ihre gewohnte Wirkung zeigte und die sechste Wang sich alle erdenkliche Mühe gab, war er ohne rechte Anteilnahme bei der Sache. Seine Gedanken weilten bei der geborenen Lan, und es kostete diesmal einen langwierigen, anstrengenden Kampf, ehe die Wolke bersten wollte.

„Liebst du mich eigentlich noch“, fragte er so nebenbei während einer Kampfpause.

„Da fragst du noch, Ta ta? Ich wünschte nur, daß die Lenzkraft deiner Lenden etwas länger grünte. Ohne dich hat das Leben keinen Wert für mich. Mir graut schon davor, wenn mein Mann von der Reise zurückkommt. Sogar mit ihm zu sprechen, widersteht mir.“

Ihre Hingabe, die er für echt nahm, schmeichelte ihm.

„Wenn ich ihn nun nach seiner Rückkehr einfach mit einer anderen Frau abspeisen würde?“ meinte er nach einigem Nachsinnen.

„Ja, Ta ta, tue es, suche ihm eine andere aus“, drängte sie stürmisch in ihm. „Ob du mich dann selbständig wohnen lassen oder ganz in dein Haus aufnehmen willst, mein Körper soll dir allein gehören!“

Er langte aus seiner Ärmeltasche einen zerknüllten Zettel.

„Hier, nimm! Du kannst dir gegen diesen Gutschein in meinem zweiten Seidenladen ein neues Kleid nach deinem Geschmack aussuchen.“ Sie dankte beglückt mit einem Wan fu. Innerlich jauchzend, sah sie sich schon zu seiner neuen Sechsten avanciert und sich im Glanze seines vornehmen Haushalts baden. Und mit doppelter Freudigkeit und Hingabe widmete sie sich der Fortsetzung des unterbrochenen Liebeskampfes, der mit der völligen Erschöpfung der beiden Partner endete.

Es war Mitternacht, als er sich schwer berauscht und schlaftrunken von seinen beiden Begleitern Tai A'rl und Kin Tung in den Sattel helfen ließ und sich auf den Nachhauseweg machte.

In langsamer Gangart ritt er die stille, menschenleere, vom wolkenverhangenen Mond matt erhellte Löwenstraße in westlicher Richtung entlang. Kin Tung und Tai A'rl schritten nebenher, sein Pferd rechts und links an der Trense haltend und immer auf dem Sprunge, zuzufassen, wenn ihr Herr aus dem Sattel rutschen sollte. Wang Tsing mit einer Stocklaterne in der Hand leuchtete voran. So war man am westlichen Ausgang der Löwenstraße vor der Marmorbrücke angelangt, die dort über den Kanal führt.

Plötzlich spürte Hsi Men einen eisigen Hauch, und unter der Brücke her stob einem gespenstigen Schemen gleich ein grauer Nebelwind dicht an ihm vorüber. Erschreckt bäumte sich Hsi Mens Pferd in die Höhe und ging, durch einen Peitschenhieb erst recht scheugemacht, mit ihm durch. Wie eine flüchtige Wolke jagte es seinem Hause zu, um, schäumend und in den Flanken zitternd, mit einem Ruck vor dem Toreingang stehenzubleiben. In kalten Schweiß gebadet, hatte Hsi Men während des tollen Rittes weit vornüber auf dem Nacken des Tieres gelegen und sich krampfhaft in seine Mähne verklammert. Mütze und Peitsche hatte er unterwegs verloren. Nun ließ er sich erschöpft in die Arme seiner hilfreich hinzuspringenden Torwärter gleiten. Erst in weitem Abstand trafen abgehetzt und außer Atem seine drei Begleiter ein. Kein Zweifel, das war eine Begegnung mit dem „Herrn der fünf Bahnen" gewesen. Und eine solche Begegnung pflegte in der Regel einen unmittelbar bevorstehenden Todesfall anzukündigen.

Unsicheren Schrittes, schwer auf Dienerschultern gestützt, ließ sich Hsi Men zum Pavillon von Goldlotos bringen. Sie hatte auf ihn gewartet und war noch auf. Sie half ihm aus den Kleidern und aufs Lager. So sehr war er von seinem Rausch und von Müdigkeit mitgenommen, daß er nicht einmal imstande war, sich allein zuzudecken. Er fiel augenblicklich in Schlaf, und bald erfüllten seine Schnarchtöne wie fernes Donnerrasseln den Raum.

Goldlotos hatte sich neben ihn gebettet. Anstatt ihm nun seine Ruhe zu gönnen, begann sie von unersättlicher Lüsternheit getrieben, ihre Finger an seiner Lendenmitte auf und ab gleiten zu lassen. Sein Ding fühlte sich weich und schlapp an wie Watte. Soviel sie an ihm herumspielte, es wollte nicht fest werden. Gar zu gern hätte sie gewußt, mit welcher Frau er heute schon das Lager geteilt hatte.

Jetzt beugte sie sich in kniender Stellung über ihn und versuchte es mit dem Flötenspiel. Aber es zeitigte gleichfalls keine Wirkung. Da verlor sie die Geduld. Sie rüttelte so lange an ihm, bis er erwachte.

„Wo hast du die Pillen von Pater Fan aufbewahrt?" fragte sie.

„Laß mich doch schlafen! Aber wenn du es durchaus wissen willst, die Pillen stecken in meiner Ärmeltasche, in der goldenen Dose mit dem durchbrochenen Deckel."

Flugs erhob sie sich und durchsuchte seine Ärmeltaschen. Richtig, da war die goldene Dose mit dem in der Mitte herzförmig durchbrochenen Deckel. Sie öffnete. Es waren genau noch vier Pillen drin. Sie nahm eine heraus und schluckte sie mit einem Becher angewärmten Weins selber hinunter. Dann füllte sie einen zweiten Becher für ihn voll, und da sie sich einbildete, daß in Anbetracht seines abgekämpften Zustandes eine einzelne Pille vielleicht nicht ausreichend wirken würde, tat sie gleich alle noch übrigen drei Pillen in den Becher.

Nun führte sie den Becher an seinen Mund, und schläfrig und trunken, wie er war, goß er achtlos mit geschlossemen Augen den Inhalt hinunter. Es währte kaum die Zeitspanne, die man zum Ausschlürfen einer Schale heißen Tees brauchte, da machte sich die Wirkung der dreifachen genossenen Dosis zu ihrer Genugtuung mit dreifach gesteigerter Kraft geltend. Zum Überfluß bestrich sie ihm auch noch das Pferdeauge ausgiebig mit der Wundersalbe. Dann kletterte sie auf ihn und lenkte mit sicherer Hand seinen Luststengel in die rechte Bahn. Nie zuvor fühlte sie sich so innig und zutiefst mit ihm verschmolzen wie diesmal, unaussprechlich waren die Wonnen, die sie heute erschauern ließen. Zweimal war bei ihr bereits die Wolke geborsten. Da stellte sich auch bei ihm der erlösende Regen ein. Aber diesmal war es ein Platzregen, und er wollte gar kein Ende nehmen. Und während es anfangs wie Quecksilber aus enger Röhre quoll, gewahrte sie später mit Entsetzen eine trübe blutige Verfärbung. Auch wunderte sie sich, daß er so regungslos dalag und nicht atmete. Eine Ohnmacht hatte ihn befallen. Fünf Taschentücher hatte sie bereits verbraucht, da stockte endlich der grausige Regen, und er kam wieder zu sich.

„Ko,ko, wie fühlst du dich?“ fragte sie ängstlich.

„Mir ist so sonderbar schwindlig“, sagte er matt.

Daß sie Pater Fans Warnung mißachtet und ihm drei Pillen statt einer zu schlucken gegeben hatte, verschwieg sie ihm.

Geschätzte Leser, auch Wollust hat ihre Grenzen, und der Vorrat an Manneskraft ist nicht unerschöpflich. Wenn das Öl versiegt, erlischt die Lampe, und kein Mark im Rückgrat bedeutet den Tod.

V

„Die eheliche Treue gebrochen, den Staat verraten, die Mitbürger aufgeopfert, alles das um ein Kleinod!“

Diderot

„Ich habe es sehr nötig, diese Frau zu bekommen, um die Lächerlichkeit loszuwerden, daß ich in sie verliebt bin ...“

Choderlos le Laclos

„Liebe, ich danke dir.“

Casanova

„Man könnte alle Jünglinge einteilen in solche, die das haben, was Diderot die Empfindung des Fleisches nennt, und in solche, die es nicht haben.“

Schlegel

Johann Jakob Christoffel von Grimmelshausen

Courasche

Janco vertauschet sein edles Jungfernkränzlein bei einem resoluten Rittmeister um den Namen Courasche.

Mein Rittmeister war, wie heroben gemeldet, ein schöner junger Kavalier, ein guter Reuter, ein guter Fechter, ein guter Tänzer, ein reuterischer Soldat und überaus sehr auf das Jagen verpicht; sonderlich mit Windhunden die Hasen zu hetzen, war sein größter Spaß. Er hatte soviel Barts ums Maul als ich, und wann er Frauenzimmerkleider angehabt hätte, so hätte ihn der Tausendste vor eine schöne Jungfrau gehalten. Aber wo komm ich hin? Ich muß meine Histori erzählen. Als Budweis und Bragoditz über, giengen beide Armeen vor Pilsen, welches sich zwar tapfer wehrete, aber hernach auch mit jämmerlichem Würgen und Aufhenken seine Straf empfieng; von dannen ruckten sie auf Rakonitz, allwo es die erste Stöß im Feld setzte, die ich sahe; und damals wünschte ich, ein Mann zu sein, um dem Krieg meine Tage nachzuhängen; dann es gieng so lustig her, daß mir das Herz im Leib lachte; und solche Begierde vermehrte mir die Schlacht auf dem Weißen Berg bei Prag, weil die Unsere einen großen Sieg erhielten und wenig Volk einbüßten. Damals machte mein Rittmeister treffliche Beuten; ich aber ließ mich nicht wie ein Page oder Kämmerling, viel weniger als ein Mägdchen, sondern wie ein Soldat gebrauchen, der an den Feind zu gehen geschworen und darvon seine Besoldung hat.

Nach diesem Treffen marschiert der Herzog aus Bayern in Österreich, der sächsische Kurfürst in die Lausitz und unser General Bucquoy in Mähren, des Kaisers Rebellen wiederum in Gehorsam zu bringen; und indem sich dieser letztere an seiner bei Rakonitz empfangenen Beschädigung kurieren ließe, siehe, da bekam ich mitten in derselbigen Ruhe, so wir seinethalber genossen, eine Wunden in mein Herz, welche mir meines Rittmeisters Liebwürdigkeit hineindrückte; denn ich betrachtete nur diejenige Qualitäten, die ich oben von ihm erzählet, und achtete gar nicht, daß er weder lesen noch schreiben konnte und im übrigen so ein roher Mensch war, daß ich bei meiner Treu schwören kann, ich hätte ihn niemalen hören oder sehen beten. Und wann ihn gleich der weise König Alphonsus selbst eine schöne Bestia genannt hätte, so wäre mein Liebesfeur, das ich hegte, doch nicht darvon verloschen, welches ich aber heimlich zu halten gedachte, weil mirs meine wenig übrighabende jungfräuliche Schamhaftigkeit also riete; es geschahe aber mit solcher Ungeduld, daß ich unangesehen meiner Jugend, die noch keines Mannes wert war, mir oft wünschte, derjenigen Stelle zu vertreten, die ich und andere Leute ihm zu Zeiten zukuppelten. So hemmte anfänglich auch nicht wenig den ungestümen und gefährlichen Ausbruch meiner Liebe, daß mein Liebster von einem edlen und namhaften Geschlecht geboren war, von dem ich mir einbilden mußte, daß er keine, die ihre Eltern nicht kennete, ehelichen würde; und seine Matresse zu sein, konnte ich mich nicht entschließen, weil ich täglich bei der Armee so viel Huren sahe Preis machen.

Ob nun gleich dieser Krieg und Streit, den ich mit mir selber führte, mich greulich quälte, so war ich doch geil und ausgelassen darbei, ja von einer solchen Natur, daß mir weder mein innerlichs Anliegen, noch die äußerliche Arbeit und Kriegsunruhe etwas zu schaffen gab. Ich hatte zwar nichts zu tun als einzig meinem Rittmeister aufzuwarten; aber solches lernete mich die Liebe mit solchem Fleiß und Eifer verrichten, daß mein Herr tausend Eid vor einen geschworen hätte, es lebte kein treuerer Diener auf dem Erdboden. In allen Okkasionen, sie wären auch so scharf gewesen, als sie immer wollten, kame ich ihme niemalen vom Rucken oder der Seiten, wiewohl ichs gar nicht zu tun schuldig war; und überdas war ich allzeit willig, wo ich nur etwas zu tun wußte, das ihm gefiele. So hätte er auch gar wohl aus meinem Angesicht lesen können, wann ihn nur meine Kleider nicht betrogen, daß ich ihn weit mit einer anderen als eines gemeinen Die-

ners Andacht geehrt und angebetet. Indessen wuchse mir mein Busen je länger je größer und druckte mich der Schuh je länger je heftiger dergestalt, daß ich weder von außen meine Brüste noch den innerlichen Brand im Herzen länger zu verbergen getraute.

Als wir Iglau bestürmet, Trebnitz bezwungen, Znaim zum Akkord gebracht, Brünn und Olmütz unter das Joch geworfen, und meistenteils alle andere Städte zum Gehorsam getrieben, seind mir gute Beuten zugestanden, welche mir mein Rittmeister meiner getreuen Dienste wegen alle schenkte, wormit ich mich trefflich mundierte und selbst zum allerbesten beritten machte, meinen eignen Beutel spickte und zu Zeiten bei dem Marketendern mit den Kerln ein Maß Wein trank. Einstmals machte ich mich mit etlichen lustig, die mir aus Neid empfindliche Worte gaben, und sonderlich war ein feindseliger darunter, der die böhmische Nation gar zu sehr schmähete und verachtete. Der Narr hielte mir vor, daß die Böhmer ein faulen Hund voller Maden vor ein stinkenden Käs gefressen hätten, und foppte mich allerdings, als wenn ich persönlich darbei gewesen wöre; derowegen kamen wir beiderseits zu Scheltworten, von den Worten zu Nasenstübern und von den Stößen zu Rupfen und Ringen, unter welcher Arbeit mir mein Gegenteil mit der Hand in Schlitz wischte, mich bei demjenigen Geschirr zu ertappen, das ich doch nicht hatte, welcher zwar vergebliche, doch mörderische Griff mich viel mehr verdrosse, als wann er nicht leer abgangen wäre; und eben darum wurde ich desto verbitterter, ja gleichsam halber unsinnig, also daß ich aller meiner Stärk und Geschwindigkeit zusammen gebote und ich mit Kratzen, Beißen, Schlagen und Treten dergestalt wehrete, daß ich meinen Feind hinunterbrachte und ihn im Angesicht also zurichtete, daß er mehr einer Teufelslarven als einem Menschen gleichsahe; ich hätte ihn auch gar erwürgt, wann mich die andere Gesellschaft nicht von ihm gerissen und Fried gemacht hätte. Ich kam mit einem blauen Auge darvon und konnte mir wohl einbilden, daß der schlimme Kund gewahr geworden, was Geschlechts ich gewesen, und ich glaub auch, daß ers offenbart hätte, wann er nicht gefürchtet, daß er entweder mehr Stöße bekommen oder zu denen, die er allbereit empfangen, ausgelacht worden wäre, um daß er sich von einem Mägdchen schlagen lassen; und weil ich sorgte, er möchte noch endlich schnellen, siehe, so drehete ich mich aus.

Mein Rittmeister war nicht zu Haus, als ich in unser Quartier kam, sondern bei einer Gesellschaft anderer Offizier, mit denen er sich lustig machte, allwo er auch erfuhr, was ich vor eine Schlacht gehalten, ehe ich zu ihm kam. Er liebte mich als ein resolutes junges Bürschel, und eben darum war mein Filz desto geringer; doch unterließe er nicht, mir dessentwegen einen Verweis zu geben. Als aber die Predigt am allerbesten war und er mich fragte, warum ich meinen Gegenteil so gar abscheulich zugerichtet hätte, antwortete ich: „Darum, daß er mir nach der Courage gegriffen hat, wohin sonst noch keines Mannsmenschen Hände kommen sein" (dann ich wollte es verzwicken und nicht so grob nennen, wie die Schwaben ihre zusammengelegte Messer, welche man, wann ich Meister wäre, auch nicht mehr so unhöflich, sondern unzüchtige Messer heißen müßte). Und weil meine Jungfrauschaft ohnedas sich in letzten Zügen befand, zumalen ich wagen mußte, mein Gegenteil würde mich doch verraten, siehe, so entblößte ich meinen schneeweißen Busen und zeigte dem Rittmeister meine anziehende harte Brüste. „Sehet, Herr", sagte ich, „hie sehet Ihr eine Jungfrau, welche sich zu Bragoditz verkleidet hat, ihre Ehr vor den Soldaten zu erretten; und demnach sie Gott und das Glück in Euere Hände verfügt, so bittet sie und hofft, Ihr werdet sie auch als ein ehrlicher Kavalier bei solcher ihrer hergebrachten Ehr beschützen." Und als ich solches vorgebracht hatte, fieng ich so erbärmlich an zu weinen, daß einer drauf gestorben wäre, es sei mein gründlicher Ernst gewesen.

Der Rittmeister erstaunete zwar vor Verwunderung und mußte doch lachen, daß ich mit einem neuen Namen viel Farben beschrieben hatte, die mein Schild und Helm führte. Er tröstete mich gar freundlich und versprach mit gelehrten Worten, meine Ehre wie sein eigen Leben zu beschützen; mit den Werken aber bezeugte er alsobalden, daß er der erste wäre, der meinem Kränzlein nachstellte; und sein unzüchtig Gekrabbel gefiel mir auch viel besser als sein ehrliches Versprechen; doch wehrete ich mich ritterlich; nicht zwar, ihme zu entgehen oder seinen Begierden zu entrinnen, sondern ihn recht zu hetzen und noch begieriger zu machen; allermaßen mir der Poß so artlich angieng, daß ich nichts geschehen ließe, bis er mir zuvor bei Teufelholen versprach, mich zu ehelichen, unangesehen ich mir wohl einbilden konnte, er würde solches sowenig im Sinn haben zu halten, als den Hals abzufallen. Und nun schaue, du guter Simplex! Du dörftest dir hiebevor im Saurbrunnen vielleicht eingebildet haben, du seiest der erste gewesen, der den süßen Milchraum abgehoben! Ach nein, du Tropf! du bist betrogen; er war hin, ehe du vielleicht bist geboren worden, darum dir dann billig, weil du zu spat aufgestanden, nur der Zeiger gebührt und vorbehalten worden. Aber dies ist nur Puppenwerk gegen dem zu rechnen, wie ich dich sonst angeseilt und betrogen habe, welches du an seinem Ort auch gar ordentlich von mir vernehmen sollt.

Jean de La Fontaine

Die Venus Kallipygos

In Griechenzeiten gab's ein Schwesternpaar,
Berühmt durch Schönheit jenes Teils des Rückens,
Den nie man nennt als Weide des Entzückens.
Welche von beiden die noch schönere war,
Dies festzustellen, rief man einen Mann
Von Fach als unparteiischen Richter an.
Er hat den Preis der älteren zuerkannt
Und schenkte ihr bezaubert Herz und Hand.
Sein Bruder hat ein Beispiel dran genommen
Und war erfreut, die jüngere zu bekommen.
Den Schwestern wurde Glück und Lust zuteil,
Daß dankerfüllt sie einen Tempel gründeten:
Der Venus mit dem schönen Hinterteil.
Warum, das wissen nur die zwei Verbündeten.
Doch ist's der Tempel aus der Griechenzeit,
Dem ich die meiste Anbetung geweiht.

Friedrich von Hagedorn

Susanna im Bade

Susannes Keuschheit wird von allen hoch gepriesen:
Das junge Weib, das jeder artig fand,
tat beiden Greisen Widerstand
und hat sich keinem hold erwiesen.
Ich lobe, was wir von ihr lesen:
doch räumen alle Kenner ein,
das Wunder würde größer sein,
wenn beide Buhler jung gewesen.

Benjamin Neukirch

An Sylvien, über ihre Unempfindlichkeit

Sylvia ist wohlgemacht.
Ihre Glieder sind wie Ketten,
und ich wollte sicher wetten,
daß von hundert Amouretten
drei nicht ihre Schönheit hätten,
noch ihr holdes Angesicht.
Nur ihr Herze tauget nicht.

Sylvia ist angenehm.
Ihre Lippen sind Korallen,
ihre Brüste Zuckerballen,
und ihr honigsüßes Lallen
gleicht den jungen Nachtigallen,
die die Mutter abgericht't.
Nur ihr Herze tauget nicht.

Johann Christian Günther

An seine Schöne

Was vor Rosen, schöner Engel,
Laufen durch dein Angesicht,
Da mein Vorwitz einen Stengel
Von den reinen Lilgen bricht,
Die in deinem Wollustgarten
Auf die Hand des Bräut'gams warten?

Doch warum würkt mein Erkühnen
Einen solchen Streit in dir?
Scham und Zorn verwirrt die Mienen
Deiner angebornen Zier,
Und ich kann aus deinen Sternen
Meines Unglücks Zukunft lernen.

Aber, ach, verdient mein Scherzen
Wohl dergleichen Tyrannei,
Daß mein Bildnüs deinem Herzen
Ewiglich ein Greuel sei?
Nein, ich will es noch nicht hoffen,
Daß mein Argwohn eingetroffen.

Schau nur selbst, die zarten Brüste
Blicken mich so liebreich an,
Daß ich nach der Milch gelüste
Und mich kaum enthalten kann,
Bei so wohlbestellten Sachen
Dich noch einmal rot zu machen.

Hemme, schönes Kind, dein Schelten
Und vergib die Freveltat;
Laß auch nicht den Mund entgelten,
Was die Hand verbrochen hat!
Ich will, einen Griff zu büßen,
Dich zur Strafe zehnmal küssen.

Denis Diderot
Die geschwätzigen Kleinode

Die Reisenden

Nach langer Abwesenheit, beträchtlichen Ausgaben und unerhörter Mühsal erschienen die Reisenden, die Mangogul in die entferntesten Lande entsandt hatte, um die Früchte dortiger Weisheit zu ernten, wieder am Hof; er hielt ihr Tagebuch in den Händen und brach bei jeder Zeile in Gelächter aus.

„Was lest Ihr denn so Spaßiges?“ fragte Mirzosa.

„Wenn die hier auch ebenso verlogen sind wie die anderen“, sagte Mangogul, „so sind sie zumindest lustig. Setzt Euch auf das Sofa hier, und ich werde Euch mit einer Verwendung von Thermometern ergötzen, von der Ihr keine Vorstellung habt.

‚Ich versprach Euch gestern‘, so sagte Cyclophile, ‚ein unterhaltendes Schauspiel ...‘“

Mirzosa: Wer ist dieser Cyclophile?

Mangogul: Ein Insulaner ...

Mirzosa: Von welcher Insel? ...

Mangogul: Was tut das? ...

Mirzosa: Und zu wem spricht er? ...

Mangogul: Zu einem meiner Reisenden ...

Mirzosa: Ah, Eure Reisenden sind also endlich zurückgekehrt? ...

Mangogul: Ja, wußtet Ihr das nicht? ...

Mirzosa: Nein ...

Mangogul: Alsdann, einigen wir uns, meine Königin; Ihr seid zuweilen ein wenig prüde. Ich stelle Euch frei, Euch zurückzuziehen, sobald meine Lektüre Euch peinlich sein sollte.

Mirzosa: Und wenn ich gleich ginge?

Mangogul: Tut, wie es Euch beliebt.

Ich weiß nicht, blieb Mirzosa oder ging sie; Mangogul jedenfalls nahm Cyclophiles Rede wieder auf und las, was folgt:

„‚Dieses interessante Schauspiel bieten unsere Tempel und was sich dort tut. Politik wie Religion messen der Fortpflanzung der Gattung hierorts größte Aufmerksamkeit bei; und die Art, in der man sich dieser Aufgabe widmet, wird der Euren nicht unwürdig sein. Es gibt Hahnreie bei uns: nennt man in Eurer Sprache so nicht jene, deren Weiber sich von anderen lieben lassen? Es gibt bei uns also Hahnreie, soviel und mehr als anderswo, obgleich wir die sorgfältigsten Maßregeln getroffen haben, damit jede Ehe wohlgerät.'

‚Demnach besitzt Ihr das Geheimnis', erwiderte ich, ‚das bei uns unbekannt oder nur abhanden gekommen ist: die passenden Gatten zusammenzutun?'

‚Ihr versteht mich nicht', sagte Cyclophile; ‚unsere Insulaner sind dergestalt beschaffen, daß alle Ehen glücklich sein könnten, hielte man sich buchstabengetreu an die hergebrachten Gesetze.'

‚Das begreif ich nicht', sagte ich; ‚in unserer Welt ist nichts den Gesetzen getreuer als eine Ehe und nichts dem Glück und der Vernunft oft widerläufiger.'

‚Wohlan', sprach Cyclophile, ‚ich will mich deutlicher ausdrücken. Da weilt Ihr nun vierzehn Tage unter uns und wißt offenbar noch nicht, daß männliche und weibliche Kleinode hier von verschiedener Gestalt sind? Womit habt Ihr denn Eure Zeit verbracht? Alle Kleinode sind von Ewigkeit an dazu bestimmt, sich ineinanderzufügen; ein weibliches Kleinod in Form einer Mutter ist für ein männliches Kleinod in Schraubenform geschaffen. Versteht Ihr?'

‚Ich verstehe', sagte ich, ‚aber die Übereinstimmung der Formen kann doch nur bis zu einem gewissen Punkte nützlich sein; mir scheint sie nicht hinreichend, die eheliche Treue zu gewährleisten.'

‚Was wünschtet Ihr mehr?'

‚Ich wünschte, daß in einem Land, wo alles geometrischen Gesetzen folgt, das Wärmeverhältnis zwischen den Gatten berücksichtigt würde. Bedenkt doch! Ihr verlangt, daß zum Exempel eine achtzehnjährige Brünette, quick wie ein Teufelchen, sich ausschließlich mit einem frostigen Sechzigjährigen begnügt! Das kann ja nicht gut gehen, und hätte der Greis ein Kleinod wie eine Schraube ohne Ende ...'

‚Scharfsinnig bemerkt', sagte Cyclophile. ‚Laßt Euch denn sagen, dem haben wir vorgebeugt ...'

‚Und wie?'

‚Durch eine lange Kette von Beobachtungen an erwiesenen Hahnreien ...'

‚Und wozu haben eure Beobachtungen geführt?'

‚Zur Bestimmung des notwendigen Wärmeverhältnisses zwischen zwei Gatten ...'

‚Und als diese Werte festlagen? ...'

‚Als diese Werte festlagen, stellte man bei Männern und Frauen anwendbare Thermometer her. Sie sind verschieden geformt: die Grundform der weiblichen Thermometer gleicht einem männlichen Kleinod von ungefähr acht Daumen Länge zu anderthalb Daumen Durchmesser; die der männlichen Thermometer gleicht einer Flasche mit den entsprechenden Hohlmaßen. Dort', sagte er, womit er mich in den Tempel führte, ‚seht Ihr diese sinnreichen Instrumente, deren Anwendung Ihr jetzt gleich beobachten könnt; denn der Zulauf des Volkes und die Anwesenheit der Opferpriester sagen mir, daß die heiligen Experimente beginnen.'

Wir bahnten uns mühsam einen Weg durch die Menge und gelangten zum Allerheiligsten, wo statt Altären zwei vorhanglose, damastene Betten standen. Die Priester und Priesterinnen harrten schweigend ringsum mit den Thermometern, deren Obhut ihnen anvertraut war wie den Vestalinnen das heilige Feuer. Beim Klang von Oboen und Dudelsäcken nahten sich, von ihren Eltern geführt, zwei Liebespaare. Sie waren nackt; und ich sah, daß eins der Mädchen ein kreisrundes, ihr Liebhaber ein zylindrisches Kleinod hatte.

‚Was ist daran Besonderes', sagte ich zu Cyclophile.

‚Seht Euch die beiden anderen an!' entgegnete er.

Ich lenkte meinen Blick auf sie. Der junge Mann hatte ein parallelepipedisches Kleinod, das Mädchen ein eckiges.

‚Gebt acht auf die heilige Handlung!' setzte Cyclophile hinzu.

Alsbald legten zwei Priester eins der Mädchen auf den Altar; ein dritter setzte ihr das heilige Thermometer an; und der große Pontifex beobachtete aufmerksam, bis zu welchem Grad die Flüssigkeit innerhalb sechs Minuten stieg. Zur gleichen Zeit war der junge Mann von zwei Priesterinnen auf das andere Bett gelegt worden, und eine dritte hatte ihm das Thermometer angesetzt. Als der Oberpriester auch hier das Steigen der Flüssigkeit innerhalb der gleichen gegebenen Zeit beobachtete, verkündete er die Gültigkeit der Ehe und schickte die Gatten zur Vereinigung ins elterliche Haus. Das eckige weibliche und das parallelepipedische männliche Kleinod wurden ebenso streng geprüft, ebenso sorgsam erprobt, allein der Oberpriester, der das Steigen der Flüssigkeit verfolgte, hatte gemäß dem im Ritual vorgeschriebenen Verhältnis (denn es gab Grenzwerte) bei dem Jüngling einige Grade weniger als bei dem Mädchen festgestellt, und so bestieg er die Kanzel und erklärte die Parteien zur Kopulation ungeeignet. Ihnen wurde verboten, sich zusammenzutun, bei den Strafen, die die kirchlichen und die weltlichen Gesetze für Blutschänder vorsahen. Inzest war auf dieser Insel also kein sinnentleertes Wort. Es gab hier also auch eine wirklich widernatürliche Sünde, nämlich die Vereinigung zweier Kleinode unterschiedlichen Geschlechts, deren Formen nicht in- oder umeinanderpaßten.

Ein neuer Bund stellte sich vor: ein Mädchen mit einem Kleinod, das in eine regelmäßige Figur mit ungleichen Seiten auslief, und ein junger Mann mit einem pyramidenförmigen Kleinod, dergestalt, daß die Pyramidenbasis in das Vieleck des Mädchens sich einfügen konnte. Man unterzog sie

der Thermometerprobe, und da das Zuviel oder Zuwenig im Verhältnis der Flüssigkeitshöhen sich als unwesentlich erwies, sprach der Pontifex einen Erlaß aus und genehmigte die Ehe. Ebenso geschah es einem weiblichen Kleinod mit mehreren ungleichen Seiten, das von einem prismatischen männlichen Kleinod begehrt wurde, da der Flüssigkeitsanstieg in etwa gleich war.

Sofern man ein wenig von Geometrie versteht, wird man sich leicht denken können, daß die Verfahren, Oberflächen und feste Körper zu messen, auf dieser Insel einen Grad außerordentlicher Vollkommenheit erlangt hatten und daß alle Schriften über isoperimetrische Figuren dort hochgeschätzt wurden, während diese Entdeckungen bei uns noch ihrer Anwendung harren. Die Mädchen und Jünglinge mit kreisförmigen und zylindrischen Kleinoden galten dort als Glückskinder, weil der Kreis die Form ist, die das größte Volumen umschließt.

Unterdessen waren die Opferpriester ihrer Pflichten ledig. Ihr Oberhaupt erkannte mich in der Menge und winkte mich heran. Ich gehorchte. ‚O Fremdling', redete er mich an, ‚du warst Zeuge unserer erhabenen Mysterien; du siehst, wie innig die Religion bei uns dem Wohl der Gesellschaft verbunden ist. Weiltest du länger hier, böten sich dir gewiß noch seltenere und merkwürdigere Fälle; aber vielleicht rufen dringende Geschäfte dich in dein Land zurück. So gehe hin und künde deinen Mitbürgern von unserer Weisheit.'

Ich verneigte mich tief, und er fuhr also fort:

‚Wenn es einmal geschieht, daß das heilige Thermometer einem jungen Mädchen nicht angepaßt werden kann, weil es zu groß ist, ein ungewöhnlicher Fall, obschon ich in zwölf Jahren fünf solche erlebt habe, nimmt einer meiner Amtsgehilfen das Opfer vor; unterdessen verharrt das ganze Volk im Gebet. Du wirst ahnen, ohne daß ich mich näher erkläre, welche Eigenschaften das Priesteramt insonders erfordert und was bei den Priesterweihen den Ausschlag gibt.

Häufiger kommt es vor, daß einem Jüngling das Thermometer nicht angesetzt werden kann, weil sein lässiges Kleinod sich der Handlung versagt. Dann dürfen alle herangewachsenen Mädchen der Insel sich um die Wiedererweckung des Toten bemühen. Man nennt das Andachtsübungen. Von einem in dieser Übung sehr eifrigen Mädchen sagen wir, es ist fromm; es ist erbaulich. So wird offenbar, o Fremdling', setzte er hinzu, wobei er mir feierlich in die Augen blickte, ‚daß alles Vorurteil und Ansichtssache ist! Bei uns sähe man schwarz für ein Mädchen, das sein dreizehntes Lebensjahr erreicht hat, ohne sich den Altären genaht zu haben, und seine Eltern würden ihm zu Recht schwere Vorwürfe machen.

Wenn ein spätreifes oder mißgestaltes Mädchen sich der Thermometerprobe unterzieht, ohne die Flüssigkeit zum Anstieg zu bringen, darf es den Schleier nehmen. Aber auf unserer Insel kommt es genausooft wie anderswo vor, daß es seinen Schritt bereut und daß es die Flüssigkeit, würde ihm das Thermometer nun erneut angesetzt, so hoch und rasch zum Steigen brächte wie keine weltliche Frau. So sind etliche aus Verzweiflung gestorben. Auch erwuchsen daraus tausend andere Mißstände und Ärgernisse, die ich ausgeräumt habe. Zum Ruhme meines Pontifikats habe ich eine Vorschrift erarbeitet, die festlegt, wann, in welchem Alter und wie oft ein Mädchen gemessen werden soll, ehe es die Gelübde ablegt, vornehm aber soll dies am Vortag und am Tag der Profeß geschehen. Ich begegne immer wieder Frauen, die mir für meine weisen Vorschriften Dank wissen und mit ihren Kleinoden ergeben sind; aber diese minderen Vorrechte trete ich meinem Klerus ab.

Ein Mädchen, bei dem die Flüssigkeit so rasch in eine Höhe schnellt, die kein Mann zu erreichen vermag, wird Kurtisane, ein sehr ehrenwerter und hochgeachteter Stand hierzulande; denn du mußt wissen, daß hier jeder große Herr seine Kurtisane hat wie jede vornehme Dame ihren Geometer. Dies sind zwei gleichermaßen weise Bräuche, obschon der letztere sich allmählich verliert.

Setzt ein frühverbrauchter, mißgeborener oder verhexter junger Mann die Flüssigkeit des Thermometers nicht in Bewegung, wird er zum Zölibat verurteilt. Steigt die Flüssigkeit bei einem anderen hingegen so hoch wie bei keiner Frau, so muß er Mönch werden, wie einer Karmeliter oder Franziskaner wird. Diese sind die Rettung reicher Betschwestern, denen sich weltliche Hilfe zu versagen beginnt.

Ach!‘ rief er dann, wobei er Blick und Hände zum Himmel erhob, ‚wieviel hat doch die Kirche von ihrem einstigen Glanz verloren!‘

Er wollte eben fortfahren, als sein Almosenier ihn unterbrach und sagte: ‚Hochwürden, Eure Pontifikalität hat nicht bemerkt, daß die Messe zu Ende ist und daß Eure Beredsamkeit das Mahl erkalten läßt, zu dem man Euch erwartet.‘ Der Prälat hielt inne und bot mir seinen Ring zum Kuß; wir verließen den Tempel mit dem übrigen Volk; und Cyclophile, der seine Rede wieder aufnahm, sagte:

‚Der große Pontifex hat Euch nicht alles enthüllt; er hat Euch nichts von den Unfällen auf unserer Insel noch von der Beschäftigung unserer gelehrten Frauen gesagt. Dennoch sind beide Gegenstände Eurer Wißbegier würdig.‘

‚Offenber könnt Ihr sie befriedigen‘, sagte ich. ‚Wohlan denn! Was sind dies für Unfälle, was sind dies für Beschäftigungen? Betreffen auch sie Ehen und Kleinode?‘

‚So ist es‘, entgegnete er. ‚Vor ungefähr fünfunddreißig Jahren trat auf der Insel ein Mangel an zylindrischen männlichen Kleinoden zutage. Alle kreisrunden weiblichen Kleinode beklagten sich und reichtem dem Staatsrat Denkschriften und Bittgesuche ein, daß man ihren Bedürfnissen vorsehe. Der Staatsrat, der alle Dinge immer von einer höheren Warte betrachtet, hüllte sich einen Monat in Schweigen. Das Jammergeschrei der Kleinode ähnelte zunehmend dem eines ausgehungerten Volkes, das nach Brot schreit. Die Senatoren betrauten also Abgeordnete, den Tatbestand aufzunehmen und der Körperschaft darüber zu berichten. Das dauerte noch mal über einen Monat. Das Geschrei verdoppelte sich, und man sah sich einem Aufstand nahe, als ein Fachmann in Kleinoden, ein erfinderischer Kopf, vor der Akademie erschien. Man stellte Versuche an, die Erfolg hatten, und so wurde ihm, auf Beglaubigung der Sachverständigen hin und mit Genehmigung des Polizeichefs, vom Staatsrat ein Patent ausgestellt, das ihm das ausschließliche Vorrecht zuerkannte, die nächsten zwanzig Jahre lang für die Bedürfnisse der kreisrunden Kleinode zu sorgen.

Der zweite Unfall war ein völliger Mangel an vieleckigen weiblichen Kleinoden. Man forderte alle Kunsthandwerker auf, sich mit dem Übelstand zu befassen. Es gab ein Preisausschreiben, und so wurde eine Vielzahl von Vorrichtungen erfunden, die sich in den Hauptpreis teilten.

Ihr habt die verschiedenen Formen der weiblichen Kleinode bei uns gesehen', setzte Cyclophile hinzu. ,Sie bleiben stets, wie sie bei der Geburt waren. Ist das bei Euch ebenso?'

,Nein', erwiderte ich, ,ein europäisches, asiatisches oder afrikanisches weibliches Kleinod hat eine unendlich wandelbare Gestalt, cujuslibet figurae capax, nullius tenax.'

,Also sind wir nicht einer Auskunft unserer Naturforscher aufgesessen', sagte er, ,als sie uns eine Erscheinung dieser Art erklärten. Vor etwa zwanzig Jahren kam eine ungemein liebenswürdige Brünette auf unsere Insel. Niemand verstand ihre Sprache; und als sie die unsere erlernt hatte, wollte sie nie gestehen, welches ihr Vaterland sei. Indessen entzückten ihre reizende Gestalt und ihr anmutiger Witz die meisten unserer jungen Edelleute. Einige der reichsten hielten um sie an; und sie entschied sich für den Senator Colibri. Der Tag war gekommen, man führte sie dem Brauch gemäß in den Tempel. Als die schöne Fremde auf dem Altar lag, zeigte sich den Augen der überraschten Zuschauer ein Kleinod, das keine festumrissene Form hatte, und als ihr das Thermometer angesetzt wurde, stieg die Flüssigkeit augenblicks auf hundertneunzig Grad. Der Hohepriester erklärte umgehend, dieses Kleinod verweise seine Eigentümerin in die Klasse der Kurtisanen, und verbot dem verliebten Colibri, sie zu ehelichen. Da er sie nicht zur Frau nehmen durfte, machte er sie zu seiner Mätresse. Eines Tages, als sie offenbar ganz zufriedengestellt war, gestand sie ihm, daß sie in der Hauptstadt Eures Reiches geboren sei; was nicht wenig zu unserer hohen Meinung von Euren Frauen beitrug.'"

Hier war der Sultan, als Mirzosa wiederkam.

„Eure Prüderie, fehl am Platz wie immer", sagte Mangogul, „hat Euch um die köstlichste Lektüre gebracht. Ich wünschte, Ihr könntet mir sagen, wozu diese Heuchelei, die Euch allen, ob züchtig, ob liederlich, gemeinsam ist, wohl tauge. Sind es die Dinge, die Euch abschrecken? Nein, denn die kennt Ihr. Sind es die Worte? Wahrhaftig, das lohnt der Mühe nicht. Ist es schon lächerlich, sich der Handlung zu schämen, um wieviel alberner ist es, über den Ausdruck zu erröten? Ich bin ganz vernarrt in die Insulaner, von denen dieses kostbare Tagebuch berichtet; sie nennen die Dinge beim Namen; ihre Sprache ist einfacher, und ihre Begriffe von schicklich und nicht schicklich sind viel klarer bestimmt."

Mirzosa: Sind die Frauen dort bekleidet? . . .

Mangogul: Gewiß; aber nicht aus Schicklichkeit, sondern aus Koketterie; sie verhüllen sich, um Verlangen und Neugier zu erwecken . . .

Mirzosa: Und das scheint Euch mit den guten Sitten verträglich.

Mangogul: Gewiß . . .

Mirzosa: Dacht ich's doch.

Mangogul: Ach, Ihr dachtet immer alles!

Während sie sich derweise austauschten, blätterte er beiläufig in seinem Tagebuch und sagte: „Man liest hier von höchst merkwürdigen Bräuchen. Dieses Kapitel, seht Ihr, beschreibt die körperliche Beschaffenheit der Einwohner. Da gibt es nichts, was Eure vorzügliche Prüderie noch anzuhören vermöchte. Hier ist eins über die Toiletten der Damen, ganz Euer Fach, Ihr könntet womöglich Nutzen daraus ziehen. Ihr antwortet mir nicht? Mißtraut Ihr mir noch immer?"

„Hab ich so unrecht?"

„Ach, ich sollte Euch diesem Cyclophile in die Hände geben, damit er Euch unter seine Insulaner führte. Ich schwöre Euch, Ihr kämt bedeutend vollkommener wieder."

„Mir scheint, ich bin's genug."

„Euch scheint! Nur darf ich kaum ein Wort sagen, ohne daß Ihr Euch verschließt. Dabei bekäm es Euch sehr viel besser und mir wäre sehr viel behaglicher, wenn Ihr mir immer zuhörtet, was ich auch sage."

„Was kümmert's Euch, ob ich Euch zuhöre oder nicht?"

„Nun, alles in allem habt Ihr recht. Verschieben wir denn auf heute abend, morgen oder einen anderen Tag das Kapitel von der Gestalt unserer Insulaner und den Toiletten ihrer Damen."

Henry Fielding
Tom Jones

Die Geschichte eines Findelkindes

Aber welche Vorwürfe man auch gegen sie erheben mag, meine Aufgabe ist es, Tatsachen wahrheitsgetreu zu berichten. Mrs. Waters hatte in Wirklichkeit nicht nur eine gute Meinung von unserem Helden, sondern empfand auch eine sehr große Zuneigung für ihn. Geradeheraus gesagt, sie war verliebt – in dem jetzigen allgemein geläufigen Sinne dieses Wortes, wonach sich Liebe unterschiedslos auf alle wünschbaren Gegenstände unserer Leidenschaften, unseres Verlangens und unserer Sinne bezieht und als der Vorzug aufgefaßt wird, den wir der einen Speise eher als der anderen geben.

Doch wenn auch Liebe zu solchen unterschiedlichen Gegenständen möglicherweise in allen Fällen ein und dasselbe ist, so wird man immerhin einräumen müssen, daß sie sich verschiedenartig auswirkt; denn sosehr wir immer verliebt sein mögen, sei es in einen ausgezeichneten Rinderbraten oder in eine Flasche Burgunder, in eine Damaszener Rose oder eine Cremoneser Geige, so lächeln wir jedenfalls nicht, liebäugeln nicht, putzen uns nicht, schmeicheln nicht und geben uns auch keine Mühe, mit andern Listen oder Künsten die Zuneigung besagten Bratens und so weiter zu erringen. Seufzen dürften wir allerdings mitunter; doch geschieht dies gewöhnlich in Abwesenheit und nicht in Anwesenheit des geliebten Gegenstandes. Denn andernfalls hätten wir vielleicht ebensoviel Grund, uns über seine Undankbarkeit und Taubheit zu beklagen wie Pasiphae über ihren Stier, den sie mit der gleichen Koketterie bestricken wollte, die man so erfolgreich im Salon an den viel empfindlicheren und zärtlicheren Herzen der dort anwesenden feinen Gentlemen erprobt.

Das Gegenteil trifft auf die Liebe zu, die zwischen Personen der gleichen Gattung, doch verschiedenen Geschlechts wirkt. Kaum sind wir hier verliebt, so wird es unser Hauptanliegen, die Zuneigung des angebeteten Wesens zu erringen. Zu welchem anderen Zweck unterrichtet man wohl unsere jungen Leute in allen Künsten, wie man sich angenehm macht, wenn nicht im Hinblick auf diese Liebe. Ich bezweifle, daß eines der Gewerbe, die mit der Hervorhebung und Ausschmückung der menschlichen Gestalt zu tun haben, andernfalls einen auskömmlichen Verdienst abwürfe. Ja, sogar die großen Schleifer unserer Umgangsformen, die nach mancher Leute Meinung lehren, was uns hauptsächlich von der Tierwelt unterscheidet, die

Tanzmeister selbst, fänden vielleicht keinen Platz in der Gesellschaft. Kurzum, alle Verschönerungen, die die jungen Damen und auch die jungen Herren von anderen erlernen, und die vielen Ausbesserungen, die sie mit Hilfe eines Spiegels zusätzlich von sich aus vornehmen, sind in Wirklichkeit nichts anderes als jene Spicula et faces amoris, die so oft bei Ovid erwähnt werden, oder, wie man sie manchmal in unserer Sprache nennt, das schwere Geschütz der Liebe.

Kaum hatten sich also Mrs. Waters und unser Held zusammen hingesetzt, da begann die eine dieses Geschütz auf den anderen abzufeuern. Doch da wir im Begriff stehen, uns mit einer Schilderung zu versuchen, die bisher weder in Prosa noch in Versen unternommen wurde, so halten wir es für angebracht, hier gewisse überirdische Wesen anzurufen, die uns bei dieser Gelegenheit zweifellos freundlicherweise zu Hilfe kommen werden.

„Sagt doch, ihr Grazien, die ihr in himmlischen Gefilden auf Seraphinens Antlitz wohnt – denn wahrhaftig göttlich seid ihr, ihre ständigen Begleiterinnen, und kundig aller Bezauberungskünste –, sagt, welche Waffen wurden jetzt gebraucht, das Herz von Mister Jones zu erobern?“

„Erst schleuderten zwei lieblich blaue Augen, deren strahlendes Rund beim Abschuß aufblitzte, zwei scharfe Seitenblicke; doch zum Glück für unseren Helden trafen sie nur ein mächtiges Stück Rinderbraten, das er sich gerade auf den Teller legte, und blieben unschädlich darin stecken. Die Kriegerin gewahrte ihre Wirkungslosigkeit und schickte sofort einen tödlichen Seufzer aus ihrem holden Busen. Einen Seufzer, den niemand ungerührten Herzens hätte hören können und der genügt hätte, ein ganzes Dutzend Elegants auf einen Streich niederzumähen – so sanft, so zart, so süß, daß sein verlockender Schmelz sich unserm Helden hätte fein ins Herz einschmeicheln müssen, hätte ihn nicht unglücklicherweise in dessen Ohren gerade das grobe Gluckern einer Bierflasche übertönt, aus der er sich soeben einschenkte. Viele andere Waffen erprobte sie; doch der Gott des Essens (falls es ein solches höheres Wesen gibt, denn das will ich nicht mit Gewißheit behaupten) bewahrte seinen Anbeter; oder vielleicht ist dies kein Dignus vindice modus, und Jones' gegenwärtige Sicherheit läßt sich auf natürlichem Wege erklären; denn wie die Liebe häufig vor den Angriffen des Hungers schützt, so verteidigte uns vielleicht in einigen Fällen der Hunger gegen die Liebe.

Die Schöne, über ihre häufigen Enttäuschungen erzürnt, beschloß eine kurze Waffenruhe. Diese Zwischenzeit verwandte sie dazu, alles Liebeskriegsgeschütz bereitzumachen, um den Angriff nach dem Mittagsmahl zu wiederholen.

Kaum war die Tafel abgeräumt, so begann sie das Geplänkel von neuem. Nachdem sie zunächst ihr rechtes Auge von der Flanke auf Mr. Jones gerichtet hatte, schoß sie aus dem Augenwinkel einen durchschlagenden Blick, der zwar ein Großteil seiner Kraft verausgabt hatte, bevor er unsern Helden erreichte, doch nicht völlig wirkungslos an ihm abprallte. Als die Schöne dies gewahrte, wandte sie eilig den Blick und senkte ihn, als bedaure sie, was sie getan hatte; obwohl sie auf diese Weise nur den Gegner aus seiner Deckung zu locken beabsichtigte, damit er die Augen öffnete, durch welche sie sein Herz überraschen wollte. Und jetzt hob sie sacht die zwei glänzenden Sterne, die bereits auf den armen Jones Eindruck zu machen begonnen hatten, und feuerte eine ganze Salve kleiner Reize auf einmal aus ihrer lächelnden Miene ab. Es war kein Lächeln der Freude oder des Frohsinns, sondern ein Lächeln der Zuneigung, das die meisten Damen jederzeit parat haben und das ihnen dazu dient, zugleich ihre gute Laune, ihre hübschen Grübchen und ihre weißen Zähne zu zeigen.

Dieses Lächeln traf unsern Helden voll in die Augen, und sofort taumelte er unter seiner Gewalt. Dann begann er die Pläne des Feindes zu durchschauen und in der Tat ihren Erfolg zu verspüren. Jetzt wurde zwischen den Parteien eine Unterhaltung in Gang gesetzt, während deren die ränkevolle Schöne so verstohlen und unmerklich ihren Angriff weiter vortrug, daß sie fast das Herz unseres Helden eingenommen hatte, ehe sie wieder zu Feindseligkeiten schritt. Offen gestanden fürchte ich, Mr. Jones verteidigte sich nach der Art der Holländer und übergab verräterisch die Garnison, ohne der schönen Sophia genügend Bündnistreue zu halten. Kurzum, sobald die Liebesverhandlungen zu Ende waren und die Lady ihre schwerste Batterie demaskiert hatte, indem sie achtlos das Halstuch vom Busen gleiten ließ, da wurde Mr. Jones' Herz völlig bezwungen, und die Eroberin genoß die üblichen Früchte ihres Sieges."

Hier halten es die Grazien für ratsam, ihre Schilderung abzubrechen, so wie wir jetzt unser Kapitel.

Heinrich Wilhelm von Gerstenberg

Die keusche Dorinde

Wird mir die Jungfernschaft – ja, ja! –,
wird sie mir je geraubt, fürwahr, so sterb ich,
spricht Dorinde.
Vergangne Nacht, spricht Dorilas, dort unter jener Linde,
warst du dem Tod wohl ziemlich nah.

Dula

Nie konnt ich die Männer mit standhaften Trieben,
nie länger die Männer als stundenlang lieben.
Husch! pflegte mein Auge von einem zum andern
und hinterdrein mein Herz zu wandern.
Oft bat ich: Venus, fessle meine Blicke!
Wo nicht, so gib mir alles das, was ich erblicke.

Christian Felix Weisse

Die zu späte Ankunft der Mutter

Beschattet von glühenden Ästen,
gekühlet von spielenden Westen,
lag Rosilis am Bache hier
und Hylas neben ihr.

Sie sangen sich scherzende Lieder,
sie warf ihn mit Blumen, er wieder,
sie neckte ihn, er neckte sie,
wer weiß, wie lange und wie.

Vom Lenz und von Liebe gerühret,
ward Hylas zum Küssen verführet:
Er küßte sie, er drückte sie,
daß sie um Hilfe schrie.

Die Mutter kam eilend und fragte,
was Hylas für Frevel hier wagte.
Die Tochter rief: Es ist geschehn!
Ihr könnt nun wieder gehn.

Johann Jakob Wilhelm Heinse

An Chloes Sperling

Du bist der glücklichste von allen deinen Brüdern!
Fast glücklicher als ich bist du!
Du piepst zu Chloens Liedern,
trinkst Nektar, nimmst Ambrosia dazu!

Und wenn sie ihren Leib enthüllt,
dann, Sperling, siehst du gar, was Götter mit Wonne
füllt.
Was fehlt dir? Und was siehst du mich so
schmachtend an?

Der Sperling
Ich wäre gern der Leda Schwan!

Gottfried August Bürger

Collinet und Juliette

Im süßen Duft der Rosen
Lag Schäfer Collinet
Und machte seiner losen
Geliebten ein Bukett
Und etwas andres noch;
Ich wag es nicht zu sagen –
Und etwas andres noch:
Wer wird nach allem fragen?

Fein züchtig, wie es Sitte,
Sprach er mit ihr allein;
Bald mischte als der dritte
Freund Amor sich darein.
Und etwas andres noch;
Ich wag es nicht zu sagen –
Und etwas andres noch:
Wer wird nach allem fragen?

Ich fühlte deine Nähe,
Du kleiner Göttersohn,
Dank, Amor, Dank! Ich sehe,
Dein Zepter winkt mir schon,
Und etwas andres noch;
Ich wag es nicht zu sagen –
Und etwas andres noch:
Wer wird nach allem fragen?

O Dank für diese Stunde,
Sie führet zum Genuß;
Verspricht von diesem Munde
Mir einen Wonnekuß
Und etwas andres noch;
Ich wag es nicht zu sagen –
Und etwas andres noch:
Wer wird nach allem fragen?

So dacht er – naht dem Weibchen
Sich schnell, von Liebe warm.
Umfaßt das zarte Leibchen,
Den Alabasterarm.
Und etwas andres noch;
Ich wag es nicht zu sagen –
Und etwas andres noch:
Wer wird nach allem fragen?

Nimm diese Blumenkette,
Rief er, ich flocht sie dir,
Doch dafür, Juliette,
Gewähr ein Küßchen mir
Und etwas andres noch;
Ich wag es nicht zu sagen –
Und etwas andres noch:
Wer wird nach allem fragen?

Drauf legt er sie geschwinde
Auf weichen Rasen hin,
Berührt dem lieben Kinde
Das anmutsvolle Kinn
Und etwas andres noch;
Ich wag es nicht zu sagen –
Und etwas andres noch:
Wer wird nach allem fragen?

Sie trieben Scherz und Possen,
Bis süßer Schlaf sie band.
Die Augen fest geschlossen,
Hielt eines des andern Hand
Und etwas andres noch;
Ich wag es nicht zu sagen –
Und etwas andres noch:
Wer wird nach allem fragen?

Choderlos de Laclos
Schlimme Liebschaften

Vierter Brief

Der Vicomte von Valmont
an die Marquise von Merteuil in Paris

Ihre Befehle sind bezaubernd; Ihre Art, sie zu geben, ist noch liebenswürdiger: Sie könnten einem Liebe zum Despotismus beibringen. Es ist nicht das erste Mal, wie Sie wissen, daß ich bedaure, nicht mehr Ihr Sklave zu sein; und wenn ich auch, wie Sie sagen, ein „Ungeheuer" bin, denke ich doch nie ohne Wohlgefallen der Zeit, da Sie mich mit süßeren Namen beehrten. Oft wünsche ich sogar, sie von neuem zu verdienen, und zum Schluß noch, zusammen mit Ihnen, der Welt ein Beispiel der Beständigkeit zu geben. Doch höhere Pflichten rufen uns. Erobern ist unser Geschick, und es heißt ihm folgen. Am Ende unserer Laufbahn vielleicht begegnen wir uns noch einmal; denn, ohne Sie kränken zu wollen, wunderschöne Marquise, Sie halten zumindest gleichen Schritt mit mir; und seitdem wir uns zum Heil der Welt getrennt haben und jeder auf eigene Hand den Glauben predigen, haben Sie, scheint es mir, auf dieser Liebessendbotenfahrt mehr Jünger gemacht als ich. Ich kenne Ihren Eifer, Ihre glühende Inbrunst; und wenn jener Gott uns nach unsern Werken richtete, wären Sie eines Tages die Patronin irgendeiner großen Stadt, indes Ihr Freund höchstens ein Dorfheiliger wäre. Diese Sprache wundert Sie, nicht wahr? Aber seit acht Tagen höre und rede ich keine andere; und um mich darin zu vervollkommnen, sehe ich mich genötigt, Ihnen ungehorsam zu werden.

Werden Sie nicht böse und hören Sie zu. Mitwisserin aller meiner Herzensgeheimnisse, ich will Ihnen den größten Plan anvertrauen, den ich je geschmiedet habe. Was schlagen Sie mir vor? Ein junges Mädchen zu verführen, das nichts gesehen hat, nichts kennt; das mir sozusagen schutzlos ausgeliefert wäre; das eine erste Huldigung unfehlbar berauschen wird und das Neugier vielleicht rascher vorwärtsbringen wird als Liebe. Zwanzig andern kann das so gut gelingen wie mir. Anders steht es mit dem Unternehmen, das mich beschäftigt; sein Gelingen sichert mir ebensoviel Ruhm als Vergnügen. Amor, der meinen Kranz winden will, schwankt selber zwischen Myrte und Lorbeer, oder vielmehr, er wird sie beide zusammenwinden zu Ehren meines Triumphs. Sie selbst, schöne Freundin, werden von heiliger Ehrfurcht erfaßt werden und begeistert sprechen: „Das ist der Mann nach meinem Herzen!"

Sie kennen die Präsidentin Tourvel, ihre Frömmigkeit, ihre Gattenliebe, ihre strengen Grundsätze. Darauf also mache ich einen Angriff; das ist der meiner würdige Feind; das ist das Ziel, das ich mir setze:

Und wird auch der Erfolg mir keineswegs zum Lohn,
Ist selbst das Unterfangen genug der Ehre schon.

Schlechte Verse darf man anführen, wenn sie von einem großen Dichter sind.[1]

Sie müssen also wissen, daß der Präsident in Burgund ist, infolge eines großen Prozesses. (Ich hoffe, einen wichtigeren soll er durch mich verlieren.) Seine untröstliche Hälfte soll hier die ganze Zeit dieser betrübenden Witwenschaft zubringen. Täglich eine Messe, ein paar Besuche bei den Armen des Kreises, Morgen- und Abendgebete, einsame Spaziergänge, fromme Unterhaltungen mit meiner alten Tante, und manchmal ein trauriger Whist, sollten die einzigen Zerstreuungen sein. Ich richte ihr wirksamere her. Mein guter Engel hat mich hergeführt, zu ihrem und meinem Glück. Ich Unsinniger! Mir taten die vierundzwanzig Stunden leid, die ich Höflichkeitsrücksichten opferte. Wie würde man mich jetzt strafen, wenn man mich zwänge, nach Paris zurückzukehren! Glücklicherweise gehören zum Whistspiel vier; und da es hier bloß den Ortspfarrer gibt, ist meine ewige Tante eifrig in mich gedrungen, damit ich ihr ein paar Tage opfere. Sie erraten wohl, daß ich eingewilligt habe. Sie können sich nicht vorstellen, wie sie mich seit dem Augenblick verhätschelt, und besonders wie sie darüber erbaut ist, daß sie mich regelmäßig bei ihren Gebeten und bei ihrer Messe sieht. Von der Gottheit ahnt sie nichts, die ich dort anbete.

So gebe ich mich also schon vier Tage lang einer starken Leidenschaft hin. Sie wissen, ob ich lebhaft begehren kann, ob ich über Hindernisse wegstürme; aber was Sie nicht wissen, das ist, wie sehr die Einsamkeit die Glut der Begierde erhöht. Ich habe nur noch einen Gedanken; tags denke ich dran, nachts träume ich davon. Ich habe es sehr nötig, diese Frau zu bekommen, um die Lächerlichkeit loszuwerden, daß ich in sie verliebt bin: denn wohin führt nicht eine durchkreuzte Begierde? O köstlicher Genuß! Ich erflehe dich um meines Glückes und vor allem um meiner Ruhe willen. Wie sind wir glücklich, daß die Frauen sich so schlecht verteidigen! Wir wären vor ihnen nur furchtsame Sklaven. Ich habe in diesem Augenblick ein Gefühl des Dankes für die gefälligen Frauen, das mich ganz von selbst bis zu Ihren Füßen geleitet. Ich werfe mich vor Ihnen nieder, um Verzeihung zu erlangen, und ende diesen allzulangen Brief. Adieu, wunderschöne Freundin: und nichts für ungut.

Schloß ..., am 5. August 17++

[1] La Fontaine

Fünfter Brief

Die Marquise von Merteuil an den Vicomte von Valmont

Wissen Sie, Vicomte, daß Ihr Brief von seltener Frechheit ist und daß es bloß an mir läge, böse darüber zu werden? Aber er hat mir klar bewiesen, daß Sie den Kopf verloren hatten, und das allein hat Sie vor meiner Entrüstung bewahrt. Als edle und mitfühlende Frau vergesse ich meine Kränkung, um mich mit nichts zu beschäftigen als mit Ihrer gefährlichen Lage, und so langweilig das Vernunftpredigen ist, bescheide ich mich doch, weil Sie es in diesem Augenblick so nötig haben.

Sie wollen die Präsidentin Tourvel haben! Was ist denn das für eine lächerliche Schrulle! Daran erkenne ich Ihren nichtsnutzigen Kopf, der sich immer nur das wünscht, was er glaubt, nicht kriegen zu können. Was ist denn an der Frau? Regelmäßige Züge, wenn Sie wollen, aber gar kein Ausdruck; leidlich gewachsen, aber anmutlos; immer angezogen zum Lachen, mit ihren Haufen von Busentüchern und ihrem bis ans Kinn reichenden Korsett! Ich sag Ihnen als Freundin, von solchen Frauen braucht's nicht zwei, damit Sie all Ihr Ansehen verlieren. Denken Sie doch an den Tag, wo sie in Saint-Roche sammelte und wo Sie sich so bei mir bedankten, dafür, daß ich Ihnen das Schauspiel verschafft hatte. Ich sehe sie noch vor mir, wie sie jener langen Latte mit langen Haaren die Hand gab, bei jedem Schritt nahe am Hinfallen war, mit ihrem vier Ellen breiten Reifrock immer an irgend jemandes Kopf stieß und bei jeder Verbeugung rot ward. Wer hätte Ihnen da gesagt, Sie würden die Frau haben wollen? Also bitte, Vicomte, werden Sie selber rot und kommen Sie wieder zu sich. Ich verspreche Ihnen, daß ich schweigen werde.

Und dann, sehen Sie mal, welche Mißhelligkeiten Sie erwarten! Mit welchem Nebenbuhler müssen Sie kämpfen? Mit einem Gatten! Fühlen Sie sich nicht bei dem bloßen Wort gedemütigt? Was für eine Schande, wenn Sie abfallen! Und selbst im Erfolg, wie wenig Ruhm! Ich behaupte noch mehr; erhoffen Sie gar kein Vergnügen! Gibt es das bei Prüden? Bei den ehrlichen, meine ich. Zurückhaltend selbst noch im höchsten Vergnügen, bieten sie Ihnen stets nur halbe Genüsse. Die volle Hingabe ihrer selbst, der Wollustrausch, worin das Vergnügen sich reinigt durch seinen Überschwang – diese Schätze der Liebe sind ihnen nicht bekannt. Ich sage Ihnen vorher: Im günstigsten Fall wird Ihre Präsidentin alles für Sie getan zu haben glauben, wenn sie Sie wie ihren Mann behandelt; und im ehelichen Zusammensein, sei es noch so zärtlich, bleiben es immer zwei. Hier liegt es noch schlimmer: Ihre Prüde ist fromm, und zwar mit einer Gänschenfrömmigkeit, die zu ewiger Kindheit verdammt. Vielleicht überstei-

gen Sie dies Hindernis, aber schmeicheln Sie sich nicht, es zu zerstören: Mögen Sie über die Liebe zu Gott Sieger bleiben, die Furcht vor dem Teufel werden Sie doch nicht besiegen; und wenn Sie Ihre Geliebte in den Armen halten und ihr Herzklopfen fühlen, so kommt das von Furcht und nicht von Liebe. Vielleicht hätten Sie, wenn Sie die Frau früher kennengelernt hätten, etwas aus ihr machen können; aber jetzt, mit zweiundzwanzig Jahren – und nahezu zwei ist sie verheiratet. Glauben Sie mir, Vicomte, wenn eine Frau dermaßen verknöchert ist, muß man sie ihrem Schicksal überlassen: sie wird stets etwas Untergeordnetes bleiben.

Und doch geschieht es wegen dieses schönen Gegenstands, daß Sie mir den Gehorsam verweigern, daß Sie sich in der Gruft Ihrer Tante begraben und daß Sie Verzicht leisten auf das köstlichste Abenteuer, das ganz dazu angetan ist, Ihnen Ehre zu machen. Kraft welches Verhängnisses muß denn Gercourt gegen Sie immer irgendwie im Vorteil bleiben? Ich sage es wirklich, ohne schlecht gegen Sie gestimmt zu sein: aber in diesem Augenblick bin ich versucht, zu glauben, daß Sie Ihren Ruf nicht verdienen, bin vor allem versucht, Ihnen mein Vertrauen zu entziehen. Ich werde mich nie daran gewöhnen, dem Liebhaber der Frau von Tourvel meine Geheimnisse zu sagen.

Sie sollen aber doch wissen, daß die kleine Volanges schon einem den Kopf verdreht hat. Der junge Danceny ist närrisch dahinterher. Er hat mit ihr gesungen; und tatsächlich singt sie besser, als man es einem Schulmädchen zutraut. Sie werden wohl viele Duos miteinander üben, und ich glaube, sie würde gerne einstimmig loslegen; aber dieser Danceny ist ein Kind, das seine Zeit mit Liebesgetändel verlieren und nichts zustande bringen wird. Das kleine Wesen ihrerseits ist ziemlich scheu; und was auch geschehen mag, es wird immer viel weniger erfreulich sein, als Sie es hätten machen können. Drum bin ich auch verstimmt und werde mit dem Ritter, wenn er kommt, sicherlich zanken. Ich rate ihm, sanft zu sein; denn in diesem Augenblick würde es mich gar nichts kosten, mit ihm zu brechen. Ich bin sicher, wenn ich so gescheit wäre, ihn jetzt zu verlassen, würde er darüber in Verzweiflung sein; und nichts belustigt mich so wie eine verzweifelte Liebe. Er würde mich treulos nennen; und das Wort treulos hat mir stets Vergnügen gemacht; nach dem Wort grausam ist es das süßeste für ein Frauenohr, und es ist weniger mühsam zu verdienen. Im Ernst, ich will mich mit dem Bruch befassen. Und davon sind nur Sie die Ursache! Sie müssen es aber auch auf Ihr Gewissen nehmen. Adieu. Empfehlen Sie mich Ihrer Präsidentin für ihre Gebete.

Paris, am 7. August 17++

Honoré Gabriel Riquetti Comte de Mirabeau

Der gelüftete Vorhang oder Lauras Erziehung

[...] Eines Abends nach dem Essen kehrten wir in das Zimmer zurück, indem ich mich aufzuhalten pflegte; er bot uns Likör an. Nach einer knappen halben Stunde fiel Lucette in tiefen Schlaf; er nahm mich in seine Arme, trug mich in sein Zimmer und ließ mich in seinem Bett schlafen. Überrascht von diesem neuen Arrangement, wurde meine Neugier augenblicklich wach. Eine Weile später stand ich auf und lief leise zur Glastür und schob den Vorhang beiseite. Ich war sehr verwundert, Lucettes Brust völlig entblößt zu sehen. Welch ein reizender Busen! Zwei schneeweiße Halbkugeln, in deren Mitte zwei knospende Erdbeeren von etwas lebhafterer Hautfarbe prangten; fest wie Elfenbein, bewegten sie sich nur mit ihren Atemzügen. Mein Vater betrachtete diese lieblichen Brüste, nahm sie in die Hände, küßte sie und saugte an ihnen: nichts weckte meine Erzieherin auf. Kurz darauf zog er ihr alle Kleider aus und trug sie zum Rand des Bettes, das der Tür, an der ich stand, genau gegenüberlag. Er lüftete ihr Hemd; ich sah zwei alabasterfarbene Schenkel, rund und mollig, die er auseinanderzog; und ich erblickte einen kleinen rosafarbenen Spalt, der mit tiefbraunen Haaren bedeckt war; er öffnete ihn ein wenig, legte seinen Finger darauf und bewegte lebhaft seine Hand: nichts riß sie aus ihrem Schlaf. Durch diesen Anblick erregt und dem Beispiel folgend, ahmte ich bei mir selbst die Bewegungen nach, die ich sah. Ich verspürte ein mir unbekanntes Gefühl. Mein Vater legte sie auf das Bett und ging auf die Tür zu, um sie zu schließen. Ich entfloh und eilte zu dem Bett, in das er mich gelegt hatte. Sobald ich ausgestreckt lag, begann ich, meine neuerworbenen Kenntnisse nutzend und über das nachdenkend, was ich gesehen hatte, meine Reibungen fortzusetzen. Ich glühte am ganzen Leib; jenes Gefühl, das ich verspürt hatte, verstärkte sich immer mehr und erreichte eine solche Kraft, daß meine Seele, in der Mitte meiner selbst versammelt, alle anderen Teile meines Körpers verlassen hatte, um an jenem einzigen Punkt innezuhalten: zum erstenmal fiel ich in einen mir unbekannten Zustand, der mich entzückte.

Als ich wieder zu mir kam und dieselbe Stelle befühlte, wie groß war meine Überraschung zu entdecken, daß ich dort ganz naß war! Im ersten Augenblick befiel mich eine starke Unruhe, die aber bei der Erinnerung an das Wohlbefinden, das ich verspürt hatte, und durch einen sanften Schlummer verflog, der mir die Nacht über in schmeichelnden Träumen die freundlichen Bilder meines Lucette liebkosenden Vaters nachzeichnete.

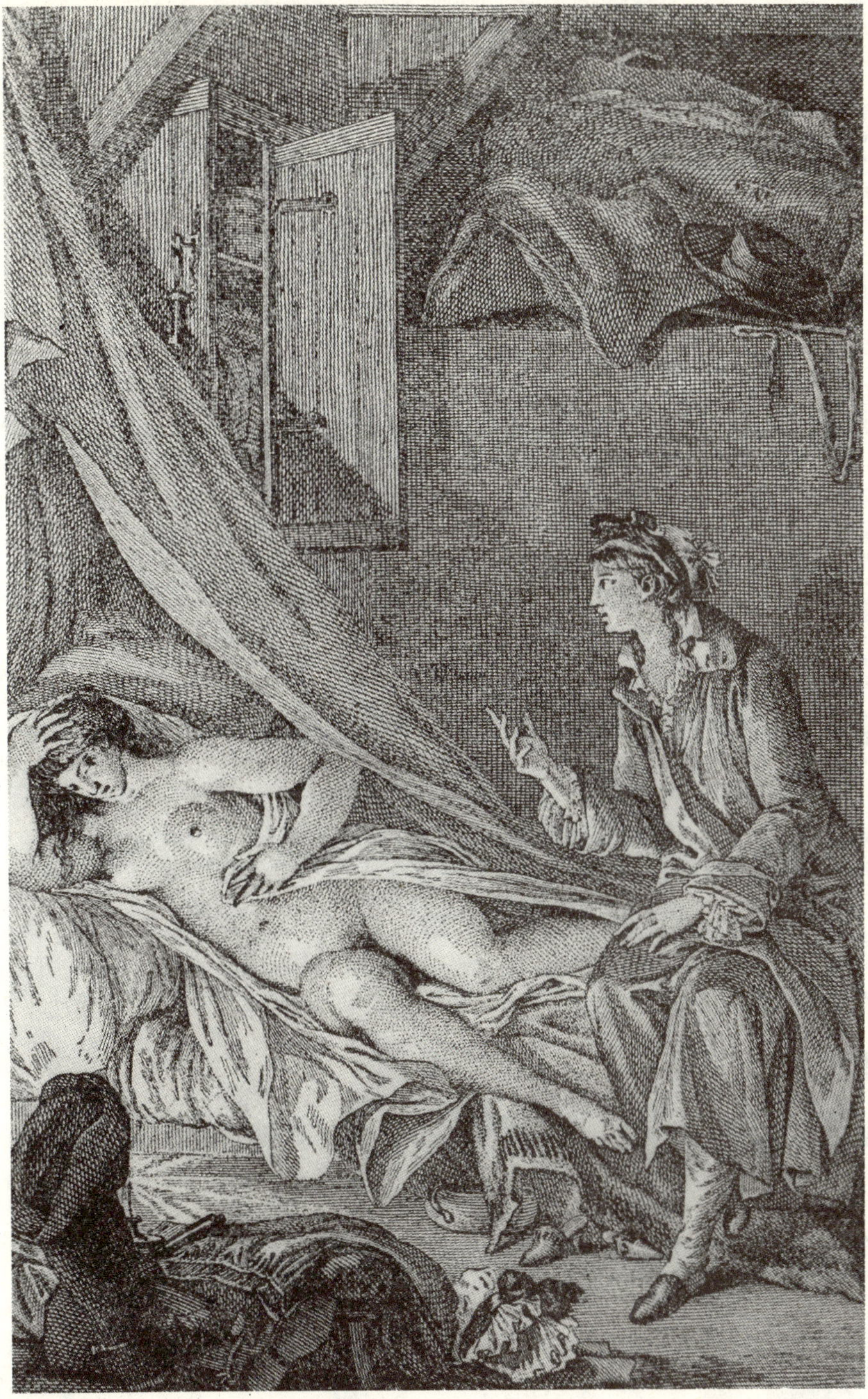

Ich schlief noch, als er am nächsten Morgen kam, um mich mit seinen Küssen zu wecken, die ich ihm tausendfach vergalt.

Seit jenem Tag schienen mir er und meine Erzieherin in besserem Einvernehmen zu stehen, obgleich er des Morgens nicht mehr so lange bei uns blieb. Sie hatten keine Ahnung, daß ich etwas wußte, und sie neckten einander den Tag über in ihrer vermeintlichen Sicherheit auf die vielfältigste Weise, nach welchem Vorspiel sie sich gemeinsam in sein Zimmer zurückzogen, wo sie recht lange verweilten. Ich konnte mir wohl denken, daß sie das, was ich gesehen hatte, wiederholen würden; damals gingen meine Gedanken noch nicht darüber hinaus, dennoch verging ich fast vor Sehnsucht, dieses Schauspiel von neuem zu genießen. Teure Freundin, du wirst das heftige Verlangen ermessen können, das mich peinigte: endlich war jener Augenblick gekommen, da ich alles erfahren sollte!

Drei Tage später, als ich um jeden Preis mein sehnsüchtiges Verlangen befriedigen wollte, mein Vater ausgegangen und meine Erzieherin beschäftigt war, kam ich auf die Idee, einen Seidenfaden an eine Ecke des Vorhanges zu heften und ihn durch die gegenüberliegende Ecke einer der Glasscheiben zu ziehen. Als mir dieses Arrangement gelungen war, zögerte ich nicht, es mir zunutze zu machen. Am nächsten Tag zog mein Vater, der nur einen seidenen Morgenrock anhatte, Lucette in sein Zimmer, die ebenfalls nur leicht bekleidet war: sorgfältig schlossen sie die Tür und zogen den Vorhang zu, doch meine List gelang, wenigstens zum Teil. Kaum zwei Minuten später stand ich voller Ungeduld vor der Türe und lüftete ein wenig den Vorhang: ich erblickte Lucette; ihre Brüste waren völlig entblößt; mein Vater hielt sie in den Armen und bedeckte sie mit Küssen, doch die Leidenschaft brannte, und bald lag alles, Röcke, Korsett, Hemd, auf der Erde. Wie schön erschien sie mir in diesem Zustand! und wie liebte ich es, sie so zu sehen! Sie strahlte die Frische und Anmut der Jugend aus. Liebe Eugenie, die weibliche Schönheit muß eine recht sonderbare Kraft haben, eine ungemein starke Anziehung ausüben, da sie auch uns gefällt! Ja, meine Liebe, sie ist rührend, sogar für unser Geschlecht, mit ihren schönen runden Formen, ihrer seidigen, schimmernden Haut! Du hast es mich in deinen Armen fühlen lassen, und du hast das gleiche verspürt wie ich.

Alsbald war mein Vater in einem ebensolchen Zustand wie Lucette: dieser Anblick fesselte mich in seiner Neuheit; er trug sie auf ein Ruhelager, das ich nicht sehen konnte. Von Neugierde verzehrt, hielt mich nichts mehr zurück, ich lüftete den Vorhang, bis ich alles sehen konnte. Nichts entging meinen Blicken, da nichts ihr Vergnügen hemmte. Lucette, die auf ihm lag, den Hintern in die Luft gereckt, mit gespreizten Beinen, ließ mich die ganze Öffnung ihres Spalts sehen, zwischen zwei kleinen fleischigen und prallen Wölbungen. Diese Situation, die ich dem Zufall verdankte, schien wie geschaffen, meine neugierige Ungeduld vollauf zu befriedigen. Mein Vater zeigte mir zwischen seinen angehobenen Knien überdeutlich ein wahres Kleinod, ein dickes, steifes, an der Wurzel mit Haaren umgebenes Glied, an dem unten etwas Kugelförmiges herabhing; sein oberes Ende war rot und zur Hälfte mit einer Haut bedeckt, die aussah, als ließe sie sich noch weiter herunterschieben. Ich erblickte, wie es in Lucettes Spalt eindrang, darin versank und immer wieder auftauchte. Sie küßten sich mit einem Ungestüm, das mich die Lust ahnen ließ, die sie empfanden; schließlich sah ich, wie dieses Instrument mit völlig entblößter Spitze herauskam, purpurrot und ganz naß, und eine weiße Flüssigkeit verspritzte, die sich kraftvoll auf Lucettes Schenkel ergoß. Bedenke, geliebte Eugenie, in welcher Verfassung ich mich selber angesichts eines derartigen Schauspiels befand! Aufs höchste erregt, von einem Verlangen durchdrungen, das ich bisher noch nicht gekannt hatte, versuchte ich zumindest, an ihrem Rausch teilzuhaben; liebe Freundin, wie angenehm ist die Erinnerung an meine jungen Jahre noch heute für mich![...]

Donatien Alphonse François Marquis de Sade

Justine oder das Unglück der Tugend

[...] Nein, Therese! Nein, ich wiederhole immer das wieder: Es ist völlig unnötig, daß der Genuß, um wirklich stark zu sein, mit anderen geteilt wird; um diese Art von Vergnügen so pikant wie nur irgend möglich zu gestalten, ist es im Gegenteil sehr wesentlich, daß der Mann vornehmlich auf Kosten der Frau genieße, und daß er sich alles von ihr hole, – ganz gleich, was sie dabei empfindet – was die Sinnenlust, nach der er begehrt, zu erhöhen vermag; und zwar ohne die leiseste Rücksicht auf die eventuellen Folgen für die Frau; denn diese Rücksichtsnahme würde ihn verwirren. Entweder hätte er dann den Wunsch, daß die Frau an dem Vergnügen teilhabe – und er selber würde nicht mehr genießen –, oder er würde befürchten, daß sie leidet – und das brächte ihn außer Fassung. Wenn Egoismus das erste Gesetz der Natur ist, dann ist es mit Bestimmtheit in erster Linie für die Freuden der Wollust gültig, da ja diese himmlische Mutter wünscht, daß der Egoismus unsere einzige Triebkraft sei. Und es ist ein winziges Unglück, daß der Mann, um seine Wollust zu steigern, das Verlangen der Frau vernachlässigen oder stören muß; denn wenn er durch diese Kümmernisse etwas gewinnt, so berührt es ihn nicht, was das ihm dienende Objekt verliert; es muß ihm dann einfach gleichgültig sein, ob dieses Objekt glücklich oder unglücklich ist, – vorausgesetzt freilich, daß er sich ergötzt hat. Es besteht in Wahrheit nicht die geringste Beziehung zwischen diesem Wesen und ihm. Er wäre also verrückt, wenn er sich auf Kosten seiner eigenen Gefühle um die Empfindungen dieses Objektes sorgte. Ja, er wäre absolut töricht, wenn er mit Rücksicht auf Gefühle, die ihn nichts angehen, auf die Bereicherung seiner eigenen verzichten wollte. Wenn unter dieser Voraussetzung ein Mensch nun einmal leider so veranlagt ist, daß er bei dem ihm dienenden Objekt schmerzhafte Empfindungen wecken muß, um selber Erregung zu verspüren, so wirst du zugeben, daß er sich ohne Gewissensbisse dementsprechend verhalten muß; denn er ist dazu da, zu genießen, ungeachtet dessen, was sich daraus für das Objekt ergeben könnte ... Wir werden darauf zurückkommen: Vorerst wollen wir zum nächsten Punkt übergehen.

Das Genießen allein hat also seine Reize; es kann demnach viel reizvoller sein, als alle anderen Freuden! Ja! Wenn dem nicht so wäre, – wie könnten dann so viele Greise, so viele mißgestaltete oder mit Mängeln behaftete Leute sich ergötzen: Sie sind sich darüber im klaren, daß man sie nicht liebt; schwindet ihre Sinneslust in der Gewißheit, daß andere unmög-

AUBREY BEARDSLEY. MDCCCXCVI.

lich ihre Empfindungen teilen können? Begehren sie nur die Illusion? Man sieht sie in ihrer gänzlich egoistischen Genußsucht nur besorgt, sich ihre Freuden zu verschaffen; man sieht sie bereit, alles zu opfern, um sich zu befriedigen. Du wirst beobachten, daß sie niemals andere als passive Eigenschaften an dem ihnen dienenden Objekt erwarten. Es ist also keineswegs notwendig, Freuden zu spenden, um sie selber zu genießen; die glückliche oder unglückliche Lage eines Opfers unserer Ausschweifung ist also absolut gleichgültig für die Befriedigung unserer Sinneslust; das Objekt mag nach Belieben an deinem Treiben Gefallen finden oder darunter leiden, es mag dich lieben oder hassen: Alle diese Überlegungen sind bedeutungslos, wenn es um die Sinnlichkeit geht. Die Frauen können meinetwegen entgegengesetzte Grundsätze aufstellen; aber wenn immer ein sinnvolles System über diese Art des Vergnügens gefunden werden soll, so sind die Frauen, die nur als Maschinen der Sinneslust, ja als Zielscheibe dienen, inkompetent. Gibt es einen einzigen vernünftigen Mann, der begierig wäre, ein Freudenmädchen am Genuß teilhaben zu lassen? Und haben nicht trotzdem Millionen von Männern ihre große Freude an diesen Geschöpfen? Soundso viele Menschen stimmen also mit meinen Ansichten überein und setzen sie, ohne es zu ahnen, in die Praxis um; und doch tadeln sie lächerlicherweise diejenigen, die ihre Handlungsweise mit ehrlichen Prinzipien untermauern; das aber geschieht nur, weil die Welt von mechanischen und organisierten Figuren wimmelt, die kommen und gehen, die handeln, essen und verdauen, ohne jemals etwas zu begreifen.

Wenn bewiesen ist, daß die allein genossenen Freuden ebenso köstlich sind wie andere, und obendrein um vieles gewisser, so wird auch ganz offenbar, daß die Befriedigung, die man sich unabhängig von dem dienenden Objekt verschafft, nicht nur weit entfernt von dem ist, was diesem zu gefallen vermag, sondern seinem Vergnügen sogar entgegenwirkt. Ich gehe noch weiter: Der Genuß kann dem dienenden Objekt ein lastender Schmerz, eine Qual und eine Marter werden; und das ist nichts Besonderes, sondern das führt nur zu einer zuverlässigeren Steigerung des Genusses für den Despoten, der quält oder peinigt. Versuchen wir, das zu verstehen.[. . .]

John Cleland

Die Memoiren der Fanny Hill

[...] Ich öffnete also leise die Tür in die Hinterstube und erblickte zu meinem Erstaunen neben einem halberloschenen Kaminfeuer einen jungen Herrn im Armstuhl der alten Dame, mit übereinandergeschlagenen Beinen und tief schlafend. Seine Freunde hatten ihn betrunken gemacht und hier zurückgelassen; jeder war mit seiner Geliebten davongegangen, nur er blieb allein zurück, da die Alte ihn nicht wecken und in diesem seinem betrunkenen Zustand nachts um eins aus dem Hause lassen wollte. Die Betten waren wahrscheinlich alle besetzt gewesen; auf dem Tische standen noch die Punschbowle und die Gläser herum, wie es bei trunkenen Nachtgelagen auszusehen pflegt.

Als ich leise näher trat, welch ein Anblick bot sich mir da! Keine Jahre und keine Schicksale könnten den Eindruck aus meiner Seele löschen, den ich da erhielt; ja, du süßester Gegenstand meiner ersten Leidenschaft, immerdar schwebt die Erinnerung deines Anblicks vor meinen entzückten Augen!

Stellen Sie sich ihn vor, Madame: einen schönen Jüngling zwischen achtzehn und neunzehn, den Kopf leicht auf die eine Seite des Stuhles gelehnt, das Haar in unordentlichen Locken, das Gesicht halb beschattend, auf dem sich die rosige Blüte der Jugend mit aller männlichen Grazie und Kraft vereinigten, meine Augen und mein Herz ganz gefangenzunehmen. Selbst die Ermüdung und die Blässe gaben seinem Gesichte eine unaussprechliche Süßigkeit; seine Augen bedeckten die sanftesten Wimpern, und kein Pinsel hätte regelmäßigere Bogen über sie ziehen können als die seiner Brauen. Vollkommen weiß war seine Stirn, und seine Lippen waren rot und dem Kusse entgegenschwellend. Hätten nicht Scham und Achtung, die in beiden Geschlechtern immer bei wahrer Leidenschaft sind, meine Triebe zurückgehalten, ich hätte den Mund geküßt.

Als ich aber den aufgeknöpften Hemdkragen und die schneeweiße Brust sah, konnte ich mich nicht abhalten, für seine Gesundheit zu sorgen; mit zitternder Hand faßte ich die seine und weckte ihn auf, so sanft, wie ich nur konnte. Erst sah er verwirrt umher und fuhr in die Höhe; und dann sprach er mit einer Stimme, die mir ans Herz drang: „Ich bitte dich, liebes Kind, sag mir, was die Uhr ist?“ Ich sagte ihm die Zeit und fügte noch hinzu, er könnte sich erkälten, wenn er länger in der Morgenkühle so mit offener Brust schliefe. Er dankte mir mit lieben Worten, die ganz mit dem Ausdruck seiner Augen übereinstimmten, diesen Augen, die jetzt weit offen waren, mich lebhaft anblickten und mit Feuer durchdrangen, das aus ihnen leuchtete.

Es schien, als ob er, weil er zuviel getrunken hatte, nicht imstande gewesen sei, mit seinen Freunden mitzutun und die Nacht mit einem Mädchen zu beschließen; so dachte er wohl, da er mich im losen Negligé sah, nicht anders, als daß ich ein Mädchen des Hauses wäre, das hereingeschickt worden sei, das Unterlassene nachzuholen, was ich ganz selbstverständlich fand. Doch redete er mich durchaus nicht gewöhnlich und grob an, und das vielleicht aus Höflichkeit oder weil ich ihm einen mehr als gewöhnlichen Eindruck machte, aber doch immer wohl den eines Hausmöbels, das zu seinem Vergnügen da wäre; und indem er mir einen Kuß gab – den ersten, den ich je von einem Mann empfing, fragte er mich, ob ich ihm Gesellschaft leisten wolle, und sagte, daß es mich nicht gereuen sollte. Hätte sich auch meine eben geborene Liebe und Lust einer so schnellen Ergebung gar nicht widersetzt, so tat es doch die Furcht, von jemandem aus dem Hause überrascht zu werden.

Ich sagte ihm daher in einem Tone, der meine Verliebtheit wohl merken ließ, daß ich aus Gründen, die jetzt zu erzählen keine Zeit wäre, nicht bei ihm bleiben könnte, ja ihn vielleicht nie wiedersehen würde, und ich seufzte bei diesen Worten aus der Tiefe meiner Brust. Mein Eroberer, der, wie er mir später sagte, von meiner Erscheinung verwirrt war und mich so liebgewonnen hatte, wie das bei einer Person der Art, wie ich eine zu sein schien, möglich war, fragte mich lebhaft, ob ich von ihm ausgehalten sein und er sofort eine Wohnung für mich nehmen solle und mich von den Verpflichtungen befreien, die ich, wie er glaubte, gegen das Haus hatte.[. . .]

Unser Plan ging dahin, daß ich mich am nächsten Morgen um sieben Uhr wegstehlen sollte – was ich sofort versprach, da ich wußte, wo ich den Hausschlüssel bekommen konnte–, und er wollte dann am Ende der Straße mit einer Kutsche auf mich warten, die mich an einen sichern Ort bringen sollte; dann wollte er zu Madame Brown schicken und ihr die Kosten meines Aufenthalts bezahlen; er glaubte, daß sie sich nicht viel um den Verlust eines Mädchens kümmern würde, das nur da wäre, um Kunden ins Haus zu locken.[. . .]

Wie ich zu ihm kam, weiß ich nicht – ich glaube, ich flog! In einer Sekunde war ich im Wagen und der Geliebte neben mir, und er schlang die Arme um mich und küßte mich, während der Kutscher davonfuhr.

Ich weinte Freudentränen. Mich in den Armen dieses schönen Jünglings zu fühlen war ein Entzücken, das über die Kraft meines kleinen Herzens ging. Vergangenheit und Zukunft waren vergessen. Das Gegenwärtige zu tragen, das war alles, was meine Kräfte gerade noch aushalten konnten. Von seiner Seite fehlte es nicht an den zärtlichsten Umarmungen und den süßesten Worten, daß ich seiner Liebe sicher sein solle und daß er mir keine Gelegenheit geben werde, den kühnen Schritt zu bereuen, den ich getan, da ich mich ihm ganz auf Ehre und Großmut ergeben hätte. Aber das war wahrlich nicht mein Verdienst, denn eine Leidenschaft, die ich nicht unterdrücken konnte, trieb mich zu ihm, und was ich tat, das tat ich, weil ich nicht anders konnte.

In einem Augenblick – so schien es mir – kamen wir bei einem Logierhaus in Chelsea an, das für Duellpartien der Liebe bequem eingerichtet war; ein Frühstück mit Schokolade stand für uns schon bereit.

Das Haus gehörte einem alten drolligen Kerl, der sich auf das Leben vortrefflich verstand; er frühstückte mit uns, sah mich lustig an und wünschte uns beiden Glück; wir paßten wirklich sehr schön zusammen, sagte er, und daß eine Menge edler Damen und Herren sein Haus besuchten, daß er aber nie ein so hübsches Paar gesehen hätte; auch wäre er überzeugt, ich sei etwas ganz Frisches, ich sähe so ländlich und unschuldig aus – derlei also sprach er noch mehr und dies in dem leichten scherzenden Ton eines Restaurateurs, was mich nicht nur beruhigte und mir gefiel, sondern auch meine Befangenheit vor meinem neuen Geliebten ganz verdrängte. Vor dem Jüngling begann ich mich jetzt zu fürchten, da die Minute heranrückte, in der ich mit ihm allein sein sollte – eine Furcht, an der wahre Liebe größern Anteil hatte als jungfräuliche Schamhaftigkeit.

Es zog mich zu ihm, ich liebte ihn, ja hätte für ihn sterben mögen, und doch fürchtete ich, ich weiß nicht warum, den Augenblick, der mein heißester Wunsch gewesen war. Dieser Widerstreit der Leidenschaften, dieser Kampf zwischen Züchtigkeit und liebeskranker Begier führte dazu, daß ich wieder in Tränen aufging; er aber glaubte, ich weinte über meine veränderte Lage und weil ich mich nun ganz ihm überlassen hätte, und so tat und sprach er alles mögliche, was mich trösten und aufrichten sollte.

Nach dem Frühstück nahm mich Charlie – diesen Namen will ich künftighin meinem teuern Adonis geben – mit einem eigentümlichen Lächeln bei der Hand und sagte: „Komm, Liebste, ich will dir dein Zimmer zeigen, das eine herrliche Aussicht in den Garten hat." Und ohne die Antwort abzuwarten, was mir sehr lieb war, führte er mich in einen luftigen hellen Raum, in dem an keine Aussicht als an die auf ein Bett zu denken war, das ganz so aussah, als hätte es allein ihm das Zimmer empfohlen.

Charlie hatte schnell die Tür verriegelt, eilte auf mich zu, nahm mich in die Arme, hob mich auf, preßte seine glühenden Lippen auf die meinen und legte mich – zitternd, furchtsam, sterbend vor Begier und Tränen – aufs Bett, wo seine Ungeduld ihm nicht Zeit ließ, mich mehr zu entkleiden, als mein Halstuch aufzulösen, mein Oberkleid und die Schnürbrust.

Mein Busen war jetzt bloß und hob sich unter heftigem Herzschlag; seinen Augen bot sich ein Paar schwellender fester Brüste eines jungen Mädchens, das eben erst frisch vom Lande gekommen und noch unberührt war; aber nicht ihre Weiße, ihre Form und ihre widerstrebende Härte konnten seine Hand festhalten, die frei umherschweifte; meine Röcke und mein Hemd waren bald aufgehoben, und ein stärkerer Anziehungspunkt lag vor ihm; die Angst verursachte, daß ich ganz mechanisch meine Schenkel schloß, aber seine Hand stahl sich hinein, löste sie auseinander und eröffnete den Hauptangriff.

Während alledem lag ich offen seinen forschenden Augen preisgegeben, ruhig und ohne Widerstand, was ihn in seiner Meinung bestärkte, daß ich kein Neuling in diesen Dingen sei, zumal er mich ja aus einem öffentlichen Hause mitgenommen hatte. Auch hatte ich nichts von meiner Jungfernschaft gesagt; hätte ich es getan, würde er sicher geglaubt haben, ich hielte ihn für einen Narren, der die Unwahrscheinlichkeit glauben sollte, daß ich noch im Besitze des verborgenen Schatzes wäre, nach dem die Männer so gierig aus sind und den sie niemals finden, ohne ihn sofort zu vernichten.

Nun konnte er seine Ungeduld nicht länger meistern; er knöpfte sich auf und führte seinen Liebessturmbock dahin, wo er die Bresche vermeinte. Ich fühlte zum erstenmal jenes steile, mir wie ein Horn erscheinende Werkzeug, das da gegen meine zartesten Teile gezückt wurde. Aber denken Sie sich sein Erstaunen, als er nach verschiedenen herzhaften Angriffen, die mir sehr weh taten, fand, daß er nicht im geringsten vorwärtskam.

Ich jammerte ein bißchen, aber mit aller Zärtlichkeit: „Ich kann's nicht aushalten – Sie tun mir weh!“ Er aber dachte, daß meine Jugend und die Stärke jenes Sturmbockes – wenige konnten ihm in diesem Punkte den Rang ablaufen – dieser Schwierigkeit Ursache wären und daß mich wahrscheinlich einer besessen hätte, der nicht so gut beschlagen gewesen wäre wie er; denn daß meine Blume ungebrochen sein sollte, das kam ihm natürlich gar nicht in den Sinn, und er hielt es weder der Zeit noch der Mühe wert, zu fragen.

Er machte einen zweiten Versuch, doch kam er auch dabei nicht weiter; er tat mir schrecklich weh; aber meine Liebe duldete ohne Seufzen; und aufs neue wiederholte er die vergeblichen Angriffe und fiel schließlich vergehend neben mir aufs Bett, küßte mir die Tränen weg und fragte zärtlich, warum ich klage und ob ich es von anderen leichter ertragen hätte. Ich antwortete mit einer Naivität, die überzeugen mußte, daß er der erste Mann sei, der mir solches antue.

Und Charlie glaubte nun, mußte es ja glauben, daß meine Jungfernschaft keine bloße Verstellung sei, und so beruhigte er mich mit Küssen und bat mich, im Namen der Liebe ein wenig Geduld zu haben, und daß er mir so wenig Leides tun wolle, als er sich selbst tun möchte.

Jetzt fing er seinen Angriff systematischer an; erst legte er ein Kissen unter mich, um seinem Ziele bessere Erhöhung zu geben, und ein anderes unter meinen Kopf, damit er bequem läge; hierauf breitete er meine Schenkel weit aus, und dann legte er die Spitze seines Liebesschaftes an die Pforte, in die er den Eingang suchte; so klein war mein Muschelchen, daß er meinte, er sei am falschen Platz, sah hin, befühlte und versicherte sich, daß er recht war. Und dann trieb er seinen Speer mit Ungestüm voran, und seine Festigkeit brachte die Teile auseinander und gewann den Eingang. Als er dieses merkte, trieb er seinen Sturmbock mit aller Kraft weiter zum Ziele, tiefer, tiefer trat er ein, und ich hätte laut schreien mögen vor Schmerzen. Aber ich wollte kein Aufsehen im Hause machen; ich hielt den Atem an, steckte meinen Unterrock, der etwas über meinem Gesichte lag, in den Mund und biß vor lauter Schmerzen darauf. Endlich gab das Zarte dem Harten nach, und er drang noch tiefer in mich; und seiner selbst nicht mehr länger mächtig, brach er nun in einer Art von Wut alles vor sich nieder und stieß seine Waffe, rauchend von Jungfernblute, bis zur Wurzel hinein ... Jetzt ..., jetzt ... verließ mich meine Fassung ... Ich schrie laut auf und ward ohnmächtig; und nachdem er's vollendet und mich wieder freigegeben hatte, da floß, wie er mir nachher erzählte, ein Strom von Blut über meine Schenkel hin.

Als ich wieder zu Besinnung kam, fand ich mich ausgekleidet und zu Bett in den Armen meines süßen Räubers, der zärtlich klagend an mir hing und in der Hand ein Stärkungsmittel hielt. Meine Augen schwammen in Tränen und wandten sich schmachtend nach ihm, schienen ihm seine Grausamkeit vorzuwerfen und ihn zu fragen, ob sie der Lohn für meine Liebe sei. Charlie war ich nun teurer als zuvor geworden – wegen seines Triumphes über meine Jungfernschaft, die er ja nicht erwartet und die ihm solches Vergnügen bereitet hatte. Nun war er so liebevoll und aufmerksam um mich beschäftigt, liebkoste mich und beruhigte mich in meinem leisen Klagen, das doch mehr Liebe noch als Schmerz ausdrückte. Und aller Schmerz verschwand in meinem Glück, in meiner Liebe zu ihm, der nun der Herr meiner Seligkeiten und meines Geschickes war.

Die Wunde war noch zu frisch, als daß Charlies gutes Herz meine Liebe einer neuen Probe hätte unterziehen wollen; da ich aber weder mich bewegen noch gehen konnte, so gab er den Befehl, daß das Mittagessen mir ans Bett gebracht werden sollte. Kaum hätte ich einen Hühnerflügel hinuntergebracht und ein Glas Wein, hätte mich mein Liebster, der mir aufwartete, nicht dazu genötigt.

Nach dem Essen, als alles bis auf den Wein abgetragen war, bat Charlie um die Erlaubnis – er hatte schon in meinen Augen gelesen –, zu mir ins Bett zu kommen; er begann sich auszuziehen, was ich nicht ohne sonderbare Regung von Furcht und Lust ansehen konnte.

Und nun war er bei mir im Bett; ein Mann, der erste in meinem Leben und am hellen Tage. Er schob sein Hemd hoch, dann das meinige und legte seinen bloßen glühenden Leib auf den meinigen; welcher Schmerz, wie groß auch immer, kann sich mit einem so hinreißenden Vergnügen messen! Ich fühlte meine brennende Wunde nicht mehr, sondern schlang mich um ihn gleich einem jungen Weinstock, als wenn ich fürchtete, daß ein Teil von mir unberührt von ihm bleiben möchte. Ich erwiderte seine heißen Umarmungen und Küsse mit einer Heftigkeit, wie sie nur die wahre Liebe kennt und Wollust allein nicht geben kann.

Jetzt noch, da alle Tyrannei der Leidenschaft in mir vorbei ist und in meinen Adern ein kühles, ruhiges Blut fließt, ergötzt und belebt mich die Erinnerung an diese Szenen, die meine Jugend am meisten bewegt haben ...

Aber lassen Sie mich weitererzählen.

Mein schöner Junge glühte an mir, Leib an Leib, bis er nicht länger Herr seiner Begierden blieb, sanft seine Knie zwischen die meinigen schob, meinen Mund mit Küssen voll flüssigen Feuers bedeckte und einen zweiten

Angriff wagte und sich einen Weg durch das zarte, zerrissene Gefilde hindurch bahnte. Der Schmerz war nicht viel geringer als beim ersten Male. Ich unterdrückte aber das Schreien und hielt aus mit der duldenden Stärke einer Heldin.

Jetzt wurde der Ansturm heftiger. Charlies Wangen röteten sich dunkler, seine Augen glühten, und ein vergehender Schauer kündigte die Ankunft jener höchsten Freuden an, die ich vor Schmerzen noch immer nicht teilen konnte.

Aber schon verdrängte einiger Genuß das Gefühl des Schmerzes, und als ich das erregende Einfluten des balsamischen Taues fühlte, kehrte meine ganze Leidenschaft zurück, und der übermäßigste Schmerz ward übermäßigste Wonne: Ich spürte die Lust der Lüste, da ein warmer Strahl sich durch alle inneren entzückten Auen ergoß. Welche Freuden! Welche Wollust, wenn uns in schauerndem Taumel der süße Strom überkommt, darin sich aller Genuß gleichsam versenkt und verbraucht, daß wir hinzusterben meinen in dieser Auflösung, die uns die Glieder strecken macht ...

Wie oft hab ich mich in jenem köstlichen Zustand seligster Ermattung, der dem Erströmen folgt, gefragt, ob es wohl in der Natur ein Geschöpf gäbe, das glücklicher, als ich jetzt wäre, sein könnte! Und was war alle meine Angst vor der Zukunft gegen den Genuß einer einzigen Nacht, die ich mit meinem jungen Geliebten verbrachte, der so ganz mein Herz und meine Sinne erfüllte ...

Wir brachten den ganzen Nachmittag bis zum Abend in einer ununterbrochenen Reihe von Liebesgenüssen hin, in Küssen und allerlei verliebtem Getändel. Dann wurde das Abendessen aufgetragen. Charlie hatte sich wieder angezogen und wartete mir auf, da ich im Bett blieb. Er aß mit sehr gutem Appetit und schien darüber erfreut zu sein, daß mein Appetit nicht geringer war.

Ich war in Gedanken an mein Glück so in Verzückung verloren, daß mir alles, was noch kommen mochte, und sei es die Gefahr, daß sich alles ändern könnte, oder selbst der Ruin ganz gleichgültig schien. Die Gegenwart war alles, was mein kleines Hirn zu fassen vermochte. Spät am Morgen erwachte ich und machte mich leise aus den Armen meines Geliebten los, der noch in tiefem Schlafe lag; kaum wagte ich zu atmen, um ihn nicht zu wekken. Mein Haar, meine Haube, alles war in Unordnung; und ich brachte es wieder zurecht, so gut es ging, während ich die Augen nicht von dem schlafenden lieben Jungen wandte. Der Schmerz fiel mir ein, den er mir verursacht, aber auch, daß das Vergnügen ihn reichlich gutgemacht hatte.

Jetzt war es heller Tag. Ich saß aufrecht im Bett, dessen Tücher von der Heftigkeit unserer Hitze zerknüllt durcheinanderlagen. Ich versagte mir das Vergnügen nicht, die Gelegenheit auszunützen und mich an all den

Schönheiten des Jünglings zu weiden, der da ganz nackend neben mir lag; denn sein Hemd war in die Höhe geschoben, so daß ich fast für seine Gesundheit fürchtete. Ich beugte mich entzückt zu ihm nieder und verschlang seine Reize mit den Augen; ich hätte mir hundert wünschen mögen, statt meiner zwei, um den Anblick noch besser zu genießen, den mir die herrliche männliche Schönheit meines Geliebten bot. Unverhüllt lag er da vor mir, die ich mich in all seine Schätze versenkte, staunend und in wachsender Erregung, daß es mir schwer wurde, nicht über den geliebten Leib meine Küsse regnen zu lassen. Und wie ganz anders sah das feuerspeiende Ungetüm aus, das gerade erst mit wilder Wut auf mich eingedrungen war und mich fast zerrissen hatte!

Ganz friedlich lag es auf einen Schenkel geneigt, mit halb enthülltem Haupt, und sah ganz unfähig zu der Grausamkeit aus, die es an mir begangen hatte. Weiche kurze Locken ringelten sich um die Wurzel des weißen, weichen Schaftes und verdeckten fast den wunderbarlichen Schatzbeutel, der darunterlag ...

Eine Bewegung meines Geliebten entzog meinen Blicken die Schätze, die ich eben bewundert hatte, und ich legte mich nun leise wieder zu ihm. Meine Hand tastete dahin, wo das Geschaute wieder einen mächtigen Aufruhr erregt hatte, und meinen Fingern öffnete sich von selbst ein bequemer Weg. Aber ich hatte nicht lange Zeit, über die Unterschiede einer Jungfer und einer Frau Betrachtungen und Proben anzustellen, denn Charlie erwachte und kehrte sich mit der lächelnden Frage zu mir, wie ich geruht hätte.

Aber er wartete gar nicht meine Antwort ab, sondern schon drückte er auf meine Lippen seine feurigen Küsse, die Flammen in mein Herz schossen und über meinen ganzen Körper, und schon warf er, als wolle er sich für den Anblick seiner nackten Schönheit, den ich ihm gestohlen hatte, rächen, schnell die Bettücher ab, hob mir das Hemd auf und fing nun seinerseits an, alle die Reize zu beschauen, die die Natur mir gegeben hatte; und seine geschäftigen Hände liefen über jeden Teil meines Körpers. Die Festigkeit meines noch unreifen, aufknospenden Busens, die weiße Härte meines Fleisches, die Frische und Regelmäßigkeit meiner Gesichtszüge, die Harmonie meiner Glieder – alles schien ihn glücklich und zufrieden zu machen. Aber nun wollte er neugierig sehen, was für Schaden er an dem zarten Ort seines hitzigen Angriffs angerichtet, und führte seine Hand dahin, nachdem er mir ein Kissen untergeschoben hatte, um besser zu sehen. Ich kann das Feuer nicht beschreiben, das aus seinen Augen blitzte, aus seiner Hand glühte, Stöhnen und Seufzen der Lust war alles Lob, das er sagen konnte. Und währenddem war unter seinem Hemde der Speer wieder kampfbereit geworden, dessen höchste Kraft sich nun meinen Blicken zeigte. Er schien sich selbst daran zu freuen, nahm lächelnd meine Hand und führte sie – ich widerstand nur wenig – zu dem größten Meisterstücke der Natur.

Ich wehrte mich kaum; ich mußte wenigstens fühlen, was ich nicht umspannen konnte; eine Säule von weißestem Elfenbein, durchzogen von ganz feinen blauen Adern, das rote Haupt jetzt vollständig unbedeckt; kein Horn kann steiler und härter sein und doch kein Samt dem Gefühle sanfter und weicher. Nun führte er meine Hand tiefer hinunter, dahin, wo die Natur ihren Vorrat für unser Vergnügen aufbewahrt und so geschickt befestigt und am Baume aufgehängt hat, daß man den schier einen Beutelträger nennen könnte. Hier nun ließ mich Charlie durch ihre weiche Hülle ein Paar rundliche Früchte fühlen, die darin schweben und jedem, auch den sanftesten Druck zu entweichen scheinen.

Diese Berührung meiner weichen, warmen Hand hatte in jenen empfindsamen Teilen einen erneuten Aufstand erregt, und ohne weitere Vorrede, meine bequeme Lage nützend, stürmte Charlie von neuem dort, wo ich mit Ungeduld darauf wartete. Sofort fühlte ich das Starre eindringen, die Lippen waren geöffnet; die Enge bereitete mir nicht mehr diese unerträglichen Schmerzen, und mein Liebhaber empfand nicht mehr Schwierigkeiten als zur Erhöhung seines Vergnügens dienlich waren; die umschließende Umarmung meiner zarten warmen Hülle legte sich anpassend um den Pfahl, der jetzt ganz in mich gedrungen war und mich fast vor Lust um den Atem brachte; die tötenden Stöße, die Küsse, die fiebernde Lust – das konnte die Natur nicht lange aushalten; die gereizten und erhitzten Gefäße kochten bald über und strömten Feuer aus ... So verging der Vormittag, und Frühstück und Mittagessen wurden eins ...

Heinrich Heine
Florentinische Nächte

[. . .] Ich will mit dieser Bemerkung nichts Böses gemeint haben, bei Leibe nichts Böses in Betreff der französischen Frauen, und am allerwenigsten in Betreff der Pariserinnen. Bin ich doch der größte Verehrer Derselben, und ich verehre sie ihrer Fehler wegen noch weit mehr als wegen ihrer Tugenden. Ich kenne nichts Treffenderes, als die Legende, daß die Pariserinnen mit allen möglichen Fehlern zur Welt kommen, daß aber eine holde Fee sich ihrer erbarmt und jedem ihrer Fehler einen Zauber verleiht, wodurch er sogar als ein neuer Liebreiz wirkt. Diese holde Fee ist die Grazie. Sind die Pariserinnen schön? Wer kann Das wissen! Wer kann alle Intriguen der Toilette durchschauen, wer kann entziffern, ob Das echt ist, was der Tüll verrät, oder ob Das falsch ist, was das bauschige Seidenzeug vorprahlt! Und ist es dem Auge gelungen, durch die Schale zu dringen, und sind wir eben im Begriff, den Kern zu erforschen, dann hüllt er sich gleich in eine neue Schale, und nachher wieder in eine neue, und durch diesen unaufhörlichen Modewechsel spotten sie des männlichen Scharfblicks. Sind ihre Gesichter schön? Auch Dieses wäre schwierig zu ermitteln. Denn alle ihre Gesichtszüge sind in beständiger Bewegung, jede Pariserin hat tausend Gesichter, eins lachender, geistreicher, holdseliger als das andere, und setzt Denjenigen in Verlegenheit, der darunter das schönste Gesicht auswählen oder gar das wahre Gesicht erraten will. Sind ihre Augen groß? Was weiß ich! Wir untersuchen nicht lange das Kaliber der Kanone, wenn ihre Kugel uns den Kopf entführt. Und wen sie nicht treffen, diese Augen, den blenden sie wenigstens durch ihr Feuer, und er ist froh genug, sich in sicherer Schußweite zu halten. Ist der Raum zwischen Nase und Mund bei ihnen breit oder schmal? Manchmal ist er breit, wenn sie die Nase rümpfen; manchmal ist er schmal, wenn ihre Oberlippe sich übermütig bäumt. Ist ihr Mund groß oder klein? Wer kann wissen, wo der Mund aufhört und das Lächeln beginnt? Damit ein richtiges Urtheil gefällt werde, muß der Beurteilende und der Gegenstand der Beurteilung sich im Zustande der Ruhe befinden. Aber wer kann ruhig bei einer Pariserin sein und welche Pariserin ist jemals ruhig? Es gibt Leute, welche glauben, sie könnten den Schmetterling ganz genau betrachten, wenn sie ihn mit einer Nadel aufs Papier festgestochen haben. Das ist ebenso töricht wie grausam. Der angeheftete, ruhige Schmetterling ist kein Schmetterling mehr. Den Schmetterling muß man betrachten, wenn er um die Blume gaukelt. . . . und die Pariserin muß man betrachten, nicht in ihrer Häuslichkeit, wo sie mit der Nadel in der

Brust befestigt ist, sondern im Salon, bei Soireen und Bällen, wenn sie mit den gestickten Gaze- und Seidenflügeln dahinflattert unter den blitzenden Krystallkronen der Freude! Dann offenbart sich bei ihnen eine hastige Lebenssucht, eine Begier nach süßer Betäubung, ein Lechzen nach Trunkenheit, wodurch sie fast grauenhaft verschönert werden und einen Reiz gewinnen, der unsere Seele zugleich entzückt und erschüttert.

Dieser Durst, das Leben zu genießen, als wenn in der nächsten Stunde der Tod sie schon abriefe von der sprudelnden Quelle des Genusses, oder als wenn diese Quelle in der nächsten Stunde schon versiegt sein würde, diese Hast, diese Wut, dieser Wahnsinn der Pariserinnen, wie er sich besonders auf den Bällen zeigt, mahnt mich immer an die Sage von den toten Tänzerinnen, die man bei uns die Willis nennt. Diese sind nämlich junge Bräute, die vor dem Hochzeitstage gestorben sind, aber die unbefriedigte Tanzlust so gewaltig im Herzen bewahrt haben, daß sie nächtlich aus ihren Gräbern hervorsteigen, sich scharenweise an den Landstraßen versammeln, und sich dort während der Mitternachtsstunde den wildesten Tänzen überlassen. Geschmückt mit ihren Hochzeitskleidern, Blumenkränze auf den Häuptern, funkelnde Ringe an den bleichen Händen, schauerlich lachend, unwiderstehlich schön, tanzen die Willis im Mondschein, und sie tanzen immer um so tobsüchtiger und ungestümer, je mehr sie fühlen, daß die vergönnte Tanzstunde zu Ende rinnt, und sie wieder hinabsteigen müssen in die Eiskälte des Grabes.[. . .]

Giacomo Casanova

Nannetta und Martina

[...] Die Mädchen legten schnell drei Gedecke auf, brachten unter Gelächter Brot, Parmesankäse und Wasser, und dann machten wir uns an die Arbeit. Der Cypernwein, an den sie nicht gewöhnt waren, stieg ihnen zu Kopfe, und sie gerieten in eine köstliche Heiterkeit. Wenn ich sie ansah, nahm es mich selbst wunder, daß ich sie früher nicht nach Verdienst gewürdigt hatte.

Unser kleines Abendessen war entzückend, ich saß zwischen den beiden, nahm ihre Hände, führte sie an meine Lippen, fragte, ob sie meine wahren Freundinnen seien und ob sie die unwürdige Art, wie mich Angela behandelte, billigten. Beide antworteten, sie hätten über mein Mißgeschick Tränen vergossen.

„Erlauben Sie also, daß ich für Sie die Zärtlichkeit eines Bruders habe, und erwidern Sie, als ob Sie meine Schwestern wären, meine Gefühle. Geben wir uns in aller Herzensunschuld einen Beweis davon und schwören wir uns ewige Treue."

Der erste Kuß, den ich ihnen gab, kam nicht aus Verliebtheit noch aus dem Begehren, sie zu verführen, und wie mir die beiden einige Tage später versicherten, erwiderten sie meine Küsse nur, um mich zu überzeugen, daß sie meine ehrbaren geschwisterlichen Gefühle teilten. Aber bald wurden diese unschuldigen Küsse feurig und entzündeten in uns einen Brand, über den wir uns selbst verwunderten. Wir hielten auch bald inne und sahen uns mit ernstem Erstaunen an. Dann standen beide Mädchen ohne Ziererei auf und ließen mich mit meinen Gedanken allein.

Es war erstaunlich, daß diese Küsse in mir ein Feuer entzündet hatten, das nun in meinen Adern wild kreiste und mich in diese beiden reizenden Geschöpfe plötzlich sterblich verliebt machte. Sie waren beide hübscher als Angela, und dazu war Nannetta ihr an Geist und Martina an Sanftmut und Ungezwungenheit unendlich überlegen. Ich wunderte mich selbst, daß ich diese Vorzüge nicht früher erkannt hatte; aber da diese Fräulein adlig und sehr ehrsam waren, so durfte der Zufall, der sie in meine Hände gegeben hatte, ihnen nicht zum Verhängnis werden. Ich war nicht so eingebildet zu glauben, daß sie mich liebten, aber ich konnte doch annehmen, daß meine Küsse ebenso auf sie wirkten wie die ihrigen auf mich. Aus diesen Gedanken ergab sich für mich eines deutlich: hätte ich Listen und Künste angewandt, deren Wirkung sie nicht ermessen konnten, es wäre mir leicht gewesen, ihnen im Laufe einer langen, gemeinsamen Nacht Zugeständnisse, die für sie entscheidende Folgen haben konnten, abzugewinnen. Dieser Gedanke war mir entsetzlich, und ich legte mir selbst das strenge Gesetz auf, sie zu schonen, wobei ich nicht daran zweifelte, daß ich die Kraft finden würde, dies Gebot auch zu befolgen.

Sobald sie wieder erschienen, sah ich auf ihren Zügen den Ausdruck der Sicherheit und Zufriedenheit, und so setzte auch ich eine harmlose Miene auf und nahm mir vor, mich nicht mehr dem Feuer ihrer Küsse auszusetzen.

Eine Stunde lang sprachen wir von Angela, ich erklärte ihnen, daß ich beschlossen hätte, sie nicht mehr zu sehen, da ich überzeugt sei, daß sie mich nicht liebte. „Sie liebt sie", sagte mir die naive Martina, „ich weiß es sicher, aber wenn Sie nicht daran denken, sie zu heiraten, so tun Sie gut, ganz mit ihr zu brechen. Sie ist entschlossen, Ihnen, so lange Sie nur ihr Liebhaber sein wollen, nicht einmal einen einzigen Kuß zu gewähren. Sie müssen sich also entscheiden, entweder verlassen Sie sie, oder machen Sie sich darauf gefaßt, sie in keiner Weise gefällig zu finden."

„Sie sind ja weise wie ein Engel. Aber woher wissen Sie es so sicher, daß sie mich liebt?"

„Ich weiß es. Da wir nun einmal Geschwister-Freundschaft geschlossen haben, so kann ich Ihnen auch sagen, woher ich es weiß. Wenn Angela bei uns schläft, küßt sie mich zärtlich und nennt mich ihren lieben Abbate." Bei diesen Worten mußte Nannetta lauf auflachen und legte der Schwester die Hand auf den Mund. Mich aber brachte die neue Äußerung in solche Aufregung, daß ich mich nur mit Mühe beherrschen konnte.

Martina sagte zu Nannetta, ein Mann, der so klug wie ich sei, müßte doch wissen, wie es die jungen Mädchen, die zusammen schlafen, treiben.

„Ei gewiß", beeilte ich mich zu beteuern, „wer wüßte nicht von diesen Spielereien. Ich kann nicht annehmen, liebe Nannetta, daß Sie das freundschaftliche Bekenntnis Ihrer Schwester indiskret finden."

„Gesagt ist gesagt. Aber von solchen Dingen soll man nicht sprechen. Wenn Angela es wüßte! . . ."

„Sie wäre verzweifelt, aber Martina werde ich mein Leben lang für diesen Freundschaftsbeweis dankbar sein. Und außerdem, jetzt ist es ja doch mit Angela zu Ende, ich will nichts mehr von ihr wissen und nicht mehr mit ihr sprechen. Sie ist falsch und will nur mein Unglück." – „Aber wenn sie Sie liebt, verlangt sie doch mit Recht, daß Sie sie heiraten."

„Allerdings, aber dabei denkt sie nur an sich selbst, sie weiß doch, daß ich leide. Wenn sie mich um meinetwillen liebte, würde sie sich anders benehmen. Einstweilen versorgte sie ihre Phantasie mit den nötigen Mitteln, um ihre Gelüste mit unserer reizenden Martina zu befriedigen, die ihr zuliebe den Gatten spielt." Bei diesen Worten mußte Nannetta noch mehr lachen, aber ich bewahrte meinen Ernst und fuhr fort, zu ihrer Schwester in demselben Tone zu reden und sie für ihre Aufrichtigkeit zu loben. Schließlich meinte ich, dann müßte Angela von rechtswegen doch auch der Martina als Gatte dienen.

„Nein," erwiderte Martina lachend, „Gatte ist Angela nur der Nannetta", und Nannetta mußte dies zugeben. „Aber", fragte ich weiter, „wie nennt dann Nannetta im seligen Augenblick ihren Gatten?"

„Das weiß niemand."

„Sie lieben also jemanden, Nannetta?"

„Allerdings, aber niemand wird mein Geheimnis erfahren."

Diese Zurückhaltung brachte mich darauf, daß ich selbst bei diesem Geheimnis im Spiele sein könnte und daß Nannetta die Nebenbuhlerin Angelas wäre. Bei einer so reizvollen Unterhaltung verlor ich nach und nach die Lust, die Nacht mit diesen entzückenden, für die Liebe geschaffenen Mädchen untätig zu verbringen. „Wie glücklich ich bin," sagte ich zu ihnen, „daß ich für Sie beide nur Freundesgefühle hege, sonst würde es mir recht schwerfallen, die Nacht mit Ihnen zu verbringen, ohne in Versuchung zu geraten, Ihnen Beweise meiner Zärtlichkeit zu geben und von Ihnen zu empfangen. Denn Sie sind eine wie die andere hinreißend hübsch und dazu geschaffen, einem Manne, dem Sie erlauben würden, Sie gründlich kennenzulernen, den Kopf zu verdrehen."

So sprach ich noch ein Weilchen weiter und stellte mich dabei schläfrig.

Das bemerkte Nannetta zuerst und sagte:

„Machen Sie keine Umstände, legen Sie sich zu Bett, wir gehen ins andere Zimmer und schlafen auf dem Kanapee."

„Es wäre recht erbärmlich von mir, wenn ich das zuließe", sagte ich. „Wir wollen weiterplaudern, dabei wird mir die Müdigkeit schon vergehen. Es tut mir nur für Sie leid. Legen Sie sich hier zu Bett, und ich, meine reizenden Freundinnen, werde in das andere Zimmer gehen. Wenn Sie Furcht vor mir haben, so schließen Sie sich ein, aber es wäre unrecht von Ihnen, denn ich liebe Sie nur wie ein Bruder liebt."

„Das werden wir auf keinen Fall tun", sagte Nannetta.

„Aber geben Sie nach und schlafen Sie hier."

„Angezogen kann ich nicht schlafen."

„So ziehen Sie sich aus, wir schauen nicht hin."

„Davor fürchte ich mich nicht, aber ich könnte niemals einschlafen, wenn ich wüßte, daß Sie um meinetwillen wach blieben."

„Wir legen uns auch schlafen", sagte Martina, „aber wir ziehen uns nicht aus."

„Das wäre ein Mißtrauen, das meine Redlichkeit beleidigt. Sie halten mich doch für einen ehrenhaften Menschen, Nannetta?"

„Aber gewiß.“

„Nun gut, aber Sie müssen mir das auch beweisen. Legen Sie sich also beide entkleidet neben mich, und vertrauen Sie auf mein Ehrenwort, das ich Ihnen gebe: ich werde Sie nicht berühren. Außerdem sind Sie zwei gegen einen, was können Sie da befürchten? Sie können doch jederzeit aus dem Bett steigen, wenn ich mich nicht mehr artig benehmen sollte. Kurz, wenn Sie mir nicht dies Vertrauen schenken wollen, wenigstens, sobald Sie sehen, daß ich eingeschlafen bin, so lege ich mich erst gar nicht hin.“

Ich hörte auf zu sprechen und tat, als ob der Schlaf mich übermannte. Die beiden flüsterten einen Augenblick miteinander, dann sagte Martina zu mir, ich sollte mich nur ins Bett legen, sie würden mir folgen, sobald sie sähen, daß ich eingeschlafen sei. Nannetta gab die gleiche Zusage, ich kehrte ihnen also den Rücken, zog mich aus, wünschte ihnen gute Nacht und legte mich ins Bett. Kaum lag ich zu Bett, so tat ich, als ob ich schliefe, bald aber schlief ich wirklich ein und wachte erst wieder auf, als sie sich zu mir legten. Ich drehte mich auf die andere Seite, als ob ich weiterschlafen wollte, dann verhielt ich mich ganz ruhig, bis ich annehmen konnte, daß sie eingeschlafen wären. Und wenn sie es selbst nicht waren, so konnten sie

sich leicht so stellen. Sie hatten mir den Rücken zugekehrt, und das Licht war ausgelöscht. Nun fing ich auf gut Glück an und richtete meine ersten Huldigungen an die, die rechts von mir lag, ohne zu wissen, ob es Nannetta oder Martina war. Ich fand sie zusammengekauert und in das letzte Kleidungsstück eingehüllt, das sie anbehalten hatte. Ganz behutsam und mit Schonung ihrer Schamhaftigkeit brachte ich sie nach und nach dahin, daß sie sich besiegt erklären und einsehen mußte, daß es das beste für sie sei, sich weiter schlafend zu stellen und mich gewähren zu lassen. Bald war auch die Natur in ihr im Einklang mit meinen Bemühungen, und ich kam zum Ziele, und meine Anstrengungen wurden vom vollen Erfolg gekrönt und ließen mir keine Zweifel darüber, daß ich die Erstlinge gepflückt hatte, auf die wir aus Vorurteil so viel Wert zu legen pflegen. Entzückt, einen Genuß ausgekostet zu haben, den ich zum erstenmal so vollständig genoß, verlasse ich sanft meine Schöne, um der anderen einen neuen Tribut meiner Leidenschaft darzubringen. Ich finde sie unbeweglich auf dem Rücken liegend, und sie scheint tief und ruhig zu schlafen. Vorsichtig näherte ich mich, als ob ich fürchten müßte, sie aufzuwecken, und fing damit an, ihren Sinnen zu schmeicheln, indem ich mich überzeugte, daß sie noch ebensolche Novize war wie ihre Schwester. Sobald ich an ihrer unwillkürlichen Bewegung merkte, daß die Liebe die Opfergabe annehme, machte ich mir zur Pflicht, das Opfer darzubringen. Nun gab sie plötzlich dem Drang ihres Gefühls nach, und als wäre sie ihrer angenommenen Verstellung überdrüssig, schloß sie mich im Augenblick der Krise fest in ihre Arme, überhäufte mich mit Küssen, erwiderte Ekstase mit Ekstase, und die Liebe verschmolz unsere Seelen in gemeinsamer Wollust.

Daran glaubte ich Nannetta zu erkennen und sagte es ihr.

„Ja, ich bin es," gab sie zu, „und ich erkläre mich wie auch meine Schwester für glücklich, wenn Sie ehrenhaft und beständig sind."

„Bis zu meinem Tode, Ihr Engel, und da alles, was wir getan haben, das Werk der Liebe ist, so soll zwischen uns von Angela nicht mehr die Rede sein."

Dann bat ich sie, aufzustehen und die Kerzen anzuzünden. Alsbald erhob sich Martina voll Zuvorkommenheit und ließ Nannetta und mich beisammen. Als ich nun Nannetta, belebt vom Feuer der Liebe, in meinen Armen sah, während Martina mit einer Kerze in der Hand neben uns stand und ihre Blicke uns der Undankbarkeit zu beschuldigen schienen, daß wir sie mit keinem Worte aufgefordert hatten, sie, die sich doch zuerst meinen Zärtlichkeiten hingegeben und dadurch ihre Schwester zur Nachahmung ermutigt hatte – da fühlte ich mein ganzes Glück.

„Wir wollen aufstehen, liebe Freundinnen," sagte ich, „und uns ewige Freundschaft schwören."

Nun erhoben wir uns und machten einander Abwaschungen, bei denen die Mädchen viel lachen mußten und die unsere Liebesglut erneuerten. Im Kostüm des Goldenen Zeitalters aßen wir, was von unserer Abendmahlzeit übriggeblieben war.

Nachdem wir uns noch tausend Dinge gesagt hatten, die sich nur im trunkenen Tone der Liebe wiedergeben ließen, legten wir uns nochmals hin, und dann verging die köstlichste der Nächte unter gegenseitigen Bezeugungen unserer Leidenschaft. Nannetta erhielt den letzten Beweis meiner Zärtlichkeit, denn da Signora Orio schon zur Messe gegangen war, mußte ich meinen Aufbruch beschleunigen. Dabei versicherte ich beide, daß sie in meinem Herzen jedes Gefühl für Angela ausgelöscht hätten.

Zu Hause legte ich mich gleich nieder und schlief bis zum Mittagessen den süßesten Schlaf.

Dona Ignazia und die beiden Cousinen

[...] Die jüngere der beiden Cousinen war häßlich, sah aber unverkennbar wie ein Weib aus; die ältere dagegen, die auffällig häßlich war, sah aus wie ein Mann in Weiberkleidern. Dieser Gegensatz machte mir Spaß, denn Dona Ignazia war eine vollkommene Schönheit und im höchsten Grade verführerisch, sobald sie ihre fromme Miene ablegte.

Ich sorgte dafür, daß alles Notwendige in der kleinen Kammer neben meinem Zimmer vorhanden war, ohne daß mein abscheulicher Page etwas davon erfuhr. Am Dienstagmorgen gab ich ihm einen Peso duro und sagte ihm, er könne den letzten Karnevalstag in voller Freiheit feiern; es genüge mir, wenn er am anderen Mittag wieder da sei.

Nachdem ich ein gutes Mittagessen bestellt und dem Kellner des Kaffeehauses gesagt hatte, daß er mich bedienen sollte, schaffte ich mir Marazzani vom Halse, indem ich ihm eine Dublone gab. So hatte ich alle Vorbereitungen getroffen, mit den beiden Cousinen und der schönen Ignazia, die an diesem Tage meine Frau werden sollte, ein fröhliches Fest zu feiern. Die Partie war neu in ihrer Art: drei Betschwestern, davon zwei ekelhaft häßlich, die dritte höchst appetitlich, schon in meine Absicht eingeweiht und halb gezähmt. Wahrscheinlich ahnte sie, was ihrer als Nachtisch wartete.

Sie kamen um zwölf Uhr, und um ein Uhr setzten wir uns zu Tisch, nachdem ich ihnen die ganze Stunde lang weise, moralische und salbungsvolle Reden gehalten hatte. Ich hatte mich mit ausgezeichnetem Manchaner Wein versehen, der sehr angenehm zu trinken ist, aber die hinterlistige Stärke des Ungarweins besitzt. Die jungen Mädchen waren nicht daran gewöhnt, zwei Stunden lang bei Tisch zu sitzen, gute Speisen zu essen, so viel sie Lust hatten, und sich an feinen Weinen zu laben; sie waren nicht gerade betrunken, aber sie glühten und waren von einer Lustigkeit beseelt, deren Reiz sie bis dahin nicht gekannt hatten.

Ich sagte der älteren, die etwa fünfundzwanzig Jahre alt sein mochte, ich würde sie als Mann anziehen.

Entsetzen malte sich auf allen ihren Zügen. Ich war darauf gefaßt gewesen; aber Dona Ignazia sagte ihr, sie sei doch recht glücklich, daß sie das Vergnügen haben könne, und ihre Schwester sagte, das könne doch keine Sünde sein.

„Wenn es eine Sünde wäre," sagte ich zu ihr, „glauben Sie, daß ich Ihrer tugendhaften Schwester einen solchen Vorschlag machen würde?"

Dona Ignazia, die die Heiligengeschichte auswendig wußte, bestärkte meine Versicherung, indem sie sagte, die glorreiche Heilige Marina habe ihr ganzes Leben in Männerkleidung zugebracht; bei dieser gelehrten Bemerkung streckte die große Cousine dann endlich die Waffen.

Ich pries nun in pomphaften Worten ihren Geist und reizte sie dadurch, mich zu überzeugen, daß ich mich nicht täuschte.

„Kommen Sie mit mir," sagte ich zu ihr, „und Sie, meine Damen, warten Sie hier! Ich möchte mich an Ihrer Überraschung weiden, wenn Sie sie als Mann erscheinen sehen."

Die häßliche Cousine bezwang sich und folgte mir. Ich breitete die ganze Ausrüstung eines Mannes vor ihr aus, ließ sie ihre Strümpfe ausziehen und dafür weiße Strümpfe und Schuhe anziehen, von denen ich mehrere Paare besorgt hatte. Indem ich mich vor sie hinsetzte, sagte ich ihr, sie würde eine Todsünde begehen, wenn sie mir unanständige Absichten zutraute; denn da ich ihr Vater sein könnte, wäre es unmöglich, daß ich solche Absichten hätte. Sie antwortete mir, sie sei eine gute Christin, aber nicht dumm. Ich band ihr die Strumpfbänder zu und sagte ihr, ich würde niemals geglaubt haben, daß sie ein so schönes Bein und eine so schöne Haut hätte; sie lächelte vor Eitelkeit sehr befriedigt.

Obgleich ich ihre sehr schönen Schenkel sah, errötete sie doch nicht. Ich gab ihr eine von meinen Hosen, die ihr sehr gut paßte, obgleich ich fünf Zoll größer war als sei; aber bei den Frauen ersetzt der hintere Vorsprung in der Breite, was wir in der Länge mehr haben als sie. Ich hatte mich abgewandt, damit sie die Hose ungestört anziehen könne; hierauf gab ich ihr ein Spitzenhemd, und sie sagte mir, sie sei fertig, bevor sie es am Halse zugeknöpft hatte. Dies übernahm ich natürlich, und es kam mir vor, wie wenn sie mich aus Koketterie zu früh gerufen hätte; denn ihr Busen war pracht-

voll, und sie tat durchaus nichts, um mich zu verhindern, ihn zu sehen, als ich ihr die Knöpfe am Halse zumachte, ja, ich weiß nicht, ob sie sich nicht ärgerte, daß ich ihr kein Kompliment darüber machte. Als sie mit ihrem Anzug fertig war, sah ich sie von den Füßen bis zum Kopf an und lobte sie sehr. Ich sagte ihr, nur an einem einzigen Ort könne ein Kenner merken, daß sie ein Weib sei.

„Das tut mir recht leid."

„Gestatten Sie mir, Ihr Hemd an diesem Ort zurechtzumachen?"

„Ich bitte Sie darum; denn ich habe mich noch niemals als Mann angezogen."

Ich machte die vorderen Knöpfe wieder auf und ordnete die Spitzen des Hemdes, nicht ohne mir dabei die Freiheiten zu erlauben, die die Lage zuließ. Aber ich machte das so ernst, daß die große Cousine, obwohl sie vor Wollust zitterte, das alles für unumgänglich notwendig halten mußte.

Nachdem ich ihr ihren Domino angezogen und die Maske vorgebunden hatte, stellte ich sie vor, und ihre Schwester und Dona Ignazia machten ihr Komplimente und sagten ihr, die größten Kenner müßten sie für einen Mann halten.

„Nun zu Ihnen", sagte ich zur jüngeren.

„Geh nur", sagte die ältere zu ihr; „Don Jaime ist der anständigste Mann in ganz Spanien."

Ich hatte bei der jüngeren nicht viel zu machen, denn ich brauchte ihr nur den Domino anzuziehen. Da ich aber ihre Cousine recht lange bei mir behalten wollte, veranlaßte ich sie, schöne weiße Strümpfe anzuziehen, ein anderes Halstuch zu nehmen und tausend andere kleine Änderungen zu machen. Als sie fertig war, stellte ich sie den beiden anderen vor; Dona Ignazia bemerkte, daß sie andere Strümpfe und ein anderes Busentuch trug und fragte sie, ob ich mich ebensogut darauf verstände, einer Frau bei ihrer Toilette zu helfen, wie eine Frau in einen Mann umzukleiden.

„Das weiß ich nicht," antwortete die Cousine ihr; „denn ich habe seiner nicht bedurft, sondern alles selber gemacht."

Nun kam Don Diegos Tochter an die Reihe. Sobald sie in der Kammer war, machte ich mit ihr, was ich wollte, und sie gab sich mir mit jener Miene hin, die zu sagen scheint: „Ich ergebe mich dir, weil ich nicht länger widerstehen kann." Da ich ihre Ehre schonen wollte, so hielt ich zu rechter Zeit ein; das zweitemal aber hielt ich sie länger als eine halbe Stunde in meinen Armen, bis sie vor Wollust ganz erschöpft war. Sie war zur Liebe geboren, und die Natur hatte sie mit einem Temperament begabt, das den kräftigsten Angriffen zu widerstehen vermochte. Als der Anstand uns zwang, endlich wieder hineinzugehen, sagte sie zu ihren Cousinen: „Ich dachte, wir würden gar nicht fertig werden; aber ich mußte beinahe den ganzen Domino auftrennen und wieder zusammennähen."

Ich bewunderte ihre Geistesgegenwart.

Als es Abend wurde, fuhren wir nach dem Ballhaus, wo für diesen Tag der Graf von Akanda den Fandango nach Belieben erlaubt hatte; die Menschenmenge war jedoch so groß, daß es unmöglich war, ihn zu tanzen. Um zehn Uhr speisten wir zu Abend; hierauf gingen wir im Saal auf und ab, bis mit einem Schlage die beiden Orchester schwiegen. Es war Mitternacht, und die heilige Fastenzeit begann; der Karneval war aus.

Friedrich Schlegel
Lucinde

[...] An wen sollte also wohl die Rhetorik der Liebe ihre Apologie der Natur und der Unschuld richten als an alle Frauen, in deren zarten Herzen das heilige Feuer der göttlichen Wollust tief verschlossen ruht und nie ganz verlöschen kann, wenn es auch noch so sehr verwahrlost und verunreinigt wird? Nächstdem freilich auch an die Jünglinge, und an die Männer, die noch Jünglinge geblieben sind. Bei diesen ist aber schon ein großer Unterschied zu machen. Man könnte alle Jünglinge einteilen in solche, die das haben, was Diderot die Empfindung des Fleisches nennt, und in solche, die es nicht haben. Eine seltne Gabe! Viele Maler von Talent und Einsicht streben ihr ganzes Leben umsonst danach, und viele Virtuosen der Männlichkeit vollenden ihre Laufbahn, ohne eine Ahnung davon gehabt zu haben. Auf dem gemeinen Wege kommt man nicht dahin. Ein Libertin mag verstehen, mit einer Art von Geschmack den Gürtel zu lösen. Aber jenen höheren Kunstsinn der Wollust, durch den die männliche Kraft erst zur Schönheit gebildet wird, lehrt nur die Liebe allein den Jüngling. Es ist Elektrizität des Gefühls, dabei aber im Innern ein stilles leises Lauschen, im Äußeren eine gewisse klare Durchsichtigkeit wie in den hellen Stellen der Malerei, die ein reizbares Auge so deutlich fühlt. Es ist eine wunderbare Mischung und Harmonie aller Sinne: so gibt es auch in der Musik ganz kunstlose, reine, tiefe Akzente, die das Ohr nicht zu hören, sondern wirklich zu trinken scheint, wenn das Gemüt nach Liebe durstet. Übrigens aber möchte sich die Empfindung des Fleisches nicht weiter definieren lassen. Das ist auch unnötig. Genug ist für Jünglinge der erste Grad der Liebeskunst und eine angeborne Gabe der Frauen, durch deren Gunst und Huld allein sie jenen mitgeteilt und angebildet werden kann. Mit den Unglücklichen, die sie nicht kennen, muß man nicht von Liebe reden: denn von Natur ist in dem Manne zwar ein Bedürfnis, aber kein Vorgefühl derselben. Der zweite Grad hat schon etwas Mystisches und könnte leicht vernunftwidrig scheinen wie jedes Ideal. Ein Mann, der das innere Verlangen seiner Geliebten nicht ganz füllen und befriedigen kann, versteht es gar nicht, zu sein, was er doch ist und sein soll. Er ist eigentlich unvermögend und kann keine gültige Ehe schließen. Zwar verschwindet auch die höchste endliche Größe vor dem Unendlichen, und durch bloße Kraft läßt sich also das Problem auch bei dem besten Willen nicht auflösen. Aber wer Phantasie hat, kann auch Phantasie mitteilen, und wo die ist, entbehren die Liebenden gern, um zu verschwenden; ihr Weg geht nach innen, ihr Ziel ist intensive Unendlichkeit, Unzertrennlichkeit ohne Zahl und Maß; und eigentlich brauchen sie nie zu entbehren, weil jener Zauber alles zu ersetzen vermag. Aber still von diesen Geheimnissen! Der dritte und höchste Grad ist das bleibende Gefühl von harmonischer Wärme. Welcher Jüngling das hat, der liebt nicht mehr bloß wie ein Mann, sondern zugleich auch wie ein Weib. In ihm ist die Menschheit vollendet, und er hat den Gipfel des Lebens erstiegen. Denn gewiß ist es, daß Männer von Natur bloß heiß oder kalt sind: zur Wärme müssen sie erst gebildet werden. Aber die Frauen sind von Natur sinnlich und geistig warm und haben Sinn für Wärme jeder Art.

Wenn dieses tolle kleine Buch einmal gefunden, vielleicht gedruckt und gar gelesen wird, so muß es auf alle glücklichen Jünglinge ungefähr den gleichen Eindruck machen. Nur verschieden nach den verschiedenen Stufen ihrer Ausbildung. Denen vom ersten Grad wird es die Empfindung des Fleisches erregen; die vom zweiten kann es ganz befriedigen; und denen vom dritten soll bloß warm dabei werden.

Ganz anders würde es mit den Frauen sein. Unter ihnen gibt es keine Ungeweihten; denn jede hat die Liebe schon ganz in sich, von deren unerschöpflichem Wesen wir Jünglinge nur immer ein wenig mehr lernen und begreifen. Schon entfaltet oder noch im Keime, das ist gleich viel. Auch das Mädchen weiß in ihrer naiven Unwissenheit doch schon alles, noch ehe der Blitz der Liebe in ihrem zarten Schoß gezündet und die verschloßne Knospe zum vollen Blumenkelch der Lust entfaltet hat. Und wenn eine Knospe Gefühl hätte, würde nicht das Vorgefühl der Blume deutlicher in ihr sein als das Bewußtsein ihrer selbst? –

Darum gibt es in der weiblichen Liebe keine Grade und Stufen der Bildung, überhaupt nichts Allgemeines; sondern so viel Individuen, so viel eigentümliche Arten. Kein Linné kann uns alle diese schönen Gewächse und Pflanzen im großen Garten des Lebens klassifizieren und verderben; und nur der eingeweihte Liebling der Götter versteht ihre wunderbare Botanik; die göttliche Kunst, ihre verhüllten Kräfte und Schönheiten zu erraten und zu erkennen, wann die Zeit ihrer Blüte sei und welches Erdreichs sie bedürfen. Da wo der Anfang der Welt oder doch der Anfang der Menschen ist, da ist auch der eigentliche Mittelpunkt der Originalität, und kein Weiser hat die Weiblichkeit ergründet. Eines zwar scheint die Frauen in zwei große Klassen zu teilen. Das nämlich, ob sie die Sinne achten und ehren, die Natur, sich selbst und die Männlichkeit: oder ob sie diese wahre innere Unschuld verloren haben und jeden Genuß mit Reue erkaufen, bis zur bittern Gefühllosigkeit gegen innere Mißbilligung. Das ist ja die Geschichte so vieler. Erst scheuen sie die Männer, dann werden sie Unwürdigen hingegeben, welche sie bald hassen oder betrügen, bis sie sich selbst und die weibliche Bestimmung verachten. Ihre kleine Erfahrung halten sie für allgemein und alles andre für lächerlich; der enge Kreis von Roheit und Gemeinheit, in dem sie sich beständig drehen, ist für sie die ganze Welt, und es fällt ihnen gar nicht ein, daß es auch noch andre Welten geben könne. Für diese sind die Männer nicht Menschen, sondern bloß Männer, eine eigne Gattung, die fatal, aber doch gegen die Langeweile unentbehrlich ist. Sie selbst sind denn auch eine bloße Sorte, eine wie die andre, ohne Originalität und ohne Liebe.[. . .]

Treue und Scherz

Du bist doch allein, Lucinde? – Ich weiß nicht . . . vielleicht . . . ich glaube. – Bitte, bitte, liebe Lucinde. Weißt du wohl, wenn die kleine Wilhelmine „bitte, bitte!“ sagt und man tut's nicht gleich, so schreit sie's immer lauter und ernsthafter, bis ihr Wille geschieht. – Also das hast du mir sagen wollen, darum stürzest du so außer Atem ins Zimmer und hast mich so erschreckt? – Sei nicht böse, süßes Weib! O laß mich, mein Kind, du Schöne! Mach mir keine Vorwürfe, gutes Mädchen! – Nun, wirst du noch nicht bald sagen: schließ die Tür zu? – So? . . . Gleich will ich dir antworten. Nur erst einen recht langen Kuß, und wieder einen, dann noch einige und viele andre mehr. – Oh, du mußt mich nicht so küssen, wenn ich vernünftig bleiben soll. Das macht böse Gedanken. – Die verdienst du. Kannst du wirklich lachen, meine verdrießliche Dame? Wer hätte das denken sollen! Aber ich weiß wohl, du lachst bloß, weil du mich auslachen kannst. Aus Lust tust du es nicht. Denn wer sah nur eben so ernsthaft aus wie ein römischer Senator? Recht entzückend hättest du aussehen können, liebes Kind, mit deinen heiligen dunklen Augen, mit deinen langen schwarzen Haaren im glänzenden Widerschein der Abendsonne, wenn du nicht dagesessen hättest, als säßest du zu Gericht. Bei Gott, du hast mich so angeblickt, daß ich ordentlich zurückfuhr. Ich hätte bald das Wichtigste vergessen und bin ganz in Konfusion geraten. Aber warum sprichst du denn gar nicht? Bin ich dir zuwider? – Nun, das ist komisch! Du närrischer Julius, wen läßt du zum Reden kommen? Deine Zärtlichkeit fließt heute ja wie ein Platzregen. – Wie dein Gespräch in der Nacht. – Oh, das Halstuch lassen Sie nur, mein Herr. – Lassen? Nichts weniger als das. Was soll so ein elendes, dummes Halstuch? Vorurteile! Aus der Welt muß es. – Wenn uns nur nicht jemand stört! – Sieht sie nicht schon wieder aus, als ob sie weinen wollte! Du bist doch wohl? Warum schlägt dein Herz so unruhig? Komm, laß mich's küssen. Ja, du sagtest vorhin von Türen zuschließen. Gut, aber so nicht, nicht hier. Geschwind herunter durch den Garten,

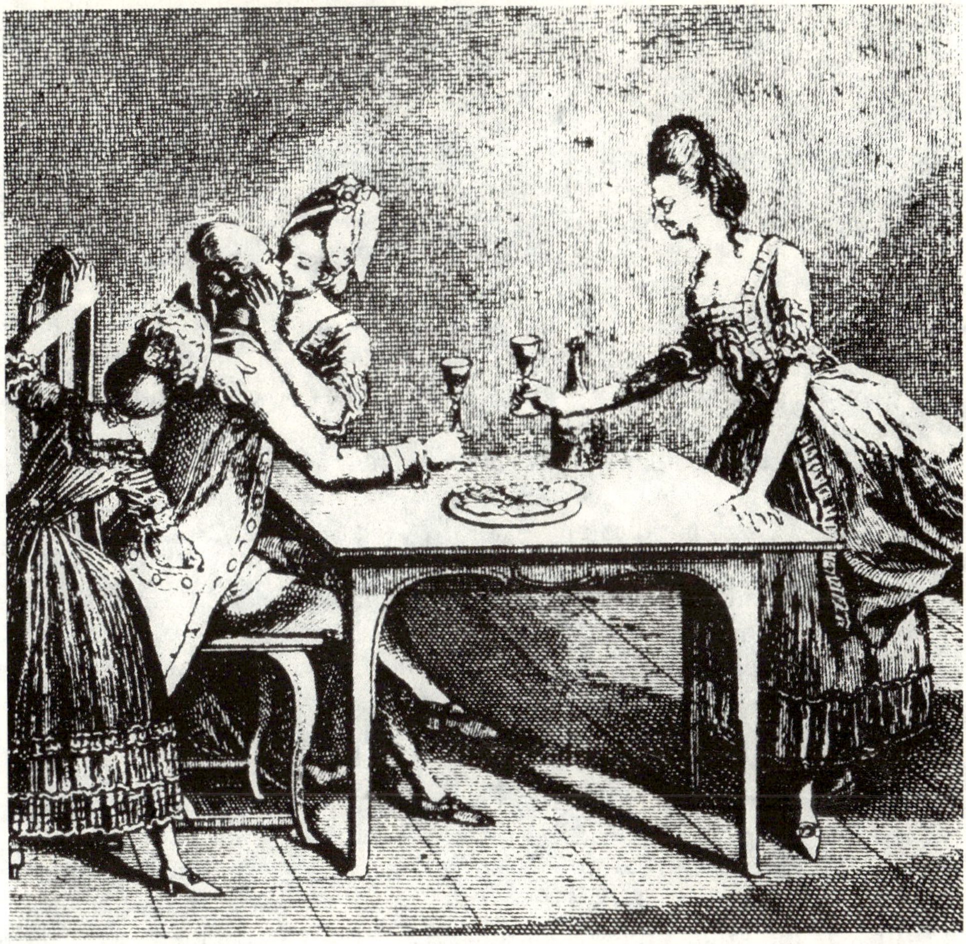

nach dem Pavillon, wo die Blumen stehn. Komm! O laß mich nicht so lange warten. – Wie Sie befehlen, mein Herr! – Ich weiß nicht, du bist heute so sonderbar. – Wenn du anfängst zu moralisieren, lieber Freund, so könnten wir ebensogut wieder zurückgehen. Lieber gebe ich dir noch einen Kuß und laufe voran. – Oh, fliehen Sie nicht so schnell, Lucinde, die Moral wird Sie doch nicht einholen. Du wirst fallen, Liebe! – Ich habe dich nicht länger warten lassen wollen. Nun sind wir ja da. Und du bist auch eilig. – Und du sehr gehorsam. Aber jetzt ist nicht Zeit zu streiten. – Ruhig, ruhig! – Siehst du, hier kannst du weichlich ruhn und wie es recht ist. Nun, wenn du diesmal nicht ... so hast du gar keine Entschuldigung. – Wirst du nicht wenigstens erst den Vorhang niederlassen? – Du hast recht, die Beleuchtung wird so viel reizender. Wie schön glänzt diese weiße

Hüfte in dem roten Schein! ... Warum so kalt, Lucinde? – Lieber, setze die Hyazinthen weiter weg, der Geruch betäubt mich. – Wie fest und selbständig, wie glatt und fein! Das ist harmonische Ausbildung. – O nein, Julius! Laß, ich bitte dich, ich will nicht. – Darf ich nicht fühlen, ob du glühst wie ich? Oh, so laß mich doch die Schläge deines Herzens lauschen, die Lippen in dem Schnee des Busens kühlen! ... Kannst du mich wegdrükken? Ich werde mich rächen. Umarme mich fester, Kuß gegen Kuß; nein, nicht mehrere, einen ew'gen. Nimm meine Seele ganz und gib mir deine! ... O schönes, herrliches Zugleich! Sind wir nicht Kinder? Sprich doch! Wie konntest du nur erst so gleichgültig und kalt sein, und nachher, wie du mich endlich fester an dich zogst, machtest du in demselben Augenblick ein Gesicht, als wenn dir etwas weh täte, als ob es dir leid wäre, daß du meine Glut erwidertest. Was ist dir? Du weinst? Verbirg nicht dein Gesicht! Sieh mich an, Geliebte! – O laß mich hier an dir liegen, ich kann dir nicht in die Augen sehen. Es war schlecht von mir, Julius! Kannst du mir verzeihen, du liebenswürdiger Mann! Wirst du mich nicht verlassen? Kannst du mich noch lieben? – Komm zu mir, mein süßes Weib! Hier an mein Herz. Weißt du noch neulich, wie schön es war, wie du in meinen Armen weintest? Wie leicht dir wurde? Aber sprich nun auch, was ist dir, Liebe? Bist du böse auf mich? – Auf mich bin ich böse. Ich könnte mich schlagen ... Dir freilich wäre ganz recht geschehen; und wenn Sie sich künftig wieder einmal ehemännlich betragen, mein Herr, so werde ich schon besser dafür sorgen, daß Sie mich auch wie eine Ehefrau finden sollen. Darauf kannst du dich verlassen. Ich muß lachen, wie es mich überrascht hat. Aber bilden Sie sich nur nicht ein, mein Herr, daß du so unmenschlich liebenswürdig bist. Diesmal war es eigner Wille, daß ich meinen Vorsatz brach. – Der erste und der letzte Wille ist immer der beste. Dafür, daß die Frauen meistens weniger sagen, als sie meinen, tun sie bisweilen mehr, als sie wollen.[...]

VI

„Denn alle Verliebtheit, wie ätherisch sie sich auch geberden mag, wurzelt allein im Geschlechtstriebe . . .“

Schopenhauer

„Hinfort gab es für mich ein Wort, das mir schön erschien vor anderen Worten, das Wort: Sünde!“

Flaubert

„Sie ist dem Manne nicht ebenbürtig, sondern später geboren, ein Teil von dem Mann und doch vollkommener als er.“

Kierkegaard

„Aber der zerbrechliche Körper, die delikaten Glieder, das entzükkende Gesichtchen, das stolze Lächeln, blutrünstig und von geheimen Begierden zeugend; der verschleierte Busen. Das war sie – das war die schreckliche Wahrheit!“

Strindberg

Arthur Rimbaud

Sonne und Fleisch

I

Der Herd des Lebens und der Zärtlichkeit, die Sonne,
Zur frohen Erde gießt sie aus die Liebeswonne,
Und deutlich fühlt man, wenn man überm Tage ruht,
Daß mannbar ist die Erde, überreich an Blut,
Daß ihre Glieder, prall von einer Seele Wehen,
Wie Gott aus Liebe, wie das Weib aus Fleisch bestehen
Und daß, von Strahlen und von Saft geschwellt, ihr Schoß
Umschließt das Wimmelheer all-aller Embryos!

Und alles wächst und steigt!
— O Venus, Göttin, Schöne!
Ich traure um die Zeit, da jung die Erdensöhne,
Da der Satyr, der Faun mit seinem Tiergebiß
Vor Liebe schier den Bast ab von den Zweigen riß
Und Nymphenblond umfing in Wasserrosenzelten!
Ich traure um die Zeit, da noch der Saft der Welten,
Flußwasser, Rosenblut, das sich im Baume regt,
Ein Universum in die Adern Pans gelegt,
Von dessen Ziegenfuß der grüne Boden bebte:
Da seine Lippe weich noch die Syrinx belebte
Und unterm Himmel hell den Liebeshymnus blies;
Da noch die atmende Natur ihn hören ließ
Ein Echo seines Rufs ringsum, das nie versiegte;
Da jeder stumme Baum, der Vogellieder wiegte,
Die Erde, die uns wiegt, der blaue Ozean
Und alle Tiere voll von Liebe Gott ansahn!
Ich trauere um Kybele, die, wie sie sagen,
Hoch und gigantisch schön auf einem großen Wagen
Aus Erz durch die von Glanz erfüllten Städte kam,
Sie, deren Doppelbrust vergoß so wundersam
Ins Unermeßliche des Lebens reinen Regen.
Der Mensch, er sog beglückt an ihrer Brüste Segen,
Ein kleines Kind, das still auf ihren Knien ruht'.
— Stark war der Mensch, und war darum auch keusch und gut.

Das Elend! Jetzt sagt er: „Ich kenne alle Sachen“,
Und geht hin, ohne Ohr und Augen aufzumachen.
– Kein Gott mehr! kein Gott mehr! Der Mensch ist König, Gott!
Und doch ist Liebe ihm, der große Glaube, not!
Daß doch der Mensch sich noch an deine Brüste drängte,
O Kybele, die Gott und Menschen Leben schenkte!
Könnt er der ewigen Astarte sich noch weihn,
Die aufgestiegen einst im ungeheuren Schein
Des Meers, Fleischblume, die der Duft des Blaus umträumte,
Der weiß die Woge um den Rosennabel schäumte,
Die singen ließ – Gottheit, schwarzäugig, siegbewußt –
Die Nachtigall im Wald, die Liebe in der Brust!

II

Ich glaube, Göttin-Mutter, glaub an deine Gnade,
Meer-Aphrodite! – Oh! wie bitter sind die Pfade,
Seitdem der andre Gott uns an sein Kreuz geschirrt!
Venus – Fleisch, Marmor, Blut –, ich glaube unbeirrt!
– Ja, traurig, häßlich ist der Mensch jetzt anzusehen,
Und weil er unkeusch ist, muß er in Kleidern gehen;
Schmutzig hat er den Stolz der Götterbrust gemacht
Und – ein Idol im Brand – des Leibs Olympierpracht
Verderbt und schmutzigen Knechtsdiensten hingegeben!
Ja, nach dem Tod, selbst als Geripp, will er noch leben,
Wobei er schmähend auf die erste Schönheit speit!
– Und das Idol, dem du soviel Jungfräulichkeit
Verliehst, das Weib, in dem der Urton göttlich prangte,
Damit das Seelengrau des Mannes Licht erlangte
Und daß im Übermaß der Liebe ihn sein Lauf
Vom Erdenkerker trüg zum schönen Tag hinauf,
Das Weib kann nicht einmal mehr Kurtisane spielen!
– Ein hübscher Spaß! Jetzt grinst die Welt mit geilem Schielen
Beim heilgen Namen Venus, aller Ehrfurcht bar!

III

Käm doch die Zeit zurück, die Zeit, die einmal war!
– Der Mensch hat ausgelernt, kann alle Rollen sprechen.
Am Großen Tage, müd, Idole zu zerbrechen,
Wird er aufleben neu, von jedem Gott befreit,
Und, als ein Himmelssproß, durchspähn die Himmel weit!
Das Ideal, das, nie besiegt, stets ihn umschwebte,
Der Gott, der unterm fleischgewordnen Tone lebte,
Dann steigt er, steigt er, brennt er unter seiner Stirn!
Und siehst du forschend ihn den Horizont durchirrn,
Voll Spott für jedes Joch, befreit von allem Bangen,
Erscheinst du, heilig, ihn erlösend zu umfangen!
– Dem Schoß der Meere wirst du wie der Sonnenball
Strahlend entsteigen und dem ganzen weiten All
Endlose Liebe in endlosem Lächeln bringen!
Die Welt wird dann wie eine Riesenlyar schwingen
In eines schaudernd süßen Kusses Urgewalt!

– Die Welt hat Liebesdurst: du wirst ihn stillen bald.

IV

O Glanz des Fleisches! o du ideales Glänzen!
O Liebesfrühling du, des Frührots Siegbekränzen,
Wenn Eros und Kallipygos, vor deren Fuß
Die Schar der Götter und Heroen knien muß,
Entblättern unterm Weiß schneeiger Rosendecken
Blumen und Fraun, die sie mit leichtem Schritt erst wecken!
– O Ariadne, die am Strande steht und weint,
Da sie auf fernem Meer, auf das die Sonne scheint,
Sieht, wie weit fort bereits des Theseus Segel flogen.
O süße Jungfrau, Kind, das eine Nacht betrogen,
Schweig! Auf dem Goldgefährt, mit Trauben rings um Rand,
Rötet schon Lysios, den her vom Phrygierland
Tiger und Panther ziehn, geil und mit rostgem Felle,
Die düstren Moore und der blauen Ströme Welle.
– Der Zeus-Stier, der den Leib Europas auf sich trägt,
Die, wie ein Kind gewiegt, die weißen Arme schlägt
Um seinen starken Hals, leis fröstelnd vor den Fluten,

Dreht langsam auf sie zu des Auges trübe Gluten.
Ihr rosig blühendes Gesicht wird bleich und sinkt
Hin auf Zeus' Stirn; sie schließt die Augen; sie ertrinkt
In seinem Kuß. Das Meer, sacht murmelnd wie im Traume,
Läßt ihre Locken blühn in seinem goldnen Schaume.
– Durch Lorbeer und Schwätz des Lotus schwimmt heran
Gedankenvoll, verliebt, der große, schöne Schwan,
Der seines Flügels Weiß rund um die Leda breitet,
– und da fremdartig schön Kypris vorüberschreitet,
Die mit erhabnem Schwung die runden Hüften biegt
Und stolz dabei das Gold der breiten Brüste wiegt
Und ihren Bauch von Schnee, den schwarze Moose schmücken,
– Kommt mächtig Herakles, der Zähmer, um den Rücken
Das Löwenfell gehängt, als wär's ein Glorienschein,
Schrecklich und sanft die Stirn, am Horizont herein!

Vom Sommermonde nur undeutlich überschienen,
Schaut die Dryade, nackt, mit golden-bleichen Mienen,
Um die der dunkle Schwall der blauen Haare hängt,
Zum Himmel auf und schweigt wie er, in Traum versenkt ...
– In dunkler Lichtung, wo im Moose Sterne glimmen,
Läßt ihren Schleier weiß und scheu Selene schwimmen
Über Endymions, des schönen Schläfers, Fuß
Und schickt mit blassem Strahl ihm ängstlich einen Kuß ...
– Die Quelle schluchzt von fern in langem, trunknem Harme ...
Die Nymphe ist's, die träumt, auf ihrem Krug die Arme,
Vom schönen Jünglinge, den ihre Well umdrang.
– Ein Liebeslüftchen streicht leis in der Nacht entlang.
Und in dem Graun der Bäume, in dem heilgen Haine,
Stehn voller Majestät die düstren Marmorsteine:
Die Götter, deren Haar ein Gimpelnestchen hält,
– Die Götter, horchend auf den Menschen, auf die Welt!

Arthur Schopenhauer

Metaphysik der Geschlechtsliebe

Denn alle Verliebtheit, wie ätherisch sie sich auch geberden mag, wurzelt allein im Geschlechtstriebe, ja, ist durchaus nur ein näher bestimmter, spezialisierter, wohl gar im strengsten Sinn individualisierter Geschlechtstrieb. Wenn man nun, dieses festhaltend, die wichtige Rolle betrachtet, welche die Geschlechtsliebe in allen ihren Aufgaben und Nuancen, nicht bloß in Schauspielen und Romanen, sondern auch in der wirklichen Welt spielt, wo sie nächst der Liebe zum Leben sich als die stärkste und tätigste aller Triebfedern erweist, die Hälfte der Kräfte und Gedanken des jüngeren Teiles der Menschheit fortwährend in Anspruch nimmt, das letzte Ziel fast jedes menschlichen Bestrebens ist, auf die wichtigsten Angelegenheiten nachteiligen Einfluß erlangt, die ernsthaftesten Beschäftigungen zu jeder Stunde unterbricht, bisweilen selbst die größten Köpfe auf eine Weile in Verwirrung setzt, sich nicht scheut, zwischen die Verhandlungen der Staatsmänner und die Forschungen der Gelehrten, störend, mit ihrem Plunder, einzutreten, ihre Liebesbriefchen und Haarlöckchen sogar in ministerielle Portefeuilles und philosophische Manuskripte einzuschieben versteht, nicht minder täglich die verworrensten und schlimmsten Händel anzettelt, die wertvollsten Verhältnisse auflöst, die festesten Bande zerreißt, bisweilen Leben oder Gesundheit, bisweilen Reichtum, Rang und Glück zu ihrem Opfer nimmt, ja, den sonst Redlichen gewissenlos, den bisher Treuen zum Verräter macht, demnach im ganzen auftritt als ein feindseliger Dämon, der alles zu verkehren, zu verwirren und umzuwerfen bemüht ist; da wird man veranlaßt auszurufen: wozu der Lärm? wozu das Drängen, Toben, die Angst und die Not? Es handelt sich ja bloß darum, daß jeder Hans seine Grete* finde; weshalb sollte eine solche Kleinigkeit eine so wichtige Rolle spielen und unaufhörlich Störung und Verwirrung in das wohlgeregelte Menschenleben bringen? – Aber dem ernsten Forscher enthüllt allmählich der Geist der Wahrheit die Antwort: es ist keine Kleinigkeit, worum es sich hier handelt; vielmehr ist die Wichtigkeit der Sache dem Ernst und Eifer des Treibens vollkommen angemessen. Der Endzweck aller Liebeshändel, sie mögen auf dem Sokkus oder dem Kothurn gespielt werden, ist wirklich wichtiger als alle andern Zwecke im Menschenleben und daher des tiefen Ernstes, womit jeder ihn verfolgt, völlig wert. Das nämlich, was dadurch entschieden wird, ist nichts Gerin-

* Ich habe mich hier nicht eigentlich ausdrücken dürfen: der geneigte Leser hat daher die Phrase in eine aristophanische Sprache zu übersetzen.

geres als die *Zusammensetzung der nächsten Generation.* Die dramatis personae, welche auftreten werden, wann wir abgetreten sind, werden hier, ihrem Dasein und ihrer Beschaffenheit nach, bestimmt, durch diese so frivolen Liebeshändel. Wie das Sein, die *Existentia,* jener künftigen Personen durch unseren Geschlechtstrieb überhaupt, so ist das Wesen, die *Essentia* derselben durch die individuelle Auswahl bei seiner Befriedigung, d. i. die Geschlechtsliebe durchweg bedingt, und wird dadurch, in jeder Rücksicht, unwiderruflich festgestellt. Dies ist der Schlüssel des Problems: wir werden ihn, bei der Anwendung, genauer kennenlernen, wenn wir die Grade der Verliebtheit, von der flüchtigsten Neigung bis zur heftigsten Leidenschaft, durchgehen, wobei wir erkennen werden, daß die Verschiedenheit derselben aus dem Grade der Individualisation der Wahl entspricht.[. . .]

Was im individuellen Bewußtsein sich kundgibt als Geschlechtstrieb überhaupt und ohne die Richtung auf ein bestimmtes Individuum des anderen Geschlechts, das ist an sich selbst und außer der Erscheinung der Wille zum Leben schlechthin. Was aber im Bewußtsein erscheint als auf ein bestimmtes Individuum gerichteter Geschlechtstrieb, das ist an sich selbst der Wille, als ein genau bestimmtes Individuum zu leben. In diesem Falle nun weiß der Geschlechtstrieb, obwohl an sich ein subjektives Bedürfnis, sehr geschickt die Maske einer objektiven Bewunderung anzunehmen und so das Bewußtsein zu täuschen; denn die Natur bedarf dieses Stratagems zu ihren Zwecken. Daß es aber, so objektiv und von erhabenem Anstrich jene Bewunderung auch erscheinen mag, bei jedem Verliebtsein doch allein abgesehen ist auf die Erzeugung eines Individuums von bestimmter Beschaffenheit, wird zunächst dadurch bestätigt, daß nicht etwa die Gegenliebe, sondern der Besitz, d. h. der physische Genuß, das Wesentliche ist. Die Gewißheit jener kann daher über den Mangel dieses keineswegs trösten: vielmehr hat in solcher Lage schon mancher sich erschossen. Hingegen nehmen stark Verliebte, wenn sie keine Gegenliebe finden können, mit dem Besitz, d. i. dem physischen Genuß, vorlieb. Dies belegen alle gezwungenen Heiraten, imgleichen die so oft, ihrer Abneigung zum Trotz, mit großen Geschenken oder sonstigen Opfern erkaufte Gunst eines Weibes, ja auch die Fälle der Notzucht. Daß dieses bestimmte Kind erzeugt werde, ist der wahre, wenngleich den Teilnehmern unbewußte Zweck des ganzen Liebesromans; die Art und Weise, wie er erreicht wird, ist Nebensache. – Wie laut auch hier die hohen und empfindsamen, zumal aber die verliebten Seelen aufschreien mögen über den derben Realismus meiner Ansicht, so sind sie doch im Irrtum. Denn ist nicht die genaue Bestimmung der Individualitäten der nächsten Generation ein viel höherer und würdigerer Zweck als jene ihre überschwänglichen Gefühle und übersinnlichen Seifenblasen? Ja, kann es unter irdischen Zwecken einen wichtigeren und größeren geben? Er allein entspricht der Tiefe, mit welcher die leidenschaftliche Liebe gefühlt wird, dem Ernst, mit welchem sie auftritt, und der Wichtigkeit, die sie sogar den Kleinigkeiten ihres Bereiches und ihres Anlasses beilegt. Nur sofern man *diesen Zweck* als den wahren unterlegt, erscheinen die Weitläufigkeiten, die endlosen Bemühungen und Plagen zur Erlangung des geliebten Gegenstandes der Sache angemessen. Denn die künftige Generation, in ihrer ganzen individuellen Bestimmtheit, ist es, die sich mittels jenes Treibens und Mühens ins Dasein drängt. Ja, sie selbst regt sich schon in der so umsichtigen, bestimmten und eigensinnigen Auswahl zur Befriedigung des Geschlechtstriebes, die man Liebe nennt. Die wachsende Zuneigung zweier Liebenden ist eigentlich schon der Lebenswille des neuen Individuums, welches sie zeugen können und möchten; ja, schon im Zusammentreffen ihrer sehnsuchtsvollen Blicke entzündet sich sein neues Leben und gibt sich kund als eine künftig harmonische, wohl zusammengesetzte Individualität. Sie fühlen die Sehnsucht nach einer wirklichen Vereinigung und Verschmelzung zu einem einzigen Wesen, um alsdann nur noch als dieses fortzuleben; und diese erhält ihre Erfüllung in dem von ihnen Erzeugten, als in welchem die sich vererbenden Eigenschaften beider, zu einem Wesen verschmolzen und vereinigt, fortleben. Umgekehrt ist die gegenseitige, entschiedene und beharrliche Abneigung zwischen einem Mann und einem Mädchen die Anzeige, daß, was sie zeugen könnten, nur ein übel organisiertes, in sich disharmonisches, unglückliches Wesen sein würde.[. . .]

Stendhal

Über die Liebe

Über die deutsche Liebe

Wenn der Italiener, stets zwischen Liebe und Haß hin- und herpendelnd, von der Leidenschaft lebt, der Franzose von der Eitelkeit, so leben die guten, einfältigen Nachfahren der Germanen von der Einbildungskraft. Kaum haben sie die unvermeidlichen Lebensnotwendigkeiten erledigt, sc sieht man mit Erstaunen, wie sie sich auf das werfen, was sie ihre Philosophie nennen; das ist eine Art sanfte, liebenswürdige und vor allem harmlose Narrheit. Ich führe hier, nicht ganz aus dem Gedächtnis, sondern an Hand flüchtiger Notizen, ein Werk an, das, obwohl im entgegengesetzten Sinne gemeint, unseren Militärgeist in seinen Auswüchsen, sogar unter dem Beifall des Autors enthüllt: ich meine die im Jahre 1809 erschienene „Reise durch Oesterreich“ von Cadet-Gassicourt. Was würde der edle, hochherzige Desaic gesagt haben, wenn er gesehen hätte, wie das reine Heldentum von 1795 zu diesem verruchten Egoismus geführt hat.

Zwei Freunde nehmen in derselben Batterie an der Schlacht von Talavera teil, der eine als Batteriechef, der andere als Leutnant. Eine Kugel kommt geflogen und wirft den Hauptmann nieder. „Gut“, sagte der Leutnant erfreut, „Franz ist tot: jetzt bin ich der Batteriechef!“ – „Noch nicht ganz!“ ruft Franz und erhebt sich. Er war von der Kugel nur betäubt worden. Der Leutnant war genau wie der Hauptmann der beste Bursche von der Welt, durchaus nicht bös, nur ein bißchen vernagelt und maßlos begeistert für den Kaiser. Aber der Übereifer und die rasende Selbstsucht, die jener Mann hervorzurufen wußte, indem er sie mit dem Namen des Ruhmes verklärte, ließ alle Menschlichkeit vergessen.

Vor dem Hintergrund des fragwürdigen Schauspiels, das Männer bieten, die sich bei den Paraden in Schönbrunn um einen Blick ihres Herrn und einen Adelstitel reißen, beschreibt der Apotheker des Kaisers Cadet de Gassicourt die deutsche Liebe:

„Es gibt nichts Gefälligeres, Süßeres als eine Oesterreicherin. Bei ihr ist die Liebe ein Kult, und wenn sie Zuneigung zu einem Franzosen faßt, betet sie ihn mit allen Fasern ihres Wesens an.

Leichtsinnige und launische Frauen gibt es überall, aber im allgemeinen sind die Wienerinnen treu und gar nicht kokett; wenn ich sage, sie sind treu, so meine ich dem Geliebten ihrer Wahl, denn die armen Ehemänner sind in Wien, was sie überall sind.“

Vom Versagen

„Im Reich der Liebe wimmelt es von unseligen Zufällen", sagt Frau von Sévigné, wo sie das Mißgeschick ihres Sohnes bei der berühmten Champmeslé berichtet.

Montaigne findet sich vortrefflich mit einer so heiklen Sache ab.

„Ich hege außerdem die Vermutung, daß dieses lächerliche Nestbinden (impotent machender Zauber), von dem sich alle Welt so bedroht fühlt, daß man von nichts anderem spricht, einfach eine Wirkung der Angst ist; denn ich habe Beweise durch jemand, für den ich bürge wie für mich selbst und der außer jedem Verdacht der Impotenz oder des Aberglaubens steht. Dieser, dem ein Gefährte erzählt hatte, wie er einmal in einem Augenblick kläglich versagt habe, wo er es am wenigsten wünschte, wurde nämlich, als er in die gleiche Lage kam, in seiner Einbildung von den Angstvorstellungen jener Erzählung so heftig überfallen, daß ihm das gleiche Mißgeschick begegnete. Und das widerfuhr ihm seitdem des öfteren, da jedesmal die böse Erinnerung an sein Unvermögen ihn hemmte und überwältigte. Er fand ein gewisses Mittel gegen diese Peinlichkeit durch eine andere Peinlichkeit. Derart, daß er diese seine Schwäche zum voraus eingestand und ankündigte, wodurch sein Herz erleichtert und seine Schuldigkeit in Anbetracht des zu erwartenden Übels veringert wurde, und dies ihm nun seltener einen Streich spielte . . .

Wessen jemand einmal fähig war, dessen wird er nie wieder unfähig, es sei denn aus wirklicher Entkräftung. Ein solches Unglück ist nur bei Unternehmungen zu befürchten, die unsere Seele mit übermäßigem Verlangen oder übermäßiger Furcht aufpeitschen . . . Ich kenne Leute, die gut fanden, ihren Körper deshalb zuvor woanders halb zu befriedigen . . . Ein von mehreren verschiedenen Regungen getriebener Angreifer verliert leicht die Gewalt über sich . . . Die Frau, die mit einem Mann schlafen geht, sagte Pythagoras' Schwiegertochter, müsse zusammen mit ihrem Rock die Scham ablegen und mit ihm wieder anziehen."

Diese Frau hat recht, was die Galanterie anlangt, in bezug auf die Liebe hat sie unrecht.

Ein schneller Sieg, wenn man die Eitelkeit außer acht läßt, ist eigentlich für keinen Mann schmeichelhaft:

1. Es sei denn, daß er nicht Zeit gehabt, diese Frau überhaupt zu ersehnen und seine Einbildungskraft mit ihr zu beschäftigen, das heißt, es sei denn, daß er sie im ersten Augenblick des Begehrens schon besitzt. Das wäre der Fall größtmöglichen Sinnengenusses; denn die ganze Seele überläßt sich hemmungslos dem Anblick der Schönheit.

2. Oder es sei denn, daß es sich um eine Frau ohne jeden Belang handelt,

ein hübsches Kammermädchen zum Beispiel, eine jener Frauen, die man gerade so lange begehrt, als man sie sieht. Sobald ein Körnchen Leidenschaft ins Herz dringt, ist auch ein Körnchen möglichen Versagens darin.

3. Oder es sei, daß der Liebhaber seine Geliebte auf eine so unvermutete Weise gewinnt, daß ihm keine Zeit zur Besinnung bleibt.

4. Oder sei es, daß von seiten der Frau eine maßlose, aufopfernde, vom Mann nicht in gleichem Maße erwiderte Liebe besteht.

Je sterblicher ein Mann verliebt ist, desto mehr Überwindung kostet es ihn, bis er wagt, das Wesen vertraulich zu berühren, vielleicht zu kränken, das ihm göttlich erscheint und ihm höchste Liebe, höchste Ehrfurcht einflößt.

Diese Furcht, Folge einer sehr zarten Zuneigung – in der galanten Liebe eine falsche Scham, die aus einem übertriebenen Verlangen zu gefallen und aus Mangel an Mut entspringt –, erzeugt ein höchst quälendes Gefühl, das man nicht zu überwinden vermag und das einen erröten macht. Wenn nun die Liebe von ihrer Schamhaftigkeit und von deren Überwindung in Anspruch genommen wird, kann sie nicht zugleich der Lust nachgehen; denn bevor man an Genuß denken darf, der ein Luxus ist, muß man sich notwendigerweise die Gewißheit verschaffen, keine Gefahr zu laufen.

Es gibt Menschen, die wie Rousseau sogar bei Dirnen von falscher Scham gepackt werden; sie gehen nicht wieder zu ihnen, denn solche Mädchen hat man nur einmal, und dieses eine Mal ist widerlich.

Um zu begreifen, daß der erste Triumph, von der befriedigten Eitelkeit abgesehen, meistens eine mühevolle Anstrengung ist, muß man zwischen dem Reiz des Abenteuers und dem seligen Augenblick, der ihm folgt, unterscheiden; man ist stets zufrieden:

1. endlich so weit gekommen zu sein, wie man brennend begehrte, sich seines Glücks von nun an sicher zu fühlen und jene bittere, qualvolle Zeit überwunden zu haben, die voller Zweifel über die Liebe der Geliebten war;

2. daß es so gut gelang und man einer Niederlage entging; dieser Umstand bewirkt, daß die leidenschaftliche Liebe zu keiner reinen Freude kommt; man weiß nicht, was man tut, man hat nur die Gewißheit, daß man liebt. In der gepflegten Liebe hingegen, die nie den Kopf verliert, gleicht jener Augenblick der Rückkehr von einer Reise. Man mustert einander, und wenn die Liebe sehr eitel ist, mustert man einander heimlich.

3. Die niederen Instinkte laben sich an dem errungenen Sieg.

Vorausgesetzt, du empfindest einen Funken Leidenschaft für eine Frau und bist nicht ganz phantasielos, und diese Frau spielt dir eines Abends den Streich, daß sie zärtlich andeutet: „Kommt morgen mittag. Es wird niemand da sein“, so wirst du vor nervöser Aufregung die ganze Nacht nicht schlafen. Auf tausend Arten malst du dir das Glück aus, das dich erwartet.

Der Vormittag wird zur Qual. Endlich schlägt die Stunde, und es ist, als ob jeder Glockenschlag dir einen Stich gibt. Mit Herzklopfen machst du dich auf den Weg und findest kaum die Kraft, den Fuß voranzusetzen. Du siehst die geliebte Frau hinter dem Vorhang stehen; du faßt Mut und gehst hinauf . . . und erlebst das Fiasko deiner Träume.

Herr Repture, ein Künstler, ein äußerst reizbarer und etwas beschränkter Mensch, erzählte mir in Messina, daß er nicht allein die ersten Male, sondern bei jedem Zusammensein Schiffbruch erlitten habe. Dabei halte ich ihn für einen Mann wie jeden andern; wenigstens weiß ich, daß er zwei reizende Geliebte hat.

Der ausgesprochene Sanguiniker (der echte Franzose, der wie der Oberst Mathis allem eine gute Seite abgewinnt) malt sich, anstatt wegen einer Verabredung auf morgen mittag in einen Aufruhr der Gefühle zu verfallen, bis zum glücklichen Augenblick alles in rosigen Farben aus. Ohne die Aussicht auf das Rendezvous hätte sich unser Sanguiniker wohl ein bißchen gelangweilt.

Man denke an die Analyse der Liebe bei Helvetius; ich möchte wetten, daß es sich um seine eigenen Gefühle handelt, aber er spricht für die Mehrzahl der Männer. Leute wie er sind einer leidenschaftlichen Liebe gar nicht fähig; sie würde ihre Gemütsruhe stören. Ich glaube, sie würden den Brand der Leidenschaft als ein Unglück empfinden; zumindest kämen sie sich wegen der damit verbundenen Blödigkeit gedemütigt vor.

Dem Sanguiniker wird höchstenfalls so etwas wie ein Versagen des Mutes widerfahren; wenn er nämlich von einer Messalina erwartet wird und in dem Augenblick, da er ihr Bett besteigt, daran denkt, vor welcher gewaltigen Kennerin er sich bewähren soll.

Ein schüchterner melancholischer Mensch erreicht nach Montaignes Meinung manchmal den Sanguiniker, nämlich im Champagnerrausch, wofern er ihn nicht mit Vorsatz sucht. Sein Trost mag sein, daß jene von ihm beneideten bestechenden und erfolgreichen Leute, mit denen er sich nicht messen kann, niemals weder seine eigenen himmlischen Erhebungen noch seine Abstürze erleben und daß die schönen Künste, die aus den Befangenheiten der Liebe Nahrung ziehen, ewig versiegelte Bücher für jene bleiben. Ein Mann, der weiter nichts als das übliche Glück begehrt, wie es ein Duclos leicht findet, ist nie unglücklich und infolgedessen auch unempfindlich für die Kunst.

Das athletische Temperament lernt jene Art von Unglück nur in der Erschöpfung, das heißt der körperlichen Schwäche kennen, im Gegensatz zum nervösen und melancholischen Temperament, die dafür geradezu geschaffen zu sein scheinen.

Wenn sie sich bei einer anderen Frau ermattet haben, gelingt es den armen Melancholikern bisweilen, ihre Phantasie ein wenig zu zügeln und dann bei der leidenschaftlich geliebten Frau eine weniger klägliche Rolle zu spielen.

Was folgt aus alldem? Daß eine kluge Frau ihre erste Hingabe nicht voraus verspricht. – Es muß ein überraschendes Glück sein.

Heute abend unterhielten wir uns, fünf ansehnliche junge Leute von fünfundzwanzig bis dreißig Jahren, im Stabe des Generals Michaud über das Fiasko. Es fand sich, daß wir allesamt, mit Ausnahme eines Laffen, der wahrscheinlich die Wahrheit verschwieg, bei der Geliebten, die wir am höchsten schätzten, zuerst einmal versagt hatten. Freilich kannte wahrscheinlich keiner von uns, was Delfante die Liebesleidenschaft nennt.

Der Gedanke, daß jenes Mißgeschick außerordentlich häufig vorkommt, nimmt ihm die Bedenklichkeit.

Ich kannte einen hübschen dreiundzwanzigjährigen Leutnant bei den Husaren, der, wie mir scheint, aus einem Übermaß von Liebe, in den ersten drei Nächten, die er bei einer schon ein halbes Jahr angebeteten Geliebten verbringen durfte – sie hatte ihn, da sie um einen anderen im Kriege gefallenen Geliebten trauerte, sehr abweisend behandelt –, nichts anderes vermochte, als sie zu umarmen und vor Freude zu weinen. Weder er noch sie waren deswegen enttäuscht.

Der in der ganzen Armee bekannte Intendant H. Mondor erlitt bei der jungen verführerischen Komtesse Koller drei Tage hintereinander Fiasko.

Aber der König des Fiaskos ist der stattliche, schöne Oberst Horse: der drei Monate lang bei der schelmischen, reizvollen N... V... Fiasko machte und schließlich verzichten mußte, ohne sie je besessen zu haben.

Johann Wolfgang Goethe

Epigramme

ZÜRNET nicht, ihr Frauen, daß wir das Mädchen bewundern:
Ihr genießet des Nachts, was sie am Abend erregt.

ALLES, was ihr wollt, ich bin euch wie immer gewärtig.
Freunde, doch leider allein schlafen, ich halt es nicht aus.

NACKEND willst du nicht neben mir liegen, du süße Geliebte,
Schamhaft hältst du dich noch mir im Gewande verhüllt,
Sag mir: begehr ich dein Kleid? begehr ich den lieblichen Körper?
Nun, die Scham ist ein Kleid! zwischen Verliebten hinweg!

LANGE sucht ich ein Weib mir, ich suchte, da fand ich nur Dirnen,
Endlich erhascht ich dich mir, da fand ich ein Weib.

FÜRCHTE nicht, liebliches Mädchen, die Schlange, die dir begegnet!
Eva kannte sie schon, frage den Pfarrer, mein Kind.

Römische Elegien

III

Laß dich, Geliebte nicht reun, daß du mir so schnell dich ergeben!
Glaub es, ich denke nicht frech, denke nicht niedrig von dir.
Vielfach wirken die Pfeile des Amor: einige ritzen,
Und vom schleichenden Gift kranket auf Jahre das Herz.
Aber mächtig befiedert, mit frisch geschliffener Schärfe,
Dringen die andern ins Mark, zünden behende das Blut.
In der heroischen Zeit, da Götter und Göttinnen liebten,
Folgte Begierde dem Blick, folgte Genuß der Begier.

Glaubst du, es habe sich lange die Göttin der Liebe besonnen,
Als im Idäischen Hain einst ihr Anchises gefiel?
Hätte Luna gesäumt, den schönen Schläfer zu küssen,
Oh, so hätt ihn geschwind, neidend, Aurora geweckt.
Hero erblickte Leandern am lauten Fest, und behende
Stürzte der Liebende sich heiß in die nächtliche Flut.
Rhea Silvia wandelt, die fürstliche Jungfrau, den Tiber
Wasser zu schöpfen, hinab, und sie ergreifet der Gott.
So erzeugte die Söhne sich Mars! – Die Zwillinge tränket
eine Wölfin, und Rom nennt sich die Fürstin der Welt.

Honoré de Balzac

Die läßliche Sünde

Auf welche Weise und von wem das besagte Kind gezeugt wurde

Die Seneschallin brauchte nicht allzulange dem Gedanken nachzuhängen, wie sich möglichst schnell die Liebe ihres Pagen wecken ließe, und bald hatte sie die natürliche Falle entdeckt, in die auch die Hartgesottensten hineinstolpern. Das geschah so: In der heißen Tageszeit pflegte der gute Alte auf sarazenische Weise Siesta zu halten, eine Gewohnheit, auf die er seit seiner Rückkehr aus dem Heiligen Lande nicht wieder verzichtet hatte. Während dieser Zeit saß Blanche allein auf der Wiese, wo sie mit kleinen fraulichen Arbeiten wie Sticken und Auftrennen beschäftigt war, und sehr oft blieb sie auch daheim und sah die Wäsche durch, legte die Tischtücher oder schlenderte durchs Haus. Nun aber bestimmte sie diese stille Stunde dazu, die Erziehung des Pagen zu fördern, indem sie ihn aus Büchern vorlesen oder Gebete sprechen ließ. Am nächsten Tag nun, als mit der Mittagsglocke der Seneschall eingeschlafen war – er erlag der Sonne, die mit ihren heißesten Strahlen den Hang von La Roche-Corbon so sehr erhitzt, daß es schwerfällt, nicht einzuschlafen, es sei denn, eine verteufelte Jungfernschaft liegt einem im Sinn und quält und quengelt einen –, da kauerte sich Blanche höchst anmutig in den großen herrschaftlichen Lehnstuhl ihres alten Gatten, und sie fand es auch ganz passend, daß er etwas hoch war, denn so konnte sie mit zufälligen Blicken von unten her rechnen. Die listige Frau rekelte sich darin geschickt wie eine Schwalbe in ihrem Nest zurecht und legte ihr Köpfchen voller Tücke wie ein schlafendes Kind auf ihren Arm, hielt aber, als sie diese Vorbereitungen traf, ihre lüsternen Augen offen und lächelte; denn im voraus genoß sie schon all die kleinen verstohlenen Keckheiten, das Schnüffeln und Schielen und die Ängste des Pagen, der, um die Sprungweite eines alten Flohs von ihr entfernt, zu ihren Füßen sitzen würde. Ja, die Samtdecke, auf die das arme Kind, mit dessen Leib und Seele sie ihr Spiel trieb, knien sollte, rückte sie so weit an sich heran, daß, wäre es auch ein Heiliger aus Stein gewesen, sein Blick ganz einfach genötigt worden wäre, den Falten des Kleides zu folgen, um die Vollkommenheit und Schönheit ihres hübschen Beines zu ergattern und zu bewundern, über das sich der weiße Strumpf der Seneschallin spannte. Es war nicht zu verwundern, wenn sich ein schwacher Edelknappe in so einer Falle fing, in die der stärkste Ritter gern hineingetappt wäre. Als sie sich nun hin und her gedreht und so zurechtgerückt hatte, daß sie schließlich die Haltung einnahm, in der sie den besagten Pagen am meisten liebesbereit zu machen hoffte, rief sie mit sanfter Stimme: „Hallo, René!", und René, den sie in der Wachstube wußte, lief sogleich herzu und steckte seinen dunklen Schopf durch den Türvorhang.

„Was befehlt Ihr?" fragte der Page.

Und in großer Ehrfurcht hielt er sein karminrotes Samtkäppchen in der Hand, das lange nicht so rot war wie seine allerliebsten frischen Grübchenwangen.

„Kommt hierher", sagte sie mit leiser Stimme, denn das Kind entzückte sie so, daß sie ganz außer Atem kam. Um wahr zu sprechen: es gab keine Edelsteine, die so funkelten wie die Augen Renés, auch kein Pergament, so weiß wie seine Haut, keine Frau mit so zarten Formen. Und jetzt, wo sie der Erfüllung ihrer Sehnsucht so nahe war, fand sie ihn noch reizender von Gestalt, und ihr könnt euch denken, welch süßes Liebesspiel hier Jugend, Sonne und Heimlichkeit verhießen!

„Lest mir die Litanei der Heiligen Jungfrau vor", sagte sie zu ihm und schob ihm das Buch hin, das offen auf ihrem Betpult lag.

„Ich möchte gern wissen, ob Euer Lehrer Euch gut unterwiesen hat. – Findet Ihr die Heilige Jungfrau nicht schön?" fragte sie ihn und lächelte, als er das angemalte Stundenbuch in der Hand hielt, aus dem so viel Himmelblau und Gold hervorstrahlte.

„Es ist ja nur gemalt", antwortete er schüchtern, und dabei warf er einen kurzen Blick auf seine so anmutige Herrin.

„Lest, lest ..."

Nun begann René die so süße und geheimnisvoll dunkle Litanei vorzulesen; aber, glaubt mir, die *Ora pro nobis!*, die Blanche sprach, kamen immer schwächer aus ihrem Mund und verloren sich wie die Klänge des Horns in der Weite, und als der Page mit Inbrunst die Worte „O du geheimnisvolle Rose!" las, antwortete die Schloßherrin, die wohl gut verstand, mit einem leisen Seufzer. René vermutete daraufhin, daß die Seneschallin schlief. Da begann er, sie mit seinem Blick zu umfangen, sog sie mit seinen Augen nach Herzenslust in sich ein und gedachte fürder keinen anderen Wechselgesang mehr anzustimmen als den der Liebe. Das Herz sprang ihm vor Glück bis in den Hals hinauf, auch war es nur verständlich, daß diese beiden zarten Jungfernschaften füreinander um die Wette glühten. Und wenn ihr sie so gesehen hättet, ihr würdet deren zwei einander nie so nahe bringen. René trank sich satt mit seinen Augen und genoß in seinem Innern tausend Freuden, bis ihm von dem, was ihm die Liebe hier schenkte, das Wasser im Munde zusammenlief. In solcher Verzückung ließ er das Buch fallen, was ihn verlegen machte wie einen Mönch, der in Kindsnöte fällt. Aber zugleich merkte er, daß Blanche tief und fest schlief; denn sie regte sich nicht, die Schlaue, und hätte auch bei allergrößter Gefahr die Augen nicht geöffnet, hoffte aber, daß noch etwas anderes fiele als das Stundenbuch. Laßt es euch gesagt sein: es gibt kein ärgeres Verlangen als das, schwanger zu gehen! Jetzt betrachtete der Page den Fuß seiner Herrin, der gar niedlich in einem allerliebsten Stiefelchen von grünblauer Farbe steckte. Sie hatte ihn ausdrücklich auf einen Schemel gelegt, denn in dem Lehnstuhl des Seneschalls saß sie ja zu hoch. Dieser Fuß war ganz schmal, leicht geschwungen, zwei Finger breit und von der Länge eines Sperlings, wenn man den Schwanz mitmißt, am Ende klein, wahrlich ein Fuß zum Entzükken, der Fuß einer Jungfrau, der einen Kuß verdiente wie der Dieb den Strang. Ein Kobold von einem Fuß war das, ein wollüstiger Fuß, der einen Erzengel zum Straucheln bringen könnte, ein glückverheißender Fuß, ein Fuß, der wie ein Teufel reizt und Lust macht, zwei neue davon in die Welt zu setzen, die ihm gleichen, damit auf dieser Welt die schönen Werke Gottes nicht aussterben. Der Page war in Versuchung, diesen verführerischen Fuß aus seiner Hülle zu befreien. Und um das zu tun, liefen seine Blicke, aus denen das ganze Feuer seiner Jugend strahlte, schnell wie ein Glockenschwengel von diesem besagten Fuß der Wonne hin zu dem schlafenden Antlitz seiner Dame und Gebieterin. Er lauschte ihrem Schlummer, trank ihren Atem, und als sein Blick zurücklief, wußte er nicht, wohin es süßer wäre, einen Kuß zu drücken: ob auf die frischen und roten Lippen der Seneschallin oder auf diesen beredten Fuß. Kurzerhand, war's nun aus Achtung oder aus Furcht oder vielleicht auch aus übergroßer Liebe, wählte er den Fuß und küßte ihn hastig wie eine schüchterne Jungfrau. Dann hob er sofort das Buch wieder auf, fühlte, wie seine Röte sich noch steigerte, und vor Wonne ganz ergriffen, rief er wie ein Blinder: „*Janua coeli,* Pforte des Himmels! ..." Blanche aber erwachte noch lange nicht aus ihrem Schlafen, sie hoffte, daß der Page vom Fuß zum Knie aufsteigen würde und von da bis in den Himmel. Sie war sehr enttäuscht, als die Litanei ohne weiteren Zwischenfall zu Ende ging und René, der zu viel Glück für einen Tag genossen zu haben glaubte, sich aus dem Zimmer stahl, ganz verstört und sich durch diesen verwegenen Kuß für reicher haltend als ein Dieb, der den Opferstock geraubt hat.

Als die Seneschallin allein war, dachte sie in ihrem Sinn, der Page sei ein wenig langsam, wenn ihm schon daran gelegen sei, das *Magnificat* in der Frühmesse zu singen. So beschloß sie nun bei sich, am nächsten Tage den Fuß ein wenig zu heben und auf diese Weise einen Zipfel von jener Schönheit ins Licht zu rücken, die man in der Touraine vollkommen nennt, weil sie, an die Luft gebracht, niemals verdirbt und dann auch immer frisch bleibt. Stellt euch vor, wie ungeduldig der Page, vor Sehnsucht sich verzehrend und ganz erhitzt von den Bildern des vorhergehenden Tages, die

Stunde heranwartete, wo er wiederum in diesem Liebesbrevier lesen sollte! Und er wurde gerufen, der Wechselgesang begann von neuem, und Blanche verfehlte abermals nicht, in Schlaf zu sinken. Diesmal strich René mit seiner Hand über das hübsche Bein und wagte sich bis zu dem Punkte vor, wo er fühlen konnte, ob es sich um das glatte Knie oder etwas anderes oder nur um Seidenstoff handelte. Als der arme Junge aber klarsah, wagte er, durch die große Angst, die ihn beherrschte, in seiner Begierde gefesselt, nur kurze Anbetungen und kleine Liebkosungen; und wenngleich er, ganz sanft allerdings, diesen weichen Stoff küßte, blieb er doch mäuschenstill. Die Seneschallin wiederum, die mit aller Gewalt an sich hielt, um sich nicht zu regen, und die dennoch mit ihrer Seele und all ihren Sinnen dabei war, rief ihm plötzlich zu: „Nur zu, René, ich schlafe!“

Als der Page das hörte, lief er, weil er es für einen ernsthaften Verweis hielt, erschrocken davon und ließ Bücher, Pflicht und alles weit hinter sich. Die Seneschallin aber fügte daraufhin der Litanei folgendes Stoßgebet hinzu: „Heilige Jungfrau, wie schwer ist es doch, Kinder zu kriegen!“

Dem Pagen lief, als er beim Mittagsmahl seiner Herrin und seinem Herrn aufwartete, der Schweiß den Rücken hinab. Wie überrascht aber war er, als ihm Blanche den verliebtesten Blick zuwarf, den je eine Frau verschenkt hat, und sie war ganz aufgeräumt, denn es gelang ihr, dieses Kind in einen mutigen Mann zu verwandeln. Als Bruyn am selben Abend ein Weilchen länger, als er es gewöhnlich tat, in seiner Seneschallerei blieb, suchte der Page Blanche wiederum auf, fand sie eingeschlafen und ließ sie einen wunderschönen Traum träumen. Er nahm ihr das fort, was sie so lange gequält hatte, und spendete ihr so reichlich von dem, was Kinder wachsen läßt, daß sie obendrein gleich zwei weitere hätte bekommen können. Und die Frau packte den Pagen beim Schopf und rief, indem sie ihn ganz fest an sich drückte: „Oh, René, nun hast du mich aufgeweckt!“

Und tatsächlich, kein Schlummer hält so etwas stand; und die Heiligen, so fanden beide, mußten ja einen sehr festen Schlaf haben. Ganz ohne Zauberkunst und durch ein gütiges Geschick, das das unausrottbare Grundrecht der Ehemänner ist, siedelte sich aber mit einem Schlag auf dem Haupte des guten Gatten jener zierliche und anmutige Kopfputz an, der den Hahnreien so gut steht, und er hat dabei nicht den geringsten Schock empfunden.

Seit jenem schönen Fest zog es die Seneschallin vor, ihre Siesta auf französische Art zu halten, während Bruyn die seinige nach sarazenischer Mode hielt. Durch die besagten Siesten lernte sie, daß frische, junge Pagen besser schmecken als alte Seneschälle; und nachts wickelte sie sich in ihre Bettlaken und rückte weit weg von ihrem Mann, den sie abgestanden und ekelhaft wie den Teufel fand. Am Ende fühlte die Seneschallin, weil sie tagsüber schlief und wieder aufwachte, Siesten abhielt und Litaneien sang, in ihrem holden Leib jene Frucht gedeihen, nach der sie so lange geseufzt hatte; aber plötzlich war ihr die Machart noch lieber geworden als das, was dabei herauskam.

Bedenkt, René konnte lesen, aber nicht nur in den Büchern, sondern auch in den Augen seiner hübschen Herrin, für die er sich in einen brennenden Scheiterhaufen geworfen hätte, wenn das ihr Wunsch gewesen wäre. Als sie es beide nun in reichem Maße, mehr als hundertmal mindestens, so getrieben hatten, befiel die kleine Seneschallin Kummer und Sorge um das Seelenheil und die Zukunft ihres Freundes, des Pagen. Da sagte sie eines Morgens, als es regnete und beide sich wieder einmal wie zwei von Kopf bis Fuß unschuldige Kinder mit ihrem Magnetspiel die Zeit vertrieben hatten, Blanche, die immer die Unterlegene war: „Hör einmal, lieber René! Weißt du auch, daß du Todsünden begangen hast, während es bei mir nur läßliche waren, da ich ja schlief?“

„Ach, Herrin“, antwortete er, „wo soll denn der liebe Gott mit all den Verdammten hin, wenn das sündigen heißt?“

Blanche mußte laut lachen und küßte ihn auf die Stirn.

„Schweig, du Bösewicht, es dreht sich um die Seligkeit, und wir wollen doch auch im Paradies zusammen leben, falls du die Absicht hast, für immer bei mir zu sein.“

„Ach was, mein Paradies ist hier auf Erden.“

„Laßt das!“ sagte sie. „Ihr seid ein Ungläubiger, ein böser Mensch, der nicht an das glaubt, was ich liebe: und das seid Ihr doch selber. Du weißt nicht, daß ich ein Kind unterm Herzen trage und daß ich es bald nicht mehr verbergen kann, so wenig wie meine Nase. Was wird dann der Abt sagen? Und was wird mein Herr Gemahl sagen? Er kann dich umbringen, wenn er in Wut gerät. Deshalb meine ich, du solltest zum Abt von Marmoustier gehen, ihm deine Sünden beichten und ihn um Rat fragen, was zu tun bleibt, wenn du meinem Seneschall zuvorkommen willst.“

„O je!“ sagte der listige Page, „wenn ich ihm das Geheimnis unserer Freuden preisgebe, wird er über unsere Liebe das Interdikt verhängen.“

„Sicherlich“, antwortete sie, „ja, gewiß! Aber dein Heil im Jenseits ist jetzt ein kostbareres Gut für mich!“

„Ihr wollt es also, mein Lieb?“

„Ja“, antwortete sie, wenngleich mit schwacher Stimme.

„Nun, dann will ich gehen; vorher aber schlaft noch einmal, ich möchte mich verabschieden.“

Gustave Flaubert

November

[. .] Ich ging am Ufer des Flusses entlang. Immer habe ich das Wasser geliebt und die sanfte Bewegung, mit der die Wellen einander treiben. Es war ruhig, weiße Wasserlilien zitterten in der glucksenden Strömung. Die Wogen trieben langsam und entfalteten sich eine nach der anderen. In der Mitte ließen die Baumgruppen der Inseln ihr Grün ins Wasser hängen, die Ufer schienen zu lächeln. Man hörte nur die Stimmen der Wellen.

An dieser Stelle ragten ein paar hohe Bäume auf. Die Kühle der Wassernähe und des Schattens erquickte mich. Ich fühlte, wie ich lächelte. Ebenso wie die in uns wohnende Muse aufhorcht und die süßen Töne einsaugt, wenn sie die Harmonie vernimmt, so weitete sich in mir etwas, um die allgemeine Wonne hineinzutrinken. Während ich die Wolken betrachtete, die am Himmel hinzogen, und den Samtteppich des Rasens am Ufer, der unter den Sonnenstrahlen gelb geworden war; während ich auf das Rauschen des Wassers und das Erschauern der Baumwipfel hörte, die trotz der Windstille zitterten – fühlte ich, erregt und doch ruhig, in meiner Einsamkeit mich unter dem Andrang dieser liebenden Natur vor Wollust vergehen, und ich rief nach Liebe. Meine Lippen bebten und suchten, als hätten sie den Atem eines anderen Mundes gespürt; meine Hände wollten etwas betasten, meine Blicke suchten in der Furche jeder Woge, in den Umrissen der geblähten Wolken irgendeine Form, eine Lust, eine Offenbarung. Der Wunsch drang aus allen meinen Poren, mein Herz war weich und von verhaltener Harmonie erfüllt. Ich schüttelte mein Haar, es koste mein Gesicht. Mit Wonne sog ich seinen Duft ein. Ich streckte mich auf das Moos unter die Bäume. Ich wünschte mir noch tiefere Sehnsüchte. Ich hätte unter Rosen ersticken, unter Küssen vergehen mögen. Ich sehnte mich, die Blume zu sein, die der Wind schüttelt, das Ufer, das der Fluß netzt, die Erde, die von der Sonne befruchtet wird.

Es ging sich sanft über das Gras. Ich schritt weiter; jeder Schritt brachte neue Lust, und meine Fußsohle berührte mit Wonne den weichen Rasen. Die Wiesen in der Ferne wimmelten von Tieren, von Pferden und Füllen. Der Horizont hallte wider von Gewieher und Galoppieren, das Gelände hob und senkte sich in sanften, weiten Wellen, die von den Hügeln herabkamen, der Fluß beschrieb seine Schlangenlinie, verschwand hinter den Inseln und tauchte schließlich zwischen Gras und Schilf wieder auf. Das alles war schön, schien glücklich, ging seinem Gesetz, seinem natürlichen Lauf nach. Ich allein war krank und siechte dahin, von Sehnsucht verzehrt.

Ganz plötzlich raste ich davon, zur Stadt zurück. Ich kam über die Brükken. Ich ging durch die Straßen, über die Plätze. Die Frauen kamen an mir vorüber. Es waren ihrer viele; sie gingen schnell. Alle waren wunderbar schön. Niemals hatte ich ihnen so tief in die glänzenden Augen geschaut, noch so sehr ihren gazellenhaft leichten Gang bewundert. Herzoginnen lehnten sich auf ihren wappengeschmückten Wagenschlag und schienen mir zuzulächeln und mich zu Liebkosungen auf seidenen Kissen einzuladen. Über ihre Balkons beugten sich Damen, in Schals gehüllt, um mich zu sehen, und sie blickten mich bittend an: „Liebe uns! Liebe uns!" Aus ihrer aller Haltung, aus ihren Augen, sogar aus ihrer Regungslosigkeit sprach Liebe zu mir, das sah ich deutlich! Und dann traf man die Frauen überall, im Gedränge war man neben ihnen. Ich streifte sie, ich sog ihren Duft ein, die Luft war davon erfüllt. An ihrem Hals sah ich Schweißperlen zwischen den Schalenden, sah die Federn ihrer Hüte bei jedem Schritt nicken. Ihr Hacken hob den Rock beim Gehen vor mir. Wenn ich an einer vorüberging, zuckte ihre behandschuhte Hand. Weder diese noch jene wünschte ich mir, die eine nicht mehr als die andere, doch alle zusammen, doch jede, in der unendlichen Mannigfaltigkeit ihrer Formen und des entsprechenden Verlangens. Waren sie auch bekleidet, ich schmückte sie sogleich mit prächtiger Nacktheit, und so standen sie vor meinen Augen. Indem ich möglichst nahe an ihnen vorüberging, nahm ich, soviel ich konnte, wollüstige Vorstellungen mit, Düfte, liebeerregende Düfte, aufreizendes Rascheln und anziehende Formen.

Ich wußte wohl, wohin ich ging. Es war ein Haus in einer kleinen Straße, durch die ich oft gegangen, um mein Herz schlagen zu fühlen. Es hatte grüne Läden, man stieg drei Stufen empor. Ach, ich kannte das alles genau. Ich hatte es oft betrachtet, da ich häufig einen Umweg gemacht hatte, nur um die geschlossenen Fenster zu sehen. Schließlich kam ich nach einem Lauf, der mir eine Ewigkeit zu dauern schien, in die Straße. Ich glaubte zu ersticken. Niemand ging vorüber. Ich wagte mich weiter, weiter. Ich fühlte noch die Berührung der Tür, die ich mit der Schulter aufstieß. Sie gab nach. Ich hatte gefürchtet, sie drehte sich in ihren Angeln, sachte, ohne Geräusch.

Ich stieg die Treppen empor, auf der Treppe war es dunkel. Die Stiegen waren ausgetreten, sie schwankten unter meinen Tritten. Ich stieg immer höher. Man sah nichts; mir schwindelte. Ich hörte niemanden; mein Atem setzte aus. Endlich kam ich in ein Zimmer; es schien mir groß; das lag an seiner Dunkelheit. Die Fenster standen auf, doch große, gelbe, bis zur Erde reichende Vorhänge hielten das Tageslicht ab. Der Raum schwamm in blaßgoldigem Widerschein. Weiter hinten am rechten Fenster saß eine Frau. Sie mußte mich nicht gehört haben, denn sie wandte sich nicht um, als ich eintrat. Ich stand, ohne näher zu kommen, mit ihrem Anblick beschäftigt.

Sie trug ein weißes Kleid mit kurzen Ärmeln. Mit dem Ellenbogen stützte sie sich auf das Fensterbrett. Eine Hand lag am Munde; ihr Blick hing vage und unbestimmt draußen am Boden. Ihr schwarzes Haar lag glatt und geknotet an den Schläfen und glänzte wie die Schwinge eines Raben. Sie hielt den Kopf ein wenig vornüber geneigt. Im Nacken hatten sich ein paar Haare gelöst und kräuselten sich am Halse. Ihr großer gebogener Kamm war oben mit Korallen besetzt.

Sie stieß einen Schrei aus, als sie mich bemerkte, und sprang auf. Ich fühlte mich von dem glänzenden Blick ihrer Augen getroffen. Als ich, vom Gewicht dieser Blicke bedrückt, meine Stirn wieder zu heben vermochte, sah ich in ein Gesicht von wunderbarer Schönheit: eine gerade Linie lief, vom Scheitel beginnend, zwischen ihren großen geschweiften Augenbrauen hindurch auf ihre Adlernase, deren zitternde Flügel emporgezogen waren, wie man es auf antiken Kameen sieht, und teilte ihre sinnliche Lippe, die ein bläulicher Flaum beschattete. Dann kam der Hals, der volle, weiße, rundliche Hals. Durch ihr zartes Gewand sah man die Rundungen ihrer Brüste beim Atmen steigen und fallen. So stand sie mir gegenüber, in Sonnenlicht gehüllt, das durch den gelben Vorhang fiel und das weiße Kleid und den dunklen Kopf hob.

Schließlich fing sie an zu lächeln, fast mitleidig und sanft, und ich kam näher. Ich weiß nicht, womit sie ihr Haar parfümiert hatte, doch duftete es wunderbar, und mein Herz war weicher und hingebender als ein Pfirsich, der auf der Zunge zerschmilzt. Sie sagte zu mir:

„Was möchten Sie denn? Kommen Sie!"

Und sie setzte sich auf ein langes Sofa, das mit grauem Stoff überzogen war und an der Wand stand. Ich nahm an ihrer Seite Platz, sie faßte meine Hand; die ihrige war heiß. So verharrten wir lange schweigend, einer den andern anschauend.

Niemals hatte ich eine Frau aus solcher Nähe gesehen; ihre ganze Schönheit drang auf mich ein, ihr Arm berührte den meinigen, die Falten ihres Gewandes fielen über meine Knie, die Wärme ihrer Hüften setzte mich in Flammen. Ich fühlte bei dieser Berührung ihre wogenden Körperformen, ich betrachtete die Rundung ihrer Schulter und die blauen Adern ihrer Schläfen. Sie sagte:

„Nun?"

„Nun", erwiderte ich vergnügt, den Zauber gewaltsam abschüttelnd, der mich einschläferte.

Doch weiter kam ich nicht, ich war ganz damit beschäftigt, sie mit Blikken zu verzehren. Schweigend legte sie einen Arm um mich und zog mich in stummer Umschlingung an sich. Da schlang ich meine beiden Arme um sie und preßte meinen Mund auf ihre Schulter. Ich trank wonnevoll den ersten Kuß der Liebe. Ich trank darin die lange Sehnsucht meiner Jugend und die verwirklichte Wollust aller meiner Träume, und dann warf ich den Kopf zurück, um ihr Gesicht besser zu sehen. Ihre Augen leuchteten, sie setzten mich in Flammen. Ihr Blick faßte mich fester als ihr Arm. Ich war in ihre Augen versunken, und unsere Finger verstrickten sich ineinander; die ihrigen waren lang und zart, sie spielten in meiner Hand mit lebhaften, bebenden Bewegungen; mit geringer Anstrengung hätte ich sie zerbrechen können; ich drückte sie in dem Wunsche, sie besser zu fühlen.

Ich erinnere mich jetzt nicht mehr genau, was sie mir sagte und was ich ihr antwortete. Lange verharrte ich so, versunken, schwebend, gewiegt in dem Klopfen meines Herzens. Mit jeder Minute wuchs mein Taumel, in jedem Augenblick fluteten neue Ströme in meine Seele. Mein ganzer Leib erschauerte vor Ungeduld, vor Verlangen, vor Lust. Und doch war ich schwer gestimmt, eher düster als froh, ernst, in etwas Göttlichem und Höchstem vergehend. Sie drückte mit der Hand meinen Kopf an ihr Herz, aber zart, als wenn sie gefürchtet hätte, ihn an ihrer Brust zu zerbrechen.

Mit einer Bewegung der Schulter schlüpfte sie aus dem Ärmel. Ihr Kleid ging auf; sie trug kein Korsett; ihr Hemd stand offen. Ein prächtiger Busen wurde sichtbar, an dem man in Liebe hätte vergehen mögen. In kindlicher, träumerischer Haltung saß sie auf meinen Knien. Ihr schönes Profil zeichnete sich in reinen Linien ab. Unter der Achsel bildete die Haut eine Falte von wundervollem Schwung, die wie das Lächeln der Schulter war. Ihr weißer Rücken war leicht gekrümmt, als sei sie müde, und ihr herabgesunkenes Kleid fiel in weiten Falten auf den Boden. Sie blickte hinauf zum Himmel und summte eine traurige, sehnsuchtsvolle Melodie durch die Zähne.

Ich faßte ihren Kamm und zog ihn heraus. Ihre Haare umflossen sie wie eine Woge, und die langen, schwarzen Strähnen fielen zitternd auf ihre Hüften. Ich fuhr mit der Hand zuerst darüber, dann hinein, darunter. Ich tauchte meine Arme hinein, ich badete mein Gesicht darin, ich wollte vergehen. Zuweilen belustigte ich mich damit, sie hinten zu teilen und nach vorn zu legen, so daß ihre Brüste davon verhüllt waren; dann wieder faßte ich sie wie ein Netz zusammen und zog daran, um ihren nach hinten geneigten Kopf und den zarten vorgestreckten Hals zu sehen. Sie ließ es geschehen wie eine Tote.

Plötzlich machte sie sich von mir frei, zog die Füße aus dem Kleid und sprang mit der Behendigkeit einer Katze auf das Bett. Die Matratze sank unter ihren Füßen ein, das Bett krachte, sie zog mit brüsker Bewegung die Vorhänge zurück und legte sich nieder. Sie streckte ihre Arme nach mir aus und umfaßte mich. Oh, selbst die Laken schienen noch warm von den Liebkosungen, die dort ausgetauscht waren.

Ihre sanfte feuchte Hand betastete meinen Leib. Sie gab mir Küsse auf das Gesicht, auf den Mund, auf die Augen. Jede einzelne ihrer hervorstürzenden Liebkosungen nahm mir die Besinnung. Sie streckte sich auf dem Rücken aus und seufzte. Bald schloß sie die Augen halb und blickte mich mit wollüstiger Ironie an, dann wieder stützte sie sich auf den Arm, drehte sich herum, streckte die Füße empor und war voll bezaubernder Schäkereien, raffinierter und unverdorbener Bewegungen. Schließlich gab sie sich mir hin, sah empor und stieß einen tiefen Seufzer aus, der durch ihren ganzen Leib ging ... Ihr warmes zitterndes Fleisch breitete sich erschauernd unter mir. Von Kopf zu Füßen fühlte ich mich von Wollust umfangen. Ich preßte meinen Mund auf den ihrigen. Unsere Finger waren ineinander verschlungen, im selben Beben zuckend, in einer Verstrickung verschränkt. Während ich den Duft ihres Haares und den Hauch ihrer Lippen einsog, fühlte ich mich vor Wonne vergehen. Einige Zeit verharrte ich noch gespannt, das Klopfen meines Herzens und das letzte Zittern meiner Nerven genießend; dann schien alles zu erlöschen und zu versinken.

Sören Kierkegaard

In vino veritas

[. . .] Versteht ihr meine Auffassung vom Weibe? Alles im Leben ist eine Modesache: Gottesfurcht ist eine Modesache, und die Liebe und die Krinoline und ein Ring in der Nase. So will ich mit äußersten Kräften dem erhabenen Genius zu Hilfe kommen, der über das lächerlichste aller Tiere zu lachen begehrt. Hat das Weib alles auf die Mode reduziert, so will ich sie mit Hilfe der Mode prostituieren, wie sie es verdient. Ich raste nicht, ich, der Modehändler. Meine Seele rast, wenn ich an meine Aufgabe denke. Sie soll noch dahin kommen, daß sie mit einem Ring in der Nase geht. Suchet darum keine Geliebte, gebet die Liebe auf wie die gefährliche Nachbarschaft, denn auch eure Geliebte soll dahin kommen, daß sie mit einem Ring in der Nase geht.

Darauf redete Johannes der Verführer so:

„Verehrte Trinkbrüder, plagt euch der Satan? Ihr redet ja wie Leichenbitter, eure Augen sind rot von Tränen, denn ein unglücklicher Liebhaber fristet sein Leben in einer sehr betrüblichen Stellung. Hinc illae lacrimae. Aber ich bin ein glücklicher Liebhaber und wünsche nur beständig, das zu sein. Vielleicht ist das eine Konzession an das Weib, welche Viktor so sehr fürchtet? Warum nicht? Das ist eine Konzession. Wenn ich diese Champagnerflasche öffne, so ist das auch eine Konzession; wenn ich den Wein in den Pokal schäumen lasse, so ist das auch eine Konzession; wenn ich den Pokal an die Lippen führe, ist das auch eine Konzession – nun leere ich ihn – concedo. Nun ist dagegen der Pokal leer, also mache ich keine Konzession. So auch mit den Mädchen. Wenn ein unglücklicher Liebhaber einen Kuß zu teuer gekauft hat, so beweist mir das nur, daß er weder etwas sich nehmen noch von sich abtun kann. Ich kaufe nie einen Kuß zu teuer; das überlasse ich den Mädchen. Was ein Kuß bedeutet? Für mich ist er das schönste, das lieblichste, das überredenste und fast das überzeugendste argumentum ad hominem; und da jedes Weib mindestens einmal im Leben diese argumentierende Ursprünglichkeit besitzt, warum sollte ich mich dann nicht überzeugen lassen? Unser junger Freund will das durch Denken abmachen. Er kann sich ja beim Konditor einen ‚Negerkuß‘ kaufen und diesen betrachten. Ich will genießen. Kein Geschwätz. Deshalb heißt es in einem alten Volkslied vom Küssen: ‚. . . es ist kaum zu sehen, es ist nur für Lippen, die genau sich verstehen‘, so genau, daß die Reflexion eine Naseweisheit und eine Torheit ist. Wenn einer 20 Jahre alt ist und nicht erfaßt, daß es einen kategorischen Imperativ gibt: Genieße! der ist ein Narr, und wer nicht zugreift, werde ein Herrnhuter. Aber ihr seid eben unglückliche Liebhaber, und darum wollt ihr das Weib umschaffen. Die Götter mögen das verhüten! So wie sie ist, so gefällt sie mir, ganz so wie sie ist. Ich bin immer galant. Warum nicht? Galanterie kostet nichts und bringt alles, und sie ist die Bedingung für allen erotischen Genuß. Galanterie ist die Freimaurerei der Sinnlichkeit und der Wollust zwischen Mann und Weib. Sie ist eine Natursprache wie die Sprache der Liebe überhaupt. Sie besteht nicht in Lauten, sondern in vermummter, maskierter Begehrlichkeit, die beständig die Rolle wechselt. Daß ein unglücklicher Liebhaber ungalant genug ist, sein Defizit in einen Wechsel auf die Ewigkeit zu konvertieren, glaube ich gerne. Doch verstehe ich das nicht, denn für mich hat das Weib reichlich Valuta. Das versichere ich jedem Weib, und das ist die Wahrheit; und zugleich ist es gewiß, daß ich der einzige bin, der durch diese Wahrheit nicht betrogen wird. Ob ein zu Fall gebrachtes Weib weniger wert ist als ein Mann, findet sich nicht in meinem Preiskurant. Ich pflücke keine geknickten Blumen; das überlasse ich den Ehemännern, um ihre Fastenspeise damit zu garnieren. Ob Eduard zum Exempel daran denken wird, sich wieder in Kordelia zu verlieben, nachdem ich sie verführt habe, oder ob er seine Verliebtheit inwendig repetieren will, das überlasse ich ihm. Warum soll ich mich in Dinge mischen, die mich nichts angehen? Was ich von ihr halte, habe ich ihr seinerzeit erklärt; und wahrhaftig, sie hat mich überzeugt, absolut überzeugend überzeugt, daß meine Galanterie gut angebracht war. Concedo. Concessi. Kommt mir eine neue Kordelia vor Augen, führe ich den Reigen Nummer zwei auf. Aber ihr seid unglückliche Liebhaber und gegen die Mädchen Verschworene und damit mehr betrogen als die Mädchen; und das, obwohl ihr reichlich begabt seid. Meine Resolutheit, die Resolutheit des Begehrens ist die Pointe im Dasein. Unser junger Freund bleibt immer außerhalb; Viktor ist ein Schwärmer; Konstantin hat seine Weisheit zu teuer bezahlt; der Modehändler ist ein Rasender. Was kann das helfen? Alle viere einem Mädchen gegenüber – und eure Weisheit würde zu Wind. Man habe Schwärmerei genug, um zu idealisieren, Geschmack genug, um mit anzustoßen beim festlichen Klingen des Genusses; Verstand genug, um abzubrechen, wenn es Zeit ist, absolut abzubrechen wie der Tod, Raserei genug, um aufs neue genießen zu wollen – so wird man der Götter und Mädchen Liebling. Doch wozu hilft es hier, zu reden? Ich will keine Proselyten machen. Der Ort ist nicht dazu angetan. Wohl liebe ich den Wein, wohl liebe ich den Überfluß des Gastmahles; das ist ganz gut, aber meine Gesellschaft ist ein Mädchen – dann rede ich. So sage ich Konstantin Dank für sein Gastmahl und den Wein und das herrliche Arrangement, aber mit den Reden war es nur mäßig bestellt. Damit es so nicht endet, will ich nun zum Preis des Weibes reden. Wie derjenige, der

von der Gottheit reden soll, von der Gottheit inspiriert sein muß, daß er wirklich reden kann, und auch von der Gottheit selbst belehrt sein, was er sagen soll, so ist es auch mit der Rede vom Weib. Denn das Weib ist noch weniger als die Gottheit ein Einfall eines Männerhirns, ein Traum am Tage, etwas, was man selbst entdeckt hat, um darüber pro et contra zu disputieren. Nein, nur von ihr selbst lernt man, über sie zu reden; und je mehr Lehrer man gehabt hat, um so besser. Das erstemal lernt man, das zweitemal findet man schon allein weiter, so wie man bei einer Disputation die Höflichkeiten des letzten Opponenten gegen den Nächsten benützt. Aber dessenungeachtet geht nichts verloren. Denn sowenig ein Kuß ein Mundgeschmack und sowenig eine Umarmung eine Anstrengung ist, so wenig kann man mit dem Weib so fertig werden, wie man einen mathematischen Satz beweist, wobei die Buchstaben wechseln, der Beweis aber immer derselbe ist. So etwas paßt für die Mathematik und Phantome, aber nicht für die Liebe und das Weib, wo jede Neue ein neuer Beweis ist, der auf eine andere Weise die Richtigkeit desselben Satzes beweist. Meine Freude ist die, daß das weibliche Geschlecht weit entfernt ist, unvollkommener zu sein, als der Mann, sondern das Vollkommenste ist. Ich will jedoch meine Rede in einen Mythus einkleiden, und es soll mich freuen um des Weibes willen, das ihr so grundlos beleidigt habt, wenn ihr euch durch meine Rede gerichtet fühlt, indem der Genuß sich euch zeigt, euch aber flieht wie die Frucht den Tantalus, weil ihr ihn geflohen habt und weil ihr das Weib beleidigt habt. Nur so kann sie nämlich beleidigt werden, ob sie auch hoch darüber erhaben ist; und jeder ist gestraft, der das wagt. Ich beleidige keine. All das ist nur die Erfindung und das Geschwätz der Ehemänner, während ich sie mehr anerkenne als ein Ehemann.

Ursprünglich gab es nur ein Geschlecht, so erzählen die Griechen, das des Mannes. Herrlich ausgerüstet war er, so daß er den Göttern Ehre machte, so herrlich ausgerüstet, daß es den Göttern erging, wie es mitunter einem Dichter begegnet, der all seine Kraft in seinem dichterischen Werk erschöpft hat: sie wurden neidisch auf den Menschen. Ja, was schlimmer war, sie fürchteten ihn, daß er sich widerwillig unter ihr Joch beugen werde; sie fürchteten, wenn auch ohne Grund, daß er noch den Himmel selbst zum Wanken bringen könnte. So hatten sie eine Macht geschaffen, die sie selbst zu bezwingen sich nicht mehr zutrauten. Da war Unruhe und Bekümmerung im Rate der Götter. Sie hatten viel verschwendet, um den Menschen zu schaffen; das war großmütig, jetzt aber galt es, alles einzusetzen: nun war Notwehr geboten, denn alles stand auf dem Spiel. Zurückgenommen werden konnte er nicht, wie der Dichter seine Gedanken zurückruft. Mit Gewalt konnte er nicht gezwungen werden, denn dann hätten die Götter selbst ihn zwingen können; aber eben daran verzweifelten sie. Gefangen und bezwungen werden mußte der Mann also durch eine Macht, die schwächer war als seine eigene, und doch stärker und stark genug, ihn zu bezwingen. Was für eine wunderliche Macht müßte das sein! Aber Not macht selbst Götter erfinderisch. Sie suchten und grübelten und fanden. Diese Macht war das Weib, das Wunder der Schöpfung selbst, in den Augen der Götter ein noch größeres Wunder als der Mann, eine Erfindung, für welche die Götter sich selbst zu loben in ihrer Naivität nicht lassen konnten. Was läßt sich mehr zur Ehre des Weibes sagen, als daß sie vermögen sollte, was die Götter selbst sich nicht zutrauten; was läßt sich mehr sagen, als daß sie es vermochte? Wie wunderbar muß sie sein, um das zu können! Das war eine List der Götter. Geheimnisvoll wurde die Zauberin geschaffen; im selben Augenblick, da sie den Mann verzaubert hatte, verwandelte sie sich und verstrickte ihn in alle Weitläufigkeiten der Endlichkeit. Das war es, was die Götter wollten. Aber was kann es auch Lieblicheres, Lustigeres, Bezauberndere geben als das, was die Götter sich ausgedacht hatten, als das einzige, was den Mann verlocken konnte? Und wahrlich, so ist es. Das Weib ist das einzig und am meisten Verführerische im Himmel und auf Erden. Wenn man die beiden so vergleicht, ist der Mann etwas sehr Unvollkommenes.

Und der Götter List glückte. Doch sie glückte nicht immer. Es gab zu allen Zeiten einige Männer, einzelne, die den Betrug merkten. Diese sahen wohl ihre Herrlichkeit, ja – besser als andere, aber sie ahnten den Zusammenhang. Diese nenne ich Erotiker und zähle mich selbst zu ihnen. Die Männer nennen sie Verführer; das Weib hat keinen Namen für sie; ein solcher ist für sie undefinierbar. Diese Erotiker sind die Glücklichen. Sie leben herrlicher als die Götter, denn sie speisen beständig nur was köstlicher ist als Ambrosia, und trinken, was lieblicher ist als Nektar: sie speisen den verführerischsten Einfall der listigen Gedanken der Götter; sie speisen immer Lockspeise – o Wollust ohnegleichen, o seliges Leben; sie speisen immer nur die Lockspeise – fangen lassen sie sich nicht. Die andern Männer greifen zu und speisen Lockspeise wie der Bauer den Gurkensalat – und werden gefangen. Nur der Erotiker weiß die Lockspeise zu würdigen, unendlich zu würdigen. Das ahnt das Weib; darum ist ein heimliches Einverständnis zwischen ihr und ihm. Aber sie weiß auch, daß sie Lockspeise ist; dieses Geheimnis hat sie für sich selbst.

Daß sich nichts Wunderbareres, nichts Lieblicheres, nichts Verführerisches denken läßt als ein Weib, dafür bürgen die Götter und deren Not, die ihre Erfindungsgabe schärfte, dafür bürgt wiederum, daß sie alles gewagt und bei der Schöpfung ihres Wesens die Kräfte von Himmel und Erde bewegt haben.

Ich verlasse den Mythus. Der Begriff des Mannes entspricht seiner Idee.

Man könnte sich deshalb denken, daß es nur einen einzigen Mann gäbe und nicht mehr. Die Idee des Weibes ist dagegen eine Allgemeinheit, die nicht in einem einzelnen Weib erschöpft ist. Sie ist dem Manne nicht ebenbürtig, sondern später geboren, ein Teil von dem Mann und doch vollkommener als er. Laß die Götter einen Teil vom Manne genommen haben, während er schlief, aus Furcht, ihn zu wecken, wenn sie zuviel nähmen – laß die Götter ihn so geteilt haben, daß das Weib die Hälfte von ihm wurde, jedenfalls ist es der Mann, der geteilt wurde. Erst in der Unterteilung verhält sie sich also gleich wie der Mann. Sie ist ein Betrug, aber das ist sie erst im zweiten Augenblick und nur für den, der betrogen wird. Sie ist die Endlichkeit; aber zuerst ist sie die Endlichkeit potenziert in der trügerischen Unendlichkeit jeder göttlichen und menschlichen Illusion. Noch ist kein Betrug da. Aber ein Augenblick länger, und man ist betrogen. Sie ist die Endlichkeit; daher ist sie ein Kollektivum: dem einen Weib entsprechen die vielen. Das versteht nur der Erotiker, und deshalb weiß er viele zu lieben, nie betrogen, sondern all die Wollust einsaugend, welche listige Götter zu bereiten vermochten. Deshalb läßt sich das Weib nicht in einer Formel erschöpfen, sondern sie ist eine Unendlichkeit von Endlichkeiten. Will man ihre Idee denken, so geht es einem wie dem, der in ein Nebelmeer starrt, in welchem beständig Gestalten sich bilden, oder wie dem, der verwirrt wird von dem Schauen auf die Wogen, wo Schaumkronen ihn beständig foppen, denn ihre Idee ist nur die Werkstätte der Möglichkeit; und wiederum ist im Erotiker diese Möglichkeit der ewige Ursprung der Schwärmerei.

So bildeten die Götter sie fein und ätherisch wie aus den Nebelschleiern der Sommernacht und doch voll wie die reife Frucht, leicht wie den Vogel, obgleich sie die Begierde einer Welt in sich trägt, leicht, weil das Spiel der Kräfte geeinigt ist in dem nicht sinnlichen Zentrum eines negativen Verhältnisses, in welchem sie sich zu sich selbst verhält, schlank im Wuchs, bestimmt bezeichnet und doch für das Auge schwellend in den Bogenlinien der Schönheit, vollendet und doch wie wenn sie beständig erst jetzt fertig würde, kühl, lieblich, erfrischend wie frischgefallener Schnee und doch errötend in stiller Durchsichtigkeit, glücklich wie ein Spaß, der einen alles vergessen läßt, beruhigend als das Ziel, für das die Begierde da ist, und zufriedenstellend dadurch, daß sie selbst das Inzitament der Begierde ist. Und so haben die Götter die Situation berechnet, daß der Mann, wenn er sie zu sehen bekäme, sich verwundern soll wie einer, der sich selber sieht, obwohl ihm dieser Anblick vertraut war, wie einer, der sich selbst im Abglanz der Vollkommenheit sieht, verwundernd wie einer, der sieht, was er nie geahnt hat und doch sieht, was er, wie es scheint, notwendig hätte entdecken müssen, der sieht, was notwendig ist für das Dasein, und es sieht als des Daseins Rätsel. Gerade dieses Widerspruchsvolle in der Verwunderung bringt die liebende Begierde hervor, und während die Verwunderung sich näher und näher heranschiebt, kann er es nicht lassen, zu sehen, nicht lassen, vertraut damit zu scheinen, ohne sich jedoch richtig nähern zu dürfen, ob er es auch nicht lassen kann zu begehren.

Nachdem die Götter sich so deren Gestalt ausgedacht hatten, fürchteten sie selbst, das nicht ausdrücken zu können. Aber was sie noch mehr fürchteten, war sie selbst. Sie durften sie nämlich nicht wissen lassen, wie schön sie war, aus Furcht vor einem Mitwisser, der ihre List vereiteln könnte. Da wurde dem Werk die Krone aufgesetzt. Die Götter schufen sie vollständig; aber dann verbargen sie alles vor ihr in der Unwissenheit der Unschuld und verbargen es noch einmal vor ihr in dem undurchdringlichen Geheimnis der Schamhaftigkeit. Sie war fertig und der Sieg gewiß. Einladend war sie; nur war sie es, indem sie sich entzog, bezwingend, indem sie floh, unwiderstehlich, indem sie selbst beständig der Widerstand war. Die Götter jubelten. Und kein Reiz ist so absolut wie der der Schamhaftigkeit und kein Betrug so beispiellos wie das Weib. Sie weiß nichts, und doch enthält die Schamhaftigkeit eine naturhafte Ahnung. Sie ist vom Manne geschieden, [...] und doch vernimmt der Erotiker, der gleich Pyramus sein Haupt an die Scheidewand der Schamhaftigkeit legt, dort drinnen von ferne geahnt, die Lust aller Begierde.

Das ist die Versuchung durch das Weib. Die Menschen setzen den Göttern das Herrlichste zur Speise vor – sie wissen nichts Herrlicheres zu bieten – so ist das Weib eine Schaufrucht. Die Götter wissen nichts, um es damit zu vergleichen. Sie ist, sie ist da, gegenwärtig, dicht dabei und doch unendlich fern, verborgen in der Schamhaftigkeit, bis sie selbst ihr Versteck verrät; wodurch, das weiß sie nicht. Es ist nicht sie, es ist das Dasein selbst; dies ist der listige Verräter. Schelmisch ist sie wie das Kind im Spiel, das aus seinem Schlupfwinkel herauskichert; und doch ist ihre Schelmerei unerklärlich, ihr selbst unbewußt, und immer rätselhaft, wenn sie die Augen niederschlägt, rätselhaft, wenn sie die Sendboten der Blicke aussendet, denen kein Gedanke, noch weniger ein Wort zu folgen vermag. Und doch ist der Blick der ‚Dolmetscher' der Seele, wie er die Erklärung ist, wenn der Dolmetscher selbst unverständlich redet. Ruhig ist sie wie die Stille des Abends, wenn kein Blatt sich rührt, ruhig wie ein Bewußtsein, das noch von nichts etwas weiß, die Bewegung ihres Herzens so regelmäßig, als stünde es still; und doch entdeckt der Erotiker, der stethoskopisch richtig horcht, den dithyrambischen Schlag der Lust wie etwas unbewußt Mitklingendes. Sorglos wie das Blasen des Windes, zufrieden wie das tiefe Meer und doch sehnsuchtsvoll wie das Unerklärliche ist das. Meine Freunde! mein Gemüt ist besänftigt, unbeschreiblich besänftigt; ich fasse es, daß auch mein Leben eine Idee ausdrückt, wenn auch ihr mich nicht versteht. Auch ich habe dem

Dasein sein Geheimnis abgelauscht, auch ich bin im Dienst der Gottheit, und gewiß diene ich nicht um nichts. Wie das Weib ein Betrug der Götter ist, so ist dies der wahre Ausdruck, daß sie verführt sein will; und wie das Weib nicht eine Idee ist, so folgt daraus die Wahrheit, daß der Erotiker so viele wie möglich lieben will.

Welche Wollust es ist, den Betrug zu genießen, ohne betrogen zu werden, das versteht nur der Erotiker. Wie selig es ist, verführt zu werden, weiß eigentlich nur das Weib. Ich weiß das vom Weib, wenn ich ihr auch noch keine Zeit gegeben habe, es mir zu erklären, sondern mich selbst behauptet und der Idee gedient habe mit einem Bruch, so jäh wie der des Todes; denn ein Bruch und ein Bruch entsprechen weiblich und männlich einander. Nur ein Weib weiß das und weiß das mit seinem Verführer. So etwas faßt kein Ehemann. Sie redet zu ihm niemals davon. Sie findet sich in ihr Schicksal; sie ahnt, daß das so sein muß, daß sie nur einmal verführt werden kann. Deshalb zürnt sie eigentlich niemals ihrem Verführer, d. h. wenn er sie wirklich verführt und die Idee zum Ausdruck gebracht hat. Ein gebrochenes Eheversprechen und derartiges ist natürlich Galimathias und keine Verführung. Schließlich ist es kein so großes Unglück für ein Weib, verführt worden zu sein, sondern es ist ihr Glück, wenn sie es wird. Ein ausgezeichnet verführtes Mädchen kann ein ausgezeichnetes Eheweib werden. Wenn ich selbst nicht zum Verführer taugen würde – obwohl, wenn ich mich so betrachte, ich tief fühle, wie weit ich noch zurück bin –, wenn ich ein Ehemann wäre, so würde ich jederzeit ein verführtes Mädchen wählen, damit ich nicht selbst damit beginnen würde, meine Gattin zu verführen. Die Ehe drückt auch eine Idee aus; aber im Verhältnis zu dieser Idee ist das durchaus gleichgültig, was im Verhältnis zu meiner Idee das Absolute ist. Eine Ehe dürfte deshalb niemals so angelegt werden, daß ihr Beginn der Beginn einer Verführungsgeschichte wäre. Soviel ist gewiß, daß jedem Weib ein Verführer entspricht. Ihr Glück ist, gerade ihn zu treffen.

Mit der Ehe dagegen siegen die Götter. Da wandert die einmal Verführte an der Seite des Ehemannes durchs Leben, sieht bisweilen sehnsüchtig zurück, findet sich in ihr Schicksal, bis sie ihres Lebens Grenze erreicht hat. Sie stirbt, aber sie stirbt nicht in dem Sinn wie der Mann; sie verflüchtigt sich und löst sich auf in jenes Unerklärliche, woraus die Götter sie schufen, sie verschwindet wie ein Traum, wie eine vorläufige Gestalt, deren Zeit vorbei ist. Denn was ist das Weib anders als ein Traum und doch die letzte Wirklichkeit? So versteht sie der Erotiker und führt sie und wird durch sie geführt im Augenblick der Verführung hinaus aus der Zeit, dahin, wo sie als eine Illusion ihre Heimat hat. Beim Ehemann wird sie zeitlich und er mit ihr.

Wunderbare Natur, wenn ich dich bewunderte, so würde ein Weib es mich lehren, denn sie ist des Daseins Venerabile. Herrlich hast du sie gebildet, und noch herrlicher, daß du nicht eine wie die andere schufest. Beim Mann ist das Wesentliche das Wesentliche und insofern immer dasselbe; beim Weib ist das Zufällige das Wesentliche und so eine unerschöpfliche Mannigfaltigkeit. Kurz ist ihre Herrlichkeit, aber rasch ist auch der Schmerz vergessen, und mir ist, als hätte ich ihn nie verspürt, wenn dieselbe Herrlichkeit sich mir wieder bietet. Wohl wahr, auch ich sehe das Unschöne, das sich später zeigen kann; aber so zeigt sie sich nicht bei ihrem Verführer." [. . .]

Charles Baudelaire

Die Juwelen

Die Teuerste war nackt, doch legte sie nicht ab
Mir zu Gefallen ihren Schmuck von Hals und Ohren,
Der ihr mit seinem Putz das stolze Aussehn gab,
Das in der Jugend ziert die Sklavinnen der Mohren.

Wenn diese Welt aus Goldblitz und Brillantenglut
Ausstreut im Tanze ihr ironisch keckes Klingen,
Setzt sie mich in Ekstase, denn ich lieb mit Wut
All jene Dinge, drin sich Klang und Licht durchdringen.

So lag sie also auf dem Diwane, bereit
Zu Lieben, ein zufriednes Lächeln um die Lippe,
Und meine Liebe, wie das Meer so süß und weit,
Schwoll über sie empor wie über eine Klippe.

Die Augen wie ein zahmer Tiger stets auf mir
Mit träumend leerem Blick, erprobt' sie neue Posen,
Und wie sich Reinheit mit der Unzucht mengt in ihr,
Erschienen zauberhafter die Metamorphosen.

Glatt, wie mit Öl gesalbt, reich wogend wie ein Schwan,
Bewegten Arm und Bein und Schenkel sich und Lenden
Vor meinen Augen, die hellsichtig alles sahn.
Und Bauch und Brüste, meines Weinbergs süße Spenden,

Kamen wie böse Engel schmeichelnd auf mich zu,
Den stillen Frieden meiner Seele zu zerschmelzen
Und sie zu stören in der Einsamkeit und Ruh,
In der sie schweigend saß auf dem kristallnen Felsen.

Mir war's, als sähe ich vereint nach neuem Plan
Hüften Antiopes mit einem Knabenrücken,
So sehr stieg von der Mitte her ihr Becken an.
Auf brauner Haut, wie war die Schminke zum Entzücken!

— Und da die Lampe schließlich auszugehn beschloß
Und das Gemach allein im Schein des Herdes ruhte,
Färbt' jeder Seufzer, den er flammend aufwärts schoß,
Den amberfarbnen Leib mit warmem, rotem Blute!

Eine Welt in deinem Haar

Laß mich lange, lange den Duft deiner Haare atmen, mein Gesicht in sie senken wie ein Dürstender in das Wasser einer Quelle und sie bewegen mit meiner Hand wie ein duftendes Tuch – Erinnerungen zu wecken im flüchtigen Hauch.

Ach! Könntest du alles wissen, was ich in deinem Haar sehe, was ich

fühle, höre in ihm! Meine Seele fliegt dahin auf seinem Duft wie die Seele anderer Menschen auf der Musik.

Deine Haare bergen einen Traum voller Segel und Masten. Sie bergen große Meere, und deren Winde tragen mich zu heiteren Küsten, wo der Himmel blauer ist und tiefer, wo die Luft nach Früchten duftet, nach Laub, nach der Haut des Menschen.

Im Ozean deiner Haare ahne ich einen Hafen, der erfüllt ist vom Klang wehmütiger Lieder, von kräftigen Männern aus jeder Nation und von Schiffen jeder Gestalt, deren zerbrechlich vielfältiger Bau vor einem ungeheuren Himmel steht, wo ewige Glut sich breitet.

Im Liebkosen deiner Haare finde ich die Sehnsucht langer Stunden wieder, die vergangen sind auf deinem Diwan, zwischen Blumen und kühlen Krügen in der Kajüte eines schönen Schiffes, das leicht sich hob und senkte auf der kaum zu spürenden Woge des Hafens.

Im Glutherd deiner Haare atme ich den Duft des Tabaks, den Duft von Opium und Zucker. In der Nacht deiner Haare sehe ich die Unendlichkeit aufglänzen im Schwarzblau der Tropen, am weichen Gestade deiner Haare berauscht mich der Geruch von Teer und Moschus und vom Öl der Palmen.

Laß mich in deine schweren, schwarzen Flechten beißen! Und wenn ich die schmiegsamen, widerspenstigen Haare schmecke, dann ist mir, als verzehre ich Erinnerungen.

Das Tagebuch der Brüder Goncourt

Flauberts erste Liebe

Sonntag, 20. Februar 1860

In seiner Kaminecke sitzend, erzählt uns Flaubert von seiner ersten Liebe. Er fuhr nach Korsika. Er hatte bis dahin nur durch ein Stubenmädchen seiner Mutter seine Einfalt verloren. Er gerät in ein kleines Hotel in Marseille, wo Frauen aus Lima abgestiegen waren, deren von Intarsien schimmerndes Ebenholzmobiliar die Bewunderung der Reisenden erregte. Drei Frauen in seidenen, vom Rücken bis zu den Fersen herabfließenden Gewändern, begleitet von einem Negerknaben in einem Nankinganzug, türkische Pantoffel an den Füßen: eine fremde Welt, die er flüchtig in einem Patio voll tropischer Pflanzen zu sehen bekam, in dessen Mitte ein Springbrunnen plätscherte – für einen jungen Normannen, der nicht weiter als von der Normandie nach der Champagne und von der Champagne nach der Normandie gereist war, ein exotisches Bild von verführerischem Reiz. Und eines Morgens, als er von einem Schwimmbad im Mittelmeer zurückkam, drückte er einer der drei Frauen, mit der er an ihrer Türschwelle zusammenstieß, einer Frau von fünfunddreißig Jahren, einem prachtvollen Geschöpf, einen jener Küsse auf, in die man seine ganze Seele legt. Es war ein Überströmen von Wonne, dann Tränen, dann Briefe, dann nichts mehr.

Seitdem kehrte er wiederholt nach Marseille zurück, zog Erkundigungen ein, ohne jemals erfahren zu können, was aus den drei Frauen geworden war. Das letztemal, als er es auf seiner Fahrt nach Tunis berührte, wohin er sich wegen seines Romans über Karthago begab, findet er das Haus nicht wieder, das er bei jeder seiner Durchreisen aufgesucht hatte. Er sieht sich um, er sucht, er bemerkt, daß ein Spielzeugladen daraus geworden ist und ein Friseur das erste Stockwerk einnimmt. Er steigt hinauf, läßt sich rasieren und erkennt an der Wand noch die Tapete des Zimmers.

Walt Whitman

Ich singe den Leib, den elektrischen

Dies ist die weibliche Gestalt,
Ein göttlicher Nimbus haucht von ihr aus von Kopf bis Fuß,
Sie zieht an mit heißer, unwiderstehlicher Anziehungskraft.
Ich werde eingesogen von ihrem Atem, als wäre ich nur ein hilfloser Nebel, alles versinkt außer mir und ihr,
Bücher, Kunst, Religion, Zeit, die sichtbare feste Erde, und was vom Himmel erhofft und von Hölle gefürchtet wurde, ist jetzt verweht,
Wilde Fühlfäden, unbändige Blitze zucken aus ihr, das Widerspiel auch unbändig,
Haar, Busen, Hüften, Biegung der Beine, lässiges Sinken der Hände ganz gelöst, die meinigen auch gelöst,
Ebbe, gestachelt von Flut, und Flut, gestachelt von Ebbe, Liebesfleisch, schwellend und lustvoll schmerzend,
Üppige, reine Strahlen der Liebe, heiß und gewaltig, zuckendes Gallert der Liebe, weißer Gischt und rasender Saft,
Bräutigam-Liebesnacht, sicher und weich eindringend in die hingegebene Morgendämmerung.
Verwogend in den willigen, nachgiebigen Tag,
Verloren in des umklammernden, anschmiegenden Tages süßes Fleisch.

Dies ist der Keim – alsdann wird das Kind vom Weibe geboren, der Mann vom Weibe geboren,
Dies das Bad der Geburt, das Einsenken von klein und groß, und das Wiederhervorwachsen.
Schämt euch nicht, Weiber, euer Vorrecht umschließt alles übrige und ist der Ausgang für alles übrige,
Ihr seid die Pforten des Leibes und seid die Pforten der Seele.

Das Weib enthält alle Eigenschaften und gleicht sie aus,
Sie steht an ihrem Platz und bewegt sich in vollkommenem Gleichgewicht,
Sie ist alles in geziemendem Schleier, sie ist beides, passiv und aktiv,
Sie ist gemacht, um Töchter sowohl wie Söhne zu empfangen und Söhne sowohl wie Töchter.
Ich sehe meine Seele gespiegelt in der Natur,
Ich sehe durch einen Nebel Eine in unaussprechlicher Vollkommenheit, Gesundheit, Schönheit,
Geneigten Haupts, die Arme gefaltet über der Brust –
Ich sehe das Weib.

Der Mann ist nicht minder die Seele noch mehr, auch er ist an einem Platz,
Auch er umschließt jede Eigenschaft, Tatkraft und Macht,
Die Blüte des bekannten Weltalls ist in ihm,

Hohn steht ihm gut, und Begierde und Trotz stehen ihm gut,
Die wildesten, stärksten Leidenschaften, äußerste Seligkeit, äußerstes Leid steht ihm gut, Stolz ist sein Teil,
Der vollentfaltete Stolz des Mannes ist herrlich beruhigend für die Seele,
Wissen steht ihm gut, er liebt es allezeit, er ist sich selber der Prüfstein für alles,
Wohin er auch schaut, wohin ihn auch See und Segel führt, Grund fühlt er am Ende hier allein.
(Wo anders fühlte er Grund als hier?)

Des Mannes Leib ist heilig, und des Weibes Leib ist heilig,
Ganz gleich, wer es ist, er ist heilig – ist es der Niedrigste in der Arbeiterschar?
Ist es einer der Einwanderer mit stumpfem Gesicht, die eben gelandet sind an der Werft?
Jeder gehört hierher oder irgendwohin, genausogut wie der Wohlbestallte, genausogut wie du,
Jeder hat seinen und ihren Platz in der Prozession.

(Alles ist eine Prozession,
Das Weltall ist eine Prozession in wohlgemessener, vollkommener Bewegung.)

Weißt du selber so viel, daß du den Niedrigsten unwissend meinst?
Meinst du, du habest ein Recht auf einen guten Platz,
und er oder sie haben kein Recht auf einen guten Platz?
Meinst du, die Materie habe sich zusammengeballt aus zerfließendem Dunst, und der Erdboden sei an der Oberfläche, und Wasser ströme und Wachstum sprieße
Für dich allein und nicht für ihn und sie?

Maxim Gorki

Gespräche mit Tolstoi

Er saß auf der Steinbank unter Zypressen, so vertrocknet, klein und grau, und sah trotzdem einem Zebaoth ähnlich, der ein bißchen müde ist und sich damit vergnügt, einem Buchfink nachzupfeifen. Der Vogel sang im dunklen, grünen Dickicht. Er schaute zu ihm hin, die scharfen Augen halb zugekniffen, hatte die Lippen gespitzt wie ein Kind und versuchte ungeschickt zu pfeifen.

„Wie der kleine Kerl böse ist! Ordentlich wütend! Was ist das für ein Vogel?"

Ich erzählte ihm vom Buchfink und der eifersüchtigen Veranlagung, die für diesen Vogel charakteristisch ist.

„Das ganze Leben nur ein einziges Lied – und eifersüchtig! Der Mensch hat Hunderte von Liedern in der Seele, und man schilt ihn wegen seiner Eifersucht. Ist das gerecht?" sagte er sinnend, als frage er sich selbst. „Es gibt Augenblicke, da ein Mann der Frau mehr sagt, als sie von ihm wissen darf. Er spricht und vergißt es gleich wieder, aber sie behält es. Vielleicht kommt die Eifersucht von der Angst, die Seele zu erniedrigen, von der Furcht, gedemütigt zu werden, lächerlich zu sein? Nicht das Weib ist gefährlich, das den Mann am . . . hält, sondern das ihn an der Seele hält."

Als ich meinte, diese Worte ständen doch im Widerspruch zu seiner „Kreutzersonate", ging der Glanz seines Lächelns durch seinen ganzen Bart, und er antwortete:

„Ich bin auch kein Buchfink."

Des Abends beim Spaziergang sagte er plötzlich:

„Der Mensch muß Erdbeben, Epidemien, furchtbare Krankheiten und alle Qualen der Seele ertragen. Aber die schlimmste Tragödie des Lebens, zu allen Zeiten, war, ist und bleibt – die Tragödie des Schlafzimmers."

Bei diesen Worten lächelte er feierlich.

Gestern abend erzählte ich ihm von meinem Kampf mit der Generalin Cornet. Er lachte laut, bis zu Tränen, bekam Schmerzen in der Brust, stöhnte und rief immer wieder mit schriller Stimme:

„Mit der Schaufel! Auf den . . .! Mit der Schaufel! Ah? Gerade auf den . . .! Und – war die Schaufel sehr breit?"

Als er sich etwas beruhigt hatte, sagte er ernsthaft:

„Es war sehr großmütig von Ihnen, sie nur so zu hauen. Jeder andere hätte ihr eins über den Schädel gegeben. Sehr großmütig! Hatten Sie eigentlich begriffen, daß das Weib Sie haben wollte?"

„Ich weiß nicht mehr. Ich glaube, das verstand ich noch nicht . . .“
„Nun gewiß! Das ist klar. Natürlich, ja.“
„Nicht für so etwas lebte ich damals . . .“
„Wofür man auch lebt, das bleibt sich immer gleich! Sie sind kein großer Weiberjäger, wie ich sehe. Ein anderer hätte sein Glück damit gemacht, wäre Hausbesitzer geworden und hätte sich mit ihr zusammen kaputtgetrunken.“

Nach einer Pause:
„Sie sind ein komischer Mensch! Nehmen Sie es mir nicht übel, aber Sie sind ein sehr komischer Mensch! Und es ist zu verwundern, daß Sie noch so gut sind, obwohl Sie alles Recht hätten, schlecht zu sein. Sie sind stark, das ist gut . . .“

Und nach einer neuen Pause setzte er nachdenklich hinzu:
„Ihren Geist verstehe ich nicht. Ein sehr wirrer Geist! Aber ein kluges Herz haben Sie . . ., ja, ein kluges Herz!“

Anmerkung: Als ich in Kasan lebte, trat ich als Hausknecht und Gärtner bei der Generalswitwe Cornet in Dienst, einer Französin. Sie war eine noch junge Frau, dick, mit den winzigen Füßen eines halbwüchsigen Mädchens, und hatte wunderbar schöne, ruhige, immer begehrlich geöffnete Augen. Ich glaube, sie war vor ihrer Verheiratung Hökerin oder Köchin gewesen, vielleicht auch Freudenmädchen. Schon am frühen Morgen betrank sie sich und erschien so im Garten oder auf dem Hofe, im bloßen Hemde, mit einem orangefarbenen Schlafrock darüber, mit roten, tatarischen Pantoffeln aus Saffianleder, eine unordentliche Mähne dichter Haare auf dem Kopfe, die ihr über die roten Backen und die Schultern fielen. Eine junge Hexe! Sie lief im Garten umher, trällerte französische Liedchen und schaute mir bei der Arbeit zu. Ab und zu trat sie ans Küchenfenster und bat:

„Pauline, geben Sie mir etwas.“
„Etwas“ war immer ein und dasselbe: ein Glas Wein mit Eis.

Im unteren Stockwerk ihres Hauses wohnten, einsam wie Waisen, drei junge Prinzessinnen D.-G., deren Vater, ein Intendantur-General, anderswo lebte und deren Mutter tot war. Die Generalin Cornet konnte die jungen Damen nicht leiden und legte es darauf an, sie aus der Wohnung zu vertreiben, indem sie ihnen allerhand Schabernack spielte. Sie sprach schlecht russisch, nur schimpfen konnte sie ausgezeichnet, wie ein tüchtiger Lastfuhrmann. Mir mißfiel ihr Betragen gegen die harmlosen Mädchen: sie waren so traurig, so verängstigt und hilflos. Eines Mittags spazierten zwei von ihnen im Garten. Plötzlich erschien die Generalin, betrunken wie immer, schrie die Mädchen an und jagte sie aus dem Garten. Sie entfernten sich stumm, aber die Generalin stellte sich in die Pforte, verschloß sie wie ein Pfropfen und überschüttete die Mädchen mit derartig gemeinen russischen Worten, daß ein Pferd das Zittern davon bekommen hätte. Als ich sie ersuchte, das Geschimpfe einzustellen und die jungen Damen vorbeizulassen, schrie sie in ihrem gebrochenen Russisch:

„Dich kenn ich! Steigst nachts zu ihnen durchs Fenster ..."

Jetzt wurde ich böse, packte sie an den Schultern und zog sie von der Pforte weg. Sie riß sich aber los, wandte mir das Gesicht zu, schlug rasch ihren Schlafrock auf, hob das Hemd hoch und brüllte:

„Ich bin viel besser als diese Ratten!"

Nun wurde ich rabiat, drehte sie mit der Rückseite zu mir und schlug mit einer Schaufel auf die bewußte Verlängerung ihres Rückens, so daß sie eiligst zum Pförtchen hinaussprang und über den Hof lief, wobei sie, höchlichst erstaunt, dreimal ausrief:

„Oh! Oh! Oh!"

Dann ließ ich mir von ihrer Busenfreundin Pauline, einer gleichfalls dauernd betrunkenen, aber sehr verschmitzten Weibsperson, meinen Paß geben, nahm das Bündel meiner Habseligkeiten unter den Arm und verließ den Hof. Die Generalin stand mit einem roten Tuch in der Hand am Fenster und schrie mir nach:

„Ich ruf keine Polizei! Ist schon gut! Hör doch! Komm zurück! Brauchst keine Angst zu haben ..."

Jens Peter Jacobsen

Niels Lyhne

Frau Boye

[. . .] Ist es Ihnen nicht aufgefallen, daß wir Frauen unendlich viel weniger phantastisch sind als die Männer? Wir können nicht so dem Genusse in unserer Phantasie vorgreifen und uns das Leid mit einem eingebildeten Troste vom Leibe halten. Was da ist, das ist! Die Phantasie! – Die ist so jämmerlich wenig. – Ja, wenn man älter geworden ist, so wie ich, dann begnügt man sich bisweilen mit der armseligen Komödie der Phantasterei. Aber man sollte das niemals tun, niemals!"

Sie setzte sich matt auf dem Sofa zurecht, halb liegend, halb sitzend, die Hand unter das Kinn und den Ellenbogen auf die Kissen gestützt.

Ihr Blick war träumend ins Zimmer gerichtet, und sie schien ganz in trübe Gedanken verloren zu sein.

Auch Niels schwieg, und es wurde völlig still. Man vernahm das rastlose Umherhüpfen des Kanarienvogels, die Stutzuhr drang mit ihrem Geticke durch das Schweigen, lauter und lauter, und eine Saite im offenen Klavier verzog sich mit einem plötzlichen kleinen Sprunge und klang im langen, hinsterbenden Tone mit dem weichen Singen der Stille zusammen.

Sie sah so jung aus, wie sie dort lag, gerade unter dem milden, gelblichen Scheine der Astrallampe, der sie vom Scheitel bis zur Sohle beleuchtete, und es war ein berückender Gegensatz zwischen dem schönen, kräftig geformten Hals, der matronenhaften Charlotte-Corday-Haube und den kindlich treuherzigen Augen sowie dem offenen kleinen Munde mit den milchweißen Zähnen.

Niels blickte sie bewundernd an.

„Wie eigentümlich es ist, wenn man sich nach sich selber sehnt", sagte sie, indem sie langsam ihre Träume fahrenließ und den Blick wieder auf die Wirklichkeit richtete, „und ich sehne mich so oft, so oft nach mir selbst, wie ich als junges Mädchen war, und ich liebe dieses Mädchen wie ein Geschöpf, dem ich innerlich nahegestanden und mit dem ich Leben, Glück und überhaupt alles geteilt habe und das ich dann verlor, ohne das Geringste dagegen tun zu können. Was für eine schöne Zeit war das! Sie ahnen nicht, wie rein und zart das Leben eines solchen jungen Mädchens ist bis in die Zeit der ersten Liebe hinein. Das läßt sich nur in Tönen sagen, aber denken Sie es sich wie ein Fest, ja, wie ein Fest in einem Feenschlosse, wo die Luft wie errötendes Silber schimmert. Es ist voll von frischen Blumen, und die wechseln ihre Farben und vertauschen sie allmählich untereinander. Alles erklingt da drinnen, jubelnd, aber doch gedämpft, und die aufdämmernden Ahnungen glimmen und glühen wie ein geheimnisvoller Wein in ganz feinen Traumeskelchen, und das klingt und duftet: tausend Wohlgerüche ziehen sich wie leichter Nebel durch die Säle; ach, ich könnte weinen, wenn ich es mir vorstelle, und auch, wenn ich daran denke, daß mich dies Leben gar nicht mehr tragen könnte, falls mir alles zusammen, wie es war, durch ein Wunder wiedergegeben würde, sondern ich müßte hindurchstürzen wie eine Kuh, die auf Spinngeweben tanzen wollte."

„Nein, wahrhaftig nicht", entgegnete Niels eifrig, und seine Stimme zitterte, als er fortfuhr: „Nein! Sie würden gerade viel feiner und unendlich vergeistigter lieben können als das junge Mädchen."

„Vergeistigt! Wie ich diese vergeistigte Liebe hasse! Es sind ja bloß Zeugblumen, die aus dem Erdboden einer solchen Liebe aufwachsen; sie wachsen ja nicht einmal, man nimmt sie aus dem Kopf und steckt sie ins Herz, weil das Herz selber keine Blume treibt. Das ist es ja eben, worum ich das junge Mädchen beneide; bei ihr ist nichts unecht, der Ersatz der Phantasterei kommt nicht in ihren Liebesbecher hinein. Glauben Sie nicht, daß sie sich deshalb mehr um diese Bilder als um die Erde, auf der sie geht, bekümmert, weil ihre Liebe von Phantasiebildern und Erscheinungen einer großen, üppigen Unbestimmtheit durchwebt und beschattet ist, das kommt nur daher, weil alle ihre Sinne, Instinkte und Gaben überall nach der Liebe greifen – überall, ohne daß sie dessen müde wird. Aber das tut sie nicht, um ihre Phantasie auszukosten oder auch nur etwas darin zu ruhen, nein, sie ist oft in ihrer eigenen unbewußten Weise bis zu einer gewissen unschuldigen Schamlosigkeit gelangt. Sie ahnen es zum Beispiel nicht, welch ein berauschender Genuß es für ein junges Mädchen sein kann, heimlich den Duft des Zigarrenrauches einzuatmen, der am Anzuge ihres Geliebten haftet – das ist tausendmal mehr für sie als eine ganze Feuersbrunst von Phantasie. Ich verachte die Phantasie. Was will es denn sagen, wenn jemandes ganzes Wesen nach dem Herzen eines Menschen trachtet, und es wird nur in das eisige Vorzimmer der Phantasie eingelassen! Und wie oft geschieht das nicht! Und wie oft müssen wir uns nicht dareinfinden, daß der, den wir lieben, uns mit seiner Phantasie aufputzt, uns einen Heiligenschein auf das Haupt setzt, Flügel an die Schultern bindet, uns in ein sternbesätes Gewand einwickelt und dann erst seiner Liebe für wert erachtet, wenn wir in all dem Maskeradenstaat einherwandeln, worin keine von uns ganz sie selbst sein kann, weil wir viel zu ausgeschmückt sind und weil man uns damit verwirrt, daß man sich vor uns in den Staub wirft und uns anbetet, anstatt uns zu nehmen, wie wir sind, und einfach so zu lieben."

Niels war ganz verstört; er hatte ihr Taschentuch aufgenommen, das ihr herabgefallen war, und saß nun da und berauschte sich an dessen Duft, er war gar nicht darauf vorbereitet, daß sie ihn so ungeduldig fragend ansehen würde, gerade jetzt, wo er darin vertieft war, ihre Hand zu betrachten; aber er kam doch mit der Antwort zustande, es sei ihm der beste Beweis für die Größe einer Mannesliebe, daß er, um die unsäglich tiefe Zuneigung zu einem Menschenkinde vor sich selbst verantworten zu können, das geliebte Wesen mit dem Scheine der Göttlichkeit umgeben müsse.

„Ja, das ist es eben, was uns verletzt", sagte Frau Boye, „wir sind ja doch göttlich genug, so wie wir sind."

Niels lächelte zuvorkommend.

„Nein, Sie dürfen nicht lächeln, das soll durchaus kein Scherz sein. Im Gegenteil, es ist sehr ernst, denn diese Anbetung ist in ihrem Schwärmerwahn von Grund auf ein unerbittlicher Zwang; wir sollen genötigt werden, uns in das Ideal des Mannes hineinzupassen. Hau eine Ferse ab und schneide eine Zehe weg! Das in uns, was nicht mit seiner idealen Vorstellung übereinstimmt, das soll fort; ist das nicht durch Unterdrückung möglich, so durch Übersehen, durch planmäßiges Vergessen, durch das Leugnen jeglicher Entwicklung, und das, was wir nicht haben, oder das, was uns gar nicht eigentümlich ist, das soll zum wildesten Blühen angetrieben werden, indem es bis in den Himmel erhoben wird und kraft der beständigen Voraussetzung, daß wir es im höchsten Maße besitzen, und schließlich auch dadurch, daß es zum Haupteckstein gemacht wird, worauf sich die Liebe des Mannes aufbaut. Ich nenne das Vergewaltigung unserer Natur. Ich nenne das Abrichtung. Ja, die Liebe des Mannes richtet uns ab. Und wir beugen uns darunter, selbst die von niemand geliebten Frauen beugen sich mit, verächtliche, schwache Dinger, die wir sind!"

Sie raffte sich aus ihrer liegenden Stellung auf und blickte drohend zu Niels hinüber.

„Wenn ich schön wäre! Ach, und zwar berauschend schön, herrlicher als irgendein Weib, das je gelebt hat, so daß alle, die mich sähen, von einer unauslöschlichen, schmerzlichen Liebe ergriffen und wie mit einem Zauber geschlagen würden; wie wollte ich sie dann durch die Macht meiner Schönheit dazu zwingen, nicht ihr herkömmliches, blutloses Ideal, sondern mich selbst anzubeten, mich, wie ich gehe und stehe, mich selber, Zoll für Zoll, Falte um Falte meines Wesens, Strahl auf Strahl meiner Natur."

Sie hatte sich jetzt ganz aufgerichtet, und Niels war auch darauf bedacht, zu gehen, aber er stand da und drechselte an manchen kühnen Wendungen herum, die er doch nicht auszusprechen wagte. Endlich faßte er Mut, ergriff ihre Hand und küßte sie, aber sie reichte ihm auch noch die andere Hand zum Kusse, und so brachte er nichts weiter heraus als „Gute Nacht!".

Niels Lyhne hatte sich in Frau Boye verliebt, und er war froh darüber.

Guy de Maupassant

Das Scheit

Der Salon war klein, in dichte Stofftapeten gehüllt, und duftete diskret. In dem breiten Kamin loderte ein starkes Feuer; und eine einzige Lampe auf der Ecke des Kaminsimses goß weiches Licht durch einen alten Spitzenschirm über zwei Personen, die dort plauderten.

Sie, die Hausherrin, war eine alte Frau im weißen Haar, aber eine von den anbetungswürdigen Alten, mit einer Haut ohne Runzeln, seidig wie feines Papier und duftend, von Düften getränkt, bis ins lebendige Fleisch durchdrungen von den feinen Essenzen, worin sie so lange schon badet: und küßt man einer solchen Dame die Hand, atmet man den leisen Wohlgeruch florentinischer Iris, wie er einem aus einer alten Puderdose entgegenschwebt.

Er war ein Freund von früher her, Junggeselle geblieben, ein Freund für alle Wochen, ein Gefährte auf der Lebensreise.

Nicht mehr übrigens.

Sie hatten seit ungefähr einer Minute aufgehört zu plaudern und schauten sinnend ins Feuer, versunken in jenes Schweigen, das Menschen lieben, die nicht immer des Redens bedürfen, um in der Nähe des anderen sich wohl zu fühlen.

Und plötzlich kam ein großes Scheit ins Rutschen, ein struppiger, flammender Wurzelstumpf. Über die Feuerböcke in den Salon geschleudert, rollte er über den Teppich und sprühte Funken um sich her.

Die alte Frau fuhr mit einem kleinen Schrei auf, als wollte sie fliehen, während er mit Stiefeltritten das riesige verkohlte Scheit in den Kamin zurückbeförderte und mit den Sohlen die rundum liegenden Glutsplitter erstickte.

Als das Unglück behoben war, breitete sich starker Brandgeruch aus; und der Mann blickte die Freundin, der er sich wieder gegenübersetzte, lächelnd an. „So kam es“, sagte er, indem er auf das wieder im Kamin ruhende Scheit wies, „daß ich mich niemals verheiratet habe.“

Sie betrachtete ihn ganz erstaunt, mit jenem neugierigen Blick der Frauen, die wissen wollen, der Frauen, die nicht mehr ganz jung sind, deren Neugier überlegt, vielschichtig, oft schalkhaft ist; und sie fragte: „Wie das?“

„Oh! das ist eine ganze Geschichte“, sagte er, „eine ziemlich traurige, ziemlich widerwärtige Geschichte.

Meine einstigen Kameraden wunderten sich oft über die Kälte, die mit einemmal zwischen einen meiner besten Freunde, der mit Vornamen Julien hieß, und mich getreten war. Sie verstanden durchaus nicht, wie zwei Intime, zwei Unzertrennliche, wie wir es waren, plötzlich einer dem anderen fast Fremde hatten werden können. Nun, das Geheimnis unserer Entzweiung war dies:

Er und ich, wir wohnten früher zusammen. Nie war einer ohne den anderen; und die Freundschaft, die uns verband, schien so stark, als könnte nichts sie je zerstören.

Eines Abends, als er nach Hause kam, kündigte er mir an, daß er heiraten werde.

Mir versetzte das einen Schlag in die Brust, als hätte er mich bestohlen oder verraten. Wenn ein Freund sich verheiratet, ist es aus, völlig aus. Die eifersüchtige Liebe einer Frau, diese stürmische, unruhige, fleischliche Liebe duldet keine starke, offene Bindung, eine Bindung der Herzen, des Geistes und des Vertrauens, wie sie zwischen zwei Männern besteht.

Sehen Sie, Madame, welcher Art die Liebe auch sei, die sie verbindet: Mann und Frau sind einander in Seele und Denken immer fremd; sie bleiben zwei Krieger; sie sind von verschiedenem Geschlecht; immer muß es einen Bändiger und einen Gebändigten, einen Herrn und einen Sklaven geben; bald ist es der eine, bald der andere; nie werden sie zwei Gleichberechtigte sein. Sie verschlingen die Hände, ihre in Glut erbebenden Hände; nie fassen sie sich mit dem breiten, kräftigen, loyalen Händedruck, der in einer Wallung aufrichtiger, fester, männlicher Zuneigung die Herzen zu öffnen, den anderen aufzuschließen scheint. Statt zu heiraten und sich fortzupflanzen, sollten die Weisen zum Trost über die Kinder, die doch nicht bei ihnen bleiben würden, für ihre spätern Tage sich lieber einen guten, verläßlichen Freund suchen und in der Gedankengemeinschaft, wie es sie nur zwischen zwei Männern geben kann, mit ihm alt werden.

Nun denn, mein Freund Julien heiratete. Sie war hübsch, seine Frau, bezaubernd, eine kraushaarige kleine Blondine, lebhaft, mollig, und schien ihn anzubeten.

Zuerst ging ich selten zu ihnen, weil ich ihre Zärtlichkeit zu stören fürchtete und mich dort überflüssig fühlte. Indes schienen sie mich dauernd um sich haben zu wollen und mich zu lieben.

Allmählich ließ ich mich von dem süßen Zauber dieses gemeinsamen Lebens verführen; und ich speiste oft bei ihnen zu Abend; und oft, wenn ich nachts heimkehrte, setzte ich mir vor, es ebenso zu machen wie er und mir eine Frau zu nehmen, da meine leere Wohnung mir jetzt sehr traurig vorkam.

Sie schienen sich zärtlich zu lieben und verließen sich nie. Eines Tages nun schrieb mir Julien, ich solle zum Essen kommen. Ich ging hin. ‚Mein Lieber‘, sagte er, ‚ich muß nach Tisch noch einmal fort, ich habe etwas zu erledigen. Vor elf Uhr werde ich nicht zurück sein; aber um Punkt elf bin ich wieder da. Ich habe angenommen, daß du Berthe so lange Gesellschaft leisten wirst.‘

Die junge Frau lächelte. ‚Es war übrigens meine Idee, Sie herbitten zu lassen‘, sagte sie.

Ich drückte ihr die Hand. ‚Wie nett Sie sind!‘ Und ich fühlte einen langen, warmherzigen Druck um meine Finger. Ich gab nicht darauf acht. Wir gingen zu Tisch; und um acht Uhr verließ uns Julien.

Sowie er fort war, entstand plötzlich eine Art seltsamer Verlegenheit zwischen seiner Frau und mir. Wir waren bisher noch nie allein miteinander gewesen, und trotz unserer täglich wachsenden Vertrautheit versetzte uns das Alleinsein in eine neue Situation. Anfangs redete ich alle möglichen Dinge, solche Nichtigkeiten, mit denen man verwirrtes Schweigen überbrückt. Sie antwortete nicht und blieb mir gegenüber, auf der anderen Seite des Kamins, mit gesenktem Kopf und unentschiedenem Blick sitzen, einen Fuß zum Feuer hingestreckt, wie ich in eine schwierige Überlegung versunken. Als ich die Banalitäten erschöpft hatte, verstummte ich. Es ist erstaunlich, wie schwer man manchmal etwas zu sagen findet. Und dann fühlte ich etwas Neues in der Luft, etwas Unfaßbares, irgend etwas, das unmöglich auszudrücken ist, diese rätselhafte Benachrichtigung, die einen die geheimen guten oder schlechten Absichten einer anderen Person erspüren läßt.

Dieses peinliche Schweigen dauerte eine Weile. Dann sagte Berthe: ‚Legen Sie doch ein Scheit ins Feuer, mein Freund, Sie sehen, es geht sonst aus.‘ Ich öffnete den Holzkasten, der genauso stand wie Ihrer dort, holte ein Scheit heraus, das dickste, und legte es auf die übrigen, zu drei Vierteln verzehrten Holzstücke.

Und das Schweigen ging weiter.

Nach einigen Minuten lohte das Scheit so heftig, daß es uns die Gesichter rötete. Die junge Frau hob die Augen zu mir, Augen, die mich seltsam anmuteten. ‚Jetzt wird es zu heiß‘, sagte sie, ‚gehen wir doch hinüber auf das Kanapee.‘

Und wir gingen zum Kanapee hinüber.

Dann mit einemmal blickte sie mir ins Gesicht: ‚Was würden Sie tun, wenn eine Frau Ihnen sagte, daß sie Sie liebt?‘

Ganz verdattert antwortete ich: ‚Wer weiß, der Fall ist nicht vorgesehen, und dann käme es auf die Frau an.‘

Da fing sie an zu lachen, ein trockenes Lachen, nervös, bebend, so ein falsches Lachen, das sich anhört, als müßte dünnes Glas davon zerbrechen, und sagte: ‚Männer sind niemals kühn noch schlau.‘

Sie verstummte, dann fuhr sie fort: ‚Waren Sie schon mal verliebt, Monsieur Paul?'

Ich gestand, ja, ich sei schon verliebt gewesen.

‚Erzählen Sie', sagte sie.

Ich erzählte ihr irgendeine Geschichte. Sie lauschte aufmerksam, mit häufigen Zeichen von Mißbilligung und Verachtung; und plötzlich: ‚Nein, Sie verstehen nichts davon. Mir scheint, zu einer richtigen Liebe müßte gehören, daß sie das Herz in Aufruhr stürzt, die Nerven jagt und den Kopf verheert; sie müßte – wie soll ich sagen? – gefährlich sein, schrecklich sogar, fast verbrecherisch, fast ein Sakrileg, sie müßte eine Art Verrat sein; ich meine, sie muß geheiligte Hindernisse überwinden, Gesetze, brüderliche Bande brechen; wenn Liebe friedlich, leicht, gefahrlos, gesetzlich ist – ist das noch Liebe?'

Ich wußte nicht, was ich antworten sollte, und tat in mir den philosophischen Ausspruch: O Weiberhirn, da hat man dich ganz!

Sie hatte, während sie sprach, eine gleichmütige, mimosenhafte Miene angenommen; und auf die Kissen gestützt, hatte sie die Füße hochgezogen, hatte sich langgestreckt und den Kopf an meine Schulter gelehnt, das Kleid ein wenig hochgeschoben, so daß ein roter Seidenstrumpf hervorsah, den der Feuerschein für Augenblicke überflammte.

Nach einer Minute sagte sie: ‚Ich mache Ihnen angst.' Ich stritt es ab. Sie lehnte sich vollends gegen meine Brust, und ohne mich anzusehen: ‚Wenn nun ich Ihnen sagte, daß ich Sie liebe, was würden Sie dann tun?' Und ehe ich eine Antwort hätte finden können, hatte sie ihre Arme um meinen Hals geschlungen, hatte jäh meinen Kopf herabgezogen, und ihre Lippen holten meine Lippen ein.

Oh, meine Freundin! ich versichere Sie, mir war nicht lustig zumute! Wie! ich sollte Julien betrügen? der Geliebte dieser perversen und verschlagenen kleinen Irren werden, die sicher furchtbar sinnlich war, der ihr Mann bereits nicht mehr genügte! Immer verraten, immer betrügen, Liebe spielen, einzig um der Anziehung der verbotenen Frucht, der besiegten Gefahr, der verratenen Freundschaft willen! Nein, das paßte nicht zu mir. Aber was tun? es machen wie Joseph? eine höchst alberne und zudem schwierige Rolle, denn sie war zum Tollwerden in ihrer Schändlichkeit, diese Dirne, und flammte vor Kühnheit, bebend und beharrlich. Oh! möge derjenige den ersten Stein auf mich werfen, der nie auf seinem Mund den zehrenden Kuß einer Frau gefühlt, die im Begriffe ist, sich hinzugeben ...

Kurz, eine Minute noch ... Sie begreifen, nicht wahr? Eine Minute noch, und ... ich war ..., nein, sie war ... Pardon, er war ... oder vielmehr, er wäre. ... gewesen, als plötzlich ein furchtbares Krachen uns aufschrecken ließ.

Das Scheit, ja, das Scheit, Madame, es flog in den Salon, warf Schippe und Schürhaken um, rollte wie ein feuriger Wirbelsturm über den Teppich und blieb unter einem Sessel liegen, den es unfehlbar in Brand gesetzt hätte.

Ich stürzte mich wie ein Verrückter darauf, und während ich das rettende Scheit in den Kamin zurückstieß, ging plötzlich die Tür auf! Ganz fröhlich trat Julien herein. ‚Ich bin frei', rief er, ‚die Geschichte ging zwei Stunden früher zu Ende!'

Ja, liebe Freundin, ohne das Scheit wäre ich in flagranti ertappt worden. Und sie mögen sich die Folgen vorstellen!

Nun, ich sorgte dafür, daß ich in einer solchen Situation nicht mehr betroffen werden konnte, nie, niemals mehr. Dann merkte ich, daß Julien mich schnitt, wie man sagt. Offenbar hintertrieb seine Frau unsere Freundschaft; nach und nach löste er sich ganz von mir, und wir haben aufgehört, uns zu sehen.

Ich habe nie geheiratet, was Sie nun nicht mehr wundern wird.“

Paul Verlaine
Die Muscheln

Jede der Muscheln, aufgereiht
Rings in der Grotte, wo wir ruhten,
Hat ihre Eigentümlichkeit.

Die rot, wie unsre Seelen fluten,
In welche unser Herzblut schießt,
Wenn du entflammst an meinen Gluten;

Die andre blaß, wie du aussiehst,
Sobald der Liebesrausch geschwunden
Und du mein Spötterauge fliehst!

Die zeigt dein Ohr, graziös gewunden,
Und jene, die dort eingelegt,
Gleicht deinem Hals, dem rosig-runden;

Doch eine hat mich aufgeregt.

Émile Zola

Nana

Eines von Nanas Vergnügen bestand darin, sich vor ihrem Spiegelschrank zu entkleiden, in dem sie sich von Kopf bis Fuß sehen konnte. Sie ließ sogar ihr Hemd fallen; wenn sie dann ganz nackt war, vergaß sie die Zeit und betrachtete sich lange. Es war eine Leidenschaft für ihren Leib, ein Entzücken über die Seidenglätte ihrer Haut und die geschmeidige Linie ihrer Figur, das sie, ernst, aufmerksam, in Liebe zu sich selbst versunken, gefangenhielt. Oft traf der Friseur sie so an, ohne daß sie den Kopf wandte. Dann ärgerte sich Muffat, und sie stand überrascht da. Was fiel ihm denn ein? Das war ja nicht für die anderen, das war für sie bestimmt.

An diesem Abend zündete sie, da sie sich besser sehen wollte, die sechs Kerzen der Wandleuchter an. Doch wie sie ihr Hemd herabgleiten ließ, hielt sie inne, seit einem Augenblick ganz in Gedanken, weil ihr eine Frage auf der Zunge schwebte.

„Hast du den Artikel im ‚Figaro' nicht gelesen? – Die Zeitung liegt auf dem Tisch."

Daguenets Lachen kam ihr wieder in den Sinn, sie wurde von Zweifeln gequält. Wenn dieser Fauchery sie heruntergerissen hatte, würde sie sich rächen.

„Es soll sich um mich handeln da drin", fuhr sie fort und heuchelte eine gleichgültige Miene. „Na, Liebling, was hältst du davon?" Und das Hemd loslassend, blieb sie nackt stehen und wartete, bis Muffat seine Lektüre beendet hatte.

Muffat las langsam. Der Bericht Faucherys mit dem Titel „Die goldene Fliege" war die Geschichte eines Mädchens, das aus vier oder fünf Säufergenerationen stammte, das Blut verdorben durch eine lange Erbschaft von Elend und Trunksucht, was sich bei ihr in eine Nervenstörung ihres weiblichen Geschlechts umsetzte. Sie war in einer Vorstadt auf dem Pariser Pflaster aufgewachsen; und groß, schön von prachtvollem Fleisch wie eine Pflanze mitten vom Misthaufen, rächte sie die Bettler und Verlassenen, deren Produkt sie war. Mit ihr stieg die Fäulnis, die man im Volk gären ließ, wieder nach oben und brachte die Aristokratie zum Faulen. Sie wurde zur Naturgewalt, zu einem Gärungsstoff der Zerstörung, ohne es selbst zu wollen, und verdarb und zerrüttete Paris zwischen ihren schneeigen Schenkeln und ließ es gerinnen, wie Frauen jeden Monat die Milch gerinnen lassen. Und am Schluß des Artikels fand sich der Vergleich mit der Fliege, einer sonnenfarbenen, aus dem Kot aufgeflogenen Fliege, einer Fliege, die

den Tod auf den längs der Wege geduldeten Aasen aufnahm und die, summend, tanzend, einen Glanz von Edelsteinen ausstrahlend, die Männer in den Palästen, in die sie durch die Fenster drang, schon durch die bloße Berührung vergiftete.

Muffat hob den Kopf und betrachtete mit starren Augen das Feuer.

„Nun?" fragte Nana.

Aber er antwortete nicht. Er schien den Bericht noch einmal lesen zu wollen. Ein Gefühl der Kälte rann von seinem Schädel über seine Schultern. Dieser Bericht war gottsjämmerlich geschrieben mit Satzkapriolen und einer Überspanntheit von unvermuteten Worten und verschrobenen Vergleichen. Doch er war betroffen von seiner Lektüre, die soeben jäh alles in ihm wachgerufen hatte, was er seit einigen Monaten gar nicht gern aufrührte. Dann blickte er auf.

Nana hatte sich in ihre Selbstverzückung versenkt. Sie neigte den Hals und betrachtete im Spiegel aufmerksam ein kleines braunes Muttermal, das sie oberhalb der rechten Hüfte hatte; sie berührte es mit der Fingerspitze und ließ es hervortreten, indem sie sich weiter zurückbog, weil sie es zweifellos spaßig und hübsch fand an dieser Stelle. Dann studierte sie andere Teile ihres Leibes, amüsiert, wieder von ihrer lasterhaften, kindlichen Neugier ergriffen. Es setzte sie immer in Erstaunen, sich zu sehen; sie hatte das verwunderte und bezauberte Aussehen eines jungen Mädchens, das seine Pubertät entdeckt. Langsam öffnete sie die Arme, um ihren üppigen Venustorso zu entfalten, sie bog die Taille, musterte sich von hinten und von vorn und verweilte beim Profil ihrer Brust und bei den sich verjüngenden Rundungen ihrer Schenkel. Und schließlich fand sie Gefallen an dem seltsamen Spiel, sich nach rechts und nach links zu wiegen, die Knie gespreizt, die Gestalt auf den Lenden rollend, mit dem stetigen Zittern einer orientalischen Tänzerin, die den Bauchtanz tanzt.

Muffat betrachtete sie. Sie flößte ihm Furcht ein. Die Zeitung war seinen Händen entfallen. In dieser Minute des Klarsehens verachtete er sich. Das war es: In drei Monaten hatte sie sein Leben zerrüttet, er fühlte, daß er schon bis ins Mark verderbt war durch Schmutzigkeiten, die er nicht vermutet hätte. Jetzt war alles in ihm in Fäulnis begriffen. Einen Augenblick lang wurde er sich der Begleiterscheinungen des Bösen bewußt; er erblickte die von diesem Gärungsstoff herbeigeführte Auflösung: er vergiftet, seine Familie vernichtet – ein Stückchen Gesellschaft, das krachte und zusammenstürzte. Und da er die Augen nicht abzuwenden vermochte, sah er sie starr an und bemühte sich, sich mit Ekel vor ihrer Nacktheit anzufüllen.

Leopold von Sacher-Masoch
Venus im Pelz

[. . .] „Gut denn“, sprach Wanda, die kleinen, aber energisch geschwungenen Brauen zusammenziehend, „ich denke mir das sehr amüsant, einen Mann, der mich interessiert, der mich liebt, so ganz in meiner Hand zu haben; es wird mir mindestens nicht an Zeitvertreib fehlen. Sie waren so unvorsichtig, mir die Wahl zu lassen. Ich wähle also, ich will, daß Sie mein Sklave sind, ich werde mein Spielzeug aus Ihnen machen!“

„Oh! tun Sie das“, rief ich halb schauernd, halb entzückt, „wenn eine Ehe nur auf Gleichheit, auf Übereinstimmung gegründet sein kann, so entstehen dagegen die größten Leidenschaften durch Gegensätze. Wir sind solche Gegensätze, die sich beinahe feindlich gegenüberstehen, daher diese Liebe bei mir, die zum Teil Haß, zum Teil Furcht ist. In einem solchen Verhältnis aber kann nur eines Hammer, das andere Amboß sein. Ich will Amboß sein. Ich kann nicht glücklich sein, wenn ich auf die Geliebte herabsehe. Ich will ein Weib anbeten können, und das kann ich nur dann, wenn es grausam gegen mich ist.“

„Aber Severin“, entgegnete Wanda beinahe zornig, „halten Sie mich denn dessen für fähig, einen Mann, der mich so liebt wie Sie, den ich liebe, zu mißhandeln?“

„Warum nicht, wenn ich Sie dafür um so mehr anbete? *Man kann nur wahrhaft lieben, was über uns steht,* ein Weib, das uns durch Schönheit, Temperament, Geist, Willenskraft unterwirft, das unsere Despotin wird.“

„Also das, was andere abstößt, zieht Sie an?“

„So ist es. Es ist eben meine Seltsamkeit.“

„Nun, am Ende ist an allen Ihren Passionen nichts so Apartes oder Seltsames, denn wem gefällt nicht ein schöner Pelz? Und jeder weiß und fühlt, wie nahe Wollust und Grausamkeit verwandt sind.“

„Bei mir ist dies alles aber auf das Höchste gesteigert“, erwiderte ich.

„Das heißt, die Vernunft hat wenig Gewalt über Sie, und Sie sind eine weiche, hingebende sinnliche Natur.“

„Waren die Märtyrer auch weiche sinnliche Naturen?“

„Die Märtyrer?“

„Im Gegenteil, es waren *übersinnliche Menschen,* welche im Leiden einen Genuß fanden, welche die furchtbarsten Qualen, ja den Tod suchten wie andere die Freude, und so ein *Übersinnlicher* bin ich, Madame.“

„Geben Sie nur acht, daß Sie dabei nicht auch zum Märtyrer der Liebe, zum *Märtyrer eines Weibes* werden.“[. . .]

August Strindberg

Plädoyer eines Irren

[...] Die überstürzte Abfahrt so kurz nach der Rückkehr von der langen Reise erschien mir merkwürdig, aber da mich die Sache nicht näher anging, verhielt ich mich still. Drei Tage später ließ mich der Freiherr kommen. Er wirkte unruhig, nervös, geheimnisvoll und verkündete, seine Frau werde in Kürze zurückkehren.

„Warum?" fragte ich, überraschter, als ich zeigen wollte.

„Weil ... sie ein bißchen aus dem Lot ist; das Klima bekommt ihr nicht. Sie schickt mir einen unverständlichen Brief, der mich außerordentlich beunruhigt. Um die Wahrheit zu sagen, ich bin nie so recht aus ihr schlau geworden; sie ist von krausen Ideen besessen. Unter anderem redet sie sich ein, du seist ihr böse."

Man stelle sich vor, welche Selbstbeherrschung ich mir auferlegte.

„Ist das nicht absurd? Auf jeden Fall", fuhr er fort, „bitte ich dich von Herzen, dir bei ihrer Rückkehr nichts anmerken zu lassen, denn sie schämt sich ihrer Launenhaftigkeit, und da sie unglaublich stolz ist, könnte sie sich zu etwas Unbesonnenem hinreißen lassen, sollte sie den Verdacht haben, du könntest ihre Launen mißbilligen."

Hier ist etwas im Busch, sagte ich mir. Und von diesem Augenblick an war ich darauf vorbereitet, die Flucht zu ergreifen, weil ich fürchtete, in eine leidenschaftliche Romanze hineingezogen zu werden, deren Auflösung nicht lange auf sich warten ließ.

Die nächste Einladung sagte ich mit schlecht erfundenen und übel aufgenommenen Ausreden ab. Das Resultat war eine Unterhaltung mit dem Freiherrn, der eine Erklärung für mein wenig liebenswürdiges Verhalten verlangte. Ich wußte nicht, was ich antworten sollte, und er machte sich meine Verwirrung zunutze und nötigte mir das Versprechen ab, sie beide auf einem Ausflug aus der Stadt zu begleiten.

Als die Freifrau wieder da war, fand ich, daß sie schlecht aussah, angegriffen; ihre Augen glänzten unnatürlich. Ich wurde sofort verschlossen wie eine Auster, schlug einen eisigen Ton an und befleißigte mich größter Zurückhaltung. Nach einer Dampferfahrt gingen wir bei einem bekannten Gasthaus an Land, wo wir uns mit dem Onkel des Freiherrn verabredet hatten. Das Souper im Freien mit der beklemmenden Aussicht auf den schwarzen See, der zwischen schwarzen Bergen eingeklemmt war, unter hundertjährigen Linden mit geschwärzten Stämmen, wurde eine düstere Angelegenheit.

Das Gespräch schleppte sich zähflüssig und trocken dahin, kreiste um Nebensächlichkeiten, und ich glaubte Spuren eines noch schwelenden Streits zwischen den Ehegatten zu bemerken, dessen Ausbruch ich mich zu entziehen wünschte. Unglücklicherweise erheben der Onkel und sein Neffe sich zu einer privaten Unterhaltung. Danach explodierte die Mine. Die Freifrau wendet sich plötzlich an mich und sagt in heftigem Tonfall:

„Wissen Sie, mein Herr, daß Gustav sich über meine unerwartete Rückkehr sehr geärgert hat?"

„Nein, Baronin, das ist mir völlig neu."

„Der Grund ist, stellen Sie sich vor, er hat sich vorgestellt, sonntags immer meine reizende Cousine zu treffen."

„Gnädige Frau", unterbrach ich, „darf ich Sie bitten, die Beschuldigungen in Gegenwart des Angeklagten vorzubringen?"

Was hatte ich gesagt? Eine Grobheit, eine scharfe, unmißverständliche Rüge aus Parteinahme für meinen Geschlechtsgenossen einer treulosen Frau ins Gesicht geschleudert.

„Aber das ist wirklich zu stark!" rief sie aus und wurde abwechselnd rot und bleich.

„Ja, es ist sehr stark, Baronin!"

Damit war alles gesagt. Jetzt war Schluß, für immer.

Sofort nach der Rückkehr ihres Mannes schmiegte sie sich an ihn und ergriff seinen Arm, als flehte sie um Hilfe gegen einen Feind. Der Freiherr bemerkte es, begriff aber nichts.

Unten an der Anlegebrücke verabschiedete ich mich unter dem Vorwand, in einer nahe gelegenen Villa einen Besuch machen zu wollen.

Und dann fuhr ich wieder in die Stadt zurück, ohne daß ich sagen könnte, wie das vor sich gegangen ist. Meine Beine trugen einen leblosen Körper nach Hause; der Lebensknoten war durchschnitten, und hier marschierte jetzt eine Leiche in ihrem eigenen Trauerzug.

Einsam, wieder einmal verlassen, ohne Familie, ohne Freunde. Nichts, was man anbeten könnte! Der liebe Gott ließ sich nicht von neuem erfinden; die Madonna war gestürzt, und die Frau hatte ihr Entree gemacht; falsch, treulos, die Krallen zeigend. Indem sie mich einlud, ihr Vertrauter zu werden, hatte sie den ersten Schritt auf dem Weg getan, der zum Ehebruch führen würde; und in diesem Augenblick war in mir der Geschlechterhaß erwacht. Sie hatte in mir den Mann gekränkt, das Männchen, und ich fühlte mich als Verbündeter ihres Mannes gegen die Frauenpartei.

Schluß mit der Tugend! Ich hatte keinerlei Anlaß, mit ihr zu prahlen, denn ein Mann nimmt nur das, was gegeben wird, und folglich ist er nie ein Dieb. Es ist allein die Frau, die stiehlt oder sich verkauft. Und der einzige

Fall, in dem sie gibt, uneigennützig, mit dem Risiko, alles zu verlieren, ist, leider, der Ehebruch. Das Freudenmädchen verkauft sich, die Ehefrau verkauft sich, und allein die Ehebrecherin gibt ihrem Liebhaber, indem sie ihren Mann bestiehlt.

Im übrigen hätte ich sie gar nicht als Geliebte haben wollen; als Frau hatte sie mir nie andere als freundschaftliche Gefühle eingegeben. Im Schutz der Gegenwart ihres Kindes war sie immer mit den Insignien der Mutterschaft geschmückt, und an der Seite ihres Mannes reizte sie mich nie dazu, nach Befriedigung zu verlangen, die, für sich gemein, allein durch den vollständigen und ausschließlichen Besitz geadelt werden.

Erschöpft, vernichtet, kehrte ich in meine einsame Kammer zurück, einsamer als früher, da ich seit Beginn meiner Bekanntschaft mit der Freifrau mit meinen Freunden aus der Boheme gebrochen hatte.

Als ich am nächsten Tag aufwachte, war es ein trüber und milder Augustmorgen. Matt und bekümmert begab ich mich gegen acht in die Bibliothek, und da ich einen Schlüssel besaß, konnte ich hinein und drei Stunden vor der regulären Öffnungszeit allein verbringen. Ich fing an, in den Korridoren umherzuwandern, zwischen den beiden Bücherreihen, eingehüllt in diese verzaubernde Einsamkeit, in der man nicht einsam ist im vertrauten Umgang mit auserlesenen Geistern aller Zeitalter. Hier und da zog ich einen Band heraus, strengte mich an, meine Aufmerksamkeit auf irgendeinen Gegenstand zu konzentrieren, um den peinlichen Eindruck der gestrigen Szene zu vergessen. Ich versuchte aber vergeblich, das besudelte Bild der gefallenen Madonna zu verscheuchen. Als ich den Blick von den Buchseiten hob, die ich überflogen hatte, ohne ein Wort zu verstehen, glaubte ich sie zu entdecken, als sie wie in einer Halluzination die Wendeltreppe hinunterstieg, die sich mit ihrer Perspektive von Unendlichkeit im Hintergrund der niedrigen Galerie emporschlängelte. Ich sah sie hinuntersteigen, wie sie die Falten ihres blauen Kleides hob, die kleinen entzückenden Füße und die eleganten Fesseln zeigte, mich mit zweideutigen Blicken zur Untreue verlockte, mich mit dem falschen und lüsternen Lächeln begehrte, das ich erst gestern an ihr entdeckt hatte. Und dieses Traumbild weckte meine seit drei Monaten unterdrückte Lust, denn so keusch hatte mich die sie umgebende reine Atmosphäre gemacht, ein Zeichen dafür, daß der Trieb dabei war, sich zu individualisieren, sich auf einen einzigen Gegenstand zu konzentrieren. Gewiß begehrte ich sie, ich stellte sie mir nackt vor; die Linien ihres Kleides, die ich auswendig kannte, verwandelte ich in meiner Phantasie in weißes Fleisch. Und mit einemmal, da meine Gedanken jetzt ein Ziel gefunden hatten, holte ich ein Werk mit Tafeln aus den Museen Italiens aus dem Regal, das Photographien aller berühmten Skulpturen enthielt. Ich nahm mir eine wissenschaftliche Untersuchung vor, um hinter die Formel dieser Frau zu kommen; ich gedachte dabei, herauszufinden, welcher Art, welcher Gattung sie angehörte. Die Auswahl war reichlich. Venus mit festen Brüsten und betonten Hüften, die normale Frau, die ihren Mann erwartet, des Triumphs der Schönheit gewiß! Das war sie nicht! Juno, die fruchtbare Mutter mit dem Kind, die sich im Kindbett wälzt und mit den sogenannten schamhaften Teilen ihres herrlichen Körpers prahlt. Das war sie auch nicht!

War es Minerva, der Blaustrumpf, die alte Jungfer, die ihre platten Brüste unter einem Männerharnisch versteckt? Keineswegs!

Und Diana! Die bleiche Göttin der Nacht, die sich vor dem hellen Tageslicht ängstigt, grausam in ihrer unfreiwilligen Keuschheit, der Folge eines fehlerhaften Körperbaus, zuviel Knabe, zuwenig Mädchen, bescheiden aus Notwendigkeit, so daß sie Aktaion zürnt, als er sie im Badekostüm überrascht. Die Art Diana mag angehen, aber die Gattung! Darüber wird die Zukunft das letzte Wort haben! Aber der zerbrechliche Körper, die delikaten Glieder, das entzückende Gesichtchen, das stolze Lächeln, blutrünstig und von geheimen Begierden zeugend; der verschleierte Busen. Das war sie – das war die schreckliche Wahrheit![...]

Nachdem wir durch die Toreinfahrt auf die Straße getreten waren, reichte der Freiherr der Cousine den Arm und wandte sich an mich:

„Reichen Sie jetzt meiner Frau den Arm, und zeigen Sie, daß Sie ein Kavalier sind", sagte er in seinem väterlichen Tonfall.

Ich bekam Angst. Da der Abend warm war, trug sie ihren Mantel, und die Berührung mit diesem Arm, dessen wogende Linien ich durch den Taft spüren konnte, schickte mir einen magnetischen Strom durch den Körper und löste eine außerordentliche Sensibilität aus, so daß ich zu fühlen meinte, wo ihr Blusenärmel in Höhe meines Deltamuskels aufhörte. Ich wurde so erregt, daß ich die gesamte Anatomie dieses hinreißenden Arms rekonstruieren konnte. Ihr Bizeps, dieser große Hebemuskel, der bei der Liebesumarmung eine so große Rolle spielt, wurde gegen meinen gepreßt, Fleisch gegen Fleisch, in weichen Rhythmen. Als wir Seite an Seite weitergingen, konnte ich die Formen ihrer Hüfte und die Rundung ihres Schenkels unter den knisternden Röcken erkennen.

„Sie führen so gut, mein Herr, und sind sicher ein wunderbarer Tänzer!" ermunterte sie mich, da ich verlegen schwieg.

Und nach einiger Zeit, da sie das Beben meiner angespannten Nerven gespürt haben mußte:

„Sie zittern?" fragte sie im neckenden Tonfall der Frau, die sich ihrer Überlegenheit bewußt ist.

„Ja, Baronin, mir ist kalt."

„Aber dann ziehen Sie sich doch den Rock über, mein Kind!" sagte sie seidenweich.

Nachdem ich mir den Paletot wie eine Art Zwangsjacke angezogen hatte, fühlte ich mich besser gegen die Wärme geschützt, die von ihrem Körper auf meinen ausstrahlte. Aber der Rhythmus ihrer kleinen Füße, die im Takt mit meinen dahintrippelten, brachte mein Nervensystem mit ihrem so sehr in Einklang, daß ich meinte, wir gingen auf vier Beinen wie ein Doppelwesen.

Es war ein Aufpfropfen, das sich während dieses schicksalhaften Spaziergangs abspielte, ein Aufpfropfen von der Art, welche Gärtner Ablaktation nennen, die durch Zusammenwachsen zweier Zweige bewirkt wird.

Von diesem Tag an war ich nicht mehr Herr meiner selbst. Diese Frau war mir ins Blut eingeimpft worden, unsere Nervenströme hatten sich aufgeladen, ihre weiblichen Lebenskeime verlangten, von meinen männlichen befruchtet zu werden, ihre Seele dürstete nach meinen intellektuellen Fähigkeiten, und mein Geist sehnte sich danach, sich in diesen zarten Kelch zu ergießen. Ohne daß wir es ahnten? Das war die große Frage.

Während eines Besuchs bei meiner Schwester bekommt sie einen hysterischen Anfall. Sie wirft sich auf ein Sofa und schluchzt hemmungslos. Sie beklagt sich über das unwürdige Auftreten ihres Mannes, der den Abend zusammen mit der Cousine auf einem Militärball verbringen wird.

In einem Ausbruch von Leidenschaft drückt sie mich an die Brust, küßt mich auf die Stirn, und ich bedecke sie mit Küssen! Dann duzt sie mich! Das Band zwischen uns ist geknüpft, und von diesem Augenblick an begehre ich sie.

Am Abend lese ich aus Longfellows „Excelsior". Von dieser ergreifenden Dichtung aufrichtig bewegt, erforsche ich sie mit den Blicken, und wie bei einer Hypnotisierten spiegelt ihr Gesicht alle Veränderungen meines Mienenspiels wider. Sie sieht aus wie eine Wahnsinnige, eine Visionärin.

Nach dem Abendessen kommt ihr Dienstmädchen mit einer Kutsche, um sie nach Hause zu bringen. Auf der Straße befiehlt sie mir, als erster einzusteigen, worauf sie das Mädchen anweist, auf dem Kutschbock Platz zu nehmen, trotz meiner Proteste. Als wir allein im Wagen sind, umarmen wir uns ohne ein Wort, und ich spüre, wie sich ihr zarter Körper wehrt, wie er unter meinen Küssen erbebt, und nach und nach läßt sie sich unter mich gleiten. Ich scheue noch vor dem Verbrechen zurück, die Geschlechterfolge einer Familie zu ändern, und liefere sie unberührt vor ihrer Haustür ab, beschämt, vielleicht wütend.

Jetzt gibt es keinen Zweifel mehr. Sie hat mich verführen wollen. Sie war es, die mir den ersten Kuß gegeben hat, sie hat den ersten Schritt zur Annäherung getan. Aber von diesem Moment an übernehme ich in allem Ernst die Rolle des Verführers, denn trotz meiner starren Grundsätze in Fragen der Ehre bin ich kein Joseph. [. . .]

Marcel Proust

Violante oder die Weltlichkeit

Sinnenwelt

„Stützet euch ja nicht auf ein Rohr,
das der Wind bewegt, noch auch bauet
darauf; denn jegliches Fleisch ist wie
die Pflanze, und sein Ruhm vergeht
wie das Kraut der Felder.“

Nachfolge Christi

Außer Augustin und einigen Dorfkindern sah Violante keine Menschenseele. Nur eine jüngere Schwester ihrer Mutter, die in Jolianges (das Schloß war einige Stunden weit entfernt) wohnte, erschien manchmal, um Violante zu besuchen. Bei solcher Gelegenheit kam eines Tages einer ihrer Freunde mit. Er nannte sich Honoré und war sechzehn Jahre alt. Er hatte nicht das Glück, Violante zu gefallen, aber er kam wieder. Während er mit ihr durch eine Allee des Parkes promenierte, brachte er ihr höchst unanständige Dinge bei, über die sie noch sehr im unklaren gewesen war. Was sie dabei empfand, war sehr gut und angenehm, doch schämte sie sich dessen sofort. Später dann, als die Sonne schon untergegangen war und sie einen weiten Weg hinter sich hatten, nahmen sie auf einer Bank Platz, zweifelsohne nur, um den Widerschein des rosenroten Himmels im gesänftigten Meer zu betrachten. Honoré näherte sich Violante, und damit sie ja nicht unter der Kälte litt, knöpfte er den Umhang auf ihrem Halse mit einer raffinierten Langsamkeit fest und schlug ihr vor, mit seiner Hilfe die Theorien praktisch zu erproben, über die er ihr im Park Unterricht erteilt hatte. Er wollte ganz leise mit ihr sprechen und brachte seine Lippen dem Ohr des Mädchens, das sich nicht zurückzog, immer näher. Violante hörte ein Geräusch im Gebüsch.

„Aber es ist nichts“, sagte zärtlich Honoré.

„Meine Tante ist es“, sagte Violante; es war der Wind.

Aber Violante hatte sich schon erhoben. Sehr im rechten Augenblick durch den Wind ernüchtert, wollte sie sich durchaus nicht wieder setzen und sagte Honoré trotz seiner Bitten Adieu.

Sie hatte Gewissensbisse, eine Nervenkrise, konnte zwei Tage lang schwer einschlafen. Ihre Erinnerung war ein glühendes Kopfkissen, das sie unablässig hin und her wendete. Zwei Tage nachher wollte Honoré sie sehen; sie ließ antworten, sie sei spazierengegangen. Honoré glaubte es nicht und wagte nicht wiederzukommen. Im nächsten Sommer dachte sie mit Zärtlichkeit an Honoré zurück, freilich auch mit Betrübnis, denn sie wußte, daß er als Matrose zu Schiff fortgereist war. Wenn die Sonne im Meer untergegangen war, saß sie auf der Bank, zu der er sie damals (es war gerade ein Jahr) hingeführt hatte, und gab sich alle Mühe, die suchenden Lippen Honorés in die Gegenwart zurückzurufen, seine grauen Augen zwischen den halbgesenkten Lidern, seine wie Strahlen umherirrenden Augen, die plötzlich über sie ein heißes, helles, lebensvolles Licht ausschütteten. Und in den milden Nächten, in den weiten, von aller Welt abgeschlossenen Nächten, wenn die Gewißheit, allein zu sein, ihr Verlangen ins Unermeßliche steigerte – da hörte sie Honorés Stimme, die ihr verbotene Dinge ins Ohr flüsterte. Er stand da, der Mittelpunkt des Zauberkreises, quälend und lockend gleich einer teuflischen Versuchung.

Eines Abends sagte sie seufzend beim Diner dem Intendanten, der ihr gegenübersaß:

„Ich bin sehr traurig, mein Augustin. – Niemand hat mich lieb" – fügte sie hinzu.

„Und doch", erwiderte Augustin, „sind es keine acht Tage – es war, als ich in Jolianges die Bibliothek in Ordnung brachte –, da hörte ich von Ihnen sagen: ‚Ach, ist die schön!'"

„Und wer war es?" fragte Violante sehr betrübt. Ein zartes Lächeln kräuselte unmerkbar die Winkel ihrer Lippen, als versuchte man einen Vorhang zu lüften, um gutes Sonnenlicht hineinzulassen.

„Der junge Mann vom letzten Jahr, Herr Honoré."

„Ich dachte, er sei auf See", sagte Violante.

„Er ist zurück", sagte Augustin.

Violante erhob sich sofort und ging mit sehr unsicheren Schritten in ihr Zimmer, um Honoré zu schreiben, er möge sie besuchen kommen. In dem Augenblick, als sie die Feder ergriff, hatte sie ein Gefühl von Glück, eine Empfindung von ungeahnter Macht. Sie fühlte tief im Innern, daß sie ihr Leben doch ein wenig nach ihrer Laune und ihrem Sinnenglück sich gestalten könne, daß sie dem Räderwerk ihrer beider Geschicke, das sie mechanisch fern voneinander einzuschließen schien, allem zum Trotz einen kleinen Stoß geben könne, daß er nachts erscheinen würde auf der Terrasse, ganz anders als in der schrecklichen Ekstase ihres nie gestillten Wunschtraumes. Daß seine unerwiderten Zärtlichkeiten (ihr ewiger innerer Roman) und die Wirklichkeit Straßen hatten, die sich trafen und auf denen man sich zum Unmöglichen emporschwingen konnte, und daß sie das Unmögliche möglich machen würde durch ihren Glauben.

Am nächsten Tage empfing sie eine Antwort, und sie las sie voll Zittern auf der Bank, wo er den Arm um sie gelegt hatte:

„Gnädiges Fräulein! Ich empfing Ihren Brief eine Stunde vor der Abfahrt meines Schiffes. Wir hatten Landurlaub nur auf acht Tage, und ich komme erst in vier Jahren zurück. Wollen Sie, bitte, nicht ganz vergessen Ihren Ihnen herzlich und aufrichtig ergebenen Honoré."

Nun, im Angesicht dieser Terrasse, wohin er nie wieder kommen sollte und wo niemand ihre Sehnsucht erfüllen würde, angesichts dieses Meeres, das ihn ihr entführte und ihr dafür zum Entgelt (in der Phantasie dieses jungen Mädchens) ein wenig von seinem großartigen, geheimnisvollen und schaurigen Zauber gab (wie zauberhaft sind die Dinge, die uns nicht gehören, denn sie strahlen so viel vom Himmel wider und landen an so vielen Gestaden) – hier brach Violante in Tränen aus.

„Mein armer Augustin", sagte sie abends, „mir ist ein großes Unglück widerfahren." Der erste Wunsch nach Mitteilung entstand in ihr nach der ersten Enttäuschung ihrer Sinnlichkeit, genauso selbstverständlich, wie es gewöhnlich aus der ersten Befriedigung der Liebe entsteht. Noch kannte sie die Liebe nicht, aber kurze Zeit danach begann sie unter ihr zu leiden, und das ist die einzige Art, wie man sie im tiefsten Grunde kennenlernt.

Frank Wedekind

Interviews

Don Giovanni

Geh den Frauen zart entgegen
Du gewinnst sie auf mein Wort,
Und wer kühn ist und verwegen,
Kommt gewiß noch rascher fort.
Doch wem gar nichts dran gelegen,
Ob er reizet, ob er rührt,
Der beleidigt, der verführt.

Geheimrat von Goethe

Die letzten Worte des Sofas klangen mir die ganze Woche lang in den Ohren. Der geneigte Leser wird sich ihrer erinnern: „Na, ich wäre auf deine Technik gespannt." – Unter Technik verstand das Sofa ja nun allerdings diejenige des Porträtisten der Fürstin Popolsky, aber das ironische Lächeln meines Kleiderschrankes gab meinen Gedanken eine ernstere Richtung. Ich muß ein anderer Mensch werden, sagte ich mir. Es ist die höchste Zeit, ich weiß jetzt ganz genau, wo es mir fehlt. Das normale Leben besteht nämlich zur einen Hälfte aus Arbeit und zur andern Hälfte aus Genuß. Und weil ich diese andere Hälfte bis jetzt vollkommen vernachlässigt habe, deshalb habe ich es noch zu nichts in der Welt gebracht, weil ich alles zu schwerfällig anpackte und von vornherein verdarb. Das muß jetzt anders werden. Ich muß mich jetzt vor allen Dingen zum Genußmenschen ausbilden. An der nötigen Energie hat es mir nie gefehlt. Wenn es mir nur gelingt, jemanden zu finden, der mir die praktische Anleitung erteilt. Die frivolen Reminiszenzen meines Sofas allein können mir doch zu keiner Gründlichkeit verhelfen. Und Gründlichkeit ist bei allem die Hauptsache; ich muß mich an eine Autorität ersten Ranges wenden. Wo finde ich die in München? Ich werde mich heute abend nach der Vorstellung neben dem Residenztheater einfinden, dort, wo die geschniegelten Dandys mit den schönen Spazierstöcken und hohen Zylindern auf ihre Balletteusen warten, ich werde genau achtgeben, wenn Don Giovanni, der bestrafte Wüstling, den Musentempel verläßt, werde ich mich ihm vorstellen als Berichterstatter des „Simplicissimus" und ihn über seine „Technik" interviewen. Hoffentlich betrachtet eine hohe Intendanz die persönlichen Erfahrungen einer so alten Bühnenfigur, wie es Don Giovanni ist, nicht als Geschäftsgeheimnis.

Don Giovanni schien nicht wenig überrascht, in der Dunkelheit von einem Mann angesprochen zu werden. Aus seiner Miene glaubte ich schließen zu müssen, daß er mich im ersten Moment für eine neue Verkörperung der Donna Elvira gehalten. Zum ersten Male in meinem Leben bedauerte ich, nicht die Ehre zu haben, dem schwächeren Geschlecht anzugehören. Dann hätte ich mir die Vorstellung, die vielen Worte und theoretischen Erörterungen ersparen können. Im fahlen Licht der elektrischen Lampen schlenderten wir die Maximilianstraße entlang ins Café de l'Opéra, wo im hinteren Zimmer Franz und Karl Moor, Geßler und Wilhelm Tell in friedlichster Gemeinschaft allnächtlich ihr Bier vertilgen. In einem etwas abgelegenen Winkel nahmen wir Platz. Ich wollte meine kindliche Naivität nicht diesen abgebrühten Lebemännern zum wohlfeilen Gespött vorwerfen.

„Ich weiß manchmal gar nicht mehr recht, ob ich Don Juan oder nicht vielmehr der Ewige Jude bin", hub Don Giovanni in fast weinerlichem Ton an, als ob er mutterseelenallein wäre. „Man wird Philosoph, ohne es zu wollen; ein ganzes geschlagenes Jahrhundert lang Don Juan zu sein ist auch für einen Herkules kein Kinderspiel. Ein anderer hielte das Leben keine zehn Jahre aus; nachher würde er sich den Teufel mehr um die Weiber scheren. Übrigens – was wünschen Sie eigentlich von mir?"

„Ich möchte Sie fragen, wie man es anfängt, um die Gunst einer schönen Frau zu gewinnen."

„Wozu wünschen Sie das zu wissen? – Seien Sie doch froh, daß Sie mit dem Pack nichts zu tun haben. Glauben Sie denn, ich leide nicht unter meiner Unwiderstehlichkeit?"

„Ich möchte mich gerne zum Genußmenschen ausbilden."

„Ach so. Um welche Art von Frauen ist es Ihnen denn zu tun?"

„Oh, ich bin gar nicht wählerisch. Als Anfänger muß man mit allem vorliebnehmen. Ich möchte nur so im allgemeinen wissen, welche Mittel man anzuwenden hat."

„Werden Sie Offizier oder Akrobat."

„Zum Akrobaten fehlt mir jede Spur von Bizeps und zum Offizier jeder Anflug von Taille."

„Um welchen Typus von Frau ist es Ihnen denn zu tun?"

„Unterscheiden sie denn zwischen bestimmten Frauentypen?"

„Das versteht sich von selbst. Ich habe in dieser Beziehung mein eigenes System. Wenn ich Ihnen einen guten Rat geben darf, dann halten Sie sich an große Frauen mit monumentalen Formen, mit großen Augen, starken Lippen, die dabei aber feine geschmeidige Extremitäten haben, bei denen die Finger sich zurückbiegen lassen und die Fußknöchel schmal genug sind, daß sie einander nicht berühren! Das sind die Frauen, bei denen Sie den heiligen Ernst im Genusse finden, Selbstlosigkeit, Zartgefühl, keine

Spur von Mesquinerie. Das sind die Frauen, die Ihnen schöne Kinder schenken, obschon ich nie besondere Vorliebe für meine Kinder hegte. Wenn Sie dabei auf eine gute Unterhaltung Wert legen, dann wählen Sie unter diesen Frauen nur die mit Stumpfnasen. Frauen mit gebogenen Nasen sind zum Leiden geboren. Sie mögen ganz gut für die Ehe sein – aber für die Ehe habe ich immer nur dann geschwärmt, wenn sich ein anderer verheiratete. Neben diesen großen Frauen mit feinen Extremitäten existiert noch ein sehr schätzenswerter Typus; das ist der kleine Schlag mit festen, gutmodellierten Formen, das Ponyweib, wie ich es nenne, gleichfalls mit Stumpfnasen. Für den Kenner kommt diese Art indessen auch nur als Dessert in Betracht, während die erstgenannte diejenige ist, die bei bestentwikkeltem, verwöhntem Geschmack den Hunger stillt, ohne je Überdruß zu erwecken. Oder gehen Sie vielleicht darauf aus, geehrter Herr, sich von Sauerkraut und Pferdebohnen zu nähren?"

„Ich gehe darauf aus, geehrter Seigneur, mich zum Genußmenschen auszubilden, und bin zu jedem Opfer bereit. An der nötigen Energie hat es mir nie gefehlt. Sie sprechen mir indessen fortwährend nur von Frauen und Frauen, und ich weiß dabei noch immer nicht, wie man ihre Gunst gewinnt. Beeilen Sie sich bitte ein wenig. Ich bin zweiunddreißig Jahre alt und habe bis heute nur meinem Berufe gelebt. Ich habe nicht mehr viel Zeit zu verlieren."

„Was den ersten Typus betrifft", versetzte Don Giovanni, „die große Frau mit den feinen Extremitäten, so haben Sie nichts anderes nötig, als sie genau zu studieren und ihr dann das Ergebnis Ihrer Studien mitzuteilen. Diese Art Frau liebt immer denjenigen, von dem sie richtig geschätzt, von dem sie verstanden wird. Auf Vergötterung macht sie gar keinen Anspruch, dagegen legt sie Wert auf seelischen Takt. Sie ist großdenkend und naiv, nicht schlau, aber klug, hat das Herz auf dem rechten Fleck; mit der Stumpfnase besitzt sie sogar Humor, und ihr Lieben gleicht dem gewaltigen Wogenspiel des offenen Weltmeeres. – Bei dem Ponyweibchen hingegen müssen Sie studieren, in welchem Fach sie sich am liebsten produziert; denn sie hat den Drang, sich zu produzieren. Kaufen Sie sich eine Gitarre für den Fall, daß sie tanzt. Kaufen Sie sich einen Königstiger für den Fall, daß sie Bestien zähmt. Dann bleibt er der Tiger, und Sie sind der König."

„Sie teilen also die ganze weibliche Welt in zwei Klassen ein?"

„Das tue ich allerdings, aber das hat hiermit nicht das geringste zu schaffen. Ich teile die gesamte Frauenwelt in zwei große Klassen ein, in solche, deren Gesichtsausdruck hübscher wird, wenn sie sich küssen lassen, und in solche, deren Gesichtsausdruck häßlicher wird, wenn sie sich küssen lassen. Sie brauchen eine Frau nicht erst zu küssen, um darüber klar zu sein, wo sie hingehört. Mit einiger Übung sehen Sie es jeder schon auf hundert

Schritt an. Die Frauen der ersteren Klasse sind die einzigen, die für mich in Betracht kommen. Alles übrige, und die Klasse repräsentiert die Majorität, ist Strundzeug, Ausschußware, Schund und Schofel – ich habe mich nie damit abgegeben."

„Sie sprachen von verschiedenen Typen in der Frauenwelt. Kommt denn die gesellschaftliche Stellung gar nicht in Betracht? – Existiert kein Unterschied zwischen einer Zerline und einer Donna Anna?"

„Im wesentlichen nicht."

„Das hätt ich nie gedacht!"

„Sie sind immer noch zehnmal glücklicher daran, wenn Sie unter Köchinnen eine Prinzessin finden, als wenn Sie unter Prinzessinnen eine Köchin finden."

„Kommt denn das vor?"

„Warten Sie!" Und Don Giovanni zog das berühmte, von Leporellos Hand geschriebene Register heraus und zeigte mir gleich auf der ersten Seite folgendes kabbalistische Schema:

		Im Geiste				
		Prinzessinnen	Patrizierinnen	Zigeunerinnen	Klavierlehrerinnen	Köchinnen
In der Wirklichkeit	Prinzessinnen	A	B	C	D	E
	Patrizierinnen	F	G	H	I	K
	Zigeunerinnen	L	M	N	O	P
	Klavierlehrerinnen	Q	R	S	T	U
	Köchinnen	V	W	X		Z

„Das ist mir ein Buch mit sieben Siegeln", sagte ich kopfschüttelnd.

„Halten Sie sich an die vertikale Kolonne der Prinzessinnen, an die Prinzessinnen im Geist, in welcher Sphäre Sie gerade auch verkehren mögen!" sagte Don Giovanni mit eigentümlichem Pathos und funkelnden Augen. „Ob eine im wirklichen Leben Prinzessin, Bürgersfrau oder Köchin ist, das bleibt mehr oder weniger gleichgültig. Wenn sie nur von adliger, königlicher Gesinnung und dem entsprechenden Körperbau ist. Die übrigen vertikalen Kolonnen, die Kolonnen II, III, IV und V sind für einen Menschen, der das Leben kennt und zu genießen versteht, gar nicht vorhanden. Wenn Sie Schriftsteller, wenn Sie Künstler sind, dann schreiben Sie auch nur so, daß Sie von den Frauen der ersten Kolonne verstanden werden. Wenn eine großdenkende Köchin über Ihren Romanen weint, so muß Ihnen das wertvoller sein als die Anerkennung von seiten einer engherzigen, philiströsen Baronin oder Herzogin."

„Sie kennen Nora?" fragte ich mit vor Erregung zitternder Stimme. „Die Ibsensche Nora! Sie müssen Sie kennen, weil Sie doch beim Theater sind!"

„Litera D!" sagte Don Giovanni und zeigte mit dem Finger darauf. „Gesellschaftlich Bourgeoisie, im Geist eine Klavierlehrerin."

„Und Tordajada?"

„Litera L, im Geist eine Königin, im wirklichen Leben zufällig aus Zigeunerblut entsprungen!"

Ich war nur mehr ganz Ohr. Dieser Schlüssel Salomonis, wie Don Giovanni sein Schema nannte, brannte wie in feurigen Lettern vor meinen Augen.

„Sehen Sie, bitte", sagte der Weiberheld, „da haben Sie in Litera A den Fall, daß eine Prinzessin auch im Geiste eine Prinzessin sein kann; als Exempel erwähne ich Ihnen Katharina II., mit der ich vor hundert Jahren viel über diesen Gegenstand gesprochen habe. Sie hatte eine ähnliche Tabelle über uns Männer zusammengestellt. – In Litera Z haben Sie den Fall, daß eine Köchin wirklich eine Köchin sein kann; bedarf keines Exempels. – Und Litera V haben Sie den Fall, daß eine Köchin eine Prinzessin ist. Kennen Sie Zenta zum Beispiel, dieses Kind aus dem Volke mit dem klassisch heroischen Körperbau, mit der großen, einfachen Seelenstruktur, das mich so ganz und gar versteht, daß sie nicht einmal meine Schrift lesen kann, wenn ich ihr ein Billett schicke, und sich die Briefe an ihren Gatten und ihren Geliebten von mir diktieren läßt – entschuldigen Sie, daß ich Sie allein lassen muß; sie geht eben vorbei; auf Wiedersehen."

Mir drehte sich die Welt vor den Augen. Ich glaube kaum, daß ich jemals ein Genußmensch werde. Ich werde mich wohl nächstens verheiraten.

VII

„Liebe – das ist, wenn man etwas will, was nicht da ist und was es nicht gibt.“

Bunin

„. . . Weißt du noch, wie verwegen
Die Lust uns stand? Und wie es roch?!

Ringelnatz

„Sie behandeln eine Frau wie einen Labetrunk. Daß die Frauen Durst haben, wollen sie nicht gelten lassen.“

Kraus

„Und sie spürte ihn wie eine Flamme des Begehrens, eine zeitliche doch, und sie jubelte, wie sie hinschmolz in der Flamme.“

Lawrence

„Gibt es einen einleuchtenden Grund, warum man ausgerechnet den Sex ausklammern soll? Weil unsere Großmütter das tun mußten? Ja? Alles, was natürlich ist, ist gut für mich.“

Wander

Iwan Bunin

Leichter Atem

Ein neues eichenes Kreuz, fest, glatt und schwer, ragt auf dem Friedhof über dem frischen Grabhügel aus lehmiger Erde.

Es ist April, die Tage sind grau; die Grabsteine des weitläufigen Kreisstadtfriedhofs sind zwischen den kahlen Bäumen weithin zu sehen, und ein kalter Wind läßt den Porzellankranz erklirren, der am Fuße des Kreuzes liegt.

Im Kreuz ist ein ziemlich großes, herausgewölbtes Porzellanmedaillon eingelassen; das Medaillon enthält die Photographie einer Gymnasiastin mit fröhlichen, auffallend lebhaften Augen – Olja Mestscherskaja.

Als Mädchen ragte sie in keiner Weise aus der Menge der braunen Gymnasiastinnenkleidchen hervor: was hätte man anderes von ihr sagen können, als daß sie zu den hübschen, reichen und glücklichen Mädchen gehörte, daß sie begabt, aber ausgelassen war und die Belehrungen, die ihr die Klassendame erteilte, sehr auf die leichte Achsel nahm? Dann begann sie aufzublühen und sich sehr rasch zu entwickeln. Mit vierzehn Jahren schon zeichneten sich an ihr – bei schmaler Taille und schlanken Beinen – deutlich die Brüste und all jene Formen ab, deren Zauber das menschliche Wort nie wirklich auszudrücken vermocht hat; mit fünfzehn galt sie bereits als Schönheit. Wie sorgfältig manche ihrer Freundinnen das Haar ordneten, wie sauber sie waren, wie sie auf jede ihrer zurückhaltenden Bewegung achteten! Sie hingegen fürchtete sich vor nichts – weder vor Tintenflecken an den Fingern noch vor zerzausten Haaren, einem geröteten Gesicht oder einem entblößten Knie, das sich den Blicken darbot, wenn man beim Laufen stürzte. Ohne irgendwelche Mühe oder Anstrengung fiel ihr gleichsam unmerklich alles das zu, was sie während der letzten zwei Jahre so sehr vor dem gesamten Mädchengymnasium auszeichnete: die Schönheit, die Eleganz, der klare Glanz ihrer Augen und die Gewandtheit. Niemand tanzte auf den Bällen wie Olja Mestscherskaja, niemand lief Schlittschuh wie sie, und niemand machte man auf den Bällen so sehr den Hof wie ihr; außerdem war bei den unteren Klassen aus irgendeinem Grunde niemand so beliebt wie sie. Unmerklich war sie zum jungen Mädchen geworden, unmerklich festigte sich im Gymnasium ihr Ruf, und schon begann man zu raunen, sie sei leichtsinnig und könne ohne Verehrer nicht leben, der Gymnasiast Schenschin sei sterblich in sie verliebt, und auch sie liebe ihn, springe aber so launenhaft mit ihm um, daß er versucht habe, sich das Leben zu nehmen.

In ihrem letzten Winter verlor Olja Mestscherskaja vor lauter Fröhlichkeit geradezu den Verstand, wie man sich im Gymnasium ausdrückte. Der Winter brachte viel Schnee, er war sonnig und kalt, die Sonne, immer strahlend und klar, ging früh hinter dem hohen Tannengehölz des verschneiten Schulgartens unter und verhieß für den folgenden Tag wieder sonniges, frostklares Wetter, einen vergnügten Spaziergang in der Sobornaja-Straße und einen rosigen Abend im Stadtgarten auf der Eisbahn, mit Musik und dieser kreuz und quer über das Eis gleitenden Menge, in der Olja Mestscherskaja die Sorgloseste, Glücklichste schien. Doch eines Tages in der großen Schulpause, als sie wie ein Wirbelwind durch die Aula dahinflog, verfolgt von der untersten Klasse, die vor Seligkeit kreischte, wurde sie überraschend zur Schulleiterin gerufen. Sie stand mitten im Lauf still, holte ein einziges Mal tief Atem, ordnete mit einer raschen und schon gewohnten, ganz weiblichen Gebärde ihr Haar, zog die Schürzenecken nach außen, zu den Schultern hin und lief mit strahlenden Augen hinauf. Die Schulleiterin, von jugendlichem Äußeren, aber ergraut, saß mit einer Strickarbeit in den Händen ruhig am Schreibtisch unter dem Zarenporträt.

„Guten Tag, Mademoiselle Mestscherskaja", sagte sie französisch, ohne von der Strickerei aufzusehen. „Ich sehe mich zu meinem Bedauern und nicht zum erstenmal genötigt, Sie rufen zu lassen, um mich mit Ihnen über Ihr Betragen zu unterhalten."

„Ich höre Ihnen zu, Madame", entgegnete die Mestscherskaja, trat an den Tisch, wobei sie die Schulleiterin offen und lebhaft, aber mit völlig ausdruckslosem Gesicht ansah, und ließ sich so leicht und anmutig nieder, wie es nur ihr allein gegeben war.

„Zuhören werden Sie mir schlecht, davon bin ich leider überzeugt", sagte die Leiterin, ruckte am Garn, so daß der Knäuel auf dem lackierten Fußboden zu rollen begann und die Mestscherskaja neugierig hinsah, und blickte auf. „Ich möchte mich nicht wiederholen, ich möchte nicht weitschweifig sein", sagte sie.

Der große, außerordentlich saubere Arbeitsraum, in dem an frostharten Tagen vom blitzenden Kachelofen eine so wohlige Wärme und von den Maiglöckchen auf dem Schreibtisch eine so angenehme Frische ausging, gefiel der Mestscherskaja immer sehr gut. Sie blickte auf den jungen, inmitten eines glänzenden Saales in Lebensgröße gemalten Zaren, blickte der Leiterin auf den glatten Scheitel im milchigen, sorgsam gebrannten Haar und schwieg abwartend still.

„Sie sind kein Kind mehr", sagte beziehungsvoll die Leiterin, die sich im stillen schon zu ärgern begann.

„Jawohl, Madame", entgegnete die Mestscherskaja einfach und beinahe vergnügt.

„Aber auch keine erwachsene Frau", fuhr die Leiterin noch vielsagender fort, und ihre matte Gesichtshaut bedeckte sich mit einer leichten Röte. „Vor allen Dingen – wie tragen Sie Ihre Haare? So trägt nur eine erwachsene Frau ihr Haar."

„Ich kann nichts dafür, Madame, daß ich schöne Haare habe", erwiderte die Mestscherskaja und berührte den hübschen Kopf leicht mit beiden Händen.

„Ach was, Sie können nichts dafür!" sagte die Leiterin. „Sie können nichts dafür, daß Sie Ihre Haare so tragen, Sie können nichts für diese teuren Kämme, Sie können nichts dafür, daß Ihre Eltern sich zugrunde richten, um Zwanzigrubelschuhe für Sie zu kaufen! Aber ich sage Ihnen noch einmal, Sie vergessen ganz und gar, daß Sie vorläufig weiter nichts sind als eine Gymnasiastin!"

Und hier plötzlich fiel ihr die Mestscherskaja, ohne ihreEinfachheit oder ihre Ruhe zu verlieren, höflich ins Wort: „Entschuldigen Sie, Madame, aber Sie irren sich: Ich bin eine Frau. Und wissen Sie, wer daran schuld ist? Papas Freund und Nachbar und Ihr eigener Bruder – Alexej Michailowitsch Maljutin. Es war im vorigen Sommer bei uns auf dem Lande."

Und einen Monat nach dieser Unterhaltung wurde Olja Mestscherskaja von einem unschönen, plebejisch wirkenden Kosakenoffizier, der nicht das geringste mit dem Kreise gemein hatte, dem sie angehörte, auf dem Bahnhof inmitten einer großen Volksmenge, die eben erst mit dem Zuge angekommen war, erschossen.

Olja Mestscherskajas unwahrscheinliches Geständnis, das die Schulleiterin ganz verblüfft hatte, bestätigte sich in vollem Umfang. Der Offizier gab dem Untersuchungsrichter zu Protokoll, daß die Mestscherskaja ihn verleitet, ihm sehr nahe gestanden und geschworen habe, seine Frau zu werden, daß sie jedoch am Tage, da der Mord geschah, während sie ihn zum Zug nach Nowotscherkassk begleitete, auf dem Bahnhof plötzlich erklärt habe, sie denke gar nicht daran, ihn je geliebt zu haben, und alle diese Gespräche von einer Ehe seien, von ihrem Standpunkt gesehen, reiner Hohn; sie habe ihm dann eine Seite aus ihrem Tagebuch zu lesen gegeben, auf der von ihm, Maljutin, die Rede gewesen sei.

„Ich habe die Zeilen überflogen und gleich hier auf dem Bahnsteig, wo sie auf und ab ging und wartete, bis ich's gelesen hätte, auf sie geschossen", sagte der Offizier. „Dieses Tagebuch – bitte, hier ist es, sehen Sie sich einmal an, was unter dem Datum des zehnten Juli in ihm geschrieben steht!"

Im Tagebuch war eingetragen: „Es ist Nacht, die Uhr geht auf zwei. Ich war fest eingeschlafen, bin aber gleich wieder aufgewacht. Ich bin heute zum Weibe geworden! Papa, Mama und Tolja waren in die Stadt gefahren, ich blieb allein zurück. Ich war so glücklich, allein zu sein! Ich bin

morgens im Garten und auf den Feldern spazierengegangen, ich war auch im Wald, und mir schien, ich sei mutterseelenallein auf der ganzen Welt; ich war von so guten Gedanken erfüllt wie noch niemals zuvor. Ich aß auch allein zu Mittag und spielte danach eine ganze Stunde Klavier, wobei mir die Musik das Gefühl eingab, ich werde unendlich lange leben und glücklicher sein als jeder andere. Später schlief ich dann in Papas Arbeitszimmer ein, bis mich um vier Uhr Katja weckte und mir meldete, daß Alexej Michailowitsch gekommen sei. Ich war darüber sehr erfreut, es war mir angenehm, ihn zu empfangen und zu unterhalten. Er war mit einem Zweigespann sehr schöner Wjatkapferde vorgefahren, das die ganze Zeit vor dem Eingang hielt; er blieb, weil es regnete und weil er hoffte, es werde bis zum Abend wieder trocken werden. Er bedauerte, Papa nicht angetroffen zu haben, war äußerst lebhaft und spielte mir gegenüber den Kavalier, wobei er allerlei Scherze trieb und versicherte, er sei seit langem in mich verliebt. Als wir vor dem Tee im Garten spazierengingen, war das Wetter wieder sehr schön, die Sonne blitzte, obwohl es recht kalt geworden war, durch den nassen Garten, er führte mich am Arm und behauptete, er stelle sich vor, daß wir Faust und Margarete seien. Er ist sechsundfünfzig Jahre alt, sieht aber noch sehr gut aus und ist immer vorzüglich angezogen; das einzige, was mir an ihm mißfiel, war seine Schulterpelerine; er duftete nach englischem Eau de Cologne und hat ganz junge schwarze Augen, während sein Bart zwei elegante, lange Strähnen bildet und schon ganz silbrig ist. Beim Tee saßen wir auf der verglasten Veranda, ich gab vor, mich nicht ganz wohl zu fühlen, und streckte mich auf dem Sofa aus; er rauchte, setzte sich später zu mir, sagte mir wiederum irgendwelche Liebenswürdigkeiten, besah meine Hand und küßte sie. Ich deckte ein Seidentuch über mein Gesicht, und er küßte mich durch das Tuch mehrmals auf meine Lippen. Ich begreife nicht, wie alles geschehen konnte, ich muß von Sinnen gewesen sein, ich hätte nie geglaubt, daß ich so wäre! Jetzt gibt es nur noch einen Ausweg für mich. Ich fühle einen solchen Widerwillen gegen ihn, daß ich das alles nicht überleben werde.“

Die Stadt ist in diesen Apriltagen wieder sauber und trocken, die Pflastersteine sind weiß, es läuft sich leicht und angenehm auf ihnen. Jeden Sonntag nach der Mittagsmesse geht eine kleine, in Trauer gekleidete Frau mit schwarzen Glacéhandschuhen und einem Schirm mit Ebenholzkrücke durch die Sobornaja-Straße, die zum Stadtausgang führt. Die Chaussee kreuzt einen schmutzigen Platz, an dem viele verräucherte Schmiedchen stehen und über den frische Feldluft weht; weiter weg, zwischen dem Mönchskloster und dem Gefängnis, sieht man den weißlichen, bewölkten Himmelsrand und die noch frühlingshaft grauen Felder und erblickt wenig später, wenn man sich zwischen den Pfützen vor der Klostermauer hindurchgewunden hat und nach links eingebogen ist, etwas wie einen großen, niedrigen, von einer weißen Umfriedung eingeschlossenen Garten, über dessen Tor eine Himmelfahrt Mariä gemalt ist. Die kleine Frau bekreuzigt sich unauffällig und schlägt den gewohnten Weg durch die Hauptallee ein. Sie erreicht die Bank gegenüber dem Eichenkreuz und bleibt im Wind, in der Frühlingskühle ein, zwei Stunden auf ihr sitzen, bis ihr die Füße in den leichten Schuhen und die Hand im engen Glacéhandschuh kalt werden. Sie hört den Vögeln zu, die auch in der Kühle noch lieblich singen, sie hört den Porzellankranz im Winde klirren, und manchmal sagt sie sich, sie würde ihr halbes Leben hergeben, damit dieser tote Kranz nicht vor ihren Augen wäre. Dieser Kranz, dieser Grabhügel, dieses Eichenkreuz! Ist es denn möglich, daß unter ihnen jene ruht, deren Augen so unauslöschlich von dem gewölbten Medaillon am Kreuz herüberleuchten, und wie verträgt sich mit diesem reinen Blick jenes Schreckliche, mit dem der Name Olja Mestscherskaja heute verbunden ist? Und dennoch ist diese Frau im Innersten ihres Herzens glücklich wie alle Menschen, die einem leidenschaftlichen Traum ergeben sind.

Diese Frau ist Olja Mestscherskajas Klassendame, ein älteres Mädchen, das schon seit langem von der oder jener Erdichtung lebt; sie muß ihr das wirkliche Leben ersetzen. Zu einer solchen Erdichtung wurde zuerst ihr Bruder für sie, ein armer, in keiner Weise bemerkenswerter Fähnrich, an dem sie mit ganzem Herzen hing. Seine Zukunft stellte sich ihr aus irgendeinem Grunde in den glänzendsten Farben dar. Als er vor Mukden fiel, versuchte sie sich einzureden, sie sei die Märtyrerin einer Idee. Olja Mestscherskajas Tod verstrickte sie dann in einen neuen Traum. Heute ist Olja Mestscherskaja der Gegenstand ihres unablässigen Sinnens und Fühlens. Sie pilgert jeden Feiertag zu ihrem Grab, wendet die Augen nicht von dem eichenen Kreuz und denkt an ihr bleiches Gesicht zurück, wie sie es damals im Sarge sah, umgeben von Blumen. Sie denkt auch daran, was sie eines Tages erlauschte.

Eines Tages nämlich, als Olja Mestscherskaja während der großen Pause im Schulgarten spazierenging, sagte sie rasch, sehr rasch und flüsternd zu ihrer liebsten Freundin, der vollen und hochgewachsenen Subbotina: „Ich habe in einem von Papas Büchern – er hat viele komische alte Bücher – gelesen, wie die weibliche Schönheit beschaffen sein muß. Da ist, weißt du, so schrecklich viel darüber gesagt, daß man nicht alles behalten kann. Also: die Augen natürlich schwarz wie siedendes Pech – Ehrenwort, so und nicht anders steht es geschrieben: wie siedendes Pech! Dann nachtschwarze Wimpern, ein zartes, flüchtiges Wangenrot, schlanker Wuchs und überlange Hände – überlange, verstehst du? Dazu ein kleiner Fuß, die

Brust mäßig groß und wohlgerundete Waden; die Knie sollen die Farbe von Muschelschalen haben, die Schultern sollen sanft abfallend sein; ich habe mir vieles so gut wie auswendig gemerkt, so richtig ist alles! Aber weißt du auch, was die Hauptsache ist? Ein leichter Atem! Und den habe ich – hör zu, wie ich atme! Nicht wahr, den habe ich doch?“

Jetzt hat sich dieser leichte Atem aufs neue in der Welt zerstreut, zerstreut in den bewölkten Himmel, in diesen kalten Frühlingswind.

Julie Schrader

Die Liebe als solche . . . oder Amor redivivus

(„Dem Herrn Offizier A. M. zu Lüneburg, welchem meine Neigung für ein gutes Quartal galt, sich aber im Ganzen nicht bezahlt machte . . .“, Anno 1907)

„Miscellen zu vier Füßen“

Ach, Du brachst in Deinem Zimmer
Arg mit Deiner Kühne durch!
Niemals, lieber Freund, Du Schlimmer,
Löscht sich aus dies Lüneburg!

*

Warum hast Du meinen Puls gefühlt?
Erschien ich krank in Deinen Armen?
Ich weiß, wenn Du Onkel Doktor spielst,
Dann ist es Zeit, mich selbst zu warnen!

*

Oh, Espenlaub! Wie läppisch ist Dein leises Zittern,
Wenn jemand Deinen schwachen Stamm bewegt!
In meinem Inner'n rüttelt es an tausend Gittern,
Wenn über mich der Liebesorkan fegt . . .

*

Du hast auf meinem Busen still gebetet
Und mir mit Heiligkeit ins Aug' geblickt . . .
Dann war Dein ganzes Antlitz wüst gerötet
Und das Plümoh war wie von einer Schlacht zerstückt.

*

Was ist die Liebe, wenn das Herz verbrennt,
Weil sich das Schönste, was man hat, verzehret . . .!
Was gilt die Frau, die nach dem Manne rennt
Und dabei heiligste Moral verkehret!

*

Oh, wär' ich eine Säule nur von Stein,
Erstarrt, von meinen Feinden bös' verflucht!
Erlöst wär' ich von aller Liebespein
Und höchstens ab und an von einem Hund besucht!

Madame Pompadour, sie war so schön figürlich,
so daß der große König sie geliebt.
Ist man von Adel, darf man das natürlich;
Auch ohne, daß dafür einen Tadel gibt.

*

Wenn ich liebe, seh' ich Sterne;
Ist's getan, seh' ich den Mond.
Ach, es war nur die Laterne! –
Trotzdem hat es sich gelohnt.

*

Dein Mund ist wie ein Strauß Narzissen,
Dein Atem ist ein Zephir mild!
Du bist der Schlag, der mein Gewissen
Hervorkehrt wie ein Spiegelbild.

*

Du flüsterst mir Musik ins Ohr,
Befreiest mich von Nöten.
Jetzt schweig! Sonst stört der Jubelchor
Die Andacht mir beim Beten.

*

Oh, sprich von Liebe, wenn die Rosen
Erblühet sind zu voller Pracht!
Oh, sprich von Liebe auch beim Kosen,
Wenn unter Dir der Ätna kracht!

*

Du bist mein König im Purpur,
So nimm mich unter Deinen Mantel . . .
Und stichel mir ein wenig nur,
Als wär's ein Lächeln der Tarantel.

*

Es müßten alle Dichter für Dich dichten,
Es müßte jeder Sänger für Dich schrei'n
Es müßte jeder Richter für Dich richten,
Es müßte jeder Gott Dein Diener sein.

*

Laß' heut' die Liebe, Freund, beiseite
Und rüste Dich auf einen neuen Tag.
Sonst ruft der Kuckuck bald zur Pleite
Und treibt Dich aus dem Rosenhag.

*

Sag', lieber Freund, Dir Goethes Verse auf,
Wenn Du mit Zagung an den Alltag denkst.
Ich sage Dir: Es wird Dein Gang zum Dauerlauf,
Wenn Du mit Wolfgang die Gefühle lenkst!

*

Ich habe geliebt und bin Dir gut
Und denk' an Dich ein Weilchen.
Ach ja, die Liebe Wunder tut,
Hat man das rechte Teilchen.

Ich liebe Deine Majestät,
Den Bart, wie oftmals zwackt er!
Nur Deine Pekunietät
Zeugt nicht von „bon“ Charakter!

*

Wie wohl Odalisken küssen . . .,
Wie sie wohl dem Manne dienen.
Solches wünschte ich zu wissen,
Um mich manchem zu erkühnen.

*

Verlassen hast Du mich am Abend . . .!
Wie soll mir nun der Morgen blüh'n?
Erquickend bist Du und so labend,
Wie Winde, die vorüberzieh'n.

*

Ich war ein Engel, Du mein Traum!
Und schwebte über Deinem Haupte.
Jetzt häng' ich längst im Tannenbaum
Und bin wie Wachs, die Vollgestaubte.

*

Oh, mein Leander, Hero ruft,
Drum nah' Dich ihr mit kühnen Sprüngen.
Mich schmerzt die abgrundtiefe Kluft:
Ich will mit Dir Duette singen!

*

Vergißmeinnicht, wenn Dich das laute Leben
Erneut in seine Kreise zieht.
Vergißmeinnicht, dann wird Dich heben
Gott Amor . . . wenn die Gosse blüht.

*

Ich trage ein Kleid mit Plissée
Es tut mich zwar herrlich gestalten.
Was nützt es! Ich trage ein Weh
In hundert geplätteten Falten.

*

Heil'ge Nacht, Du sankest nieder . . .
Und Du gabst mir Schlummer Stund' um Stund'.
Jetzt erfrischt Euch, schnöde, müde Glieder,
Denn um elf Uhr wird es kunterbunt.

*

Er, der herrlichste von allen,
Steht am Abend wieder vor der Tür.
Ach, wie tut er mir gefallen,
Liebt er mich auch wen'ger als das Bier.

*

Ob je die hohe Frau von Orleans geliebt,
Die Heilige, die Rettung brachte ihrem Lande?
Ihr Frauen, Mägde, wo's von Kriegerhorden stiebt,
Laßt Eure Eignung besser außer Stande.

*

Sauer ist das Leben ohne Liebe,
Sauer ist das Leben ohne Glück.
Die Gelegenheit macht öfters Diebe . . .
Später trauert man ihr dann zurück.

*

Mooses Polster, zarte Liegepfühle,
Ihr gebt mir das schönste Bett von allen.
Ach, es wachsen auf in mir Gefühle,
Wenn die Zapfen von den Bäumen fallen.

*

Ich trage, wo ich gehe,
Stets eine Uhr bei mir . . .
Sie tickt von Kopf bis Zehe
Und schlägt, bist Du bei mir.

*

Es klingt ein Lied durch die Welten,
Es klingt ein Lied durch die Seel',
Es tröstet die schrecklich Gequälten,
Doch leitet's bisweilen auch fehl.

(Gemeint ist „das hohe Lied der Liebe")

*

Ich schachere nicht mit dem, was mir Gott verliehen,
Ich achte mit Argus auf meines Körpers Heil.
Noch nie ward Mißachtung der Tugend von Gott verziehen,
Selbst dann nicht, ging es um den kleinsten Teil!

*

Ambrosia . . . sind, Amor, Deine Spiele . . .
Und Nektar, Amor, ist Dein Trank!
Du richtest sorgsam Deinen Pfeil auf Ziele.
Hinein ins Schwarze! Habe Dank!

*

Der Wilde Jäger reitet übers Land,
Frau Fricka ist auf einen Stier gebunden.
Mir ist die alte Sage wohl bekannt.
Den Grund . . ., ihn hab' ich leider nicht gefunden!

*

Mein Bräutigam, komm', wenn die Sterne blühen,
Und zeig' mir dann das Fell vom großen Bär',
Wir wollen im Ophiochus verglühen . . .
Doch brennst Du weiter . . .: bitte sehr!

Else Lasker-Schüler

Mein Liebeslied

(Sascha, dem himmlischen Königssohn)

Auf deinen Wangen liegen
Goldene Tauben.

Aber dein Herz ist ein Wirbelwind,
Dein Blut rauscht, wie mein Blut –

Süß
An Himbeersträuchern vorbei.

O, ich denke an dich – –
Die Nacht frage nur.

Niemand kann so schön
Mit deinen Händen spielen,

Schlösser bauen, wie ich
Aus Goldfinger;

Burgen mit hohen Türmen!
Strandräuber sind wir dann.

Wenn du da bist,
Bin ich immer reich.

Du nimmst mich so zu dir,
Ich sehe dein Herz sternen.

Schillernde Eidechsen
Sind dein Geweide.

Du bist ganz aus Gold –
Alle Lippen halten den Atem an.

August Stramm

Untreu

Dein Lächeln weint in meiner Brust
Die glutverbissenen Lippen eisen
Im Atem wittert Laubwelk!
Dein Blick versargt
Und
Hastet polternd Worte drauf.
Vergessen
Bröckeln nach die Hände!
Frei
Buhlt dein Kleidsaum
Schlenkrig
Drüber rüber!

Ludwig Thoma

Frauenklage

In den heiß gewärmten Ehebetten
Warten deutsche Frauen auf die Männchen.
Diese meiden ihre Rosenketten,
Sitzen lieber bei den vollen Kännchen.

Mancher, den ein legitimes, nacktes
Weibchen lockt in aufgewühlten Kissen.
Sitzt beim Kellnerfräulein, und er packt es
ohne Scheu vor Sittenhindernissen.

Früh am Morgen taumeln heim die Biedern,
Rülpsend nahen sie dem Ehehafen,
Nicht mehr fähig, Liebe zu erwidern.
Und vom Drang erfüllt, sich auszuschlafen.

Welche Bilder muß die Gattin sehen!
Was vernimmt die Zärtliche an Tönen!
Diese Laute, welche hier geschehen,
Sie gehören nicht ins Reich des Schönen.

Amor flieht, vertrieben von Geräuschen,
Die den Stempel der Gemeinheit tragen
Und betreff der Herkunft niemand täuschen.
Amor flieht, und deutsche Frauen klagen.

James Joyce

Stephen Daedalus

„Gewiß, gewiß."

Mit fliegender Hand nach dem Geländer greifend, rannte er, fünf Stufen auf einmal nehmend, die Treppe hinunter. In der Halle würgte er sich in den Regenmantel und erreichte keuchend und halb angezogen die Vordertreppe. Er rannte hinaus auf die Mitte des schlammigen Weges und blickte durch das trübe Licht nach der Ostseite des Platzes. Schnell ging er in der Mitte des Weges weiter, die Augen auf den selben Punkt gerichtet, erreichte dann wieder den Pfad und begann zu laufen. Als er die Ecke der Earlsfort Terrace erreichte, hörte er auf zu laufen, wandte sich nach rechts und ging wieder schnell weiter. Außerhalb der Universität holte er ein, was er verfolgte.

„Guten Morgen."

„Stephen! . . . Bist du so gelaufen?"

„Ja."

„Wohin willst du?"

„Ich sah dich vom Fenster aus."

„Welchem Fenster?"

„Im College. Wohin gehst du?"

„Nach Leeson Park."

„Dann hier weiter", sagte Stephen und faßte ihren Arm.

Es sah aus, als wollte sie ihm ein solches Verhalten am hellichten Tag verargen, aber nach einem schnellen Blick des Tadels erlaubte sie ihm, sie zu begleiten. Stephen preßte ihren Arm an seine Seite und bereitete ihr leichtes Unbehagen, als er sehr dicht neben ihrem Gesicht sprach. Ihr Gesicht glitzerte vom Nebel und begann in Antwort auf sein erregtes und leidenschaftliches Verhalten zu glühen.

„Wo hast du mich gesehen?"

„Vom Fenster aus. Ich hatte bei Pater Artifoni italienische Stunde. Ich sah dich durch das Green gehen und den Weg überqueren."

„Ist das wahr?"

„Sofort sprang ich auf und bat ihn, mich zu entschuldigen, ich hätte eine Verabredung, und rannte die Treppe hinunter, hinter dir her."

Die Röte ihrer Backen hatte sich vertieft, aber sie bemühte sich offensichtlich, ruhig zu erscheinen. Zuerst hatte sie sich geschmeichelt gefühlt, jetzt aber wurde sie ein wenig unruhig. Sie lachte nervös, als er ihr erzählte, er sei hinter ihr hergelaufen. „Du lieber Gott, weshalb denn?"

Stephen antwortete nicht, aber er preßte ihren Arm fester an seine Seite. Am Ende der Terrace bog sie instinktiv in eine Seitenstraße ein. Hier ging sie langsamer. Die Straße war sehr still, und beide dämpften ihre Stimme.

„Wie wußtest du denn, daß ich es war?“ sagte sie. „Du mußt gute Augen haben.“

„Ich sah aus dem Fenster“, antwortete er, „nach dem Himmel und dem Green. Lieber Gott! Ich war so voller Verzweiflung. Manchmal überfällt sie mich. Ich lebe ein seltsames Leben – ohne Hilfe oder Sympathie von irgendwem. Manchmal habe ich Angst vor mir selbst. Die Menschen im College sind für mich keine Menschen, sondern Pflanzen ... Und während ich meinen Charakter verfluchte, sah ich dich.“

„So?“ sagte sie, die unordentliche Gestalt an ihrer Seite mit großen, ovalen Augen betrachtend.

„Ich freute mich, als ich dich sah. Ich mußte einfach aufspringen und fortlaufen. Ich hätte keine Minute mehr sitzen bleiben können. Ich dachte: endlich ein menschliches Wesen …

„Bist ein seltsamer Junge", entgegnete sie. „Darfst nicht so herumlaufen, mußt vernünftiger sein."

„Emma!" rief Stephen, „sprich heute nicht so zu mir. Ich weiß, daß du vernünftig sein willst. Aber du und ich, wir sind doch beide jung. Oder nicht?"

„Ja, Stephen."

„Gut also. Wenn wir jung sind, fühlen wir uns auch glücklich. Fühlen uns voller Sehnsucht."

„Sehnsucht?"

„Als ich dich sah …"

„Wie hast du mich erkannt?"

„An deinem Gang."

„Gang!"

„Sogar von meinem Fenster aus sah ich, wie deine Hüften sich unter deinem Regenmantel bewegten. Ich sah ein junges Weib stolz einherschreiten durch die verfallene Stadt. Ja, so gehst du: du bist stolz auf deine Jugend und dein Weibsein. Weißt du, was ich empfand, als ich dich von meinem Fenster aus sah?"

Es hatte keinen Zweck mehr, jetzt noch die Gleichgültige zu spielen. Ihre Backen glühten in dauerndem Rot, und ihre Augen funkelten wie Edelsteine. Sie blickte gerade vor sich hin, und ihr Atem begann zu flakkern. Sie standen zusammen in der öden Straße, und er sprach weiter, wobei eine Art aufrichtiger Losgelöstheit seine erregte Leidenschaft leitete.

„Ich fühlte, daß ich mich danach sehnte, dich in meinen Armen zu halten – deinen Körper. Ich sehnte mich danach, daß du mich mit deinen Armen umfingst. Nur das … Dann dachte ich, ich sollte hinter dir herlaufen und dir das gleich sagen … Nur eine Nacht zusammen leben, Emma, und dann am Morgen Abschied voneinander nehmen und uns niemals wiedersehen …"

Sie versuchte, ihren Arm aus dem seinen zu lösen und murmelte, als hätte sie die Worte auswendig gelernt:

„Du bist nicht bei Sinnen, Stephen."

Stephen gab ihren Arm frei, ergriff ihre Hand und sagte: „Lebe wohl, Emma … Ich fühlte, daß ich dir das meinetwegen sagen mußte. Und wenn ich noch länger in dieser blöden Straße neben dir stehe, werde ich dir noch viel mehr sagen … Du sagst, ich sei nicht bei Sinnen, weil ich nicht mit dir feilsche, weil ich dir nicht sage, daß ich dich liebe, es dir nicht schwöre. Aber ich glaube, daß du meine Worte hörst und mich verstehst."

„Ich verstehe dich nicht“, antwortete sie mit leiser Empörung.

„Ich will dir eine Chance geben“, sagte Stephen, ihre Hand fest in seine Hände nehmend. „Wenn du heute abend zu Bett gehst, denke an mich und stelle dich an das Fenster. Ich werde im Garten sein. Öffne das Fenster und rufe meinen Namen und sage mir, daß ich kommen soll. Komme dann nach unten und laß mich ins Haus. Wir werden dann eine Nacht zusammen leben – eine Nacht, Emma, allein zusammen, und am Morgen nehmen wir Abschied voneinander.“

„Laß bitte meine Hand los“, sagte sie, sie ihm entreißend. „Hätte ich gewußt, daß du dieses dummen Geschwätzes wegen ... Ich will kein Wort mehr hören“, fuhr sie fort und ging ein paar Schritte weiter, brachte ihren Regenmantel aus dem Bereich seiner Hände. „Für wen hältst du mich, daß du derart mit mir redest?“

„Es ist keine Beleidigung“, sagte Stephen, dem plötzlich Röte ins Gesicht stieg, als er die Kehrseite der Situation erkannte, „wenn ein Mann eine Frau um das bittet, um was ich dich gebeten habe. Das empört dich nicht, sondern etwas anderes.“

„Ich glaube, du hast den Verstand verloren“, sagte sie, schnell und ohne seines Grußes zu achten, an ihm vorbeilaufend. Aber sie ging nicht schnell genug, die Tränen zu verbergen, die ihr in den Augen standen. Als er sie voller Überraschung sah, fragte er sich, welches ihre Ursache sein möchte, und vergaß das Abschiedswort zu sagen, das ihm auf den Lippen lag. Als er sie dann mit leicht vorgebeugtem Kopf weitergehen sah, vermeinte er zu fühlen, wie ihre beiden Seelen sich schnell und für immer, nach einem Augenblick fast vollzogener Vereinigung, voneinander lösten.

Guillaume Apollinaire

Zeugung

Zwei Meilen vor Spa, auf der von knorrig-krummen Bäumen und von Sträuchern gesäumten Landstraße, stand Viersélin Tigoboth, ein wandernder Musikant, der zu Fuß von Lüttich kam, und schlug Feuer, um seine Pfeife anzuzünden. Eine Frauenstimme rief:

„He! Monsieur!"

Er blickte auf, und da brach ein unbändiges Gelächter los.

„Hahaha! Hohoho! Hihihi! Deine Lider sind braun wie ägyptische Linsen! Ich heiße Macarée. Ich will einen Rammler haben!"

Viersélin Tigoboth sah am Straßenrand ein brünettes junges Frauenzimmer stehen, hübsch mollig und mit niedlichen Rundungen. Wie war sie allerliebst in ihrem kurzen Radlerinnenrock! Und während sie mit einer

Hand ihr Rad hielt und mit der anderen die herben Schlehen abklaubte, schaute sie mit ihren großen goldbraunen Augen unverwandt in glühendem Begehren auf den wallonischen Musikanten.

„S' seind ane schöne Maid", sagte Viersélin Tigoboth und schnalzte mit der Zunge. „Aber, sapperlott, wenn Sie Schlehen essen, kriegen Sie heut nacht Bauchgrimmen, jawohl."

„Ich will einen Rammler haben", erklärte Macarée noch einmal, hakte ihr Mieder auf und bot Viersélin Tigoboth ihre Brüste zur Schau. Sie waren lecker wie die Hintern der Engel, und um ihre Brustknospen war ein Ring so zartfarben wie die rosaroten Wölkchen im Licht der untergehenden Sonne.

„Oh! oh!" staunte Viersélin Tigoboth, „schön ist das – wie die Perlen der Amblêve. Schenkt sie mir. Ich will für Euch einen großen Strauß Farnblätter und mondfarbene Iris pflücken."

Viersélin Tigoboth trat näher und wollte nach diesem wundersamen Fleisch greifen, das man ihm da um Gotteslohn darbot wie in der Messe das geweihte Brot, doch dann hielt er sich zurück.

„S' sin e nuckische Sappermetskrott, S' sin putzlig wie die Kermeß zu Lüttich. S' sin ein schöners Mädle als Donnaye, als Tatenne und Victoäre, denen unsereins nachgestiegen ist, und als die Mamsellchen des Herrn Rénier, die sin allweil noch zu haben. Aber wenn Sie mein Liebchen sein wollen, kriege S' Filzläus."

MACARÉE

Sie leuchten hellgelb wie der Vollmond rund
sind wie des Glücksrads Ringelspiel so rund.

VIERSÉLIN TIGOBOTH

Störn dich die Läuse nicht, o Herzchen mein,
Will ich dich heute gern als Gatte frein.

Und Viersélin Tigoboth trat näher, die Lippen prall voller Küsse.

„I mag di gern. Oh! wie i mi freu! Schatz!"

Bald war nichts mehr zu hören als Seufzer und Vogelgesang, und fuchsrote, gehörnte Hasen sowie mutwillige Teufelchen flitzten schnell wie Siebenmeilenstiefel an Viersélin Tigoboth und Macarée vorbei, die hinter den Schlehenbüschen der Allmacht der Liebe opferten.

Dann trug das Stahlroß Macarée von hinnen.

Und zu Tode betrübt verwünschte Vierselin Tigoboth das davonsausende Beförderungsmittel, das in die Ferne fuhr und gerade in dem Augenblick hinter einem Hügel verschwand, als der Musikant sich zu pissen anschickte und dazu ein Liedchen trällerte . . .

Joachim Ringelnatz

Letztes Wort an eine Spröde

Wie ich bettle und weine –
Es ist lächerlich.
Schließe deine Beine!
Ich liebe dich.

Schließe deine Säume
Oben und unten am Rock.
Was ich von dir träume,
Träumt ein Bock.

Sage: Ich sei zu dreist.
Zieh ein beleidigtes Gesicht.
Was „Ich liebe dich" heißt,
Weiß ich nicht.

Zeige von deinen Beinen
Nur die Konturen kokett.
Gehe mit einem gemeinen,
Feschen Heiratsschwindler zu Bett.

Finde ich unten im Hafen
Heute ein hurendes Kind,
Will ich bei ihr schlafen;
Bis wir fertig sind.

Dann: – die Türe klinket
Leise auf und leise zu.
Und die Hure winket –
Glücklicher als du.

Kurt Tucholsky

Auf ein Frollein

Gott Amor zieht die Pfeile aus dem Köcher,
er schießt. Ich bleib betroffen stehn.
Und du machst so verliebte Nasenlöcher ...
Da muß ich wohl zum Angriff übergehn.

„Gestatten Sie ...!" Du kokettierst verständig.
Dein Auge prüft den dicken Knaben stumm.
Der ganze Kino wird in dir lebendig,
du wackelst vorn und wackelst hinten rum.

In deinem Blick sind alle Bumskapellen
der Sonnabendabende, wo was geschieht.
Ich hör dich Butterbrot zum Aal bestellen –
Gott segne deinen lieben Appetit!

Ich führ dich durch Theater und Lokale,
durch Paradiese in der Liebe Land;
du gibst im Auto mir mit einem Male
die manikürte, kleine, dicke Hand.

Aus weiten Hosen seh ich dich entblättern,
halb keusche Jungfrau noch und halb Madame,
Ich laß dich sachte auf die Walstatt klettern ...
Du liebst gediegen, fest und preußisch-stramm.

Und hinterher bereden wir im Dunkeln
die kleinen Kümmernisse vom Büro.
Durch Jalousien die Bogenlampen funkeln ...
Du mußt nach Haus. Das ist nun einmal so.

Ich weiß. Ich weiß. Schon will ich weiterschieben –
Ich weiß, wie die Berliner Venus labt.
Und doch: noch einmal laß mich lieben
dich

wie gehabt.

Erich Weinert

Geist und Stoff

Die Eingeschriebene Frida Stumpf
Verließ eines Tages den Sündensumpf
An der Hand eines Philologen.
Er sagte: Fräulein, ich liebe Sie!
Worauf sie in sein Chambre garnie
Nach der Uhlandstraße gezogen.

Er las ihr vor aus der Odyssee.
Frida lag auf dem Kanapee.
Er nannte sie seine Hetäre.
Und abends, da saß sie auf seinem Knie,
Da sprach er von seelischer Harmonie,
Und ob sie zufrieden wäre.

Im Sexuellen verstand er keinen Spaß;
Er nahm es ernst und tat es mit Maß
An Hand einer kleinen Tabelle.
Selbst Fridas Technik verlockte ihn nicht.
Punkt zehn Uhr fünfzehn machte er Licht
Und verließ ihre Kammerschwelle.

Doch einmal, da folgte sie ihrer Natur
(Denn ihr Zimmer lag separat am Flur);
Und schon war sie wieder im Sumpfe.
Der Doktor kam früh um sieben ans Bett,
Da fand er bei ihr ein neues Korsett,
Und einen Hundertmarkschein im Strumpfe.

Da nahm er das Mädchen Frida Stumpf
Und stieß es zurück in den Sündensumpf,
Sie sei ein verworfenes Mädchen!
Doch ging die Sache ihm sehr ans Herz.
Er schrieb Elegien im Stil von Properz
Und auch soziale Tragödchen.

Die Tabelle reichte noch bis zum April.
Und manchmal, des Abends, küßte er still
Ihr Strumpfband, das violette
Und sprach, indem er sich langsam besoff:
Das ist der Konflikt zwischen Geist und Stoff!
Und ging mit sich selber zu Bette.

Klabund

Abenteuer

Konrad war so betrunken, daß er jeder weiblichen Gestalt, die sich in den nächtlichen Straßen zeigte, nachschoß, sie überholte, unter einer Laterne stehenblieb, um sie zu betrachten, und entsetzt zurückfuhr. Nun verfolgte er einen Backfisch, der von einer Gesellschaft kam und vom Dienstmädchen nach Hause begleitet wurde. Sie erwiderte seine Blicke kühl und neugierig. Aber plötzlich fehlte ihm der Mut, sie anzusprechen. Er konnte sich nicht aufraffen und bog mechanisch in eine Nebenstraße ein.

Er war ein paar Schritte gegangen, als er hinter einem Parterrefenster einen roten Vorhang leuchten sah. Also mußte Licht dahinter sein.

Das ist etwas, dachte er, er wußte selbst nicht, warum, und klopfte mit dem Spazierstock leise an das Fenster. Einmal, zweimal.

Mein Gott, dachte Esther, sollte es ein Freund von Kurt sein? Sie warf sich ein Tuch um die nackten Schultern und spähte durch die Vorhangspalte. Sie sah nur einen undeutlichen Schatten. Sie öffnete das Fenster ein wenig.

„Wer ist da?"

„Ich will herein", sagte Konrad, „mach auf!"

Sie stieß das Fenster zurück und beugte sich leise hinaus. Da blickte sie in sein heißes, erregtes Gesicht, seine gierig gespannten Augen und hörte seine Stimme vibrieren. Er ließ den Stock fallen und hob beide Arme wie ein Adorant: „Du . . ."

Es betörte sie: die dämmerig-lüsterne Straße, der wilde Liebhaber und die ganze prickelnde Situation: jeden Augenblick konnte Kurt hereintreten und sie ertappen.

Er saß zwar drüben im Arbeitszimmer und schrieb an einer Abhandlung, er konnte noch stundenlang schreiben – er saß oft bis zum Morgengrauen über seinen Manuskripten –, aber er konnte ebensogut jeden Augenblick die Tür öffnen.

Sie schlich zur Tür und horchte in den Korridor.

Dann verriegelte sie vorsichtig, tappte über den Teppich zum Fenster und sagte: „Du mußt durchs Fenster steigen."

Mit einem Schwung war Konrad im Zimmer.

Und als er die schöne Frau erblickte, die im Nachtkittel, mit einer spitzen Haarfrisur, schwarzen, schmalen Augen und einer blaßgelben, weichen Stirn vor ihm stand wie ein Bild aus einem japanischen Holzschnitt – da wurde er nüchtern von seiner Trunkenheit und rasend vor Liebe.

Ächzend preßte er seinen Kopf an ihre Brust.

„Still, Liebster", sie küßte sein Haar, machte sich zärtlich von ihm los und trippelte lauschend zur Tür. Dann griff sie rechts an die Wand und knipste das elektrische Licht aus.

Konrad ging denselben Weg durchs Fenster, den er gekommen war, eine blaue Seidenschleife vom Halsbesatz ihres Nachtkittels in der Faust.

„Was ist denn das?" sagte Kurt, während er sich das Oberhemd auszog, „da fehlt ja an deinem Halskragen die blaue Schleife?"

„Ja", sagte Esther gleichgültig und tastete an den Hals, daß ihre Fingerspitzen mit den Brüsten spielten, „die Wäscherin ist zu nachlässig. Da hat sie wieder die Schleife vergessen ..."

Karl Kraus

Anderthalb Wahrheiten

Den Inhalt einer Frau erfaßt man bald. Aber bis man zur Oberfläche vordringt!

*

Die männliche Überlegenheit im Liebeshandel ist ein armseliger Vorteil, durch den man nichts gewinnt und nur der weiblichen Natur Gewalt antut. Man sollte sich von jeder Frau in die Geheimnisse des Geschlechtslebens einführen lassen.

*

Der „Verführer“, der sich rühmt, Frauen in die Geheimnisse der Liebe einzuweihen: Der Fremde, der auf dem Bahnhof ankommt und sich erbötig macht, dem Fremdenführer die Schönheiten der Stadt zu zeigen.

*

Sie behandeln eine Frau wie einen Labetrunk. Daß die Frauen Durst haben, wollen sie nicht gelten lassen.

*

Den Vorzug der Frau, immer erhören zu können, hat ihr die Natur durch den Nachteil des Mannes verrammelt.

*

Für den Nachteil des Mannes, nicht immer erhören zu können, wurde er mit der Feinfühligkeit entschädigt, die Unvollkommenheit der Natur in jedem Falle als eine persönliche Schuld zu empfinden.

*

Ein schönes Kind hört an der Wand eines Schlafzimmers ein scharrendes Geräusch. Sie fürchtet, es seien Mäuse, und ist erst beruhigt, da man ihr sagt, nebenan sei ein Stall und ein Pferd rührt sich. „Ist es ein Hengst?“ fragt sie und schläft ein.

*

Sie sagte sich: Mit ihm schlafen, ja – aber nur keine Intimität!

*

„Zu neuen Taten, teurer Helde, wie liebt' ich dich, ließ' ich dich nicht?" So spricht das Weib Wagners. Dem Helden mußte bei solcher Bereitschaft die Lust zu den Taten und die Lust am Weibe vergehen. Denn die Lust zu den Taten entstammt der Lust am Weibe. Nicht zu den Taten lasse sie ihn, sondern zur Lust: dann kommt er zu den Taten. Solcher Psychologie aber entspräche auch das Wort Wagners, wenn nur die Interpunktion verändert wäre. (Die Alliteration mag bleiben.) Man lese also: „Zu neuen Taten, teurer Helde! Wie liebt' ich dich, ließ' ich dich nicht?'

*

Nacktheit ist kein Erotikum, sondern Sache des Anschauungsunterrichtes. Je weniger eine anhat, um so weniger kann sie der besseren Sinnlichkeit anhaben.

*

Die Weiber haben wenigstens Toiletten. Aber womit decken die Männer ihre Leere?

*

Der sexuelle Mann sagt: Wenn's nur ein Weib ist! Der erotische sagt: Wenn's doch ein Weib wäre!

*

In der Erotik gilt diese Rangordnung: Der Täter. Der Zeuge. Der Wisser.

*

Das erotische Vergnügen ist ein Hindernisrennen.

*

Das Vollweib betrügt, um zu genießen. Das andere genießt, um zu betrügen.

*

Viele Frauen möchten mit Männern träumen, ohne mit ihnen zu schlafen. Man mache sie auf das Unmögliche dieses Vorhabens nachdrücklich aufmerksam.

*

Die anständigen Frauen empfinden es als die größte Dreistigkeit, wenn man ihnen unter das Bewußtsein greift.

*

Der Mann hat den Wildstrom weiblicher Sinnlichkeit kanalisiert. Nun überschwemmt er nicht mehr das Land. Aber er befruchtet es auch nicht mehr.

*

Die Gründer der Normen haben das Verhältnis der Geschlechter verkehrt: sie haben das Geschlecht des Weibes in die Konvention geschnürt und das männliche entfesselt. So ist die Anmut vertrocknet und der Geist. Es gibt noch Sinnlichkeit in der Welt, aber sie ist nicht mehr die triumphierende Entfaltung einer Wesenheit, sondern die erbärmliche Entartung einer Funktion.

*

Enthaltsamkeit rächt sich immer. Bei dem einen erzeugt sie Pusteln, beim andern Sexualgesetze.

*

Es gibt Männer, die man mit jeder Frau betrügen könnte.

*

Der Mann bildet sich ein, daß er das Weib ausfülle. Aber er ist nur ein Lückenbüßer.

Alfred Kerr

Elisabeth

Dein Vater war ein Pfaffe . . .
  Sein Aug' war hell, sein Herz war rein,
  Er trug ums Haupt einen Heiligenschein,
    Mit dem stieg er ins Ehebett
  Und zeugte sacht ein seliges Kind,
  So blond, wie bloß die Engel sind,
    Elisabeth – Elisabeth!

Dein Vater war ein Pfaffe . . .
  Deine Mutter war ein dolles Blut,
  Sie brannt' ihm durch und tat nicht gut;
    Dich nahm sie mit als Amulett.
  Die schwarze Sünde blieb ihr Los,
  Du aber wurdest licht und groß,
    Elisabeth – Elisabeth!

Dein Vater war ein Pfaffe . . .
  Von *seinem* Blut und *ihrem* Blut
  Bekamst Du was zum Heiratsgut:
    Du bist verbuhlt, Du bist kokett;
  Und doch glaub' ich zu mancher Frist,
  Daß Du die Mutter Gottes bist –
    Elisabeth – Elisabeth!

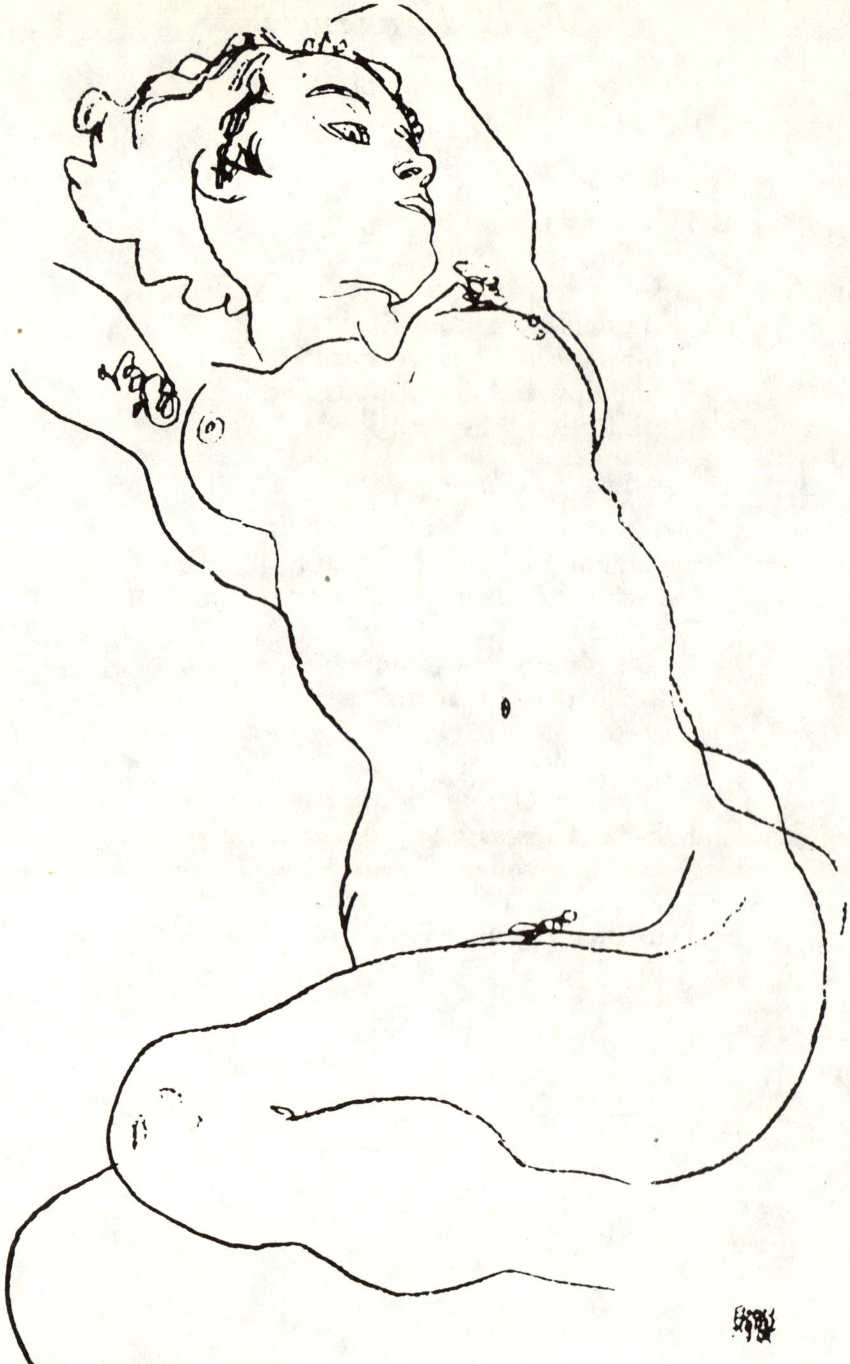

D. H. Lawrence

Lady Chatterley

[...] „Clifford", sagte sie – aber das war, als sie schon den Schlüssel zur Hütte hatte –, „möchtest du wirklich, daß ich irgendwann ein Kind hätte?"

Er sah sie an, verstohlene Angst in den vorgewölbten, blassen Augen.

„Es würde mir nichts ausmachen, wenn es zwischen uns nichts änderte", erwiderte er.

„Was nicht änderte?" fragte sie.

„Dich und mich; unsere Liebe zueinander. Wenn es daran rührte, dann würde ich entschieden dagegen sein. Immerhin könnte ich ja eines Tages auch ein eigenes Kind haben!"

Sie sah ihn verblüfft an.

„Ich meine, irgendwann, eines Tages, könnte ich doch wieder in der Lage dazu sein."

Sie starrte ihn noch immer in höchstem Erstaunen an, und ihm wurde es unbehaglich.

„Du willst also nicht, daß ich ein Kind habe?" fragte sie. „Ich sage dir doch", entgegnete er schnell, wie ein in die Enge getriebener Hund, „ich bin ganz dafür, vorausgesetzt, es ändert nichts an deiner Liebe zu mir. Wenn es an der etwas ändert, dann bin ich strikt dagegen."

Connie konnte nur schweigen in kalter Furcht und Verachtung. Solches Gerede war wirklich das Brabbeln eines Schwachsinnigen. Er wußte nicht mehr, wovon er sprach.

„Oh, es würde an meinen Gefühlen für dich nichts ändern", sagte sie mit einem gewissen Sarkasmus.

„Das meine ich!" rief er. „Das ist das Wesentliche. Wenn es so ist, dann habe ich nicht das geringste dagegen. Ich denke, es würde schrecklich nett sein, ein Kind im Haus herumlaufen zu haben und zu fühlen, daß man eine Zukunft für es aufbaut. Ich hätte dann etwas, für das ich trachten und sterben könnte, und ich wüßte, daß es dein Kind ist, nicht wahr, Liebling? Und es würde geradeso sein, als wäre es mein eigenes. In diesen Dingen kommt es nämlich nur auf dich an. Das weißt du doch, nicht wahr, Liebling? Ich zähle nicht, ich bin eine Null. Du bist das große ‚Ich bin' in meinem Leben. Das weißt du doch, nicht wahr? Ich meine, soweit es mich betrifft. Ich meine, ich bin nur für dich da, sonst bin ich ein absolutes Nichts. Ich lebe für dich und für deine Zukunft. Für mich selbst bin ich nichts."

Connie hörte sich alles mit wachsendem Jammer und Abscheu an. Das war eine der grauenhaften Halbwahrheiten, die das menschliche Dasein vergiften. Welcher Mann, der seine fünf Sinne beisammen hat, würde so etwas zu einer Frau sagen? Aber die Männer haben ihre Sinne nicht beisammen. Welcher Mann mit einem Funken Ehre würde einer Frau diese grauenhafte Bürde der Verantwortung aufladen und sie dann allein lassen in der Leere?[. . .]

Connie hatte zuweilen wirklich das Empfinden, sie müsse sterben. Ihr war, als würde sie zerschmettert von gespenstischen Lügen und von der überwältigenden Grausamkeit des Schwachsinns. Cliffords Geschäftstüchtigkeit schüchterte sie in gewisser Hinsicht ein, und seine Eröffnung, daß er sie im geheimen anbete, versetzte sie in panisches Entsetzen. Es gab nichts zwischen ihnen. Sie rührte ihn nicht einmal mehr an, und er berührte sie niemals mehr. Er nahm nicht einmal ihre Hand und hielt sie liebevoll. Nein, und weil sie völlig außer jeder Berührung waren, quält er sie mit dem Geständnis seiner Vergötterung. Das war die Grausamkeit äußerster Impotenz. Und ihr war, als müsse sie den Verstand verlieren oder sterben.

Sie floh, sooft sie nur konnte, in den Wald. Eines Nachmittags, als sie grübelnd am John's Well saß und dem kalten Sprudeln des Wassers zusah, kam der Heger auf sie zu.

„Ich habe Ihnen einen Schlüssel anfertigen lassen, Mylady!" sagte er, grüßte und reichte ihr den Schlüssel.

„Ich danke Ihnen vielmals!" sagte sie aufgeschreckt.

„Die Hütte ist nicht sehr sauber, wenn Ihnen das nichts ausmacht", sagte er, „ich habe fortgeräumt, was ich konnte."

„Aber ich habe Sie nicht behelligen wollen!" sagte sie.

„Oh, macht mir nichts aus. In ungefähr einer Woche setze ich die Hennen. – Aber sie werden schon keine Angst haben vor Ihnen. Ich muß dann morgens und abends nach ihnen sehen, aber ich werde Sie nicht mehr stören, als unbedingt sein muß."

„Aber Sie stören mich gar nicht", sagte sie bittend. „Ich möchte lieber gar nicht erst zur Hütte gehen, wenn ich im Weg bin."

Er sah sie mit seinen durchdringenden blauen Augen an. Er schien freundlich, aber fern. Wenigstens war er bei Verstand und gesund, wenn er auch mager war und schlecht aussah. Ein Husten machte ihm zu schaffen.

„Sie haben Husten", sagte sie.

„Es ist nichts – eine Erkältung. Von der letzten Lungenentzündung habe ich einen Husten zurückbehalten, ist aber nicht wichtig."

Er hielt sich fern von ihr und wollte nicht näher kommen.

Sie ging ziemlich oft zur Hütte, am Morgen oder am Nachmittag, doch er war nie da. Zweifellos ging er ihr absichtlich aus dem Weg. Er wollte sich seine Abgeschlossenheit bewahren.

Er hatte die Hütte aufgeräumt, den kleinen Tisch und den Stuhl vor die Feuerstelle gesetzt, einen niedrigen Stapel Späne und kleiner Scheite aufgeschichtet, die Werkzeuge und Fallen so weit als möglich beiseite geräumt – sich ausgelöscht. Draußen, am Rand der Lichtung, hatte er aus Zweigen und Stroh ein niedriges, flaches Dach gebaut, einen Schutz für die Vögel, und darunter standen die fünf Brutkäfige. Und eines Tages, als sie dort hinkam, fand sie zwei braune Hennen wachsam und wütig in den Körben sitzen, auf Fasaneneiern, und sie plusterten sich stolz und waren tief eingesponnen in die Wärme des schweren weiblichen Blutes. Connie brach es fast das Herz. Sie selber war so verloren und ungenutzt, überhaupt kein weibliches Wesen, nur ein Spielball für den Schrecken.

Und dann waren bald alle fünf Käfige von Hennen besetzt, drei braunen, einer grauen und einer schwarzen. Alle waren sie gleich, alle plusterten sie sich breit auf den Eiern; in der weichen, nistenden Gewichtigkeit des weiblichen Triebes, der weiblichen Natur, spreizten sie ihr Gefieder. Und mit glitzernden Augen beobachteten sie Connie, als sie vor ihnen niederkauerte, und sie stießen kurze, scharfe, gluckende Laute aus vor Zorn und Aufregung, doch hauptsächlich aus weiblicher Ungehaltenheit, daß man ihnen nahe kam.

Connie fand Korn in der Futterkiste der Hütte. Sie streckte es den Hennen auf ihrer Hand hin. Sie wollten es nicht fressen. Nur eine Henne hackte mit bösem, kleinem Schnabel nach ihrer Hand, und Connie fürchtete sich ein bißchen. Aber sie sehnte sich danach, ihnen etwas zu geben, den brütenden Müttern, die weder fraßen noch tranken. Sie brachte Wasser in einer kleinen Büchse und war entzückt, als eine der Hennen davon trank.[. . .]

Sie kam jetzt jeden Tag zu den Hennen – sie waren das einzige in der Welt, das ihr Herz erwärmte. Cliffords Beteuerungen füllten sie mit Kälte von Kopf bis Fuß. Mrs. Boltons Stimme füllte sie mit Kälte und auch das Getön der Geschäftsleute, die zu Besuch kamen. Ein gelegentlicher Brief von Michaelis durchschauerte sie mit dem gleichen Frostgefühl. Ihr war, als müsse sie unweigerlich sterben, wenn es noch länger so ginge.

Doch es war Frühling, und die blauen Hyazinthen sprossen im Wald; die Blattknospen der Haselsträucher falteten sich auf wie ein grüner Sprühregen. Wie schrecklich war es, daß Frühling sein sollte und alles kalten Herzens war, kalten Herzens! Nur die Hennen, die sich so wunderbar auf den Eiern plusterten, waren warm mit ihren heißen, brütenden, weiblichen Leibern! Connie war es, als lebe sie die ganze Zeit am Rande einer Ohnmacht dahin.

Eines Abends, Gäste oder nicht, lief sie nach dem Tee davon. Es war spät, und sie floh durch den Park wie jemand, der Angst hat, zurückgerufen zu werden. Die Sonne ging rosenfarben unter, als sie an den Waldrand kam, aber sie eilte weiter, zwischen den Blumen dahin. Das Licht droben würde noch lange bleiben.

Erhitzt und nur halb bei Sinnen erreichte sie die Lichtung. Der Heger war da, in Hemdsärmeln, und verschloß gerade die Käfige zur Nacht, damit die kleinen Insassen sicher seien. Aber ein Trio trippelte noch auf winzigen Füßen unter dem Strohdach umher – muntere, graubräunliche kleine Wesen – und wollte nicht dem Gebot der ängstlichen Mutter, hereinzukommen, gehorchen.

„Ich mußte kommen und die Küken sehen!“ sagte sie atemlos und streifte den Heger mit einem scheuen Blick, fast ohne ihn zu beachten. „Sind welche ausgekrochen?“

„Sechsunddreißig bis jetzt“, erwiderte er, „nicht schlecht.“

Auch er hatte sonderbare Freude daran, die kleinen Dinger ausschlüpfen zu sehen.

Connie kauerte sich vor dem letzten Käfig nieder. Die drei Küken waren hineingelaufen. Aber ihre frechen Köpfchen lugten noch spitz unter dem gelben Gefieder hervor, zogen sich zurück, und dann äugte nur ein einziger kleiner Perlkopf unter dem schweren Mutterleib hervor.

„Ich würde sie so gern streicheln“, sagte sie und schob behutsam die Hand durch die Stäbe des Käfigs. Doch die Mutterhenne hackte wütend nach ihrer Hand, und Connie fuhr ängstlich erschrocken zurück.

„Wie sie nach mir hackt! Sie haßt mich!“ sagte sie verwundert. „Ich wollte ihnen doch nichts tun.“

Der Mann stand über sie gebeugt; er lachte und hockte sich neben sie, mit gespreizten Knien, und ruhig und vertrauenerweckend schob er die Hand langsam in den Käfig hinein. Die alte Henne pickte zwar nach ihm, aber nicht so wild. Und sacht, sacht, mit sicheren, sanften Fingern, tastete er zwischen die Federn des alten Vogels und zog in der geschlossenen Hand ein leise piepsendes Küken hervor.

„Da!“ sagte er und hielt ihr seine Hand hin. Sie nahm das kleine gelbbräunliche Ding in ihre Hände, und da stand es auf seinen unsagbar kleinen, staksigen Beinen, und die Winzigkeit balancierenden Lebens pulste durch die fast schwerelosen Füße in Connies Händen hinüber. Doch es hob kühn seinen hübschen, klar geformten kleinen Kopf und sah wachsam umher und stieß ein kleines „Piep“ aus.

„So süß! So ohne jede Angst!“ sagte sie weich.

Der Heger hockte neben ihr, und auch er beobachtete amüsiert den kühnen kleinen Vogel in ihren Händen. Plötzlich sah er, wie eine Träne auf ihr Handgelenk niederfiel.

Und er stand auf, wandte sich ab und ging zum andern Käfig hinüber.

Denn jäh wurde er sich der alten Flamme bewußt – sie schoß und züngelte in seinen Lenden empor, die Flamme, von der er gehofft hatte, sie sei jetzt still für alle Zeit. Er wehrte sich, er wandte der Frau den Rücken. Doch die Flamme züngelte, züngelte abwärts, kreiste in seinen Knien.

Er kehrte sich ihr wieder zu und sah sie an. Sie kniete und streckte langsam, blind ihre Hände aus, damit das Küken wieder zur Mutter hineinschlüpfen könne. Und es war etwas so Stilles und Einsames um sie, daß sein Innerstes brannte vor Mitleid.

Ohne es zu wissen, ging er schnell zu ihr hin, kniete sich wieder neben sie und nahm ihr das Küken aus der Hand, weil sie Angst vor der Henne hatte, und setzte es in den Käfig zurück. Das Feuer tief in seinen Lenden flammte plötzlich heftiger.

Besorgt sah er sie an. Ihr Gesicht war abgewandt, und sie weinte blind in all der Qual der Verlorenheit ihrer Generation. Sein Herz schmolz plötzlich wie ein Tropfen im Feuer, und er streckte die Hand aus und legte sie auf ihr Knie.

„Sie dürfen nicht weinen“, sagte er weich.

Doch sie schlug die Hände vors Gesicht, und ihr war, als wäre wirklich ihr Herz gebrochen, und alles war jetzt gleichgültig.

Er legte ihr die Hand auf die Schulter, und sanft, zärtlich wanderte sie die Wölbung ihres Rückens hinab, mit blind streichelnder Bewegung, hinab bis zur Beuge ihrer kauernden Hüften. Und seine Hand strich weich, sanft über die geschwungene Linie, in blinder, instinktiver Liebkosung.

Sie hatte ihr winziges Taschentuch hervorgezogen und versuchte, blind vor Tränen, ihr Gesicht zu trocknen.

„Kommen Sie mit in die Hütte“, sagte er mit ruhiger, ausdrucksloser Stimme.

Und sanft schloß er die Hand um ihren Oberarm, zog sie hoch und führte sie langsam zur Hütte, ließ sie nicht los, bis sie drinnen waren. Dann schob er den Stuhl und den Tisch beiseite, nahm eine braune Militärdecke vom Werkzeugkasten und breitete sie langsam auf den Boden. Sie sah in sein Gesicht, während sie reglos dastand.

Sein Gesicht war bleich und ohne Ausdruck – wie das eines Menschen, der sich dem Schicksal ergibt.

„Legen Sie sich hin“, sagte er weich, und er schloß die Tür, so daß es dunkel war, ganz dunkel.

Mit seltsamem Gehorsam legte sie sich auf die Decke nieder. Und dann spürte sie, wie die sanfte, streichelnde, hilflos sehnsüchtige Hand ihren Körper berührte, nach ihrem Gesicht tastete. Weich streichelte die Hand ihr Gesicht, weich und unendlich lindernd und vertrauenerweckend, und dann spürte sie die sanfte Berührung eines Kusses auf ihrer Wange.

Sie lag ganz still, wie in einem Schlaf, einem Traum. Dann erschauerte sie: sie fühlte, wie seine Hand sanft, doch mit seltsam widerstrebender Unbeholfenheit über ihr Kleid tastete. Aber die Hand wußte, wie sie die Kleider lösen könne, wo immer sie wollte. Langsam, behutsam zog er die dünne seidene Hülle herab, ganz herab, und streifte sie ihr über die Füße. Und mit einem Schauer unvergleichlichen Genusses berührte er den warmen, weichen Leib und streifte ihren Nabel in einem hingehauchten Kuß. Und er mußte sogleich zu ihr kommen, eingehen in den Frieden auf Erden ihres weichen, stillen Leibes. Es war ein Augenblick reinen Friedens für ihn, dies Eindringen in den Leib einer Frau.

Sie lag so still, wie im Schlaf, die ganze Zeit wie im Schlaf. Tätig war nur er, der Orgasmus gehörte ihm, nur ihm; sie vermochte nicht länger für sich darum zu ringen. Selbst die fest sie umspannenden Arme, selbst die heftige Bewegung seines Leibes und seinen quellenden Samen in ihr empfand sie wie in einem Schlaf, aus dem sie nicht eher erwachte, als bis er geendet hatte und leise keuchend an ihrer Brust lag.

Dann fragte sie sich, fragte sich nur benommen: Warum? Warum war dies notwendig? Warum hatte es eine schwere Wolke von ihr genommen und ihr Frieden gegeben? War es Wirklichkeit? War es Wirklichkeit?

Ihr gequältes Hirn hatte noch keine Ruhe. War es Wirklichkeit? Und sie wußte, wenn sie sich dem Mann hingab, dann war es Wirklichkeit. Doch wenn sie sich zurückhielt, bei sich selbst blieb, dann war es nichts. Sie war alt; Millionen Jahre alt, so schien es ihr. Und endlich vermochte sie die Bürde ihrer selbst nicht länger zu tragen. Sie war da, um genommen zu werden. Da für den, der sie nahm.

Der Mann lag in geheimnisvollem Schweigen. Was empfand er? Was dachte er? Sie wußte es nicht. Er war ein Fremder für sie, sie kannte ihn nicht. Sie konnte nur warten, denn sie wagte nicht, seine geheimnisvolle Stille zu durchbrechen. Er lag da, die Arme um sie geschlungen, seinen Leib an dem ihren, mit seinem nassen Leib den ihren berührend, so eng. Und vollkommen fremd. Doch ganz friedvoll. Allein sein Schweigen war voll Friede.

Sie wußte das, als er sich schließlich von ihr aufhob und sich abwandte. Es war, als verlasse er sie. Er zog ihr im Dunkel das Kleid über die Knie und stand ein paar Augenblicke lang – anscheinend war er mit seinen eigenen Kleidern beschäftigt. Dann öffnete er ruhig die Tür und ging hinaus.

Sie sah einen schimmernden kleinen Mond über dem Abendrot hinter den Eichen stehen. Schnell erhob sie sich und machte sich zurecht; dann war alles in Ordnung. Sie ging zur Hüttentür.

Der tiefer liegende Teil des Waldes lag im Schatten, fast verdunkelt. Der Himmel oben aber war kristallen. Er gab kaum noch Licht. Der Mann kam durch die unten lagernden Schatten auf sie zu, sein Gesicht hob sich ihr wie ein bleicher Fleck entgegen.

„Wollen wir dann gehen?" sagte er.

„Wohin?"

„Ich bringe Sie bis zum Tor."

Er richtete alles auf seine Art ein. Er verriegelte die Hüttentür und kam ihr nach.

„Es tut Ihnen nicht leid, nicht wahr?" fragte er, als er neben ihr herging.

„Nein; nein! Ihnen?" entgegnete sie.

„Das? Nein!" Nach einer Weile setzte er hinzu: „Aber all das andere."

„Welches andere?" fragte sie.

„Sir Clifford. Die andern. All die Komplikationen."

„Wieso Komplikationen?" fragte sie enttäuscht.

„Es ist immer so. Für Sie ebenso wie für mich. Es gibt immer Komplikationen." Beharrlich schritt er fort durch das Dunkel.

„Und bereuen Sie es?" fragte sie.

„In einer Weise", erwiderte er und sah zum Himmel. „Ich dachte, ich hätte das alles hinter mir. Nun habe ich wieder angefangen."

„Angefangen – was?"

„Das Leben."[. . .]

Erich Kästner

Polly oder das jähe Ende

Sie war am ganzen Körper blond,
Soweit sie Härchen hatte.
Bis zum Betthimmel reichte ihr Horizont.
Ihre Seele war scheinbar aus Watte.

Sie griff sich an wie teurer Velours
Von der allerzartesten Sorte.
Sie war eine waagerechte Natur.
Und marschierte am liebsten am Orte.

Sie hatte den Mund auf dem rechten Fleck
Und viele andere Schwächen.
Sie war das geborene Männerversteck,
Zerbrechlich, doch nicht zu zerbrechen.

Noch ehe man klopfte, rief sie Herein
Und fand die Natur ganz natürlich.
Doch manchmal wurde sie handgemein –
Ich fürchte, ich bin zu ausführlich!

Wie dem auch sei, sie starb zum Schluß
(Obwohl sich das nicht schickte)
Bei einem komplizierten Kuß,
An welchem sie erstickte.

Das war sehr peinlich für den Mann.
Er pfiff, soviel ich glaube:
„Rasch tritt der Tod den Menschen an."
Dann machte er sich aus dem Staube.

Die Tagebücher der Anais Nin

[30. Dezember 1931]

[...] „Als mir Henry von Ihnen berichtete“, sagte June, „hat er alles Wichtige ausgelassen. Er hat Sie überhaupt nicht angesehen.“

Wir hatten uns also verstanden, in jedem Detail und in jeder Nuance.

Sie saß mit einem bleichen, maskenhaften Gesicht im Theater, ungeduldig. „Ich bin immer ungeduldig in Theatern und in Kinos. Ich lese wenig. Es scheint immer blaß und verwässert, verglichen mit ...“

„Mit Ihrem Leben?“

Sie hatte den Satz gar nicht zu Ende sprechen wollen.

„Ich möchte zuerst wissen, in jeder Hinsicht, nicht Einbildung, sondern intime Erfahrung. Was auch geschieht, und sei's ein Verbrechen, von dem ich lese, es interessiert mich nicht, weil ich den Verbrecher kenne. Es ist, als hätte ich nächtelang mit ihm an der Bar gesessen. Er hat mir gebeichtet, was er tun wollte. Wenn Henry mir eine Schauspielerin in einem Stück zeigen will, ist es eine Schulfreundin von mir. Ich habe im Haus eines Malers gewohnt, der über Nacht berühmt wird. Ich bin immer dabei, wenn etwas beginnt. Ich habe einen Revolutionär geliebt und seine verlassene Freundin versorgt, die nachher Selbstmord beging. Ich kümmere mich nicht um Filme, Zeitungen, ‚reportages‘, das Radio. Ich möchte nur dabeisein, während etwas geschieht. Verstehen Sie das, Anais?“

„Ja, ich verstehe es.“

„Henry ist *literarisch.*“

In diesem Augenblick erriet ich ihr Leben. Sie glaubt nur an Intimität und Nähe, an Geständnisse, wie sie in der Dunkelheit eines Schlafzimmers geboren werden, im Streit zwischen Betrunkenen, an eine Gemeinschaft, die aus erschöpfenden Spaziergängen durch die Stadt entsteht. Sie glaubt nur an Worte, die wie die Geständnisse der Verbrecher hervorgestoßen werden, nachdem man sie lange dem Hunger, blendendem Licht, dem Kreuzverhör ausgesetzt und ihnen brutal die Masken vom Gesicht gerissen hat.

Sie wird keine Reisebücher lesen, sondern im Café sitzen, wachsam, und auf das Eintreffen eines Abessiniers lauern, eines Griechen, eines Persers, eines Hindus, der mit direkten Nachrichten von zu Hause kommt, Fotografien seiner Familie bei sich trägt und ihr persönlich alle Wohlgerüche seines Landes bringt.

„Henry macht aus allen Menschen Romanfiguren. Aus mir hat er auch eine gemacht.“

Pause. June und ich verlassen das Haus, um zu rauchen. Henry und Joaquin bleiben zurück. Wir erregen Aufsehen, wie wir so mitsammen hinausgehen und in der schmalen gepflasterten Straße die Sommerluft einatmen.

Wir betrachten einander.

Ich sage zu ihr: „Sie sind die erste Frau, die meinen Vorstellungen von dem entspricht, was eine Frau sein sollte."

Sie antwortet: „Es ist gut, daß ich weggehe. Sie würden bald enttäuscht sein. Sie würden mich durchschauen. Vor Frauen bin ich machtlos. Ich weiß nicht, wie ich mich mit einer Frau verhalten soll."

Sagt sie die Wahrheit? Ich glaube es nicht. Im Wagen hat sie mir von ihrer Freundin Jean, einer Bildhauerin und Dichterin, erzählt.

„Jean hat das schönste Gesicht." Und dann schnell: „Ich spreche nicht von einer gewöhnlichen Frau. Jeans Gesicht, ihre Hände sind so hübsch, so sanft, weil sie viel mit Ton arbeitet. Die Finger schmal zulaufend, ein wenig wie die Ihren."

Welche Gefühle weckt das in mir, wenn June so von Jeans Händen spricht? Eifersucht? Und ihr Beharren darauf, daß ihr Leben voller Männer sei, daß sie nicht wisse, wie sie mit Frauen umgehen soll? Am liebsten würde ich sagen, wie es Henry so grob heraussagt: „Du lügst."

Während sie mich aufmerksam anblickt, sagt sie: „Ich dachte zuerst, Ihre Augen wären blau. Sie sind seltsam und schön, grau und golden, und dazu diese langen schwarzen Wimpern! Sie sind die anmutigste Frau, die ich je gesehen habe. Ihr Gehen ist ein Gleiten."

Wir sprachen über die Farben, die wir lieben. Sie trägt immer Schwarz und Purpur. Ich liebe warme Farben, Rot und Gold.

Wir kehrten zu unseren Sitzen zurück. Wieder begann sie, unbekümmert um das Spiel, mir zuzuflüstern. „Ich weiß, daß mich Henry für wahnsinnig hält, weil ich immer im Fieber bin. Ich wünsche keine Sachlichkeit, keine Distanz. Ich will nicht abgesondert sein."

Während sie dies sagte, fühlte ich mich ihr sehr nahe und haßte Henrys Schreiben und mein eigenes, das uns zu kühler Beobachtung fähig macht. Ich wünschte mir, daß ich in sie eintauchen könnte.

Beim Verlassen des Theaters nahm ich ihren Arm. Dann ließ sie ihre Hand über die meine gleiten, und wir hielten uns an den Händen. Die Kastanienbäume warfen ihre Pollen ab wie spinnwebfeine Fallschirme, und die Straßenlampen im Nebel trugen schmale goldene Höfe um sich wie die Köpfe der Heiligen.

Findet sie bei mir Ruhe vor den Spannungen? Hat sie ein Bedürfnis nach Klarheit, wenn das Labyrinth zu dunkel und zu eng wird?

Ich war unendlich gerührt von dem Druck ihrer Hand. Sie sagte: „Gestern nacht, in Montparnasse, verletzte es mich, Ihren Namen von solchen

Leuten wie Titus zu hören. Ich möchte nicht sehen, wie billige Leute sich in Ihr Leben drängen. Ich fühle mich ein wenig als . . . Beschützerin."

Im Café wurde ihre Blässe aschenfarben. Ich sah Asche unter ihrer Gesichtshaut. Henry hatte gesagt, daß sie sehr krank gewesen sei. Auflösung. Wird sie sterben? Welche Angst ich empfinde. Ich möchte meine Arme um sie legen. Ich fühle sie zurückweichen in den Tod und will ihr dorthin folgen, um sie zu umarmen. Ich muß sie umarmen, dachte ich, sie stirbt vor meinen Augen. Ihre quälende, düstere Schönheit stirbt. Ihre seltsame, männliche Stärke.

Ihre Augen faszinieren mich, ihr Mund, ihr entfärbter, schlecht geschminkter Mund. Weiß sie, daß ich mich an sie verloren fühle, daß ich nicht mehr verstehe, was sie sagt, und nur die Wärme ihrer Worte fühle, ihre Lebendigkeit?

Sie schauert vor Kälte unter ihrem leichten Samtüberwurf.

„Wollen Sie vor Ihrer Abreise noch mit mir essen?"

„Ich bin froh, daß ich fahre. Henry liebt mich mittelmäßig und brutal. Er verletzt meinen Stolz. Er braucht häßliche, gewöhnliche Frauen, passive Frauen. Meine Kraft erträgt er nicht."

„Ich lehne Männer ab, die vor der Stärke einer Frau zurückscheuen."

Jean liebt Junes Kraft. Ist es Kraft oder zerstörende Gewalt?

„Ihre Kraft, Anais, ist sanft, indirekt, delikat, zärtlich, fraulich. Trotzdem ist es Kraft."

Ich betrachte Junes kräftigen Nacken. Ich höre ihre Stimme, die dunkel, schwer, heiser ist. Ich betrachte ihre Hände, die größer sind als die der meisten Frauen, fast wie die einer Bäuerin.

June erreicht nicht dasselbe sexuelle Zentrum in mir, das Männer erreichen. Daran rührt sie nicht. Was also erregt sie in mir?

Henrys Anschuldigung, ihr Stolz sei ebenso ungeheuerlich wie falsch, lehne ich ab. Henry zeigt Interesse für mein Dienstmädchen, Emilia. Junes Überlegenheit weckt seinen Haß, ein Bedürfnis nach Rache. Er streicht entschlußlos um die dumme, freundliche Emilia herum. Vor diesem Ärgernis, das er gibt, wende ich meine Liebe June zu.

Ich liebe June um dessentwillen, was sie zu sein wagt, weil sie hart und grausam ist, unerbittlich, egoistisch, stolz, zerstörerisch. Ich werde von meinem Mitgefühl erstickt. Ihre Persönlichkeit ist bis auf das äußerste angespannt. Ich bewundere ihren Mut, zu verletzen, und bin entschlossen, mich diesem Mut zu unterwerfen. Sie wird mich zu der Reihe ihrer anderen Verehrer hinzufügen und mit meiner Unterwürfigkeit prahlen. Sie wird June sein und dazu alles, was ich bin, alles, was ich ihr gebe. Ich liebe diese Übersteigerung einer Frau, die größer ist als andere Frauen.

Wenn sie spricht, erscheint an ihr dieselbe Heftigkeit des Ausdrucks, die sie in der Liebe haben muß, dieses Vorschnellen des Kopfes, durch das sie wie die weibliche Galionsfigur am Bug eines Schiffes wirkt. Das Kohlenbraun ihrer Augen schmilzt zu düsterem Violett.

Ist sie süchtig?

June hat nicht nur den Körper der Frauen, die jeden Abend auf die Bühne eines Nachtlokals klettern und sich langsam entkleiden, es ist unmöglich, sie in einer anderen Atmosphäre einzuordnen. Die Üppigkeit der Formen, die kräftigen Farben, die fiebrigen Augen und die volle Stimme, ihre Rauheit, verbinden sich unmittelbar mit sinnlicher Liebe. Andere Frauen verlieren diese erotische Phosphoreszenz, sobald sie aus ihrer Stellung als Tanzgirls ausscheiden. Aber Junes Nachtleben war innerlich, es glühte aus ihrem Inneren, und es kam teilweise von ihrer Art, jede Begegnung entweder intim zu erleben oder zu vergessen. Es ist, als entzündete sie vor jedem Mann in sich selbst die Lampe, wie sie wartende Mädchen und Frauen am Abend anzünden, aber das Licht ist in ihren Augen, und es ist ihr Gesicht, das wie die Schlafzimmer in Gedichten mit Zwielicht und Samt ausgeschlagen erscheint. Da es aus ihrem Inneren glüht, kann es unerwartet aufleuchten, früh am Morgen, in einem verwahrlosten Café, auf einer Parkbank, an einem regnerischen Morgen, vor einem Hospital oder einer Leichenhalle, überall. Immer ist es das sanfte Licht, das durch die Jahrhunderte bewahrt wird für die Augenblicke des Vergnügens.

Robert Walser

Er und sie

Er sowohl wie sie sind allem Anschein nach als kultiviert zu betrachten. Er war weltgewandt, sie ebenfalls, er geistreich, sie nicht minder. Beide stehen, wie man sagen kann, auf den Höhen des Lebens, von den lächelnden Auen überlegener Bildung umgeben. Der Wissensdrang machte beide mit vielerlei Menschen und Gegenden bekannt. Sie siedelten sich bald hier, bald dort an, lernten Sitten, Gegenstände und Zuständlichkeiten aller Art kennen und verhielten sich teils still und zurückhaltend, andernteils beweglich und gesprächig. Am Ufer eines Sees ließ sich die Frau ein Haus bauen und lud ihn, den sie liebte, ein, es sich bei ihr bequem zu machen. Er, der sie seinerseits ebenfalls hoch einschätzte, wußte nicht, ob er ihr Anerbieten annehmen oder ablehnen solle. Anscheinend war er schwankend, tastend, abwägend und sondierte, prüfte gern. Im Grund war sie ähnlich, ich meine, wissend und mit ihrem Geist überall lebend, veranlagt. Sie wohnte mit ihrer Seele anderswo, als wo sie sich körperlich aufhielt. Indem sie ihn liebte, mißfiel ihr diese Tatsache, und daher liebte sie ihn nicht. Mit ihm verhielt sich's ebenso. Ihr angehörend, gehörte er einer andern an. Sie machte ihm, da sie wußte, er sei zweideutig, unzuverlässig, Vorwürfe. Er ersparte ihr seinerseits nicht, was man nicht gern hört und sieht, zarte Szenen. Vor Zartheit wußten sie hie und da nicht, was sie sich sagen sollten. Dann entstand ein Schweigen, das der Unterbrechung bedurfte. Begreiflicherweise waren beide Egoisten, die Unabhängigkeit der Unfreiheit vorziehend. Sie würde ihn nicht gern unfrei gesehen haben. Anhänglichkeit kann lästig sein. Dennoch fand sie ihn lieblos, wenn er sich wegen ihr keine Gedanken machte. Er wieder war froh über ihre Selbständigkeit, die er jedoch nicht umhin konnte zu bemängeln. Beide wünschten Idealgestalten zu sein. In diesem Sinn schrieben beide ein Buch. Das ihrige würde er, und das seinige sie lesen. Sie schrieb weiblich, er männlich, doch das Schreiben tönt an und für sich weich, ist männlich und weiblich zugleich und stammt aus Seelen, die verklärt sind.

Ernest Hemingway

Oben in Michigan

Jim Gilmore kam aus Kanada nach Hortons Bay. Er kaufte dem alten Horton die Schmiede und den Eisenladen ab. Jim war stämmig und dunkel, mit einem großen Schnurrbart und großen Händen. Er war ein guter Hufschmied, aber sah selbst mit seinem Lederschutz nicht sehr wie ein Schmied aus. Er wohnte oben über der Eisenhandlung und nahm seine Mahlzeiten bei D. J. Smith ein.

Liz Coates arbeitete bei Smiths. Mrs. Smith, die eine sehr dicke, saubere Frau war, sagte, daß Liz Coates das ordentlichste Mädchen sei, das sie je gesehen hätte. Liz hatte hübsche Beine und trug immer saubere Kattunschürzen, und es fiel Jim auf, daß ihr Haar immer ordentlich war. Ihm gefiel ihr Gesicht, weil es so vergnügt war, aber er dachte niemals an sie.

Liz mochte Jim sehr gern. Sie mochte die Art, wie er von der Schmiede herüberkam, und sie ging häufig zur Küchentür, um darauf zu warten, daß er sich auf den Weg machte. Sie mochte seinen Schnurrbart. Sie mochte es, wie weiß seine Zähne waren, wenn er lächelte. Sie mochte es sehr, daß er nicht wie ein Grobschmied aussah. Sie mochte es, daß D. J. Smith und Mrs. Smith Jim so gut leiden mochten. Eines Tages merkte sie, daß sie mochte, daß das Haar auf seinen Armen so schwarz war und daß die Arme so weiß über dem gebräunten Teil waren, wenn er sich in dem Waschbecken vor dem Haus wusch. Daß sie dies mochte, gab ihr ein komisches Gefühl.

Die Stadt, Hortons Bay, bestand nur aus fünf Häusern auf der Hauptstraße zwischen Boyne City und Charlevoix. Da gab's den Kaufladen und die Post mit einer großartigen Scheinfassade, und vielleicht war ein Rollwagen davor festgebunden, Smiths Haus, Strouds Haus, Dillworts Haus, Hortons Haus und Van Hoosens Haus. Die Häuser lagen in einem Ulmenwäldchen, und die Straße war sehr sandig. Die Straße lief in beiden Richtungen durch Ackerland und Waldungen. Ein Stückchen die Straße hinauf war die Methodistenkirche und die Straße hinunter in der andern Richtung die Gemeindeschule. Die Eisenhandlung war rot gestrichen und lag der Schule gegenüber.

Ein steiler, sandiger Weg lief durch die Wälder den Hügel hinab zur Bucht. Von Smiths Hintertür konnte man über die Wälder hinwegsehen, die sich bis zum See erstreckten, und über die Bucht.

Im Frühling und im Sommer war es sehr schön, die Bucht blau und licht und meistens Schaumkämme auf dem See draußen jenseits der Landspitze von der Brise, die von Charlevoix und dem Michigansee hinunterblies. Von

Smiths Hintertür aus konnte Liz weit draußen auf dem See die Erzkähne sehen, die nach Boyne City fuhren. Wenn sie sie betrachtete, schienen sie sich überhaupt nicht zu bewegen, aber wenn sie hineinging und weiter Geschirr abtrocknete und dann wieder herauskam, waren sie jenseits der Landspitze außer Sicht.

Die ganze Zeit über dachte Liz jetzt an Jim Gilmore. Er schien nicht viel Notiz von ihr zu nehmen. Er sprach mit D. J. Smith über sein Geschäft und über die Republikanische Partei und über James G. Blaine. Abends las er bei der Lampe im Vorderzimmer die „Toledoklinge" und die „Grand Rapids Zeitung" oder ging mit D. J. Smith zur Bucht hinunter, um bei Licht Fische zu stechen. Im Herbst nahmen er und Smith und Charley Wyman einen Wagen, ein Zelt, Fressalien, Äxte, ihre Flinten und zwei Hunde und machten eine Tour in die Kiefernebene hinter Vanderbilts Jagdgelände. Liz und Mrs. Smith kochten vier Tage lang für sie, bevor sie aufbrachen. Liz wollte etwas Besonderes für Jim zum Mitnehmen machen, aber sie tat es schließlich nicht, weil sie Angst hatte, Mrs. Smith um Eier und Mehl zu bitten, und außerdem Angst hatte, daß Mrs. Smith sie, wenn sie sie kaufte, beim Backen ertappen würde. Mrs. Smith hätte gar nichts einzuwenden gehabt, aber Liz hatte Angst.

Die ganze Zeit über, die Jim auf dem Jagdausflug war, dachte Liz an ihn. Es war schrecklich, während er weg war. Sie konnte nicht gut schlafen, weil sie an ihn dachte, aber sie entdeckte, daß es auch Spaß machte, an ihn zu denken. Wenn sie sich gehenließ, war es besser. Die Nacht, bevor sie zurückkommen sollten, schlief sie überhaupt nicht; das heißt, sie dachte, daß sie nicht schlief, weil alles durcheinanderging in einem Traum von Nichtschlafen und wirklich Nichtschlafen. Als sie den Wagen die Straße entlangkommen sah, war ihr irgendwie flau und übel zumute. Sie konnte kaum abwarten, bis sie Jim sah, und sie meinte, daß alles gut sein würde, sobald er da wäre. Der Wagen hielt draußen unter der großen Ulme, und Mrs. Smith und Liz gingen hinaus. Die Männer hatten alle Bärte, und am Boden des Wagens lagen drei Rehe, deren dünne Beine steif über den Rand des Kutschbocks hervorstakten. Mrs. Smith küßte D. J. Smith, und er umarmte sie. Jim sagte: „Hallo, Liz" und grinste. Liz hatte nicht gewußt, was nun wirklich geschehen würde, wenn Jim zurückkam, aber sie war überzeugt, daß etwas geschehen würde. Nichts geschah. Die Männer waren einfach wieder zu Haus; das war alles. Jim zog die Leinwandsäcke von den Rehen, und Liz sah sie sich an. Eins ein großer Bock. Er war steif und schwer aus dem Wagen zu heben.

„Hast du den geschossen, Jim?" fragte Liz.

„Tja, 'ne richtige Schönheit, was?" Jim nahm ihn auf den Rücken, um ihn in die Räucherkammer zu tragen.

An jenem Abend blieb Charley Wyman zum Abendbrot bei Smiths. Es war zu spät, um nach Charlevoix zurückzugehen. Die Männer wuschen sich und warteten im Vorderzimmer aufs Abendbrot.

„Ist denn nicht noch was drin in der Kruke, Jim?" frug D. J. Smith. Jim ging hinaus zum Wagen in den Schuppen und holte den Krug mit dem Whisky, den die Männer auf die Jagd mitgenommen hatten. Es war ein Vierzehnliterkrug, und es schwappte noch ziemlich viel auf dem Grund hin und her. Jim tat einen tiefen Zug auf dem Weg zurück zum Haus. Es war schwierig, solch einen großen Krug hochzuheben, um daraus zu trinken. Ein bißchen Whisky lief auf sein Vorhemd hinunter. Die beiden Männer lächelten, als Jim mit dem Krug hereinkam. D. J. Smith rief nach Gläsern, und Liz brachte welche. D. J. schenkte drei ganz gehörige ein.

„Na, auf dein Spezielles, D. J.", sagte Charley Wyman.

„Auf den Riesenkerl von einem Bock, Jimmy", sagte D. J.

„Auf alle, die wir verfehlt haben, D. J.", sagte Jim und goß die Flüssigkeit runter.

„Das schmeckt 'nem Kerl, was?"

„In dieser Jahreszeit ist es die beste Medizin für alle Wehwehs."

„Wie ist es mit noch einem, Jungens?"

„Wie, zum Wohl, D. J."

„Runter damit, Jungens."

„Auf nächstes Jahr."

Jim begann sich fabelhaft zu fühlen. Er liebte den Geschmack und das Gefühl von Whisky. Er war froh, wieder zurück zu sein, in seinem Laden, seinem bequemen Bett und bei seinem warmen Essen. Er trank noch einen. Die Männer fühlten sich ausgelassen und übermütig, als sie zum Abendessen hineingingen, aber sie benahmen sich sehr manierlich. Liz aß mit der Familie. Das Essen war gut. Die Männer aßen mit Andacht. Nach dem Abendessen gingen sie wieder ins Vorderzimmer, und Liz räumte mit Mrs. Smith zusammen ab. Dann ging Mrs. Smith hinauf, und ziemlich bald darauf kam Smith heraus und ging auch hinauf. Jim und Charley waren noch im Vorderzimmer. Liz saß in der Küche neben dem Ofen und tat so, als ob sie ein Buch las, und dachte an Jim. Sie wollte noch nicht zu Bett gehen, weil sie wußte, daß Jim herauskommen würde, und sie wollte ihn sehen, wie er hinausging, so daß sie das Bild, wie er ausgesehen hatte, mit sich hinauf ins Bett nehmen konnte.

Sie dachte intensiv an ihn, und dann kam Jim heraus. Seine Augen glänzten, und sein Haar war ein bißchen verstrubbelt. Liz blickte in ihr Buch. Jim ging hinüber hinter ihren Stuhl und stand da, und sie konnte seinen Atem spüren, und dann umschlang er sie mit beiden Armen. Ihre Brüste fühlten sich prall und fest an, und die Brustwarzen standen aufrecht unter seinen

Händen. Liz bekam einen furchtbaren Schreck; niemand hatte sie je angefaßt, aber sie dachte: Endlich kommt er zu mir. Er ist wirklich gekommen.

Sie hielt sich steif, weil sie solche Angst hatte, und wußte nicht, was sie sonst tun sollte, und dann preßte Jim sie fest gegen den Stuhl und küßte sie. Es war solch ein scharfes, wehes, schmerzendes Gefühl, daß sie dachte, sie könne es nicht ertragen. Sie fühlte Jim direkt durch die Stuhllehne hindurch, und sie konnte es kaum ertragen, und dann schnappte etwas in ihr, und das Gefühl war wärmer und linder. Jim hielt sie fest gegen den Stuhl gepreßt, und jetzt wollte sie es, und Jim flüsterte: „Komm, spazieren."

Liz nahm ihren Mantel vom Haken an der Küchenwand, und sie gingen zur Tür hinaus. Jim hatte den Arm um sie, und alle paar Schritte blieben sie stehen und preßten sich gegeneinander, und Jim küßte sie. Es war kein

Mond, und sie gingen knöcheltief auf dem sandigen Weg zwischen den Bäumen hinunter zum Anlegeplatz und dem Speicher in der Bucht. Das Wasser klatschte gegen die Holzstapel, und die Landspitze war dunkel jenseits der Bucht. Es war kalt, aber Liz war heiß am ganzen Körper, weil sie mit Jim war. Sie setzten sich in den Schutz des Speichers, und Jim zog Liz dicht an sich. Sie hatte Angst. Eine von Jims Händen schlüpfte in ihr Kleid und streichelte über ihre Brust, und die andere Hand war in ihrem Schoß. Sie bekam einen großen Schreck und wußte nicht, was er weiter tun würde, aber sie kuschelte sich eng an ihn. Dann war die Hand, die sich in ihrem Schoß so groß angefühlt hatte, mit einemmal weg auf ihrem Bein und fing an, sich hinaufzubewegen.

„Nicht, Jim“, sagte Liz. Jim ließ seine Hand weiter hinaufgleiten.

„Du darfst nicht, Jim. Du darfst nicht.“ Weder Jim noch Jims große Hand nahmen Notiz von ihr.

Die Planken waren hart. Jim hatte ihr Kleid hochgezogen und versuchte, etwas mit ihr zu tun. Sie hatte Angst, aber sie wollte es. Sie mußte es geschehen lassen, aber sie hatte Angst davor.

„Du darfst es nicht tun, Jim. Du darfst nicht.“

„Ich muß. Ich will. Du weißt, daß wir müssen.“

„Nein, wir müssen nicht, Jim. Wir müssen nicht. Ach, es ist nicht recht. Oh, es ist so groß und tut so weh. Du darfst nicht, oh, Jim, oh.“

Die Fichtenplanken des Anlegeplatzes waren hart, splitterig und kalt, und Jim lag schwer auf ihr, und er hatte ihr weh getan. Liz schubste ihn; sie lag so unbequem und verkrampft da. Jim schlief. Er wollte sich nicht rühren. Sie arbeitete sich unter ihm hervor und setzte sich auf und zog ihren Rock und ihren Mantel zurecht und versuchte, ihr Haar in Ordnung zu bringen. Jim schlief und hatte den Mund ein wenig geöffnet. Liz neigte sich hinüber und küßte ihn auf die Backe. Er schlief immer noch. Sie hob seinen Kopf ein wenig und schüttelte ihn. Er drehte den Kopf zur Seite und schluckte. Liz begann zu weinen. Sie ging hinüber bis ans Ende des Anlegeplatzes und sah ins Wasser hinab. Von der Bucht stieg Nebel auf. Ihr war kalt und unglücklich zumute, und alles war weg. Sie ging zurück zu der Stelle, wo Jim lag, und schüttelte ihn noch einmal, um sich zu vergewissern. Sie weinte.

„Jim“, sagte sie. „Jim. Bitte, Jim.“

Jim rührte sich und kringelte sich noch ein wenig fester zusammen. Liz zog ihren Mantel aus und beugte sich hinab und deckte ihn damit zu. Sie steckte ihn sorgfältig und ordentlich um ihn herum fest. Dann ging sie quer über den Anlegeplatz und den steilen, sandigen Weg hinan, um zu Bett zu gehen. Ein kalter Nebel kam von der Bucht her durch die Wälder herauf.

Henry Miller

Wendekreis des Steinbocks

[...] Plötzlich fühle ich sie kommen. Ich wende den Kopf. Richtig, da kommt sie, mit vollen Segeln und leuchtenden Augen. Zum erstenmal nehme ich ihre Haltung wahr. Sie kommt heran wie ein Vogel, ein menschlicher, in einen großen weichen Pelz gehüllter Vogel. Kommt mit Volldampf daher; ich möchte schreien, ein Signal hinausschmettern, das die Welt die Ohren spitzen läßt. Was für ein Gang! Es ist kein Gehen, es ist ein Gleiten. Groß, majestätisch, in der Fülle ihres Fleisches, selbstbeherrscht durchschneidet sie den Rauch, die Jazzmusik und den Rotlichtschimmer wie die Königinmutter aller schlüpfrigen babylonischen Huren. Das spielt sich am Broadway ab, direkt der Bedürfnisanstalt gegenüber. Der Broadway ist ihr Reich. Das hier ist der Broadway, ist New York, ist Amerika. Sie ist Amerika auf zwei Beinen, mit Flügeln und Geschlecht. Sie ist das Lubet, das Abscheuliche und das Veredelte, mit einem kleinen Spritzer Salzsäure, Nitroglyzerin, Laudanum und pulverisiertem Onys. Sie hat Fülle und Erhabenheit, sie ist Amerika, „right or wrong“, auf beiden Seiten eingerahmt vom Meer. Zum erstenmal in meinem Leben trifft mich der ganze Kontinent mit voller Wucht, ein Schlag zwischen beide Augen. Das ist Amerika, Büffel oder Nichtbüffel, Amerika, der Schleifstein von Hoffnung und Enttäuschung. Alles, was Amerika ausmacht, machte auch sie aus: Knochen, Blut, Muskel, Augapfel, Gang, Rhythmus, Haltung, Zuversicht, Schamlosigkeit und leeres Gedärm. Sie erdrückte mich fast, das volle Gesicht schimmerte wie Kalzium. Der große weiche Pelz gleitet von ihrer Schulter. Sie beachtet es nicht. Es scheint ihr gleichgültig zu sein, ob ihre Kleider von ihr abfallen. Alles kümmert sie einen Dreck. Das ist Amerika, das wie ein Blitz in das Glaswarenhaus rotblütiger Hysterie niederfährt. Amurrika mit oder ohne Pelz, mit oder ohne Schuhe. Amurrika *cod. Und haut ab, ihr Saukerle, bevor wir euch umlegen!* Es ist mir in die Eingeweide gefahren. Ich zittere. Etwas kommt auf mich zu, und es gibt kein Ausweichen. Sie kommt, den Kopf voraus, durch die dicke Fensterscheibe. Wenn sie nur eine Sekunde stehenbliebe, nur einen Augenblick von mir lassen wollte. Aber nein, sie gewährt mir keinen Augenblick. Rasch, unbarmherzig, gebieterisch wie das Schicksal selbst stürzt sie auf mich, ein Schwert, das mich durch und durch spaltet ...

Sie hat meine Hand ergriffen und hält sie fest. Ich gehe ohne Furcht an ihrer Seite. In mir funkeln die Sterne; in mir ist ein großes, blaues Gewölbe, wo noch vor einem Augenblick wild die Maschinen stampften.

Sein ganzes Leben kann man auf einen solchen Augenblick warten. Die Frau, der zu begegnen man nie gehofft hat, sitzt vor einem, und sie spricht und sieht genauso aus wie die Person, von der man geträumt hat. Aber am seltsamsten von allem ist, daß man sich nie zuvor bewußt wurde, von ihr geträumt zu haben. Die ganze Vergangenheit ist wie ein langer Schlaf, der vergessen wäre, hätte es keinen Traum gegeben. Und auch den Traum hätte man vergessen können, wäre nicht die Erinnerung gewesen; aber das Erinnern ist im Blut, und das Blut ist wie ein Ozean, in dem alles weggeschwemmt wird, außer was neu und substantieller ist als selbst das Leben: die *Wirklichkeit.*

Wir sitzen in einer kleinen Nische in dem chinesischen Restaurant auf der anderen Seite der Straße. Aus dem Augenwinkel fange ich das Flimmern der Leuchtbuchstaben auf, die am Himmel hin und her zucken. Sie spricht weiter über Henriette, vielleicht auch über sich selbst. Ihre kleine schwarze Kappe, ihre Handtasche und ihr Pelz liegen neben ihr auf der Bank. Alle paar Augenblicke zündet sie eine neue Zigarette an, die verqualmt, während sie spricht. Ihre Rede hat weder Anfang noch Ende, sie bricht wie eine Flamme aus ihr hervor und verzehrt alles Erreichbare. Man weiß nicht, an welcher Stelle sie begann. Plötzlich ist sie mitten in einer langen, neubegonnenen Geschichte, aber es ist immer dieselbe. Ihre Rede ist so formlos wie ein Traum: es gibt keine Gleitschienen, keine Kulissen, keine Abgänge, keine Pausen. Ich habe das Gefühl, in einem tiefen Netz von Worten zu versinken, mich mühsam zum Rande des Netzes emporzuarbeiten, in ihre Augen zu blicken und zu versuchen, darin einen Reflex der Bedeutung ihrer Worte zu finden – aber ich kann nichts finden, nichts außer meinem eigenen, in dem grundlosen Quell flimmernden Bild. Obwohl sie von nichts anderem als von sich selber spricht, kann ich mir nicht das leiseste Bild von ihrem Wesen machen. Sie lehnt sich vor, die Ellbogen auf den Tisch gestützt, und ihre Worte überschwemmen mich; Welle um Welle brandet über mich hin, und doch baut sich nichts in mir auf, nichts, woran sich mein Geist klammern könnte. Sie erzählt mir von ihrem Vater, von dem seltsamen Leben, das sie am Rande von Sherwood Forest, wo sie geboren wurde, führten; wenigstens wollte sie mir das erzählen, aber nun spricht sie wieder über Henriette, oder von Dostojewski? – ich bin mir nicht sicher –, aber jedenfalls merke ich plötzlich, daß sie nicht mehr darüber spricht, sondern über einen Mann, der sie eines Abends nach Hause brachte und, als sie auf der Vortreppe standen und sich gute Nacht sagten, sich plötzlich bückte und ihr unter den Rock griff. Sie hielt einen Augenblick inne, wie um mir zu versichern, daß es diese Geschichte ist, worüber sie sprechen möchte. Ich sehe sie verwirrt an. Ich kann mir nicht vorstellen, wie wir auf dieses Thema gekommen sind. Was für ein Mann? Was hat er zu ihr gesagt! Ich lasse sie weiterreden, da ich vermute, sie würde darauf zurückkommen, aber nein, sie eilt mir schon wieder voraus, und nun, scheint es, ist der Mann, dieser Mann, bereits tot, ein Selbstmord, und sie versucht mir begreiflich zu machen, daß das ein schrecklicher Schlag für sie war, aber in Wirklichkeit ist ihren Worten zu entnehmen, daß sie stolz darauf ist, einen Mann zum Selbstmord getrieben zu haben. Ich kann mir den Mann nicht tot vorstellen; ich sehe ihn nur, wie er auf den Stufen der Vortreppe stand und ihr den Rock hochhob, ein Mann ohne Namen, aber lebendig und für immer in der Bewegung erstarrt, mit der er sich bückt, um ihren Rock hochzuheben. Da ist noch ein anderer Mann, ihr Vater, und ich sehe ihn mit einer Reihe von Rennpferden oder manchmal in einem kleinen, vor den Toren Wiens gelegenen Gasthof. Oder häufiger sehe ich ihn auf dem Dach dieses Gasthofs, wie er zum Zeitvertreib Drachen steigen läßt. Und ich kann den Mann, der ihr Vater war, und den, in den sie sich toll verliebt hatte, nicht auseinanderhalten. Es gibt jemanden in ihrem Leben, von dem sie lieber nicht sprechen möchte, aber doch kommt sie immer wieder auf ihn zurück, und obwohl ich nicht sicher bin, daß es sich nicht um den Mann handelt, der ihr den Rock hochgehoben hat, bin ich ebensowenig sicher, daß nicht der Mann gemeint ist, der Selbstmord beging. Vielleicht handelt es sich um den Mann, von dem sie zu sprechen begann, als wir uns zum Essen setzten. Ich entsinne mich jetzt, daß sie, gerade als wir Platz nahmen, ziemlich aufgeregt von einem Mann zu sprechen begann, den sie soeben hatte in die Cafeteria hereinkommen sehen. Sie nannte sogar seinen Namen, aber ich vergaß ihn augenblicklich. Doch erinnere ich mich, wie sie sagte, sie habe mit ihm zusammengelebt, und wie sie hinzufügte, daß er etwas getan habe, was ihr mißfallen hatte – was, sagte sie nicht –, sie war ihm daher davongelaufen, hatte ihn ohne ein Wort der Erklärung stehengelassen. Und dann, gerade als wir in das chinesische Lokal hereinkamen, begegneten sie sich unter der Tür, und sie zitterte noch, als wir uns in unsere kleine Nische setzten ... Einen langen Augenblick habe ich ein höchst unbehagliches Gefühl. Vielleicht war jedes Wort, das sie sagte, eine Lüge. Keine gewöhnliche Lüge, nein, etwas Schlimmeres, etwas Unbeschreibliches. Manchmal freilich bricht auf diese Weise die Wahrheit hervor, besonders wenn man glaubt, man werde seinen Begleiter nie wiedersehen. Manchmal kann man einem völlig Fremden erzählen, was man nie wagen würde, seinem engsten Freund anzuvertrauen. Es ist dasselbe, wie wenn man mitten in einer Gesellschaft einschläft; man beschäftigt sich so sehr mit sich selbst, daß man einschläft. Und im tiefen Schlaf beginnt man mit jemandem zu sprechen, jemand, der die ganze Zeit im gleichen Raum mit einem war und daher alles versteht, obwohl man mitten im Satz beginnt. Und vielleicht schläft auch diese andere Person ein oder hatte immer schon geschlafen, und darum ist es so leicht, ihm das Herz auszuschütten, und wenn er kein störendes Wort sagt, dann weißt du, daß das, was du ihm erzählst, wirklich und wahr ist und daß du hellwach bist und es keine andere Wirklichkeit gibt, als mitten im Schlaf hellwach zu sein. Nie zuvor war ich gleichzeitig so hellwach und tief im Schlaf gewesen. Hätte das Ungeheuer meiner Träume wirklich die Gitterstäbe auseinandergebogen und mich bei der Hand ergriffen, so wäre ich auf den Tod erschrocken und wäre daher heute tot, daß heißt für ewig in Schlaf gesunken und daher immer frei, und nichts mehr erschiene mir an der Wahrheit seltsam oder unwahr, auch wenn das Geschehene nicht geschah. Was geschah, mußte vor langer Zeit, zweifellos in der Nacht, geschehen sein. Und was in diesem Augenblick geschieht, geschieht auch vor langer Zeit in der Nacht, und ist nicht wahrer als der Traum von dem Ungeheuer und den Gitterstäben, die nicht nachgeben wollten, nur daß jetzt die Gitterstäbe zerbrochen sind und daß sie, die ich fürchtete, mich bei der Hand hält, ohne daß ein Unterschied besteht zwischen dem, was ich fürchtete, und dem, was ist, denn ich schlief, und jetzt bin ich hellwach im Schlaf, und es gibt nichts mehr zu fürchten, auch nichts zu erwarten oder zu erhoffen, sondern nur das, was ist und kein Ende kennt.

Sie möchte gehen. Gehen . . . Wieder ihr Hüftenwiegen, das schlüpfrige Gleiten, mit dem sie aus der Tanzdiele herunterkam und in mich hineinschritt. Wieder ihre Worte . . . „Plötzlich, ohne jeden Grund, beugte er sich herunter und hob mir den Rock hoch." Sie legte sich ihren Pelz um den Hals; die kleine schwarze Kappe hebt ihr Gesicht wie eine Kamee hervor. Das runde, volle Gesicht mit den slawischen Backenknochen. Wie konnte ich es träumen, ohne es je gesehen zu haben? Wie konnte ich wissen, daß sie so aufstehen würde, so nah und voll, das Gesicht bleich und blühend wie eine Magnolie? Ich zittere, als mich ihr voller Schenkel streift. Sie scheint sogar ein wenig größer als ich zu sein, obwohl das nicht der Fall ist. Es ist nur die Art, wie sie ihr Kinn hält. Sie achtet nicht darauf, wohin sie geht. Sie schreitet über die Dinge hinweg, weiter und weiter mit weitgeöffneten Augen, die in den Raum starren. Keine Vergangenheit, keine Zukunft. Sogar die Gegenwart scheint fraglich. Das Ich scheint sie verlassen zu haben; ihr Leib eilt vorwärts; der Hals ist voll und straff, weiß und gerundet wie das Gesicht. Ihre tiefe, kehlige Stimme spricht weiter, kein Anfang, kein Ende. Nicht die Zeit oder das Verstreichen der Zeit kommt mir zum Bewußtsein, sondern die Zeitlosigkeit. Die kleine Gebärmutter, die in ihrer Kehle sitzt, ist mit der großen im Becken gekoppelt. Das Taxi wartet am Gehsteig, und sie kaut noch immer auf der kosmologischen Spreu des äußeren Ichs herum. Ich ergreife das Sprachrohr und setze mich mit der doppelten Gebärmutter in Verbindung. Hallo, hallo, sind Sie da? Brechen wir auf! Machen wir weiter – Taxis, Schiffe, Züge, Motorboote, Küsten, Wanzen, Überlandstraßen, Seitenwege, Ruinen; Relikte, Alte Welt, Neue Welt, Mole, Landesteg; große Geburtszange, schwingendes Trapez, Graben, Delta, Alligatoren, Krokodile, Reden, Reden und wieder Reden, und wieder neue Straßen und noch mehr Staub in den Augen, noch ein Regenbogen, noch mehr Wolkenbrüche, Frühstücke, mehr Hautcremes und Schönheitswasser. Und wenn alle Straßen begangen sind und nur noch der von unseren gehetzten Füßen aufgewirbelte Staub übriggeblieben ist, wird doch die Erinnerung bleiben an dein großes, volles, weißes, ach so weißes Gesicht und den breiten Mund mit geöffneten, frischen Lippen und den kalkweißen Zähnen, von denen jeder vollkommen ist, und an dieser Erinnerung kann sich unmöglich etwas ändern, denn sie ist, wie deine Zähne, vollkommen ... [...]

Tadeusz Różewicz

Liebe 1944

Wehrlos nackt
Lippe auf Lippe
mit weit
geöffneten Augen

lauschend

schwammen wir
durch das Meer
aus Blut und Tränen

Hermann Broch

Die Erzählung der Magd Zerline

[...] Sie wartete einen Augenblick, und als A., der wie zum Zeichen der Abwehr die Augen geschlossen hatte, nichts erwiderte, kam sie, mit der einen Hand am Kommodenrand weitergleitend, die andere ein wenig steif hängenlassend, ein paar Schritte näher: „Alles krieg ich heraus, und ich hab auch herausgekriegt wie die Al ..., wie die Frau Baronin sich damals das Kind hat machen lassen ... und sehr rasch sogar hab ich's herausgekriegt. Ganz so jung, ganz so dumm war ich ja damals nicht mehr, obwohl's lang genug her ist, über dreißig Jahre. Damals, ja damals war ich noch bei der Frau Generalin ..., das war der Frau Baronin ihre gottselige Mutter. Dort war's ein feines Haus. Ich war Erste Zofe, und die Zweite war sozusagen mein Adjutant, und dann haben wir noch eine Köchin und ein Küchenmädchen gehabt. Und solange der Exzellenzherr, der Herr General noch gelebt hat, war für die gröbere Arbeit im Haus sein Bursche da, und überdies hat der beim Servieren mitgeholfen. Doch um jene Zeit war der Exzellenzherr schon gestorben, und eines schönen Tags, es war im Februar, und ich entsinne mich, als wär's gestern gewesen, wie der feuchte Schnee an den Fensterscheiben geklebt hat, da klingelt mir die Exzellenzfrau, und wie ich hinaufkomm, sagt sie „Zerlin", hat sie gesagt, „Zerlin, du weißt, wir müssen hier das Haus einschränken, indes ich will dich nicht ganz verlieren", ... ja, ja, so hat sie das ausgedrückt ... „möchtest du nicht zu meiner Tochter gehen? Die erwartet ein Kind, und mir wäre es lieber, du wärest im Hause bei meinem Enkel als ein fremdes Kindermädchen." Ja, so hat sie zu mir gesprochen, und ich bin folgsam gegangen. Wenn auch schweren Herzens. Ich war ja nicht mehr die Jüngste, und da hätte ich weiß Gott lieber meine eigenen Kinder bekommen und betreut. Aber wenn ein Mädel in den Dienst geht, muß sie sich solche Gedanken aus dem Kopf schlagen; für das Mädel, das in Dienst gegangen ist, heißt's verzichten, und ein Kind ist ihr ein Unglücksfall, vor dem sie sich zu fürchten hat. Schad war's um mich; für ein Dutzend Kinder wär ich gut gewesen. Wie ich bei der Exzellenzfrau eingetreten bin, blutjung war ich ..." – sie vollführte mit dem Arm eine kecke Bewegung, die wohl einen Juchzer andeuten sollte, hier jedoch beinahe goyahaft wirkte – „... da hätten Sie mich sehen müssen; alles war prall an mir, und die Brüste sind gestanden, daß jeder danach greifen wollte. Sogar der Herr Baron, der damals noch nicht Gerichtspräsident, sondern erst Amtsgerichtsrat war, hat sich nicht zurückhalten können. Sie meinen, daß er's nicht hätte tun dürfen, weil er ein junger Ehemann war und für so einen sich's nicht schickt? I wo, das war's nicht. Aber er hat zu denen gehört, die weit über die Lust stehen, und die um ihrer Seele willen überhaupt kein Weib begehren dürften. Wahrscheinlich hat er die" – der Daumen wies rückwärts zur Tür hin – „auch niemals begehrt. Na, sie war auch nicht danach, ihm viel Spaß zu geben. Ich, ja, hätt ihm den Spaß geben können und hab's trotzdem nicht gewollt, obschon er ein schöner Mann war; es hätt ihm in der Seele geschadet. Statt dessen hab ich mit den Burschen vom Exzellenzherrn poussiert, und hab ich auch fast immer meine Freud dran gehabt, es war auch das nicht gut. Schier niemals richtig im Bett, alleweil nur so mit den Kleidern und huschrasch im dunkeln Zimmer, im Salon, wenn die Herrschaft im Theater war. Für ein Mädchen, das zum Dienst in die Stadt kommt, ist das so. Die Burschen haben ihre Mädel zu Hause im Dorf, und ihnen verschlägt's nicht, daß sie vielleicht mit mir bessern Spaß gehabt haben, und daß ich vielleicht schöner war als die dort; es hat der, der wartet, das bessere Recht. So war's. Die Jahre der Jugendblüte" – offenbar war das ein Zitat – „sie gingen dahin. Mehr als zwölf Jahre war ich bei der Exzellenzfrau, und dann ist die" – wieder wies der Daumen nach hinten – „und nicht ich schwanger geworden. Dabei war ich immer noch weitaus stattlicher als sie. Sie hat gewonnen. Und ich hab den Posten bei ihr und ihrem Bankert angenommen."

Sie machte eine Pause, um sich richtig auszuseufzen. Und ohne ihren Zuhörer, der sich aufgesetzt hatte, viel zu beachten, sprach sie weiter: „Wie dann das Kind, die Hildegard, auf der Welt war, da war der Herr Baron bereits an die Fünfzig und war gerade Gerichtspräsident geworden. Vielleicht war's ihm nicht recht, daß ich ins Haus gekommen bin, denn er mag's so wenig wie ich vergessen haben, daß er mich einstens an den Brüsten gepackt hat; solche Dinge haben keine Zeit, die bleiben. Jetzt freilich, mocht ich mich noch so gut tragen und noch so stattlich anzusehen sein, er hat keinen Blick mehr für mich gehabt. Er war zu dem geworden, wozu er bestimmt gewesen war, einer, der kein Weib mehr begehrt. Und selbst wenn er's nicht mehr gekonnt hätte, es gibt viele, welche nicht können und darum erst recht wollen. Das sind die Häßlichsten. Bei ihm aber ist das Nicht-Können aus dem Nicht-Wollen hervorgegangen, und deswegen ist er immer schöner geworden. Wär die Hildegard von ihm, sie wär eine schöne Frau."

Nun mußte A. widersprechen: „Sie ist eine schöne Frau, und als ich das Bild des Präsidenten drinnen im Eßzimmer zum ersten Male sah, ist mir ihre Ähnlichkeit mit ihm sofort aufgefallen."

Zerline kicherte: „Ich, nur ich hab sie ihm ähnlich gemacht. Ich hab das Kind immer wieder vor das Bild hingeführt und hab's gelehrt, so zu blikken, wie er es dort tut . . ., alles ist im Blick."

Das war immerhin überraschend; A. wurde nachdenklich:

„Mit dem Blick müßte sie auch seine Seele erworben haben."

„Genau so wollt ich's haben, und ob, genau so . . ., aber sie ist eine Frau, und sie hat das Blut des andern."

„Wer war der andere?" Das war gegen seinen Willen gesagt, und es war viel zwingender als bloße Neugier gewesen.

„Der andere?" – Zerline lächelte – „ja der andere, der ist von Zeit zu Zeit bei der Exzellenzfrau zum Tee gekommen, und erst ist es mir gar nicht aufgefallen, wie oft da auch immer die Frau Baronin hat dabei sein müssen und zudem ohne ihren Mann. Aber daß der andere, der Herr von Juna, gleichfalls sehr schön war, das ist mir gleich aufgefallen; einen rostbraunen Spitzbart hat er gehabt, rostbraune Locken, eine Haut wie angedunkelter Meerschaum, und in der Taille hat er sich getragen, als ging's zum Tanzen. Ja, das muß ihr der Neid lassen, sie hat's verstanden, sie sich auszusuchen. Nur daß bei dem da, wenn man ihn richtig betrachtete, hinter dem schönen Spitzbart, ja sogar hinter dem schönen Mund das Gesichtshäßliche, das Nicht-Können und Immer-Wollen zum Vorschein gekommen ist, die häßliche Lüsternheit, in der die Schwachheit sitzt. So einer ist leicht zu haben, und hätt ich ihn gemocht, ich hätt ihn" – sie knipste zwischen den Fingern einen imaginären Floh – „vom ersten Tag an gehabt wie nix. Die Exzellenzfrau hat gesagt, daß er einer sei, der stets auf Reisen ist, in diplomatischen Diensten, wie sie's nennen, ein Diplomat. Na schön. Er hat im Alten Jagdhaus dort draußen im Wald" – ihr Arm wies in ein fernes Irgendwo – „sich niedergelassen, aber nicht wegen der Jagd, sondern wegen der Frauen, die er immer bei sich gehabt hat. Natürlich haben die Leute mehr gemunkelt als gewußt; er hat ja alles dazu getan, um sie neugierig zu machen mit seinem Auftauchen und Verschwinden und mit seinen vielen Weibern. Ich auch war neugierig. Und aus der Förstersfrau, die ihm das Haus betreut hat, war nichts herauszukriegen. Die hat dichtgehalten, und wundern möcht ich mich, wenn er grad die ausgelassen hätt; ganz brauchbar war sie. So hat er gelebt, und das Kind hat ihm von allem Anfang an ähnlich gesehen. Wie aber wird man's ihm jetzt präsentieren, das Kind? Darauf war ich gespannt. Nun, sie hat sich's ganz gut ausgeheckt; das Enkelchen sollte zum Zweimonatsgeburtstag bei der Großmama Aufwartung machen. No, das war's. Wir sind also zur Exzellenzfrau hinausgefahren; das Kind ist im Gastzimmer schlafen gelegt worden, und mich hätten keine zehn Pferde mehr aus der Stube herausgebracht, denn ich hab ja gewußt, daß er nun wie zufällig wird auftauchen müssen. Und daß sie sich dabei verraten wird, hab ich mir auch ganz genau ausgemalt. Gar nicht lang hab ich warten brauchen, und beinah hätt ich gelacht, wie sie ihn so pünktlich hereingeführt hat, und noch mehr hab ich mir's Lachen verbeißen müssen, wie er sich übers Bett beugt, der Papa, und sie ihre Rührung nimmer verbergen kann und nach seiner Hand greift. Es war ehrlich und war doch falsche Rührung. Er freilich war schlauer; er hat's gemerkt, daß ich sie beobachtet hab, und beim Hinausgehen wirft er mir, als könnt er hierdurch seiner Vaterschaft ledig werden, einen Blick zu, mit dem er mir sagt, daß ich und nicht sie die Richtige für ihn sei. Und ich, nicht faul, laß ihn spüren, daß ich's verstanden hab."

Ihr damaliges Antwort-Lächeln hat sich in ihr Gesicht zurückgezaubert, schimmerte da nun als ein greisenhaft eingerunzeltes, greisenhaft eingewelktes Echo seiner selbst und war, gerade infolge seiner Vertrocknetheit, etwas Immerwährendes, eine Antwort, die immer währt:

„Ich hab's ihn spüren lassen und hab's selber gespürt, hab gespürt, wie's in ihn hineingefahren ist und ihm die Ruh genommen hat, ja daß er keine Ruh mehr wird finden können, eh er nicht mit mir geschlafen haben wird. Das war mir recht. So sehr hat's auch mich gepackt, obgleich es doch weder von ihm noch von mir so gemeint gewesen war. Billig ist der Mensch. Und nicht nur eine arme Dienstmagd vom Land ist so billig, nein, jeder ist's; nur der Heilige hat die Weisheit und die Stärke, so daß er nicht billig zu sein braucht. Aber auch zur Lust, mag sie noch so billig sein, braucht's Stärke, und am ärgsten sind die, welche aus lauterer Schwachheit, aus lauterer Lustunfähigkeit ihre Billigkeit verleugnen wollen. Sie möchten's teuer haben und sind noch billiger, die Schielenden, die Lügner aus Feinheit, die Lügner aus Schwäche, sie alle, die mit dem großen Seelenlärm die Lust zu übertäuben suchen, weil sie ihnen nicht seelenfein genug ist, und noch öfter, weil sie überhaupt nichts von ihr wissen und meinen, daß sie sich mit dem Lärm herauflocken und halten läßt. Mit der Seele wünschen sie sich die Lust zu erschwindeln, und zugleich soll sie übertäubt werden. Und die Frau Baronin? Kein lautes Wort bei Tag, aber ich wett, nichts als Seelenlärm in der Nacht. Natürlich muß man ihr zugut halten, daß sie nie eine richtige Frau war, und daß sie das von der strengen Heiligkeit, die der Herr Baron gehabt hat, niemals hätt lernen können. Also war's selbstverständlich, daß sie an den andern geraten war, an den Lüsternen. Das Kind hat sie mit ihm auf ihrer letzten Badereise zustandegebracht; das stimmte haarscharf auf den Tag. Doch nun? Warum ist sie nicht mit ihm durchgegangen? Warum ist sie nicht zu ihm ins Jagdhaus hinausgelaufen? I wo. Dazu war ihre Lust zu gering, ihre Angst zu groß, dazu war sie viel zu schwächlich und lügenhaft. Ebensogut hätt man ihr vorschlagen können, sich mit ihm auf offenem Marktplatz hinzulegen. Trotzdem hab ich ihr helfen wollen, sozusagen um den Preis meiner eigenen Lust, ohne Rücksicht auf meine Eifersucht, aber es war ihr nicht beizubringen. Schließlich, wie der Herr Präsident einmal nach Berlin gefahren ist, bin ich stracks aufs Ziel los. „Frau Baronin", hab ich gesagt, „Frau Baronin sollten sich doch hie und da Gäste einladen." Antwortet sie dumm: „Gäste? Wen?" Daraufhin mein ich so nebenbei: „No, zum Beispiel, den Herrn von Juna." Da schaut sie mich mißtrauisch von der Seite an und sagte: „Ach nein, den nicht." Also laß es bleiben, hab ich mir gedacht. Indes, es hat doch gesessen, und nach ein paar Tagen hat sie ihn zum Abendessen eingeladen. Wir haben damals noch die schöne Villa gehabt, und die Gesellschaftsräume samt dem Speisezimmer waren im Erdgeschoß; da war kein solches Möbelgedränge wie hier, wo man sich an allen Ecken stoßt und mit keiner Arbeit fertig wird, und gar, wenn man an der Hildegard keine Hilfe hat. Also, es war ein richtiger Speisesaal, und die Frau Baronin ist mit ihm dort gesessen, hübsch weit voneinander; ich hab aufgetragen, hab auch seine Blicke nicht erwidert, und hinterher hab ich um die Erlaubnis gebeten, mich zurückziehen zu dürfen. Meine Kammer in der Mansarde droben war natürlich auch viel schöner als mein Zimmer hier. Wie ich mich jedoch später runterschleich, um zu sehen, wie die Dinge stehen, war's wieder dasselbe, und sie sind ganz ruhig beieinander gesessen, diesmal im Salon; mit seinen schönen Schmachtaugen hat er gelangweilt dreingeschaut, und nicht einmal wie sie aufgestanden ist, um ihm die Mokkatasse frisch zu füllen, nicht einmal da hat er versucht, ihre Hand zu berühren oder gar zu streicheln. Den also hat sie sich auch verscherzt, hab ich mir da in meinem Sinn gedacht; wenn man im Bett immerzu nur Liebe und niemals Lust mit den Beinen trommelt, ist's eben schlecht. Da war halt Hopfen und Malz verloren, und im Grund haben sie mir beide leid getan, besonders er, da sie ja wegen des Kindes doch aneinander gebunden waren. Freilich, im noch tiefern Grund war ich vergnügt, und darum hab ich bereits zwischen den Büschen im Vorgarten auf ihn gewartet, so daß es uns, kaum daß er aus dem Haus war, ohne Verzug, ohne ein einziges Wort blitzgleich in den Kuß gestürzt hat. So scharf bin ich mit meinen Lippen, mit meinen Zähnen, mit meiner Zunge an seinem Mund gehangen, daß ich schier meiner ohnmächtig geworden bin, und doch hab ich ihm widerstanden. Ich konnt's gar nicht verstehen, warum ich nicht einfach mit ihm ins Gras umgekippt bin, und noch viel weniger, warum ich ihn nicht in meine Kammer hinaufgezogen hab, als er's, ganz heiser, so verlangt hat, sondern ihm „Im Jagdhaus" hab antworten müssen; aber als daraufhin der Entsetzensschrecken in seine Augen kam, der Irrsinnsschrecken wie bei einem Tier, mir zu kund und zu wissen, daß er ein Weib da draußen sitzen hatte, und ich daher Unmögliches verlangt hab, da ist mir aufgegangen, daß es mir mit meinem Widerstand um dieses Unmögliche und ums Brechen des Unmöglichen gegangen ist, daß diese harte und erbarmungslose Neugier nach dem Jagdhaus mich mehr gejuckt hat als meine Lust, und daß sie trotzdem zur Lust gehört als ihre Bitterkeit und ihre Not."[. . .]

Nicolás Guillén

Wasser der Erinnerung

Wann es war?
Ich weiß es nicht.
Wasser der Erinnerung
will ich befahren.
Eine Mulattin aus Gold ging vorüber;
ich sah sie an, sah den wunderbaren
seidigen Knoten der Haare im Nacken,
das Morgengewand aus Kristall,
ein Mädchen mit jungem Rücken,
den Sand, wo frische Spuren von ihren Füßen waren.

Zuckerrohr
(nannte ich sie, in meinem Innern erschüttert),
Zuckerrohr,
das über dem Abgrund zittert,
wer wird dich stoßen in Abgrunds Kühle?
Wer wird dich schneiden mit seiner Machete,
wer, welcher Schnitter?
Welche Zuckerfabrik dich zermahlen
mit ihrer Zuckerrohrmühle?

Dann lief die Zeit mir davon,
lief die Zeit ohne anzuhalten,
und dort war ich, und hier war ich,
und hier war ich und dort,
ich ging nach dort, nach hier,
nach hier und dort.

Nichts weiß ich, keiner weiß etwas,
noch wird es einer wissen,
nichts haben die Zeitungen mir anvertraut,
nichts konnte ich erfahren
von jener Negerin aus Gold,
die einst ich sah im Vorüberschreiten,

im Nacken den wunderbaren
Knoten der Haare aus Seide,
das Morgengewand aus Kristall,
ein Mädchen mit jungem Rücken;
im Sand frische Spuren von ihren Füßen waren.

Thomas Mann

Bekenntnisse des Hochstaplers Felix Krull

[...] Am zweiten Tage schon, nachmittags gegen fünf – auch Eustache war mit seinem Gefährt gerade unten – erschien sie in der Ascenseur-Nische der Halle, den Schleier über dem Hut, wie ich sie schon gesehen. Der gänzlich alltägliche Kollege und ich standen vor unseren offenen Türen, und sie trat mitten vor uns hin, indem sie mich ansah, kurz die Augen aufriß und lächelnd auf ihren Füßen schwankte, ungewiß für welchen Fahrstuhl sie sich entscheiden sollte. Es war gar kein Zweifel, daß es sie zu meinem zog; aber da Eustache schon beiseite getreten war und sie mit der Hand in seinen lud, so dachte sie wohl, er sei dienstlich an der Reihe, trat, nicht ohne sich unverhohlen über die Schulter, mit erneutem Augenaufreißen, nach mir umzusehen, bei ihm ein und entglitt.

Das war alles für diesmal, außer daß ich, bei einem neuen unteren Zusammentreffen mit Eustache, von ihm ihren Namen erfuhr. Sie hieß Madame Houpflé und war aus Straßburg. „Impudemment riche, tu sais", fügte Eustache hinzu, worauf ich nur mit einem kühlen „Tant mieux pour elle" erwiderte.

Am folgenden Tag um dieselbe Stunde, als eben die beiden anderen Lifts unterwegs waren und ich allein vor dem meinen stand, war sie wieder da, in einer sehr schönen, langschößigen Nerzjacke diesmal und einem Barett aus dem gleichen Pelzwerk vom Shopping kommend, denn sie trug mehrere, wenn auch nicht große, elegant eingeschlagene und verschnürte Pakete im Arm und in der Hand. Befriedigt nickte sie bei meinem Anblick, sah lächelnd meiner von einem ehrerbietigen „Madame–" begleiteten Verbeugung zu, die etwas von einer Aufforderung zum Tanze hatte, und ließ sich mit mir in dem erleuchteten Schwebestübchen einschließen. Währenddessen klingelte es vom vierten Stock.

„Deuxiéme n'est-ce pas, Madame?" fragte ich, da sie mir keine Weisung gegeben hatte.

Sie war nicht in den Hintergrund des kleinen Raumes getreten, stand nicht hinter mir, sondern neben mir an der Tür und sah abwechselnd auf meine den Hebel haltende Hand und in mein Gesicht.

„Mais oui, deuxiéme", sagte sie. „Comment savez-vous?"

„Je le sais, tout simplement."

„Ah? – Der neue Armand, wenn ich nicht irre?"

„Zu Diensten, Madame."

„Man kann sagen", gab sie zurück, „daß dieser Wechsel einen Fortschritt in der Zusammensetzung des Personals bedeutet."

„Trop aimable, Madame."

Ihre Stimme war ein sehr wohliger, nervös bewegter Alt. Aber während ich es dachte, sprach sie von meiner eigenen.

„Ich möchte Sie", sprach sie, „wegen Ihrer angenehmen Stimme loben." – Die Worte des Geistlichen Rates Chateau!

„Je serais infiniment content, Madame", erwiderte ich, „si ma voix n'offensait pas votre oreille!"

Es klingelte wiederholt von oben. Wir waren im zweiten Stock. Sie fügte hinzu:

„C'est en effet une oreille musicale et sensible. Du reste, l'ouie n'est pas le seul de mes sens qui est susceptible."

Sie war erstaunlich! Ich unterstützte sie zart beim Hinaustreten, als ob es da irgend etwas zu unterstützen gegeben hätte, und sagte:

„Erlauben Sie, daß ich Sie endlich von Ihren Lasten befreie, Madame, und sie Ihnen auf Ihr Zimmer trage!"

Damit nahm ich ihr die Pakete ab, sammelte sie einzeln von ihr ein und folgte ihr damit, meinen Lift einfach im Stich lassend, den Korridor entlang. Es waren nur zwanzig Schritte. Sie öffnete zur Linken No. 23 und betrat, mir voran, ihr Schlafzimmer, parkettiert, mit großem Perserteppich, Kirschholzmöbeln, blitzendem Gerät auf dem Toilettentisch, einer breiten, mit gestepptem Atlas bedeckten Messing-Bettstatt und einer grausamtenen Chaiselongue. Auf diese sowie auf die gläserne Platte des Tischchens legte ich die Pakete, während Madame ihr Barett abnahm und ihre Pelzjacke öffnete.

„Meine Zofe ist nicht zur Hand", sagte sie. „Sie hat ihr Zimmer eine Treppe höher. Würden Sie Ihre Aufmerksamkeit vollenden, indem Sie mir aus diesem Kleidungsstück helfen?"

„Mit außerordentlichem Vergnügen", erwiderte ich und machte mich ans Werk. Während ich aber damit beschäftigt war, ihr das erwärmte, mit Seide gefütterte Pelzwerk von den Schultern zu streifen, wandte sie den Kopf im reichen braunen Haar, worin über der Stirn eine gewellte weiße Strähne, erbleicht vor dem übrigen, sich freimütig hervortat, zu mir herum, und indem sie die Augen zuerst kurz aufriß, sie dann jedoch zwischen den wieder verengten Lidern traumhaft verschwimmen ließ, sprach sie das Wort:

„Du entkleidest mich, kühner Knecht?"

Eine unglaubliche Frau und sehr ausdrucksvoll! Verblüfft, aber gefaßt, ordnete ich meine Antwort wie folgt:

„Wollte Gott, Madame, meine Zeit erlaubte mir, den Dingen diese Deutung zu geben und in einer so reizenden Beschäftigung nach Belieben fortzufahren!"

„Du hast keine Zeit für mich?"

„Unglücklicherweise nicht in diesem Augenblick, Madame, mein Ascenseur wartet draußen. Er steht offen da, während von oben und unten nach ihm geläutet wird und vielleicht in diesem Stockwerk Gäste sich vor ihm ansammeln. Ich würde meinen Posten verlieren, wenn ich ihn länger vernachlässigte . . ."

„Aber du hättest Zeit für mich – wenn du Zeit für mich hättest?"

„Unendlich viel, Madame!"

„Wann wirst du Zeit für mich haben?" fragte sie, wiederholt zwischen der jähen Erweiterung ihrer Augen und dem schwimmenden Blicke wechselnd, und trat in dem eng den Körperformen sich anschmiegenden Tailormade von blaugrauer Farbe, das sie trug, dicht vor mich hin.

„Um elf Uhr werde ich dienstfrei sein", erwiderte ich gedämpft.

„Ich werde dich erwarten", sagte sie in demselben Ton. „Dies zum Pfande!" Und ehe ich mich's versah, war mein Kopf zwischen ihren Händen und ihr Mund auf dem meinen, zu einem Kuß, der recht weit ging – weit genug, um ihn zu einem ungewöhnlich bindenden Pfande zu machen.

Gewiß war ich etwas bleich, als ich ihre Pelzjacke, die ich noch immer in Händen gehalten, auf die Chaiselongue niederlegte und mich zurückzog. Wirklich standen, ratlos wartend, drei Personen vor dem offenen Lift, bei denen ich mich nicht nur wegen meines durch einen dringenden Auftrag verursachten Säumens zu entschuldigen hatte, sondern auch dafür, daß ich sie, bevor ich sie hinabbrachte, erst in den vierten Stock hinauffuhr, von wo ich gerufen worden, wo aber niemand mehr war. Unten bekam ich der Verkehrsstockung wegen, die ich angerichtet, Grobheiten zu hören, die ich mit der Erklärung abwehrte, ich hätte notwendig eine von plötzlicher Schwäche befallene Dame zu ihrem Zimmer geleiten müssen.

Madame Houpflé – und Schwäche! Eine Frau von solcher Bravour! Diese, so dachte ich, wurde ihr freilich erleichtert durch ihr dem meinen so überlegenes Alter und dazu durch meine untergeordnete soziale Stellung, der sie einen so seltsam gehobenen Ausdruck verliehen hatte. „Kühner Knecht" hatte sie mich genannt – eine Frau von Poesie! „Du entkleidest mich, kühner Knecht?" Das packende Wort lag mir den ganzen Abend im Sinn, diese ganzen sechs Stunden, die hinzubringen waren, bis ich „Zeit für sie haben" würde. Es kränkte mich etwas, das Wort, und erfüllte mich doch auch wieder mit Stolz – sogar auf meine Kühnheit, die ich gar nicht besessen, sondern die sie mir einfach unterstellt und zudiktiert hatte. Jedenfalls besaß ich sie nun im Überfluß. Sie hatte sie mir eingeflößt – besonders noch durch jenes sehr bindende Unterpfand.

Um sieben Uhr fuhr ich sie zum Diner hinunter: zu anderen Gästen in

Abendtoilette, die ich aus den oberen Stockwerken geholt und die sich zum Speisen begaben, trat sie bei mir ein, in einem wundervollen weißen Seidenkleid mit kurzer Schleppe, Spitzen und gestickter Tunika, deren Taille ein schwarzes Sammetband gürtete, um den Hals ein Collier milchig schimmernder, untadelig gestalteter Perlen, das zu ihrem Glück – und zu Meister Jean-Pierres Mißgeschick – nicht in dem Kästchen gewesen war. Die Vollendung, mit der sie mich übersah – und das nach einem so weitgehenden Kuß! –, mußte ich bewundern, rächte mich aber dafür, indem ich nicht ihr, sondern einer gespenstisch aufgeputzten Greisin beim Austritt die Hand unter den Ellbogen legte. Mir ist, als hätte ich sie lächeln gesehen über meine mildtätige Galanterie.

Zu welcher Stunde sie in ihre Zimmer zurückkehrte, blieb mir verborgen. Einmal aber mußte es elf Uhr werden, um welche Stunde der Dienst zwar weiterging, aber nur noch von einem Lift unterhalten wurde, während die Führer der beiden anderen Feierabend hatten. Ich war heute einer von ihnen. Um mich nach der Tagesfron zum zartesten aller Stelldicheine etwas zu erfrischen, suchte ich zuerst unseren Waschraum auf und stieg dann zu Fuß in den zweiten Stock hinab, dessen Korridor mit seinem den Schritt zur Lautlosigkeit dämpfenden roten Läufer um diese Stunde schon in unbegangener Ruhe lag. Ich fand es schicklich, an der Tür von Madame Houpflés Salon, No. 25, zu klopfen, erhielt aber dort keine Antwort. So öffnete ich die Außentür von No. 23, ihrem Schlafzimmer, und pochte mit hingeneigtem Ohr diskret an die innere.

Ein fragendes „Entrez?“ von leise verwunderter Betonung kam zurück. Ich folgte ihm, da ich die Verwunderung in den Wind schlagen durfte. Das Zimmer lag im rötlichen Halbdunkel des seidenbeschirmten Nachttischlämpchens, von dem es allein erhellt war. Die kühne Bewohnerin – gern und mit Recht übertrage ich auf sie das Beiwort, das sie mir verliehen – erblickte mein rasch die Umstände erforschendes Auge im Bette, unter purpurner Atlas-Steppdecke – in der prächtigen Messing-Bettstatt, die, das Kopfende zur Wand gekehrt und die Chaiselongue zu ihren Füßen, freistehend ziemlich nahe dem dicht verhangenen Fenster aufgeschlagen war. Meine Reisende lag dort, die Arme hinter dem Kopf verschränkt, in einem batistenen Nachtgewande mit kurzen Ärmeln und einem von Spitzen umrahmten quellenden Décolleté. Sie hatte ihren Haarknoten zur Nacht gelöst und die Flechten auf eine sehr kleidsame, lockere Art kranzförmig um den Kopf gewunden. Zur Locke gewellt ging die weiße Strähne von ihrer nicht mehr furchenfreien Stirn zurück. Kaum hatte ich die Tür geschlossen, als ich hinter mir den Riegel vorfallen hörte, der vom Bette aus durch einen Zug zu dirigieren war.

Sie riß die goldenen Augen auf, für einen jähen Moment nur, wie ge-

wöhnlich; aber ihre Züge blieben in einer Art nervöser Lügenhaftigkeit leicht verzerrt, als sie sagte:

„Wie? Was ist das? Ein Hausangestellter, ein Domestik, ein junger Mann vom Gesinde tritt bei mir ein, zu dieser Stunde, da ich bereits der Ruhe pflege?"

„Sie haben den Wunsch geäußert, Madame –", erwiderte ich, indem ich mich ihrem Lager näherte.

„Den Wunsch? Tat ich das? Du sagst, ‚den Wunsch', und gibst vor, den Befehl zu meinen, den eine Dame einem kleinen Bedienten, einem Liftjungen erteilt, meinst aber in deiner ungeheuren Keckheit, ja Unverschämtheit, ‚das Verlangen, das heiße, sehnsüchtige Begehren', meinst es ganz einfach und mit Selbstverständlichkeit, weil du jung bist und schön, so schön, so jung, so dreist ... ‚den Wunsch'! Sag mir doch wenigstens, du Wunschbild, Traum meiner Sinne, Mignon in Livree, süßer Helot, ob du in deiner Frechheit diesen Wunsch ein wenig zu teilen wagtest!"

Damit nahm sie mich bei der Hand und zog mich auf den Rand ihres Bettes nieder zu schrägem Kantensitz: ich mußte der Balance wegen meinen Arm ausstrecken über sie hin und mich gegen die Rückwand des Bettes stützen, so daß ich über ihre von feinem Leinen und Spitzen wenig verhüllte Nackheit gebeugt saß, deren Wärme mich duftig berührte. Leicht gekränkt, wie ich zugebe, durch ihre immer wiederholte Erwähnung und Betonung meines niedrigen Standes – was hatte und wollte sie nur damit? – neigte ich mich statt aller Antwort vollends zu ihr hinab und senkte meine Lippen auf ihre. Nicht nur aber, daß sie den Kuß noch weitgehender ausgestaltete als den ersten vom Nachmittag, wobei es an meinem Entgegenkommen nicht fehlte – so nahm sie auch meine Hand aus ihrer Stütze und führte sie in ihr Décolleté zu ihren Brüsten, die sehr handlich waren, führte sie da am Gelenk herum auf eine Weise, daß meine Männlichkeit, wie ihr nicht entgehen konnte, in den bedrängendsten Aufstand geriet. Von dieser Wahrnehmung gerührt, gurrte sie weich, mit einer Mischung aus Mitleid und Freude:

„Oh, holde Jugend, viel schöner als dieser Leib, dem es vergönnt ist, sie zu entflammen!"

Damit begann sie, mit beiden Händen an dem Kragenverschluß meiner Jacke zu nesteln, ihn aufzuhaken und mit unglaublicher Geschwindigkeit ihre Knöpfe zu öffnen.

„Fort, fort, hinweg damit und damit auch", hasteten ihre Worte. „Ab und hinweg, daß ich dich sehe, daß ich den Gott erblicke! Hilf rasch! Comment, à ce propos, quand l'heure nous apelle, n'êtes-vous pas encore prêt pour la chapelle? Déshabillez-vous vite! Je compte les instants! La parure de noce! So nenn' ich deine Götterglieder, die anzuschaun mich dürstet, seit ich zuerst dich sah. Ah so, ah da! Die heilige Brust, die Schultern, der süße Arm! Hinweg denn endlich auch hiermit – olalà, das nenne ich Galanterie! Zu mir denn, bien-aimé! Zu mir, zu mir …"

Nie gab es eine ausdrucksvollere Frau! Das war Gesang, was sie von sich gab, nichts anderes. Und sie fuhr fort, sich auszudrücken, als ich bei ihr war, es war ihre Art, alles in Worte zu fassen. In ihren Armen hielt sie den Zögling und Eingeweihten der gestrengen Rozsa. Er machte sie sehr glücklich und durft' es hören, daß er es tat:

„O Süßester! O Engel du der Liebe, Ausgeburt der Lust! Ah, ah, du junger Teufel, glatter Knabe, wie du das kannst! Mein Mann kann gar nichts, überhaupt nichts, mußt du wissen. O du Beseliger, du tötest mich! Die Wonne raubt mir den Atem, bricht mein Herz, ich werde sterben an deiner Liebe!" Sie biß mich in die Lippe, in den Hals. „Nenne mich du!" stöhnte sie plötzlich, nahe dem Gipfel. „Duze mich derb zu meiner Erniedrigung! J'adore d'être humiliée! Je l'adore! Oh, je t'adore, petit esclave stupide qui me déshonore …"

Sie verging. Wir vergingen. Ich hatte ihr mein Bestes gegeben, hatte, genießend, wahrlich abgezahlt. Wie aber hätte es mich nicht verdrießen sollen, daß sie auf dem Gipfel von Erniedrigung gestammelt und mich einen dummen kleinen Sklaven genannt hatte? Wir ruhten noch verbunden, noch in enger Umarmung, doch erwiderte ich aus Mißmut über dieses „qui me déshonore" nicht ihre Dankesküsse. Den Mund an meinem Körper hauchte sie wieder:

„Nenne mich du, geschwind! Ich habe dies Du von dir zu mir noch nicht vernommen. Ich liege hier und mache Liebe mit einem zwar göttlichen, doch ganz gemeinen Domestikenjungen. Wie mich das köstlich entehrt. Ich heiße Diane. Du aber, mit deinen Lippen, nenne mich Hure, ausdrücklich, du süße Hure!"

„Süße Diane!"

„Nein, sag, ‚du Hure'! Laß mich meine Erniedrigung so recht im Worte kosten …"

Ich löste mich von ihr. Wir lagen, die Herzen noch hoch klopfend, beieinander. Ich sagte:

„Nein, Diane, du wirst solche Worte von mir nicht hören. Ich weigere mich. Und ich muß gestehen, es ist für mich recht bitter, daß du Erniedrigung findest in meiner Liebe …"

„Nicht in deiner", sagte sie, indem sie mich an sich zog. „In meiner! In meiner Liebe zu euch nichtigen Knaben! Ach, holder Dümmling, du verstehst das nicht!" Und dabei nahm sie meinen Kopf und stieß ihn mehrmals in einer Art von zärtlicher Verzweiflung gegen den ihren. „Ich bin Schriftstellerin, mußt du wissen, eine Frau von Geist. Diane Philibert – mein

Mann, er heißt Houpflé, c'est du dernier ridicule – ich schreibe unter meinem Mädchennamen Diane Philibert, sous ce nom de plume. Natürlich hast du den Namen nie gehört, wie solltest du wohl? – der auf so vielen Büchern zu lesen ist, es sind Romane, verstehst du, voll Seelenkunde, pleins d'esprit, et des volumes de vers passionnés . . . Ja, mein armer Liebling, deine Diane, sie ist d'une intelligence extrême. Der Geist jedoch – ach" – und sie stieß wieder, etwas härter sogar als vorhin, unsere Köpfe zusammen –, „wie solltest du das begreifen! Der Geist ist wonnegierig nach dem Nicht-Geistigen, dem Lebendig-Schönen dans sa stupidité, verliebt, oh, so bis zur Narrheit und letzten Selbstverleugnung und Selbstverneinung verliebt ist er ins Schöne und Göttlich-Dumme, er kniet vor ihm, er betet es an in der Wollust der Selbstentsagung, Selbsterniedrigung, und es berauscht ihn, von ihm erniedrigt zu werden . . ."

„Nun, liebes Kind", so unterbrach ich sie denn doch. „Schön hin und her – wenn die Natur es mit mir recht gemacht – für gar so auf den Kopf gefallen solltest du mich nicht halten, auch wenn ich deine Romane und Gedichte . . ."

Sie ließ mich nicht weiterreden. Sie war auf unerwünschte Weise entzückt.

„Du nennst mich ‚liebes Kind'?" rief sie, indem sie mich stürmisch umfing und ihren Mund an meinem Hals vergrub. „Ah, das ist köstlich! Das ist viel besser noch als ‚süße Hure'! Das ist viel tiefere Wonne, als alle, die du Liebeskünstler mir angetan! Ein kleiner nackter Lifttreiber liegt bei mir und nennt mich ‚liebes Kind', mich, Diane Philibert! C'est exquis . . . ça me transporte! Armand, chéri, ich wollte dich nicht kränken. Ich wollte nicht sagen, daß du besonders dumm bist. Alle Schönheit ist dumm, weil sie ganz einfach ein Sein ist. Gegenstand der Verherrlichung durch den Geist. Laß dich sehen, ganz sehen – hilf Himmel, bist du schön! Die Brust so süß in ihrer weichen und klaren Strenge, der schlanke Arm, die holden Rippen, eingezogenen Hüften, und ach, die Hermes-Beine . . ."

„Aber geh, Diane, das ist nicht recht. Ich bin es doch, der alles Schöne in dir . . ."

„Unsinn! Das bildet ihr euch nur ein. Wir Weiber mögen von Glück sagen, daß unsere runden Siebensachen euch so gefallen. Aber das Göttliche, das Meisterstück der Schöpfung, Standbild der Schönheit, das seid ihr, ihr jungen, ganz jungen Männer mit den Hermes-Beinen.[. . .]

Junichiro Tanizaki

Der Schlüssel

[. . .] „Wenn wir schon Kaviar haben, wollen wir doch ein wenig dazu trinken", einigten wir uns, und der „Courvoisier" wurde hervorgeholt. Allerdings tranken wir nur wenig.

Nach jenem Streit mit Toshiko in meiner Abwesenheit hatte er fast den ganzen Vorrat ausgetrunken, und wir machten uns nun an den Rest. Es blieb für jeden ein Glas. Nach dem Essen ging er wieder nach oben, und um halb elf rief ich ihm zu, daß das Bad bereit sei. Ich wartete, bis er fertig war, und stieg dann selbst hinein. (Es war heute schon das zweitemal. Eigentlich hatte ich es nicht mehr nötig zu baden, da wir schon in Osaka zusammen im Bad gewesen waren; aber aus Schicklichkeit ihm gegenüber badete ich noch einmal. Ich habe das übrigens schon öfters so gemacht). Als ich unser Schlafzimmer betrat, lag er schon im Bett. Als er mich sah, zündete er die Stehlampe an. In der letzten Zeit liebte er es nicht, das Schlafzimmer hell zu haben, außer in bestimmten Momenten. Die Arte-

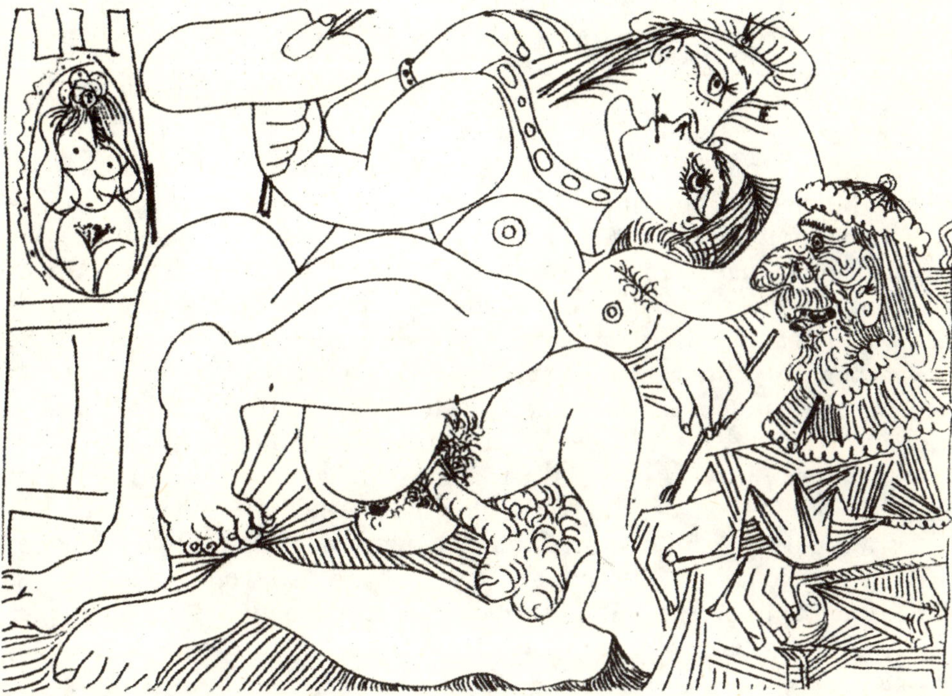

riosklerose hat nämlich seine Augen angegriffen, und er sieht die Gegenstände um ihn herum schillernd und blendend, doppelt und dreifach, und alle starken Lichteindrücke reizen seine Sehnerven so heftig, daß er die Lider kaum offen halten kann. Gewöhnlich läßt er das Zimmer im Halbdunkel, bis er die Leuchtröhren braucht. Die Zahl der Leuchtröhren hat sich inzwischen vermehrt, und sie überfluten das Zimmer jetzt geradezu mit Licht.

Erstaunt blinzelte er mich an, als er mich in der jähen Helligkeit erblickte. Ich weiß wohl, warum: Nachdem ich gebadet hatte, folgte ich einer plötzlichen Eingebung und stieg, mit den neuen Ohrringen geschmückt, ins Bett. Ich kehrte ihm absichtlich den Rücken zu und legte mich so, daß er die hintere Seite der Ohrläppchen zu sehen bekam. Diese nichtssagende Geste, daß ich etwas tat, was er bisher noch nicht an mir beobachtet hatte, versetzte ihn sogleich in Erregung. (Er glaubte wohl, ich sei besonders ausschweifend, aber von mir aus gesehen gibt es keinen Mann, der so voller Begierde ist. Von morgens bis abends, zu jeder Tageszeit, denkt er bloß daran, und schon die leichteste Andeutung von mir genügt – er kann es nicht unterlassen, darauf zu reagieren. Zeige ich eine Blöße, so zückt er sogleich sein Schwert, um zuzustechen.)

Ich hatte mich noch kaum zurechtgelegt, da setzte er sich zu mir aufs Bett, umschlang mich von hinten und küßte wie besessen meine Ohrläppchen. Ich überließ mich ihm mit geschlossenen Augen. Ich empfand es nicht einmal unangenehm, auf diese Weise von diesem Menschen geküßt zu werden, der „mein Mann" ist, von dem ich jedoch im Augenblick bestimmt nicht behaupten kann, daß ich ihn liebe.

Was für eine ungeschickte Art zu küssen! dachte ich, während ich die seltsam kitzlige Berührung seiner Zunge fühlte, die mir aber nicht unbedingt zuwider war – ja, ich konnte sogar in der Widerwärtigkeit eine Art süßen Beigeschmacks entdecken und fand daran Gefallen. Ich will nicht leugnen, daß er mir zuwider ist, doch wenn ich sehe, wie dieser Mensch meinetwegen außer sich gerät, finde ich eine Freude daran, ihn wahnsinnig zu machen vor Entzücken. Kurz, meine Natur weiß Liebe und Lust zu trennen, etwa indem ich ihn nicht beachte, ihn für einen widerwärtigen Menschen halte, der mir Übelkeit verursacht, und ihn doch gleichzeitig in das Reich der Lust führe, in das ich dann selbst ganz unverhofft mit ihm hineintaumle. Zuerst allerdings bin ich eiskalt. Allein die Überlegung, wie ich es fertigbringe, ihn noch rasender zu machen, nimmt mich gefangen, und ich beobachte ihn aus dem Hinterhalt, wie er schwer atmet, und wie ihm fast die Sinne vergehen, und dabei berausche ich mich an meiner eigenen Kunstfertigkeit. Nach und nach fange auch ich an, schwer zu atmen, bis mich die gleiche Tollheit packt.

Auch heute führte ich ihm all die Spiele vor, die ich tagsüber mit Kimura geübt hatte, verfolgte gespannt, worin die beiden sich unterschieden, und versuchte, sie „auseinanderzuschmecken". Wie hölzern und ungeschickt er war, verglichen mit meinem Gefährten vom Tage! Mitleid rührte mich, bis ich schließlich – wie das zugeht, weiß ich beim besten Willen nicht – genau wie am Tage in Erregung geriet. Ich umarmte diesen Menschen mit derselben Kraft, mit der ich Kimura umarmt hatte, schlang meine Arme um seinen Hals und schmiegte mich an ihn. (Daran sieht man, daß du ein liederliches Frauenzimmer bist, würde er wohl behaupten.) Ich erinnere mich nicht mehr genau, wie oft ich ihn schon umarmt hatte, als in dem Augenblick, da ich ihn nach einer Vorbereitung von einigen Minuten wieder einem Höhepunkt zuführte, sein Körper plötzlich zu zittern anfing, erschlaffte und schwer auf mich fiel. Es war mir sofort klar, daß etwas Ungewöhnliches geschehen war.

Leopold Sédar Senghor

Schwarze Frau

Nackte Frau, schwarze Frau
gekleidet in deine Farbe die Leben, in deine Form die Schönheit ist!
In deinem Schatten bin ich aufgewachsen, deine sanften
Hände
verbanden mir die Augen.
Und da entdecke ich dich im Herzen des Sommers, des
Mittags, gelobtes
Land, hoch von der Höhe versengten Passes
und deine Schönheit trifft mich ins Herz wie der Blitz
eines Adlers.

Nackte Frau, dunkle Frau
reife Frucht mit festem Fleisch, düstere Ekstasen des
schwarzen Weines,
Mund, der meinen Mund zum Singen bringt,
Savanne mit klarer Ferne, Savanne du zitterst im feu-
rigen Kosen
des Ostwinds,
geschnitztes Tam-Tam, gespanntes Tam-Tam, du tosest
unter
den
Fingern des Siegers
Und deine schwere Altstimme ist der Festgesang der Gelieb-
ten.

Nackte Frau, dunkle Frau
Öl, das kein Lufthauch kräuselt, stilles Öl auf athletischen
Flanken,
den Flanken der Fürsten von Mali,
Gazelle mit himmlischen Fesseln, die Perlen sind Sterne
auf der Nacht deiner Haut,
verzückte Spiele des Geistes sind die Reflexe von rotem
Gold auf
dem Glanz deiner Haut.

Im Schatten deiner Haare erhellt meine Angst sich, nah deinen
Sonnenaugen.

Nackte Frau, schwarze Frau
ich besinge deine vergängliche Schönheit, hefte die Form
ins Ewige
ehe das eifersüchtige Schicksal zu Asche dich macht um die Wurzeln
des Lebens zu nähren.

Italo Calvino
Abenteuer eines Rekruten

Eine große, gutgewachsene Dame kam in das Abteil und setzte sich neben den Soldaten Tomagra. Nach ihrer Kleidung und ihrem Schleier zu schließen, mußte es wohl eine Witwe aus der Provinz sein; das Kleid war aus schwarzer Seide, wie es sich für eine lange Trauer ziemt, aber dabei mit überflüssigem Besatz und Stickereien verziert, und der Schleier fiel von einem gewichtigen und etwas altmodischen Hut rund um ihr Gesicht. Der junge Soldat stellte fest, daß noch andere Plätze im Abteil frei waren, und dachte sich, die Witwe werde zweifellos einen von ihnen belegen; statt dessen setzte sie sich, ungeachtet seiner rauhen, soldatischen Nachbarschaft, ausgerechnet hierher, sicherlich wegen irgendeiner Reisebequemlichkeit – so überlegte er hastig – im Hinblick auf den Luftzug oder die Fahrtrichtung.

Ihr Körper war blühend und fest, er würde geradezu kräftig gewirkt haben, wenn nicht eine mütterliche Weichheit die klar hervortretenden Rundungen hätte zarter erscheinen lassen; auf den ersten Blick schien sie kaum älter als dreißig Jahre, doch wenn man in ihr Gesicht sah, hielt man es für möglich, daß sie die Vierzig überschritten hatte: Man entdeckte eine zugleich marmorne und doch etwas erschlaffte Haut, streng verschlossene, flüchtig mit einem grellen Rot geschminkte Lippen und unter tiefschwarzen Brauen und schweren Lidern einen unerreichbaren Blick. Tomagra, ein Rekrut der Infanterie beim ersten Urlaub (es war Ostern), machte sich ganz klein auf seinem Sitz, damit die so schöne und wohlgeformte Dame nicht an ihn stoße; und schon empfand er den Duft ihres Parfüms, eines bekannten, vielleicht schon etwas überholten Parfüms, das hier jedoch durch lange Gewohnheit mit dem natürlichen Hauch ihres Körpers eins geworden war.

Die Dame hatte sich mit bescheidener Zurückhaltung niedergelassen und zeigte nun, dicht neben ihm, Proportionen, die ihm weniger majestätisch erschienen als zuvor. Die üppigen, mit schmalen dunklen Ringen geschmückten Hände hielt sie verschränkt im Schoß über einer glänzenden Handtasche und ihrer Jacke, die, als sie fiel, runde und weiße Arme enthüllt hatte. Tomagra war gleich so weit wie möglich zurückgewichen, da er auf ein umständliches Ausziehen mit weit ausgestreckten Armen gefaßt gewesen war; hingegen hatte sie sich kaum gerührt und war mit kurzen Bewegungen der Schultern und des Oberkörpers aus den Ärmeln geschlüpft.

Die Sitzbank war bequem genug für zwei Fahrgäste, und Tomagra konnte die äußere Nähe der Dame spüren, ohne fürchten zu müssen, daß er sie durch seine Berührung beleidige. Immerhin, überlegte Tomagra weiter, wenn dies auch eine Dame war, so hatte sie seiner Uniform zum Trotz keinerlei Widerwillen gegen ihn gezeigt, sonst hätte sie sich ja woanders hingesetzt. Und seine eben noch angespannten Muskeln wurden bei diesem Gedanken frei und locker, mehr noch, sie versuchten sich so weit wie möglich auszudehnen, ohne daß er sich dabei bewegte; sein Bein, das mit verkrampfter Wade sogar den Kontakt mit dem Stoff der Hose vermieden hatte, streckte sich, streckte wiederum den Stoff, der es umkleidete, bis dieser die schwarze Seide der Witwe berührte; und so, durch dieses Tuch der Hose und diese Seide hindurch, drückte jetzt das Bein des Soldaten an das ihre, mit einer weichen, flüchtigen Bewegung gleich der Begegnung von Fischen, während der Strom in seinen Adern in einer Woge dem Strom jener anderen Adern entgegenschlug.

Es war gleichwohl noch immer eine ganz leichte Berührung, die jedes Schlingern des Zuges auflösen und neu schaffen konnte; die Dame hatte kräftige, üppige Knie, und in seinen eigenen Gliedern glaubte Tomagra bei jedem Rütteln des Zuges das träge Spiel ihrer Kniescheibe mitzuempfinden; und die Wade hatte eine seidige, gewölbte Wange, die man durch einen unmerklichen Druck dazu bringen konnte, sich an die eigene zu schmiegen. Diese Berührung der Waden war köstlich, doch brachte sie einen Verlust mit sich: Das Körpergewicht hatte sich verlagert, und es war nicht mehr möglich, wie vorher durch einfache Nachgiebigkeit der Glieder zu einer wechselseitigen Anlehnung der Hüften zu gelangen. Doch ließ sich eine natürliche und angenehme Haltung wiederherstellen, wenn man sich auf dem Sitz ein wenig rührte, was mit Hilfe einer Kurve des Schienenstrangs leicht möglich war und sich überdies aus dem verständlichen Wunsch nach etwas Bewegung dann und wann wie von selbst ergab.

Die Dame saß unbeweglich unter ihrem matronenhaften Hut, mit dem starren und von den Lidern verhängten Blick und den Händen über der Tasche im Schoß; und doch gab es da eine lange feine Linie an ihrem Körper entlang, mit der sie an ebendergleichen Linie des Mannes lehnte: Sollte sie dessen noch gar nicht gewahr geworden sein? Oder breitete sie schon eine Flucht vor? Würde sie sich brüsk abkehren?

Tomagra beschloß, ihr auf irgendeine Weise eine Botschaft zukommen zu lassen: Er zog den Muskel der Wade zusammen, daß sie sich wie eine große Faust ballte, und mit dieser Wadenfaust klopfte er, sie entspannend, wie eine Hand sich öffnet, an die Wade der Witwe. Gewiß, es war eine blitzschnelle Bewegung, gerade ebenso lange, wie es braucht, eine Sehne zu spannen; doch sie zog sich nicht zurück, jedenfalls nicht, soweit er es

begriff – denn schon hatte er, um die geheime Geste zu rechtfertigen, sein Bein ganz ausgestreckt, als sei es steif in den Gelenken geworden.

Man mußte also wieder von vorne anfangen; das geduldige, behutsame Werk der Annäherung bis zum Kontakt war zerstört. Tomagra entschloß sich, etwas mutiger vorzugehen: Als suche er etwas, steckte er eine Hand in die Hosentasche – auf der Seite der Dame – und ließ sie wie aus Unachtsamkeit darin. Dies war eine heftige Bewegung gewesen, und Tomagra wußte nicht recht, hatte er sie berührt oder nicht; eine Geste für nichts und wieder nichts. Doch in dem Augenblick begriff er, was für einen gewaltigen Schritt weiter er damit gekommen war und in welch gefährliches Spiel er sich eingelassen hatte. Auf den Rücken seiner Hand drückte sich leicht die Hüfte der Dame in Schwarz; er fühlte ihre Last auf allen Fingern, auf jedem Fingerglied – wie auch immer er seine Hand jetzt rühren würde, es mußte als eine Geste von unerhörter Intimität der Witwe gegenüber wirken. Mit angehaltenem Atem drehte Tomagra die Hand in der Tasche um, so daß sich ihr Handteller, immer in der Tasche, zu ihr hin öffnete. Es war eine unmögliche Stellung mit verdrehtem Handgelenk. Doch nun wollte er eine entscheidende Geste wagen: Mit der verdrehten Hand krümmte er leicht die Finger. Jetzt gab es keinen Zweifel mehr: Ausgeschlossen, daß die Witwe seine Geschäftigkeit nicht bemerkt hatte! Und wenn sie sich nicht abwandte, wenn sie Gleichgültigkeit und Geistesabwesenheit vortäuschte, so hieß das eindeutig, daß sie seine Annäherung nicht zurückstieß. Freilich, wenn man es länger bedachte, konnte die Tatsache, daß sie von Tomagras Handbewegungen kein Aufhebens machte, auch etwas anderes besagen: Sie mochte an eine vergebliche Suche in jener Tasche glauben, eine Suche nach einer Fahrkarte, einem Streichholz . . .

Halt, nein: Da die Fingerkuppen des Soldaten, wie mit plötzlicher Hellsichtigkeit begabt, durch die verschiedenen Stoffe hindurch die Ränder der unterirdischen Gewandung erahnten, bis hin zu kleinen Unebenheiten der Haut selbst, Poren, einem Muttermal – mußte dann nicht vielleicht auch ihre marmorne und etwas schlaffe Haut erkennen, daß es sich wirklich um die Innenseite der Finger handelte und nicht etwa um Nagelrücken oder Knöchel?

Da stahl sich die Hand des Soldaten aus der Tasche hervor, blieb einen Augenblick unschlüssig, glitt dann unvermittelt und eilig an der Hosennaht bis zum Knie hinab, um die Hose glattzustreichen. Man könnte auch sagen, daß sie sich einen Durchbruch erzwang, denn sie mußte sich zwischen ihm und der Dame hindurchwinden, und das wurde bei aller Geschwindigkeit zu einem Lauf, reich an beklemmenden und süßen Erregungen.

Hier muß gesagt werden, daß Tomagra den Kopf weit zurückgelehnt hatte, so daß man auch hätte meinen können, er schliefe: Dies war weniger als ein Alibi für ihn selbst gedacht, sondern vor allem ein Angebot an die Dame, das ihr die Möglichkeit gab, sich nicht belästigt fühlen zu müssen, falls seine Hartnäckigkeit ihr unangenehm werden sollte; sie durfte seine Handbewegungen für unbewußt halten, für Gesten, die aus der schlafenden Ruhe eines Traumteichs auffuhren. So streckte sich jetzt von der eng an sein Knie gepreßten Hand Tomagras ein Finger aus, der kleine Finger, und ging kreisend auf Entdeckungsreisen. Er strich leicht über ihr Knie, und sie blieb still und fügsam; nun kreiste er vorsichtig auf dem seidigen Stoff des Strumpfes, dessen glänzende Wölbung Tomagra durch die halbgeschlossenen Lider musterte. Doch bemerkte er bald, daß die Kühnheit dieses Spiels nicht genügend belohnt wurde, denn der kleine Finger war zu fleischlos und zu ungelenkig, um mehr als winzige Gefühlsschauer übermitteln zu können; jedenfalls reichte er nicht aus, um die Form und Substanz dessen, was er berührte, klar zu empfinden.

Deshalb verband Tomagra den kleinen Finger wieder mit der ganzen Hand, aber nicht, indem er ihn zurückzog, sondern dadurch, daß er den Ring-, den Mittel- und den Zeigefinger ebenfalls ausstreckte: So ruhte seine Hand nun unbeweglich an diesem Frauenknie, und der Zug wiegte sie in einer Woge von Zärtlichkeit.

Jetzt erst dachte Tomagra an die anderen Fahrgäste: Wenn auch die Dame selbst gewährend oder nur geheimnisvoll unempfindlich, auf seine Frechheiten nicht reagierte, so saßen doch noch andere im Abteil, und es konnte wegen seines unsoldatischen Benehmens der Dame gegenüber, die es auch noch zu dulden schien, zu einem Skandal kommen. Vor allem um die Dame von einem möglichen falschen Verdacht zu befreien, zog Tomagra seine Hand zurück, ja, er versteckte sie, als sei sie die Schuldige. Dies wiederum war aber doch ein rechtes Versteckspiel, geboren aus heuchlerischer Überlegung, denn indem er die Hand verbarg, brachte er sie dem Körper der Dame, die auf der Sitzbank ziemlich viel Platz einnahm, nur näher.

Tatsächlich gaben die Finger, leicht, wie ein Falter sich niedersetzt, die Empfindung weiter: Da war sie. Jetzt nur noch ein wohliger Ruck mit der ganzen Handfläche – und regungslos blieb der Blick der Witwe unter dem Schleier, kaum hob sich die Brust im Atemzug ... Aber wie auch: Schon war Tomagras Hand zurückgeeilt wie eine flüchtige Maus.

Sie hat sich nicht gerührt, dachte er, vielleicht will sie. Doch er dachte auch: Ein bißchen weiter, und es ist zu spät. Vielleicht lauert sie nur darauf, eine Szene zu machen.

Daraufhin legte Tomagra, nur um auf gefahrlose Weise etwas mehr Sicherheit zu gewinnen, seinen Handrücken auf den Sitz und wartete ab, ob nicht das Schütteln des Zuges die Dame unmerklich auf seine Finger rutschen lassen werde. Er wartete ab ist dabei etwas ungenau gesagt: Die Fingerspitzen hoben sich hin und wieder empor, ihr entgegen mit winzigen Sprüngen, wie hochgeworfen vom Rattern der Räder. Wenn er die Fingerspitzen bei einem gewissen Punkt in der Luft zurückhielt, dann nicht etwa, weil die Dame ein Zeichen ihres Mißfallens von sich gegeben hätte, sondern deshalb: Wenn sie mit ihm einverstanden war, konnte sie ihm ohne jede Schwierigkeit mit einer winzigen Drehung entgegenkommen, sich auf die wartende Hand leicht niederlassen. Um ihr diesen freundschaftlichen Vorschlag seiner Beharrlichkeit zu übermitteln, versuchte sich Tomagra an einem diskreten Wedeln mit einem Finger; die Dame sah aus dem Fenster und spielte mit träger Hand am Verschluß ihrer Handtasche, auf, zu, auf, zu. War dies ein Zeichen, er sollte sie in Ruhe lassen, eine letzte Absage, die sie ihm warnend zukommen ließ, ein Hinweis, daß ihre Geduld bald erschöpft sein würde? War es dies – so fragte sich Tomagra –, war es das?

Jetzt drückte sich seine Hand schon wie ein Polyp mit zu kurzen Fangarmen an ihr Fleisch. Die Entscheidung war gefallen, er konnte nicht mehr zurück; aber sie, sie, sie war eine Sphinx.

Rückwärts wie ein Krebs kroch die Hand des Soldaten an ihrem Schenkel entlang; war sie auch vor den Augen der anderen Reisenden gut verborgen? Offenbar nicht: Die Witwe hob ihr Jackett, das sie zusammengefaltet im Schoß hielt, und ließ es nach einer Seite hinunterhängen. Um ihm eine Abschirmung zu schaffen oder um ihm den Weg zu versperren? Bitte: frei und ungesehen bewegte sich seine Hand jetzt, rankte sich empor, wagte ein erstes zärtliches Streicheln. Doch das Gesicht der Dame blieb abgekehrt, in die Ferne gerichtet. Zwischen ihrem Ohr und dem aufgesteckten Haar sah Tomagra ein Stück nackter Haut. Und in der Höhlung des Ohres pulsierte eine Ader; das war ihre Antwort an ihn, klar, gelöst, unwiderruflich. Plötzlich wandte sie ihr marmornes, stolzes Haupt – wie ein Vorhang schwankte der vom Hut herabwallende Schleier, verloren lag ihr Auge unter den schweren Lidern. Doch der Blick war über Tomagra hinweggeglitten, hatte ihn nicht einmal gestreift. Über ihn hinweg sah sie auf irgend etwas oder auf nichts, auf einen Gegenstand vielleicht, der ihren Gedankenflügen Halt gab und jedenfalls viel wichtiger und bedeutender war als er, Tomagra. Doch dies alles dachte er erst etwas später. Zuvor, bei ihrer ersten Regung, hatte er sich sofort zurückgeworfen, die Augen zugepreßt wie im Schlaf und versucht, die Röte zurückzudrängen, die sein Gesicht zu überziehen begann. Und auf diese Weise hatte er vielleicht die Gelegenheit versäumt, im ersten Blitz ihres Blickes eine Antwort auf seine letzten Zweifel aufzufangen.

Unter der schwarzen Jacke verborgen, war die Hand wie ohne Verbindung zu seinem übrigen Körper, für sich allein, abgestorben und mit den Fingern zum Puls zurückgekrümmt; keine wirkliche Hand mehr, ohne Empfindung, es sei denn die der Verzweigung der Knochen. Doch da die unterbrochene Reglosigkeit der Witwe nach dem ungewissen Kreisen ihres Blickes wieder war wie zuvor, floß Blut und Mut in die Hand zurück. Und indem Tomagra aufs neue den Kontakt mit jenem nachgiebigen Stück Frauenbein aufnahm, wurde er gewahr, daß er eine Grenze erreicht hatte: Die Finger spielten am Saum des Rockes, dahinter kam eine Leere, die Höhlung der Kniekehlen.

Dies war das Ende der heimlichen Freuden, dachte der Rekrut, und sie erschienen seiner rückblickenden Erinnerung in einem recht armseligen Licht, mochte er auch seine Vergnügungen geschickt dosiert und geizig gesteigert haben: Dieses tölpelhafte Streicheln über ein Stückchen Seide hatte ihm nun wirklich nicht verweigert werden können, gerade im Hinblick auf seine bedauernswerte Lage als Soldat; und auf ihre diskrete Weise, ohne es sich anmerken zu lassen, hatte die Dame es ihm gnädig gewährt.

Doch als Tomagra nun, trübselig, die Hand wieder zurückziehen wollte, stockte er, denn er stellte fest, daß die Dame ihre Jacke jetzt anders im Schoß hielt: nicht mehr zusammengefaltet (wie zuvor bestimmt), sondern nachlässig hingeworfen, so, daß ein Teil ihr nach vorn über die Beine hinabhing. Seine Hand befand sich also in einem dichten Zelt; ein letzter Vertrauensbeweis vielleicht, den die Dame ihm zukommen ließ, da sie sicher sein durfte, der Soldat werde den unüberbrückbaren Abstand zwischen ihnen beiden respektieren und die Gelegenheit nicht mißbrauchen. Mühevoll rief er sich noch einmal alles genau ins Gedächtnis, was zwischen der Witwe und ihm vorgefallen war, und er suchte in ihrem Verhalten irgend etwas zu entdecken, das auf ein größeres Entgegenkommen schließen ließ; seine eigenen Gesten kamen ihm dabei abwechselnd vor wie unerhebliche, zufällige Berührungen und dann wieder wie entschiedene Intimitäten, die jeden Rückweg abschnitten.

Seine Hand ergab sich offenbar dieser zweiten Deutung seiner Erinnerungen, denn ehe er sich der Unwiderruflichkeit dieser Handlung klargeworden war, hatten die Finger den Paß schon überschritten. Und die Dame? Sie schlief. Den Kopf mit dem großartigen Hut in die Ecke zurückgelegt, hielt sie ihre Augen geschlossen. Mußte Tomagra diesen echten oder vorgetäuschten Schlaf achten? Oder war er die Botschaft einer Komplizin, wie schon manches zuvor, und man mußte sich erkenntlich zeigen? Der Punkt, an den er inzwischen gelangt war, duldete kein Zaudern; es blieb ihm nichts übrig, als weiter vorzudringen.

Die Hand des Rekruten Tomagra war klein und kurz, ihre harten Stellen waren so gut mit Fleisch und Muskeln verwachsen, daß nach außen alles weich und gleichmäßig wirkte; die Knochen spürte man nicht, und die Bewegungen gingen, angenehm und geschmeidig, eher von den Nerven aus als von den Gliedern der Finger. Diese kleine Hand kannte regelmäßige, unverbindliche und winzige Bewegungen, um die Vollständigkeit des Kontaktes lebendig und glühend zu erhalten. Doch als schließlich ein erster Schauer durch die Erschlaffung der Schlafenden rann, wie wenn ferne Meeresströmungen auf geheimen Wegen tief unter der Wasserfläche dahinlaufen, war der junge Soldat so überrascht, daß er, offenbar in der Annahme, die Witwe habe bis jetzt wirklich nicht bemerkt, erschrocken die Hand an sich riß.

Jetzt saß er wieder in sich zusammengesunken da, die Hände auf den eigenen Knien, wie in dem Augenblick, als sie das Abteil betreten hatte; er war sich dabei völlig klar darüber, wie absurd er sich benahm. Dann suchte er mit betontem Hackenscharren und einem kräftigen Dehnen in den Hüften wieder eine günstige Lage einzunehmen, doch selbst diese Vorsicht, mit der er es tat, war absurd; als ob es möglich wäre, die unendlich geduldige Arbeit wieder von vorne zu beginnen, als ob er nicht um die Tiefen wüßte, in die er inzwischen schon längst vorgedrungen war. War er in der Tat so weit vorgedrungen? Narrte ihn nicht nur ein Traum?

Ein Tunnel fiel über sie her. Immer dichter wurde das Dunkel, und zuerst mit schüchternen Gesten, als handele es sich tatsächlich um erste Annäherungen und als staune er über die ungeheure Vertraulichkeit, die sich zwischen jener Frau und ihm gebildet hatte, hob er eine wie ein Wasserhuhn zitternde Hand und streckte sie nach ihrer Brust aus, ihrer großen, dem eigenen Gewicht sich hingebenden Brust; und schwer atmend bemühte er sich, ihr mit seiner herumtastenden Hand zu erklären, in welch elendem und zugleich unerträglich glücklichem Zustand er sich befand und wie notwendig es für ihn sei, daß sie, wenn auch sonst nichts anderes aus ihrer Reserve heraustrete.

Und wirklich reagierte die Witwe, aber mit einer heftigen Bewegung, die sie abschirmte und ihn zurückstieß. Sie genügte völlig, um Tomagra in seine Ecke zu scheuchen, wo er heimlich die Hände rang. Doch vermutlich handelte es sich um falschen Alarm, ein Licht war durch eine Mauerlücke in den Tunnel gefallen und hatte die Witwe fürchten lassen, der Tunnel sei gleich zu Ende. Vielleicht ... oder aber er hatte ein Warnzeichen überfahren und sich eine schreckliche Inkorrektheit ihr gegenüber erlaubt, nachdem sie schon so großmütig gewesen war? Nein, nunmehr konnte nichts zwischen ihnen unerlaubt sein, ihre Handlungsweise war vielmehr ein Zeichen, daß alles wirklich war, daß sie mit ihm übereinstimmte und teilnahm. Tomagra näherte sich von neuem, gewiß, mit all den Überlegungen hatte er wieder Zeit verloren, der Tunnel würde nicht mehr lange dauern, es war unvorsichtig, sich vom plötzlichen Tageslicht überraschen zu lassen, schon fürchtete er, die Wand des Tunnels ergrauen und heller werden zu sehen, aber je länger er wartete, desto gefährlicher wurde jeder neue Versuch, und doch war dieser Tunnel sehr lang, von anderen Reisen erinnerte er sich daran. Bestimmt, wenn er die Gelegenheit sofort genutzt, hätte er viel Zeit vor sich gehabt. Jetzt war es schon besser, das Ende abzuwarten. Aber warum hörte der Tunnel denn überhaupt nicht mehr auf, vielleicht war dies die letzte Möglichkeit für ihn gewesen – da lösten sich auch schon die Schatten auf, da war es zu Ende.

Man hielt in einem der letzten Bahnhöfe der Provinzstrecke. Der Zug leerte sich; aus dem Abteil waren schon die meisten Reisenden verschwunden, jetzt holten die letzten ihr Gepäck aus dem Netz und gingen davon. So kam es, daß sie schließlich allein zurückblieben, der junge Soldat und die Witwe, dicht nebeneinander und doch getrennt, stumm, die Blicke ins Leere gerichtet. Tomagra hielt es noch für nötig zu denken: Jetzt, wo alle Plätze frei sind, wenn sie ihre Ruhe haben, wenn sie bequem sitzen will, wenn ich ihr lästig bin, sie kann ja ...

Irgend etwas hielt ihn noch zurück und erfüllte ihn mit Besorgnis, vielleicht eine Gruppe von Rauchenden im Gang draußen oder ein Licht, das irgendwo aufflammte, da es Abend wurde. Ihm fiel ein, er könnte die Vorhänge an den Fenstern zum Gang zuziehen, wie jemand, der schlafen will; mit elefantenhaften Schritten ging er hin, begann mit langsamer minutiöser Sorgfalt die Vorhänge loszubinden, sie herunterzuziehen, wieder festzuknüpfen. Als er sich umwandte, sah er, daß sie sich hingelegt hatte. Als wollte sie schlafen; aber abgesehen davon, daß sie die Augen starr geöffnet hielt, war sie in ihrer ganzen würdigen Aufmachung hingesunken, und auf dem Kopf, den sie an die Armlehne der Sitzbank drückte, trug sie noch immer ihren Hut.

Tomagra stand jetzt über ihr. Um ihren simulierten Schlaf zu beschützen, wollte er auch das andere Fenster verdunkeln, und er beugte sich über sie, um den Vorhang zu lösen. Doch dies war nur eine eigene Art, ungeschickte Gesten über den reglosen Körper der Witwe hin auszuführen. Da hörte er auf, am Vorhangfetzen zu zerren, und begriff, daß er anderes zu tun hatte. Er mußte ihr zeigen, wie unaufschiebbar sein Verlangen war, und sei es nur, um ihr zu erklären, in welche schiefe Lage sie versehentlich geraten war; er wollte sagen: Sehen Sie es, Sie waren entgegenkommend zu mir, weil Sie wissen, daß wir armen und einsamen Soldaten ein wenig Zärtlichkeit brauchen, aber da haben Sie's, sehen Sie selbst, was ich für einer bin, wie ich Ihre Liebenswürdigkeit aufgenommen habe, bis zu welchem Grade eines ganz und gar unmöglichen Wunsches ich gelangt bin, bitte, da, sehen Sie selbst.

Und da es nunmehr offenbar war, daß nichts die Witwe in Erstaunen versetzen konnte, daß sie vielmehr alles und jedes schon vorgesehen zu haben schien, blieb dem Infanteristen keine andere Möglichkeit; er mußte tun, als gäbe es keinen Zweifel, bis endlich der Schauer seiner Tollheit auch das ergriff, was dieses Wahnes Gegenstand und Ziel war: sie.

Als Tomagra sich erhob und die Witwe unter ihm blieb mit ihrem klaren und ernsten Blick (sie hatte blaue Augen), den schleierbesetzten Hut immer noch auf dem Kopf, und der Zug nicht aufhörte, mit hohem Ton durch die Landschaft zu pfeifen, und draußen die unendlichen Weinfelder sich immer weiter aneinanderreihten und Regen mit Wucht gegen die Scheiben prasselte: Da empfand er noch einmal eine Regung der Furcht, daß er, der Rekrut Tomagra, so viel gewagt hatte.

John Dos Passos

Psychoanalytiker

[...] Unter den wissenschaftlichen Grüblern Ende des neunzehnten Jahrhunderts befand sich ein begabter Wiener Nervenarzt, Dr. Sigmund Freud, der eifrig Volksmärchen und Dramen las und die Entdeckung machte:

Um Neurastheniker zu behandeln,
müsse er sorgfältig ihren Phantastereien lauschen, ihren Träumen, ihren beflissenen Verdrehungen, ihren falschen Zungenschlägen und ihren grammatischen Fehlern. Bei den seelisch Gestörten ist nichts so, wie es nach außen hin scheint. „Neurasthenische Angst", erklärte Freud, „ist umgewandelte Libido."

Die Psyche wurde zum Sex.

Aus Sophokles, Shakespeare, Goethe, Frazer und Darwin und aus den Faseleien sexuell ausgehungerter Intellektueller, die in sein Ordinationszimmer strömten – die Starken erfreuen sich ihrer Geschlechtlichkeit, die Schwachen reden von ihr –, aus dem freien Assoziationsstrom der Worte, die sich in den Mündern der Enttäuschten, der Gehetzten, der Untauglichen, der Schlechtangepaßten, der Lahmen, der Hinkenden, der unbefriedigten reichen Matronen, die mit ihrer Zeit nichts anzufangen wissen, überpurzeln –

war ihm, Freud, der wie so viele kluge Männer jüdischer Herkunft die Hörner Mosis an seiner Stirn verspürte – Joseph, der den Ägyptern ihre Träume deutet – – war ihm, wie er glaubte, in Gestalt eines Hythos der seelische Ursprung des Menschen offenbart worden.

Zugrunde lag vermutlich die Hypothese Darwins:

„Wenn wir also weit genug in den Strom der Zeit zurückblicken ... ist die Annahme am wahrscheinlichsten, daß er ursprünglich in Gemeinschaft gelebt habe, jeweils mit einem einzelnen Weib oder, wenn er mächtig genug war, mit mehreren Weibern, die er eifersüchtig gegen alle anderen Männer verteidigte. Oder er mag ein geselliges Tier gewesen sein und doch wie der Gorilla mit mehreren Weibchen gelebt haben, denn die Eingeborenen sind sich alle darüber einig, daß nur die erwachsenen Männchen im Rudel auftreten. Sobald das junge Männchen herangewachsen ist, findet ein Machtkampf statt. Der Stärkste tötet oder verjagt die Rivalen und schwingt sich zum Oberhaupt der Sippe auf ..."

So hat Oedipus,
wie der alte hellenische Tragiker es formuliert,
den Alten erschlagen und die leibliche Mutter in seines Vaters Bett besessen, daher der Fluch,
der Komplex, den nur totaler Widerruf zu kurieren vermag.

So wie der Fötus den Aufstieg des Säugetiers vom Grottenolm bis zum Staatspräsidenten rekapituliert, so erneuert jeder Mann in frühester Kindheit das Ur-Verbrechen, erschlägt in Gedanken den Alten, notzüchtigt die Stammutter und beherrscht die Affenhorde.
„Glück ist die verzögerte Erfüllung eines urzeitlichen Wunsches."

Sigmund Freud war Dichter
(Dichter schaffen Mythen),
aber Dr. X und Dr. Y,
die sich in Freuds abgelegte Prophezeiungen hüllen,
sind praktizierende Mediziner:
Dr. X trägt einen Bart, vielleicht um eine eingebildete leichte Ähnlichkeit mit dem Meister zu betonen. Er spricht mit lispelndem Oxford-Akzent, den er sich zugelegt hat, als er in London analysiert wurde. Im Empfangszimmer steht dem unvermeidlichen Freud-Porträt eine Büste Platons gegenüber.

Drinnen verbreiten Tanagra-Figürchen, Stiche mit den großen Kathedralen und die aufgereihten Bücher in bossierten Einbänden einen schwachen Saffianlederduft, der an die sagenreiche Vergangenheit gemahnt. Die Patienten fühlen sich nach Wien versetzt.

Dr. X, dessen eigenes Liebesleben recht hektisch und lückenhaft war, hat eine scharfe Nase für die gegenseitige Abneigung zwischen Mann und Frau,
so daß er in scheidungslüsternen Kreisen sehr gefragt ist. Er rottet das Vaterimago aus den Träumen seiner Patientinnen aus, mag er dazu auch fünf Jahre täglicher Sitzungen brauchen –
– den Urlaub ausgenommen, Dr. X macht gern Urlaub – er spricht gern von Verve und Elan –
– und mit der Zeit, nach reichlichem Redefluß, wird er das nichtsnutzige Kindermädchen hervorkitzeln, auf das der kleine Johnny mit drei Jahren seine Libido von der Mama übertragen hat, und dort den Urquell der Unverträglichkeit zwischen dem Ehemann und der Frau Gemahlin entdecken, die ihnen das Bett verleidet.

Nun heißt es gefälligst neue Übertragungen finden. Dr. X zählt die Spezifikationen auf und schickt die beiden los, damit sie, unersättlich geheilt, die Cocktail-Parties nach neuen Partnern abgrasen.

Dr. Y mischt mehr Pfeffer in die Kost seiner Patienten. Er ist ein kleines Männlein auf leichten Füßen, sein rotes Gesicht glüht vor Gesundheit. Das Wort Eros spricht er mit einer gutturalen Betonung aus, die seine Patientinnen in wilde Wallung versetzt. Sein Englisch klingt ein wenig nach der Donau (seine Verleumder behaupten sogar, statt Medizin zu studieren, habe er seine Ausbildung als Masseur in einem Türkischen Bad in Bukarest genossen – wie dem auch sei, so hängen an den Wänden seines Wartezimmers die Pergamentdiplome europäischer Universitäten).

In seinem Allerheiligsten sitzt er hinter einem Schreibtisch aus Birkenholz, fröhlich mit kratzender Feder schreibend. Das Licht – diffus. Die Wände – perlweiß. Das Sofa – mit austernfarbenem Waschsamt bezogen. Der Patient, der auf dem Rücken liegt, sieht die rotweißen und schwarzen Nierenkonturen eines Mobiles in einem unmerklichen Luftzug schaukeln.

Dr. Y betrachtet das gesamte Leben des Patienten als seine Domäne,
verordnet Filme oder Bergsteigerei oder die Abfassung eines Romans.
Den ganz Reichen empfiehlt er die Gründung einer Tageszeitung oder die Finanzierung eines Musicals oder die Subventionierung einer Konzertsaison,
nebst einer neuen Frau,
zur Überwindung des Mattigkeitsgefühls
und der Lust, von Hochhäusern hinunterzuspringen.

Eros, erotisch, erogene Zonen: Dr. Ys Patienten sehen ihr Unterbewußtsein wie eine Ali-Baba-Höhle mit einer orientalischen Fülle erogener Grillen vollgepfropft, die aber
zu sublimieren sind,
mit beträchtlichen Kosten,
mit Hilfe der schönen Künste
oder einer schönen Blondine.

Dr. Ys eigene Libido, vielleicht stimuliert durch jahrelanges Umherkrabbeln in der labyrinthischen Symbolik neurotischer Träume,
hat bemerkenswerte Manifestationen gezeitigt:
Eine hochachtbare farbige Aufwartefrau,
verheiratet und Mutter von vier Kindern,
beklagte sich darüber, daß er sich ihr –

– als sie sein Zimmer in einem Sommerhotel aufräumen wollte – splitternackt, mit einem purpurroten Turban auf dem Kopfe präsentiert und Annäherungsversuche gemacht habe
(hypnotischer Art, wie er behauptete, und im Interesse der Wissenschaft). Und zwei junge Mädchen, eines davon die Tochter eines sehr guten Freundes, mußten, als er sich an Bord eines Ausflugsdampfers auf sie stürzte, wie aufgescheuchte Hühner davonlaufen, sonst hätte er ihnen
die kleinen Popos blau und grün gekniffen.

... Natürlich gibt es auch noch anderes zu berichten. Kühne Forscher setzten ihr Leben aufs Spiel, um in die gärenden Tiefen des Wahnsinns hinabzutauchen. Dr. L zum Beispiel, der den enervierenden Alltag eines Gefängnispsychologen satt bekommen hatte, suchte das Heil bei Sigmund Freud. Durch Pentothal-Verhöre und hypnotische Trancezustände hindurch tastete er sich im Dickicht des Elends und Hasses voran, um den Schlüssel des moralischen Knackses im Ur-Verbrechen zu finden. Ein netter junger Mann
mit frischem Teint und milden blauen Augen,
einer kleinen Sünde wegen (Mord und Notzucht) eingekerkert, hätte ihn beinahe umgebracht. Just in dem Augenblick, da sie nach vielen aufschlußreichen Behandlungsstunden
beim Ehering der Mutter angelangt waren,
dem Symbol der durchkreuzten blutschänderischen Lust, die an allem schuld war,
fiel der sanfte junge Mann mit dem schrillen Schrei; „Dich bring ich um!" über den Therapeuten her und hätte ihn erdrosselt, wenn nicht in letzter Sekunde die Gefängniswärter eingegriffen hätten.
Dr. L ist jung gestorben.[...]

E. E. Cummings

ich mag meinen körper wenn er bei deinem
körper ist. Er ist so ganz was neues.
Muskeln besser und nerven mehr.
ich mag deinen körper. ich mag was er tut,
sein wie und seine weise. mag so gern spüren
deines körpers rückgrat, seine knochen, die behende
glatt-festigkeit und was ich werde
immer und immer wieder
küssen, ich mag das dies und das an dir,
ich mag, sacht streichelnd, das knistern
deines elektrischen fells und was weichendes
fleisch überkommt . . . Und augen, große liebes-krümel,

und womöglich mag ich den reiz

von dir unter mir so neu

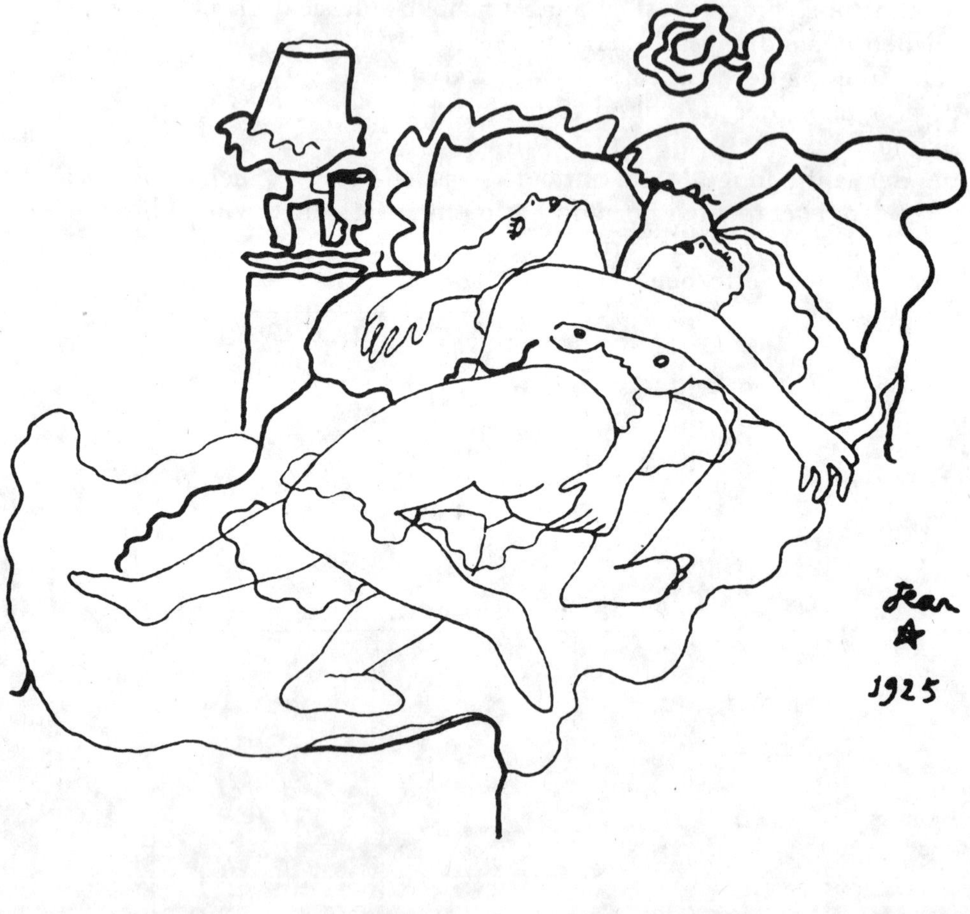

Costa Alegre

Die Schwarze

Freundliche Schwarze, sanfte schöne Kohle,
die den Diamanten hervorbringt,
Tochter der Sonne, verbrannter Stern
durch die Hitze des Höchsten,

lege dein offenes schönes Gesicht
an meine Brust,
schlafe, Mädchen, verlassene Taube,
ich wache für dich.

Weine nicht länger, Kind, trockne die Tränen,
lächle mir zu,
laß mich sehen die glänzenden Perlen
deiner Elfenbeinzähne.

In deinem göttlichen Blut ist verborgen
unendliches Licht,
das deine schwarze Haut aufnimmt
und mich bezaubert.

Ich sehe so gern deine schwarze, zarte
und glatte Farbe,
denn ich denke daran, o Taube, daß du verbrannt
durch Flammen der Liebe;

daß einst du warst Schnee und liebtest die Lilie,
bleiche Blume des Tals,
sie floh dich, eine traurige Liebe verbrannte
dein jungfräulich Blut.

Weine nicht länger, geliebtes Kind,
schöner Engel,
Liebe ist wie die Rose, sie lebt
auf Feldern, in Gärten.

Du besitzt meine heiße Liebe, sie wird
dich glücklich machen:
liebe das Veilchen, das Veilchen liebt dich
und vergiß die Lilie.

Efua Theodora Sutherland

Liebeslied

Liebster komm zu den Hügeln,
komm und entdecke mich neu,
dort wo mein Geist sich formte,
Liebster komm zu den Hügeln.

Neu sind wir wie der nackte Morgen,
frisch vom Atem der Dämmerung erfüllt.
Barfuß rennen wir aus der Stadt,
tänzeln hinauf zu den Hügeln.

Dort, mein Liebster, dort auf den Hügeln,
zwischen den vielen pochenden Dingen
werde ich, Liebster, unter den Himmeln
neu und nackt sein, dort auf den Hügeln.

Liebster komm zu den Hügeln,
komm und entdecke mich neu,
dort wo mein Geist sich formte,
Liebster komm zu den Hügeln.

James Baldwin

Giovannis Zimmer

Am nächsten Abend, sehr spät, ging ich zu Giovanni. Ich war mit Hella am Fluß entlanggeschlendert; danach hatte ich mehrere Bistros besucht und zuviel getrunken. Als ich ins Zimmer trat, schaltete ich das Licht ein. Giovanni fuhr im Bett hoch und rief mit angstvoller Stimme: „Qui est là? Qui est là?"

Ich stand auf der Schwelle, leicht schwankend, geblendet von dem Licht, und sagte: „Schrei doch nicht so. Ich bin's."

Giovanni sah mich an, drehte sich zur Wand und brach in Tränen aus.

Mein Gott, dachte ich und schloß sorgfältig die Tür. Ich nahm die Zigaretten aus meiner Jackentasche und hängte die Jacke über den Stuhl. Mit den Zigaretten in der Hand ging ich zum Bett. Ich beugte mich über Giovanni und murmelte: „Liebling, hör auf zu weinen. Bitte, hör auf zu weinen."

Giovanni wandte den Kopf und sah mich an. Seine Augen waren rot und feucht, aber um seine Lippen spielte ein seltsames Lächeln, in dem sich Grausamkeit, Scham und Freude mischten. Er streckte die Arme aus, und ich strich ihm das Haar aus den Augen.

„Du riechst nach Wein", stellte er fest.

„Ich habe keinen Wein getrunken. Hat dich das erschreckt? Weinst du deshalb?"

„Nein."

„Was ist los?"

„Warum hast du mich verlassen?"

Ich wußte nicht, was ich sagen sollte. Giovanni drehte sich wieder zur Wand. Ich hatte gehofft, geglaubt, daß ich nichts empfinden würde, aber ich fühlte einen Druck in dem verborgensten Winkel meines Herzens, als hätte mich dort ein Finger berührt.

„Du hast dich mir immer entzogen", stieß Giovanni hervor. „Du bist nie wirklich hier gewesen. Ich will nicht behaupten, daß du mich jemals belogen hast, aber ich weiß, du hast mir nie die Wahrheit gesagt – warum nicht? Manchmal hast du den ganzen Tag hier gesessen, du hast gelesen, ein Fenster geöffnet, etwas gekocht . . . und ich sah dir zu . . . und du hast nie etwas gesagt . . . und wenn du mich ansahst, schienen deine Augen durch mich hindurchzublicken. Den ganzen Tag, während ich arbeitete, um dieses Zimmer für dich zu verschönern."

Ich schwieg. Ich starrte über Giovannis Kopf hinweg auf die weißen Quadrate der Fenster, die das blasse Mondlicht zurückdrängten.

„Was machst du die ganze Zeit? Und warum sagst du nichts? Du bist kein guter Mensch, hörst du, und manchmal, wenn du mich anlächeltest, habe ich dich gehaßt. Ich wollte dich schlagen. Ich wollte dich bluten lassen. Du hast mich angelächelt, wie du jeden angelächelt hast, du hast mir erzählt, was du jedem erzählt hast – und du erzählst nichts als Lügen. Was verbirgst du denn? Glaubst du etwa, ich hätte nicht gewußt, daß du niemand liebtest, wenn ich in deinen Armen lag? Niemand! Oder jeden – aber bestimmt nicht mich. Ich bedeute dir nichts, gar nichts, und du bringst mir nur Erregung, keine Erfüllung."

Ich suchte nach einer Zigarette. Schließlich fiel mir ein, daß ich das Päckchen in der Hand hielt. Gleich, dachte ich, gleich werde ich etwas sagen. Ich werde etwas sagen und dann für immer aus dem Zimmer gehen.

„Du weißt, daß ich es nicht ertrage, allein zu sein. Ich habe es dir gesagt. Was ist los? Können wir denn kein gemeinsames Leben haben?"

Wieder begann er zu weinen. Ich sah, wie die heißen Tränen aus seinen Augenwinkeln auf das schmutzige Kissen fielen.

„Wenn du mich nicht lieben kannst, werde ich sterben. Bevor du kamst, wollte ich sterben, das habe ich dir oft gesagt. Es ist grausam, in einem Menschen die Lebensfreude zu wecken, nur um seinen Tod noch schrecklicher zu machen."

Ich wollte so vieles sagen, aber als ich den Mund öffnete, brachte ich keinen Ton heraus. Und doch – ich weiß nicht, was ich für Giovanni empfand. Ich empfand nichts für Giovanni. Ich empfand Angst und Mitleid und ein wachsendes Verlangen.

Giovanni setzte sich im Bett auf. Das Haar hing ihm wieder in die Augen. Er nahm mir die Zigarette aus dem Mund, um sie weiterzurauchen.

„Ich habe noch nie einen Menschen wie dich gekannt. Ich war nie so, bevor du kamst. Hör zu. In Italien hatte ich eine Frau, und sie war sehr gut zu mir. Sie liebte mich, sie liebte mich, und sie sorgte für mich. Wenn ich von der Arbeit kam, aus den Weinbergen, war sie immer da, es gab nie Schwierigkeiten zwischen uns. Ich war jung damals, ich wußte nichts von den Dingen, die ich später lernte, und auch nichts von den schrecklichen Dingen, die du mich gelehrt hast. Ich dachte, alle Frauen wären wie sie. Ich dachte, alle Männer wären wie ich – ich dachte, ich wäre wie alle anderen Männer. Ich war nicht unglücklich, und ich war nicht einsam – denn sie war ja da –, und ich sehnte mich nicht nach dem Tod. Ich wollte immer in meinem Dorf bleiben und in den Weinbergen arbeiten und unseren Wein trinken und mein Mädchen lieben. Habe ich dir schon von meinem Dorf erzählt . . .? Es ist sehr kalt und liegt im Süden, auf einem Hügel. Abends, wenn wir an der Mauer entlanggingen, schien die Welt zu versinken, diese fremde, ferne, schmutzige Welt. Ich hatte kein Verlangen, sie zu sehen. Einmal liebten wir uns unter der Mauer.

Ja, ich wollte immer dort bleiben und viel Spaghetti essen und viel Wein trinken und viele Kinder zeugen und dick und fett werden. Du hättest mich nicht gemocht, wenn ich dort geblieben wäre. Ich sehe dich vor mir, wie du in vielen Jahren durch unser Dorf fährst, in dem häßlichen, protzigen amerikanischen Wagen, den du dann bestimmt hast. Ich sehe, wie du mich anglotzt, uns alle anglotzt, wie du unseren Wein trinkst und auf uns scheißt – alles mit diesem leeren Lächeln, das Amerikaner immer haben und das du immer hast. Und dann fährst du mit lautem Motorengebrüll und mit quietschenden Reifen weiter und erzählst allen Amerikanern, die du triffst, daß sie sich unbedingt unser Dorf ansehen müssen, weil es so malerisch ist. Nur von dem Leben dort, wie es zerrinnt und zerbirst, schön ist und schrecklich, von dem wirst du keine Ahnung haben, ebensowenig wie du jetzt etwas von meinem Leben ahnst. Aber ich glaube, ich wäre glücklicher dort und würde mir nichts aus eurem Lächeln machen. Ich hätte mein Leben. Ich habe viele Nächte hier gelegen und auf dich gewartet und an mein Dorf gedacht, das fern, ach so fern ist. Es ist furchtbar, in dieser kalten Stadt zu sein, unter Menschen, die ich hasse, hier, wo es kalt und feucht ist, niemals trocken und warm, hier, wo Giovanni niemand hat, mit dem er sprechen kann, niemand, der zu ihm gehört, und wo er einen Geliebten gefunden hat, der weder Mann noch Frau ist, nichts, was ich verstehen oder besitzen kann. Nicht wahr, du weißt nicht, wie es ist, wenn man nachts wach liegt und auf jemand wartet? Oh, ich bin sicher, daß du es nicht weißt. Du weißt überhaupt nichts. Du weißt nichts von den schrecklichen Dingen – deshalb lächelst du und tänzelst herum und denkst, daß die Komödie, die du diesem kurzhaarigen, mondgesichtigen kleinen Mädchen vorspielst, Liebe sei."

Giovanni ließ die Zigarette auf den Fußboden fallen, wo sie langsam verglimmte. Er brach von neuem in Tränen aus. Ich blickte auf das Zimmer und dachte: Ich kann es nicht ertragen.

„Ich habe mein Dorf eines wilden, süßen Tages verlassen. Ich werde diesen Tag nie vergessen. Es war mein Todestag – ich wollte, es wäre mein Todestag gewesen. Ich erinnere mich, daß mir die Sonne heiß auf den Nakken brannte, als ich die Straße entlangwanderte, und ich ging vornübergebeugt. Ich erinnere mich an alles, an den braunen Staub unter meinen Füßen, an die Steinchen, die vor mir hersprangen, an die kleinen Bäume am Straßenrand, an die niedrigen Häuser, deren Farben in der Sonne leuchteten. Ich erinnere mich, daß ich weinte, aber nicht so wie jetzt, viel schlimmer, schrecklicher – seit ich mit dir zusammen bin, kann ich nicht einmal mehr weinen, wie ich damals weinte. Das war das erstemal in meinem Leben, daß ich sterben wollte. Ich hatte gerade mein Kind auf dem Kirchhof begraben, wo mein Vater und meine Vorväter lagen, und ich hatte mein Mädchen jammernd und klagend im Haus meiner Mutter zurückgelassen. Ja, ich hatte ein Kind gezeugt, aber es wurde tot geboren. Es war grau und verkrampft, als ich es sah, und es hat keinen Laut von sich gegeben – wir schlugen es aufs Gesäß und besprengten es mit Weihwasser und beteten, aber es gab keinen Laut von sich, es war tot. Es war ein kleiner Junge, es wäre ein schöner stattlicher Mann geworden, vielleicht gerade der Typ, auf den ihr so scharf seid, von dem ihr Tag und Nacht träumt, du und Jacques und Guillaume und eure ganze widerliche Bande – aber es war tot, es war mein Kind, wir haben es gezeugt, mein Mädchen und ich, und es war tot. Als ich sah, daß es tot war, nahm ich unser Kruzifix von der Wand, spie es an und warf es auf den Boden, und meine Mutter und mein Mädchen schrien und schluchzten, und ich ging hinaus. Am nächsten Tag begruben wir das Kind, und dann verließ ich mein Dorf. Ich kam in diese Stadt, wo Gott mich für all meine Sünden bestraft hat und dafür, daß ich seinen heiligen Sohn angespien habe, und wo ich bestimmt sterben werde. Mein Dorf sehe ich niemals wieder, das weiß ich."

Ich stand auf. Mir schwindelte der Kopf. Im Mund schmeckte ich Salz. Das Zimmer schwankte vor meinen Augen, wie es geschwankt hatte, als ich es zum erstenmal betrat, damals, vor Jahrzehnten, Jahrhunderten. Hinter mir hörte ich Giovanni stöhnen: „Chèri. Mon très cher. Verlaß mich nicht. Bitte, verlaß mich nicht." Ich drehte mich um und nahm ihn in die Arme, den Blick über seinen Kopf hinweg auf die Wand gerichtet, auf das Liebespaar an der Wand, das zwischen Rosen promenierte. Er schluchzte, als wollte ihm das Herz brechen, wie man so sagt. Mein Herz aber, das fühlte ich, war schon gebrochen, denn sonst hätte ich unmöglich so kalt, so völlig unbewegt und unbeteiligt sein können.

Dennoch mußte ich sprechen.

„Giovanni", sagte ich. „Giovanni."

Er wurde ruhiger, er hörte zu. Unwillkürlich und nicht zum erstenmal bediente ich mich aus Verzweiflung der Heuchelei.

„Giovanni", sagte ich, „du hast immer gewußt, daß ich eines Tages fortgehen werde. Du hast gewußt, daß ich auf die Rückkehr meiner Verlobten wartete."

„Du verläßt mich nicht ihretwegen", erwiderte er. „Du verläßt mich aus einem anderen Grund. Du lügst so viel, daß du schon all deine Lügen für Wahrheit hältst. Aber ich, ich bin bei klarem Verstand. Du verläßt mich nicht wegen einer Frau. Wenn du dieses kleine Mädchen wirklich liebtest, wärst du nicht so grausam zu mir gewesen."

„Sie ist kein kleines Mädchen“, widersprach ich. „Sie ist eine Frau, und ob du es glaubst oder nicht, ich liebe sie ...“

„Nein“, rief Giovanni und setzte sich auf, „du liebst niemand! Du hast noch nie jemand geliebt, und du wirst auch nie jemand lieben! Du liebst deine Reinheit, du liebst deinen Spiegel – du bist genau wie eine kleine Jungfrau, du läufst mit vorgehaltenen Händen herum, als hättest du irgendeine Kostbarkeit – Gold, Silber, Rubine, vielleicht Diamanten – zwischen den Beinen! Du wirst es niemand schenken, es nie von jemand berühren lassen – sei es Mann oder Frau. Du willst sauber bleiben. Du glaubst, du seist mit Seife bedeckt hierher gekommen, und du glaubst, du würdest mit Seife bedeckt wieder fortgehen – und du willst in der Zwischenzeit nicht stinken, nicht einmal für fünf Minuten.“ Er packte mich am Kragen, grob und zugleich zärtlich, weich und zugleich eisenhart. Speichel sprühte ihm von den Lippen, und seine Augen waren voller Tränen, aber die Knochen seines Gesichts traten hervor, und die Muskeln schwollen ihm an den Armen und am Hals. „Du willst Giovanni verlassen, weil er dich stinken läßt. Du möchtest Giovanni verachten, weil er nicht zurückschreckt vor dem Gestank der Liebe. Du möchtest ihn im Namen all deiner heuchlerischen kleinen Moralgesetze töten. Und du – du bist unmoralisch. Du bist der unmoralischste Mensch, dem ich in meinem Leben begegnet bin. Sieh doch, sieh, was du mir angetan hast? Glaubst du, daß du mir das hättest antun können, wenn ich dich nicht liebte? Ist es das, was du der Liebe antun mußt?“

„Giovanni, hör auf! Um Gottes willen, hör auf. Was in aller Welt soll ich denn tun? Ich kann nichts dafür, daß ich so fühle.“

„Weißt du, wie du fühlst? Fühlst du? Was fühlst du?“

„Jetzt fühle ich nichts“, sagte ich. „Gar nichts. Ich möchte aus diesem Zimmer heraus, ich möchte fort von dir, ich möchte diesen schrecklichen Auftritt beenden.“

„Du möchtest fort von mir.“ Er lachte. Der Blick, mit dem er mich ansah, war so bodenlos bitter, daß er fast gütig wirkte. „Endlich mal ein ehrliches Wort. Und weißt du auch, warum du von mir fort möchtest?“

Etwas in mir verschloß sich. „Ich ..., ich kann kein Leben mit dir führen.“

„Aber du kannst ein Leben mit Hella führen, wie? Mit diesem mondgesichtigen kleinen Mädchen, das sich einbildet, die Babys kämen aus den Kohlköpfen. Oder aus Kühlschränken – ich bin nicht vertraut mit der Mythologie eures Landes. Mit ihr kannst du ein Leben führen?“

„Ja“, antwortete ich müde, „mit ihr kann ich ein Leben führen.“ Ich stand auf. Ich zitterte. „Was für ein Leben können wir in diesem Zimmer führen – in diesem schmutzigen kleinen Zimmer? Überhaupt, was für ein Leben können zwei Männer zusammen führen? All diese Liebe, von der du redest – was steckt denn anderes dahinter als dein Wunsch, dich stark zu fühlen? Du möchtest der große Arbeiter sein, der das Geld nach Hause bringt, und du möchtest, daß ich hier auf dich warte, daß ich abwasche und das Essen koche und dieses elende Loch von einem Zimmer saubermache, daß ich dich küsse, wenn du zur Tür hereinkommst, und nachts mit dir schlafe und dein kleines Mädchen bin. Das ist es, was du möchtest. Das ist es, was du meinst, und das ist alles, was du meinst, wenn du von deiner Liebe zu mir redest. Du sagst, daß ich dich töten möchte. Was, glaubst du, hast du mir angetan?"

„Ich versuche nicht, dich zu einem kleinen Mädchen zu machen. Wenn ich ein kleines Mädchen haben wollte, würde ich mit einem kleinen Mädchen leben."

„Und warum tust du's nicht? Weil du Angst hast, nicht wahr? Du hast nicht den Mumm, dich mit einer Frau einzulassen, wie du's gern möchtest, und deshalb nimmst du mich."

Er war kreidebleich. „Du erzählst mir in einem fort, was ich will. Ich habe nur davon gesprochen, wen ich will."

„Aber ich bin ein Mann", rief ich. „Ein Mann! Was kann denn zwischen uns sein?"

„Du weißt sehr gut, was zwischen uns sein kann", sagte Giovanni langsam. „Aus diesem Grunde verläßt du mich ja." Er stand auf, ging zum Fenster und öffnete es. „Bon." Er schlug mit der Faust auf das Fensterbrett. „Wenn ich dich dazu bringen könnte, hierzubleiben, würde ich's tun", schrie er unvermittelt. „Alles würde ich tun, dich schlagen, dich anketten, dich aushungern, wenn ..., ja, wenn ich dich dadurch zwingen könnte, bei mir zu bleiben." Der Wind zerrte an seinem Haar, als er sich umwandte. Er drohte mir scherzhaft mit dem Finger – eine groteske Gebärde. „Eines Tages wirst du vielleicht wünschen, ich hätte es getan."

„Es ist kalt", murmelte ich. „Mach das Fenster zu."

Er lächelte. „Jetzt, wo du weggehst, willst du die Fenster geschlossen haben. Bier sûr." Er schloß das Fenster. Wir standen uns nun in der Mitte des Zimmers gegenüber. „Laß uns nicht mehr streiten", sagte er. „Das nützt nichts, denn damit kann ich dich auch nicht halten. In Frankreich gibt es die sogenannte sêparation de corps – keine Scheidung, verstehst du, nur eine Trennung. Gut. Wir werden uns trennen. Aber ich weiß, daß du zu mir gehörst. Ich glaube, ich muß glauben, daß du zurückkommst."

Wassili Schukschin

Kuckuckstränen

Sie fuhren am Waldrand entlang.

Das Fuhrwerk rollte über den staubigen Weg, holperte über Wurzeln, vorn im Wagen klapperte ein Stück Eisen.

Die Sonne neigte sich schon, trotzdem war es heiß. Sogar schwül. Es roch nach Harz, Staub und Walderdbeeren.

Der Mann und die Frau auf dem Fuhrwerk waren etwa im gleichen Alter, an die dreißig.

Die Frau saß vorn am Querholz und hielt die Zügel. Der Mann lag hinter ihr auf einem Armvoll grünen Grases, blickte hinauf in den wolkenlosen Himmel, rauchte.

Sie schwiegen.

Die Frau hielt den Kopf gesenkt und klatschte mit dem Zügelende gegen ihre Stiefel. Sie hing ihren Gedanken nach.

Seit fast zwei Stunden waren sie von der Bahnstation unterwegs. Hatten sich über die hiesige Gegend, über dies und jenes unterhalten ... Und schwiegen nun.

Der stattliche braune Wallach trabte gleichmäßig und bedächtig. Schnaubte, klapperte mit dem Zaumzeug. Von Zeit zu Zeit hob die Frau den Kopf, zog die Zügel an und sagte träge: „Hü ... Schlaf nicht!"

Der Braune schielte mit seinem violetten Auge nach hinten, spitzte das Ohr, lief aber nicht schneller. Die Frau senkte wieder den Kopf und klatschte mit dem verdrehten Ende der Zügel gegen ihren Stiefelschaft. Wenn sich das Fuhrwerk nach ihrer Seite neigte, hielt sie sich mit beiden Händen rechts und links fest und rutschte ein wenig zurück. Dabei spannte sich die weiße Bluse straff über ihrem Rücken. Der Mann drehte den Kopf und starrte die Frau lange an, ihren schönen Nacken, die kleinen dunkelblonden Löckchen an den Schläfen. Dann rauchte er wieder und schaute in die Höhe.

Vom Himmel strömte das silberhelle Tirilieren der Lerchen. Die heiße Luft war erfüllt vom unaufhörlichen trockenen Zirpen der Grashüpfer. Ruhe ringsum in Wald und Feld. Ruhe und schwüle Schlaffheit überall.

Der Mann richtete sich auf, warf den Stummel seiner Zigarette auf den Weg und zündete sich eine neue an. „Woran denken Sie?" fragte er.

„Ich? An nichts", erwiderte die Frau leise und klatschte weiter mit dem Zügel gegen ihren Stiefel.

Der Mann strich sich eine flachsblonde Haarsträhne aus der hohen, schönen Stirn und setzte sich neben die Frau. Sie sah ihn an. Ihre Augen waren grau und klar.

„Eine Hitze heute! Ich hätte nicht gedacht, daß es bei Ihnen so heiße Tage gibt. Immerhin – Sibirien!"

„Ja, das kommt vor", versetzte die Frau und riß am Zügel.

Der Mann machte einen tiefen Zug. Über seinem Kopf schwebte ein durchsichtiges, blaues Wölkchen und zerfloß. „Fahren Sie speziell zur Station, um Leute abzuholen?"

„Nein, wir erwarteten unsre Doktorsche, aber sie ist nicht gekommen." Die Frau wandte sich wieder ihrem Weggenossen zu.

Der blickte rasch beiseite, rekelte sich und sagte schwärmerisch: „Überhaupt – schön ist es hier! Prachtvoll!"

„Ja", pflichtete ihm die Frau einsilbig bei und ließ den Blick übers Feld schweifen.

„Aber sicher sehr langweilig! Stimmt's?" Der Mann lächelte.

„Das kommt drauf an. Ich langweile mich nicht. Wieso denn?"

„Wirklich nicht?" Der Mann lächelte immer noch.

Die Frau bewegte die runden Schultern. „Nein."

„Wie ist das möglich?"

Die Frau sah ihn an, lächelte seltsam und begann wieder mit dem Zügel auf ihren Stiefel zu klatschen.

„Sind Sie verheiratet?" wollte der Mann plötzlich wissen.

Die Frau musterte ihn kurz. „Nein. Weshalb?"

„Bloß so. Ich hab's mir gleich gedacht."

Die Frau kniff ironisch die klaren Augen zusammen, die sofort einen verschmitzten Ausdruck bekamen. Ihre roten, mädchenhaften vollen Lippen öffneten sich leicht, sie zog die Mundwinkel ein bißchen herab.

„Wieso?"

„Ich weiß nicht. Hab's erraten. Geschieden?"

„Nehmen wir mal an."

„Weswegen?"

Die Frau wandte sich ab. Sie mochte nicht darüber sprechen. „Es hatte schon seinen Grund", sagte sie.

„Tja ..." Der Mann strich wieder sein Haar zurück. „Das mag sein."

Sie schwiegen eine Weile.

„Nun, und jetzt?" fragte er.

„Was, jetzt?"

„Wie ... geht es Ihnen?"

Die Frau lächelte spöttisch, ohne sich nach ihm umzudrehen. „Es geht."

„Wissen Sie, ‚es geht', das besagt gar nichts." Der Mann lachte. „Es kann so und so gehen."

„Großer Gott!“ Die Frau schüttelte den Kopf und blickte ihm in die Augen.

Der Mann hörte auf zu lachen. Eine Zeitlang sahen sie einander an, er forschend, sie mit einfältiger Verwunderung. Auf einmal lachten beide los. In den grauen Augen der Frau glitzerten winzige, heiße Fünkchen.

„Warum lachen Sie denn? Bitte, sagen Sie's mir! Warum?“ fragte der Mann, wobei er mit dem Finger auf die Frau wies und selber fröhlich lachte.

„Mich kam plötzlich das Lachen an.“ Die Frau drehte sich weg und wischte sich mit dem Kopftuch über die Augen. Dann fragte sie ernst: „Was wollen Sie bei uns? Sind Sie auf Dienstreise hier?“

Dem Mann tat es leid, daß sie nicht mehr lachten. Er hätte gern weitergelacht. „Ich bin Maler“, sagte er. „Will nach der Natur malen.“

Die Frau betrachtete ihn mit Interesse.

„Was ist?“ fragte der Maler.

„Nichts. Wir haben in unsrem Klub auch einen Maler.“

„Ja?“ Dem Maler fiel nichts ein, was er über den anderen, den Maler im Klub, hätte sagen können, darum nickte er nur. „Maler gibt es viele.“

„Und was malen Sie?“

„Alles. Dich ... Sie kann ich auch malen, möchten Sie's?“

Die Frau lächelte. „Mich ... Wozu? Lieber die Gegend hier, die ist sehr schön. Besonders am Fluß. Wenn ich früh Wasser hole, kann ich mich oft nicht satt sehen, so schön ist es dort. Ich hab' schon selber gedacht, das müßte man malen.

„Hast du's nicht versucht?“

„I wo! Wirklich, sehen Sie sich mal die Stelle dort an. Aber frühmorgens. Und wie ist das eigentlich, wird das Malen dem Menschen beigebracht, oder steckt es gleich von Geburt an drin?“

„Es steckt von Geburt an drin und wird ihm beigebracht. Man muß lange studieren ...“ Der Maler hatte keine Lust, darüber zu sprechen. „Erzähl mir lieber, wie es dir hier geht.“ Er sprang unversehens vom Fuhrwerk herunter und ging nebenher. Lächelte, blickte die Frau an. „Na? Wie geht's dir hier in diesem Paradies?“ Er breitete die Arme weit aus und schaute umher.

Die Frau lächelte ebenfalls. „Gut geht's mir.“

Der Mann atmete tief. Er pflückte abseits einige verstaubte, sonnenwarme Blümchen, holte das Fuhrwerk ein und reichte sie der Frau. Die nahm sie und lächelte dankbar.

„Das sind Kuckucksblumen, bei uns nennt man sie Kuckuckstränen“, sagte sie und ordnete die Blumen behutsam zu einem kleinen Strauß. „Der

Kuckuck weint, weil er kein eigenes Nest hat, und wo eine Träne hinfällt, dort wächst eine Blume."

„Gefallen sie dir?" Der Maler sprang auf das Fuhrwerk, dabei streifte er mit der Hand das Knie der Frau und warf ihr einen raschen Seitenblick zu.

Die Frau strich ihren Rock glatt und beschäftigte sich weiter mit dem Sträußchen. Einen Moment lang erblickte der Maler ein Bild vor sich: Eine stramme, hübsche und ruhige Frau ordnet sorgsam einen kleinen Strauß aus zartblauen melancholischen Blumen, aus Kuckuckstränen. Aber ein unwiderstehlich starkes Gefühl überflutete ihn wie eine heiße Welle ... Das Bild verschwand. Die ganze Welt, alles ringsum erschien ihm plötzlich grell, rasch vergänglich, sterblich.

„Was ist überhaupt das Leben?" begann er laut. „Alles hat einmal ein Ende und – aus der Traum!" Er sah die Frau an, erwartete, daß sie ihn verstehe. „Angenommen, wir schaffen etwas, wir geben uns Mühe!" Der Maler runzelte verdrossen die Stirn: dumme, nichtssagende Worte! „Verdammt noch mal! Verstehst du? Angenommen, wir schaffen's. Und was weiter? Uns das Leben lang Zwang antun? So sind wir nun mal, so unglaublich brav, so sind wir ... Sieh dir das dagegen an: Wald, Steppe, Himmel! Alles vor Hitze matt. So eine Pracht! Lieben muß man, weiter nichts! Lieben und weiter nichts! Alles andere ist Humbug." Er schien mit jemand zu streiten, argumentierte, sprach hitzig, gestikulierte. Und sah die Frau an. Wartete.

Sie hörte aufmerksam zu. Gab sich Mühe, ihn zu verstehen. Der Mann berührte ihre Hand. „Na, was guckst du so? Verstehst mich nicht?" Er legte die Hand auf ihre runde Schulter, wollte sie an sich ziehen.

Die Frau entzog sich ihm jäh, sie sah ihn nur fest an, beinahe beleidigend ruhig – es war wie ein Schlag ins Gesicht. Mit fremder, schroffer Stimme sagte sie: „Ich verstehe." Und wandte sich ab.

Der Maler riß seine Hand zurück, als hätte er sich verbrannt. Er lächelte betreten. „Oh! Oh, so sind wir also!" Er schwieg, musterte die Frau, sagte dann verärgert: „Wir leben ja nur kurze Zeit und sind nicht mehr. Schluß und basta. Ach, hol das alles der Teufel!" fügte er müde, mit heimlicher Wut hinzu. Er zog die Beine aufs Fuhrwerk, streckte sich bäuchlings aus und drückte das Gesicht ins duftende Gras.

So fuhren sie lange.

Vorn klapperte im Wagen das Stück Eisen. Der Braune schnaubte. In dem von der tiefstehenden Sonne erfüllten Wald tönten die Chöre der Vögel. Etwas Gewaltiges, Lichtes ging auf leisen Sohlen über die Gräser, schritt über die Erde.

Ein paarmal blickte sich die Frau nach ihrem Weggefährten um. Der rührte sich nicht. Auf seinem schmalen Rücken zeichneten sich unter dem

teuren Seidenhemd die spitzen Schulterblätter ab. Neben dem Ohr pulsierte an der Schläfe leise eine feine blaue Ader. „Wie spät ist es?“ fragte die Frau.

Der Mann setzte sich auf, blickte nach vorn auf den Weg, sagte leise: „Sie müssen ... mich entschuldigen. Ich habe da einen Stuß zusammengeredet, übel kann einem werden.“ Mit finsterer Miene lockerte er seinen Schlips, sah die Frau an ... Sie betrachtete ihn ebenfalls so aufmerksam, als prüfte sie ihn.

„Macht nichts“, sagte sie, und um ihre Mundwinkel zuckte ein spöttisches und doch sehr gutmütiges, wohlwollendes Lächeln. „Wald und Feld, alles mußte herhalten?“

Auch der Mann lächelte, aber verlegen. „Das ist's ja, ich hatte gleich eine ganze Theorie parat.“ Er strich sich mit der Hand übers Gesicht. „Als hätte ich gestohlenes Brot gegessen.“

„Schon gut. So seid ihr alle – euch braucht man bloß den kleinen Finger zu reichen.“

Der Mann holte sein Zigarettenetui heraus. Rauchte. Umklammerte mit seinen langen Armen die knochigen Beine und dachte nach. Er machte den Eindruck eines unangenehm berührten und bedrückten Menschen.

„Alle?“

„Etwa nicht?“

„Aber nein, natürlich nicht alle. Haben wir noch weit zu fahren?“

„An die zwei Kilometer.“

„Nicht alle. Das stimmt nicht“, wiederholte der Mann.

Die Frau erwiderte nichts.

Der Wald war zu Ende, der Weg führte durch Kornfelder. Sacht senkte sich der Abend herab. Sanfte, versonnene Wehmut hatte sich über die Erde gebreitet. Die ersten Wachteln schlugen.

Der Mann rauchte, sein Blick hing an dem klar umrissenen, ebenmäßigen Profil der Frau. „Lieb bist du“, sagte er dann schlicht. „Wie heißt du?“

„Nina.“

„Lieb bist du, Nina.“

„Ach was ...“ Die Frau drehte sich nicht zu ihm um, ihre Stimme verriet Verlegenheit, aber auch Freude, die heimliche, noch nicht vergessene Freude unlängst vergangener Jahre.

„Ich werde dich malen.“

„Mich?“ Nina wandte sich ihm zu, drehte sich aber sofort wieder weg.

„Ja. Ein Bild von dir. Und das nennen wir *Kuckuckstränen.*“

„Großer Gott!“ konnte Nina darauf nur erwidern.

Ein Weilchen sagte keiner etwas.

„Und wie heißt du?“ wollte sie dann wissen.

„Sergej.“

„Wo wirst du dich einquartieren?“

„Ich weiß noch nicht.“

„Kannst bei uns wohnen. Wir sind zu zweit, meine Mutter und ich, das Haus ist groß. Eine Hälfte steht sowieso leer. Direkt am Fluß . . .“

Sergej antwortete nicht gleich. „Ich . . ., verstehst du . . . Hast du dich geärgert?“

„Na laß schon. Gut, daß du dich schämst.“ Sie beugte sich vor und zog dem Wallach mit dem Zügel eins über. Das Fuhrwerk ruckte an und polterte laut über den Weg.

„Nina?“ fragte der Maler.

„Was ist?“ Sie drehte sich hartnäckig nicht zu ihm um.

„Hast du dich geärgert?“

„Hör schon auf. Soviel Ärger hat man gar nicht, um sich über euch alle zu ärgern. Schwamm drüber. Da ist schon unser Berjosowka.“

Vor ihnen lag das Dorf. Frühes Abendrot färbte die Dächer purpurn, sie glimmten verhalten und stark im jungen Gold des reifen Korns.

„Könntest du so einen Abend malen?“ fragte Nina. „Sieh nur, wie schön das ist!“

„Ja“, sagte der Maler leise. Und nach einer Weile noch einmal: „Ja.“

Es war wirklich schön.

Rainer Kirsch

Morgenlied des Soldaten (Reglindis)

Sie hatte zwei Tannennadeln am Bauch
Sie warf ihren Rock in die Bäume
Der Rock hing ganz weiß im Mittagsrauch
Da aß sie die roten Himbeern vom Strauch
Da lagen wir ohne Träume.

Reglindis, dein Haar war lang wie die Sünde
So lang wie unsre Lust.
Sie hatte zwei Tannennadeln am Bauch
Und ein Gras an der weißen Brust.

Es kühlte das braune, das weiche Moos
Erst ihren, dann meinen Rücken
Ihr Rock war so weiß, ihre Haut war so bloß
Da wuchsen die Bäume so riesengroß
Zum Himmel vor unseren Blicken.

Reglindis, dein Haar war lang wie die Sünde
So lang wie unsre Lust.
Sie hatte zwei Tannennadeln am Bauch
Und ein Gras an der weißen Brust.

František Halas
Die jungen Frauen

Für Josef Palivec

O raunende Nächte o rauschende Tage
wenn die Luft voll kleiner
entkleideter Mädchen
tanzend zwischen den Säulchen
unsrer Begierden

Bäuchlein der jungen Frauen
Hügel silberner Wetter
Paradiesdistelbrote
Heidenwirtschaften unsrer Begierden
Elegien der Zartheit
Angorakatzen mit dem Schnäuzchen nach innen
Backtröge drinnen die Zärtlichkeit aufgeht
Hic sunt leones
Amphoren der Säuglinge
Nest der sechs Tauben
Banner der Geschlechter
o Bäuchlein der jungen Frauen

in denen wir flammen in durstigem Ungestüm
voll Mutwillen euch kehrt zu drehen
auf den Schöpfer wütend der so wenig
an die Liebe gedacht hat

Finger der jungen Frauen
Schlegel der Liebestrommeln
Türsteher der Lust
betaute Blütennarben
nackte Masturbantinnen
senkend die Lider der Nägel
über unsere Derbheit
Geweihchen verschämter Wollust
mordsmäßige Spindeln
unsres Aufrichtens Ranken

Handschuhe der Zärtlichkeit
o Finger der jungen Frauen

zähmend mit dem Zaum des Druckes
unseres Bluts Millionen Glieder
zusammengerottet in der Front
vom Umriß eines Mädchenschoßes

Brüste der jungen Frauen
Mund der Nacktheit
Augäpfel der erregten Venus
Antreiber der Wonnen
Mäulchen der Kälber
Siegel der Nächte
Bäuchlein des großen Buschwindröschens
Verschwörung des Samts
Kampfplatz der Küsse
Schollchen sinnlicher Lerchen
o Brüste der jungen Frauen

mit widerspenstigen Wärzchen
o über den ganzen Körper euch wachsen zu lassen
daß die Berührung niemals ende

Schöße der jungen Frauen
Perlenmuscheln des Bettes
übermütige Dickichte
Hosenschlitze von Engeln
Rosenschrammen
o Beschwichtigerinnen
Bögen unserer Saiten
raubgieriger Mund von Fauninnen
anmutige Geometrie der Zäune
Zauberlampen
Muffchen
o Schöße der jungen Frauen

voll aufgewühlter Sehnsucht gefältelter Geilheit
darin unser Schiffchen webt das Dauern der Generationen
im Takt von noch nicht – noch nicht – noch nicht

Hinterchen junger Frauen
pausbäckige Amorettchen
Sonnen unter dem Hemd
Barken der Liebesrhythmen
Pfirsiche des Lebensbaums
einäugige Schönheiten
Eifersüchtige unserer Handflächen
hinreißende Zwiebelchen
Körbchen des Geschlechts
Klaviatur der Liebesspiele
o Lied des Rückens
o Hinterchen der jungen Frauen

unruhige Zicklein unserer Straßen
wo immer wir auch traurig herumirrn
Hirten unfähig zusammenzutreiben
diese Herden zuhauf
zum Streicheln zum Tätscheln zum Kraulen

Finger der jungen Frauen
Brüste der jungen Frauen
Bäuchlein der jungen Frauen
Hinterchen der jungen Frauen
und überhaupt alles der jungen Frauen

Ulrich Plenzdorf

Legende vom Glück ohne Ende

Das erste, was Paul machte, war eine Flasche Sekt zu öffnen, wie es in seinem Programm stand. Paul hob sein Glas, und auch sie nahm ihr Glas und hat ihn angelächelt und gesagt: „Aber das ist doch nicht nötig, Paul." Paul: „Ich bin dir eine Erklärung schuldig." So hatte es ihm sein Kumpel eingebleut. Sie: „Aber das ist doch nicht nötig, Paul." Paul hatte den Verdacht, sein Kumpel hätte ihr diesen Satz ebenfalls eingebleut. Sie sollte sich auf jeden Fall mit Paul versöhnen. Dazu war sie auch bereit. So ist es weitergegangen. Paul: „Wir alle haben unsere Schwächen, und die muß man verzeihen." Sie: „Das ist doch nicht nötig, Paul." Und auch als Paul mit den eingebleuten Sätzen am Ende war und ihr die Hand geküßt hat, ist ihr nichts weiter eingefallen als: „Das ist doch nicht nötig, Paul." Sie hat schön wie nie gelächelt, und Paul wäre ihr sicher um den Hals gefallen und hätte sich ins Bett ziehen lassen, wenn da nicht noch der Mann in der Wohnung gewesen wäre und der Junge und wenn es nicht noch so früh am Tage gewesen wäre. So ist es quälend still geworden, und Paul und die Frau haben nichts weiter zu sagen gewußt. Stille konnte Pauls Frau am allerwenigsten gebrauchen, weil ihr Freund so nicht aus der Wohnung schleichen konnte. Paul: „So gerissen, den Fernseher anzumachen, ist sie nicht gewesen. Sie war dumm, aber nicht gleichzeitig gerissen." Sie saß nur da und zitterte. Der Junge ist ins Zimmer gekommen und hat angefangen, vom Sommer zu erzählen. Dem ist nun wieder Paul nicht gewachsen gewesen. Auf alles, was der Junge sagte, konnte er immer nur sagen: „Das ist aber schön, mein Junge." Nachdem er das zwanzigmal gehört hatte, hat der Junge den Fernseher in Betrieb gesetzt. Paul ist sehr froh gewesen, daß er nichts mehr sagen mußte. Der Junge ist froh gewesen, daß er fernsehen durfte. Die Frau ist froh gewesen, daß nichts passiert ist. Nur für den Mann irgendwo in der Wohnung muß es eine wahre Folter gewesen sein. So ist es endlich dunkel geworden. Der Junge ist ins Bett geschickt worden, und dann sind Pau und die Frau ins Schlafzimmer gegangen. Das ist um die gleiche Zeit gewe sen, als Paula sich entschlossen hat, das Licht auszumachen und ein neue Kopfkissen zu nehmen. Ihre Tränen flossen immer noch, und das erst Kopfkissen ist wie ein Schwamm so naß gewesen. Paul konnte sehen, wi das Licht in ihrem Schlafzimmer ausgegangen ist, und die bewußte Filmschleife mit Paula und Saft in Paulas Bett setzte sich sofort in Bewegung. Paul zog sich aus und stieg in seinen Pyjama, der an seinem alten Platz im Schrank gelegen hat. Als Paul mit seinem Pyjama fertig gewesen ist, lag seine Frau schon in einem schwarzen Negligé auf dem Bett und sah so hinreißend aus wie nur je. Paul legte sich zu ihr, und vielleicht wäre alles anders gekommen, wenn die Frau in dem Moment nicht den Mund aufgemacht hätte und nicht gesagt hätte, was sie immer schon in dem Moment gesagt hatte und was Paul immer schon auf die Nerven gegangen war: „Nadumeinkleinerdummerdu!"

Da hakte es bei Paul aus oder laut Paul: „Es hakte ein." Da ist er wieder aufgewacht und zu Bewußtsein gekommen, und von derselben Sekunde an wußte er, was zu tun war. Es kam ihm zu Bewußtsein, in welcher Situation er war, und die Frau und der Mann im Kleiderschrank. Paul fing an zu lachen, und dann brüllte er vor Lachen, daß es in der ganzen Singer zu hören war und verschiedene Fenster aufgingen. Er hat den Schrank aufgemacht und den Tanzlehrer an die Luft geholt, denn kein anderer war es. Der Mann soll halbtot gewesen sein vor Luftmangel und vor Angst. Paul war sehr freundlich. Er setzte ihn vorsichtig auf das Bett neben seine Frau. Dann griff er sich seine Sachen und ging aus dem Zimmer. Zu den beiden hat er noch gesagt: „Das machen wir ganz anders, Freunde. Ganz anders." Es ist gesagt worden, Paul ist danach auf der Singer erschienen in einem Anzug, der geschimmert haben soll wie eine Rüstung, mit einem Hut auf dem Kopf wie ein Reiter und einem strahlend weißen Seidenhemd mit Rüschen und Falbeln und in der Hand ein glänzendes Beil. Mit dem Beil soll er dann unsere Haustür aufgesprengt haben, und zwar mit einem Schlag. Mit dem zweiten Schlag soll er dann Paulas Wohnungstür gesprengt haben, soll bei Paula eingedrungen sein, soll sie so wie sie war auf die Arme genommen haben und mit ihr fortgegangen sein, und keiner soll sie je wiedergesehen haben, aber sie sollen glücklich und zufrieden leben zusammen mit den beiden Kindern, und jedes Jahr sollen sie ein neues Kind adoptieren, weil Paula keine Kinder mehr kriegen kann. Manche haben gesagt, daß sie außer Landes gegangen sein sollen und mit all den Kindern in Schweden leben, in einem großen alten Schloß, das sie sich ausgebaut haben. Andere haben gesagt, nicht in Schweden, sondern in der Schweiz. Von alldem ist aber nur eines wahr und nicht Legende, daß Paul wirklich geradenwegs aus seinem Schlafzimmer in unser Haus gegangen ist. Bekleidet war er aber mit seinen normalen Sachen. Die Haustür brauchte er nicht zu sprengen, weil sie seit dreißig Jahren nicht abzuschließen ist. Und das Beil hat er von meiner Person erhalten, auf seine Anfrage hin. Wahr ist auch, daß er Paulas Wohnungstür eingeschlagen hat. Aber von einem einzigen Schlag konnte keine Rede sein. Die Tür war noch sehr solide und aus vollem Holz. Paul mußte mehrfach zuschlagen und das Beil auch als Brecheisen benutzen, bis er ein genügend großes Loch hatte, um einzusteigen. Das dauerte so lange, daß sich unser ganzes Haus auf der Treppe versam-

meln konnte. Einer hatte sogar Zeit genug, seine alte Kamera und Blitzlicht zu holen und alles zu fotografieren. Die meisten haben ihn sogar ermutigt und ihm Ratschläge gegeben, wie die Tür am besten zu sprengen war. Alle waren gespannt, wie die Sache ausgeht. Bei jedem Schlag hat Paul gerufen: „Paula, ich komme." Und: „Saft, gehen Sie hinter der Tür weg und verhalten Sie sich ruhig. Ich will bloß Paula holen." Er setzte voraus, daß Saft bei Paula war. Er ist sehr heiter und keineswegs wütend oder verbissen gewesen. Meine Person ist nach den ersten Schlägen sogar der Meinung gewesen, daß sich Paul länger mit der Tür aufhielt, als nötig gewesen wäre. Paul gab es später auch zu. „Ich habe es genossen. Ich bin mir vorgekommen wie ein Mensch, der sehr lange Zeit Kompromiß um Kompromiß geschlossen hat und der nun endlich seinem Feind Auge in Auge gegenübersteht und ihm mit jedem Schlag zu verstehen gibt, daß es mit den Kompromissen vorbei ist, daß nun endlich klare Verhältnisse geschaffen werden." Und Pauls Feind war die Tür, das einzige, was ihn noch von Paula trennte, wie er dachte. In Wahrheit war da noch eine zweite Tür. Die Tür zu Paulas Zimmer. Paula hat gesagt, sie ist schon beim ersten Schlag aus dem Bett gesprungen, und sie wußte auch sofort, daß es Paul war. Trotzdem wollte sie sich bis zum letzten verteidigen. Sie verrammelte ihre Tür mit allem, was ihr in die Hände fiel. Paula: „Ich dachte, daß ich mir das schuldig war." So fand Paul sie, als er ins Zimmer getreten ist. Denn da gab es noch eine zweite Tür, die zum Kinderzimmer, und dieser Weg ist Paul von Paulas Mädchen gewiesen worden. Paul ließ das Beil fallen und ging auf Paula zu. Das Wasser ist Paula immer noch aus den Augen gelaufen, und als Paul vor ihr stand, fing sie an, ihn zu ohrfeigen, mit aller Kraft, die sie hatte, und so lange, wie sie konnte. Paul hat stillgehalten und hat sie immer nur angesehen. Und als Paula die Arme lahm geworden sind, hat er Paula in die Arme genommen, und Paula hat nichts dagegen machen können und auch nicht wollen. Sie ließ sich küssen und hat Paul geküßt. Soviel Kraft hatte sie aber noch, daß sie Pauls Hemd auf dem Rücken zerrissen hat, als sie ihn umarmte. Dann sind Paulundpaula ins Bett gesunken, und wir alle sind auf Zehenspitzen aus dem Zimmer und aus der Wohnung gegangen und haben Paulundpaula allein gelassen. Meiner Person und mehreren von uns sind die Tränen gekommen.

Später hieß es, Paulundpaula sind für eine Woche und drei Tage nicht aus dem Bett gekommen und sind zuletzt völlig erschöpft gewesen vor lauter Liebe, so daß sie dem Hungertod nahe gewesen sein sollen, weil sie neben allem anderen auch das Essen vergessen haben. Das gehört zu den Legenden, die sich von Anfang an um Paulundpaula gerankt haben. In Wahrheit sind Paulundpaula am nächsten Morgen zur gleichen Zeit aufgestanden, wie immer. Paula ist in ihre Kaufhalle gegangen an ihre Kasse, und Paul ist zu seiner Frau gegangen. Wahr ist, daß beide nicht sehr viel Schlaf gehabt haben in dieser Nacht und dementsprechend blaß gewesen sind. Aber nicht nur blaß. Beide haben übereinstimmend gesagt, daß sie an diesem Tag besonders gefährdete Verkehrsteilnehmer gewesen sind und schon im eigenen Interesse hätten im Bett bleiben sollen. Beide haben sehr viel Luft unter den Füßen gehabt und sind mehr geschwebt als gegangen.

In Paulas Kasse ist am Abend ein Manko von mehreren zehn Mark gewesen, was ihr noch nie passiert war. Paula bezahlte das Geld ohne weiteres aus ihrer eigenen Tasche und fand, daß sie noch billig weggekommen war. Das Manko hätte sich nach ihrer Meinung an diesem Tag ebensogut um die hundert bewegen können. Und daß es nicht noch größer gewesen ist, verdankte sie nur den Leuten, die ihr zurückgegeben haben, was sie zuviel herausgegeben hatte. Noch Tage später sind Leute gekommen und haben gesagt: „Paula, du hast mir neulich drei Mark oder fünf Mark zuviel rausgegeben." Zuletzt fehlte Paula keine Mark mehr. Dabei wäre Paula kein Preis zu hoch gewesen für die Nacht mit Paul. Sie hat völlig ungeniert gesagt, daß sie Paul noch bis Mittag in sich fühlte. Paula: „Und dann bediene einer noch die Kasse." Außerdem war sie sich sicher, daß sie ein Kind empfangen hatte.

Gabriele Wohmann

Schönes Gehege

[...] Warum bloß halten Sie so viel von Affären, fragte Plath. Was anderes ist es doch nicht, wenn wirs mit Ihren Augen sehen, die alles unschuldig machen wollen. Außerdem unterstellen Sie mir zu viel Plural. Sie irren sich. Ich sage nicht AFFÄRE zu einer außerehelichen Leidenschaft, sagte Roll, ich nehme das als PASSION ernst. Gut, dann sage ich Delikt dazu, sagte Plath. Ach, verdammt, wir werden uns nicht einigen über diese ganzen Ungereimtheiten, Wahrheitsexkremente, Berichterstattungsausflüsse. Und wenn schon mir selber oder einem andern so eine sogenannte Leidenschaft für seine Existenz nützlich gewesen sein sollte – bitte: das ist nicht nur seine Sache. Es ist auch die Sache desjenigen, für den oder für die sie nichts als ein Schaden und ein Unheil war und überhaupt nicht nützlich oder so was, PRODUKTIV. Alles feierliche Verlogenheit. Als Roll erneut widersprechen wollte, fand Plath, es sei Zeit zu erwähnen, daß dieses Thema sowieso in seinem Leben überholt sei. Er tat damit Roll einen noch geringeren Gefallen.

Plath sagte: Alles vorbei, für mich.

Können Sie aber für die Zukunft garantieren und wollen Sie das? Sie sind erst Anfang 40, sagte Roll mit neuer Hoffnung.

Ich will es garantieren, ich muß es auch können, ich werde es können, mein Geschmack daran ist nie gut gewesen und jetzt erst recht so richtig übel, schon wenn ich ihn mir vorstelle. Endlich will ich nicht mehr den Leuten zuliebe verhehlen, daß ich es puritanisch ganz gern habe. Ich will nicht mehr aus purer Anbiederei bei den Leuten und aus Gefälligkeit, gemixt mit der Furcht, prüde zu wirken, die schmierigen Geschichten mitspielen, oder auch nur mitlachen über die schmierigen Anspielungen aus dem Bereich der sexuellen Gesellschaftsspiele und über die öden geilen Witzeleien, die mich sowieso nicht zum Lachen bringen, ich will nicht mehr lachen, bloß weil die andern so lachen. Ich will ruhig mit einem ganz unanimierten und nicht mal krampfhaft grinsenden Gesicht auf den abgeschmackten pubertativen Kram, der die erwachsenen Leute immer noch kitzelt und aufgeilt, mit zunehmendem Alter mehr, ich will darauf von nun an ohne Ton und bewegungslos reagieren, also nicht reagieren, und ich will einen langweiligen, sturen, spielverderberischen Eindruck machen. Richtig lähmend und enttäuschend sein. Inmitten der albernen Obszönitäten und des Beifalls auf sie will ich herumstehen: sauertöpfisch und viktorianisch und moralistisch.

So oder so: Sie wollen auffallen, sagte Roll.

Es wäre mir recht, wenn ich auffiele als einer, der kein Mitläufer ist, der nicht die übliche Rolle blindlings übernimmt, sagte Plath. Diese steinalte Tatsache und Überlieferung, daß Männer und Frauen eine beinah doch überhaupt nicht phantasievolle und schon gar nicht originelle und erst recht auch nicht ästhetische Gymnastik miteinander machen, daß sie sich mit Verrenkungen schweratmig in eine etwas lächerliche und ziemlich aussichtslose Lage bringen müssen, dieses Urübel und Naturvorkommen, diese physische Angelegenheit, hauptsächlich strapaziös – ich frage mich, warum ich mich zu der allgemeinen Dramatisierung eines herkömmlichen und leider auch reichlich animalischen Vorgangs erpressen lassen soll. Eine Turnübung mit angestrengt feierlichem Beigeschmack. Aber so von selbst, ohne Mogelei der Verherrlichung, wird nur geschwitzt, ziemlich hart gearbeitet. Nur halt nach einem Ehrenkodex wird natürlich mit Absicht auch gestöhnt, gekeucht, gewimmert, es werden die paar begleitenden Interjektionen ausgestoßen, geflüstert und so weiter – ein Leistungssport mit Pflicht und Kür, Liegestütz, Gewichtheben. Dieser körperliche Aufwand, damit im Gehirn endlich ein sofort entfliehender, katastrophal heimatloser Reiz ausgelöst wird. Dieses Verhaltensmodell mit seinen paar Grundstellungen und mit seinen paar Abweichungen – Stolz der sogenannten guten Liebhaber und der oversexed few –, diese doch wahrlich merkwürdige Ungereimtheit innerhalb der übrigen Umgangsformen und Gepflogenheiten zwischen Männern und Frauen außerhalb der Betten und in Textilien verpackt, dieser kleine tierische Verrat in ihrem sonst allerdings auch nicht durchweg zur öffentlichen Darstellung geeigneten gemeinsamen Leben – na ja, das Ganze löst bei mir in der Witzform erst recht keine voyeuristische Faszination aus. Ich werde nicht mehr den Anschein erwecken, als würde auch ich die reaktionäre Obszönität und ihren Geschmack daran mit einem aufgeklärten Bewußtsein verwechseln. Immer zwingen einen die Leute dazu, daß man sie sich bei der überaus unansehnlichen Schwerarbeit ihrer Geschlechtsverkehrsdichte vorstellt, mitten in ihren Stoßzeiten, weil man ihren Anspielungen dorthin, in ihre trüben verschmierten Geheimdienste, folgen soll, und sie übertreiben, sie müssen angeben, es fällt doch keinem so leicht was Kränkenderes und für sie selber Peinlicheres ein als ein Mangel an Triebbetrieb, als eine nicht permanente Sexuallust und -bereitschaft. Ach diese ganzen öden polygamen Typen da, einer polygamer als der andere, Männer und Frauen, wie sie um die Wette kohabitieren, rekordsüchtig, außerehelich natürlich am ruhmreichsten, und auch die betrogenen Ehepartner machen ihren Gewinn dabei, vor allem die betrogenen Ehefrauen, denn so erfahren sie wenigstens, was SCHWERES SCHICKSAL ist, so können sie wenigstens ihr ungewisses Elend benennen, ihre Verödung fälschen, und sie wissen außerdem noch, daß sie einen typisch männlichen Mann geheiratet haben, und wie man kaufmännisch handeln kann mit der Schuld des andern, und überhaupt: wie das volle Menschenleben halt so ist.

Fest entschlossen hurt der Essayist herum, fest entschlossen bejaht die Ehefrau des herumhurenden Essayisten das Herumhuren des Essayisten anklagend stolz. Jetzt preß auch du, Plath, dir das traditionelle ehrfürchtige Gekicher ab, das unreinliche Gegrinse. Thematisch paßt jetzt dein wißbegieriger Gesichtsausdruck. Der Afrikaforscher und die Afrikaforscherin werden ihre von den Fachärzten nicht durchschaute fiebrige Viruserkrankung gar nicht mehr los, denn die zwei können keine Nacht voneinander lassen, wie die Afrikaforscher ungefragt mitteilen, und das wichtigste ist ihnen, es mitzuteilen. Sie haben die Aufschrift FESTSPIELE irgendwo ausgeschnitten und an ihre Schlafzimmertür geklebt. Das geht nun schon Jahre so mit der Leidenschaft – der nacherzählten, vorgekauten – und kein Ende abzusehen, und jederzeit vermehren noch hochwillkommene Gelegenheitspartner den schönen Streß im Genitalbereich der zwei Afrikaforscher, beide seufzen strahlend nach deutlich erstattetem Bericht, und sie erwähnen, daß die afrikanischen Könige ganz ähnlich leben wie sie beide, die alles Afrikanische erforschen und, wie man sehen kann, wo es ihnen nur paßt übernehmen, und auch der Hund paßt zur sexualisierten Familie mit seiner in der weitesten Nachbarschaft gefürchteten vitalen Potenz und seiner bei dieser Rasse seltenen Libido und so weiter, er macht den Mechanismus der Tiere einfach nicht mit, asketisch ist er nie, brünstig stets, und warum um alles in der Welt soll ich denn das unbedingt wissen und begeifern und beklatschten. Was stimmt denn nicht mit dem täglichen Lustgewinn der Afrikaforscher, denn er muß ja dauernd proklamiert werden, und deshalb stimmt was nicht mit ihm. Warum genügt ihnen denn der Lustgewinn nicht ohne die Information über ihn an ein Publikum, das rollenimmanent, systemgerecht, in einen neugierigen Neidzustand versetzt werden soll. Wer ist denn endlich mal so außenseiterisch und hält das Bettlakenthema für verbraucht, für unergiebig, für irrelevant. Oder zumindest, wenn es gar wirklich wichtig ist, für absolut nicht in Anekdoten weitererzählbar. Der Geheimhaltung für wert und sonst nichts. Kein Wort darüber, wenn wirklich etwas Schwerwiegendes zwischen zwei Personen los ist.

Maxie Wander

Rosi S., 34, Sekretärin, verheiratet, ein Kind

[. . .] Aber ich glaube nicht, daß du von mir was enorm Spannendes für dein Buch erfährst. Ich neige nicht zu leidenschaftlichen Ausbrüchen, ich bin neugierig, ich bin unruhig, ich bin wie ein Kind, sagt mein Mann. Und ich habe wenig Hemmungen, sage ich. Konkret, Ja? Konkret gehe ich gelegentlich mit einem Mann ins Bett oder auf die grüne Wiese. Seltsam, daß ich dir das eingestehe. Es ist seltsam, da ein Mann so etwas ohne weiteres eingesteht, es würde sogar sein Prestige aufpolieren. Ich aber verberge diesen Teil meines Lebens vor anderen Menschen, da ich weiß, wie sie über Frauen wie mich urteilen und wie schlecht mein Mann dabei wegkommt. Die Tugendrichter sind ja weniger die Männer, denen man oft zu Unrecht nachsagt, sie würden sich an unsere Emanzipation nicht gewöhnen. Meistens gehen Frauen auf die Barrikaden, die ihren Neid hinter moralischer Entrüstung verstecken. Ist ja ein alter Hut.

Aber es ist nicht so, daß ich bei Robert zu kurz komme.

Robert arbeitet sehr schwer mit seinem Körper. Wenn er abends nach Hause kommt, bin ich meistens schon da. Dann gehen wir zusammen ins

Badezimmer, das ist ein großes Zimmer, das wir vor kurzem umfunktioniert haben. Nun ist das eine große Sache für uns, dieses herrliche Bad! Es kommt vor, daß auch Sabine hinein will, und wir lassen sie herein. Und es kommt vor, daß wir Sabine wieder hinausschicken. Mit keinem anderen Mann war ich so frei wie mit Robert. Er hat mir noch nie etwas verweigert. Wir kennen unsere Bedürfnisse, Sexualität hat ja nicht nur mit Liebe zu tun, mit Streicheln und Lächeln, sie hat auch etwas mit Gewalttätigkeit zu tun, mit primitiven Trieben. Und genau das ist es, was die meisten Menschen nicht sehen wollen. Ich habe nicht zufällig diesen Arbeiter genommen. Ich will keinen Intellektuellen, der mit seinem Körper nichts anfängt. Ich hätte so einen haben können. Der war Chefingenieur. Ging mit einem weißen Mantel herum, und nach Feierabend hat er Tennis gespielt und ist mit diesen albernen Standfahrrädern in seiner Wohnung beschäftigt gewesen. Als er scharf auf mich war, hat er zuerst eine halbe Stunde geduscht und sich mit Körperspray eingenebelt. Inzwischen war mir alles vergangen. Und dann sollte ich auch unter die Dusche, vorher! Oh! Über das Laken, halte dich fest, hat er zwei Handtücher gelegt, damit das Laken nichts Schlimmes abbekommt. Ich habe diese heilige Handlung einmal über mich ergehen lassen, aus Neugier. Wie er beim zweitenmal, eine Woche später, die gleiche Zeremonie startete, bin ich abgehauen. Das arme Mannsbild hat jetzt Komplexe.

Du glaubst, du hast mich jetzt ertappt, ja? Warum trägt sie ihre Sexualität aus dem Haus, wenns mit ihrem Mann klappt, ja? Weiß ich nicht, weiß ich wirklich nicht. Ich kann dir nicht sagen, warum ich *nicht* mit ihnen schlafen soll. Es ist doch so: Man trifft unentwegt Menschen, in unserem großen Betrieb mit den vielen Beziehungen ist das beinahe unüberschaubar, und man ist doch nicht blind und taub. Ich habe gerne direkten Kontakt zu Menschen, die ich mag, auch zu Frauen. Frauenhaare und Frauenhaut sind was Phantastisches. Das geht bestimmt vielen Frauen so, sie gestehen es sich nur nicht ein. Ich sehe gerne Frauen, die große Brüste haben, sie müssen nicht schön sein. Man geht mit so vielen Menschen in die Kantine, ins Kino oder spazieren, sitzt in Versammlungen zusammen, lacht, streitet. Hundert Beschäftigungen, die man mit anderen tun kann, wenn man sich sympathisch findet. Gibt es einen einleuchtenden Grund, warum man ausgerechnet den Sex ausklammern soll? Weil unsere Großmütter das tun mußten? Ja? Alles, was natürlich ist, ist gut für mich.

Oh, das Bedürfnis nach Treue, das hab ich auch. Ich werde mit keinem andern Mann leben und keinem andern Mann mein Innerstes anvertrauen. Das weiß ich genau, viel genauer als manche Frauen, die sich einreden, mit keinem andern Mann schlafen zu können. Sicherlich gibt es viele Gründe, warum Frauen sich das einreden. Sie sind so erzogen worden. Dann mag es wirklich Frauen geben, die können nur mit einem, wunderbar. Und die andern, die wollen vielleicht, daß ihnen ihr Mann Gleiches mit Gleichem vergilt und auch bei der Stange bleibt. Und manche Frauen sind einfach feige, nicht bereit zum Risiko. Es sind ja immer diese Abenteurertypen unter den Frauen, die ausprobieren wollen, was bisher den Männern vorbehalten geblieben ist. Na schön, und nun erleben wir eben die gleiche Ernüchterung wie die Männer. Mit manchen ist die Liebe genauso öde, wie wenn man mit ihnen heiße Würstchen am Stand ißt. Unerfahrene Frauen machen ein Drama daraus, wenn die wüßten. Etwas fällt mir ein, das wirst du sonderbar finden. Wir schlucken jetzt alle diese grüne Pille zum Frühstück, die uns die Freiheit gebracht hat, ja? Ich weiß genau, ich gehe kein Risiko mehr ein, wenn ich mit einem Mann schlafe. Weißt du was? Wenn ich einen Mann liebe, dann will ich dieses Risiko eingehen! Weil der ganze Sex sonst auf die Dauer öde wird. Da wird eben was Wichtiges ausgeklammert, eine große Erschütterung. Man wird flach ohne dieses Risiko. Sex ist für mich ja nicht nur ein Spaß, sondern gelegentlich etwas Totales. Im Sex drücke ich meine ganze Persönlichkeit aus, viel direkter als sonstwo, ja? Ich bin keine Sexmaschine, ich bin eine Frau. Und es geht wunderbar, sobald ein Mann das begriffen hat. Enthemmung ist hervorragend, doch es bleibt eine Leere, die schlimm sein kann, wenn das alles überhaupt nichts mehr mit Verantwortung zu tun hat. [. . .]

Nachwort

*„Sollten nicht endlich uns die ältesten
Schmerzen fruchtbarer werden?“*
Rilke

Dem Anschein und Wunsch nach will Lust zueinander und miteinander Ewigkeit. Sie hat aber einen Anfang und ein Ende mit jedem einzelnen.

Obwohl man im allgemeinen vermeidet, sinnliche Lust zu bekennen, bedeutet ihre Anwesenheit (oder Abwesenheit) ein lebensbestimmendes Element. Die Überfülle ihrer literarischen Zeugnisse spricht eine eigene Sprache.

Unsere Sammlung versucht, dem nachzuspüren. So etwas wie eine Geschichte dieses Menschheitsthemas fühlbar zu machen, was freilich angesichts der Ausmaße und globalen Erscheinung diesbezüglich „erfreulichen Schrifttums“, wie es Thomas Manns ägyptischer Joseph nennt, immer Stückwerk bleiben muß. Stückwerk auch dann, wenn sich die Auswahl nicht auf die (viel umfassendere) Liebesgeschichte richtet, sondern im Ganzen des Liebesgeschehens die sinnliche Lust, ihr Verständnis und Mißverständnis im Auge hat.

„Ob wir der Liebe Landschaft auch kennen“ (Rilke), zu allen Zeiten und in allen Regionen und in allen Zungen, immer wieder wird die Frage lebendig: Sollte dieses Entzücken und Leiden des einen am andern, diese allermenschlichste Produktivkraft, das Eigentliche sein und das Bleibende stiften? (Der Kunst und menschlicher Schöpfung jeder Art aufs Naheste verwandt.)

Man muß wohl annehmen, was der Augenschein lehrt: Hier geschieht etwas, was dem Menschen ein für allemal eigen ist, etwas Wesentliches, das im Wechsel der Zeiten wechselnde Gesichter trägt und das vielfach bedingt, aber ebenso unbedingt die Notwendigkeit meint, dieses Wesentliche auch wesentlich, menschlich nämlich zu tun. Und darin liegt die Entwicklungschance der ganzen heiklen Sache. Sich über sie zu verbreiten heißt in ein schwebendes Verfahren eingreifen, dessen Ausgang die Menschheit in jedem einzelnen entscheidet.

Dann erst können „die ältesten Schmerzen“ fruchtbarer werden, wenn es allen möglich wird, menschlich zu leben, wenn es wesenhaft wird, Lust als Liebes-Lust zu leben, der sinnlichen Lust das schlechte Gewissen zu nehmen, Liebe als Eigenstes und Allgemeinstes, als sozialen Vollzug im Persönlichen zu begreifen und diese Beziehungen von allem zu befreien, was der menschenwürdigen Begegnung zweier Menschen im

Wege steht. Nichts Schlimmeres könnte uns passieren, als so zu bleiben, wie wir jeweils gerade sind.

Nun setzt schon Platon Eros und Drang nach Vollkommenheit, nach Vervollkommnung in eins, und man durfte und darf hiernach auf sich bessernde Verhältnisse hoffen. An philosophischen, psychologischen, ethischen, juristischen, pädagogischen, soziologischen, völkerkundlichen, zoologischen und seit einigem auch psychoanalytischen, psychiatrischen, endokrinologischen und hygienischen Reflexionen fehlt es jedenfalls nicht. Keine Generation und keine Epoche hat es unterlassen, ihr Liebesverhalten und seine spezifischen Bedingungen zu untersuchen. Wenn auch den Theorien oft die Praxis und wahrscheinlich der Praxis noch öfter die Theorie gefehlt hat, die Dichter, Schriftsteller, Sänger kommen mit den Wissenschaftlern im ganzen darin überein, daß bei solchen Individuen, die nach Dauerhaftigkeit und Ausschließlichkeit strebende gegenseitige Zuneigung empfinden, Liebe ohne sinnliche Lust ein schöner (?) Selbstbetrug, sinnliche Lust oder Sexualität ohne Erotik Primitivismus, Erotik ohne Sexualität ein neurotisierender Senitmentalismus und Sexualität ohne Liebe menschenunwürdig ist. Sinnliche Lust entspringt wohlfunktionierender Physis und Psyche, dem Naturtrieb und unserer Phantasie gleichermaßen, und wobei sollte Phantasie mehr geboten und am Platze sein als beim Miteinander zweier menschlicher Körper? Ein unerschöpfliches Thema der Literatur, das direkt zum kritischen Punkt hinführt: Sinnliche Lust besteht nicht im sexuellen Geschehen allein, sondern wird von der äußeren und geistigen Gesamtpersönlichkeit des anderen erregt. In Erkenntnis und Praxis dieses Zusammenhangs fließt zusammen, was man Sublimierung, Kultivierung, am besten Humanisierung des Lebensverhältnisses nennen kann. Aus dem Ästhetischen tritt das Sittliche hervor. Und gerade dieser historische Prozeß und seine künstlerische Darstellung unterscheiden erotische Literatur von Pornographie und Obszönität. Erotische Literatur spricht von Liebe, die mehr ist als sinnliche Lust, aber auch nicht weniger, der nichts mehr entgegensteht als Askese (wo Entsagung gepredigt wird, ist institutionelles Interesse meist nicht fern) und Dämonisierung. Unsere Sammlung enthält Zeugnisse einer Literatur, die aufweist, daß sinnliche Lust eine Geschichte hat und in Geschichte steht – was vieles, wenn auch nicht alles erklärt. Daß Liebe, außer von Glück, Zufall und individueller Gefühls- und Willensleistung, in ihrem Gelingen und Mißlingen auch vom sozialen Bedingungsgefüge abhängt – was ebenfalls vieles, wenn auch nicht alles erklärt, daß Liebe und Lust immer und ewig ihren unsagbaren Grund in sich selbst tragen, der erlebt und nicht analysiert und beschwatzt sein will. Warum dennoch über nichts mehr geschrieben wird als über diesen Grund von Glück und Unglück, mag wohl daran liegen, daß er wirklich unsagbar ist und daß er das geschichtliche Phänomen darstellt, bei dem sich, nächst der Arbeit, Persönliches und Überpersönliches am intensivsten verbinden.

Zuviel Verstand schadet der Lust, zuwenig Verstand schadet der Lust: unbezweifelbare Sätze, die den Anschein erwecken könnten, als sei in Liebesdingen, beachtet man nur die richtige Dosierung, leichten Spiels das Glück zu gewinnen. Man setze anstelle von Verstand die nicht minder gewichtigen Substantive Achtung, Aufklärung, Anmut, Altruismus, Besitztrieb, Erfahrung, Egoismus, Freiheit, Gefühl, Gesellschaft, Geheimnis, Geschichte, Heiterkeit, Kraft, Leichtigkeit, Mut, Selbstverwirklichungstrieb, Sicherheit, Selbständigkeit, Selbstvertrauen, Schönheit, Technik, Wohlstand, Vertrauen, Würde, Zärtlichkeit usw., usf. Sich die Konsequenzen auszudenken könnte nicht nur ein Gesellschaftsspiel sein, es *ist* in Tun und Denken *das* Gesellschaftsspiel seit Anbeginn. Und Literatur aller Gattungen erweist sich als treue Begleiterin, Ratgeberin, warnt und ermutigt und füllt die Regale mit diesem „Zuviel“ und „Zuwenig“.

Um ein „leichtes Spiel“ handelt es sich indessen bei Liebe und Lust in keiner Weise, eher um eine extreme Anforderung an alle menschlichen Qualitäten.

Als in frühbabylonischer Zeit (um 2000 v. u. Z.) einer der ersten Epiker der Menschheit beginnt, seit langem von Ohr zu Ohr tradierte Geschichten um Gilgamesch, den Helden und priesterlichen Fürsten, zu ordnen und in weichen Ton einzuschreiben, war im Vorderen Orient das, was Engels „die weltgeschichtliche Niederlage des weiblichen Geschlechts“ nennt, schon mehr als tausend Jahre alt. Das Mutterrecht hatte dem Recht des Mannes, die gentile Verfassung der priesterlichen, fürstlichen, sklavenhalterlichen Herrschaft weichen müssen. Die Bildung von Privateigentum in großem Stil, und besonders jenes an Produktionsmitteln, schlagen dem Manne zu Buche. Seiner ökonomischen Stärke entspringt politische und legislative Macht, und er sanktioniert in Norm und Gesetz auch seine sinnlichen Interessen als „allgemeines“ Recht. So wird der Satz „Er soll dein Herr sein“ von Anfang an sehr wörtlich und sehr primitiv beim Wort genommen. Wischt man den Weihrauch der Jahrhunderte, der Moral- und Rechtsnormen, der Sittenkodexe, Philosophien und Religionen beiseite, bleibt als gewiß verallgemeinerte, im ganzen der Geschichte aber gültige Tatsache: der egoistische Herrschaftsanspruch der Männer und ihr Verfügen über Frauen wie über Herden, Geräte und Liegenschaften. Es entstehen, vor allem im Interesse disziplinierter Organisation lukrativer Familienwirtschaften und eigentumsbewahrender legaler Erbfolge über die männliche Linie, die verschiedenen Formen offizieller Ehe und zugleich auch die sehr verschiedenen Formen der inoffiziellen, aber alle Zeit sanktionierten Prostitution der Frau. Liebe und Lust gedeihen unter solchen Bedingungen nicht im Zentrum menschlichen Daseins, wo sie hingehören, sondern am Rande, bedrängt, gefährdet, pervertieren, werden Ware, wie alles Ware wird, werden konsumiert und (meist zwangsweise) angeboten. Daß solches Verhältnis menschliches Lusterleben zerstört, auf beiden Seiten zerstört, ist ein nicht endendes Klagelied der Liebesgeschichten in der Klassengesellschaft. Und die Dichter künden von der krausen und grotesken, tragischen und oft nur widerwärtigen Phänomenologie dieser Zerstörung und von den heroischen und rührenden Ausbruchsversuchen aus dieser Fesselung. Daß das „polygame Interesse" des Mannes freundliche Selbstüberschätzung und Selbstbetrug ist, kann jedem einschlägigen Lehrbuch entnommen werden. Aber es entspricht genau dem ökonomischen Akkumulationsfanatismus und -fetischismus, dem Zwang solcher Gesellschaft, bei Strafe des Bankrotts nach mehr und mehr Eigentum zu streben – nach für den einzelnen ebenso letztlich nutz- und sinnlosem Eigentum – wie es Salomos angeblich fünfhundert Frauen zu ihrem Unglück gewesen sein müssen. Aus dieser so banalen wie schrecklichen Lebenskonstellation und der Tatsache, daß sexuelle Freiheit der Frau entzogen, ihr zwangsweise abgekauft wird, folgen sexuelle Prahlerei hier und Weiberlist dort, folgen Ehebruch, der schlaue Liebhaber wie der Hahnrei, sexuelle Heuchelei, Prüderie, Schamlosigkeit als Gegenstück usw., usf. als unerschöpfliche Themen vom Gilgamesch-Epos bis zum Ännchen von Tharau, das, wahrscheinlich um des Reimes willen, aber äußerst bezeichnend, mit dem „höchsten Wert", dem Geld, identifiziert wird. Grundlagen menschengemäßer Lust und Liebe sind das nicht, und es wird noch lange dauern, bis, im hohen Mittelalter etwa, individuelle Geschlechtsliebe als menschliche Möglichkeit erahnt, bis in unserer Zeit langsam und mühevoll gesellschaftliche Voraussetzungen ihrer Wirklichkeit geschaffen werden können. Die Thematik monogam oder polygam verliert sich dann ohne größere Geräusche in der freien Neigung zueinander und im Verständnis dessen, was Wielands Musarion meint: „Es ist darum zu tun, daß wir uns glücklich machen, / Und nur vereinigt kann dies Weisheit und Natur", nur gemeinsam gelangen Frau und Mann zum Glück und zur möglichen Wahrheit eines jeden Lebens.

In der griechischen und römischen Antike jedenfalls ist es noch weit bis zu Musarions aufgeklärter Erkenntnis. Der sinnliche Eros der Antike ist der sexuellen Gemeinsamkeit zweier Individuen im Sinne von Ganzheit, Leib und Geist noch sehr fern, ist „einfaches geschlechtliches Verlangen", das Gegenliebe, Dauer, wechselseitige Verantwortung nicht voraussetzt. „Im ganzen Altertum" und für lange Zeit noch „werden die Ehen von den Eltern für die Beteiligten geschlossen, und diese finden sich ruhig hinein. Das bißchen eheliche Liebe, das das Altertum kennt, ist nicht etwa subjektive Neigung, sondern objektive Pflicht", und das auch für lange Zeit noch. „Liebesverhältnisse im modernen Sinne kommen im Altertum nur vor außerhalb der offiziellen Gesellschaft. Die Hirten, deren Liebesfreuden und -leiden Theokrit und Moschos uns besingen, der Daphnis und die Chloe des Longos sind lauter Sklaven, die nicht teilhaben am Staat, der Lebenssphäre des freien Bürgertums. Außer bei Sklaven aber finden wir Liebeshändel nur als Zersetzungsprodukte der untergehenden alten Welt und mit Frauen, die ebenfalls außerhalb der offiziellen Gesellschaft stehen: in Athen vom Vorabend seines Untergangs an, in Rom zur Kaiserzeit. Kamen Liebeshändel wirklich vor zwischen freien Bürgerinnen und Bürgern, so nur wegen des Ehebruchs. Und dem klassischen Liebesdichter des Altertums, dem alten Anakreon, war die Geschlechtsliebe in unserem Sinne so sehr Wurst, daß ihm sogar das Geschlecht des geliebten Wesens Wurst war." (Engels)

Die meisten griechischen Philosophen verhalten sich ablehnend oder skeptisch gegenüber der offiziellen Zerspaltung der Liebe in Ehepflicht und Hetärengenuß, wobei nicht selten der berechtigte Affront gegen diese soziale Praxis auch Liebe und Lust selbst mit trifft. Gegen jene entleerte bloße Sinnlichkeit macht Heraklit geltend: „Wenn das Glück in den Lüsten des Körpers bestände, dann müßte man das Rindvieh glücklich nennen, wenn es Erbsen zu fressen fände." In der Ethik der Pythagoräer findet sich wiederholt die Empfehlung, Sexualität erst möglichst spät im Leben kennenzulernen. Leukipp und Demokrit lehnen Ehe und Kinderzeugung ab, weil daraus „viel Unerfreuliches" entspringe, und schön sei vor allem das Gleichmaß; Übermaß und Mangel seien zu vermeiden, und Epikur fügt die Vernunft hinzu, als Ausgangspunkt für Glück und höchstes Gut. Summa summarum: Keine Lust ist zwar an sich ein Übel, aber alles, was Lustempfindungen erzeugt, zieht Übles nach sich, das um ein Vielfaches größer ist als die Lustgefühle. Höchste Lust besteht darin, keinen Schmerz zu empfinden, und was den „Liebesgenuß" betrifft: „Man muß zufrieden sein, wenn er keinen Schaden angerichtet hat." Das klingt ziemlich weise und sehr müde, und Lukrez läßt die Katze aus dem Sack: „An Kunstfertigkeit weit überlegen und um vieles geschickter ist das ganze Geschlecht der Männer", und damit sich Frauen nicht gegen dergleichen Anmaßungen auflehnen, dekretiert Demokrit als Tugend: „Wenig reden ist ein Schmuck der Frau."

Gelegentlich Ovids „Ars amatoria" sei immerhin erinnert, daß verständige Psychologie, sinnliche Phantasie und Wissen um erotisches Tun nicht zu verachtende Voraussetzungen der Lust und des Liebesglücks sind, vorausgesetzt – für uns Heutige – es treten sich Mensch und Mensch nicht als Objekt, sondern als Subjekt gegenüber. Ähnliches gilt für das rund fünfhundert Jahre jüngere Kāmasūtra des Vātsyāyana aus dem indischen Kultur- und Sittenkreis.

Der Widerstreit zwischen natürlichem, individuell geprägtem Liebes- und Lustverlangen und den Klassen-, Standes- und Eigentumsinteressen, den ihnen dienenden ethischen Ideologien und Normen durchzieht auch die Sittengeschichte und Geschichte der erotischen Literatur im Mittelalter. Beim Feudaladel jetzt dominieren diese Interessen zum großen Schaden von Liebe und Heirat, und „Minnesangs Frühling" umschwärmt prompt das Ideal der dienenden „Hohen Minne", der unerreichbaren, weil verheirateten Herrin. Heldentaten in ihrem Dienst und idealisierte Sehnsüchte ersetzen nur höchst mangelhaft, was unverstellte Liebe kann. Auch die Kinder der Zunftbürger leiden an der Liebe, die rigoros und heuchlerisch dem Erwerbs- und Einflußstreben in den sich entwickelnden Städten untergeordnet wird. Die Geistlichkeit predigt von Amts wegen Asketismus und Feindschaft zwischen Körper und Seele, zufriedenes Verharren in einem, den Herrschenden genehmen Zustand des irdischen Jammers und der Sünde. Kehrseite solcher Ideologie ist der Sittenverfall in den eigenen Reihen, sind zum Beispiel die blühenden Klosterskandale, die im 14. Jahrhundert noch durch Einsatz vielfältiger Machtmittel kaschiert werden können, aber schon im 15. Jahrhundert nicht mehr zu verhindernder öffentlicher Kritik anheimfallen. Arbeitsrenten, Naturalrenten und Geldrenten pressen die Bauern, die Kleinbesitzer in den Dörfern, den Zentren frühmittelalterlichen Lebens, zurück in persönliche Hörigkeit und fast sklavische Leibeigenschaft. Ein weiter Blick, Bildung, Kultur, entkrampfte Sinnlichkeit können sich hier noch weniger als dort entwickeln, und so beherrscht Primitivität, Derbheit, die Zote weithin das, was außerhalb der hohen Dichtung Liebe und Lust den Leuten bedeuten.

Das liebesgeschichtlich Entscheidende, das sofort auch bedeutende Literatur hervorbringt, geschieht dann und dort, wo zwei aus der unmenschlichen Konstellation der Privateigentumsinteressen ausbrechen, ihre Sache auf nichts als ihre Liebe stellen, nur ganz selten der Macht der Mächtigen entgehen und meist bitter scheitern. Noch wird Verlangen nach individueller Geschlechtsliebe bestraft, aber wie sich wieder und wieder zeigt, es ist in geschichtlicher Endkonsequenz nicht aus den Menschen herauszuprügeln.

In solchem Bestreben nach höherer, individueller Authentizität, auch der erotischen Dichtung, entsteht in der altfranzösischen Literatur des 13. Jahrhunderts die neue Kunstform der Prosanovelle, die sich bei „Aucassin und Nicolette" noch in der Mischung von Vers und Prosa darstellt und in den Mittelpunkt des Geschehens ein liebendes Paar rückt, das seine

Liebe verteidigt, einander Treue bewahrt, aus dem Gemeinsamen lebt und sich im Menschlichsten aufeinander angewiesen empfindet.

Zum Gipfel mittelhochdeutscher Dichtung, weit über das höfische Maß hinaus, erfüllt von Erlebnis, Sinnlichkeit, Anmut und Schönheit der Liebe gelangt Walther von der Vogelweide. Es ist nicht mehr die unerreichbare Herrin, die er anbetet, sondern die nichtadlige unverheiratete Frau, das Bauernmädchen, die mögliche Herrlichkeit der Liebe. Seine Kunst allein vermag es jedoch nicht, der „niederen Minne" gesellschaftliche Reputation zu erringen.

Als im Italien des 14. bis 16. Jahrhunderts die frühkapitalistischen Manufakturen prosperieren, handwerkliche Kunstfertigkeit Gipfelleistungen erreicht, sich ausgedehnter Handel, naturwissenschaftliche Forschung, Technik und bürgerliches Selbstbewußtsein entwickeln, verschafft das frühe Bürgertum, in den Städterepubliken zum Beispiel, seiner wirtschaftlichen und geistigen Überlegenheit die entsprechende politische Macht und errichtet auch in Kunst und Philosophie die Fundamente seiner Herrschaft. Die Ethik des bürgerlichen Individualismus versteht Menschliches nicht mehr transzendent gebunden, sondern auf Natur und Gesellschaft bezogen, erkennt das Recht des Individuums auf freie Erfüllung seines persönlichen Lebensanspruchs, ist von Kraft und Lebensbejahung erfüllt und wendet sich, besonders in der literarischen Satire, gegen Adel und Geistlichkeit als anachronistische Hüter der politischen und geistigen Unfreiheit und der körperlichen Askese. Solchem bürgerlichen Humanismus erscheint der Körper nicht länger als Kerker der Seele, und Wiedergeburt der Antike heißt hier: Gesunde Seele im gesunden Körper, Harmonie, Bildung; Liebesbeziehung wird immer mehr als natürliche, wechselseitige Zuneigung, als individuelle Geschlechtsliebe verstanden.

Dante steht, mit weit in die Renaissance und die fernere Geschichte hineinreichender Wirkung, am Anfang dieser Entwicklung. Sein Frühwerk „La Vita Nuova" (1292) bedichtet eine hehre, hohe, sehr ferne, ganz traditionelle, ganz unsinnliche und körperabgewandte Liebe zu Beatrice. In „Die Göttliche Komödie", kurz vor seinem Tode 1321 vollendet, im 5. Gesang der Hölle dagegen, beschwört er Francesca und Paolo, die dem Zwang ihrer Liebe, ihrer sinnlichen Lust bis in den Tod folgen, ihren Glücksanspruch gegen eine Konvenienzehe durchsetzen und gemeinsam Höllenstrafen für Erdenschuld tragen. Dantes Erschütterung durch solche Art von Menschlichkeit und Liebe ist ungeheuerlich. Das Bekenntnis zu ihr, die sinnliche Lust als humanum, nicht als Ursprung der Sünde, wird Hauptthema für Boccaccios Novellen.

Die ethischen Forderungen des Renaissancehumanismus stoßen natürlich auf wütende Gegenwehr von Papsttum, Klerus, Adel und im 16. Jahrhundert sich auflösender, aristokratisch und konservativ entarteter ständischer Ordnung in den Stadtrepubliken. Diesen Mächtigen die Spiegel vorzuhalten ist Sache der großen Satiriker, emanzipierter, kraftvoller Künstlermenschen, die im Leben die Quelle der Kunst finden und die Tabus ihrer Gegner mit Brillanz dem allgemeinen Gelächter preisgeben. So sieht man den Schustersohn aus Arezzo, Pietro Aretino, am Werk seiner „Gespräche", Hetärengespräche, der Form nach seit der Antike bekannt, der Sache nach von einer bisher nicht geahnten Brisanz bei der Enthüllung der Doppelmoral im Kloster- und Eheleben. Die Moral der Freudenmädchen dagegen erscheint ihm ganz und gar ungebrochen und besteht darin, Heuchler und geile Frömmler nach allen Regeln von Weiberlist und sexueller Kunstfertigkeit bis auf den letzten Heller zu rupfen. Satirisches Anliegen und erotische Phantasie des Autors gehen dabei eine Verbindung ein, die dem Werk weltliterarischen Rang sichert.

Um praktisches Leben, Satire, kritisches Zeitgemälde, Kultur- und Sittendokument geht es auch dem geographisch entfernten, thematisch in vielen Zügen sehr nahen chinesischen Zeitgenossen des Aretino und Rabelais, dem Staatsmann und Dichter Wang Schi Tschong, dem der „schönste der vier großen merkwürdigen Romane" der Ming-Zeit (1368 – 1644) zugeschrieben wird, der „erste eigenständige, originale Roman der Chinesen" (Wu-shan-Sheng): „Kin Ping Meh (Pflaumenblüte in der Goldvase) oder die abenteuerliche Geschichte von Hsi Men und seinen sechs Frauen". Die Geschichte des Apothekers und Handelsherrn, der wie viele seinesgleichen im China des 16. Jahrhunderts beträchtliche Reichtümer ansammelt und keinen anderen Lebenssinn entwickelt, als sie in Schönheit und Geschmack mit seinen Frauen, Konkubinen und Kurtisanen zu verprassen. So entsteht eine „umfassende Dokumentation der erotischen Sitten der Ming-Zeit" (Wu-shan-Sheng), aufbauend auf den in Jahrhunderten säkularisierten erotischen Lehren des Taoismus, der Körper und Seele als Einheit, das Erotische als Teil eines einheitlichen Weltbildes, und fern aller persönlich gerichteten Leidenschaft als Ausdruck kollektiver sexueller Freiheit begreift. Der satirische Aspekt auf die Verhältnisse Hsi Mens und des 15./16. Jahrhunderts ergibt sich aus den sozialen und ethischen Konsequenzen des Kin Ping Meh: Der reiche Wüstling geht elendiglich zugrunde, weil seine sexuelle Gier Einheit und Maß des taoistischen Weltbildes stören, weil, europäisch gesprochen, Sexualität ein Teil und nicht das Ganze der Liebe und schon gar nicht des Lebens ist.

Wollen wir, was die folgenden zwei Jahrhunderte anlangt, nicht zuerst von Feudalabsolutismus, Barock und Rokoko, sondern vor allem von den Jahrhunderten der Aufklärung sprechen. Was am Ende des 16. Jahrhunderts mit Bacon und Descartes als neuzeitliches Denken, moderne Lebenssicht beginnt, schreitet im 17. Jahrhundert stürmisch voran und wird im 18. Jahrhundert in den europäischen Ländern zur gesellschaftlich wirkenden Tatsache: Der dritte Stand artikuliert in Denken und Sitten antifeudale und antiklerikale Programme und Normen und begründet als positives Gegenbild seine Auffassungen von einer vernünftig organisierten Gesellschaft, von der Freiheit des Menschen und seiner Befreiung von Aberglauben, feudaler Despotie und transzendenter Bestimmung. Er begründet die Notwendigkeit wachsender Naturbeherrschung und technischen Fortschritts im Interesse lukrativer kapitalistischer Warenproduktion, fordert Fleiß, Treue, bürgerliche Anständigkeit und persönliche Integrität. So knüpft er an das, was Renaissancehumanismus und Reformation vorbereitend geleistet hatten an und führt es fort.

Englands „Glorreiche Revolution“ (1689) und die französische bürgerlich-demokratische Revolution einhundert Jahre später sollten diesen Interessen, Normen und Lebensvorstellungen politischen Ausdruck verleihen.

„Sapere aude! Habe Mut, dich deines eigenen Verstandes zu bedienen!“ Das ist der Wahlspruch der Aufklärung (Kant 1783). Nun vermögen Verstand und Vernunft gewiß nicht alles, ihre Wertschätzung indessen hat Menschliches immer gefördert, ihre Überschätzung höchstens lästige Selbstgerechtigkeit bewirkt, ihre Verachtung und Abwertung war aber immer ein Teufelswort und der Ausgang schrecklicher Aktionen der Weltgeschichte. Jedenfalls versteht sich hiernach, wie Aufklärung auch die Befreiung der Sinnlichkeit zu betreiben gedenkt und daß sich im bürgerlichen Leben dieser Jahrhunderte der Kampf um die Befreiung der Liebe von feudalen, ständischen, religiösen Zwängen besonders zuspitzen mußte. Allerdings wirkt dessen ungeachtet das Grundmanko der Eigentumsverhältnisse in seinem negativen Einfluß auf die bürgerliche Ehe und Liebesbeziehung überhaupt, und ihre Kehrseite, die Prostitution, forciert fort. Gerade diesen Tatbestand reflektiert die zeitgenössische erotische Literatur in allen ihren Gattungen.

Frankreich heißt zu Recht das klassische Land der Aufklärung. Hier treten an der Wende vom 17. zum 18. Jahrhundert Gegensätze zwischen absolutistischer Monarchie, zwischen Feudalaristokratie, Klerikalen und drittem Stand am deutlichsten zutage. Der Despotismus des Ancien régime stinkt in allen Lebensbereichen zum Himmel und ruft mit äußerster Schärfe die Antithesen des dritten Standes und seiner Wortführer auf den Plan, die in Theorie und sozialer Praxis Freiheit, Gleichheit und Brüderlichkeit verwirklicht sehen wollen.

Auch sittengeschichtlich erlangen Pierre Bayles (1647 – 1706) um begriffliche Klarheit und Eindeutigkeit bemühtes „Dictionnaire“, Voltaires (1694 – 1778) „Handbuch der Vernunft“, Rousseaus (1712 – 1778) Theorie der Geschichte als „Kampf um Bildung und Fortschritt“, sein Ruf zu „naturgemäßer Lebensweise“, erlangt der französische Materialismus von La Mettrie, Helvetius und Holbachs „System der Natur“ eine revolutionierende Bedeutung.

In ihrem Geiste stellen Diderots „Die geschwätzigen Kleinode“ Bürgertugend gegen Adelskorruption, was er mit Kerkerhaft zu büßen hat. Sein jüngerer Zeitgenosse Choderlos de Laclos, Jakobiner, napoleonischer General in Italien, seziert mit Scharfsinn und Ironie den Zusammenhang zwischen erotischer Psychoartistik, leerem sinnlichem Ästhetizismus und menschenverachtendem Zynismus im Leben der Adelsgesellschaft. Sein von Heinrich Mann ins Deutsche übertragener Briefroman wird so ein klassisches Werk erotischer Literatur.

Eine Zwischenstellung behaupten Schriftsteller, die dem Weltverständnis der neureichen Großbourgeoisie und des liberalen Adels nahestehen und gegen die Einschränkung ihrer ökonomischen und sexuellen Expansionen durch absolute Monarchie und Religion angehen. Sie übernehmen so einige ihnen genehme Grundsätze der Aufklärung, wie zum Beispiel die von kirchlichen Einflüssen freie, auf der Initiative des einzelnen beruhende Erziehung. Die gelegentlich pornographische Neigung des Comte Mirabeau in „Lauras Erziehung“, der vom Abgeordneten des dritten Standes zum Präsidenten der Konstituante „avanciert“, findet letztlich darin ihre Ursache. Aus ähnlichen Gründen stellt Giacomo Casanova in seinen französisch geschriebenen „Erinnerungen“ die Sitten und Herrschaftsnormen des Ancien régime, der spanischen Inquisition und des venezianischen Stadtadels an den Pranger. Er abenteuert und hochstapelt vierzig Jahre durch Europa, ständig auf der Flucht vor den beiden Miseren: in den dritten Stand „hinabzusinken“ und ohne Genuß und Liebeslust zu leben; wozu ihm allerdings die Töchter und Frauen dieses Standes ebenso wie Adelsdamen und alle anderen Arten vorgeblich oder wirklich reizvoller Weiblichkeit recht sind. Als Erotiker hohen Grades weist ihn indessen sein Streben nach Gegenliebe aus. Das unterscheidet Casanova wohltuend vom sexuellen Krafttyp des Don Juan, für den wachsende Erfolgsregister das Erotische ausschließen, oder von jenem Fiesling Bel Ami, der Sinnlichkeit als Mittel zum Zweck für Macht, Reichtum und Karriere verkauft.

Bleibt als dritte, üppig wuchernde Gruppe die galante Literatur meist seelen- und gefühlvoll getarnter, sinnlich entleerter, leidenschaftsloser Obszönität und ihr Gegenstück: der bis zum Lustmord getriebene Despotismus des Marquis de Sade als perverser Ausdruck männlichen „Privilegs“.

Englands Satiriker und Romancier des 18. Jahrhunderts, Henry Fielding, stattet den Entwicklungsroman des Tom Jones nicht nur mit köstlichem Humor, sondern auch mit den Erfahrungen und Erkenntnissen eines John Locke und eines Shaftesbury aus, mit den Überzeugungen des bürgerlichen Menschenbildes von der Einheit des Natürlichen und Vernünftigen. Erkenntnistheoretischer Sensualismus findet Anwendung auf Ethik und Ästhetik, und der Einklang von Sachwalterschaft für menschlichen Fortschritt und Kunstfertigkeit zeitigt ein großes Werk.

Die deutsche politische und ökonomische Rückständigkeit dagegen, die politische Schwäche des Bürgertums, der folglich weithin nur theoretische Charakter dieses Zweiges der europäischen Aufklärung machen es den Denkern und auch den Dichtern von Leibniz, Wolf, Thomasius, Pufendorf, Spener, Francke, Crusius, Kant, Mendelssohn und anderen bis Hagedorn, Lessing, Klopstock, Herder, Goethe und Schiller nicht eben leicht, bei der Ausarbeitung eines bürgerlichen Welt- und Menschenbildes, bei der humanistischen Feudalismuskritik auch die Belange befreiter Sinnlichkeit zu berücksichtigen. Die Skandale, die Johann Christian Günther, Heinses „Ardinghello", bis zu einem gewissen Grade Wielands Erotika und des Frühromantikers Schlegel „Lucinde" auch bei den Aufgeklärten hervorrufen, sind dafür so symptomatisch wie für die deutschen Verhältnisse bedauerlich. Die Menge der Leser sieht sich dadurch auf eine Flut in der Subkultur florierender, meist fragwürdiger Erzeugnisse der erotischen Literatur verwiesen. Von daher führen direkte Linien in die sich im 19. und 20. Jahrhundert geschäftstüchtig ausbreitende Pornographie.

Was Schlegels „Lucinde" 1799 verficht, die öffentliche Anerkennung des Rechtes auf Sinnlichkeit als Element individueller Selbstverwirklichung, des Rechts auf freie Partnerwahl nach Neigung, die Freiheit der Persönlichkeit und ihrer Lebensauffassung überhaupt, kollidiert im folgenden und im 20. Jahrhundert zwangsläufig und zunehmend mit dem kapitalistischen Interesse an einseitiger „Disziplinierung" von Menschen zum Zwecke preiswerter Arbeitskraft und industrieller Großproduktion. Die Unterstellung des Menschlichen schlechthin unter Belange des Erwerbs und Erfolgs und die für den überwiegenden Teil der Gesellschaft entstehenden Schwierigkeiten, ein erfülltes und persönlich geprägtes Leben führen zu können, bewirken eine bis dahin unerreichte Zerstörung auch der Liebesbeziehungen und des erotisch-sexuellen Lebens. Eine Konsequenz daraus ist die sprunghaft zunehmende Entfremdung der gesellschaftlichen Antagonisten von der Totalität menschlicher Lebensäußerung und besonders von dem wesentlich dazugehörigen Reichtum der sinnlichen Lebensäußerung. So vollzieht sich die „Entwirklichung" des einen Teils der Gesellschaft von seinen humanistischen Ausgangspunkten, des anderen, größten Teils „bis zum Hungertod“ (Marx) oder Tod in den Kriegen um Märkte, Rohstoffe, Neuaufteilung der Machtbereiche, was immer auch einen massenhaften Verlust an humaner Potenz, an sinnlicher Lebenskraft und Liebe, an den eigentlichen Gehalten und Werten menschlicher Fortentwicklung bedeutet. Und das gilt bis zum heutigen Tag.

Die Zurücknahme der humanistischen Grundlagen frühbürgerlichen und aufklärerischen Menschenbildes wird geistige Voraussetzung kapitalistischer Machterhaltung. An seine Stelle treten Rechtfertigungsideologen, Stabilisierungstheorien dieser Macht. Alle politischen Bewegungen, Philosophie und Kunst, ebenso wie jeder einzelne geraten in den Entscheidungszwang: für die Möglichkeit historischen Fortschreitens der Gesellschaft und der humanen Vervollkommnung, die das Recht des einzelnen auf individuell geprägte Liebe einschließt, oder dagegen zu denken und zu leben. Die gesellschaftliche Ermöglichung jener Totalität menschlicher Lebensäußerung, also auch individueller Geschlechtsliebe und befreiter Sinnlichkeit, einer humanen Beziehung von Menschen zueinander überhaupt erweist sich wiederum als höchst empfindliches und schließlich entscheidendes Kriterium gesellschaftlicher Ordnung. Die erotische Literatur im 19. Jahrhundert und 20. Jahrhundert erhält ihre Prägung durch diese Konstellation, und das künstlerische Gelingen resultiert auch aus der Parteinahme für oder gegen die sittliche Humanität.

Auf die Gegenseite tritt Schopenhauer, wenn er den auch auf Erkenntnis des Menschlichen gerichteten Rationalismus der Aufklärung und der klassischen Philosophie in das blinde Wirken eines unerkennbaren „Willens“ verwandelt, der die „Vorstellung“, das Denken, das Menschliche in dieser „Welt“ bestimmt und ein für allemal jeglicher Sinngebung entzieht. Kants „Plan der Natur“ zur Höherentwicklung des Menschengeschlechts verkommt dabei zur List der Natur, die den Trieb der bloßen Erhaltung der Art auf ständig gleichem Niveau unerfaßbarer, unveränderbarer, sinnloser Existenz vorspannt. Menschheitsoptimismus und menschheitlicher Pessimismus, Entwicklungsgedanke und Statik im Menschenbild, Möglichkeit erotischer Befreiung und antierotisches Kalkül können nicht deutlicher als hier einander entgegentreten. Und wenn sich in solchen Theorien auch das gedrückte Lebensgefühl der in der Revolution unterlegenen Teile des Bürgertums manifestiert, so werden sie natürlich dadurch zur „mörderischen Gemütlichkeit“ (Thomas Mann) und gesellschaftlichen Gefahr, als sie zu aggressiven und brutalen Gesellschaftskonzeptionen hinleiten können, wie sie Nietzsches Kritik von rechts am Bürgertum und „verbürgerlichtem Christentum“ und seine Vision eines elitären, nach antikem Muster zu errichtenden Sklavenhalterstaates darstellen. Die ästhetische Rechtfertigung der Amoralität durch „Unbekümmertheit“, „Kraft und Stärke“ der Elite, des „Übermenschen“, im Umgang mit allen anderen, für Höheres nicht in Frage Kommenden (darin die gesamte Weiblichkeit eingeschlossen), öffnet der Barbarei, auch im Verhältnis Mann und Frau Tür und Tor, ob das nun der subtile Denker mitbedenkt oder nicht.

Die im bürgerlichen Leben erfahrene Diskrepanz von Denken und Sein, Liebessehnen und Verwirklichung erfüllter Liebe bestimmt Sören Kierkegaard zur absoluten Scheidung von Denken und Existieren. Der im Glauben existierende einzelne, der alle ästhetischen, ethischen, philosophischen und kirchlichen Wahrheiten, jegliche soziale Bindung und Historizität abgelegt hat, schwebt Kierkegaard als leidenschaftlich angestrebtes, allerdings kaum noch denkmögliches Menschenbild vor. Ein tragischer und aussichtsloser Versuch, das nicht erfüllbare Sehnen nach größerer „indikativischer Kraft“ (Kierkegaard) im Sozialen, besonders in der persönlichen Beziehung zur Frau zu kompensieren. Und es ist nicht verwunderlich, daß in „Stadien auf dem Lebensweg“ Frauen als „Chor von Halbverrückten“ und Liebe als „Modesache“ bezeichnet werden und dem „Erotiker“ im gleichen Werk, nur eben die verführerische Kraft des Weibes als Idee des Daseins erscheint. Derart klingt die Ironie eines besonders der Liebe bedürftigen, eines mit erotischer Phantasie und durchdringender Einfühlung ausgestatteten, zur Liebe unfähigen Menschen.

Als weiterer gedanklich-ideeller Hintergrund für erotische Literatur im 20. Jahrhundert, unter vielen anderen bei Joyce und Miller, wird Sigmund Freuds Trieblehre fundamental. Er bestimmt und beschränkt zugleich das Menschenbild durch Liebes- und Todestrieb, eine Verabsolutierung, die historische und gesellschaftliche Determinanten weithin vernachlässigt, wiewohl beide Triebrichtungen natürlich auf wesentliche Lebenszusammenhänge hinweisen. Solche Verabsolutierung bereitet gegen Freuds Absicht und in Fortführung Nietzschescher Gedanken der Einsetzung von Macht- und Herrschaftstrieb (Alfred Adler) und des kollektiven Rauschtriebes (C. G. Jung) als Lebensdominanten den Weg. Wie die eine These der ethischen Rechtfertigung imperialistischer Machtausübung dienen kann, hilft die andere, den faschistischen Mythos aufzubreiten.

In dieser Situation der Zeit kann, wie bisher immer, nur solche erotische Kunst weltliterarische Geltung erringen, die das sexuelle Verhalten als Element einer Gesamtheit von Lebensäußerungen versteht und dafür eintritt, daß die Gesellschaft humane Liebesbeziehungen ermöglicht. Von diesem Bedingungsgefüge abzusehen führt irre, und „verlorene Illusionen“ sind dabei eben nur der geringste Schaden. Dämonisierung der Liebe, Pervertierung der Lust, Sexbesessenheit als Kehrseite der Verdrängung, Verneinung der Liebesmöglichkeit, „Umwertung aller Werte“ auch im Sexuellen gefährden das Menschliche weit tiefer, verschärfen die Tragik des einzelnen um so mehr, als sie unter diesen Aspekten als unentrinnbar, allgemeinmenschlich, als „condition humaine“ erscheinen müssen.

Das Pandämonium bürgerlicher Ehe, von Ehebruch und Prostitution, Vergewaltigung menschlicher Natur und natürlicher Glückserwartung bildet die literarische Szenerie von Baudelaire, D. H. Lawrence, Strindberg bis Wedekind, um nur diese wenigen zu nennen. Und sie greifen geistig so tief, wirken menschheitlich gerade so bewegend, wie tief sie die Ursachen auch der erotischen Mißverhältnisse bloßlegen, welche Menschen für Menschen zur Sache machen.

Die im Namen der Liebe gegen solche Verhältnisse aufbegehren, den Kampf der „Wiedereinsetzung der körperlichen Innigkeit in ihre Rechte“ (A. Schlösser) betreiben, die aus den bürgerlichen Lebensbedingungen ausbrechen und in diesem Jahrhundert auf einer revolutionierten Lebensgrundlage den Gegenentwurf der Menschlichkeit im Erotischen wie überhaupt zu leben versuchen – das sind die Liebenden, die wir heute befragen müssen. Ihre Spur, im Scheitern wie Gelingen, führt zur humanen Kultur, zur allein menschengemäßen Sittlichkeit in Freiheit, zur möglichen Wirklichkeit dessen, was die ermutigende Tradition erotischer Humanität in der Menschheitsgeschichte vorgedacht und vorgelebt hat.

Wolfgang Tenzler

Quellen und Anmerkungen

I

Gilgamesch · Die erste Tafel. Textgrundlage (Tg): Gilgamesch. Eine Erzählung aus dem alten Orient. Zu einem Ganzen gestaltet von Georg E. Burckhardt. Insel-Verlag, Leipzig o. J. Das babylonische Gilgameschepos, das in Keilschriftbruchstücken zum großen Teil aus der Tontafelbibliothek des Assyrerkönigs Assurbanipal erhalten ist, entstand aus einer uralten Sage als Schöpfung der Sumerer im 3. bis 1. Jahrtausend v. u. Z.

Das Hohelied Salomos. Tg: Die Bibel oder die ganze Heilige Schrift des Alten und Neuen Testaments nach der deutschen Übersetzung Dr. Martin Luthers. Würthembergische Bibelanstalt Stuttgart, Stuttgart 1929. Sammlung altjüdischer Hochzeitslieder und Liebeslieder aus Israel im 1. Jahrtausend v. u. Z. Buch im Alten Testament, das dem König Salomo zugeschrieben wird.

II

Ovid · Die Liebeskunst Tg: Ovid (43 v. u. Z. – 18 u. Z.). Die Liebeskunst. Lateinisch und Deutsch. Von Friedrich Walter Lenz. Akademie Verlag, Berlin 1969. Übersetzerrechte beim Akademie Verlag.
mainalische Hund – Ma inalos ist ein Gebirge in Arkadien, das zu den beliebten Jagdgründen gehört.
Nyktelios – Beiname des Dionysos
mysischer Kaikos – Fluß in Kleinasien
Es gibt von mir ein Büchlein – gemeint ist „Mediamina faciei feminae", von dem hundert Verse bekannt sind. Geht zeitlich dem III. Buch der „Ars" voraus.

Petronius · Die Witwe von Ephesos. Tg: Eros in Hellas. Eugen Diederichs Verlag, Düsseldorf/Köln 1964. Üs. von Wilhelm Heinse. Petronius ist 67 u. Z. gestorben.

Apuleius · Photis. Tg: Apuleius (um 125 – um 180). Metamorphosen oder der Goldene Esel. Deutsch von Rudolf Helm. Akademie Verlag, Berlin 1956. Übersetzerrechte beim Akademie Verlag.

Longus · Daphnis und Chloe. Tg: Longus (3. Jahrhundert u. Z.) Daphnis und Chloe. Ein antiker Hirtenroman. Deutsch von Prof. Arno Mauersberger. Verlag Philipp Reclam Jun., Leipzig 1977. Übersetzerrechte bei der Dieterich'schen Verlagsbuchhandlung, Leipzig.

Philostratos · Liebesbriefe. An eine Hetäre. Tg: Philostratos (Ende 2. – Mitte des 3. Jahrhunderts u. Z.). Liebesbriefe. Üs. von D. Ch. Seybold. Eros in Hellas. Eugen Diederichs Verlag, Düsseldorf/Köln 1964.

Das Kāmasūtra des Vātsyāyana. Tg: Das Kāmasūtram des Vātsyāyana. Die indische ars amatoria nebst dem vollständigen Kommentare (Jayamangata) des Yasodhara. Aus dem Sanskrit üs. von Richard Schmidt. Hermann Barsdorf Verlag, Berlin 1922. Vātsyāyana lebte im 4. – 6. Jahrhundert.

III

... daß mein Liebster bei mir liegt. Tg: Altfranzösische Liebeslyrik. Hg. von Elisabeth Lea. Reclam Verlag; Leipzig 1979. Altfranzösische Liebeslieder aus der Zeit zwischen 1100 und 1200. Ihre Heimat ist das nördliche Frankreich.

Aucassin und Nicolette. Tg: Aucassin und Nicolette. Eine altfranzösische Liebesnovelle. Übertragen von Paul Hansmann. Insel-Verlag, Leipzig 1967. Übersetzerrechte beim Insel-Verlag, Leipzig. Entstanden an der Wende vom 12. zum 13. Jahrhundert im heutigen Hennegau im nordfranzösischen Sprachgebiet.

Walther von der Vogelweide · Unter der Linde. Tg: Walther von der Vogelweide (um 1170 bis um 1230). Gedichte. Ausgewählt und erklärt von Carl von Kraus. Leipzig 1951.
an – mhd. auf
schône – mhd. gänzlich
beide – unde – mhd. sowohl als auch
friedel – mhd. inniger Ausdruck für den Geliebten
ê – mhd. zuvor
hêre frouwe – mhd. heilige Jungfrau! (Ausruf)
tusentstunt – mhd. tausendmal
des – innecliche – mhd. darüber lacht man noch herzinniglich
bi – mhd. an
wessez iemen – mhd. wüßte es irgendwer
pflaege – mhd. trieb
wan – mhd. als
getriuwe mhd. verläßlich

Dante Alighieri · Die göttliche Komödie. Übertragung von Karl Witte. Reclam Verlag, Leipzig 1970. Hauptwerk des Dante Alighieri (1256–1321), in Terzinen geschrieben, kurz vor seinem Tode vollendet (1472 deutsch). Der fünfte Gesang entstammt dem Ersten Teil der „*Divina commedia*": „Hölle". (Es folgen „Fegefeuer" und „Paradies".)
Minos – sagenhafter König von Kreta, Sohn des Zeus und der Europa, Richter der Unterwelt
Mein Meister ... – gemeint ist Virgil, der Dante auf dem Weg durch die „Hölle" führt.
Semiramis – Königin der Assyrer (14. oder 13. Jahrhundert v. u. Z.). Hatte Inzestverhältnis mit ihrem Sohn. Im MA Typus weiblicher Wollust
Die nun folgt ... – gemeint ist Dido, die Königin der Karthager, die sich tötete, als Äneas sie verließ.
Kleopatra – Königin der Ägypter. Geliebte des Cäsar und später des Antonius. Vergiftete sich, um nicht in die Gefangenschaft des späteren Kaisers Augustus zu geraten.
der noch zuletzt ... – Achilleus' Liebe zu Polyxena brachte ihm den Tod in einem Hinterhalt.
mit jenen zwein... – gemeint sind Francesca da Rimini und ihr Schwager Paolo Malatesta. Beim Ehebruch überrascht, von Francescas Gatten, Gianciotto Malatesta, getötet (etwa 1285)
Gelegen ist der Ort ... – gemeint ist Ravenna
Caina – Ort der Strafe für Verräter an Verwandten

Tuti – nameh. „Das Papageienbuch". Tg: Tuti – nameh. „Das Papageienbuch". Aus der türkischen Fassung übertragen von Georg Rosen. Insel-Verlag, Leipzig 1962. Übersetzerrechte beim Insel-Verlag, Leipzig. Geschichtensammlung, „Im tiefen Osten und in dunkler Vorzeit entstanden", indischen Ursprungs; „Zijai – ed – din – Nachschebi faßte den Stoff auf und bildete ihn zu einem Kunstwerke aus, welches den Stempel der Blütezeit der persischen Literatur an sich trägt ..." (Georg Rosen). 1330 entstanden

Giovanni Boccaccio · Das Dekameron. Der dritte Tag des Dekameron. Die zehnte Geschichte. Der siebente Tag des Dekameron. Die zweite Geschichte. Der neunte Tag des Dekameron. Die zehnte Geschichte. Tg: Giovanni Boccaccio (1313–1375). Das Dekameron. Hundert Geschichten. Übersetzt von Liselotte Wohfahrt. Greifenverlag, Rudolstadt 1954. Das Dekameron entstand von 1348 bis 1353.

Geoffrey Chaucer · Canterbury – Erzählungen. Tg: Geoffrey Chaucers (um 1340–1400) Canterbury – Erzählungen. Nach Wilhelm Hertzbergs Übersetzung neu herausgegeben von John Koch. Herbert Stubenrauch Verlagsbuchhandlung, Berlin 1925. Die „Canterbury Tales" sind von 1387 bis 1400 entstanden.

François Villon · Die Schäferin. Tg: Rainer Kirsch. Reglindis. Eulenspiegel Verlag, Berlin 1979. Rechte beim Eulenspiegel Verlag. François Villon lebte von 1431 bis nach 1463.

IV

Die Gespräche des Göttlichen Pietro Aretino. Tg: Die Gespräche des Göttlichen Pietro Aretino. (1492–1556). Übertragen von Heinrich Conrad. Insel-Verlag, Leipzig 1980. Übersetzerrechte beim Insel-Verlag, Leipzig. „Ragionamenti" entstanden von 1534 bis 1536.
die dritte Stunde ... – neun Uhr abends
Bivilacquas Hellebarde – B. war ein in Rom herumrenommierender Degenheld.
Ihrem Verbi gratia – wörtl. soviel wie „Dankeswort"
Laudamus te – (lat.) Wir loben dich.
Confiteor – (lat.) das christliche Glaubensbekenntnis
Argumentum a posteriori – gemeint ist ein Klistier.

Nicolas de Troyes · Von einer jungen Braut, der ein Drescher die Lektion immer wiederholte, damit sie am Hochzeitstage ihre Sache gut verstünde. Tg: Die Hose des Franziskaners. Liebesnovellen des französischen Mittelalters. Georg Müller Verlag GmbH, München–Wien 1969. Übersetzerrechte beim Albert Langen – Georg Müller Verlag, München. Original: Nicolas de Troyes: „Grand Parangon des nouvelles Nouvelles". Entstanden 1537

Margarete von Navarra · Wie Bornet, der glaubte, mit dem Kammermädchen zu schlafen, sich selbst zum Hahnrei macht. Tg: Die Hose des Franziskaners. A. a. O. Übersetzerrechte beim Albert Langen – Georg Müller Verlag, München. Original: Margarete von Navarra (gest. 1548). Heptaméron. Entstanden 1545–1548

Pietro Fortini · Ein Lämmchen, von einem Maler seiner Frau auf den Leib gemalt, wird von dieser in einen Schafbock verwandelt. Tg: Künstlergeschichten der italienischen Renaissance. Hg. von Rosemarie Widerra. Henschelverlag, Berlin 1960. Erschienen 1550 in der Sammlung von 81 Novellen des Pietro Fortini (1500–1562)

Michael Lindener · Eine gute, bewährte Arznei, einer Magd zu Oberhausen von einem Barbier eingegeben. Tg: Michael Lindner (um 1520–1562). „Katzipori". Tübingen 1883. Hg. von Franz Lichtenstein. In: Zeitverkürzer. Deutsche Anekdoten aus fünf Jahrhunderten. Leipzig 1972

Martinus Montanus · Frau Agnes schickt nach einem, von dem sie meint, er habe zwei Bundschuhe. Tg: Martinus Montanus (um 1530–1560). Deutsche Schwänke. Weimar 1961. Hrsg. von Günter Albrecht in: Zeitverkürzer. A. a. O.

Wang Schi Tschong · Kin Ping Meh, oder die abenteuerliche Geschichte von Hsi Men und seinen sechs Frauen. Tg: Wang Schi Tschong. Kin Ping Meh, oder die abenteuerliche Geschichte von Hsi Men und seinen sechs Frauen. Aus dem Chinesischen übertragen von Franz Kuhn. Insel-Verlag, Leipzig 1973. Übersetzerrechte beim Insel-Verlag, Leipzig. Die Verfasserschaft des anonym erschienenen Romans aus der Ming-Zeit wird üblicherweise dem damals bedeutendsten chinesischen Dichter Wang Schi Tschong (1526–1593) zugeschrieben.

V

Johann Jakob Christoffel von Grimmelshausen · Courasche. Tg: Bibliothek deutscher Klassiker. Grimmelshausen (1621 oder 1622–1676). Werke in 4 Bänden. Dritter Band. Aufbau-Verlag, Berlin und Weimar 1972. Wiedergegeben ist hier das III. Kapitel der 1670 entstandenen „Lebensbeschreibung der Erzbetrügerin und Landstörzerin Courasche".

Jean de La Fontaine · Die Venus Kallipygos. Tg: Jean de Lafontaine (1621–1695). Erzählungen. Ins Deutsche übertragen von Theodor Etzel. Propyläen Verlag, Berlin 1922. Die „Contes et nouvelles en vers" sind von 1665 bis 1685 entstanden.

Benjamin Neukirch · An Sylvien, über ihre Unempfindlichkeit. Tg: Lauter Lust, wohin das Auge gafft. Deutsche Poeten in der Manie des Anakreon. Hg. von Achim Roscher. Reclam Verlag, Leipzig 1974. Benjamin Neukirch: 1665–1729

Johann Christian Günther – An seine Schöne. Tg: Johann Christian Günther (1695–1723). Gedichte und Studentenlieder. Hg. von H. Marquardt und H. Wandrey. Reclam Verlag, Leipzig 1971

Friedrich von Hagedorn · Susanna im Bade. Tg: Friedrich von Hagedorn (1708–1754). Werke, 1800. Fünf Bände. Hg. von J. J. Eschenburg

Denis Diderot · Die Reisenden. Tg: Denis Diderot (1713–1784). Die geschwätzigen Kleinode. Aus dem Französischen neu übersetzt von Christel Gersch. Aufbau-Verlag, Berlin 1978. Übersetzerrechte beim Aufbau-Verlag, Berlin. „Les bijoux indiscrets" eröffneten 1748 die Reihe der Romane Diderots.

Henry Fielding · Tom Jones · Die Geschichte eines Findelkindes. Tg: Henry Fielding (1707–1754). Tom Jones. Die Geschichte eines Findelkindes. Aus dem Englischen von Horst Höckendorf. Verlag Neues Leben, Berlin 1970. „Tom Jones, the History of a Foundling" ist 1749 entstanden. Übersetzerrechte beim Aufbau-Verlag, Berlin

Spicula et faces amoris – (lat.) Stacheln und Gesichter der Liebe
kein Dignus vindice modus – (lat.) keine angemessene Art, sich zu schützen

Heinrich Wilhelm von Gerstenberg · Die keusche Dorinde. Tg: Lauter Lust, wohin das Auge gafft. A. a. O.
Heinrich Wilhelm von Gerstenberg (1737–1832). Dula. A. a. O.

Christian Felix Weisse · Die zu späte Ankunft der Mutter. Tg: Lauter Lust, wohin das Auge gafft. A. a. O.
Ch. F. Weisse (1726–1804).

Johann Jakob Wilhelm Heinse · An Chloes Sperling. Tg: Lauter Lust, wohin das Auge gafft. A. a. O.
J. J. W. Heinse (1746–1803)

Gottfried August Bürger · Collinet und Juliette. Tg: Gottfried August Bürger (1747–1794). Sämtliche Werke. Hg. von W. v. Wurzbach 1902

Choderos de Laclos · Schlimme Liebschaften. Tg: Choderlos de Laclos. Schlimme Liebschaften. Übertragen und eingeleitet von Heinrich Mann. Insel-Verlag, Leipzig 1958. Übersetzerrechte beim Aufbau-Verlag, Berlin. Choderlos de Laclos (1741 bis 1803) schrieb den Briefroman „Liaisons dangereuses" 1782.

Honoré Gabriel Riquetti Comte de Mirabeau · Der gelüftete Vorhang oder Lauras Erziehung. Tg: Honoré Gabriel Riquetti Comte de Mirabeau (1749–1791). Der gelüftete Vorhang oder Lauras Erziehung. Aus dem Französischen von Eva Moldenhauer. Suhrkamp/Insel-Verlag, Frankfurt/Main. 1971. Übersetzerrechte beim Insel-Verlag, Frankfurt/Main. Geschrieben 1786, und ohne Nennung des Verfassernamens Mirabeau erschienen

Donatien Alphonse François Marquis de Sade · Justine oder das Unglück der Tugend. Tg: D. A. F. Marquis de Sade. Ausgewählte Werke 4. Hg. von Marion Luckow. Justine oder Das Unglück der Tugend – 111 Notizen zur „Neuen Justine" – Die neue Justine. Fischer Taschenbuch-Verlag, Frankfurt/Main 1972. Übersetzerrechte beim Merlin Verlag, Vastorf bei Lüneburg. De Sade (1740–1814) arbeitete die erste Fassung der Justine 1788 in den Roman „Justine ou les malheurs de la vertue" um.

John Cleland · Die Memoiren der Fanny Hill. Tg: John Cleland (1709–1789). Die Memoiren der Fanny Hill. Verlag Kurt Desch GmbH, München, Wien, Basel 1963. Revidierte und überarbeitete Fassung der von Dr. Erich Feldhammer (d. i. Franz Blei) geschaffenen Übersetzung. Das englische Original erschien in London 1794.

Heinrich Heine · Florentinische Nächte. Zweite Nacht. Tg: Heinrich Heines sämtliche Werke. Vierter Band. Novellistische Fragmente. Hoffmann und Campe, Hamburg 1868. Heinrich Heine lebte von 1797 bis 1856.

Giacomo Casanova · Nannetta und Martina. Tg: Giacomo Casanova (1725–1798). Erinnerungen. Erster Band. E. Rowohlt Verlag, Berlin 1924. Die Übersetzung und Herausgabe besorgten Franz Hessel und Ignaz Jezower. Die „Memoires" wurden 1791–1798 in französischer Sprache verfaßt.

Dona Ignazia und die beiden Cousinen. Tg: Die Erinnerungen des Giacomo Casanova. Vollständig übertragen von Heinrich Conrad. Sechster Band. Verlag Benjamin Harz, Berlin–Wien 1921.

Friedrich Schlegel · Lucinde. Tg: Friedrich Schlegel. Lucinde. Friedrich Schleiermacher. Vertraute Briefe über Schlegels „Lucinde". Herausgegeben, mit Dokumenten, Anhang und Nachwort von Eike Middell. Reclam Verlag, Leipzig 1970. Friedrich Schlegels (1772–1829) einziger Roman „Lucinde" erschien 1799.

VI

Jean-Arthur Rimbaud · Sonne und Fleisch. Tg: Arthur Rimbaud (1854–1891). Sämtliche Werke. Französisch und Deutsch. Übertragen von Sigmar Löffler. Nachdichterrechte Insel-Verlag Anton Kippenberg, Leipzig 1976

Arthur Schopenhauer · Metaphysik der Geschlechtsliebe. Tg: Arthur Schopenhauer (1788–1860). Die Welt als Wille und Vorstellung. Zweiter Band. Hans Heinrich Tillgner Verlag, Berlin und Wien 1924. Erstausgabe: 1819

Stendhal · Über die Liebe. Tg: Stendhal (1783–1842). Über die Liebe. Deutsch von Walter Hoyer. Dieterich'sche Verlagsbuchhandlung, Leipzig 1950. Übersetzerrechte bei der Dieterich'schen Verlagsbuchhandlung „De l' amour" ist 1822 entstanden.
Auf dem Sokkus – hier soviel wie: als Lustspiel
oder dem Kothurn – hier soviel wie: als Trauerspiel
dramatis personae – (lat.) Teilnehmer des Geschehens

Johann Wolfgang Goethe · Römische Elegien III. Tg: Goethes Werke in zwölf Bänden, Erster Band. Gedichte I. Aufbau-Verlag, Berlin und Weimar 1974. Entstanden 1786–1788. Goethe lebte von 1749 bis 1832.
Idäischer Hain – Am Berge Ida bei Troja
Hero ... Leander – Antikes Liebespaar, das durch die Meeresenge des Hellespont getrennt war.
Thea Silvia – Priesterin; zeugte mit dem römischen Kriegsgott Mars die Zwillinge Romulus und Remus, die sagenhaften Gründer Roms. Johann Wolfgang Goethe. Epigramme. Venedig 1790. A. a. O.

Honoré de Balzac · Die läßliche Sünde. Tg: Honoré de Balzac (1799–1850). Derbdrollige Geschichten. Genannt Contes drolatiques. Aus dem Französischen von Dr. Herbert Kühn. Dieterich'sche Verlagsbuchhandlung, Leipzig. Übersetzerrechte bei der Dieterich'schen Verlagsbuchhandlung, Leipzig. Die Novellensammlung „Les contes drolatique" entstand 1832.
die Ora pro nobis – (lat.) Bitte für uns; Gebet, an Maria gerichtet
Magnificat – Anfangswort des Lobgesangs der Maria aus dem Neuen Testament
Introitus – der Anfang der Messe

Gustave Flaubert · November. Tg: November. Ein Roman von Gustave Flaubert (1821–1880). Übersetzt von E. W. Fischer. Kurt Wolff Verlag, Leipzig 1917. Entstanden 1842

Sören Kierkegaard · In vino veritas. Eine Erinnerung. Nacherzählt von William Afham. Stadien auf dem Lebensweg. Studien von Verschiedenen. Gesammelt, zum Druck befördert und herausgegeben von Hilarius Buchbinder. Kopenhagen 1845. Tg: Kierkegaard (1813–1835). Ausgewählt und eingeleitet und übersetzt von Hermann Diem. Fischer Bücherei, Frankfurt/Main – Hamburg 1956. Übersetzerrechte beim S. Fischer-Verlag, Frankfurt am Main

„In vino veritas" – (lat.) Im Wein ist Wahrheit.
apriorisch – hier soviel wie erfahren
Hinc illae lacrimae – (lat.) daher jene Tränen
concedo – (lat.) Ich gebe nach.
argumentum ad hominem – (lat.) ein leuchtender Beweis (der Liebe)
Herrnhuter – Angehöriger der evangelischen Brüdergemeinde
Concedo. Concessi. – (lat.). Ich gebe nach. Ich habe nachgegeben.
Proselyten – Bekehrte
pro et contra – (lat.) für und wider
Inzitament – Reizmittel
stethoskopisch – hier soviel wie: in das Innere der Brust
dityrambischen – wildbegeisterten
Venerabile – höchste Verehrungswürdigkeit, höchster Wert

Charles Baudelaire · Die Juwelen. Tg: Charles Baudelaire (1821–1867). Die Blumen des Bösen. Der Spleen von Paris. Französisch und deutsch. Insel-Verlag, Leipzig 1973. Übertragen und herausgegeben von Sigmar Löffler („Les Fleurs du Mal") und Dieter Tauchmann („Le Spleen von Paris"). Nachdichterrechte beim Insel-Verlag. Die Gedichtsammlung „Les Fleurs du Mal" wurde 1857 veröffentlicht.

Charles Baudelaire · Eine Welt in deinem Haar. A. a. O.

Das Tagebuch der Brüder Goncourt · Flauberts erste Liebe. Tg: Das Tagebuch der Brüder Goncourt (Edmond de Goncourt 1822–1896; Jules de Goncourt 1830–1870). Politik, Literatur, Gesellschaft in Paris von 1831 bis 1895. Ins Deutsche übertragen von Olga Sigall. Ausgewählt und eingeleitet von Paul Wiegler. Albert Langen Verlag, München 1927. Übersetzerrechte beim Albert Langen – Georg Müller Verlag, München

Walt Whitman · Ich singe den Leib, den elektrischen. Tg: Walt Whitman (1819–1892). Salut au Monde. Suhrkamp Verlag, Berlin 1946. Deutsch von Hans Resiger. Aus „Kinder Adams" von 1960

Maxim Gorki · Gespräche mit Tolstoi. Tg: Erinnerungen an Zeitgenossen. Übersetzt von Erich Boehme. Malik-Verlag, Berlin. Maxim Gorki lebte von 1868 bis 1936.

Jens Peter Jacobsen · Nils Lyhne. Tg: Jens Peter Jacobsen (1847–1885). Nils Lyhne. Übersetzung aus dem Dänischen von Ottomar Enking. Paul-List-Verlag, Leipzig 1969. Übersetzerrechte beim Paul-List-Verlag, Leipzig. Dieser Entwicklungsroman entstand 1880.

Guy de Maupassant · Das Scheit. Tg: Guy de Maupassant (1850–1893). Novellen. Band II, Aufbau-Verlag, Berlin 1983. Herausgegeben und neu übersetzt von Christel Gersch. Übersetzerrechte beim Aufbau-Verlag, Berlin

Paul Verlaine · Die Muscheln. Tg: Paul Verlaine (1844–1896). Poetische Werke. Französisch und deutsch. Aus dem Französischen übertragen von Sigmar Löffler. Insel-Verlag, Leipzig 1977. Nachdichterrechte beim Insel-Verlag, Leipzig

Emile Zola · Nana. Tg: Emile Zola (1840–1902). Nana. Rütten & Loening, Berlin 1957. Ins Deutsche übertragen von Gerhard Krüger. Übersetzerrechte bei Rütten & Loening, Berlin. Der Zyklus „Les Rougon – Macquard, histoire naturelle et sociale d' une famille sous le seconde Empire" entstand von 1871 bis 1893.

Leopold von Sacher-Masoch · Venus im Pelz. Tg: Sacher-Masoch. Venus im Pelz. Georg H. Wigandsche Verlagsbuchhandlung, Leipzig 1920. Leopold von Sacher-Masoch (1836–1895).

August Strindberg · Plädoyer eines Irren. Tg: August Strindberg. Plädoyer eines Irren. Deutsch von Hans-Joachim Maas. © 1977 by Verlag Kiepenheuer & Witsch, Köln. Das Manuskript von „Le plaidoyer d' un fou" von August Strindberg (1849–1912) wurde 1973 aufgefunden. Es ist die Urfassung seines Eheromans unter gleichem Titel von 1896.

Marcel Proust · Violante oder die Weltlichkeit. Sinnenwelt. Tg: Marcel Proust (1871–1922). Tage der Freuden. Übertragen von Ernst Weiss. Verlag Ullstein, Frankfurt/Main 1957. Übersetzerrechte bei Verlag Ullstein GmbH., Berlin. Entstanden 1896

Frank Wedekind · Interviews · Don Giovanni. Tg: Frank Wedekind (1864–1918). Werke in drei Bänden. Band 3. Prosa. Erzählungen. Selbstzeugnisse. Briefe. Aufbau-Verlag, Berlin und Weimar 1969. Am 28. 11. 1896 im „Simplizissimus" veröffentlicht
Die letzten Worte des Sophas ... – gemeint ist der erotische Roman des jüngeren Crébillon „Der Sopha"

VII

Iwan Bunin · Leichter Atem. Tg: Iwan Bunin (1870–1953). Grammatik der Liebe. Erzählungen. Aus dem Russischen von Georg Schwarz. Aufbau-Verlag, Berlin und Weimar 1970. Übersetzerrechte beim Aufbau-Verlag, Berlin

Julie Schrader · Die Liebe als solche ... oder Amor redivivus. Tg: Wenn ich liebe, seh ich Sterne. Gedichte der Julie Schrader (1882 bis 1939). Deutscher Taschenbuchverlag, München 1971. Der Abdruck erfolgt mit freundlicher Genehmigung von Herrn Berndt W. Wessling. Entstanden 1907.
Amor redivivus – (lat.) neue Liebe
Ophiochus – Schlangenträger, Sternbild

Else Lasker-Schüler · Mein Liebeslied. Tg: Menschheitsdämmerung. Ein Dokument des Expressionismus. Reclam-Verlag, Leipzig 1972. © Rowohlt Tachenbuchverlag GmbH., Hamburg 1959. Entstanden 1909. E. Lasker-Schüler (1876–1945)

August Stramm · Untreu. Entstanden 1913. August Stramm (1874–1915). A. a. O.

Ludwig Thoma · Frauenklage. Tg: Ludwig Thoma (1867–1921). Sämtliche Werke. R. Piper & Co. München 1922

James Joyce · Stephan Daedalus. Tg: James Joyce (1882–1941). Stephan Daedalus. Fischer Bücherei 540, © 1958 by Verlag Günther Neske, Pfüllingen. Frankfurt/Main und Hamburg 1963. Fragmentarische Vorarbeit zu dem autobiographischen Porträt „Jugendbildnis" von 1916

Guillaume Apollinaire · Zeugung. Tg: Guillaume Apollinaire (1880–1918). Der gemordete Dichter. Aus dem Französischen von Walter Widmer und Paul Noack. Gustav Kiepenheuer Verlag, Leipzig und Weimar 1980. © Librairie Gallimard, Paris 1947. „Le Poete assassiné" entstand 1916. Übersetzerrechte beim Limes Verlag, München

Joachim Ringelnatz · Letztes Wort an eine Spröde. Tg: Joachim Ringelnatz (1883–1934). Überall ist Wunderland. Rütten & Loening, Berlin 1964.

Kurt Tucholsky · Auf ein Frollein. Tg: Kurt Tucholsky (1890–1935). Gesammelte Werke. Band I/S. 948. Rowohlt Verlag GmbH, Reinbek b. Hamburg 1960.

Erich Weinert · Geist und Stoff. Tg: Erich Weinert (1890–1953). Das Zwischenspiel. Deutsche Revue von 1918–1933. Verlag Volk und Welt, Berlin 1950. Rechte beim Aufbau-Verlag, Berlin

Klabund · Abenteuer. Tg: Klabund (1890–1928). Gesammelte Werke in Einzelausgaben (6 Bände). Band 4 (Erzählungen und Grotesken). Phaidon Verlag, Wien 1930

Karl Kraus · Anderthalb Wahrheiten. Tg: Karl Kraus (1874–1936). Anderthalb Wahrheiten. Aphorismen. Hg. von Kurt Krolop. Berlin 1969.

Alfred Kerr · Elisabeth. Tg: Leute, höret die Geschichte. Bänkeldichtung aus zwei Jahrhunderten. Hg. von Helga Bemmann. Verlag der Nation, Berlin 1980. © Mit freundlicher Genehmigung von Sir Michael Kerr und Mrs. Judith Kneale-Kerr, vertreten durch die Niedieck Linder AG, Zürich. Erstausgabe: Alfred Kerr (1867–1948). Caprichos. Berlin 1926.

D. H. Lawrence · Lady Chatterley. Tg: D. H. Lawrence. (1885–1930). Lady Chatterley. Aufbau-Verlag, Berlin und Weimar 1977. © Rowohlt Verlag GmbH, Reinbek b. Hamburg, 1906. Erschienen 1928

Erich Kästner · Polly oder das jähe Ende. Tg: Leute, höret die Geschichte. Bänkeldichtung aus zwei Jahrhunderten. A. a. O. © Copyright by Erich Kästner Erben, München. Erich Kästner (1899–1974)

Die Tagebücher der Anais Nin (30. Dezember 1931). Tg: Die Tagebücher der Anais Nin (1931–1934). Hg. von Günther Stuhlmann. Deutsch von Herbert Zand. Nymphenburger Verlagshandlung, München 1979. Rechte bei der Nymphenburger Verlagshandlung, München. Anais Nin (1904–1977)

Robert Walser · Er und sie. Tg: Robert Walser (1878–1956). Das Gesamtwerk. Suhrkamp Verlag, Zürich/Frankfurt/Main 1978. Rechte beim Suhrkamp Verlag, Frankfurt/Main. Veröffentlicht in „Neue Zürcher Zeitung", Juni 1933.

Ernest Hemingway · Oben in Michigan. Tg: Ernest Hemingway (1899–1961). 49 stories. Aufbau-Verlag, Berlin und Weimar 1968. © Rowohlt Verlag GmbH, Reinbek bei Hamburg 1966. Entstanden 1938

Henry Miller · Wendekreis des Steinbocks. Tg: Henry Miller (geb. 1891). Wendekreis des Steinbocks. Roman. Übersetzung aus dem Amerikanischen von Kurt Wagenseil. © Rowohlt Verlag GmbH, Reinbek bei Hamburg 1953. „Tropic of Capricorn" erschien 1939.

Tadeusz Różewicz · Liebe 1944. Tg: Tadeusz Różewicz (geb. 1921). Formen der Unruhe. Gedichte. Herausgegeben und Übertragen von Karl Dedecius. © 1965 Carl Hanser Verlag München-Wien.

Hermann Broch · Die Erzählung der Magd Zerline. Tg: Hermann Broch. (1886–1951). Die Schuldlosen. © Suhrkamp Verlag Frankfurt 1950. Der Roman „Die Schuldlosen", an dem Broch von 1948 bis 1950 gearbeitet hat, besteht aus 11 Erzählungen und spielt in der Zeit der Weimarer Republik.

Nicolás Guillén · Wasser der Erinnerung. Tg: Nicolás Guillén (geb. 1902). Bitter schmeckt das Zuckerrohr. Übersetzt von Erich Ahrendt. Verlag Volk und Welt, Berlin 1952. Rechte beim Verlag Volk und Welt, Berlin

Thomas Mann · Bekenntnisse des Hochstaplers Felix Krull. Tg: Thomas Mann (1875–1955). Gesammelte Werke im S. Fischer Verlag. Rechte beim S. Fischer Verlag, Frankfurt/Main. Der Schelmen-, Abenteuer-, Reise- und Gesellschaftsroman, als erzählerisches Fragment 1911 veröffentlicht, erschien als letztes bedeutendes Werk von Thomas Mann 1954.
„*Impudement . . .*" – (franz.) „Unverschämt reich, mußt du wissen . . ."
„*Tant mieux . . .*" – (franz.) „Um so besser für sie."
„*Deuxième . . .*" – (franz.) „Zweiter Stock, nicht wahr, Madame?"
„*Mais qui . . .*" (franz.) „Aber ja, Zweiter", (sagt sie), „woher wissen Sie?" – „Ich weiß es ganz einfach."
„*Trop . . .*" – (franz.) „Zu liebenswürdig, Madame."
„*Je serais . . .*" – (franz.) „Ich wäre überglücklich, Madame", (erwiderte ich), „wenn meine Stimme nicht ihr Ohr verletzte!"
„*C'est en effet . . .*" – (franz.) „Mein Ohr ist in der Tat musikalisch und empfindlich zugleich. Übrigens – mein Gehörsinn ist nicht der einzige empfindliche meiner Sinne."
„*Entrez!*" – (franz.) „Herein!"
„*Comment, a ce propos . . .*" – (franz.) „Wie, wenn zum Weihedienst die Stunde ruft zur Stelle, seid ihr noch nicht bereit zum Dienst in der Kapelle? Entkleidet Euch rasch! Ich zähle die Augenblicke! Hochzeitliche Brautgeschenke."
„*. . . bien-aimé*" – (franz.) „Vielgeliebter"
„*J' adore . . .*" – (franz.) „Göttlich, erniedrigt zu werden! Göttlich! Oh, ich bete dich an, kleiner dummer Sklave, der mich entehrt . . ."
„*. . . c'est du . . .*" – (franz.) „. . . es gibt nichts Lächerlicheres . . ."
„*. . . pleins d' esprit . . .*" – (franz.) „. . . voller Geist, und Bände voller leidenschaftlicher Verse . . ."
„*. . . d' une intelligence extreme . . .*" – (franz.) „. . . von größter Intelligenz . . ."
„*. . . dans sa . . .*" – (franz.) „. . . in seinem Stumpfsinn . . ."
„*C'est exquis . . .*" – (franz.) „das ist köstlich . . . Wie das mich über mich hinaushebt! (Armand), Liebling . . ."

Junichiro Tanizaki · Der Schlüssel. Tg: Junichiro Tanizaki. Der Schlüssel. Übersetzt von Sachiko Yatsushiro und Gerhard Knauss. Copyright 1961 Rowohlt Verlag GmbH, Reinbek bei Hamburg 1961. Der Roman „Der Schlüssel" des Nestors der zeitgenössischen japanischen Literatur, Junichiro Tanizaki (1885–1965), erschien 1956.

Leopold Sedar Senghor · Schwarze Frau. Tg: Leopold Sedar Senghor. Botschaft und Anruf. Sämtliche Gedichte. Herausgegeben und übertragen von Janheinz Jahn. © 1963 Carl Hanser Verlag, München/Wien. Der senegalesische Autor Senghor ist 1906 geboren.

Italo Calvino · Abenteuer eines Rekruten. Tg: Italo Calvino (geb. 1923). Heikle Liebschaften. Übersetzt von Nino Erné. Verlag Volk und Welt, Berlin 1979. © 1958, Guilio Einaudi Editore S.p.A., Torino

John Dos Passos · Psychoanalytiker. Tg: John Dos Passos (geb. 1896). Jahrhundertmitte. Roman. Eine zeitgenössische Chronik. Aus dem Amerikanischen übertragen von Paul Baudisch. Copyright © 1963 Rowohlt Verlag GmbH, Reinbek bei Hamburg. Die Originalausgabe erschien 1961 unter dem Titel „Midcentury".

E.E.Cummings · Ich mag meinen körper wenn er bei deinem. Tg: E.E.Cummings. Poems/Gedichte. Langewiesche-Brandt, Ebenhausen bei München, 1982. Rechte beim Verlag Langewiesche-Brandt KG, Ebenhausen bei München. Cummings lebte von 1894 bis 1962.

Costa Alegre · Die Schwarze. Tg: Feuer und Rhythmus. A.a.O. Übersetzt von Irm Bouvier. Rechte bei der Nymphenburger Verlagshandlung, München. Costa Alegre lebt in São Tomé.

Erna Theodora Sutherland · Liebeslied. Tg: Schwarzer Orpheus. Moderne Dichtung afrikanischer Völker beider Hemisphären. Ausgewählt und übertragen von Janheinz Jahn. © 1964 Carl Hanser Verlag, München-Wien. E.Th. Sutherland lebt in Ghana.

Wassili Schukschin · Kuckuckstränen. Tg: Wassili Schukschin (1929–1974). Kuckuckstränen. Deutsch von Regina Czora und Emanuel Margolis. Eulenspiegel Verlag, Berlin 1977. Rechte beim Eulenspiegel Verlag, Berlin. Entstanden 1968

Rainer Kirsch · Morgenlied des Soldaten (Reglindis). Tg: Rainer Kirsch (geb. 1934). Reglindis. Eulenspiegel Verlag, Berlin 1979, Rechte beim Eulenspiegel Verlag, Berlin

James Baldwin · Giovannis Zimmer. Tg: James Baldwin. Giovannis Zimmer. Deutsch von Axel Kann und Hans-Heinrich Wellmann. Reclam Verlag, Leipzig 1981. Copyright © by Rowohlt Verlag Gmbh, Reinbek bei Hamburg. James Baldwin (geb. 1924)

František Halas · Die jungen Frauen. Tg: Der Hahn verscheucht die Finsternis. Verlag Volk und Welt, Berlin 1970. Übersetzt von Franz Fühmann. Autorenrechte bei Dilia/Prag. Übersetzerrechte bei Verlag Volk und Welt
Hic sunt leones – (lat.) Hier sind die Löwen (die hervorragenden Krieger).

Ulrich Plenzdorf · Legende vom Glück ohne Ende. Tg: Ulrich Plenzdorf. Legende vom Glück ohne Ende. Hinstorff Verlag, Rostock 1979. Rechte beim Hinstorff Verlag. Ulrich Plenzdorf (geb. 1934)

Gabriele Wohmann · Schönes Gehege. Tg: Gabriele Wohmann (geb. 1932). Schönes Gehege. Roman. Hermann Luchterhand Verlag, Darmstadt und Neuwied 1975. Rechte beim Hermann Luchterhand Verlag, Darmstadt und Neuwied
oversexed few – (engl.) der sexuell übersteigerten (wenigen) „Elite".

Maxie Wander · Rosie S. 34, Sekretärin, verheiratet, ein Kind. Tg: Maxie Wander (1933–1977). Guten Morgen, du Schöne, Buchverlag Der Morgen, Berlin 1977. Rechte beim Verlag Der Morgen

Trotz unserer Bemühungen ließen sich nicht in allen Fällen die Rechtsinhaber ermitteln.

302 **Frans Masereel** (1889–1972), Holzschnitt aus dem Zyklus **Der Weg der Menschen**

308 **Conrad Felixmüller** (1897–1977), **Der Kuß**, Holzschnitt, 1930

316 **Egon Schiele** (1890–1918), **Weiblicher Akt**, Federzeichnung

327 **Roger Servais** (geb. 1942), Holzschnitt

331 **Frans Masereel** (1889–1972), **Der Traum des Mädchens**, Holzschnitt, 1921

335 **Lovis Corinth** (1858–1925), **Liebespaar**, Lithographie

345 **George Grosz** (1893–1959), **Aenne**, Zeichnung aus **Ecce Homo**, 1921

355 **Henri Matisse** (1869–1954), **Frauen**, Radierung

359 **Pablo Picasso** (1881–1973), aus **Le theâtre amoureux**, Radierung, 1968

366 **Egon Schiele** (1890–1918), **Liegender Akt**, Bleistiftzeichnung, 1917 (Wien, Albertina)

375 **Leonor Fini** (geb. 1908), Illustration **pour la Galère**, Zeichnung

378 **Jean Cocteau** (1889–1963), Zeichnung, 1925

391 **Walter Arnold** (geb. 1909), **Mädchenakt**, Holzschnitt, 1967

396 **Fritz Cremer** (geb. 1906), Zeichnung

401 **Wolfgang Mattheuer** (geb. 1927), **Schwebendes Liebespaar**, Holzschnitt, 1971

407 **Sighard Gille** (geb. 1941), **Umarmung,** Radierung, 1982

Die Auswahl der Abbildungen besorgte Herr Birk Uhlmann (Deutsche Staatsbibliothek). Trotz intensiver Bemühungen waren die Quellen und Daten nicht vollständig zu ermitteln.

Inhaltsverzeichnis

I

Gilgamesch
Die erste Tafel 6

Das Hohelied Salomos 11

II

Ovid
Die Liebeskunst 16

Petronius
Die Witwe von Ephesos 25

Apuleius
Photis 30

Longos
Daphnis und Chloe 36

Philostratos
Liebesbriefe · An eine Hetäre 43

Das Kāmasūtra des Vātsyāyana 45

III

... daß mein Liebster bei mir liegt 54

Aucassin und Nicolette 58

Walther von der Vogelweide
Unter der Linde 61

Dante Alighieri
Die göttliche Komödie 63

Tuti – nameh
„Das Papageienbuch" 68

Giovanni Boccaccio
Das Dekameron 72

Geoffrey Chaucer
Canterbury-Erzählungen 78

François Villon
Die Schäferin 81

IV

Die Gespräche des Göttlichen Pietro Aretino 86

Nicolas de Troyes
Von einer jungen Braut, der ein Drescher die Lektion immer wiederholte, damit sie am Hochzeitstage ihre Sache gut verstünde 95

Margarete von Navarra
Wie Bornet, der glaubte, mit dem Kammermädchen zu schlafen, sich selbst zum Hahnrei machte 100

Pietro Fortini
Ein Lämmchen, von einem Maler seiner Frau auf den Leib gemalt, wird von dieser in einen Schafbock verwandelt 105

Michael Lindener
Eine gute, bewährte Arznei, einer Magd zu Oberhausen von einem Barbier eingegeben 112

Martinus Montanus
Frau Agnes schickt nach einem, von dem sie meint, er habe zwei Bundschuhe 113

Wang Schi Tschong
Kin Ping Meh, oder die abenteuerliche Geschichte von Hsi Men und seinen sechs Frauen 115

V

Johann Jakob Christoffel von Grimmelshausen
Courasche 140

Jean de La Fontaine
Die Venus Kallipygos 144

Friedrich von Hagedorn
Susanna im Bade 144

Benjamin Neukirch
An Sylvien, über ihre Unempfindlichkeit 145

Johann Christian Günther
An seine Schöne 146

Denis Diderot
Die geschwätzigen Kleinode · Die Reisenden 148

Henry Fielding
Tom Jones · Die Geschichte eines Findelkindes 156

Heinrich Wilhelm von Gerstenberg
Die keusche Dorinde 160
Dula 160

Christian Felix Weisse
Die zu späte Ankunft der Mutter 161

Johann Jakob Wilhelm Heinse
An Chloes Sperling 161

Gottfried August Bürger
Collinet und Juliette 163

Choderlos des Laclos
Schlimme Liebschaften 165

Honoré Gabriel Riquetti Comte de Mirabeau
Der gelüftete Vorhang oder Lauras Erziehung 170

Donatien Alphonse François Marquis de Sade
Justine oder das Unglück der Tugend 174

John Cleland
Die Memoiren der Fanny Hill 177

Heinrich Heine
Florentinische Nächte 186

Giacomo Casanova
Nannetta und Martina 188
Dona Ignazia und die beiden Cousinen 193

Friedrich Schlegel
Lucinde 198

VI

Arthur Rimbaud
Sonne und Fleisch 204

Arthur Schopenhauer
Metaphysik der Geschlechtsliebe 208

Stendhal
Über die Liebe 211

Johann Wolfgang Goethe
Epigramme 216
Römische Elegien 216

Honoré de Balzac
Die läßliche Sünde 219

Gustave Flaubert
November 224

Sören Kierkegaard
In vino veritas 229

Charles Baudelaire
Die Juwelen 238
Eine Welt in deinem Haar 239

Das Tagebuch der Brüder Goncourt
Flauberts erste Liebe 241

Walt Whitman
Ich singe den Leib, den elektrischen 242

Maxim Gorki
Gespräche mit Tolstoi 246

Jens Peter Jacobsen
Nils Lyhne 249

Guy de Maupassant
Das Scheit 253

Paul Verlaine
Die Muscheln 259

Émile Zola
Nana 260

Leopold von Sacher-Masoch
Venus im Pelz 263

August Strindberg
Plädoyer eines Irren 265

Marcel Proust
Violante oder die Weltlichkeit 272

Frank Wedekind
Interviews 275

VII

Iwan Bunin
Leichter Atem 282

Julie Schrader
Die Liebe als solche ... oder Amor redivivus 289

Else Lasker-Schüler
Mein Liebeslied 294

August Stramm
Untreu 295

Ludwig Thoma
Frauenklage 296

James Joyce
Stephen Daedalus 298

Guillaume Apollinaire
Zeugung 302

Joachim Ringelnatz
Letztes Wort an eine Spröde 305

Kurt Tucholsky
Auf ein Frollein 306

Erich Weinert
Geist und Stoff 307

Klabund
Abenteuer 310

Karl Kraus
Anderthalb Wahrheiten 312

Alfred Kerr
Elisabeth 315

D. H. Lawrence
Lady Chatterley 317

Erich Kästner
Polly oder das jähe Ende 324

Die Tagebücher der Anais Nin (30. Dezember 1931) 325

Robert Walser
Er und sie 330

Ernest Hemingway
Oben in Michigan 332

Henry Miller
Wendekreis des Steinbocks 337

Tadeusz Różewicz
Liebe 1944 342

Hermann Broch
Die Erzählung der Magd Zerline 343

Nicolás Guillén
Wasser der Erinnerung 349

Thomas Mann
Bekenntnisse des Hochstaplers Felix Krull 351

Junichiro Tanizaki
Der Schlüssel 359

Leopold Sédar Senghor
Schwarze Frau 362

Italo Calvino
Abenteuer eines Rekruten 364

John Dos Passos
Psychoanalytiker 373

E. E. Cummings
Ich mag meinen körper wenn er bei deinem 378

Costa Alegre
Die Schwarze 379

Efua Theodora Sutherland
Liebeslied 380

James Baldwin
Giovannis Zimmer 381

Wassilis Schukschin
Kuckuckstränen 387

Rainer Kirsch
Morgenlied des Soldaten (Reglindis) 394

František Halas
Die jungen Frauen 395

Ulrich Plenzdorf
Legende vom Glück ohne Ende 399

Gabriele Wohmann
Schönes Gehege 404

Maxie Wander
Rosi S., 34, Sekretärin, verheiratet, ein Kind 407

Nachwort 411

Quellen und Anmerkungen 425

Verzeichnis der Abbildungen 437